U0733357

乔继堂 主编

青年必读
古诗手册

用最少的时间，熟读600首经典古诗

中国青年出版社

（京）新登字 083 号

图书在版编目（CIP）数据

青年必读古诗手册/乔继堂主编. —2 版. —北京：中国青年出版社，
2011.9

ISBN 978–7–5153–0122–8

Ⅰ.①青… Ⅱ.①乔… Ⅲ.①古典诗歌–诗集–中国 Ⅳ.①I222.

中国版本图书馆 CIP 数据核字（2011）第 150036 号

责任编辑：万同林

*

中国青年出版社 出版 发行

社址：北京东四 12 条 21 号 邮政编码：100708

网址：www.cyp.com.cn

编辑部电话：（010）57350404 门市部电话：（010）57350370

三河市华润印刷有限公司印刷 新华书店经销

*

700×1000 1/16 34 印张 2 插页 460 千字

1999 年 10 月北京第 1 版

2011 年 11 月北京第 2 版 2011 年 11 月河北第 3 次印刷

印数：14001–22000 册 定价：45.00 元

本图书如有印装质量问题，请凭购书发票与质检部联系调换

联系电话：（010）57350337

前言

中国古诗源远流长，渊雅富厚，历来就是人文修练的必然素养，故此才有《千家诗》、《唐诗三百首》种种，即便是现代人，也都还从中吸取着丰厚的营养，声势浩大的"中华古诗文诵读工程"的旨趣就正在于此。就此而言，青年人读些古诗，既是必然的，也是必须的。

然而，我国的古诗宝库又实在是太丰富了，《诗经》、楚辞、乐府、唐诗、宋词、元曲，浩如烟海，渺似江河，但现实生活又不允许我们把全部的时间留给她（除非专门研究者），因此选择也就有了必要。实际上，古人正是基于这样的认识选辑了《千家诗》、《唐诗三百首》的，这本《青年必读古诗手册》也是如此。

这本《手册》是为年轻人而编选的，选录了从先秦到近代二百五十余位诗人的诗作共六百二十多首。为了有助于诵读、赏鉴，除收录正文外，对每一位作者都作了简介，对难懂的文词作了注释、标音，对每首诗作了扼要的解析，还在篇幅许可的前提下配了插图。所选的篇什当然以"必读"的古诗名篇为指归，就中又突出了美学意义上的选择，舍弃了一些题材局限性较强、美学价值不大的作品。全书按时代分为先秦两汉、魏晋南北朝、隋唐五代、宋辽、金元、明清六编，约略地展示了中国古诗体式、题材、风格方面的时代轮廓。

不能否认，数字化时代的到来使人们少了些对人文传统的关爱，经济冲击波也使人们少了些旧时的雍容与娴雅，但这绝非说明我们可以丢掉人文传统、不要雍容娴雅，相反，我们必须靠精神力量支撑我们的人格，必须靠精神资本武装我们的个性，必须靠精神财富来提升我们的品位……即此而言，也许品读古诗是一条近捷而佳妙的途径。愿我们在这条路上互相勉励、坚定前行。

编　者

目录

先秦两汉编

魏晋南北朝编

隋唐五代编

宋辽编

金 元 编

明　清　编

先秦两汉编

诗 经

　　《诗经》是我国最早的一部诗歌总集。历史上有《诗》、《诗三百》之称；汉儒奉之为经典，故又称《诗经》。

　　《诗经》作品产生的时代，上起西周初年，下迄春秋中叶。《诗经》产生的地域，包括今陕西、河南、山西、山东和湖北等省的全部或部分地区，《诗经》实际上是我国最早的北方诗歌总集。

　　《诗经》三〇五篇都是可以入乐的乐歌，按其音乐的不同分为风、雅、颂三大类："风"是民间歌谣，包括十五国风，一六〇篇；"雅"是朝会宴享时用的乐歌，包括《大雅》和《小雅》，一〇五篇，大多是贵族文人的作品；"颂"是宗庙祭祀时用的乐歌，包括《周颂》、《鲁颂》和《商颂》，四〇篇，是贵族文人的作品。

　　《诗经》在形式上以四言句式为主，在表现方法上，普遍采用赋、比、兴的手法。"比兴"是《诗经》突出的艺术特点，也是我国古典诗歌重要的特点和传统。

关　雎①

关关雎鸠②，在河之洲③。窈窕淑女④，君子好逑⑤。
参差荇菜⑥，左右流之⑦。窈窕淑女，寤寐求之⑧。
求之不得，寤寐思服⑨。悠哉悠哉⑩，辗转反侧⑪。
参差荇菜，左右采之⑫。窈窕淑女，琴瑟友之⑬。
参差荇菜，左右芼之⑭。窈窕淑女，钟鼓乐之⑮。

【注释】

①本篇是《周南》的第一篇，也是《诗经》全书的第一篇。

②关关：雌雄二鸟互相应和的叫声。雎（jū）鸠：水鸟名。

③河：黄河。洲：水中高地。

④窈窕（yǎo tiǎo）：美好貌。

⑤好逑（qiú）：犹今语"佳偶"，理想的配偶。

⑥参差（cēn cī）：长短不齐貌。荇（xìng）菜：水生植物，可食用。

⑦流：求取。

⑧寤（wù）：醒。寐（mèi）：入睡。

⑨思、服：思念。

⑩悠：忧思貌。

⑪辗、转、反、侧：四字都是表示翻来
　覆去睡不着。
⑫采：取。

⑬琴、瑟：古代的弦乐器。友：亲近。
⑭芼（mào）：拔取。
⑮钟鼓句：是说用钟鼓使她欢乐。

【解析】

　　《关雎》是一首民间情歌，写一个男子在河边遇上一个采摘荇菜的姑娘，引起了他强烈的爱慕之情，日夜思念，梦中也不忘，希望能亲近她，娶到她。作者用雎鸠起兴，又作比，说明他的爱情纯洁而真挚。两千多年来，这首诗无论对文学或是对爱情生活，都曾经产生过深远影响。

静　女①

静女其姝②，俟我于城隅③。爱而不见④，搔首踟蹰⑤。
静女其娈⑥，贻我彤管⑦。彤管有炜⑧，说怿女美⑨。
自牧归荑⑩，洵美且异⑪。匪女之为美⑫，美人之贻。

【注释】

①本篇选自《邶风》。邶（bèi）：周初诸
　侯国，在今河南汤阴县东南邶城镇，
　后并于卫。
②静女：娴静的姑娘。姝（shū）：容貌
　秀丽。
③俟（sì）：等。城隅：城墙拐角之处。
④爱：假借字，意为隐蔽。
⑤搔首：挠头。踟蹰（chí chú）：同
　"踟躇"，徘徊貌。
⑥娈（luán）：容貌俊俏。

⑦贻（yí）：赠送。彤管：红色的管子。
⑧炜（wěi）：红而发亮。有炜，同"炜
　炜"，红光闪闪。
⑨说：同"悦"。说怿（yì），喜爱。女：
　同"汝"，指彤管。
⑩牧：郊外。归：同"馈"，赠送。荑
　（tí）：初生的茅草。
⑪洵（xún）：诚，确实。
⑫匪：同"非"。女：同"汝"，指荑
　草。

【解析】

　　《静女》是描写一对青年恋人在城角幽会情景的民歌，感情健康，富有生活气息。诗写女子，以其两次送礼物给男子，表现她的天真多情；写男子，则着重写他每次接受姑娘的礼物后如痴如醉的内心感受。篇幅不大，青年情侣却被描写得惟妙惟肖。

柏　舟①

泛彼柏舟②，在彼中河③。

髧彼两髦④，实维我仪⑤，之死矢靡它⑥。
母也天只⑦，不谅人只⑧！

泛彼柏舟，在彼河侧。
髧彼两髦，实维我特⑨，之死矢靡慝⑩。
母也天只！不谅人只！

【注释】

①本篇选自《鄘风》。鄘（yōng）：周初
诸侯国，在今河南汲县东北，一说即
今河南新乡县西南的鄘城。

②泛：荡。

③中河：即"河中"。

④髧（dàn）：头发下垂貌。两髦：古时
未成年男子将头发编成双辫，称为两

髦。

⑤维：犹"为"，是。仪：配偶。

⑥之死：至死。矢：誓。靡：无。

⑦只：语气词。

⑧谅：体谅。

⑨特：配偶。

⑩慝（tè）："忒"的假借字，意为更改。

【解析】

《柏舟》写少女要求婚姻自主，反抗母亲干涉其恋爱自由。主人公爱
情专一、斗志坚定、感情强烈。艺术上采用了"比兴"和"复沓"的手
法，直言不讳，反复申说。

氓①

氓之蚩蚩②，抱布贸丝③。匪来贸丝④，来即我谋⑤。送
子涉淇⑥，至于顿丘⑦。匪我愆期⑧，子无良媒。将子无
怒⑨，秋以为期。

乘彼垝垣⑩，以望复关⑪。不见复关，泣涕涟涟。既见
复关，载笑载言⑫。尔卜尔筮⑬，体无咎言⑭。以尔车来⑮，
以我贿迁⑯。

桑之未落，其叶沃若⑰。于嗟鸠兮⑱，无食桑葚⑲！于
嗟女兮，无与士耽⑳！士之耽兮，犹可说也㉑；女之耽兮，
不可说也。

桑之落矣，其黄而陨㉒。自我徂尔㉓，三岁食贫㉔。淇
水汤汤㉕，渐车帷裳㉖。女也不爽㉗，士贰其行㉘。士也罔
极㉙，二三其德㉚。

三岁为妇，靡室劳矣㉛。夙兴夜寐㉜，靡有朝矣㉝。言既遂矣㉞，至于暴矣。兄弟不知，咥其笑矣㉟！静言思之㊱，躬自悼矣㊲。

及尔偕老㊳，老使我怨。淇则有岸，隰则有泮㊴。总角之宴㊵，言笑晏晏㊶，信誓旦旦㊷，不思其反㊸。反是不思，亦已焉哉㊹。

【注释】

①本篇选自《卫风》。卫国在今河南北部及河北南部。

②氓（méng）：民，此指那个负心的丈夫。蚩蚩：憨厚。解作"笑嘻嘻"，亦可通。

③布：指布币。贸：买。

④匪：同"非"。

⑤即：就，靠近。

⑥淇：卫国水名。

⑦顿丘：卫国邑名，在今河南浚县西。

⑧愆（qiān）期：过期。

⑨将（qiāng）：愿，请。无：勿，不要。

⑩乘：登。垝（guǐ）垣：毁坏的土墙。

⑪复关：地名，指男子的住地。

⑫载：语助词，则，就。此句犹今语"又说又笑"。

⑬尔：你。卜：用龟甲占卦。筮（shì）：用蓍（shī）草占卦。

⑭体：卦体。咎言：不吉利的话。

⑮以尔车来：指用车来迎亲。

⑯贿：财物，指嫁妆。

⑰沃若：犹"沃然"，润泽貌。

⑱于嗟：同"吁嗟"（xū juē），感叹词。鸠：斑鸠。

⑲桑葚（shèn）：传说鸠食桑葚容易迷醉。

⑳耽（dān）：沉醉，迷恋。

㉑说：读为"脱"，摆脱，宽容。

㉒陨（yǔn）：落下。

㉓徂（cú）：往。徂尔，到你家中，指出嫁。

㉔三岁：多年。食贫：受穷。

㉕汤汤（shāng）：水盛貌。

㉖渐：浸湿。帷裳：今称"车帷子"。

㉗也：语气词。爽：差错。

㉘贰：不专一。

㉙罔：无。极：准则。

㉚二三其德：三心二意。

㉛室劳：家务劳作。

㉜夙兴夜寐：早起晚睡。

㉝靡有朝（zhāo）矣：意指天天如此。

㉞言：语助词。遂：达到。

㉟咥（xì）：笑貌。

㊱"静言"句：冷静想一想。

㊲躬：自身。悼：悲伤。

㊳及：与。

㊴隰（xí）：水名，即漯河，与"淇"水相近。泮与"畔"通，边，涯。

㊵总角：古人未成年时将头发束成丫状角髻，称总角。借指童年。宴：欢乐。

㊶晏晏：和悦貌。

㊷旦旦：极诚恳的样子。

㊸不思：不曾想。反：背弃盟誓。

㊹已：止，罢了。焉哉：语气词。

【解析】

　　这是一首弃妇诗。弃妇善良、勤劳而又忠于爱情，她用纯洁而诚挚的心去追求爱情和幸福，然而却受欺骗、受凌虐，最终被遗弃。诗中没有大声的愤怒呼喊，然而却对薄情的负心汉以及造成她悲剧的社会进行了最有力的控诉。寓抒情于叙事中，是此诗的一个突出特点。在表现手法上，赋、比、兴交错运用。

木　瓜①

　　投我以木瓜②，报之以琼琚③。匪报也④，永以为好也⑤。

　　投我以木桃⑥，报之以琼瑶⑦。匪报也，永以为好也。

　　投我以木李⑧，报之以琼玖⑨。匪报也，永以为好也。

【注释】

①本篇选自《诗经·卫风》。大约是春秋中期卫地民歌，诗作者似男性。木瓜，植物名，又名楙（mào），味酸可食。

②投：掷。含有爱赠的意思。

③琼琚：琼，赤玉。一说美玉通称。琚（jū），佩玉名。古代男子系在带上的饰物。

④匪：非。

⑤"永以为"句：永，长久。好，相爱。以为，用来表示。

⑥木桃：植物名。可食，味酸涩。

⑦瑶：美石，次玉。

⑧木李：植物名，可食，质性坚硬。

⑨玖：黑色次玉。琼玖、琼瑶、琼琚，均泛指佩玉。

【解析】

　　这是一首表现热诚爱情的诗歌。诗中通过比喻和对比的手法，表现了男女间的热恋，反映了劳动人民豪迈、爽朗、纯洁、恳挚的性格，显示了真诚的爱情。

君子于役①

　　君子于役②，不知其期③。曷至哉④？鸡栖于埘⑤，日之夕矣，羊牛下来。君子于役，如之何勿思⑥！

　　君子于役，不日不月⑦。曷其有佸⑧？鸡栖于桀⑨，日之夕矣，羊牛下括⑩。君子于役，苟无饥渴⑪。

【注释】

①本篇选自《王风》。

②于役：去服兵役或徭役。于，前往。

③期：指归期。

④曷（hé）：何。至：回来。

⑤埘（shí）：在墙上凿筑的鸡窝。

⑥如之何：即"如何"。

⑦不日不月：无日无月。

⑧佸（huó）：至，会。

⑨桀：鸡栖止的木桩。

⑩括：义同"佸"。

⑪苟无饥渴：是妻子对丈夫的希望之词。苟，但愿。

【解析】

　　《君子于役》是妻子思念久役不归的丈夫的诗。丈夫久役在外，妻子在家惦念。鸡上窝了，牛羊也回家了，触景生情，对久役不归的丈夫更加思念。

溱　洧①

　　溱与洧方涣涣兮②，士与女方秉蕳兮③。女曰："观乎④？"士曰："既且⑤。""且往观乎⑥！洧之外洵讦且乐⑦。"维士与女⑧，伊其相谑⑨，赠之以勺药⑩。

　　溱与洧浏其清矣⑪，士与女殷其盈矣⑫。女曰："观乎？"士曰："既且。""且往观乎！洧之外洵讦且乐。"维士与女，伊其将谑⑬，赠之以勺药。

【注释】

①本篇选自《郑风》。

②溱（zhēn）、洧（wěi）：二水名。

③蕳（jiān）：香草名，即长在水边的泽兰。

④观：看看。

⑤既且：已经去过了。既，已。且（cú），同"徂"。

⑥且：再。

⑦讦（xū）：宽旷。

⑧维：语助词。

⑨伊：语助词。相谑（xuè）：互相调笑。

⑩勺药：香草名。赠送勺药是古代男女愿结爱情的表示。

⑪浏（liú）：清澈貌。

⑫殷：众多。盈：满。殷其盈，犹言"人山人海"。

⑬将谑：犹"相谑"。

【解析】

　　《溱洧》是一首叙写上巳节（夏历三月初三）游春盛会的诗。据《韩诗》说，郑国风俗，每年上巳节，在溱、洧二水边上，"招魂续魄，袚

（fú）除不祥"。青年男女结伴游春，发展爱情。此诗即写上巳游春的男女。诗中插入对话，一问一答，最为传神。

出其东门①

出其东门，有女如云②。虽则如云，匪我思存③。缟衣綦巾④，聊乐我员⑤。

出其闉阇⑥，有女如荼⑦。虽则如荼，匪我思且⑧。缟衣茹藘⑨，聊可与娱⑩。

【注释】

①本篇选目《诗经·郑风》。大约是春秋中期郑国的民歌。郑地在今河南省新郑县。出其东门，出了那东门。

②如云：言众多。

③思存：思之所存，即存思，思念。

④"缟（gǎo）衣"句：缟，白缯。綦（qí），青黑色。巾，佩巾。妇女佩之于前可以蔽膝的大巾，也称蔽膝。缟衣綦巾，这是古代较贫陋的女服。

⑤"聊乐"句：聊，且。乐（luò），安，

安慰。员（yún），语气词，同云。一作魂。

⑥闉（yīn）阇（dū）：曲城重门。

⑦如荼：荼，茅草的白花。如荼，言众多。

⑧且（cú）：犹"存"。

⑨茹（rú）藘（lú）：茜草，可以染绛（赤色，大红）色。这里是绛色佩巾的代称。

⑩娱：乐。

【解析】

这是一首表述爱情的诗歌。诗中通过夸张和对照的描写，表现作者真挚专一的爱恋。反映了劳动人民纯朴、高尚的品格。

伐 檀①

坎坎伐檀兮②，寘之河之干兮③，河水清且涟猗④。

不稼不穑⑤，胡取禾三百廛兮⑥？

不狩不猎⑦，胡瞻尔庭有县貆兮⑧？

彼君子兮，不素餐兮⑨！

坎坎伐辐兮⑩，寘之河之侧兮，河水清且直猗⑪。

不稼不穑，胡取禾三百亿兮⑫？

不狩不猎，胡瞻尔庭有县特兮⑬？

彼君子兮，不素食兮！

坎坎伐轮兮⑭，寘之河之漘兮⑮，河水清且沦猗⑯。

不稼不穑，胡取禾三百囷兮⑰？

不狩不猎，胡瞻尔庭有县鹑兮⑱？

彼君子兮，不素飧兮⑲！

【注释】

①本篇选自《魏风》。魏国都城在今山西芮（ruì）城县东北七里。

②坎坎：伐木声。檀：木名，木质坚韧，可用来造车。

③寘（zhì）：同"置"，放。干：岸。

④猗（yī）：语气词。

⑤稼：耕种。穑（sè）：收割。

⑥胡：何，为什么。禾：指谷物。廛（chán）：同"缠"，作"束"解。

⑦狩（shòu）：冬天打猎。猎：夜间打猎。

⑧瞻：望见。县：同"悬"，挂。貆（huán）：兽名，即今猪獾。

⑨素餐：白吃饭。《孟子·尽心篇》赵岐注云："无功白食，谓之素餐。"

⑩辐：车轮的辐条，代指车。伐辐：伐木造车。

⑪直：指直条的波纹。

⑫亿：同"繶"，亦作"束"解。

⑬特：三岁的兽。

⑭轮：车轮，代指车。伐轮，伐木造车。

⑮漘（chún）：河边。

⑯沦：小波。

⑰囷（qūn）：圆形粮仓，即"囤"。

⑱鹑：鸟名，即鹌鹑。

⑲飧（sūn）：熟食。

【解析】

《伐檀》是一首揭露、抨击奴隶主贵族不劳而获的民歌。诗在艺术上采用了复沓的形式，每章只更换其相应的几个字，三章重叠，反复咏唱，连番质问，抒发了作者的不满和怨恨情绪。诗的感情强烈，音律和谐，在句式上有长有短，生动活泼。

硕　鼠①

硕鼠硕鼠②，无食我黍③！三岁贯女④，莫我肯顾⑤。逝将去女⑥，适彼乐土⑦；乐土乐土，爰得我所⑧。

硕鼠硕鼠，无食我麦！三岁贯女，莫我肯德⑨。逝将去女，适彼乐国。乐国乐国，爰得我直⑩。

硕鼠硕鼠，无食我苗⑪！三岁贯女，莫我肯劳⑫。逝将去女，适彼乐郊。乐郊乐郊，谁之永号⑬！

【注释】

①本篇选自《魏风》。

②硕鼠：大鼠。

③无：同"勿"，不要。

④三岁：三年；指时间长久。贯：侍奉。女：同"汝"，你。

⑤顾：照顾，关心。莫我肯顾：即莫肯顾我。

⑥逝：誓。逝、誓古时通用。

⑦适：往。乐土：快乐的地方，作者理

想的社会。下文"乐国"、"乐郊"同此。

⑧爰（yuán）：语助词，犹"乃"。

⑨德：感念恩德。

⑩直：同"值"，代价。

⑪苗：禾苗。

⑫劳：犒劳，慰劳。

⑬永：长。号：呼号。此句意指："既到乐郊，谁还长嘘短叹？"

【解析】

《硕鼠》是一首愤怒控诉奴隶主残酷剥削的民歌，同时也热情歌颂了所向往和追求的理想社会，在那里到处是欢乐，没有忧愁和悲叹。

《硕鼠》是一首"比"体的短诗，全诗用比喻，一贯到底。同时，重章叠唱，层层递进，不仅有力地表达了强烈的感情，也增强了艺术效果。

蒹　葭①

蒹葭苍苍②，白露为霜。所谓伊人③，在水一方④。溯洄从之⑤，道阻且长；溯游从之⑥，宛在水中央⑦。

蒹葭凄凄⑧，白露未晞⑨。所谓伊人，在水之湄⑩。溯洄从之，道阻且跻⑪；溯游从之，宛在水中坻⑫。

蒹葭采采⑬，白露未已⑭。所谓伊人，在水之涘⑮。溯洄从之，道阻且右⑯；溯游从之，宛在水中沚⑰。

【注释】

①本篇选自《秦风》。

②蒹（jiān）：草名，即荻。葭（jiā）：草名，芦苇。苍苍：茂盛貌。

③伊人：这人，指诗人的意中人。

④一方：一边。指河的对岸。

⑤溯洄：逆流而上。

⑥溯游：《尔雅·释水》云："顺流而下曰溯游。"

⑦宛：好似，仿佛。

⑧凄：是"萋"的假借字。凄凄，犹"苍苍"。

⑨晞（xī）：干。

⑩湄（méi）：水边。

⑪跻（jī）：升，指升高。指道路既险又高。

⑫坻（chí）：水中小洲。

⑬采采：犹"凄凄"。
⑭未已：未止。
⑮涘（sì）：水边。

⑯右：迂回。
⑰沚（zhǐ）：与"坻"同义。

【解析】

《蒹葭》是一首怀人诗。此诗神韵缥缈，耐人遐想。三章叠咏，借景抒情，情景交融，写出了伊人可望而不可及的神秘意味。

无　衣①

岂曰无衣，与子同袍②。王于兴师③，修我戈矛④，与子同仇⑤。

岂曰无衣，与子同泽⑥。王于兴师，修我矛戟⑦，与子偕作⑧。

岂曰无衣，与子同裳⑨。王于兴师，修我甲兵⑩，与子偕行。

【注释】

①本篇选自《秦风》。王先谦《诗三家义集疏》认为《无衣》是关于秦襄公奉周王命伐西戎的诗。
②袍：长衣，此指战袍。
③王：周王。于：语助词。兴师：出兵作战。
④戈：长柄武器，可击可钩。
⑤仇：同伴。

⑥泽：是"襗（zé）"的假借字，贴身内衣。
⑦戟：长柄武器。形似戈，横直两锋。
⑧偕：共同。作：起。
⑨裳：古时上曰衣，下曰裳。裳，指下裙。
⑩甲：铠甲。兵：兵器。

【解析】

《无衣》是一首反映战士互助友爱、慷慨从征的民歌。诗在艺术手法上，采用三章复沓，层层递进，极写战士的团结友爱。战士同仇敌忾、慷慨从征之情，跃然纸上。

七　月①

七月流火②，九月授衣③。一之日觱发④，二之日栗烈⑤；无衣无褐⑥，何以卒岁⑦？三之日于耜⑧，四之日举趾⑨；同我妇子，馌彼南亩⑩。田畯至喜⑪。

七月流火，九月授衣。春日载阳⑫，有鸣仓庚⑬。女执懿筐⑭，遵彼微行⑮，爰求柔桑⑯。春日迟迟⑰，采蘩祁祁⑱。女心伤悲，殆及公子同归⑲。

七月流火，八月萑苇⑳。蚕月条桑㉑，取彼斧斨㉒，以伐远扬㉓，猗彼女桑㉔。七月鸣鵙㉕，八月载绩㉖。载玄载黄㉗，我朱孔阳㉘，为公子裳。

四月秀葽㉙，五月鸣蜩㉚。八月其获㉛，十月陨萚㉜。一之日于貉㉝，取彼狐狸，为公子裘。二之日其同㉞，载缵武功㉟，言私其豵㊱，献豜于公㊲。

五月斯螽动股㊳，六月莎鸡振羽㊴。七月在野㊵，八月在宇，九月在户，十月蟋蟀，入我床下。穹窒熏鼠㊶，塞向墐户㊷。嗟我妇子，曰为改岁㊸，入此室处㊹。

六月食郁及薁㊺，七月亨葵及菽㊻。八月剥枣㊼，十月获稻，为此春酒㊽，以介眉寿㊾。七月食瓜，八月断壶㊿。九月叔苴(51)，采荼薪樗(52)，食我农夫(53)。

九月筑场圃(54)，十月纳禾稼(55)，黍稷重穋(56)，禾麻菽麦(57)。嗟我农夫！我稼既同(58)，上入执宫功(59)。昼尔于茅(60)，宵尔索绹(61)，亟其乘屋(62)，其始播百谷。

二之日凿冰冲冲(63)，三之日纳于凌阴(64)。四之日其蚤(65)，献羔祭韭(66)。九月肃霜(67)，十月涤场(68)。朋酒斯飨(69)，曰杀羔羊。跻彼高堂(70)，称彼兕觥(71)，万寿无疆！

【注释】

①本篇选自《豳（bīn）风》。

② 七月：夏历七月。流：向下斜行。火：星名，又名“大火”，亦称“心宿”。

③授衣：将裁制冬衣的活计交给妇女去做。

④一之日：即夏历十一月。依次“二之日”是夏历十二月，“三之日”是夏历正月；其下类推。觱发（bì bō）：风寒。

⑤栗烈：同“凛冽”。

⑥褐（hè）：用粗毛或粗麻制作的短衣。

⑦卒岁：度过这一年。

⑧于：为，指修理。耜（sì）：农具。

⑨举趾：迈步下田。

⑩馌（yè）：往田间送饭。南亩：泛指田间。

⑪田畯（jùn）：掌管农事的官。

⑫载：始。阳：温暖。

⑬仓庚：鸟名，即黄莺，又名黄鹂。

⑭懿筐：深筐。

⑮遵：顺着。微行（háng）：小路。

⑯爰（yuán）：语助词，犹"乃"，于是。求：采摘。柔桑：嫩桑。

⑰迟迟：漫长。

⑱蘩（fán）：草名，即白蒿。祁祁：众多貌。

⑲殆：危险，引申为"害怕"。及：与。此句说采桑女害怕被贵族少年带回家去。

⑳萑（huán）苇：苇的一种，可以做蚕箔。

㉑蚕月：养蚕的月份，夏历三月。条：选取。条桑即采桑。

㉒斨（qiāng）：亦"斧"。柄孔椭圆者为斧，柄孔方者为斨。

㉓远扬：指高高扬起的桑枝。

㉔猗（yǐ）：牵引，指牵引树干以使其长直。女桑：小桑，嫩桑。

㉕鵙（jú）：鸟名，即伯劳。

㉖载：始。绩：纺麻线。

㉗载：语助词。玄：黑红色。

㉘朱：红色。孔阳：非常鲜丽。

㉙秀：吐穗。葽（yāo）：药草名，今名远志。

㉚蜩（tiáo）：一种小蝉。

㉛其获：将要收获。

㉜蘀（tuò）：落叶。

㉝于：取。

㉞同：会合。

㉟缵（zuǎn）：继续。武功：武事。

㊱言：语助词，乃。豵（zōng）：一岁的小猪。

㊲豣（jiān）：三岁的大猪。

㊳斯螽（zhōng）：蝗虫的一种。动股：两只后腿互相摩擦出声如鸣。

㊴莎（shā）鸡：虫名，即纺织娘。振羽：两翅扇动发声。

㊵七月在野：指蟋蟀在野地里；其下八、九月同。

㊶穹：穷，尽。窒：堵塞。

㊷向：北向窗。墐（jìn）：用泥抹。

㊸改岁：更换新年。周历以十一月为正月，所谓"周正"。

㊹处：居住。

㊺郁：灌木名，果实名郁李。薁（yù）：野葡萄。

㊻亨：同"烹"，煮。葵：指冬葵，菜名。菽：豆类的总称。

㊼剥（pū）：扑，打。

㊽春酒：冬酿经春始成的酒。

㊾介（gài）：祈祝。眉寿：长寿。眉毛长者寿长，故称长寿为眉寿。

㊿断：摘取。壶：葫芦。

51 叔：拾取。苴（jū）：麻子。

52 荼（tú）：一种苦菜。樗（chū）：臭椿。薪樗：砍伐臭椿作柴用。

53 食（sì）：将食物给人吃。

54 场：打谷场。圃：菜园。古时场、圃轮用。

55 纳：收入。禾稼：五谷的总称。

56 重穋（tóng lù）：先种后熟叫重，后种先熟叫穋。

57 禾：此禾字是专称，即粟。

58 同：收齐。

59 上：尚，还得。宫功：宫事，家庭劳役。

60 尔：语助词。于：为，取。于茅：去割茅草。

61 绹（táo）：绳，索绹，打草绳。

62 亟：急。乘：登。乘屋：登上屋顶修缮房屋。

63 冲冲：凿冰声。

64 凌阴：冰窖。

65 蚤：古"早"字。

66 羔：小羊。韭：韭黄。

⑰肃霜：犹"肃爽"。

⑱涤场：犹"涤荡"。

⑲朋酒：两樽酒。斯：语助词。飨：设酒食盛待宾客。

⑳跻：登。公堂：奴隶主贵族的厅堂。

㉑称：举。兕觥（sìgōng）：一种铜制酒器，有兕牛头形的盖。

【解析】

《七月》描写周代早期的农业生产状况，是西周社会的风俗画，也是我国奴隶社会的缩影。诗用白描的艺术手法，真切而深刻地反映了当时劳动人民生活的真相。诗人运用对比，写出了当时奴隶与奴隶主阶级的对立。从天象、物候叙写节令的变换，也是此诗的一大特点，如"七月流火"、"八月剥枣"、"十月获稻"等，可以说是我国最早的一份天文学、物候学的珍贵史料。

东　山①

我徂东山②，慆慆不归③。我来自东，零雨其濛④。我东曰归，我心西悲⑤。制彼裳衣，勿士行枚⑥。蜎蜎者蠋⑦，烝在桑野⑧，敦彼独宿⑨，亦在车下。

我徂东山，慆慆不归。我来自东，零雨其濛。果臝之实⑩，亦施于宇⑪。伊威在室⑫，蟏蛸在户⑬。町畽鹿场⑭，熠燿宵行⑮。不可畏也，伊可怀也⑯。

我徂东山，慆慆不归。我来自东，零雨其濛。鹳鸣于垤⑰，妇叹于室。洒扫穹窒，我征聿至⑱。有敦瓜苦⑲，烝在栗薪⑳。自我不见，于今三年。

我徂东山，慆慆不归。我来自东，零雨其濛。仓庚于飞，熠燿其羽。之子于归㉑，皇驳其马㉒。亲结其缡㉓，九十其仪㉔。其新孔嘉㉕，其旧如之何？

【注释】

①本篇选自《豳风》，是周公东征时期的民歌。

②东山：在鲁国东，今名龟蒙山，在山东蒙阴县南。

③慆慆（tāo）：久久。

④零雨：落雨。其濛：同"濛濛"，指天上下着濛濛小雨。

⑤西悲：想到西方的家而悲伤。

⑥士：同"事"，从事。行（héng）：同"横"。枚：像筷子一样的小竹棍。行枚即"衔枚"。

⑦蜎蜎（yuān）：蠕动貌。蠋（zhú）：

字本作"蜀"，蛾蝶类的幼虫，此指
野蚕。

⑧烝：置、放。

⑨敦彼：同"敦敦"，犹"团团"，身体
蜷缩貌。

⑩果蠃（luǒ）：一种蔓生科植物，今名
栝蒌（guā luǒ），又名瓜蒌。

⑪施（yì）：蔓延。宇：屋檐。

⑫伊威：虫名，今名土鳖。

⑬蟏蛸（xiāoshāo）：虫名，一种长脚小
蜘蛛。

⑭町畽（tǐngtuǎn）：宅旁空地。

⑮熠燿（yìyào）：闪耀貌。

⑯怀：思念。

⑰鹳（guàn）：水鸟名，形似鹤、鹭。
垤（dié）：小土堆。

⑱聿：语助词，犹"乃"。

⑲有敦：同"敦敦"，犹"团团"。

⑳栗薪：栗木的柴。

㉑子：古时夫妇互称曰"子"，如"内
子"、"外子"。之子，指妻。于归：
出嫁。

㉒皇：黄白色。驳：赤白色。

㉓缡（lí）：佩巾。古俗女子出嫁，由母
亲将佩巾为她结上，称"结缡"。

㉔九十：指极多。仪：指结婚礼仪。

㉕孔：甚。嘉：美好。

【解析】

　　《东山》是一位远征士兵还乡途中所作。诗中倾诉了他归途上的感受和他对家乡的怀念及对妻子的思恋。四章一律采用复沓的形式，感情层层递进。"我来自东，零雨其濛"，既是对归途情景的描述，也对诗人凄苦和疑惧的心情起到了烘托作用。"其新孔嘉，其旧如之何"，吐露了作者对美好生活的回忆及对未来的疑惧。构思新颖，情节曲折。

采　薇①

　　采薇采薇②，薇亦作止③。曰归曰归，岁亦莫止④。靡室靡家⑤，玁狁之故⑥；不遑启居⑦，玁狁之故。

　　采薇采薇，薇亦柔止⑧。曰归曰归，心亦忧止。忧心烈烈⑨，载饥载渴⑩。我戍未定⑪，靡使归聘⑫。

　　采薇采薇，薇亦刚止⑬。曰归曰归，岁亦阳止⑭。王事靡盬⑮，不遑启处。忧心孔疚⑯，我行不来⑰。

　　彼尔维何⑱？维常之华⑲。彼路斯何⑳？君子之车。戎车既驾㉑，四牡业业㉒。岂敢定居，一月三捷㉓。

　　驾彼四牡，四牡骙骙㉔。君子所依㉕，小人所腓㉖。四牡翼翼㉗，象弭鱼服㉘。岂不日戒㉙，玁狁孔棘㉚。

　　昔我往矣，杨柳依依㉛。今我来思㉜，雨雪霏霏㉝。行

道迟迟³⁴，载渴载饥。我心伤悲，莫知我哀。

【注释】

①本篇选自《小雅》。

②薇：野豌豆，嫩苗可食。

③亦：语助词。作：始生。止：语尾助词（以下句末的"止"字同）。

④莫：同"暮"。

⑤靡：无，没有。

⑥猃狁（xiǎn yǔn）：我国古代北方的少数民族，也作"荤粥"、"獯鬻"、"薰育"、"荤允"，战国以后称匈奴。

⑦不遑（huáng）：无暇。启：跪，即"坐"。启居犹"安居"。第三章"启处"与此同义。

⑧柔：幼苗柔嫩。

⑨烈烈：炽烈。

⑩载饥载渴：又饥又渴。

⑪戍：驻守。不定：没有定处。

⑫使：使者。聘：问候。

⑬刚：坚硬。

⑭阳：阳月。郑玄《毛诗笺》云："十月为阳。"

⑮王事：公事，此指征猃狁的战争。盬（gǔ）：息，止。

⑯孔疚（jiù）：非常忧愁。

⑰来：返，归。

⑱尔：假借字，花盛貌。

⑲常：是"棠"的假借字，棠棣。华：古"花"字。

⑳路：同"辂"，高大的车。

㉑戎车：战车。

㉒四牡：四匹公马。业业：高大貌。

㉓三捷：多次取胜。

㉔骙骙（kuí）：强壮貌。

㉕依：凭依，指乘坐。

㉖腓（féi）：隐蔽。

㉗翼翼：行列整齐貌。

㉘弭：弓的两端。象弭，指两端用象牙镶饰的弓。服：是"箙"的假借字，箭袋。鱼服，用鲨鱼皮做的箭袋。

㉙日戒：日日戒备。

㉚棘：急。

㉛依依：茂盛貌。一说指柳枝随风飘拂貌。

㉜思：语助词。

㉝雨（yù）：作动词用；雨雪，下雪。霏霏：大雪纷飞貌。

㉞迟迟：缓慢。

【解析】

《采薇》是一首描述远征士兵的民歌。"昔我往矣，杨柳依依。今我来思，雨雪霏霏"，是用物候的变化写节令的推移，寓情于景，是千古传诵的名句。

生　民^①

厥初生民^②，时维姜嫄^③。生民如何？克禋克祀^④，以弗无子^⑤。履帝武敏歆^⑥。攸介攸止^⑦。载震载夙^⑧，载生载育，时维后稷^⑨。

诞弥厥月⑩，先生如达⑪。不坼不副⑫，无菑无害⑬，以赫厥灵⑭。上帝不宁⑮，不康禋祀⑯，居然生子⑰。

诞寘之隘巷⑱，牛羊腓字之⑲；诞寘之平林，会伐平林⑳；诞寘之寒冰，鸟覆翼之㉑。鸟乃去矣㉒，后稷呱矣㉓。实覃实讦㉔，厥声载路㉕。

诞实匍匐㉖，克岐克嶷㉗，以就口食㉘。蓺之荏菽㉙，荏菽旆旆㉚，禾役穟穟㉛，麻麦幪幪㉜，瓜瓞唪唪㉝。

诞后稷之穑，有相之道㉞。茀厥丰草㉟，种之黄茂㊱。实方实苞㊲，实种实褎㊳，实发实秀㊴，实坚实好㊵，实颖实栗㊶，即有邰家室㊷。

诞降嘉种㊸，维秬维秠㊹，维穈维芑㊺。恒之秬秠㊻，是获是亩㊼；恒之穈芑，是任是负㊽，以归肇祀㊾。

诞我祀如何？或舂或揄㊿，或簸或蹂⑤，释之叟叟⑤，烝之浮浮⑤。载谋载惟⑤，取萧祭脂⑤。取羝以軷⑤。载燔载烈⑤，以兴嗣岁⑤。

卬盛于豆⑤，于豆于登⑥。其香始升，上帝居歆⑥，胡臭亶时⑥！后稷肇祀，庶无罪悔⑥，以迄于今⑥。

【注释】

①本篇选自《大雅》。

②厥：其。民：人，指周人。

③时：指示代词，是，此。维：为，是。姜嫄（yuán）：周人始祖后稷的母亲。

④克：能，善于。禋（yīn）祀：一种野祭，此指祀郊禖（同"媒"）。禖是求子之神，祭于郊外。

⑤弗：是"祓（fú）"的假借字，去除。

⑥履：践踏。帝：上帝，天帝。武：脚印。敏：大拇指。歆（xīn）：动，指感应。

⑦攸：语助词，乃。介（qiè）：停息。

⑧载：语助词，则。震：是"娠"的声近假借字，怀孕。夙：肃也。指停止性生活。

⑨后稷：姓姬，名弃。相传后稷在尧、舜时任农官。在我国古代传说中，后稷是仅亚于神农的农神。

⑩诞：发语词。弥：满，指怀胎满十月。

⑪先生：头胎。达：小羊。这句是说，后稷之生如小羊，生得却极顺利。

⑫坼（chè）：裂。副（pì）：破裂。

⑬菑：同"灾"，灾害。这两句是说，后稷如小羊之生，连胞衣而下，无灾无害。

⑭赫：显示。灵：神异。

⑮不宁：不安。

⑯康：乐，指安享。

⑰居然：安然。

⑱寘：同"置"，放。隘巷：窄巷，小

巷。

⑲腓（féi）：庇护。字：乳养。

⑳会：值，正碰上。

㉑覆翼：用翼覆盖。

㉒去：离开。

㉓呱（gū）：小儿哭声。

㉔实：语助词。覃（tán）：长。讦（xū）：大。这句是说，哭声又响又长。

㉕载：满。载路，满路，言其哭声之大。

㉖匍匐：爬行。指后稷长到爬行的时候。

㉗岐、嶷（yí）：指有所知识。

㉘以：同"已"。就：求。

㉙蓺（yì）：种植。荏菽（rěn shū）：大豆。

㉚旆（pèi）旆：茂盛貌。

㉛役：《说文》引作"颖"。禾颖：禾穗。穟穟（suí）：禾美好貌。

㉜幪（méng）幪：茂盛貌。

㉝瓞（dié）：小瓜。唪（běng）唪：果实累累貌。

㉞相（xiàng）：治理。道：方法。

㉟茀（fú）：治，指除草。

㊱黄茂：嘉谷，良种谷物。

㊲方：始，指谷种始吐芽。苞：谷壳，指谷芽含苞待出。

㊳种（zhǒng）、褎（yòu）：种是说禾苗刚出土，褎是说禾苗渐渐长高。

㊴发：指禾苗拔节，舒展发育。秀：吐穗。

㊵坚：指禾穗颗粒饱满。好：指禾穗颜色纯正。

㊶颖：指垂颖，谷穗下垂。栗：犹"栗栗"，谷穗颗粒多而不秕（bǐ）。

㊷即：就，往。邰（tái），地名。这句是说在邰地成了家室。

㊸降：天降，天赐。嘉种：良种。

㊹维：语助词。秬（jù）：黑黍。秠（pǐ）：一壳二米的黑黍。

㊺穈（mén）：红苗嘉谷。芑（qǐ）：白苗嘉谷。

㊻恒（gèn）：犹"满"、"遍"。此指遍种。

㊼是：语助词。获：收割。亩：指堆放在田亩中。

㊽任：肩担。负：背负。

㊾肇（zhào）：始。肇祀：开始祭祀。

㊿舂（chōng）：用杵在臼中捣米。揄（yú）：将米从臼中取出。

51簸：扬米去糠。蹂：通"揉"，指用手将米反复揉搓使精细。

52释：淘米。叟叟：一作"溲溲"，淘米声。

53浮浮：热气上腾貌。

54惟：思谋，筹划。

55萧：香蒿。

56羝（dī）：公羊。軷（bá）：祭道路之神。

57燔（fán）：烧。烈：烤。

58嗣岁：来岁，来年。这句是说祈求来年兴旺。

59卬（áng）：我。豆：一种木制食器。

60登（dēng）：一种陶制食器。

61居歆：安享。

62胡：何。臭：香。亶（dǎn）：诚，确实。时：言得其时。

63庶：幸。悔：咎，过失。罪悔：罪过。

64迄：至。

19

【解析】

《生民》是一首祀祖歌，也是周民族的史诗。诗中记述了从周的始祖后稷诞生到定居于邰的传说，歌颂了后稷在农业方面的伟大功绩。此诗取材于神话、传说，故事曲折奇异，具有鲜明的叙事诗色彩。

屈　原

屈原（前 340？～前 278？），名平，字原，战国后期楚国人。楚国宗室贵族。曾任楚怀王左徒，颇受信任。后遭到旧贵族集团的强烈反对，因上官大夫谗毁而被怀王贬黜，后被流放。襄王时，被令尹子兰、上官大夫毁谤，又一次被流放于江南边地。在长期的流放中，写下了许多不朽的诗篇。最后投汨罗江而死。

屈原是先秦唯一有诗集传世的诗人，是楚辞的创始人，也是楚辞作家的最高代表。屈原继承并发展《诗经》的"比兴"传统，在楚国民间歌曲的基础上创造了楚辞这一新的诗体，在中国诗歌史上掀开了新的一页。屈原的作品有《离骚》、《天问》、《招魂》、《九章》和《九歌》。

离　骚①

帝高阳之苗裔兮②，朕皇考曰伯庸③。
摄提贞于孟陬兮④，惟庚寅吾以降⑤。
皇览揆余初度兮⑥，肇锡余以嘉名⑦；
名余曰正则兮⑧，字余曰灵均⑨。
纷吾既有此内美兮⑩，又重之以修能⑪；
扈江离与辟芷兮⑫，纫秋兰以为佩⑬。
汩余若将不及兮⑭，恐年岁之不吾与⑮。
朝搴阰之木兰兮⑯，夕揽洲之宿莽⑰。
日月忽其不淹兮⑱，春与秋其代序⑲。
惟草木之零落兮⑳，恐美人之迟暮㉑。
不抚壮而弃秽兮㉒，何不改乎此度㉓？

乘骐骥以驰骋兮㉔，来吾道夫先路㉕！

【注释】

①《离骚》是屈原的代表作。关于"离骚"二字的含义，众说纷纭。一般以为离义遭逢，骚义忧愁，离骚即遭遇忧愁的意思。

②高阳：传说中"五帝"第二帝颛顼（zhuān xū）的称号。苗裔：后裔，远代子孙。兮（xī）：语气词，犹今语"啊"。

③朕（zhèn）：我。古时此字本人人通用，到秦始皇始规定皇帝专用。皇：大。考：已故的父亲。皇考，是对已故父亲的尊称。伯庸：屈原父亲的字。

④摄提：是"摄提格"的简称。古人把天宫划分为十二等分，称"十二宫"，以岁星（木星）在天空运转所指的方位纪年。岁星指向寅宫时的那一年，称作"摄提格"，是寅年的别名。贞：当，正指向。陬（zōu）：即陬月，夏历正月的别名。夏历正月建寅，孟陬犹言"孟春正月"。

⑤惟：语助词。庚寅：屈原生日那一天的干支。

⑥皇：指皇考。览：观察。揆（kuí）：测度。初度：初生时节，也就是生辰。

⑦锡：赐给。嘉名：美好的名字。

⑧正则：公正的法则，隐含"平"字之义。

⑨灵：美。均：均平。灵均，极好的平地，隐含"原"字之义。

⑩纷：盛貌，是内美的形容词。内美：内在的美好品质，天赋的美好品质。

⑪重（chóng）：再加上。修：修治，引申为美、善。能：通"态"。修能，美好的容态、仪表。一说修，长也；修能，超人的才能。

⑫扈（hù）：披。江离：香草名，一作江蓠，即蘼芜。芷：香草名，即白芷。生于偏僻之处，因称"辟芷"。

⑬纫：贯串，联结。秋兰：香草名，菊科，秋天开花，所以名"秋兰"，非指今春天开的兰花。佩：佩带的装饰品。

⑭汩（yù）：水流疾速的样子。

⑮与：待。不吾与：不等待我。

⑯搴（qiān）：拔取。阰（pí）：高冈。木兰：香木名，辛夷的一种，未开的花蕾可供药用。

⑰揽：采收。宿莽：一种拔心不死的香草。

⑱忽：倏忽，迅速。淹：久留。

⑲代：更替。序：时序。

⑳惟：思虑。

㉑美人：喻怀王。迟：晚。迟暮：比喻老年。

㉒抚：持，趁着。壮：壮盛之年。秽：恶草，喻谗邪。

㉓度：态度。

㉔骐骥：骏马，喻贤才。

㉕来：蒋骥《山带阁注楚辞》云："来，相招之辞。"道：同"导"，引路。夫：语助词。先路：前驱。

昔三后之纯粹兮①，固众芳之所在②。
杂申椒与菌桂兮③，岂唯纫夫蕙茝④！

彼尧舜之耿介兮⑤，既遵道而得路⑥；
何桀纣之猖披兮⑦，夫惟捷径以窘步⑧！
惟夫党人之偷乐兮⑨，路幽昧以险隘⑩。
岂余身之惮殃兮⑪？恐皇舆之败绩⑫。
忽奔走以先后兮⑬，及前王之踵武⑭。
荃不察余之中情兮⑮，反信谗而齌怒⑯。
余固知謇謇之为患兮⑰，忍而不能舍也⑱。
指九天以为正兮⑲，夫惟灵修之故也⑳！
初既与余成言兮㉑，后悔遁而有他㉒。
余既不难夫离别兮，伤灵修之数化㉓。
余既滋兰之九畹兮㉔，又树蕙之百亩㉕。
畦留夷与揭车兮㉖，杂杜蘅与芳芷㉗。
冀枝叶之峻茂兮㉘，愿俟时乎吾将刈㉙。
虽萎绝其亦何伤兮㉚，哀众芳之芜秽㉛！
众皆竞进以贪婪兮㉜，凭不厌乎求索㉝。
羌内恕己以量人兮㉞，各兴心而嫉妒㉟。
忽驰骛以追逐兮㊱，非余心之所急。
老冉冉其将至兮㊲，恐修名之不立㊳。
朝饮木兰之坠露兮，夕餐秋菊之落英㊴。
苟余情其信姱以练要兮㊵，长顑颔亦何伤㊶！
擥木根以结茝兮㊷，贯薜荔之落蕊㊸。
矫菌桂以纫蕙兮㊹，索胡绳之纚纚㊺。
謇吾法夫前修兮㊻，非世俗之所服㊼。
虽不周于今之人兮㊽，愿依彭咸之遗则㊾。

【注释】

①后：王。三后：三王，指夏禹、商汤、周文王。纯粹：指品质纯洁。

②众芳：喻群贤。

③杂：犹"集"。申椒、菌桂：都是香木名。

④岂惟：不仅。蕙、茝（chǎi）：都是香草名。申椒、菌桂、蕙、茝都是比喻群贤美好的品质。

⑤耿介：光明正大。

⑥遵：循。道：正道。路：大道。

⑦猖披：狂乱放纵。

⑧捷径：邪道。以：而。窘：困窘。窘步：犹言"寸步难行"。

⑨惟夫：句首语气词。党人：指楚怀王

宠信的群小。偷：苟且。

⑩幽昧：昏暗不明。险隘：危险狭窄。

⑪惮殃：惧怕灾祸。

⑫皇舆：帝王乘的车，代指国家。败绩：原意战争失败，兵车翻覆，此处比喻国家覆亡。

⑬忽：迅速，匆忙。

⑭及：赶上。踵（zhǒng）武：犹足迹。

⑮荃（quán）：香草名，比喻楚王。中情：本心，真意。

⑯谗（chán）：诬陷。齐（jì）：疾也。齐怒：暴怒。

⑰謇謇（jiǎnjiǎn）：直言强谏。

⑱忍：张德纯《离骚节解》云："忍之为言，不忍也。"舍：止。

⑲九天：即天。古时认为天有九重，因称"九天"。正：证。

⑳灵修：原意是神明远见，此指楚王。

㉑成言：犹定言，指彼此约定的话。

㉒悔：改。遁：移。悔遁：改变。有他：另有打算。

㉓数（shuò）：屡屡。

㉔滋：栽培。畹（wǎn）：十二亩。此处泛指广大。

㉕树：种植。

㉖畦（qí）：垄种，一垄一垄地种。留夷、揭车：都是香草名。

㉗杂：指间种。杜蘅：香草名，又名马蹄香。

㉘冀：希望。峻：高，长。

㉙俟：等待。刈（yì）：收割。

㉚萎绝：枯落。

㉛众芳：兰、蕙等香草，比喻群贤，屈原所培育的人。芜秽：荒芜。

㉜竞进：争着钻营官位。

㉝凭：满。索：求。求索：贪求索取。

㉞羌：语助词。

㉟各兴心句：即"生嫉妒之心"。

㊱忽：急速。骛（wù）：乱跑。

㊲冉冉：渐渐。

㊳修名：贤名，美名。立：成就。

㊴英：花。

㊵苟：如果。情：指德行。信姱（kuā）：确实美好，与"信芳"、"信美"同义。以：而。练要：犹"精粹"。

㊶颛颔（kǎn hàn）：因食不饱而面容憔悴的样子。

㊷擥（lǎn）：持。木根：木兰的根。

㊸贯：串联。薜荔（bì lì）：香草名。蕊：花。

㊹矫：举。菌桂：香木名，即肉桂。

㊺索：此处指搓绳索。胡绳：香草名。纚纚（xǐ）：长长一串的样子。

㊻謇（jiǎn）：语助词，乃。法：效法。前修：前贤。

㊼服：用。

㊽周：合。

㊾依：依照。彭咸：王逸《楚辞章句》："彭咸，殷贤大夫，谏其君不听，不得其志，自投水而死。"遗则：留下的法则。

长太息以掩涕兮①，哀民生之多艰②。

余虽好修姱以靰羁兮③，謇朝谇而夕替④。

既替余以蕙纕兮⑤，又申之以揽茝⑥。

亦余心之所善兮⑦，虽九死其犹未悔⑧！

怨灵修之浩荡兮⑨，终不察夫民心。

众女嫉余之蛾眉兮⑩，谣诼谓余以善淫⑪。
固时俗之工巧兮⑫，偭规矩而改错⑬。
背绳墨以追曲兮⑭，竞周容以为度⑮。
忳郁邑余侘傺兮⑯，吾独穷困乎此时也。
宁溘死以流亡兮⑰，余不忍为此态也⑱！
鸷鸟之不群兮⑲，自前世而固然。
何方圜之能周兮⑳，夫孰异道而相安！
屈心而抑志兮㉑，忍尤而攘诟㉒，
伏清白以死直兮㉓，固前圣之所厚㉔。

【注释】

①太息：叹息。掩涕：拭泪。
②民生：人生。多艰：多灾多难。
③好：爱好。修姱：修洁美好。鞿
　（jī）：马缰绳。羁：马笼头。
④谇（suì）：谏。替：废弃，贬黜。
⑤以：因。蕙缠（xiāng）：用蕙做的香
　囊。
⑥申：重（chóng），再加上。揽：持。
⑦亦：语助词。善：爱好。
⑧九死：犹"万死"。
⑨浩荡：浩浩荡荡，无思虑貌。
⑩众女：比喻楚王左右的众臣。蛾眉：
　蚕蛾的眉毛细而弯曲，是古代女子美
　貌的象征，此代指美貌。
⑪谣诼（zhuó）：造谣诽谤。善淫：善
　于淫邪。
⑫工巧：善于取巧。
⑬偭（miǎn）：违背。规：画圆形的工
　具。矩：画方形的工具。规矩：指法

度。错：同"措"，犹言"措施"。
⑭绳墨：墨绳，木匠用以正曲直，亦喻
　法度。追曲：随曲而行。
⑮周容：苟合取容。度：常规，原则。
⑯忳（tún）：忧闷的样子。郁邑：同
　"郁悒"，忧结不解的样子。侘傺
　（chà chì）：不得志的样子。
⑰宁：宁愿。溘（kè）：忽然。溘死：
　忽然死去。
⑱此态：指苟合取容之态。
⑲鸷鸟：凶猛的鸟，如鹰、雕等。不
　群：不与凡鸟为伍。
⑳圜：同"圆"。方圜：方圆。
㉑屈心：委屈己心。抑志：压抑己志。
㉒尤：罪过。忍尤：容忍强加的罪名。
　攘（rǎng）：取。攘诟：承受耻辱。
㉓伏：同"服"，保持。死直：为正直
　而死。
㉔厚：重，嘉许。

悔相道之不察兮①，延伫乎吾将反②。
回朕车以复路兮③，及行迷之未远④。
步余马于兰皋兮⑤，驰椒丘且焉止息⑥。
进不入以离尤兮⑦，退将修吾初服⑧。
制芰荷以为衣兮⑨，集芙蓉以为裳⑩。

不吾知其亦已兮[11]，苟余情其信芳[12]。
高余冠之岌岌兮[13]，长余佩之陆离[14]。
芳与泽其杂糅兮[15]，唯昭质其犹未亏[16]。
忽反顾以游目兮[17]，将往观乎四荒[18]。
佩缤纷其繁饰兮，芳菲菲其弥章[19]。
民生各有所乐兮[20]，余独好修以为常[21]。
虽体解吾犹未变兮[22]，岂余心之可惩[23]！

【注释】

①相（xiàng）：视，看，引申为"选择"。道：指人生道路。

②延：伸脖颈。延伫：伸着脖颈踮着脚而望。

③回：指掉转。复路：走回原来的路。

④及：趁。行迷：误入迷途。

⑤步：慢慢走。皋：即江岸、湖岸。兰皋：满是兰草的江岸或湖岸。

⑥驰：马急行。

⑦离（lí）：遭遇。离尤，犹"获罪"。

⑧退：退隐。初服：明言当初的服饰，实指原来的志趣。

⑨芰（jì）：菱，此指菱叶。

⑩芙蓉：莲花。

⑪不吾知：是"不知吾"的倒文，即"不了解我"。

⑫信芳：确实美好。

⑬岌岌（jí jí）：高的样子。

⑭陆离：长的样子。

⑮泽：与芳相对，指污垢。糅（róu）：混杂。

⑯昭质：清白的品质。未亏：未受损害。

⑰反顾：回头看。游目：纵目四望。

⑱四荒：四方绝远处。

⑲菲菲：香气浓郁。弥：愈，越。章：同"彰"，显著。

⑳乐：喜好。

㉑好修：爱好修养品德。

㉒体解：古代的一种酷刑，肢解。

㉓惩：改变。

女嬃之婵媛兮[1]，申申其詈予[2]。
曰"鲧婞直以亡身兮[3]，终然殀乎羽之野[4]。
汝何博謇而好修兮[5]，纷独有此姱节？
薋菉葹以盈室兮[6]，判独离而不服[7]。
众不可户说兮[8]，孰云察余之中情[9]？
世并举而好朋兮[10]，夫何茕独而不予听[11]？"
依前圣以节中兮[12]，喟凭心而历兹[13]。
济沅湘以南征兮[14]，就重华而陈词[15]：
"启《九辩》与《九歌》兮[16]，夏康娱以自纵[17]

不顾难以图后兮⑱，五子用失乎家巷⑲。

羿淫游以佚畋兮⑳，又好射夫封狐㉑。

固乱流其鲜终兮㉒，浞又贪夫厥家㉓。

浇身被服强圉兮㉔，纵欲而不忍㉕。

日康娱而自忘兮㉖，厥首用夫颠陨㉗。

夏桀之常违兮㉘，乃遂焉而逢殃㉙。

后辛之菹醢兮㉚，殷宗用而不长㉛。

汤禹俨而祗敬兮㉜，周论道而莫差㉝；

举贤而授能兮，循绳墨而不颇㉞。

皇天无私阿兮㉟，览民德焉错辅㊱。

夫维圣哲以茂行兮㊲，苟得用此下土㊳。

瞻前而顾后兮，相观民之计极㊴。

夫孰非义而可用兮，孰非善而可服㊵？

阽余身而危死兮㊶，览余初其犹未悔㊷。

不量凿而正枘兮㊸，固前修以菹醢㊹。

曾歔欷余郁邑兮㊺，哀朕时之不当㊻。

揽茹蕙以掩涕兮㊼，沾余襟之浪浪㊽。

【注释】

①女媭（xū）：相传是屈原的姐姐。一说是妾，一说是女伴。当是屈原假设的人物。婵媛（chán yuán）：朱熹《楚辞集注》云："婵媛，眷恋牵持之意。"即缠绵多情的意思。

②申申：絮烦貌，反反复复。詈（lì）：责骂。予：我。

③曰：说，指女媭。鲧（gǔn）：传说中的夏禹的父亲。婞（xìng）直：刚直。亡身：一作"忘身"。婞直亡身，刚直而不顾身。

④夭（yāo）：早死。羽之野：羽山之野。羽山，据《汉书·地理志》说，在今江苏省赣榆县西南。据胡渭《禹贡锥指》说，羽山在今山东省蓬莱县南。

⑤博：多。謇：直谏。博謇：屡屡直谏。

⑥资（zī）：堆积。菉（lù）：草名，又名王刍。葹（shī）：草名，即苍耳。两种都是恶草，比喻朝中群小。盈室：满屋。

⑦判：区别。离：抛弃。服：佩用。

⑧户说：犹"遍说"，挨户说明，使家喻户晓。

⑨云：语助词。余侪：我们。

⑩并举：互相抬举。好朋：惯于结党营私。

⑪茕（qióng）独：孤独。

⑫节中：折中。

⑬喟（kuì）：叹息。凭：愤怒。历兹：犹"至此"。

⑭济：渡。沅、湘：沅江和湘江，都是湖南境内的大河，下流注入洞庭湖。南征：南行。

⑮就：投向。重华，帝舜的名字。陈词：陈述心中要说的话。传说舜死后葬在苍梧之野的九嶷山（在今湖南省宁远县南）。

⑯启：夏启，夏禹之子。《九辩》、《九歌》：相传都是仙乐，是夏启从天上偷下来，用于人间。

⑰夏：指夏启。康：乐。康娱：寻欢作乐。纵：放纵。

⑱顾难：考虑患难。图后：为未来着想。

⑲五子：即五观，一作武观，夏启的少子，一说是其弟。用失乎：应作"用夫"或"用乎"。用：因。夫、乎：均语助词。巷（hòng）：家巷，即内讧，内部的斗争。相传五观曾发动叛乱，启命彭寿将其讨平。

⑳羿（yì）：后羿，夏朝初年有穷国的国君。淫游：过度的游乐。佚（yì）：放纵。畋（tián）：打猎。佚畋：尽情地田猎。

㉑封狐：大狐，代指野兽。

㉒乱流：邪恶之人。鲜终：极少善终。

㉓浞（zhuó）：寒浞，殷朝寒国的国君，是后羿的相。家：妻室。相传寒浞派逢（páng）蒙射杀后羿，并夺取了他的妻子。

㉔浇（áo）：寒浞之子。被服：具有。强圉（yǔ）：同"强御"，强壮有力。

㉕不忍：不自克制。

㉖日：日日。自忘：忘掉自己的安危。

㉗颠陨：坠落。厥首颠陨：指浇被夏后

相子少康杀掉。

㉘常违：常违背道。

㉙遂焉：犹"终然"，终于。逢殃：遇祸，此指夏桀被商汤放逐于南巢（在今安徽省巢县东北）事。

㉚后辛：殷纣王名辛。菹醢（zǔ hǎi）：古代酷刑，将人剁成肉酱，此指纣王菹醢九侯、鄂侯、梅伯、比干等事。

㉛宗：宗祀。殷宗：殷王朝。用而：因而。

㉜汤：商汤王，商朝开国之君。禹：夏禹王，夏朝开国之君。俨：庄重，严肃。祗（zhī）敬：恭敬。

㉝周：指周文王、周武王。论道：讲究治国之道。莫差：没有差错。

㉞颇：偏。不颇，犹"莫差"。

㉟私阿：偏爱曰私，徇私曰阿。

㊱览：观察。民德：万民当中有德行的人。错：同"措"，施布。辅：扶助。

㊲茂行：美好的德行。

㊳苟：乃。下土：犹言"天下"。

㊴相观：观察。极：标准。

㊵服：用。

㊶阽（diàn）：犹"危"。危死：几乎死去。

㊷初：指当初的心志。

㊸量：度量。凿：器物上的凿孔。枘（ruì），榫头。

㊹固：所以。

㊺曾：屡次。歔欷（xū xī）：抽泣声。

㊻当：值，遇。时不当：犹言"生不逢时"。

㊼茹蕙：柔蕙。

㊽沾：浸湿。浪浪：涕流貌，意同滚滚。

跪敷衽以陈词兮①，耿吾既得此中正②。
驷玉虬以乘鹥兮③，溘埃风余上征④。

朝发轫于苍梧兮⑤，夕余至乎县圃⑥。
欲少留此灵琐兮⑦，日忽忽其将暮⑧。
吾令羲和弭节兮⑨，望崦嵫而勿迫⑩。
路曼曼其修远兮⑪，吾将上下而求索。
饮余马于咸池兮⑫，总余辔乎扶桑⑬。
折若木以拂日兮⑭，聊逍遥以相羊⑮。
前望舒使先驱兮⑯，后飞廉使奔属⑰。
鸾皇为余先戒兮⑱，雷师告余以未具⑲。
吾令凤鸟飞腾兮，继之以日夜⑳。
飘风屯其相离兮㉑，帅云霓而来御㉒。
纷总总其离合兮㉓，斑陆离其上下㉔。
吾令帝阍开关兮㉕，倚阊阖而望予㉖。
时暧暧其将罢兮㉗，结幽兰而延伫。
世溷浊而不分兮㉘，好蔽美而嫉妒㉙。
朝吾将济于白水兮㉚，登阆风而緤马㉛。
忽反顾以流涕兮，哀高丘之无女㉜。
溘吾游此春宫兮㉝，折琼枝以继佩㉞。
及荣华之未落兮㉟，相下女之可诒㊱。
吾令丰隆乘云兮㊲，求宓妃之所在㊳。
解佩纕以结言兮㊴，吾令蹇修以为理㊵。
纷总总其离合兮㊶，忽纬繣其难迁㊷。
夕归次于穷石兮㊸，朝濯发乎洧盘㊹。
保厥美以骄傲兮㊺，日康娱以淫游。
虽信美而无礼兮，来违弃而改求㊻。
览相观于四极兮㊼，周流乎天余乃下㊽。
望瑶台之偃蹇兮㊾，见有娀之佚女㊿。
吾令鸩为媒兮(51)，鸩告余以不好。
雄鸠之鸣逝兮(52)，余犹恶其佻巧(53)。
心犹豫而狐疑兮，欲自适而不可(54)。
凤皇既受诒兮(55)，恐高辛之先我(56)。
欲远集而无所止兮(57)，聊浮游以逍遥(58)。
及少康之未家兮(59)，留有虞之二姚(60)。

理弱而媒拙兮③，恐导言之不固②。
世溷浊而嫉贤兮，好蔽美而称恶③。
闺中既以邃远兮③，哲王又不寤③。
怀朕情而不发兮，余焉能忍与此终古⑥！

【注释】

①敷：铺。衽（rèn）：衣的前襟。

②耿：明白。中正：指中正之道。

③驷（sì）：古时一车驾四马称驷，此作动词用，是"驾"的意思。虬（qiú）：龙的一种。鹥（yī）：凤凰一类的鸟。

④溘：奄忽，迅速貌。埃风：尘风，大风。上征：向上天飞行。

⑤轫（rèn）：停车时抵止车轮的横木，车要出行，则将横木撤去。发轫：犹言"启行"、"启程"。苍梧：山名，即九嶷山。

⑥县（xuán）圃：传说中的山名，在昆仑山上。

⑦灵：神。琐：刻有花纹的门。灵琐：神仙所居之门。

⑧忽忽：急遽貌。

⑨羲和：神话中给太阳驾车的神。弭：按，止。节：与"策"同义，马鞭。弭节：放下鞭子，让马徐行。

⑩崦嵫（yān zī）：神话中山名，日所入处。迫：近。

⑪曼曼：远貌。修远：既长又远。

⑫咸池：神话中水名，日所浴处。

⑬总：系（jì）上。辔：马缰绳。扶桑：神话中木名，日出其下。

⑭若木：神话中木名，生在日所落处。拂：阻止。

⑮聊：姑且。相羊：同"徜徉"，徘徊。逍遥相羊：意谓自由自在地游玩。

⑯望舒：神话中给月神驾车的神。

⑰飞廉：风神。属（zhǔ）：跟随。

⑱鸾皇：凤凰。先戒：先行警戒。

⑲雷师：雷神。

⑳继之句：是说夜以继日，兼程急行。

㉑飘风：旋风。屯：聚。屯其相离：忽聚忽离。

㉒帅：率领。御：迎。

㉓纷：盛貌，是"总总"的状语。总总：聚集貌。

㉔斑：散乱貌，是"陆离"的状语。陆离：参差错杂貌。

㉕帝阍（hūn）：天帝的看门人。关：门闩。开关，即"开门"。

㉖阊阖（chāng hé）：天门。

㉗时：时光。暧暧（àiài）：昏暗貌，黄昏时的情景。罢：同"疲"，疲劳，劳累。

㉘溷（hùn）浊：同"浑浊"。

㉙蔽美嫉妒：是说掩盖人之美，嫉妒人之善。

㉚白水：神话中的水名，源出昆仑山。

㉛阆（láng）风：神话中山名，在昆仑山上。缨（xiè）：系住，拴上。

㉜高丘：指阆风山。女：神女。

㉝春宫：春神之宫。

㉞琼枝：玉树之枝。继佩：在佩饰上再续上琼枝。

㉟荣华：花。

㊱相：看。下女：指宓妃、简狄、有虞二姚等，此皆人神，对高丘神女而言，故称"下女"。诒：同"贻"，赠送。

㊲丰隆：云神。
㊳宓（fú）妃：传说是伏羲氏之女，游洛水而死，遂为洛神。
㊴结言：订盟。
㊵蹇修：神话中人物，传说是伏羲氏之臣。理：媒人。
㊶纷总总：乱纷纷。
㊷纬繣（wěi huà）：乖戾，乖违，指意不投合。难迁：难移，难变。
㊸次：止宿。穷石：山名，在今甘肃省山丹县西南，弱水所出。
㊹濯发：洗发。洧盘：神话中水名，源出崦嵫山。
㊺保：恃，依仗。
㊻违弃：抛弃。
㊼四极：犹“四荒”，四方极远之处。
㊽周流：周游。
㊾瑶台：用瑶玉筑成的台。偃蹇：高耸貌。
㊿有娀（sōng）：有娀氏，传说中的上古小国。佚女：美女。有娀氏女名简狄，嫁帝喾（kù），生子契（xiè），是商的始祖。
(51)鸩（zhèn）：鸟名，其羽有毒。用以浸酒，饮之辄死。
(52)逝：往。鸣逝：边飞边鸣。
(53)佻（tiāo）巧：轻佻巧诈。
(54)自适：亲往。
(55)凤皇：指玄鸟。受：古通“授”，付与。受诒：送去聘礼。传说高辛氏委托玄鸟给简狄送去聘礼，简狄同意了婚事。
(56)高辛：帝喾高辛氏，是传说中“五帝”的第三帝，简狄的丈夫。
(57)集：栖止。止：停留。
(58)浮游：随意游荡。
(59)少康：夏后相之子。相传浇杀夏后相，灭夏朝。
(60)有虞：传说中的上古小国，姚姓。二姚：有虞国君的两个女儿。
(61)理弱、媒拙：媒人笨拙无能。
(62)导言：指媒人撮合双方的话。不固：不牢靠。
(63)称恶：扬人之恶，实指说人坏话。
(64)闺：宫中小门。闺中：犹“宫中”。邃远：深远。
(65)哲王：指怀王。寤：同“悟”，醒悟。
(66)终古：永久。

索琼茅以筳篿兮[1]，命灵氛为余占之[2]。
曰“两美其必合兮[3]，孰信修而慕之[4]？
思九州之博大兮，岂唯是其有女[5]？”
曰“勉远逝而无狐疑兮，孰求美而释女[6]？
何所独无芳草兮[7]，尔何怀乎故宇[8]？
世幽昧以眩曜兮[9]，孰云察余之善恶[10]？
民好恶其不同兮[11]，惟此党人其独异[12]。
户服艾以盈要兮[13]，谓幽兰其不可佩。
览察草木其犹未得兮[14]，岂珵美之能当[15]？
苏粪壤以充帏兮[16]，谓申椒其不芳。”
欲从灵氛之吉占兮[17]，心犹豫而狐疑。

巫咸将夕降兮^⑱，怀椒糈而要之^⑲。
百神翳其备降兮^⑳，九疑缤其并迎^㉑。
皇剡剡其扬灵兮^㉒，告余以吉故^㉓。
曰"勉升降以上下兮^㉔，求榘矱之所同^㉕。
汤禹严而求合兮^㉖，挚咎繇而能调^㉗。
苟中情其好修兮，又何必用夫行媒^㉘？
说操筑于傅岩兮^㉙，武丁用而不疑^㉚。
吕望之鼓刀兮^㉛，遭周文而得举^㉜。
宁戚之讴歌兮^㉝，齐桓闻以该辅^㉞。
及年岁之未晏兮^㉟，时亦犹其未央^㊱。
恐鹈鴂之先鸣兮^㊲，使夫百草为之不芳^㊳。"
何琼佩之偃蹇兮^㊴，众薆然而蔽之^㊵？
惟此党人之不谅兮^㊶，恐嫉妒而折之^㊷。
时缤纷其变易兮，又何可以淹留^㊸？
兰芷变而不芳兮，荃蕙化而为茅^㊹。
何昔日之芳草兮，今直为此萧艾也^㊺？
岂其有他故兮，莫好修之害也！
余以兰为可恃兮，羌无实而容长^㊻。
委厥美以从俗兮^㊼，苟得列乎众芳。
椒专佞以慢慆兮^㊽，樧又欲充夫佩帏^㊾。
既干进而务入兮^㊿，又何芳之能祗⁵¹？
固时俗之流从兮⁵²，又孰能无变化？
览椒兰其若兹兮，又况揭车与江离？
惟兹佩之可贵兮⁵³，委厥美而历兹⁵⁴。
芳菲菲而难亏兮，芬至今犹未沫⁵⁵。
和调度以自娱兮⁵⁶，聊浮游而求女。
及余饰之方壮兮⁵⁷，周流观乎上下。

【注释】

①琼茅：一种占卦用的草。以：犹"与"，和。莛（tíng）：占卦用的竹片。筳（zhuān）：用草棍、竹片占卦。
②灵氛：神巫名。
③两美：（男女）两方都美。其：语助词。两美遇合，比喻贤臣必遇明君。
④信修：确实美好。

⑤女：美女，喻明君。

⑥释：放弃。女：同"汝"，你，指屈原。

⑦何所：何处。芳草：比喻理想中的美女。

⑧尔：你。怀：留恋。故宇：旧居，代指楚国。

⑨眩曜（xuàn yào）：惑乱貌。

⑩云：语助词。余：余侪，我们。

⑪恶（wù）：憎恶。

⑫党人：指楚王左右群小。

⑬户：户户，家家。服：佩带。艾：艾蒿，当时人以为恶草。要：同"腰"。盈要：满腰。

⑭未得：不得其当。

⑮珵（chéng）：美玉。当：恰当。

⑯苏：犹"索"，取。粪壤：粪土。充：填塞。帏（wéi）：佩带的香囊。

⑰吉占：好卦。

⑱巫咸：传说中的上古神巫。降：降神。

⑲怀：抱，持。椒：祭神用的香物。糈（xǔ）：精米。要（yāo）：迎。

⑳翳（yì）：蔽。备降：齐降。

㉑九疑：众巫。

㉒皇：神灵。剡剡（yǎn）：发光貌。扬灵：显灵。

㉓故：故事。吉故，吉利的故事，指历史上贤臣遇明君的事例。

㉔升降、上下：升天下地，周流四方。

㉕榘：同"矩"，画方形的工具。矱（huò）：量长短的工具。均指法度。

㉖严：诚意。求合：访求志同道合的贤臣。

㉗挚：即伊尹，汤的贤臣。咎繇（gāo yáo）：即皋陶，禹的贤臣。调：协调。

㉘用：借助。

㉙说（yuè）：傅说。筑：打夯用的木杵。传说傅说原是奴隶，在傅岩（今山西省平陆县圣人窟）从事操杵筑墙的劳役。

㉚武丁：即殷高宗。传说殷高宗思得贤臣，中兴殷朝。一次他梦见一位贤人，极想得到他。后见傅说和梦中的贤人长得一样，就用他为相。

㉛吕望：即吕尚，本姓姜，又称姜尚，俗称姜太公。鼓刀：指敲刀为屠。

㉜周文：周文王。举：提拔。

㉝宁戚：春秋时卫国贤士。传说他去齐国经商，夜间喂牛，敲着牛角唱《饭牛歌》，慨叹他的怀才不遇。齐桓公夜出，正好听见他唱歌，知他是位贤士，就用他为客卿。

㉞齐桓：齐桓公。该：备。该辅，用为辅佐大臣。

㉟未晏：未晚。年岁未晏，年尚未老。

㊱未央：未尽，指国势尚未尽衰。犹其：是"其犹"的倒文。

㊲鶗鴂（tí jué）：鸟名，又名伯劳，秋分前鸣。一说是杜鹃，春末夏初鸣。

㊳使夫句：是说鶗鴂鸣时，百草就要凋谢。

㊴琼佩：玉佩。偓促：众盛貌。琼佩偓促：喻品德美盛。

㊵薆（ài）然：犹"隐然"，遮蔽貌。

㊶谅：信，诚。不谅，不讲诚信。

㊷折：摧残，伤害。

㊸淹：久留。

㊹"兰芷"二句：比喻群贤变质。

㊺直：径直，简直。萧、艾：当时人以为贱草，比喻不肖。

㊻羌：乃。容长：虚有其表。

㊼委：弃。委厥美，弃其美质。从俗：追随世俗所好。

㊽专：专横。佞：奸巧会说。慆（tāo）：

傲慢。

㊾榝（shā）：落叶亚乔木。佩帏：佩带的香囊。

㊿干：务求。进：仕进。干进，求做官。务入：务求入为官。

(51)祗（zhī）：犹“振”。

(52)流从：是“从流”的倒文。从流是古时常语，意谓随波逐流。

(53)兹佩：此佩，指玉佩。屈原自况。

(54)委：当作“秉”，持。历兹：至今。

(55)沬（mò）：消失。

(56)和：和谐。调（diào）度：指人行走时玉佩互相撞击发出的节奏。

(57)及：趁。饰：佩饰，指德才。方壮：正盛。

灵氛既告余以吉占兮，历吉日乎吾将行①。
折琼枝以为羞兮②，精琼爢以为粻③。
为余驾飞龙兮，杂瑶象以为车④。
何离心之可同兮，吾将远逝以自疏⑤。
邅吾道夫昆仑兮⑥，路修远以周流⑦。
扬云霓之晻蔼兮⑧，鸣玉鸾之啾啾⑨。
朝发轫于天津兮⑩，夕余至乎西极⑪。
凤皇翼其承旂兮⑫，高翱翔之翼翼⑬。
忽吾行此流沙兮⑭，遵赤水而容与⑮。
麾蛟龙使梁津兮⑯，诏西皇使涉余⑰。
路修远以多艰兮，腾众车使径待⑱。
路不周以左转兮⑲，指西海以为期⑳。
屯余车其千乘兮㉑，齐玉轪而并驰㉒。
驾八龙之婉婉兮，载云旗之委蛇㉓。
抑志而弭节兮㉔，神高驰之邈邈。
奏《九歌》而舞《韶》兮㉕，聊假日以媮乐㉖。
陟陞皇之赫戏兮㉗，忽临睨乎旧乡㉘。
仆夫悲余马怀兮㉙，蜷局顾而不行㉚。

【注释】

①历：选择。

②羞：珍贵食品，此指菜肴。

③精：细。此作动词用，捣碎。琼爢：玉屑。粻（zhāng）：粮。

④杂：兼用。瑶：美玉。象：象牙。

⑤自疏：自行疏远。

⑥邅（zhān）：转。道：取道。

⑦修：长。修远：犹“遥远”。周流：周游。

⑧扬：举，此指飘扬。云霓：画有云霓的旌旗。晻（yǎn）蔼：昏暗貌，指旌旗遮天蔽日。

⑨玉鸾：指车上铃。用玉雕成鸾形的车铃，故称。啾啾（jiū）：指铃声。

⑩天津：天河。

⑪西极：天的西尽头。

⑫凤旗：指凤斿（yóu）。斿：旌旗外缘缀着的一排飘带。斿上画着凤凰，故称"凤斿"。翼：敬。承：奉。旂：画有交龙的旗（交龙：两龙蟠结）。

⑬翼翼：整齐飞动的样子。

⑭流沙：西方沙漠。

⑮赤水：神话中水名，源出昆仑山。容与：犹"徘徊"。

⑯麾：指挥。梁：桥梁，此作动词用，架设桥梁。津：渡口。

⑰诏：命令。西皇：西方之神，古帝少皞（hào）。

⑱腾：传，传告。径待：在道路两旁等待。一说当"待卫"解。

⑲路：路经。不周：神话中的山名，在昆仑山西北。

⑳西海：神话中的西方神海。期：目标。

㉑乘（shèng）：古时一车四马称"乘"。

㉒轪（dài）：车轮，代指车。

㉓委蛇（wēiyí）：犹"飘扬"。

㉔志：通"帜"。抑志：犹"偃旗"。

㉕韶：指《九韶》，舜的舞乐。

㉖假：借。媮（yú）：娱乐。

㉗陟（zhì）陞（shēng）：二字同义，上升。皇：皇天。赫戏：光明貌。

㉘临：从高视下。睨（nì）：视。临睨：犹"俯瞰"。旧乡：故乡，指楚国。

㉙怀：思，怀恋。

㉚蜷（quán）局：蜷曲。顾而不行：回顾故乡不往前走。

乱曰①：已矣哉②！
国无人莫我知兮③，又何怀乎故都④？
既莫足与为美政兮⑤，吾将从彭咸之所居⑥。

【注释】

①乱：古时乐曲的最后一章。

②已矣哉：算了吧。

③无人：犹"无贤"。

④故都：故乡。

⑤美政：美好的政治，屈原理想的政治。

⑥从彭咸之所居：前言依彭咸遗则，此言托彭咸所居，意谓将按照彭咸一生的行止，安排自己的生活道路。

【解析】

　　《离骚》是屈原的代表作，全面而具体地叙述了他的家世、生平、理想和他为理想的实现而作的艰苦斗争，反映了楚国末期上层政治的腐败、丑恶，揭露和鞭挞了党人群小的丑恶行径，抒写了作者胸怀宏大抱负的殷切豪迈和怀才不遇的愤懑无奈。此诗是我国最早的长篇抒情诗，想象丰富，比喻巧妙，画面奇丽，意境辽远，情感酣畅，语言华美，是不可多得的优秀篇章。

湘夫人①

帝子降兮北渚②，目眇眇兮愁予③。
嫋嫋兮秋风④，洞庭波兮木叶下⑤。
登白蘋兮骋望⑥，与佳人期兮夕张⑦。
鸟何萃兮蘋中⑧，罾何为兮木上⑨？
沅有茝兮澧有兰⑩，思公子兮未敢言⑪。
荒忽兮远望⑫，观流水兮潺湲⑬。

麋何为兮庭中⑭，蛟何为兮水裔⑮？
朝驰马兮江皋⑯，夕济兮西澨⑰。
闻佳人兮召余，将腾驾兮偕逝⑱。
筑室兮水中，葺之兮荷盖⑲。
荪壁兮紫坛⑳，播芳椒兮成堂㉑。
桂栋兮兰橑㉒，辛夷楣兮药房㉓。
罔薜荔兮为帷㉔，擗蕙櫋兮既张㉕。
白玉兮为镇㉖，疏石兰兮为芳㉗。
芷葺兮荷屋㉘，缭之兮杜衡㉙。
合百草兮实庭㉚，建芳馨兮庑门㉛。
九疑缤兮并迎㉜，灵之来兮如云㉝。

捐余袂兮江中㉞，遗余褋兮澧浦㉟。
搴汀洲兮杜若㊱，将以遗兮远者㊲。
时不可兮骤得㊳，聊逍遥兮容与㊴。

【注释】

①本篇选自《九歌》。《九歌》，相传是始创于夏启，后在楚国南方长期流传的祭神乐歌。屈原的《九歌》，是屈原被流放江南时，在民间祭神歌曲的基础上加工改写的一组诗作。湘夫人、湘君是湘水之神，是配偶神、爱神。

②帝子：指湘水女神娥皇、女英。降：降临。北渚（zhǔ）：靠近洞庭湖北岸的小洲。

③眇眇（miǎo）：远望貌。愁予：使我心愁。

④嫋嫋（niǎo）：摇曳貌。

⑤洞庭：洞庭湖，在湖南省北部。波：生波。下：落。

⑥白蘋（fán）：即蘋草，秋季生湖泽间。

骋望：纵目远望。

⑦佳人：指湘夫人。期：作动词用，约会。张：陈设，指陈设祭具、祭品等。

⑧萃（cuì）：栖集。蘋：水草名。

⑨罾（zēng）：鱼网的一种。

⑩沅：沅江。澧（lǐ）：澧江。

⑪公子：犹"公主"，指湘夫人。

⑫荒忽：同"恍惚"。

⑬潺湲（chányuán）：水流貌。

⑭麋（mí）：兽名，似鹿而大，俗称"四不像"。

⑮水裔（yì）：水边。

⑯江皋：江岸。

⑰济：渡。澨（shì）：水边。

⑱腾：传令。偕逝：同去。

⑲葺（qì）：覆盖。

⑳荪（sūn）：香草。荪壁，用荪草编制的墙壁。紫：紫贝。坛：中庭。紫坛，用紫贝壳铺砌的中庭。

㉑成：整。成堂，满堂，整个殿堂。

㉒桂栋：以桂木为中梁。橑（liǎo）：房椽。

㉓辛夷：香木，北方名木笔，南方名望春，又名迎春。楣（méi）：门上的横框，代指门。辛夷楣，用辛夷木做的门。药：香草，又名白芷。药房，用白芷草为饰的卧室。

㉔罔：同"网"，此处作动词用，编结。薜荔：常绿灌木，又名木莲。帷：帐子的四角。

㉕擗（pǐ）：分开。櫋（màn）：当作"幔"，帐子的顶。

㉖镇：指镇席，压坐席的用具。

㉗疏：散布。石兰：香草，又名山兰。

㉘芷茸句：是说荷房顶上又盖上香芷。

㉙缭：缠绕。杜衡：香草。缭之以杜衡，是说荷房的四周再绕上一些杜衡草。

㉚合：集。实庭：满庭，满院。

㉛庑（wǔ）：堂下四周的走廊。

㉜九疑：众巫，详见《离骚》注。

㉝灵：神灵，指湘夫人及其随从之神。

㉞捐：弃，抛弃。袂（mèi）：衣袖。

㉟褋（dié）：单衣，犹今贴身汗衫。

㊱汀（tīng）洲：小洲。杜若：香草。

㊲遗（wèi）：赠。远者：远方之人，指湘夫人。

㊳骤得：很快得到。

㊴聊：姑且。容与：闲舒貌。

【解析】

《湘夫人》是《九歌》的第四篇，是扮饰湘君的男巫歌迎湘夫人之辞。虽是一首祭神曲，但却写出了一个优美的爱情故事：湘君迟迟未见迎候的湘夫人归来，满怀怅惘；拟想湘夫人召唤共谐欢乐；幻想过后的失望及无聊。此诗情节曲折，情景交融，有一定的人物心理、形象描写。

国　殇①

操吴戈兮被犀甲②，车错毂兮短兵接③。

旌蔽日兮敌若云④，矢交坠兮士争先⑤。

凌余阵兮躐余行⑥，左骖殪兮右刃伤⑦。

霾两轮兮絷四马⑧，援玉枹兮击鸣鼓⑨。

天时怼兮威灵怒⑩，严杀尽兮弃原野⑪。

出不入兮往不反⑫，平原忽兮路超远⑬。

带长剑兮挟秦弓⑭，首身离兮心不惩⑮。

诚既勇兮又以武⑯，终刚强兮不可凌⑰。

身既死兮神以灵⑱，魂魄毅兮为鬼雄⑲。

【注释】

①本篇是《九歌》的第十首。古时称为
　国捐躯的人为"国殇"，《国殇》就是
　一篇祭祀为国捐躯将士的祭歌。《九
　歌》别篇都是祭祀天神、地祇的，唯
　独此篇祭祀人鬼（死难英雄）。

②犀甲：用犀牛皮做的铠甲。

③错：交错。毂（gǔ）：车轮中心的圆
　木，车轴悬其中，车辐集其外。这里
　代指战车。

④旌：指军旗。这句是说，敌方旌旗遮
　日，兵多如云。

⑤矢：箭。坠：落。

⑥凌：侵犯，指冲击。躐（liè）：践踏。
　行（háng）：行列。

⑦骖（cān）：古时一车驾四马，中间的
　两马称"服马"，服马外边的两马称
　"骖马"。殪（yì）：死。

⑧霾（mái）：一作"埋"，掩埋。絷
　（zhí）：绊，捆。王逸《楚辞章句》
　云："言己马虽死伤，更霾车两轮，

绊四马，终不反顾，示必死也。"

⑨援：引，犹"取"。枹（fú）：鼓槌。
　玉枹，嵌玉为饰的鼓槌。鸣鼓：特别
　响的鼓，指战鼓。

⑩天时：天象。怼（duì）：怨愤。威灵：
　神灵。天怼灵怒，意谓这一仗打得惊
　天地，泣鬼神。

⑪严：严酷，惨烈。

⑫反：同"返"，归。

⑬平原：指战场。忽：远。超远：犹言
　"遥远"。

⑭秦弓：秦国制造的弓最好，代指良
　弓。

⑮首身离：古时常用语，首、身分离，
　意即"被杀"。不惩：不惧，不悔。

⑯勇、武：勇气、武艺。

⑰终：始终。不可凌：犹"志不可夺"。

⑱神以灵：神而灵，是说英雄死后成
　神，精神不死。

⑲毅：刚毅。鬼雄：鬼中雄杰。

【解析】

　　《国殇》是一篇祭祀阵亡将士的乐歌。分两段：第一段写战役的全过
程及将士的英勇事迹；第二段歌唱死难的英雄。诗情悲壮，声调激昂。

项 羽

项羽（前 232～前 202），名籍，字羽，下相（今江苏宿迁西南）人，秦末起义军领袖。在楚汉战争中被刘邦击败，自刎乌江。

垓下歌①

力拔山兮气盖世，时不利兮骓不逝②。
骓不逝兮可奈何！虞兮虞兮奈若何③！

【注释】

①项羽被刘邦兵围垓（gāi）下（在今安徽灵璧南沱河北岸），夜里闻听四面皆唱楚歌，于是慷慨悲歌。

②骓（zhuī）：青白杂毛的马。逝：行。
③虞：即虞姬，项羽的爱姬。若：你。

【解析】

这是项羽被围垓下时所唱的歌。作品抒发时运不济、壮志难酬的心境。格调慷慨悲凉，很能表现项羽的失败英雄性格。

刘 邦

刘邦（前 256～前 195），即汉高祖，字季，沛县（今属江苏）人。刘邦有诗二首传世，即《大风歌》和《鸿鹄歌》，均为楚歌。

大风歌①

大风起兮云飞扬。威加海内兮归故乡②。
安得猛士兮守四方！

【注释】

①刘邦平黥布后回到故乡，邀集故人饮酒。酒酣时刘邦击筑，唱了这首歌。

②海内：四海之内，就是"天下"的意思。

【解析】

此歌既表达了刘邦统一天下后的志得意满心情，也表明了他深知守业不易的深谋远虑。

刘 彻

刘彻（前156～前87），即汉武帝。刘彻雅好辞赋，曾建立乐府，采集民歌；亦作有歌诗六篇。

秋风辞①

秋风起兮白云飞，草木黄落兮雁南归。
兰有秀兮菊有芳②，怀佳人兮不能忘。
泛楼船兮济汾河③，横中流兮扬素波。
箫鼓鸣兮发棹歌④，欢乐极兮哀情多。
少壮几时兮奈老何！

【注释】

①据《汉武故事》，这首歌辞是刘彻行幸河东祭祀后土（土地神），在舟中和群臣宴饮时所作。其时大约在元鼎四年（前113）。
②兰、菊：比喻佳人。开花叫做"秀"。

在这句诗里"秀"指颜色，"芳"指香气。
③楼船：有楼的大船。
④棹歌：摇船时所唱的歌。

【解析】

此诗写感秋、怀人和自伤老大的心情，境象开阔，慷慨苍凉。亦属楚歌，艺术上受《楚辞》的影响十分明显。

梁 鸿

梁鸿，东汉诗人。字伯鸾，扶风平陵（今陕西咸阳西北）人。家贫博学，与妻孟光隐居在霸陵山中。

五噫歌①

陟彼北芒兮②，噫！顾瞻帝京兮，噫！
宫阙崔巍兮，噫！民之劬劳兮③，噫！
辽辽未央兮④，噫！

【注释】

①这首诗是梁鸿过洛阳时所作（载《后汉书·本传》）。汉章帝对于这首诗甚为不满，梁鸿因此改名换姓，避居齐、鲁之间。

②北芒：一作"北邙"，山名，在洛阳城北。

③劬（qú）：劳苦。

④辽辽：旷远貌。未央：未尽。

【解析】

这首诗写作者过洛阳时所见所感，将帝京的状况、宫阙的崔巍与人民的劳苦连在了一起，从而发出感叹，词短意长。

张　衡

张衡（78～139），字平子，东汉科学家、文学家。南阳西鄂（今河南南阳县北）人。少年时便擅长写文章，"遂博通五经，贯六艺"。重要作品有《两京赋》、《思玄赋》、《归田赋》、《同声歌》、《四愁诗》等。

四愁诗①

我所思兮在太山②，欲往从之梁父艰③。
侧身东望涕沾翰④。
美人赠我金错刀⑤，何以报之英琼瑶⑥。
路远莫致倚逍遥⑦，何为怀忧心烦劳⑧？

我所思兮在桂林⑨，欲往从之湘水深⑩。
侧身北望涕沾襟。
美人赠我琴琅玕⑪，何以报之双玉盘。

路远莫致倚惆怅⑫，何为怀忧心烦伤⑬？

我所思兮在汉阳⑭，欲往从之陇阪长⑮。

侧身西望涕沾裳。

美人赠我貂襜褕⑯，何以报之明月珠。

路远莫致倚踟蹰⑰，何为怀忧心烦纡⑱？

我所思兮在雁门⑲，欲往从之雪雰雰⑳。

侧身北望涕沾巾。

美人赠我锦绣段㉑，何以报之青玉案㉒。

路远莫致倚增叹㉓，何为怀忧心烦惋㉔？

【注释】

①本诗最早见于《文选》，前有短序，说张衡做河间相时作此诗，云："时天下渐弊，郁郁不得志，为《四愁诗》。"但此序文并非张衡所作。

②所思：所思念的人。太山：即泰山。

③从：跟从，追随。梁父：泰山下的小山名，泰山的支脉，在泰山东南。

④翰：衣襟。

⑤金错刀：刀环或刀柄镀着金的佩刀。错：镀。一说钱名，指错刀钱。

⑥英琼瑶：发光的美玉。英："瑛"的假借字，指玉的光泽。

⑦路远莫致倚逍遥：路途遥遥没法送到啊我徘徊不安。致：送达。倚：语气词；下同。逍遥：徘徊不安。

⑧劳：忧伤。

⑨桂林：秦郡名，汉武帝改为郁林郡，治所在今广西桂平县西南。

⑩湘水：发源于广西兴安县阳海山，向东北流入湖南省，经长沙入洞庭湖。

⑪琴琅玕：用美玉缀饰的琴。琴：一作"金"。琅玕（láng gān）：似玉的美石。

⑫惆怅：悲愁，失意。

⑬伤：一本作"怏（yāng）"。

⑭汉阳：东汉郡名，汉明帝改天水郡为汉阳郡，郡治在今甘肃省甘谷县。

⑮陇阪：即陇山，在陕西陇县，西北跨甘肃省清水县。一说，陇阪为地名，阪即山坡。

⑯襜褕（chān yú）：直襟的衣服。貂襜褕，用貂皮做的直襟长袍。

⑰踟蹰：徘徊不前。

⑱烦纡：心情烦恼纷乱。纡（yū）：弯曲，曲折。

⑲雁门：汉郡名，在今山西省西北部。

⑳雰雰（fēn）：形容雪大。

㉑锦绣段：成匹的锦绣。段：与"端"同义，端是古代布帛长度单位。

㉒青玉案：用青玉制成的放食器的小几，形状像有脚的托盘。

㉓增叹：一再叹息。

㉔烦惋：烦怨叹息。惋：怅恨，叹息。

【解析】

《四愁诗》运用了楚辞式的比兴手法，借情爱之语表达心迹：美人实际上象征着作者的理想、志向，山高水深、路途遥远喻指世道的险恶、奸佞小人的谗害。这首诗通篇都是七言句式，只是在每章首句带有一个"兮"字，已经接近于纯粹的七言诗，对后来七言诗的形成具有重大影响。

秦　嘉

秦嘉，东汉诗人，字士会，陇西（今甘肃东南）人。与其妻徐淑常以诗文赠答。今存诗五首。

赠妇诗①

人生譬朝露，居世多屯蹇②。
忧艰常早至，欢会常苦晚。
念当奉时役③，去尔日遥远。
遣车迎子还，空往复空返④。
省书情凄怆，临食不能饭。
独坐空房中，谁与相劝勉？
长夜不能眠，伏枕独辗转。
忧来如寻环⑤，匪席不可卷⑥。

【注释】

①《玉台新咏》卷九序本诗道："秦嘉……为郡上计。其妻徐淑寝疾还家，不获面别，赠诗云尔。"共有三首，此选其一、其三。
②譬（pì）：比如。屯蹇：不顺利。
③时：通"是"，就是此。奉时役：指为郡上计的事。汉朝制度，每年终各郡国须遣吏送簿记到京师。
④以上二句是说打发车子到徐淑母家接她，车子空着回来。其时徐正卧病。
⑤寻环：犹言"循环"，比喻愁思无穷无尽。
⑥这里借用《诗经·柏舟》"我心匪席，不可卷也"成句。以席之能卷反喻愁思不能收拾。

【解析】

　　此诗为秦嘉奉役离乡，而因其妻徐淑已回娘家，且在病中，不能当面告别，独自感伤，于是留诗于妻以作别。

　　　　肃肃仆夫征①，锵锵扬和铃②。
　　　　清晨当引迈，束带待鸡鸣。
　　　　顾看空室中，仿佛想姿形。
　　　　一别怀万恨，起坐为不宁。
　　　　何用叙我心？遗思致款诚。
　　　　宝钗好耀首，明镜可鉴形。
　　　　芳香去垢秽，素琴有清声。
　　　　诗人感木瓜，乃欲答瑶琼。
　　　　愧彼赠我厚，惭此往物轻③。
　　　　虽知未足报，贵用叙我情。

【注释】

①肃肃：疾速貌。征：行。
②锵锵：铃声。

③《诗经·木瓜》云："投我以木瓜，报之以琼琚。匪报也，永以为好也。"

【解析】

　　这首诗叙述临去回看空房，想象妻子的容态，惆怅满怀，无可奈何，聊赠物以表情意。

赵　壹

　　　　赵壹，字元叔，汉阳西县（今甘肃天水西南）人。东汉辞赋家。有名篇《刺世嫉邪赋》等传世。

疾邪诗二首

　　　　河清不可俟，人命不可延①。
　　　　顺风激靡草，富贵者称贤②。
　　　　文籍虽满腹，不如一囊钱。

伊优北堂上，抗脏倚门边③。

势家多所宜，咳唾自成珠④。
被褐怀金玉，兰蕙化为刍⑤。
贤者虽独悟，所困在群愚。
且各守尔分，勿复空驰驱。
哀哉复哀哉，此是命矣夫！

【注释】

①河清：指政治清明。俟：等待。
②激：吹。靡：顺风倒下。此二句是说富贵的人众人称贤，就像小草顺风倒一样。
③伊优：逢迎谄媚的样子。北堂：正室。抗脏：刚直。
④"势家"二句：指权势之家干什么都行，说什么都中听。
⑤褐：粗布衣，贫贱者所着。金玉：比才德。刍：贱草。

【解析】

这两首诗出自作者的《刺世嫉邪赋》，是赋末托名秦客和鲁生所作。

前一首诗讥刺不良社会风气：满腹诗书不值钱，富贵则众人称贤；谄媚者被亲近，刚直者被摈斥。

后一首诗同前诗，亦讽刺颠倒贤愚、极端势利的社会风气。末二句要贤者和贫贱者认命守分，为愤激之语。

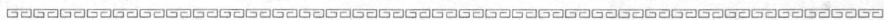

孔　融

孔融（153～208），汉末文学家，字文举，鲁国（治今山东曲阜）人。曾任北海相，时称孔北海。为人恃才负气。因触怒曹操被杀。

杂诗二首

岩岩钟山首，赫赫炎天路①。
高明曜云门，远景灼寒素②。
昂昂累世士③，结根在所固④。
吕望老匹夫，苟为因世故⑤。

管仲小囚臣，独能建功祚⑥。

人生有何常？但患年岁暮。

幸托不肖躯，且当猛虎步⑦。

安能苦一身，与世同举厝⑧？

由不慎小节，庸夫笑我度。

吕望尚不希，夷齐何足慕⑨？

【注释】

①岩岩：高峻貌。钟山：传说中极北海中的山，是不见太阳的极寒之地。赫赫：显赫威盛貌。炎天：指南方炎热之地。

②高明：指势位高贵的人。云门：犹言天路。景：即"影"。灼：熏炙。寒素：指清寒微贱的人。

③昂昂：言志节高尚。累世：隔世。

④结根：比喻操守。

⑤吕望：即吕尚，号太公望。

⑥小囚臣：管仲在相齐桓公小白之前本是公子纠的臣，公子纠和小白争位失败，管仲幽囚受辱。

⑦猛虎步：形容气概雄杰，高视阔步。

⑧举厝：即"举措"，指动作行为。

⑨夷齐：伯夷、叔齐的简称。

【解析】

孔融的《杂诗》共两首。这第一首是言志之作，意谓贤士只重操守、不慕虚名。语言朴实，用典恰当。

远送新行客，岁暮乃来归。

入门望爱子，妻妾向人悲。

闻子不可见，日已潜光辉①。

"孤坟在西北，常念君来迟②。"

褰裳上墟丘，但见蒿与薇③。

白骨归黄泉，肌体乘尘飞④。

生时不识父，死后知我谁？

孤魂游穷暮，飘摇安所依⑤？

人生图嗣息，尔死我念追⑥。

俯仰内伤心，不觉泪沾衣。

人生自有命，但恨生日希⑦。

【注释】

①日已潜光辉：言日已没，喻儿死。

②"孤坟"二句：家人对诗人说的话。

③褰（qiān）裳：提起衣裳的下摆。墟　⑤穷暮：长夜，指地下。
　丘：指坟墓。　　　　　　　　　　⑥嗣息：言养儿传宗接代。
④乘尘飞：指化作灰尘。　　　　　　⑦希：即"稀"。

【解析】

　　这是一首悼儿诗，悼念夭折的幼子。此类题材古代诗歌中较少。写来沉郁悲愤，凄切感人。

蔡　琰

　　蔡琰（生卒年不详），字文姬，陈留圉（今河南杞县）人，汉末著名学者蔡邕之女，博学多才，精通音律。她先嫁河东卫仲道，夫死无子。汉末世乱，被掳至南匈奴十二年，与左贤王生二子。后曹操遣使用重金赎回，再嫁屯田都尉董祀。蔡琰是建安时期一位才华出众的女诗人。代表诗作为五言《悲愤诗》。

悲愤诗①

　　汉季失权柄②，董卓乱天常③，志欲图篡弑，先害诸贤良④。逼迫迁旧邦，拥主以自强⑤。海内兴义师，欲共讨不祥⑥。卓众来东下⑦，金甲耀日光。平土人脆弱⑧，来兵皆胡羌⑨。猎野围城邑⑩，所向悉破亡。斩截无孑遗，尸骸相撑拒⑪。马边悬男头，马后载妇女。长驱西入关，迥路险且阻⑫。还顾邈冥冥⑬，肝脾为烂腐。所略有万计，不得令屯聚⑭。或有骨肉俱，欲言不敢语。失意几微间⑮，辄言"毙降虏⑯，要当以亭刃，我曹不活汝⑰。"岂敢惜性命，不堪其詈骂。或便加棰杖，毒痛参并下⑱。旦则号泣行，夜则悲吟坐。欲死不能得，欲生无一可。彼苍者何辜⑲？乃遭此厄祸⑳！

　　边荒与华异，人俗少义理㉑。处所多霜雪，胡风春夏起。翩翩吹我衣，肃肃入我耳㉒。感时念父母，哀叹无终已。有客从外来㉓，闻之常欢喜。迎问其消息㉔，辄复非乡里。邂逅徼时愿㉕，骨肉来迎己㉖。己得自解免，当复弃儿子。天属缀人心㉗，念别无会期。存亡永乖隔㉘，不忍与之辞。儿前抱我颈，问"母欲何之？人言母当去，岂复有还时！阿母常仁恻，今何更不慈？我尚未成人，奈何不顾思！"见此崩五内㉙，恍惚生狂痴。号泣手抚摩，当发复回疑。兼有同时辈㉚，相送告离别。慕我独得归，哀叫声摧裂㉛。马为立踟蹰，车为不转辙。观者皆歔欷，行路亦呜咽㉜。

去去割情恋㉝，遄征日遐迈㉞。悠悠三千里，何时复交会？念我出腹子，胸臆为摧败。既至家人尽，又复无中外㉟。城郭为山林，庭宇生荆艾。白骨不知谁，从横莫覆盖㊱。出门无人声，豺狼号且吠。茕茕对孤景，怛咤糜肝肺㊲。登高远眺望，魂神忽飞逝。奄若寿命尽，旁人相宽大㊳。为复强视息，虽生何聊赖㊴？托命于新人㊵，竭心自勖厉㊶。流离成鄙贱，常恐复捐废㊷。人生几何时，怀忧终年岁！

【注释】

①蔡琰回故乡，重嫁董祀之后，感伤乱离，追怀往事，悲愤而作此诗。

②汉季：汉朝末年。失权柄：指宦官把持朝政。

③天常：天之常道，此指君臣父子的秩序。这句是指汉灵帝中平六年（189）的董卓之乱。

④先害诸贤良：董卓迫献帝迁都长安，督军校尉周泌、城门校尉伍琼等反对，都遭杀害。

⑤旧邦：指西汉的旧都长安。主：指献帝。

⑥兴义师：指关东州郡将领起兵讨伐董卓。不祥：不祥之人，指董卓。

⑦"卓众"句：初平三年（192），董卓派部将领兵出函谷关东下，大掠陈留等郡。

⑧平土：平原，此指中原地区。

⑨胡羌：因董卓军中多西北地区人，杂有少数民族，故称。

⑩猎野：在田野上打猎，其实是对村镇的围攻抢掠。

⑪孑（jié）：单独。无孑遗：一个不留。相撑拒：互相支撑，形容尸体之多。

⑫迥（jiǒng）：远。阻：艰难。

⑬还顾：回望故乡。邈冥冥：邈远迷茫。

⑭略：同"掠"。屯聚：聚集在一起。

⑮失意：指不满情绪。几微：稍微。

⑯辄言：就说。毙降虏：杀死你这俘虏。

⑰亭：当。亭刃：即挨刀子。我曹：我们，士兵们自称。

⑱棰：杖击。毒痛：毒骂和痛打。参并下：交加而至。

⑲彼苍者：指天。辜：罪。这句是说，

天啊，我们犯了什么罪过？

⑳厄祸：灾祸。

㉑边荒：边远荒僻之地。人俗：民间习俗。少义理：缺少正义和道理。言外隐忍了种种难言的屈辱。

㉒肃肃：风声。

㉓从外来：从外面（实指中原地区）到南匈奴来。

㉔"迎问"句：指从来客处打听消息。

㉕徼（yāo）：同邀，求。徼时愿，求得了却平时的愿望。

㉖骨肉：喻祖国的亲人，此指曹操派去赎她的使者。

㉗天属：天然的血缘关系。缀：联系。

㉘乖隔：隔离。

㉙五内：五脏。崩五内：心碎之意。

㉚同时辈：同时被掳的人。

㉛摧裂：摧折撕碎人心。

㉜歔欷（xū xī）：抽泣声。行路：过路人。

㉝情恋：母子间的依恋之情。

㉞遄（chuán）征：飞快地赶路。日遐迈：一天天地远离。

㉟中：指舅父的子女，称内兄弟；外：指姑母的子女，称外兄弟。

㊱从横：即纵横。

㊲茕茕（qióng）：孤独的样子。景：同"影"。孤景：指自己孤独的身影。怛（dá）咤：悲痛而惊呼。糜：碎。

㊳奄若：忽然间好像。相宽大：相劝慰。

㊴强视息：勉强睁开眼，喘过气。

㊵托命于新人：指重嫁董祀。

㊶勖（xù）：勉。厉：同"励"。勖厉：勉励。

㊷复捐弃：再被遗弃。

【解析】

　　这是蔡琰回到故乡再嫁董祀后追想往事之作。记叙了十多年来自己的悲惨遭遇，深刻地揭露了汉末军阀混战的罪恶和胡兵的凶残，淋漓尽致地描绘了广大人民妻离子散、被奴役被侮辱的悲惨生活及巨大的精神痛苦，展现了东汉末年广阔的社会生活画面。此诗具有完整的故事情节，人物形象、心理均有深刻刻画，情感真挚，悲切感人。

辛延年

　　辛延年，东汉诗人，生平无可考。

羽林郎①

　　昔有霍家奴，姓冯名子都②。依倚将军势，调笑酒家胡③。胡姬年十五，春日独当垆④。长裾连理带⑤，广袖合欢襦⑥。头上蓝田玉⑦，耳后大秦珠⑧。两鬟何窈窕，一世良所无。一鬟五百万，两鬟千万余⑨。"不意金吾子⑩，娉婷过我庐⑪。银鞍何煜爚⑫，翠盖空踟蹰⑬。就我求清酒，丝绳提玉壶。就我求珍肴，金盘脍鲤鱼⑭。贻我青铜镜，结我红罗裾。不惜红罗裂，何论轻贱躯！男儿爱后妇，女子重前夫。人生有新旧，贵贱不相逾。多谢金吾子⑮，私爱徒区区⑯。"

【注释】

① 羽林是皇家的警卫军，羽林郎是羽林中的官名。
② 西汉昭帝（刘弗陵）时（前86～前74）霍光为大司马大将军。冯子都：名殷，是霍光所爱幸的奴才头子。
③ 酒家胡：酒家"胡"女。当时称西北外族都叫"胡"。
④ 垆：放酒坛子的地方，用土垒成，四边隆起，一面稍高。"当垆"就是卖酒。
⑤ 裾（jū）：衣的前襟。连理带：两条相连结的带子。
⑥ 襦：短衣。合欢：这里指一种象征和合欢乐的图案。
⑦ 蓝田：山名，在今陕西蓝田县东，相传山中出美玉，又名玉山。
⑧ 大秦：国名，即罗马帝国，当时由西域和中国交通。
⑨ 以上二句是说鬟上首饰贵重，值钱千万。
⑩ 金吾：即执金吾，官名，统率一部分禁军，负巡防京师的责任。
⑪ 娉婷：婉容曰娉，和色曰婷。
⑫ 煜爚（yù yào）：光辉照耀。
⑬ 翠盖：用翠鸟羽毛装饰起来的车盖。
⑭ 脍鲤鱼：细切鲤鱼肉。
⑮ 谢：告。多谢：犹言郑重告诉。
⑯ 徒区区：白白地殷勤。

【解析】

　　此诗写一个酒家女反抗强暴、拒绝贵家豪奴调笑的故事。诗中用铺陈夸张的手法刻画人物形象、表达思想感情，通过语言、行为塑造人物性格，形象鲜明，语言流畅，颇得汉乐府民歌《陌上桑》神韵。

宋子侯

　　宋子侯，东汉诗人，生平与身世皆不详。今仅存《董娇饶》诗一首，首见于《玉台新咏》。

董娇饶①

洛阳城东路，桃李生路旁。花花自相对，叶叶自相当②。春风东北起，花叶正低昂。不知谁家子③，提笼行采桑。纤手折其枝，花落何飘扬。请谢彼姝子④："何为见损伤⑤？""高秋八九月，白露变为霜。终年会飘堕，安得久馨香⑥？""秋时自零落，春月复芬芳。何如盛年去，欢爱永相忘⑦？"吾欲竟此曲，此曲愁人肠。归来酌美酒，挟瑟上高堂⑧。

【注释】

①董娇饶，女子名。

②当：也就是"对"的意思。

③子：这里指女子。

④请谢：请问。姝（shū）子：美丽姑娘。

⑤此句是花向折花女子的发问。

⑥此四句为女子的回答，意指花开总有落时，损伤一些也未为足道。

⑦此四句为花的答辞，意谓花落还能开，人则盛年去而爱绝。

⑧此四句是作者之辞。

【解析】

这是一首咏物抒怀诗。作品以花拟人，设置了花与折花女子的对答，感叹人不如花、年老爱绝。写法上的拟人和问答都比较新颖，具有一定的民歌风格。

乐府民歌

乐府本来是汉代掌管音乐的机构，乐即音乐，府即官府。汉代乐府的任务，一是将文人创作的为统治者歌功颂德的诗谱上曲，以备庙堂宴享之用；一是广泛采集各地民歌供统治者欣赏。后来人们把乐府中保存下来的歌辞也叫"乐府"，统称为"乐府诗"。其中的民歌部分，称为"乐府民歌"。

汉乐府民歌是劳动人民的口头创作，具有丰富的社会内容和高度的思想性，广泛地反映了汉代的社会面貌、劳动人民的生活状况和思想感情。艺术上也有很高成就，叙事性强，语言口语化，诗体形式自由多样，富于变化，并首创完整的五言体，对后代诗歌创作产生了很大影响。

战城南①

战城南，死郭北②，野死不葬乌可食。为我谓乌③："且为客豪④，野死谅不葬⑤，腐肉安能去子逃⑥？"水深激激⑦，蒲苇冥冥⑧。枭骑战斗死⑨，驽马徘徊鸣。〔梁〕筑室⑩，何以南〔梁〕，何以北⑪，禾黍不获君何食？愿为忠臣安可得？思子良臣，良臣诚可思。朝行出攻，暮不夜归。

【注释】

①本篇是《鼓吹曲辞·铙歌》十八首中的第六首。"鼓吹曲"是当时的军乐。

②郭：外城。

③我：诗人自称。乌：乌鸦。

④客：指死者。豪：即"号"，哭号。

⑤谅：推断词，想必。

⑥安：怎。子：指乌。

⑦激激：清澈。

⑧冥冥：幽暗。

⑨枭（xiāo）骑：就是"骁骑"，良马，比喻战死的英雄。

⑩梁：表声的字，下同。

⑪此二句说为什么服役的人也像士兵一样南北调迁呢？

【解析】

这是一首诅咒战争和劳役的诗。诗中描摹了鸟兽争食死尸、战马空自徘徊的悲凉战场，具有较强的揭露和震撼力量。

上　邪①

上邪！我欲与君相知②，长命无绝衰③。山无陵④，江水为竭⑤，冬雷震震⑥，夏雨雪⑦，天地合⑧，乃敢与君绝！

【注释】

①上：指天。邪：同"耶"，感叹词。上邪，犹言"天哪"。

②相知：相亲相爱。

③命：令，使。绝衰：断绝、松弛。

④陵：山峰。山无陵指高山变成平地。

⑤竭：干涸。

⑥震震：指雷声。

⑦雨（yù）雪：下雪。雨，这里用作动词。

⑧天地合：天与地合在一起。

【解析】

　　这是一首描写男女爱情的民歌，写一个青年女子表达对自己的情人誓死相爱、忠贞不渝的爱情。语言质朴生动，感情真挚强烈，具有很强的艺术感染力。

有所思

　　有所思，乃在大海南①。何用问遗君②？双珠玳瑁簪，用玉绍缭之③。闻君有他心，拉杂摧烧之。摧烧之，当风扬其灰。从今以往，勿复相思！相思与君绝！鸡鸣狗吠，兄嫂当知之。妃呼豨④！秋风肃肃晨风飔④，东方须臾高知之⑤。

【注释】

①所思：指相思的人。
②问遗（wèi）：赠与。
③双珠玳瑁（dài mèi）簪：镶有宝珠、玳瑁的簪子。绍缭：缠绕。
④妃呼豨（xī）：感叹词，无意义。肃肃：风声。晨风：鸟名，鹞子一类，飞起来很快。飔（sī）：疾速。
⑤高：同"皜"（hào），白。

【解析】

　　这是一首写女子相思的民歌：本来打算送东西给他；听说他有二心，则毁物绝情；又回想当初相会情景，颇有不忍。一波三折，委婉传神。

陌上桑①

　　日出东南隅②，照我秦氏楼。秦氏有好女③，自名为罗敷④。罗敷喜蚕桑⑤，采桑城南隅。青丝为笼系，桂枝为笼钩⑥。头上倭堕髻⑦，耳中明月珠⑧。缃绮为下裙，紫绮为上襦⑨。行者见罗敷⑩，下担捋髭须⑪。少年见罗敷，脱帽著帩头⑫。耕者忘其犁，锄者忘其锄。来归相怨怒，但坐观罗敷⑬。

　　使君从南来⑭，五马立踟蹰⑮。使君遣吏往，问是"谁家姝？""秦氏有好女，自名为罗敷⑯。""罗敷年几何⑰？""二十尚不足，十五颇有余⑱。"使君谢罗敷："宁可共载不⑲？"罗敷前置辞⑳："使君一何愚㉑！使君自有妇，罗敷自有夫!"

"东方千余骑㉒，夫婿居上头㉓。何用识夫婿㉔？白马从
骊驹㉕；青丝系马尾，黄金络马头；腰中鹿卢剑㉖，可值千
万余。十五府小史㉗，二十朝大夫㉘，三十侍中郎㉙，四十
专城居㉚。为人洁白皙，鬑鬑颇有须㉛。盈盈公府步，冉冉
府中趋㉜。坐中数千人，皆言夫婿殊㉝。"

【注释】

①"陌上桑"是《乐府诗集》中的题名，属《相和歌辞》。

②隅：方。

③好女：美女。

④自名句：名字本叫罗敷。自名，本名。罗敷：古代美女的通名，如同上句的"秦氏"是诗歌中美女常用的姓一样。

⑤蚕桑：这里名词用作动词，指养蚕采桑。

⑥青丝：青色的丝绳。笼：篮子。系（xì）：篮子上的络绳。钩：篮子的提柄。

⑦倭堕髻：又叫堕马髻，汉代一种时髦发型，发髻歪在头部一侧，呈似堕非堕的样子。

⑧明月珠：宝珠名，相传出于西域大秦国。

⑨绮：杏黄色。绮：有细密花纹的绫类。襦（rú）：短袄。

⑩行者：过路人。

⑪下担：放下担子。捋（lǚ）：用手指顺着抹过去。

⑫著：戴。帩（qiào）头：包头发的纱巾。

⑬"来归"二句：是说耕田锄地的人回来之后彼此埋怨耽误了农活，都是因为贪看罗敷的缘故。坐，因为。

⑭使君：东汉人对太守、刺史的称呼。

⑮五马：太守所乘的车马。立：停下。

⑯"秦氏"二句：罗敷回复太守的话。

⑰"罗敷"句：这是太守的问话。

⑱"二十尚不足"二句：罗敷的答话。

⑲谢：问。也可以解作"告"。宁可：可不可以的意思。载：乘。

⑳置辞：同"致辞"。

㉑一何：何其。

㉒东方：指夫婿做官的地方。

㉓上头：前列，前面。

㉔何用：何以，根据什么。识：辨认。

㉕骊驹：深黑色的小马。

㉖鹿卢剑：宝剑，剑柄用丝绦缠绕起来，呈辘轳形状。鹿卢，同"辘轳"。

㉗府小史：府中最低级的小吏。

㉘朝大夫：朝廷上的大夫。

㉙侍中郎：能出入宫禁、接近皇帝的侍卫官。

㉚专城居：独据一城的意思，即指官为州牧、太守。专，独占。

㉛皙（xī）：白。鬑鬑（lián）：须发稀疏的样子。

㉜公府步：摆出官派踱方步。公府即官府。

㉝数千人：夸张的数目。殊：特殊，与众不同。

【解析】

　　这是汉乐府中的一首优秀叙事诗。诗中叙述了采桑女子罗敷机智勇敢地拒绝了一个太守调戏纠缠的故事。诗中运用了渲染、烘托、夸张、对话等手法，具有较强的表现力。尤其对人们贪看罗敷之美的描写，生动传神，达到了很好的艺术效果。

东门行①

　　出东门，不顾归②；来入门，怅欲悲③。盎中无斗米储④，还视架上无悬衣⑤。拔剑东门去，舍中儿母牵衣啼⑥："他家但愿富贵⑦，贱妾与君共铺糜⑧。上用仓浪天故，下当用此黄口儿⑨。今非⑩！""咄⑪！行⑫！吾去为迟⑬！白发时下难久居⑭。"

【注释】

①本篇载于《乐府诗集》，属《相和歌辞·瑟调曲》。"行"是乐曲的意思，汉乐府诗题名为"行"或"歌"的颇多，后演化为一种诗体——歌行体。

②顾：顾念，考虑。

③怅（chàng）：失意，懊恼。

④盎（àng）：一种腹大口小的容器。

⑤还视：环顾。

⑥儿母：指诗中主人公的妻子。

⑦他家：别人家。

⑧铺（bǔ）糜：吃粥。铺，食。

⑨用：因，为了。仓浪（láng）天：犹言"青天"、"苍天"。黄口儿：幼儿。雏鸟口为黄色，故以黄口比喻幼儿。

⑩今非：指诗中主人公现在的行为是不对的。

⑪咄（duō）：呵叱声。

⑫行：犹言"去"、"走开"。

⑬吾去为迟：我离开已经晚了。

⑭"白发"句：是说我已经熬得白头发都脱落了，这种穷日子实在难以挨下去了。

【解析】

　　这首诗生动地叙写了一个男子因为生活的极端贫困被迫铤而走险，拔剑出门去，为自己的生存而斗争的生活片断。此诗具有较强的叙事性，人物对话、行为乃至心理的描写，都比较成功。

妇病行①

　　妇病连年累岁，传呼丈人前一言②。当言未及得言，不知泪下一何翩翩③。"属累君两三孤子④，莫我儿饥且寒，有过慎莫笪笞⑤，行当折摇⑥，思复念之⑦！"

乱曰⑧：抱时无衣，襦复无里⑨。闭门塞牖，舍孤儿到市⑩。道逢亲交⑪，泣坐不能起。从乞求与孤买饵⑫。对交啼泣⑬，泪不可止。"我欲不伤悲不能已。"探怀中钱持授⑭。交入门，见孤儿啼索其母抱⑮。徘徊空舍中，"行复尔耳⑯！弃置勿复道⑰。"

【注释】

①本篇见于《乐府诗集》，属《相和歌辞·瑟调曲》。

②丈人：古代女子对丈夫的称呼，此指病妇的丈夫。

③一何：何其。翩翩（piān）：泪落不止的样子。

④属（zhǔ）：同"嘱"，嘱托。累：拖累。

⑤慎莫：切勿。笪笞（dá chī）：鞭打。

⑥行当：将要。折摇：即"折夭"，夭折的意思，短命而死。

⑦思复念之：经常想着我的话吧。

⑧乱：乐歌的最后一段。

⑨襦（rú）：短袄。里：衬里。

⑩牖（yǒu）：窗户。舍：放置。

⑪亲交：亲近的友人。

⑫从乞求与孤买饵：于是就向友人乞求些钱，为孤儿买些糕饼。从，就。与，为。饵，糕饼。

⑬交：即亲交。

⑭"我欲"二句：这两句是写亲交看到病妇丈夫的家中这般惨状深表同情，从怀中拿出钱给病妇的丈夫。

⑮啼索其母抱：哭着寻找母亲来抱。

⑯行复尔耳：孤儿也将像母亲那样病饿而死。行，将。尔，如此，这样，指病妇的命运。

⑰弃置勿复道：丢开这些伤心事不再提了吧。

【解析】

这首诗描写了一个穷人家庭被贫病所困陷入绝境的不幸遭遇：妻死儿幼，丈夫和孤儿饥寒交迫，反映了当时人民的悲惨生活。这是一首叙事诗，但叙事中又抒发出强烈的感情，极具感染力。

饮马长城窟行

青青河畔草，绵绵思远道。
远道不可思，宿昔梦见之①。
梦见在我傍，忽觉在他乡。
他乡各异县，展转不相见。

枯桑知天风，海水知天寒。
入门各自媚，谁肯相为言②！
客从远方来，遗我双鲤鱼③。
呼儿烹鲤鱼，中有尺素书④。
长跪读素书，书中竟何如？
上言加餐食，下言长相忆⑤。

【注释】

①昔：与"夕"通。宿昔：犹昨夜。

②媚：爱。言：问讯。

③遗（wèi）：赠送。双鲤鱼：指藏书信的函。

④尺素：素是生绢，古人用绢写信，以尺素代书信。

⑤上言、下言：指信的前部与后部。

【解析】

　　这是写女子怀念远行丈夫的民歌。前半写因想望而入梦，醒后更觉思念之切；后半写得到远方来信及主人公的欣喜之情，同时也点出了丈夫对他的思念。语言平实，感情深挚。

艳歌行①

翩翩堂前燕，冬藏夏来见。
兄弟两三人，流宕在他县②。
故衣谁当补？新衣谁当绽③？
赖得贤主人，览取为吾组④。
夫婿从门来，斜柯西北眄⑤。
"语卿且勿眄，水清石自见⑥。"
石见何累累，远行不如归。

【注释】

①"艳"字是音乐名词，就是正曲之前的一段。

②宕：同"荡"。

③绽：本是裂缝的意思，补连裂缝也叫绽。

④览：同"揽"，取。组：同"绽"，缝补。

⑤斜柯：犹今语"歪邪"。一作"斜倚"。眄：斜视。

⑥卿：您。此句是主人公对夫婿所言。

【解析】

　　本诗写一流浪他乡的人，遇到一位好心女主人为他缝补衣服，却被其丈夫猜忌，因而更加思乡。诗写得有情感、有情节，颇为动人。

白头吟①

皑如山上雪，皎若云间月②。

闻君有两意③，故来相决绝④。

今日斗酒会，明旦沟水头⑤。

躞蹀御沟上，沟水东西流⑥。

凄凄复凄凄，嫁娶不须啼⑦。

愿得一心人，白头不相离。

竹竿何袅袅⑧，鱼尾何簁簁⑨。

男儿重意气，何用钱刀为⑩。

【注释】

①有人误认这篇是卓文君的作品。其实与卓文君无关。

②皑、皎：都指白。

③两意：二心，指变了心。

④决：告别。

⑤斗：盛酒的器具。

⑥躞蹀：行走貌。御沟：流经御苑或环绕宫墙的沟。

⑦嫁娶：偏义复词，这里偏指嫁。

⑧竹竿：指钓竿。

⑨簁簁（shāi）：形容鱼尾像濡湿的羽毛。

⑩意气：这里指感情、恩义。钱刀：古时的钱有铸成马刀形的，叫做刀钱。所以钱又称为钱刀。

【解析】

　　此诗写女子向用情不专的男子表示决绝，主题与《有所思》相同。但诗中女主人公的性格有别，这里的女主人公缠绵多情，表现出来的情感悱恻动人。有人认为这首诗是卓文君因司马相如打算另娶茂陵女而作，似属附会。

梁甫吟①

步出齐城门，遥望荡阴里②。

里中有三坟，累累正相似③。

问是谁家墓，田疆古冶氏。

力能排南山，又能绝地纪④。

一朝被谗言，二桃杀三士。

谁能为此谋？相国齐晏子⑤。

【注释】

①梁甫：山名，在泰山下，古人认为泰山梁甫是人死后魂魄所归处。古曲《泰山梁甫吟》分为《泰山吟》和《梁甫吟》二曲，都是葬歌。

②荡阴里：一名阴阳里，在齐国都城临淄东南。

③累累：即"垒垒"，丘陵起伏之貌。

④排：推倒。南山：指齐国的牛山。地纪：地基。

⑤事见《晏子春秋》。

【解析】

这是一首著名的葬歌，诗中所咏的是古人，发的则是时人忧谗畏讥、世事不易的感喟。作品情真意切，质朴无华。

古　歌

秋风萧萧愁杀人，出亦愁，入亦愁。座中何人，谁不怀忧？令我白头。胡地多飙风①，树木何修修②。离家日趋远，衣带日趋缓③。心思不能言，肠中车轮转④。

【注释】

①胡地：北方胡人所居之地。飙（biāo）风：暴风。

②修修：鸟尾干枯不润泽貌，这里借以形容树木被风吹得干枯如鸟尾。

③缓：松缓，不紧；借指人消瘦。

④思：悲。

【解析】

这是一首旅客怀乡的诗。身处胡地，又逢清秋，衣带日缓，忧思辗转。写作特点是触景生情，寓情于景。

孔雀东南飞①

孔雀东南飞，五里一徘徊②。"十三能织素③，十四学裁衣，十五弹箜篌④，十六诵诗书。十七为君妇，心中常苦悲。君既为府吏⑤，守节情不移⑥。鸡鸣入机织，夜夜不得息，三日断五匹⑦，大人故嫌迟⑧。非为织作迟，君家妇难为。妾不堪驱使⑨，徒留无所施⑩。便可白公姥⑪，及时相遣归⑫。"

府吏得闻之，堂上启阿母⑬："儿已薄禄相⑭，幸复得此妇。结发同枕席⑮，黄泉共为友⑯。共事二三年⑰，始尔未为久⑱。女行无偏斜⑲，何意致不厚⑳？"阿母谓府吏："何乃太区区㉑！此妇无礼节，举动自专由㉒。吾意久怀忿，汝岂得自由！东家有贤女，自名秦罗敷㉓。可怜体无比㉔，阿母为汝求。便可速遣之，遣去慎莫留！"府吏长跪告，伏惟启阿母㉕："今若遣此妇，终老不复取㉖！"阿母得闻之，槌床便大怒㉗："小子无所畏，何敢助妇语！吾已失恩义，会不相从许㉘！"

府吏默无声，再拜还入户。举言谓新妇㉙，哽咽不能语："我自不驱卿㉚，逼迫有阿母。卿但暂还家，吾今且报府㉛。不久当归还，还必相迎取㉜。以此下心意㉝，慎勿违吾语。"新妇谓府吏："勿复重纷纭㉞！往昔初阳岁㉟，谢家来贵门㊱。奉事循公姥㊲，进止敢自专㊳？昼夜勤作息，伶俜萦苦辛㊴。谓言无罪过㊵，供养卒大恩㊶。仍更被驱遣，何言复来还？妾有绣腰襦㊷，葳蕤自生光。红罗复斗帐㊸，四角垂香囊。箱帘六七十㊹，绿碧青丝绳㊺。物物各自异，种种在其中。人贱物亦鄙，不足迎后人㊻。留待作遗施㊼，于今无会因㊽。时时为安慰，久久莫相忘！"

鸡鸣外欲曙，新妇起严妆㊾。着我绣夹裙，事事四五通㊿。足下蹑丝履，头上玳瑁光。腰若流纨素，耳著明月珰。指如削葱根，口如含朱丹。纤纤作细步，精妙世无双。上堂谢阿母，母听去不止。"昔作女儿时，生小出野里，本自无教训，兼愧贵家子。受母钱帛多，不堪母驱使。今日还家去，念母劳家里。"却与小姑别，泪落连珠子："新妇初来时，小姑始扶床；今日被驱遣，小姑如我长。勤心养公姥，好自相扶将，初七及下九，嬉戏莫相忘。"出门登车去，涕落百余行。

府吏马在前，新妇车在后，隐隐何甸甸⑱，俱会大道口。下马入车中，低头共耳语："誓不相隔卿⑲！且暂还家去，吾今且赴府。不久当还归，誓天不相负⑳！"新妇谓府吏："感君区区怀㉑，君既若见录㉒，不久望君来。君当作磐石㉓，妾当作蒲苇㉔。蒲苇纫如丝㉕，磐石无转移。我有亲父兄㉖，性行暴如雷。恐不任我意，逆以煎我怀㉗。"举手长劳劳㉘，二情同依依㉙。

【注释】

①本诗最早见于南朝陈徐陵所编《玉台新咏》，题为《古诗为焦仲卿妻作》，作者为"无名氏"。诗前有序文说："汉末建安中，庐江府小吏焦仲卿妻刘氏，为仲卿母所遣，自誓不嫁。其家逼之，乃投水而死。仲卿闻之，亦自缢于庭树。时人伤之，为诗云尔。"《孔雀东南飞》是后人取本诗首句所题之名。

②"孔雀"二句：是以鸟飞徘徊起兴，写夫妇离散。

③素：白色丝绢。

④箜篌（kōng hóu）：古代一种弦乐器。

⑤府吏：指焦仲卿所任庐江府小吏。

⑥守节情不移：焦仲卿忠于职守，不为夫妇感情所移。一说，指刘兰芝对爱情坚贞不移。

⑦断：从织布机上把布截下，即织成的意思。

⑧大人：指焦仲卿的母亲。

⑨不堪：不能胜任。驱使：使唤。

⑩徒留：白白留在焦家。施：用。

⑪白：禀告。公姥（mǔ）：公婆。这里是偏义词，指焦母。

⑫及时相遣归：赶快把我打发回娘家。

⑬堂上：一说应为"上堂"。启：禀告。

⑭禄：俸禄。相（xiàng）：相貌。

⑮结发：旧时一种婚礼仪俗。

⑯黄泉：犹言地下。

⑰共事：共同生活。

⑱始尔未为久：开始过这种恩爱生活并不久。尔，这样，如此。

⑲偏斜：不正当。

⑳不厚：不满意，不喜欢。

㉑区区：固执，拘泥。

㉒自专由：自作主张。

㉓秦罗敷：汉乐府民歌中美女的共名。

㉔怜：爱。体：体态。

㉕伏惟：匍匐而思念。古人自谦之词，表示对尊长的恭敬。

㉖终老：直到老，终身。

㉗槌（chuí）：击。床：古人卧具、坐具都叫床。此指坐具。

㉘"吾已"二句：是说我和兰芝已经恩断义绝，决不能允许你。会：当。相从许：顺从、应允你。

㉙举言：发言。

㉚卿：古代君称臣或平辈人互称都可用"卿"。

㉛报府：犹言到府里去办公。报，同"赴"。

㉜取：同"娶"。

㉝以此下心意：因为这个缘故你要安心忍耐。

㉞重纷纭：再找麻烦。

㉟初阳岁：冬末春初的季节。

㊱谢：辞。

㊲奉事循公姥：做事都顺着婆婆的心意。

㊳进止：进退。

㊴伶俜（líng pīng）：孤单。

㊵谓言：自以为。

㊶供养：孝敬，奉养。卒：完成，尽。

㊷绣腰襦：绣花的齐腰短袄。

㊸葳蕤（wēiruí）：草木茂盛的样子。这里形容衣上刺绣之美。

㊹复：双层的。斗帐：上狭下宽像斗的样子。

㊺帘：同"奁"，小箱子。

㊻绿碧青丝绳：是说箱子上扎着各色丝绳。

㊼后人：指焦仲卿日后再娶的妻子。

㊽遗施：赠送，施与。

㊾会因：见面的机会。因：机会，因缘。

㊿严妆：盛妆。严：整齐，郑重。

51事事四五通：穿衣、戴首饰等事都反复四五遍才做完。通，遍。

52蹑（niè）：踩，这里是穿的意思。丝履：丝织品制的鞋。

53玳瑁（dàimèi）：龟类动物，甲光滑坚硬可制装饰品。

54腰若流纨（wán）素：腰间束着白绢，光彩流动如水波。纨素，精致的白绢。

55明月珰（dāng）：用明月珠做的耳坠。珰：耳上饰物。

56指如削葱根：手指像纤细的葱白。削，瘦削，细长。

57朱丹：一种名贵的红宝石。

58谢：告辞，辞别。

59母听去不止：焦母听任她离去，不加留阻。一本作"阿母怒不止"。

60野里：荒僻的乡村。

61钱帛：指聘礼。

62念母劳家里：惦念着婆婆今后要在家里多操劳了。

63却：退。

64连珠子：一串珠子。

65如我长：快有我这么高了。"新妇初来时"四句，前人疑为后人添入的，非原诗所有。

66"勤心"二句：是说你要殷勤小心地侍奉父母，自己也要好好保重。扶将，照应。

67初七：指七夕，七月七日。妇女们在这天手拿针线，陈设瓜果于庭院中向织女乞巧。下九：每月十九日。这天是妇女嬉戏的日子。

68隐隐：与"甸甸"同为形容车马声的象声词。

69隔：断绝，离异。

70誓天不相负：向天发誓决不负心。

71区区怀：诚挚的心意。区区，形容挚诚的样子。

72若：如此。见：被，蒙。录：记。

73磐石：大石，比喻坚定不移。

74蒲苇：水草，比喻柔软而坚韧。

75纫：同"韧"。

76亲父兄：偏义复词，单指兄。

77逆以煎我怀：一想到这里我的心就像油煎一样痛苦。逆，预料，事先想。

78劳劳：忧伤的样子。

79依依：恋恋不舍。

　　入门上家堂，进退无颜仪①。阿母大拊掌②："不图子自归③！十三教汝织，十四能裁衣，十五弹箜篌，十六知礼仪，十七遣汝嫁，谓言无誓违④。汝今无罪过，不迎而自

归?"兰芝惭阿母:"儿实无罪过。"阿母大悲摧⑤。

还家十余日,县令遣媒来。云"有第三郎⑥,窈窕世无双。年始十八九,便言多令才⑦"。阿母谓阿女:"汝可去应之。"阿女衔泪答:"兰芝初还时,府吏见丁宁⑧,结誓不别离。今日违情义,恐此事非奇⑨。自可断来信⑩,徐徐更谓之⑪。"阿母白媒人:"贫贱有此女,始适还家门⑫。不堪吏人妇,岂合令郎君?幸可广问讯,不得便相许⑬。"

媒人去数日,寻遣丞请还⑭:说"有兰家女,承籍有宦官⑮"。云"有第五郎,娇逸未有婚,遣丞为媒人,主簿通语言⑯"。直说"太守家⑰,有此令郎君,既欲结大义⑱,故遣来贵门"。阿母谢媒人:"女子先有誓,老姥岂敢言⑲?"阿兄得闻之,怅然心中烦⑳,举言谓阿妹:"作计何不量㉑!先嫁得府吏,后嫁得郎君。否泰如天地㉒,足以荣汝身。不嫁义郎体㉓,其往欲何云㉔?"兰芝仰头答:"理实如兄言。谢家事夫婿,中道还兄门。处分适兄意,那得自任专㉕?虽与府吏要,渠会永无缘㉖。登即相许和㉗,便可作婚姻。"

媒人下床去,诺诺复尔尔㉘。还部白府君㉙:"下官奉使命,言谈大有缘。"府君得闻之,心中大欢喜。视历复开书,便利此月内,六合正相应㉚。"良吉三十日㉛,今已二十七,卿可去成婚。"交语速装束,络绎如浮云㉜。青雀白鹄舫,四角龙子幡㉝,婀娜随风转;金车玉作轮,踯躅青骢马,流苏金镂鞍㉞。赍钱三百万㉟,皆用青丝穿。杂采三百匹㊱,交广市鲑珍㊲。从人四五百,郁郁登郡门㊳。

阿母谓阿女:"适得府君书,明日来迎汝。何不作衣裳?莫令事不举㊴!"阿女默无声,手巾掩口啼,泪落便如泻。移我琉璃榻㊵,出置前窗下。左手持刀尺,右手执绫罗。朝成绣夹裙,晚成单罗衫。晻晻日欲暝㊶,愁思出门啼。

【注释】

① 无颜仪:没脸面。
② 大拊掌:拍手,表示惊讶、痛心。拊(fǔ),拍。
③ 不图:没想到。

④誓违：过错、过失。

⑤悲摧：悲痛、哀伤。

⑥第三郎：第三位公子。

⑦便（pián）言：有口才，能言善辩。便，口才辩给。令：美。

⑧府吏见丁宁：曾被焦仲卿一再嘱咐。丁宁，同"叮咛"。

⑨非奇：不佳，不妙。

⑩信：信使。指媒人。

⑪徐徐更谓之：慢慢再说吧。

⑫始适：意为出嫁不久。始，刚刚。适，嫁。

⑬幸：希望。许：答应。

⑭寻：随即，不久。丞：郡丞，职位次于太守的官。

⑮承籍：继承先人的仕籍。宦官：即官宦。

⑯主簿：此指太守府主簿，掌管文书簿籍的官员。

⑰"直说"四句：指郡丞奉太守之命向刘家直截了当地说明来意。

⑱结大义：结亲。

⑲老姥（mǔ）：老妇。

⑳怅然：愤恨烦恼的样子。

㉑作计：打主意，作决定。不量：不思量，不算计。

㉒否（pǐ）泰如天地：好坏高低有天渊之别。否、泰，皆《易经》卦名。

㉓义郎：对太守儿子的美称。

㉔其往欲何云：将来你想怎么办。

㉕处分：处理、处事。适：遂，顺。

㉖要：约定。渠：作"他"解，指府吏。

㉗登：登时，立刻。许和：应许，答应。

㉘诺诺复尔尔：这是媒人的答应声，犹言"好好，就这样，就这样"。

㉙部：太守府衙。府君：郡民对太守的称呼。

㉚视历复开书：即开视历书。六合：古人结婚要择吉日，有所谓"冲"、"合"。"冲"是不吉利的日子，"合"是吉利的日子。六合即指月建和日辰相合。

㉛良吉：好日子。

㉜交语：互相传话。

㉝"青雀"三句：是说画有青雀和白鹄的船，船舱四角还挂着画有小龙的旗幡，旗幡随风飘动。

㉞踟蹰（zhí zhú）：犹"踟蹰"，徘徊不前。青骢（cōng）马：毛色青白夹杂的马。

㉟赍（jī）：送给。

㊱杂采：各色绸缎。

㊲交：交州，汉郡名，治所在广信（今广西梧州），后移番禺（今广东广州）。广：广州，三国吴分交州置广州，治所在番禺。鲑（guī）珍：泛指山珍海味。

㊳郁郁：形容人多。登：疑为"发"字之误，指迎亲队伍从太守府出发。

㊴不举：办不成。

㊵琉璃榻：镶嵌琉璃的坐具。

㊶晻晻日欲暝：日色昏暗，天要黑下来了。晻（yǎn）晻，日将落时昏暗无光的样子。暝，暗。

　　府吏闻此变，因求假暂归①。未至二三里，摧藏马悲哀②。新妇识马声，蹑履相逢迎。怅然遥相望，知是故人来。举手拍马鞍，嗟叹使心伤："自君别我后，人事不可量③。果不如先愿，又非君所详。我有亲父母④，逼迫兼弟兄。以我应他人⑤，君还何所望！"府吏谓新妇："贺卿得高迁！磐石方且厚，可以卒千年；蒲苇一时纫，便作旦夕间⑥。卿当日胜贵⑦，吾独向黄泉。"新妇谓府吏："何意出此言⑧！同是被逼迫，君尔妾亦然。黄泉下相见，勿违今日言！"执手分道去，各各还家门。生人作死别，恨恨那可论！念与世间辞，千万不复全⑨。

府吏还家去，上堂拜阿母："今日大风寒，寒风摧树木，严霜结庭兰⑩。儿今日冥冥⑪，令母在后单。故作不良计⑫，勿复怨鬼神！命如南山石，四体康且直⑬。"阿母得闻之，零泪应声落⑭："汝是大家子，仕宦于台阁⑮。慎勿为妇死，贵贱情何薄⑯？东家有贤女，窈窕艳城郭⑰，阿母为汝求，便复在旦夕。"府吏再拜还，长叹空房中，作计乃尔立⑱。转头向户里，渐见愁煎迫⑲。

其日牛马嘶，新妇入青庐⑳。奄奄黄昏后㉑，寂寂人定初㉒。"我命绝今日，魂去尸长留。"揽裙脱丝履，举身赴清池㉓。府吏闻此事，心知长别离。徘徊庭树下，自挂东南枝。

两家求合葬，合葬华山傍㉔。东西植松柏，左右种梧桐。枝枝相覆盖，叶叶相交通㉕。中有双飞鸟，自名为鸳鸯，仰头相向鸣，夜夜达五更。行人驻足听，寡妇起彷徨。多谢后世人，戒之慎勿忘㉖！

【注释】

①求假：请假。

②摧藏："凄怆"的假借字。

③量：预料。

④亲父母：偏义复词，单指母。

⑤应他人：许给了别人。

⑥旦夕间：与"一时"互文，指早晚之间。

⑦日胜贵：一天比一天高贵。

⑧何意出此言：你怎么能说这种话呢。

⑨念：考虑。千万：表示坚决之辞。

⑩严霜结庭兰：浓霜凝结在院中的兰草上。

⑪儿今日冥冥：孩儿我已到了日暮途穷的时候，生命即将结束。

⑫不良计：不好的打算。

⑬南山：喻寿高。石：喻身体结实。直：顺利。

⑭零泪：断断续续的眼泪。

⑮大家子：出身于高贵门第的人。台阁：指尚书府。

⑯情何薄：有什么薄情的呢？一说指仲卿贵、兰芝贱，二人的情分多么淡薄。

⑰艳城郭：全城最艳丽的人。

⑱作计乃尔立：打算就这样定了。

⑲转头二句：是说打定主意之后，又回头去看屋里的老母，心里被忧愁煎熬得越来越难受。

⑳新妇：指刘兰芝。青庐：用青布幔搭成的喜棚。

㉑奄奄：同"晻晻"，日色昏暗的样子。

㉒人定初：指亥时初刻，即夜间九点钟。

㉓举身：纵身。

㉔华山：大约是庐江郡的一座小山，不可考。

㉕交通：连接，交错。

㉖"多谢"二句：这二句是作者口吻。

【解析】

本篇是汉乐府中最长的一首诗，也是中国文学史上著名的长篇叙事诗。它描写了一对青年夫妇的婚姻悲剧，控拆了封建礼教、封建家长制的吃人罪恶，对青年夫妇坚贞不移的爱情和以死殉情的抗争精神给予了热烈赞颂和深切同情，从一个侧面反映了汉代末年的社会生活。

作为一首优秀的长篇叙事诗，此诗在写人叙事方面达到了很高的水平：有比较完整的结构和紧凑生动的情节；善于用对话和心理活动描写人物；大量运用铺排、夸张、比兴手法。这些手法的运用使得《孔雀东南飞》表现出鲜明的民歌韵味。由于这首诗达到了思想性与艺术性的高度结合，具有深刻的社会意义和很高的审美价值，因此它对后世的影响是极其深远的，被改编成各种艺术形式在人民中广泛流传。

古诗十九首

古诗是与今体诗相对而言的诗体。一般唐以后的律诗称今体诗或近体诗，非律诗则称古诗或古体诗。此处古诗指姓名已佚的古代五言体诗，大约是东汉后期的作品，大多为文人模仿乐府之作，个别由民歌加工而成。其中南朝梁萧统所编《文选》收入的《古诗十九首》为其代表。

《古诗十九首》内容非常复杂，其中有写热衷仕宦奔走求官的，有写游子思妇的离愁别绪的，有写人生无常及时行乐的，有写朋友故人之间的人情冷暖的，此外还有一些主题不甚明确的作品。本书选九首。此外选不包括在十九首内的古诗三首。

《古诗十九首》的艺术成就是非常突出的，它长于抒情，又往往是通过叙事写景来抒情，造成叙事、写景、抒情水乳交融的艺术境界。它善于运用比兴手法，使诗意含蓄蕴藉，言近旨远。语言也非常流畅洗练，浅近自然，耐人寻味。它大体代表了当时古诗的艺术成就。

行行重行行①

行行重行行，与君生别离②。
相去万余里，各在天一涯③；
道路阻且长④，会面安可知？
胡马依北风，越鸟巢南枝⑤。
相去日已远，衣带日已缓⑥；
浮云蔽白日，游子不顾反⑦。
思君令人老，岁月忽已晚⑧。
弃捐忽复道，努力加餐饭⑨！

【注释】

①本篇是《古诗十九首》中的第一首。
行行：如同说"走啊走啊"。重：又。两"行行"相重叠是为了加重语气，同时含有愈走愈远的意思。
②生别离：活生生地分开。
③天一涯：犹言天各一方。
④阻且长：艰险而漫长。
⑤胡马：北方所产的马。依：依恋。越：指汉时南方"百越"之地，越鸟即南方的鸟。
⑥"相去"二句：分别的日子越来越久，身上的衣服越来越显宽松。已，同"以"。远，久。缓，宽松。
⑦顾：念。反：同"返"。
⑧岁月忽已晚：岁月倏忽又已经到了年终。晚，指年终。
⑨弃捐：丢开。

【解析】

这是一首思妇诗，抒发了一个女子对远行在外的丈夫的深切思念。思绪层层递进，一唱三叹，最后由无奈而祝愿，悲凉中有慷慨。

青青河畔草

青青河畔草，郁郁园中柳①。
盈盈楼上女②，皎皎当窗牖③。
娥娥红粉妆④，纤纤出素手。

昔为倡家女，今为荡子妇⑤。
荡子行不归，空床难独守。

【注释】

①郁郁：浓密茂盛的样子。

②盈盈：美好的样子。

③皎皎（jiǎo）：白皙明洁貌。

④娥娥：美貌。

⑤荡子：在外乡漫游的人。

【解析】

　　这也是一首思妇诗。诗中由景物写到人物，再到身世和愁思，环环相扣，自然展开。诗中叠字的运用很有特色。

西北有高楼①

西北有高楼，上与浮云齐②；
交疏结绮窗③，阿阁三重阶④。
上有弦歌声，音响一何悲⑤！
谁能为此曲？无乃杞梁妻⑥。
清商随风发，中曲正徘徊⑦；
一弹再三叹，慷慨有余哀⑧。
不惜歌者苦，但伤知音稀⑨。
愿为双鸿鹄⑩，奋翅起高飞。

【注释】

①本篇为《古诗十九首》的第五首。

②上与浮云齐：此句以夸张手法写楼高入云。

③交疏：交错。绮窗：有花格子的窗子。

④阿（ē）阁：四周有檐的楼阁。三重（chóng）阶：有三层阶梯，言极高。

⑤弦歌：弹琴唱歌。一何：多么。

⑥无乃：莫不是。杞梁妻：杞梁是春秋时齐国大夫，出征战死，其妻痛哭十日后自杀。

⑦清商：乐曲名。中曲：乐曲中段部分。徘徊：指演奏复沓乐句，乐声回环往复。

⑧一弹：弹奏了一段之后。再三叹：再三地反复重奏。慷慨：不平的感情。余哀：不尽的哀愁。

⑨惜：痛惜。伤：感伤。

⑩鸿鹄：善飞的大鸟，古人以鸿鹄比喻胸怀大志的人。

【解析】

　　这首诗以听者与弦歌者的共鸣为背景，表达东汉文人对知音难遇的感慨。开头写歌者的地点，中间写凄凉的歌声，最后写歌声所引起的听者的同情与悲哀。写来极尽夸张、渲染。

涉江采芙蓉^①

涉江采芙蓉，兰泽多芳草^②；
采之欲遗谁^③？所思在远道^④。
还顾望旧乡^⑤，长路漫浩浩^⑥。
同心而离居^⑦，忧伤以终老。

【注释】

①本篇是《古诗十九首》的第六首。
②兰泽：生长兰草的沼泽地。芳草：即指兰草。
③遗（wèi）：赠与。
④远道：犹言远方。

⑤还顾：回头看。旧乡：故乡。
⑥漫浩浩：漫和浩浩都是无边无尽的意思，形容路长。
⑦同心：指夫妻同心，情投意合。

【解析】

　　这首诗写羁留异乡的游子怀念故乡妻子的忧愁苦闷心情。作品以采芳草无所赠而引起对妻子的怀念，情思深切。

明月皎夜光

明月皎夜光，促织鸣东壁^①。
玉衡指孟冬^②，众星何历历^③。
白露沾野草，时节忽复易。
秋蝉鸣树间，玄鸟逝安适^④？
昔我同门友^⑤，高举振六翮^⑥。
不念携手好，弃我如遗迹^⑦。
南箕北有斗^⑧，牵牛不负轭^⑨。
良无盘石固，虚名复何益？

【注释】

①促织：蟋蟀。

②玉衡：指北斗七星中的第五星，又可以指北斗的斗柄三星。

③历历：分明。

④玄鸟：燕子。

⑤同门友：同窗学友。

⑥翮（hé）：羽茎。六翮，指鸟的翅膀。

"振六翮"是以鸟的高飞比人的腾达。

⑦如遗迹：就像行路人遗弃脚印一样。

⑧南箕：星名，即箕宿。箕宿四星连起来呈梯形，也就是簸箕形。斗：指南斗星。南斗六星聚成斗形，当它和箕星同在南方的时候，箕在南，斗在北。

⑨负轭（è）：拉车。

【解析】

　　本诗为《十九首》的第七首，写对世态炎凉的怨愤。通过时节的忽复改变，反衬朋友新贵后抛弃旧交，是本诗艺术上的一个突出特点。

迢迢牵牛星①

迢迢牵牛星，皎皎河汉女②。
纤纤擢素手③，札札弄机杼④；
终日不成章⑤，泣涕零如雨。
河汉清且浅，相去复几许⑥？
盈盈一水间，脉脉不得语⑦。

【注释】

①本篇为《古诗十九首》第十首。迢迢（tiáo）：遥远的样子。牵牛星：俗称扁担星，天鹰星座主星，在银河南面。

②皎皎（jiǎo）：明亮的样子。河汉：银河。河汉女：指织女星，是天琴星座主星，在银河北面，与牵牛星隔河相对。

③纤纤：形容手纤细柔长。擢（zhuó）：摆动。素手：白皙的手。

④札札：织布机的声音。弄：操作。杼：织布机的梭子。

⑤章：布帛上的经纬纹路。

⑥相去复几许：相距又有多远呢？几许：多少。

⑦盈盈：水清浅的样子。脉脉：含情注视的样子。

【解析】

　　这是一首写思妇思念游子之情的诗篇。诗人借用民间广为流传的牛郎织女的故事，通过织女对牛郎的思念表达思妇与游子的别离之苦。通篇用比，形象贴切。

生年不满百①

生年不满百，常怀千岁忧②。
昼短苦夜长，何不秉烛游？
为乐当及时，何能待来兹③？
愚者爱惜费，但为后世嗤。
仙人王子乔，难可与等期④。

【注释】

①本篇出于古乐府《西门行》，是《十　　　　等等。
　九首》的第十六首。　　　　　　　　③来兹：来年。
②千岁忧：指身后的种种考虑，如为子　　④王子乔：古仙人名。与等期：指与仙
　孙的生活打算，为自己的冢墓计划，　　　人一样长寿。

【解析】

　　这是一首抒发人生感慨的诗。诗写人生苦短，应及时行乐；但不颓废，颇有慷慨之气。

客从远方来

客从远方来，遗我一端绮①。
相去万余里，故人心尚尔②。
文采双鸳鸯，裁为合欢被。
著以长相思③，缘以结不解④。
以胶投漆中，谁能别离此。

【注释】

①一端：半匹。绮：有花纹的绸子。　　　"绵绵"同义，所以用"长相思"代
②尚尔：还是那样。　　　　　　　　　　称丝绵。
③著：在衣被中装绵。长相思：丝绵的　　④缘：沿边装饰。结不解：以丝缕为
　代称。"思"和"丝"谐音，"长"与　　　结，表示不能解开的意思。

【解析】

　　本诗是一首歌咏爱情的诗。开头写远方爱人托人带来一端绮；接着通过裁绮做被子的细节，表现了思妇真挚的爱情和满心的喜悦；最后以

胶漆相附比喻爱情的坚贞不渝。其中的一些意象多为后世所用。

明月何皎皎

明月何皎皎，照我罗床帏①。
忧愁不能寐，揽衣起徘徊。
客行虽云乐，不如早旋归②。
出户独彷徨③，愁思当告谁。
引领还入房④，泪下沾裳衣。

【注释】

①罗床：装饰绮罗帐子的床。 　　③彷徨：犹"徘徊"。
②虽云乐：虽说快乐。旋归：回归。 　　④引领：抬头远望。还：返回。

【解析】

　　此诗描写思念，但主人公不明确，或云游子思归，或曰女子思夫，两解均通。比较而言，前说更为恰当。

上山采蘼芜

上山采蘼芜①，下山逢故夫。
长跪问故夫："新人复何如？"
"新人虽言好，未若故人姝②。
颜色类相似，手爪不相如③。"
"新人从门入，故人从阁去④。"
"新人工织缣，故人工织素⑤。
织缣日一匹⑥，织素五丈余，
将缣来比素，新人不如故。"

【注释】

①蘼芜：一种香草，叶子风干可以做香
　料。古人相信蘼芜可使妇人多子。
②姝：好。泛指，不仅指容貌。
③手爪：指纺织等技巧。
④阁（gé）：旁门，小门。
⑤缣、素：都是绢。素色洁白，缣色带
　黄，素贵缣贱。
⑥一匹：长四丈，广二尺二寸。

【解析】

　　此篇为弃妇诗。诗中的故事情节、人物对话设计巧妙，反映了故夫、故人的心理，具有一定的情境意味。

十五从军征①

十五从军征，八十始得归。
道逢乡里人："家中有阿谁②？"
"遥看是君家，松柏冢累累③。"
兔从狗窦入④，雉从梁上飞⑤，
中庭生旅谷⑥，井上生旅葵⑦。
烹谷持作饭⑧，采葵持作羹⑨。
羹饭一时熟，不知贻阿谁⑩，
出门东向看，泪落沾我衣。

【注释】

①本篇最早见于《乐府诗集》，属《横吹曲辞·梁鼓角横吹曲》。

②阿谁：即"谁"。阿，语助词。

③冢（zhǒng）：高坟。

④兔从狗窦入：野兔从狗洞钻进院子。窦，孔穴。

⑤雉（zhì）：野鸡。梁：房梁。

⑥中庭：庭院中。旅谷：不种自生叫"旅生"，"旅谷"就是自生的谷。

⑦旅葵：自生的葵。葵，菜名，又叫冬葵，古人重要蔬菜之一。

⑧烹：亦作"舂"。

⑨羹：汤。

⑩贻（yí）：赠送。

【解析】

　　这是首叙事诗，叙述一个服役几十年的老兵回乡后无家可归的悲惨情景。诗中选取典型侧面来写，篇幅虽小，但形象鲜明，言近旨远。

步出城东门

步出城东门，遥望江南路。
前日风雪中，故人从此去①。
我欲渡河水，河水深无梁②。
愿为双黄鹄③，高飞还故乡。

【注释】

①故人：老相识，曾与自己一起客游的人。

②梁：桥梁。

③黄鹄：传说中的大鸟，一举千里，为仙人所乘。

【解析】

这是一首游子思归诗。从出城遥望想到故人归去，又由此生发欲返故乡之念。层层推进，平白浅近，但略显刻板，显然为文人拟作。

魏晋南北朝编

曹 操

曹操（155～220），字孟德，沛国谯（今安徽亳县）人，汉末三国时期杰出的政治家、军事家和文学家。其子曹丕代汉称帝之后，追尊他为魏武帝。

曹操在繁忙的戎马生活和政务中，写下了不少诗文，具有雄健深沉、慷慨悲凉的艺术风格。他是邺下文人集团的缔造者，是建安文学新局面的开创者，是建安时期颇具代表性的作家，其诗文都有开一代风气的功绩，对当时和后世都产生了深远的影响。

步出夏门行①

观沧海②

东临碣石③，以观沧海。水何澹澹④，山岛竦峙⑤。
树木丛生，百草丰茂。秋风萧瑟，洪波涌起⑥。
日月之行，若出其中；星汉灿烂⑦，若出其里。
幸甚至哉，歌以咏志⑧。

【注释】

①《步出夏门行》：又名《陇西行》。汉乐府曲调名，属《相和歌·瑟调曲》。《步出夏门行》包括"艳"及"四解"。诗前的"艳"，是乐章的序曲。诗共四解（章）：第一章《观沧海》，第二章《冬十月》，第三章《河朔寒》（又名《土不同》），第四章《龟虽寿》。

②沧海：指渤海。

③碣石：山名，在今河北昌黎北十五里，距海约三十里，天晴时登临观海，海上渔船历历可见。一说，碣石为古时海畔山名，后沉于海中。

④何：多么。澹澹（dàn）：水波动荡的样子。

⑤山岛：指碣石山，当时碣石山濒临海边。竦峙（sǒng zhì）：高耸挺拔的样子。

⑥萧瑟：秋风吹动草木发出的声响。

⑦星汉：银河。

⑧幸：庆幸。至：极。

【解析】

《观沧海》是曹操的名作，也是我国第一首完整的写景诗。此诗写尽了大海吞吐日月、含蓄星辰的气象，抒发了诗人扭转乾坤、重振河山的豪情壮志。清人沈德潜说此诗"有吞吐宇宙气象"（《古诗源》）。

龟虽寿

神龟虽寿①，犹有竟时②；腾蛇乘雾③，终为土灰。

老骥伏枥④，志在千里；烈士暮年⑤，壮心不已⑥。

盈缩之期⑦，不但在天⑧；养怡之福⑨，可得永年⑩。

幸甚至哉，歌以咏志。

【注释】

①神龟：传说中的一种长寿龟。

②竟：尽，终结，此指死亡。

③腾蛇：又作"螣（téng）蛇"，传说中的龙类动物，据说这种神蛇能腾云驾雾飞行。

④骥（jì）：千里马。枥（lì）：马槽。

⑤烈士：重义轻生、有雄心壮志、要建立功业的人，这里是诗人自指。曹操

时年五十三岁，故曰暮年。

⑥已：止。

⑦盈：满、长；缩：短。盈缩之期，指人生命的长短。

⑧但：只。天：天命，指自然。

⑨养：保养。怡：愉快。养怡之福，乐观地保养身体带来的好处。

⑩永年：长寿，益寿延年。

【解析】

这是一首以抒怀言志为主的诗，表达了不信天命、积极进取的精神。全诗寓哲理于形象之中，感情真挚，意境豪迈，具有极强的感染力。

蒿里行①

关东有义士②，兴兵讨群凶。

初期会盟津，乃心在咸阳③。

军合力不齐，踌躇而雁行④。

势利使人争，嗣还自相戕⑤。

淮南弟称号，刻玺于北方⑥。

铠甲生虮虱⑦，万姓以死亡。

白骨露于野，千里无鸡鸣。

生民百遗一，念之断人肠。

【注释】

①《蒿里行》是挽歌，属《相和歌·相　　　和曲》，古辞现存，言人死魂魄归于

蒿里（即死人的居里）。曹操此作是以古题写时事。

②关东：指函谷关以东。义士：指起兵讨伐董卓的诸将领。

③盟津：地名，就是孟津（在今河南孟县南），相传周武王伐纣时和诸侯在此地会盟。乃心在咸阳：刘、项起兵时的共同心愿是直捣咸阳以代秦。这里是托古喻今。

④齐：一致。当时诸将各怀观望，力量不能合一。行（háng）：行列。

⑤嗣还（xuán）：言其后不久。自相戕（qiāng）：指讨卓诸将互相兼并。

⑥二句指袁绍在北方刻皇帝印，其弟袁术在淮南自立为皇帝。玺（xǐ），皇帝印。

⑦以下几句指连年争战，士兵铠甲不解，百姓惨遭涂炭。

【解析】

此诗反映了汉末战乱连年、民不聊生的现实，揭露了军阀混战的罪行，表达了作者的愤懑之情。白描写实，极具概括性。

短歌行①

对酒当歌②，人生几何？譬如朝露，去日苦多③。
慨当以慷④，忧思难忘⑤。何以解忧，唯有杜康⑥。

青青子衿，悠悠我心⑦。但为君故，沉吟至今⑧。
呦呦鹿鸣，食野之苹⑨。我有嘉宾⑩，鼓瑟吹笙。

明明如月，何时可掇⑪？忧从中来，不可断绝。
越陌度阡⑫，枉用相存⑬。契阔谈讌⑭，心念旧恩。

月明星稀，乌鹊南飞。绕树三匝⑮，何枝可依？
山不厌高，海不厌深⑯。周公吐哺，天下归心⑰。

【注释】

①短歌行：乐府曲调名，属《相和歌·平调曲》，是当时宴会上歌唱的乐曲。曹操的《短歌行》共二首，本篇是第一首。

②当：与"对"同义，也是对着的意思。一说，"当"是应当之意，亦可。

③去日：过去的岁月。去日苦多，即说过去的时日苦于太多了。

④慨当以慷：即慷慨之意。

⑤忧思：忧虑。一作"幽思"，即深藏着的心事。

⑥杜康：相传是最早造酒的人，这里是酒的代称。

⑦衿（jīn）：衣领。青衿，青色的衣领，

周代学子的服装。悠悠：长远，形容长久思念不忘。"青青子衿，悠悠我心"，是借用《诗经·郑风·子衿》中的成句。原诗写一女子对情人的思念，作者借以表示自己对贤才的思慕。

⑧沉吟：低声吟味。

⑨"呦（yōu）呦"四句：用《诗经·小雅·鹿鸣》首章前四句的成句。呦呦，鹿叫声。蘋，艾蒿。鹿找到艾蒿就相互鸣叫召唤。

⑩嘉宾：指所思慕的贤才。

⑪明明：指满月的光辉，比喻贤才。掇（duō）：拾取，取得。这两句是说，那明洁的月亮，什么时候才能得到呢？以月光的不可提取比喻贤才之不可得。"掇"一作"辍"，停止，断绝。以月光不可阻隔比喻忧思之不能抑止，亦通。

⑫陌、阡：田间小路，东西叫"陌"，南北叫"阡"。越陌度阡，即走过许多路。

⑬枉：屈就，枉驾。用：以。存：问。这句是说，劳你屈尊光临我处。

⑭契阔：聚散。这里是复词偏义，强调"阔"的意思，指久别。讌：即"宴"。谈讌：即饮宴中畅叙别离怀念之情。

⑮匝（zā）：周，圈。依：依托。"月明星稀"四句，以乌鹊喻贤才，大意是说，贤才都在寻找可托身之所，但何处才是他们的托身之所呢？以良鸟择木而栖喻贤才择主而事，实则希望贤才来归，共建大业。

⑯厌：嫌弃。

⑰周公：周武王之弟。吐哺：吐出嘴里的食物。《韩诗外传》卷三载，周公说"吾一沐三握发，一饭三吐哺，犹恐失天下之士"。这里曹操以周公自比，表示自己也要像周公那样礼贤下士，让天下人都衷心拥戴自己。

【解析】

这是一首政治抒情诗，抒写时光易逝、功业未就的苦闷和作者希望招纳贤士、帮助自己建功立业的意志。诗作语言质朴自然，抑扬顿挫，跌宕铿锵，具有强烈的节奏感。风格雄健深沉、慷慨悲凉，是曹诗中最有特色的代表作之一。

苦寒行①

北上太行山②，艰哉何巍巍！
羊肠坂诘屈③，车轮为之摧。
树木何萧瑟，北风声正悲。
熊罴对我蹲，虎豹夹路啼。
溪谷少人民④，雪落何霏霏！
延颈长叹息⑤，远行多所怀。

我心何怫郁⑥，思欲一东归⑦。

水深桥梁绝，中路正徘徊。

迷惑失故路，薄暮无宿栖。

行行日已远，人马同时饥。

担囊行取薪，斧冰持作糜⑧。

悲彼东山诗⑨，悠悠使我哀。

【注释】

①这一篇是《相和歌·清调曲》歌辞。曹操在建安十一年（206）征高干时所作。

②太行山：指河内的太行山，在今河南沁阳北，是太行山的支脉。

③羊肠坂：指从沁阳经天井关到晋城的道路。诘屈：纡曲。

④此句是说山居的人一般都聚在溪谷近旁，既然"溪谷少人民"，山里别处更不用说了。

⑤延颈：伸长脖子，表示怀望。

⑥怫郁：心不安。

⑦思欲东归：是说怀念故乡谯县（今安徽亳县）。

⑧斧冰：凿冰。糜：稀粥。

⑨东山：《诗经·豳风》篇名。《东山》写远征军人还乡，旧说是周公所作。这里提到《东山》诗，一则用来比照当前行役苦况，二则是以周公自喻。

【解析】

此诗写行军时的艰苦，同时表达了自己的情感、抱负，从中可以见出诗人坚韧顽强的精神。语言朴素，表述准确。

曹 丕

曹丕（187～226），字子桓，曹操次子。建安二十五年（220）曹操病故，曹丕代汉称帝，成为曹魏的第一位皇帝——魏文帝。

曹丕不仅是邺下文人集团的核心之一，对建安文学的繁荣有组织、倡导之功，而且也是建安文学的代表作家之一。其《燕歌行》二首为现存最早、最完整的七言诗；《典论·论文》则是最早的文学批评论著。

燕歌行①

秋风萧瑟天气凉，草木摇落露为霜②。

群燕辞归雁南翔，念君客游思断肠③。
慊慊思归恋故乡，君何淹留寄他方④？
贱妾茕茕守空房⑤，忧来思君不敢忘，
不觉泪下沾衣裳。
援琴鸣弦发清商⑥，短歌微吟不能长⑦。
明月皎皎照我床，星汉西流夜未央⑧。
牵牛织女遥相望，尔独何辜限河梁⑨？

【注释】

①《燕歌行》：汉乐府曲调名，属《相和歌·平调曲》。燕：地名，即今北京一带。

②摇落：凋残。

③雁：一作"鹄（hú）"。君：指客游在外的丈夫。思断肠：一作"多思肠"。

④慊慊（qiān）：恨，不满的样子。淹留：久留。寄：旅居。

⑤贱妾：思妇的自称，谦词。茕茕（qióng）：孤单忧伤的样子。

⑥援：取。清商：乐调名，东汉以后在民歌基础上形成的新乐调。其节极短促，其音极纤微。古人认为这种乐调象征秋天。

⑦微吟：低声吟唱。长：舒缓和平。

⑧星汉：泛指众星及天河。西流：运转西落。未央：未尽。

⑨何辜：何故。限河梁：受银河上鹊桥的限制。

【解析】

这是一首代言体诗，以一个年轻女子的口吻，抒写对远游未归的丈夫的思念。风格上与乐府民歌相近，清丽哀婉，又不失苍凉开阔。

杂诗二首

其一

漫漫秋夜长，烈烈北风凉。
展转不能寐，披衣起彷徨。
彷徨忽已久，白露沾我裳。
俯视清水波，仰看明月光。
天汉回西流①，三五正纵横②。
草虫鸣何悲，孤雁独南翔。
郁郁多悲思，绵绵思故乡。
愿飞安得翼，欲济河无梁。

向风长叹息，断绝我中肠。

其二

西北有浮云，亭亭如车盖③。
惜哉时不遇，适与飘风会④。
吹我东南行，行行至吴会⑤。
吴会非我乡，安得久留滞？
弃置勿复陈⑥，客子常畏人。

【注释】

①天汉：银河。回西流：由西南转向正西，表示夜深。

②三五：指星而言。《诗经·小星》："三五在东"。泛指群星。

③亭亭：远而无所依靠的样子。

④飘风：暴起的风。

⑤吴会：指吴郡和会稽郡。

⑥弃置：搁在一边。陈：说。

【解析】

　　曹丕的这两首杂诗是游子诗。一般认为是在魏伐吴途中所作。诗作写游子思念故乡的苦闷情绪，内容似较单纯。艺术风格近于乐府古诗。

陈　琳

　　陈琳（？～217），字孔璋，广陵（今江苏扬州）人。生平不详。先为大将军何进主簿，后为袁绍记室，典文章。袁氏败后，陈琳归附曹操，为司空军谋祭酒，管记室，军国文书，多出其手。陈琳为建安七子之一，今存诗歌四首。

饮马长城窟行①

　　饮马长城窟②，水寒伤马骨。往谓长城吏，"慎莫稽留太原卒③！""官作自有程，举筑谐汝声④！""男儿宁当格斗死，何能怫郁筑长城⑤！"长城何连连，连连三千里⑥。边城多健少，内舍多寡妇⑦。作书与内舍，"便嫁莫留住。善侍新姑嫜⑧，时时念我故夫子⑨。"报书往边地⑩，"君今出语一何鄙⑪！""身在祸难中⑫，何为稽留他家子。生男慎莫举，生女哺用脯。君独不见长城下，死人骸骨相撑拄⑬?""结发行事君，慊慊心意关⑭。明知边地苦，贱妾何能久自全⑮?"

【注释】

①《饮马长城窟行》：属汉乐府《相和歌·瑟调曲》。本篇为依旧题写的新辞。

②窟：泉窟，即泉眼。

③稽留：滞留、拖延。

④官作：官府的工程，指筑长城。程：期限。筑：砸土用的夯。谐：和谐一致。

⑤怫郁：忧郁，愁闷，心情不舒畅。

⑥连连：连绵不断。

⑦内舍：内地家里。寡妇：指役夫们的妻子。

⑧姑嫜（zhāng）：公婆。

⑨故夫子：旧日的丈夫。

⑩报书：回信。

⑪鄙：鄙陋，庸俗。一何鄙：多么庸俗。

⑫祸难：指自己生归无望。

⑬举：抚养。哺（bǔ）：喂养。脯（fǔ）：干肉。

⑭结发：古时男女成年时要束发，这里指束发之年结为夫妻。行：语助词。事君：侍奉你。慊慊：不满足。心意关：内心相连。

⑮自全：自己全活。岂能久自全，表示自己愿以死相守。

【解析】

这首诗用筑城士卒和妻子的对话，揭露了当时繁重的徭役给人民带来的深重灾难。此诗选材典型，颇具艺术概括力；几乎通篇对话，很有表现力，感情强烈，格调苍凉，是"建安风骨"的代表作。

王 粲

王粲（177～217），字仲宣，山阳高平（今山东邹县）人。出身于名门世族。曹操建魏国后，王粲官至侍中。王粲是建安七子之一，也是七子中成就最高者。与曹植并称"曹王"。以诗、赋见长。语言刚健，辞气慷慨，风格慷慨悲凉。

七哀诗①

西京乱无象②，豺虎方遭患③。
复弃中国去④，委身适荆蛮⑤。
亲戚对我悲，朋友相追攀。

出门无所见，白骨蔽平原⑥。
路有饥妇人，抱子弃草间。
顾闻号泣声⑦，挥涕独不还⑧。
"未知身死处，何能两相完⑨？"
驱马弃之去，不忍听此言。
南登霸陵岸⑩，回首望长安。
悟彼《下泉》人⑪，喟然伤心肝⑫。

【注释】

①王粲所作《七哀》诗共三首，不是同时同地所作，这里选的是第一首。
②西京：指长安。无象：不像样，即无道、无法之意。
③豺虎：指董卓的部将。遘患：制造灾难、祸患。"遘"同"构"。
④中国：指当时的中原地区。
⑤委身：托身，寄身。荆蛮：此指诗人要投奔的荆州。
⑥蔽：遮盖。
⑦顾：回头看。号泣声：弃儿嚎哭之声。
⑧挥涕独不还：指弃儿的母亲流着眼泪，却偏不肯回身去抱孩子。
⑨"未知"二句：是妇人的话，意谓：我自己都说不清自己会身死何处，怎么能母子都保全存活呢？
⑩霸陵：汉文帝的陵墓，在今陕西西安东。
⑪悟：领悟，理解。《下泉》：《诗经·曹风》中的一篇。《毛序》云："《下泉》，思治也，曹人……思明王贤伯也。"
⑫喟（kuì）然：叹息伤心的样子。

【解析】

这首诗写作者离开长安时所见到的乱离景象和自己的悲痛心情。选材典型，震撼人心。写来有远景，有特写，层次分明。典型的题材和丰富的表现，使此诗散发出悲剧色彩和苍凉格调，极具艺术感染力。

刘 桢

刘桢（？～217），字公干，东平（今山东东平）人。汉末文学家，建安七子之一。其诗风格劲挺，不重雕饰。

赠从弟①

亭亭山上松②，瑟瑟谷中风③。

风声一何盛，松枝一何劲。
冰霜正惨凄，终岁常端正。
岂不罹凝寒④？松柏有本性。

【注释】

①刘桢有《赠从弟》诗三首，都用比　　③瑟瑟：风声。
　兴。这是第二首。　　　　　　　　　④罹（lí）：遭受。凝寒：严寒。
②亭亭：高耸直立貌。

【解析】

　　这是一首咏物诗。诗以比兴手法借物抒怀，歌颂了松柏凌寒不屈的本性，表现了诗人"真骨凌霜，高风跨俗"的品质。

曹 植

　　曹植（192～232），字子建，曹操第三子。他博学多才，深为曹操宠爱，几被立为太子。但由于行为任性，饮酒不节，终于在"太子之争"中败阵失宠。曹丕称帝后，屡遭贬迁，很不得志，郁郁而死。年四十一岁。

　　曹植的诗在学习乐府民歌的基础上加以提高，手法多样，词采华茂，是建安诗人中成就较高的代表。

白马篇①

白马饰金羁②，连翩西北驰③。
借问谁家子？幽并游侠儿④。
少小去乡邑，扬声沙漠垂⑤。
宿昔秉良弓⑥，楛矢何参差⑦。
控弦破左的⑧，右发摧月支⑨。
仰手接飞猱⑩，俯身散马蹄⑪。
狡捷过猴猿⑫，勇剽若豹螭⑬。
边城多警急，虏骑数迁移⑭。
羽檄从北来⑮，厉马登高堤⑯。

长驱蹈匈奴，左顾凌鲜卑⑰。
弃身锋刃端，性命安可怀？
父母且不顾，何言子与妻？
名编壮士籍⑱，不得中顾私⑲。
捐躯赴国难，视死忽如归。

【注释】

①《白马篇》：乐府歌辞，属《杂曲歌·齐瑟行》，以开头二字名篇。

②羁（jī）：马笼头。

③连翩：形容结伴翻飞，此指飞驰。

④幽、并：即幽州、并州，其地相当于现在河北、山西以及陕西的一部分。史书上称这里的人民"好气任侠"，故诗中称幽、并"游侠儿"。

⑤垂：通"陲"，边疆。

⑥宿昔：一向，经常。一说，同"夙夕"，早晨、晚上。

⑦楛（hù）：木名，茎似荆而呈赤色，可以作箭。楛矢，即用楛木制作的箭。

⑧控弦：张弓。左的：左方的箭靶。

⑨月支：又名素支，白色箭靶名。

⑩仰手：箭向高处出手。接：迎射。猱（náo）：猿类动物，体小，善攀缘树木，轻捷如飞，故称飞猱。

⑪散：射碎。马蹄：箭靶名。

⑫狡捷：灵巧敏捷。

⑬剽（piāo）：轻疾。螭（chī）：传说中的一种动物，似龙而色黄。

⑭虏：此指匈奴、鲜卑等少数民族。骑（jì）：此指骑兵。

⑮檄（xí）：用于征召的文书，写在一尺二寸长的木简上，遇紧急情况，则加插羽毛，故称"羽檄"。

⑯厉马：催马，策马。堤：高坡，此指御敌的工事。

⑰蹈：践踏，此指捣毁。

⑱籍：簿籍，此指登记兵员的名册。

⑲中顾私：即心里顾念着个人的私事。

【解析】

这首诗赞美了边塞游侠儿的高超武艺、机智勇敢和赴边卫国的献身精神。全诗层次选宫，形象鲜明，情感奔放，意境豪迈。

赠白马王彪　并序①

黄初四年五月，白马王、任城王与余俱朝京师②，会节气③。到洛阳，任城王薨④。至七月，与白马王还国⑤。后有司以二王归藩⑥，道路宜异宿止，意毒恨之⑦。盖以大别在数日⑧，是用自剖⑨，与王辞焉，愤而成篇。

谒帝承明庐⑩，逝将返旧疆⑪。清晨发皇邑⑫，日夕过首阳⑬。伊洛广且深⑭，欲济川无梁。泛舟越洪涛，怨彼东路长⑮。顾瞻恋城阙⑯，引领情内伤⑰。

太谷何寥廓⑱，山树郁苍苍。霖雨泥我涂⑲，流潦浩纵横⑳。中逵绝无轨㉑，改辙登高冈。修坂造云日㉒，我马玄以黄㉓。

玄黄犹能进，我思郁以纡㉔。郁纡将何念？亲爱在离居㉕。本图相与偕，中更不克俱㉖。鸱枭鸣衡轭㉗，豺狼当路衢㉘。苍蝇间白黑㉙，谗巧令亲疏㉚。欲还绝无蹊㉛，揽辔止踟蹰㉜。

踟蹰亦何留？相思无终极。秋风发微凉，寒蝉鸣我侧。原野何萧条，白日忽西匿。归鸟赴乔林，翩翩厉羽翼㉝。孤兽走索群，衔草不遑食㉞。感物伤我怀，抚心长太息㉟。

太息将何为？天命与我违㊱。奈何念同生，一往形不归㊲。孤魂翔故域，灵柩寄京师㊳。存者忽复过㊴，亡殁身自衰㊵。人生处一世，去若朝露晞。年在桑榆间㊶，影响不能追㊷。自顾非金石，咄唶令心悲㊸。

心悲动我神，弃置莫复陈㊹。丈夫志四海，万里犹比邻㊺。恩爱苟不亏，在远分日亲㊻。何必同衾帱㊼，然后展殷勤。忧思成疾疢㊽，无乃儿女仁。仓卒骨肉情㊾，能不怀苦辛㊿？

苦心何虑思？天命信可疑51。虚无求列仙52，松子久吾欺53。变故在斯须54，百年谁能持？离别永无会，执手将何时55？王其爱玉体，俱享黄发期56。收泪即长路57，援笔从此辞58。

【注释】

①白马：地名，在今河南滑县东。白马王，指曹彪，彪字朱虎，为曹植异母弟，当时被封为白马王。

②任城王：指曹彰，彰字子文，为曹植同母兄。任城，今山东济宁市。

③会节气：魏制规定每年的立春、立夏、立秋、立冬这四个节气之前的第十八天，各诸侯藩王都要到京师洛阳和皇帝一起行迎气之礼，并举行朝会仪式。

④薨（hōng）：古称诸侯和有爵位的大官死曰薨。

⑤还国：回自己的封地，与下文的"归藩"同义。

⑥有司：指主管该项事情的官吏，职有所司，故称有司。这里实际上是指监国使者灌均。

⑦意：即"臆"，内心。毒恨：痛恨。

⑧大别：久别，永别。

⑨是用：用是，因此。自剖：剖白、表明自己的心迹。

⑩承明庐：汉代的宫殿名，在长安，这里用以代指魏文帝在洛阳的宫殿。

⑪逝：语助词，无义。旧疆：自己的封地。

⑫皇邑：皇城，指都城洛阳。

⑬首阳：山名，在洛阳市东北。

⑭伊、洛：二水名。

⑮越：超越，渡过。东路：向东去的道路，即自洛阳东归自己封地的道路。

⑯顾瞻：回头眺望。城阙：京城洛阳。

⑰引领：伸长脖子极目远望的样子。情内伤：内心感情无限悲伤。

⑱太谷：山谷名，又名通谷，在洛阳市东南五十里处。

⑲霖雨：接连三天以上的大雨。泥：阻滞。涂：同"途"。

⑳潦（lǎo）：积存的雨水。

㉑逵（kuí）：九达之道，此指道路。中逵，即路上。轨：车辙。

㉒修：长。坂（bǎn）：坡。修坂，高远的斜坡。造：至，到。

㉓玄黄：马病而色变。

㉔郁：郁积。纡：萦绕。郁以纡，指愁思郁结难以排遣。

㉕在：将要。

㉖中：半路。更：又。不克俱：不能同路而行。

㉗鸱枭：猫头鹰。衡：车辕前面之横木。轭（è）：驾车时套在牲口脖子上的半月形曲木。

㉘衢（qú）：四通之大路。

㉙间（jiàn）：挑拨离间。

㉚谗巧：谗言巧语。

㉛蹊（xī）：路径。绝无蹊，绝对无路可走，即行不通。

㉜揽辔：勒马。辔，马缰绳。

㉝乔木：乔木林。厉：振，奋。

㉞索群：寻找伙伴。不遑（huáng）：不暇，顾不上。

㉟抚心长太息：以手抚胸，长声叹息。

㊱天命：上天的意旨。违：乖违。

㊲同生：同胞。一往：指这次去洛阳朝会。形：身体。形不归，指曹彰死在洛阳，再也不能回归他的封地了。

㊳故域：指曹彰的封地任城。

㊴存者：指自己和白马王曹彪。忽：疾。过：指过世、死亡。

㊵殁（mò）：亡，死。自衰：自行腐烂、消亡。

㊶桑榆：西方天空中的两颗星名。古人常用"日在桑榆"指日落黄昏之时，并以此比喻年老。

㊷影：日影。响：回声。

㊸咄唶（duō jié）：嗟叹声。

㊹弃置：把悲痛抛开。

㊺比邻：近邻。

㊻分（fèn）：情分，情谊。

㊼衾（qīn）：被子。帱（chóu）：床帐。同衾帱，指同被而眠。

㊽疢（chèn）：热病。

㊾仓卒：突然变故，指曹彰之死。

㊿苦辛：痛苦辛酸。

51信：实在，的确。

52列仙：众神仙。

53松子：赤松子，传说中的古代仙人。

㉚斯须：顷刻，须臾。

㉛执手：拉手，握手，比喻再会。

㉜王：指白马王曹彪。黄发期：指年老

高寿。人老头发变黄，故称黄发期。

㉝即：就，踏上。

㉞援笔：拿起笔。

【解析】

　　这是一首赠别诗，抒发了作者对曹丕迫害同胞兄弟的满腔悲愤之情，痛斥了监国使者一类奸佞小人离间他们兄弟关系的丑恶行径；诗中也有对任城王曹彰含冤而死的沉痛哀悼，有对自己处境岌岌可危、心情惴惴不安的真情吐露，也有对白马王曹彪的深情宽慰和劝勉。这是曹植后期诗歌的代表作之一，也是曹植五言诗中最为杰出的一篇。

箜篌引①

　　置酒高殿上，亲交从我游②。中厨办丰膳，烹羊宰肥牛。秦筝何慷慨③，齐瑟和且柔④。阳阿奏奇舞⑤，京洛出名讴⑥。乐饮过三爵，缓带倾庶羞⑦。主称千金寿，宾奉万年酬。久要不可忘，薄终义所尤⑧。谦谦君子德，磬折欲何求⑨？惊风飘白日⑩，光景驰西流⑪。盛时不再来，百年忽我遒⑫。生存华屋处，零落归山丘。先民谁不死，知命复何忧？

【注释】

①本篇是《相和歌·瑟调曲》歌辞。

②亲交：亲近的友人。

③秦筝：筝是弦乐器。古筝五弦，秦人蒙恬改为十二弦，变形如瑟。唐以后又改为十三弦。

④齐瑟：瑟也是弦乐器，有五十弦、二十五弦、二十三弦、十九弦几种，以在齐国临淄最为常见。

⑤阳阿：《汉书·外戚传》说赵飞燕微贱时属阳阿公主家，学歌舞。这个阳阿是县名，在今山西凤台县西北。

⑥京洛：即"洛京"，指洛阳。

⑦缓带：解带脱去礼服换便服。庶羞：多种美味。

⑧久要：旧约。尤：非。薄终义所尤，是说对朋友始厚而终薄是道义所不许的。

⑨磬（qìng）折：弯着身体像磬一般。指恭敬的样子。

⑩惊风：疾风。

⑪光景：指日、月。

⑫遒（qiú）：迫近。

【解析】

　　此诗前半段是宴饮的描写，后半段是议论，议论从描写中引发。其议论大意是说盛满不常是一定之理，君子明此便应该知命。

名都篇①

名都多妖女②，京洛出少年。宝剑直千金③，被服丽且鲜④。斗鸡东郊道⑤，走马长楸间⑥。驰骋未能半，双兔过我前。揽弓捷鸣镝⑦，长驱上南山⑧。左挽因右发，一纵两禽连⑨。余巧未及展，仰手接飞鸢⑩。观者咸称善，众工归我妍⑪。归来宴平乐⑫，美酒斗十千。脍鲤臇胎鰕，炮鳖炙熊蹯⑬。鸣俦啸匹侣，列坐竟长筵⑭。连翩击鞠壤⑮，巧捷惟万端。白日西南驰，光景不可攀。云散还城邑，清晨复来还。

【注释】

①本篇是《杂曲歌·齐瑟行》歌辞。

②妖女：艳丽的女子。

③直：值。

④丽：一作"光"。

⑤魏明帝曾在洛阳筑斗鸡台。

⑥长楸：古人在道旁种楸树，绵延很长，所以叫"长楸"。

⑦捷：引。一作"挟"。鸣镝（dí）：又叫"嚆（hāo）矢"，就是响箭的镞。

⑧南山：通常指终南山，这里指洛阳的南山。

⑨两禽：指双兔，猎获的鸟兽都叫做禽。

⑩巧：一作"功"。接：是对飞驰的东西迎前射击。

⑪归我妍：称许我射得好。妍（yán），好，高妙。

⑫平乐：观名，汉明帝时造，在洛阳西门外。

⑬臇（juàn）：比较干的肉羹。熊蹯（fán）：熊掌。

⑭鸣、啸：指呼唤。俦、匹：指朋友、伙伴。竟：尽，坐满。

⑮击鞠（jū）壤：蹴鞠和击壤，都是古代的游戏。

【解析】

此诗描写都市里富贵子弟的游乐生活，反映了曹植自己少年时代奢华放诞的生活。写作上多铺排，有赋的风格。

美女篇①

美女妖且闲②，采桑歧路间。柔条纷冉冉③，落叶何翩翩。攘袖见素手④，皓腕约金环⑤。头上金爵钗⑥，腰佩翠琅玕。明珠交玉体⑦，珊瑚间木难⑧。罗衣何飘飖，轻裾随风还⑨。顾盼遗光彩，长啸气若兰⑩。行徒用息驾，休者以忘餐⑪。借问女安居，乃在城南端。青楼临大路⑫，高门结重关⑬。容华耀朝日，谁不希令颜⑭？媒氏何所营？玉帛不时安⑮。佳人慕高义，求贤良独难。众人徒嗷嗷，安知彼所观？盛年处房室，中夜起长叹。

【注释】

①本篇是《杂曲歌·齐瑟行》歌辞。

②闲：同"娴"，优雅。

③冉冉：摇动貌。

④攘袖：捋上袖子。

⑤约：缠束。

⑥金爵钗：金钗头上作雀形。又作"三爵钗"、"合欢钗"。爵，同"雀"。

⑦交：缀。

⑧木难：碧色的珠子，传说是金翅鸟沫所成。

⑨还（xuán）：转。

⑩盼：一作"眄"。啸：撮口出声，即吹口哨。一作"笑"。

⑪"行徒"二句：是说走路的、休息的因她而停下、忘餐。用、以：都是"因"的意思。

⑫青楼：涂饰青漆的楼，指显贵之家，和后代以青楼为妓院的意思不同。

⑬重关：两道闭门的横木。

⑭希：倾慕。令：美好。

⑮玉帛：指珪璋和束帛，古代订婚行聘用物。时安：即时安置。

【解析】

本诗写美女，先极写其容姿、体态、装饰之美，再写"求贤良独难"，故不得不"盛年处房室"。诗人以美女作比，申说自己有才能而不得施展的郁闷。

杂　诗①

高台多悲风，朝日照北林②。
之子在万里③，江湖迥且深。
方舟安可极？离思故难任④。
孤雁飞南游，过庭长哀吟。
翘思慕远人⑤，愿欲托遗音⑥。
形影忽不见，翩翩伤我心。

【注释】

①《杂诗》六首同载于《文选》卷二十九，成为一组，但彼此无关联，也不是同时所作。

②北林：林名，见《诗经·晨风》。

③之子：指所怀念的人。　　　　　⑤翘思：仰首而思。

④难任：难当。　　　　　　　　　⑥托遗音：托飞雁寄音信给远人。

【解析】

　　这是一首怀人诗。所怀之人可能是曹彪。以登高所见所感，抒发刻骨思念与无限感怀。以景物衬托情怀，情深意长。

　　　　转蓬离本根，飘飘随长风。

　　　　何意回飙举^①，吹我入云中。

　　　　高高上无极，天路安可穷^②？

　　　　类此游客子，捐躯远从戎。

　　　　毛褐不掩形，薇藿常不充^③。

　　　　去去莫复道，沉忧令人老。

【注释】

①回飙（biāo）：旋风。举：此指吹起来。

②安可穷：如何能够穷尽。

③毛褐：指毛皮、粗布衣服。薇藿：薇是羊齿植物，野生；藿是豆叶。二者都是贫苦人所吃的菜。充：充足，足够。

【解析】

　　这是一首游子诗。诗写自己有如转蓬，无所栖身，且境遇困窘。诗作暗含作者身世之感，沉郁顿挫，感慨淋漓。

　　　　西北有织妇^①，绮缟何缤纷^②！

　　　　明晨秉机杼，日昃不成文^③。

　　　　太息经长夜，悲啸入青云。

　　　　妾身守空闺，良人行从军^④。

　　　　自期三年归^⑤，今已历九春。

　　　　飞鸟绕树翔，嗷嗷鸣索群。

　　　　愿为南流景，驰光见我君^⑥。

【注释】

①织妇：指织女星。比喻思妇。

②绮缟：有花纹的绢。

③明晨：清晨。昃（zè）：太阳西斜。

文：花纹。不成文，指未织多少。

④良人：思妇之夫。

⑤期：约定。

⑥景：日光。君：同上文"良人"。

【解析】

　　此为女子思念从军丈夫的诗。渲染与自叙结合，浓墨重彩，一唱三叹，情调哀婉，余韵悠长。

　　　　南国有佳人①，容华若桃李。
　　　　朝游江北岸，夕宿潇湘沚②。
　　　　时俗薄朱颜，谁为发皓齿③？
　　　　俯仰岁将暮④，荣耀难久恃⑤。

【注释】

①南国：指江南。　　　　　　　　发皓齿，指唱歌。
②沚：水中小洲。　　　　　　　④俯仰：表示时间短促。
③朱颜：美色。谁为：为谁。发：开。　⑤荣耀：花的灿烂，指桃李而言。

【解析】

　　此诗写佳人虽有美色绝艺，但不为时俗所重；而时光如驰，朱颜难驻。以佳人之伤悲而表达自己之伤悲。

　　　　仆夫早严驾①，吾行将远游。
　　　　远游欲何之？吴国为我仇。
　　　　将骋万里途，东路安足由②？
　　　　江介多悲风③，淮泗驰急流④。
　　　　愿欲一轻济，惜哉无方舟⑤。
　　　　闲居悲吾志，甘心赴国忧。

【注释】

①严驾：整治车驾。　　　　　④淮泗：指淮水与泗水，江与淮、泗都
②东路：从京师洛阳回封地鄄城的路。　　是南征孙吴所必经。
　由：行。此句是说不必局促在自己封　⑤无方舟：无渡水工具，比喻没有权
　地那样的小地方。　　　　　　　柄。
③江介：江畔。

【解析】

　　此诗写作者建立功业的志向。诗作从出征准备写起，推想自己的行程，表述自己的抱负；可是却没有方舟可济淮泗，抱负无望实现；结尾

慷慨言志。

飞观百余尺①，临牖御棂轩②。
远望周千里，朝夕见平原。
烈士多悲心，小人偷自闲③。
国仇亮不塞④，甘心思丧元⑤。
拊剑西南望⑥，思欲赴太山⑦。
弦急悲声发，聆我慷慨言。

【注释】

①观（guàn）：阙，宫门的望楼。高阙
　凌空而起，称为飞观。

②御：犹"凭"。棂轩：栏杆。

③烈士：这里指有雄心壮志的人。偷：
　苟且。

④亮不塞：诚然还未杜绝。

⑤元：首，头。

⑥拊：同"抚"。拊剑：犹按剑。

⑦赴太山：犹言"赴死"。古时人以为
　死后魂魄归于泰山，故称。

【解析】

　　此诗抒发甘心赴国难的壮志及壮志不遂的愤慨。诗从登高远眺写起，从烈士与小人的比较中显出抱负，以及不惜为国牺牲的凛然大义；结尾暗示壮志难酬，悲凉慷慨。

阮　籍

　　阮籍（210～263），字嗣宗，陈留尉氏（今河南尉氏县）人。性嗜酒，曾慕步兵营人善酿酒而求为步兵尉，故世称阮步兵。阮籍是正始时期的代表作家之一，诗、文都颇有成就，诗的成就尤高，其代表作为《咏怀》诗。

咏　怀①

夜中不能寐，起坐弹鸣琴。
薄帷鉴明月②，清风吹我襟。
孤鸿号外野③，翔鸟鸣北林④。
徘徊将何见？忧思独伤心。

蔑之意。本书选其第九、第十四首。

②闲：同"娴"，熟习。

③繁弱：古良弓名。忘归：箭名。

④景：影。

⑤凌厉：奋行直前貌。

⑥兰圃：有兰草的野地。华山：指山有光华。

⑦磻（bō）：用生丝做绳系在箭上射鸟叫做弋，在系箭的丝绳上加系石块叫做磻。皋：水边之地。纶（lún）：指钓丝。

⑧五弦：乐器名，似琵琶而略小。

⑨太玄：大道。游心太玄，是说心中对于道有所领会。

⑩筌（quán）：捕鱼竹器。

⑪郢：古地名，春秋楚国的都城。《庄子·徐无鬼》有一段寓言说曾有郢人将白土在鼻上涂了薄薄一层，像苍蝇翅似的，叫匠石用斧子削去它。匠石挥斧成风，眼睛看都不看一下，把白土削了个干净。郢人的鼻子毫无损伤，他的面色也丝毫不改。郢人死后，匠石的这种绝技不再表演，因为再也找不到同样的对手了。

【解析】

这两首诗，前一首想象嵇喜在军中戎装驰射的生活，后一首想象嵇喜行军休息时的光景。

嵇康的这两首诗都是写给兄长的，应该有怀念、慰问的意思，但诗中对此却未置一词，纯写想象中的兄长，而思念、爱戴之情油然体现。

左 思

左思（250？～305？），字太冲，齐国临淄（今山东淄博临淄城北）人。出身寒微，博学能文，不喜交游。左思是西晋著名的辞赋家和诗人。曾以十年时间写出《三都赋》，洛阳为之纸贵。其诗现存十四首，代表作为八首五言《咏史》诗，钟嵘称"得讽喻之致"。

咏 史①

弱冠弄柔翰②，卓荦观群书③。

著论准《过秦》④，作赋拟《子虚》⑤。

边城苦鸣镝⑥，羽檄飞京都。

虽非甲胄士⑦，畴昔览《穰苴》⑧。

长啸激清风，志若无东吴。

铅刀贵一割，梦想骋良图⑨。
左眄澄江湘，右盼定羌胡⑩。
功成不受爵，长揖归田庐。

【注释】

①左思《咏史》诗共八首，此选其第一、第二首。
②弱冠：古时男子二十岁成人，束发加冠，但身体尚弱，故称"弱冠"。柔翰：毛笔。
③卓荦（luò）：才能卓异。
④准《过秦》：以《过秦论》为标准。
⑤《子虚》：即司马相如的《子虚赋》。
⑥鸣镝：响箭。苦鸣镝，即苦于敌人的侵扰。
⑦胄（zhòu）：头盔。甲胄士，武士。
⑧畴昔：往昔。穰苴（ránɡjū）：即春秋时期齐国的军事家田穰苴。
⑨铅刀贵一割：铅刀一割即钝，比喻自己才能低下，但希望一用。
⑩眄（miàn）：看。澄：澄清，平定。江湘：长江、湘江，是东吴所在地。羌胡：泛指西北地区的少数民族。

【解析】

这是《咏史》诗的第一首，有《咏史》总序的作用。诗的主旨是抒发自己为国建功立业的宏伟抱负，表达"功成不受爵"的高尚情操。这首诗语言豪壮，文笔雄劲有力，具有很强的感染力。

郁郁涧底松①，离离山上苗②。
以彼径寸茎③，荫此百尺条④。
世胄蹑高位⑤，英俊沉下僚⑥。
地势使之然，由来非一朝。
金张藉旧业，七叶珥汉貂⑦。
冯公岂不伟，白首不见招⑧。

【注释】

①郁郁：茂密浓绿的样子。
②离离：分散下垂的样子。苗：小树。
③径寸：直径一寸。茎：指树干。
④荫：遮蔽。此：涧底松。百尺条：身高百尺的大树。条，树枝，此指树木。
⑤世胄：世族子弟。胄：长子、后裔。蹑（niè）：登。
⑥沉：沉沦，沉没。下僚：下级官员。
⑦金：指汉代金日磾（mì dī）家，自汉武帝至汉平帝，七代皆为内侍。张：指汉代张汤家，自汉宣帝以后，他家历代为大官，计有侍中、中常侍十余人。珥（ěr）：插。貂：貂尾。汉代侍中、中常侍的帽上皆插貂尾。
⑧冯公：汉代冯唐。伟：奇伟，人才出众。不被招：不被重用。冯唐年七十左右，仍当着中郎署长的小官。

【解析】

这是《咏史》诗的第二首。作者用涧底松和山上苗作比喻,形象地揭示了当时社会上"世胄蹑高位,英俊沉下僚"的极不合理的现象,并且用金、张之家与冯唐相比,说明这种现象的存在由来已久,根深蒂固。此诗对比鲜明,比喻贴切,意气豪迈,语言简劲。是所谓"左思风力"的具体体现,与"建安风骨"一脉相承。

刘 琨

　　刘琨(271～318),字越石,中山魏昌(今河北无极县东北)人。他出身大官僚家庭,少时即以雄豪著名,好老庄之学。现存诗三首,表现了国难中的英雄气概和爱国思想。笔调清拔,风格慷慨悲壮,在晋诗中可谓特色独具。

重赠卢谌①

　　握中有悬璧,本是荆山璆②。惟彼太公望,昔在渭滨叟③。邓生何感激,千里来相求④。白登幸曲逆⑤,鸿门赖留侯⑥。重耳任五贤⑦,小白相射钩⑧。苟能隆二伯⑨,安问党与雠⑩?中夜抚枕叹,想与数子游⑪。吾衰久矣夫,何其不梦周⑫?谁云圣达节,知命故不忧⑬?宣尼悲获麟,西狩泣孔丘⑭。功业未及建,夕阳忽西流⑮。时哉不我与,去乎若云浮⑯。朱实陨劲风,繁英落素秋⑰。狭路倾华盖,骇驷摧双辀⑱。何意百炼钢,化为绕指柔⑲!

【注释】

①卢谌(chén):字子谅,范阳(今河北涿县)人,曾为刘琨僚属,后为段匹磾别驾,和刘琨常有诗歌赠答。

②悬璧:用悬黎(美玉名)做成的璧。荆山:在今湖北南漳县西。楚人卞和曾在这里采得璞玉,被称为"和氏璧"。璆(qiú):美玉。

③惟:思。太公望:即姜尚。因封于吕,也称吕望。

④邓生:指东汉时的邓禹;与光武帝刘秀相善。感激:感动奋发。

⑤白登:山名,在今山西大同市东。曲逆:汉代陈平封曲逆侯。刘邦曾被匈奴围于白登山,幸赖陈平出奇计解围。

⑥鸿门：地名，在今陕西临潼县东，留侯：汉代张良，封留侯。

⑦重耳：即晋文公。

⑧小白：即齐桓公。相（xiàng）射钩：以射钩的仇人为相。齐桓公与公子纠争君位时，管仲辅佐公子纠，曾用箭射中齐桓公身上的带钩。齐桓公不计前仇，任管仲为相，终成霸业。

⑨苟：如果。隆：兴盛。伯：同"霸"。二伯，指晋文公和齐桓公。

⑩雠：同"仇"，指管仲。管仲与齐桓公曾是仇人。

⑪数子：指上述从姜尚至管仲数人。

⑫"吾衰"二句：《论语·述而》："甚矣吾衰也，久矣吾不复梦见周公。"

⑬达节：通达事理，不拘泥于常理。圣达节，圣人能通达事理而不拘泥。

⑭宣尼：即孔子，汉平帝追谥孔子为褒成宣尼公。获麟、西狩：指鲁哀公十四年，在鲁国西面狩猎获麒麟一事。孔子听说此事，"反袂拭面，涕沾袍"。

⑮夕阳忽西流：夕阳急速西下，比喻时光流逝，自己已老。

⑯不我与：不待我。

⑰朱实：红色的果实。陨劲风：陨落于劲风之中。繁英：繁花。素秋：古代阴阳家以白色配秋天，故称素秋。

⑱华盖：华丽的车盖，此指大车。骇骊：受惊的马。摧：摧折。辀（zhōu）：车辕。

⑲何意：没有想到。百炼钢：经过千锤百炼的钢。绕指柔：可以绕在指头上的柔软之物。

【解析】

刘琨曾多年辗转抗敌，以图兴复晋室。这首诗主要是抒发自己扶助晋室的怀抱和功业未成的慨叹，也暗寓着激励卢谌能追步先贤、匡扶晋室的思想。诗中虽有英雄末路的悲凉之感，但仍充溢着效忠祖国、匡扶晋室的豪迈气概和深沉感情。

陶渊明

　　陶渊明（365～427），字元亮，一说名潜、字渊明，别号五柳先生，私谥靖节，故世称"靖节先生"。浔阳柴桑（今江西九江市西南）人。他出生在一个没落官僚家庭里。二十九岁前一直家居。晋孝武帝太元十八年（393），出任江州祭酒。此后十三年间，他时隐时仕，做过镇军参军、彭泽令等官。由于时局动乱，又忍受不了官场污浊，于是辞官归隐。以后一直过着隐居躬耕的生活，安贫乐道，守节不仕。

　　陶渊明是一位伟大的诗人。陶诗今存一百二十六首，成就最高的是田园诗。他鄙夷功名利禄，对污浊官场和腐朽的世族制度极端憎恶，热爱劳动与农村生活。他既不与世俗同流合污，又未忘情于世事。其诗风格平淡自然，语言简洁含蓄，感情亲切纯真，意境浑厚高远，开创了"田园诗派"，对后世诗人有很大影响。

归园田居①

少无适俗韵②，性本爱丘山。
误落尘网中③，一去三十年④。
羁鸟恋旧林⑤，池鱼思故渊⑥。
开荒南野际⑦，守拙归园田⑧。
方宅十余亩⑨，草屋八九间。
榆柳荫后檐，桃李罗堂前⑩。
暧暧远人村⑪，依依墟里烟⑫。
狗吠深巷中，鸡鸣桑树颠⑬。
户庭无尘杂⑭，虚室有余闲⑮。
久在樊笼里，复得返自然⑯。

【注释】

①《归园田居》共五首，写于陶渊明辞去彭泽令之后。这组诗的中心内容是歌咏归田的乐趣。

②适俗：适应世俗。韵：气韵、风度、情调。

③尘网：此指官场。

④三十年：当为"十三年"之误。

⑤羁鸟：笼中之鸟。

⑥池鱼：池塘之鱼。故渊：鱼儿原来生活的水域。

⑦南野：一作"南亩"。

⑧守拙：守正不阿，不善钻营。

⑨方：旁。方宅，住宅周围。

⑩荫：荫蔽、遮盖。罗：罗列。

⑪暧暧：昏暗、依稀不明之状。

⑫依依：轻柔的样子。墟：村落。

⑬"狗吠"二句：汉乐府《鸡鸣》诗有"鸡鸣高树颠，犬吠深宫中"之句，陶渊明这里化用其意。

⑭户庭：门庭。尘杂：指世俗的杂事。

⑮虚室：空闲静寂的屋子。

⑯樊：栅栏。樊笼：关鸟兽的笼子，这里比喻仕途。

【解析】

这首诗是《归园田居》的第一首，写辞官归隐的愉快心情和乡居的乐趣。诗中抓住典型的田园生活景象进行速写式的勾勒，景中含情。语言清新自然，平淡中见精神。

种豆南山下①，草盛豆苗稀。
晨兴理荒秽②，戴月荷锄归③。
道狭草木长，夕露沾我衣。
衣沾不足惜，但使愿无违④。

【注释】

①南山：即庐山。
②晨兴：早起。秽：杂草。理荒秽，指除杂草。
③戴：顶着。荷：肩扛。
④但：只。无违：不违背。

【解析】

　　这首诗是《归园田居》的第三首，写陶渊明归田后参加劳动的情况。诗以白描的手法写自己的劳动生活，"戴月荷锄归"一句尤见意趣；结尾表达自己的愿望，真挚动人。

饮　酒①

结庐在人境②，而无车马喧③。
问君何能尔④，心远地自偏。
采菊东篱下，悠然见南山。
山气日夕佳⑤，飞鸟相与还⑥。
此中有真意，欲辨已忘言⑦。

【注释】

①《饮酒》组诗共二十首。原序说："余闲居寡欢，兼比（加以近来）夜已长，偶有名酒，无夕不饮。顾影独饮，忽焉复醉。既醉之后，辄题数句自娱。纸墨遂多，辞无诠次。聊命故人书之，以为欢笑尔。"旧说这组诗写于晋安帝义熙十二、三年（416、417），但从诗的内容和诗中提供的情况看，这组诗大约写于他辞官归田的初期，即义熙元、二年（405、406）。
②结庐：构筑房子。人境：人世间。
③车马喧：指世俗往来的喧闹、纷扰。
④君：诗人自谓。尔：这样，如此。
⑤日夕：傍晚。
⑥相与还：结伴而归。
⑦欲辨已忘言：想辨别出来，却忘了该用什么样的语言来表达。

【解析】

这首诗是《饮酒》的第五首，叙写了诗人宁静闲适的田园生活乐趣。诗的意境是静穆的，诗人的处世态度是淡然的。"采菊东篱下，悠然见南山"，表现了他归田后安贫乐道、悠然自得的心境。这首诗造语自然、精当，于平淡之中见功力。此诗是陶渊明田园诗的代表作。

癸卯岁始春怀古田舍①

先师有遗训②：忧道不忧贫③。
瞻望邈难逮④，转欲志常勤⑤。
秉耒欢时务⑥，解颜劝农人⑦。
平畴交远风，良苗亦怀新。
虽未量岁功，即事多所欣⑧。
耕种有时息，行者无问津⑨。
日入相与归，壶浆劳近邻。
长吟掩柴门，聊为陇亩民。

【注释】

①癸卯岁是晋安帝元兴二年（403）。此题有二首，都是怀古言志的诗，第一首怀荷蓧丈人，第二首怀长沮、桀溺。这里所选是第二首。
②先师：指孔子。
③忧道不忧贫：孔子语，见《论语·卫灵公》。
④这句言孔子的道理高远难及。
⑤志长勤：言打算力耕。
⑥时务：及时应做的事，指农务。
⑦解颜：开口而笑。
⑧岁功：指一年中的收获，犹言年成。即事：当前的事。
⑨问津：打听渡口。《论语·微子》："长沮、桀溺耦而耕，孔子过之，使子路问津焉。"

【解析】

这是一首怀古言志诗。诗中作者以古代隐士长沮、桀溺自比，感叹世上已经没有孔子和子路那样问津的人了。

杂　诗①

白日沦西阿②，素月出东岭，
遥遥万里辉，荡荡空中景。

风来入房户，夜中枕席冷③。

气变悟时易，不眠知夕永④。

欲言无予和，挥杯劝孤影⑤。

日月掷人去，有志不获骋⑥；

念此怀悲凄，终晓不能静。

【注释】

①《杂诗》共十二首，此为第二首。　　④气：气候。时：季节。永：长。

②阿：大陵。西阿，与"东岭"相对。　　⑤和（hè）：应答。予和，即和予。

③户：门。　　　　　　　　　　　　　　⑥掷：抛下。骋：伸展。

【解析】

　　此诗是感时咏怀之作。诗写中夜不眠，因时节变更的感觉引起事业无成的悲哀。由景入情，以景托情，情显景衬。

咏荆轲①

燕丹善养士②，志在报强嬴③。

招集百夫良④，岁暮得荆卿⑤。

君子死知己，提剑出燕京；

素骥鸣广陌⑥，慷慨送我行。

雄发指危冠，猛气充长缨。

饮饯易水上，四座列群英。

渐离击悲筑⑦，宋意唱高声⑧。

萧萧哀风逝，淡淡寒波生。

商音更流涕，羽奏壮士惊⑨。

心知去不归，且有后世名。

登车何时顾，飞盖入秦庭⑩。

凌厉越万里，逶迤过千城。

图穷事自至，豪主正怔营⑪。

惜哉剑术疏，奇功遂不成。

其人虽已没，千载有余情。

【注释】

①荆轲：战国时侠士。为燕太子丹复仇刺杀秦王，图穷匕现而未成被杀。事见《史记·刺客列传》。

②燕丹：战国燕王喜太子名丹。

③强嬴：指秦国。秦为嬴姓。

④百夫良：能匹敌百人的良士。春秋时秦国子车氏的三子，国人称之为三良，《诗经·黄鸟》称之为"百夫之特"。

⑤荆卿：即荆轲，燕国人谓之荆卿。

⑥素骥：白马。

⑦渐离：人名，姓高。筑：乐器名，似筝，十三弦，颈细而曲。

⑧宋意：燕国的勇士。

⑨商、羽：各为五音之一。

⑩盖：车篷。飞盖，似谓车行如飞，极言其迅速。

⑪豪主：指秦王。怔营：惶惧。

【解析】

　　这是一首咏史诗，诗中写荆轲为燕太子丹复仇刺杀秦王，图穷匕现而未成被杀，歌颂了荆轲的侠义，对他的失败表示了惋惜。诗作重在渲染荆轲凛然赴义的悲壮，写来慷慨动人。

读山海经①

其一

孟夏草木长，绕屋树扶疏②。

众鸟欣有托，吾亦爱吾庐。

既耕亦已种，时还读我书。

穷巷隔深辙，颇回故人车③。

欢言酌春酒，摘我园中蔬。

微雨从东来，好风与之俱。

泛览周王传④，流观山海图⑤。

俯仰终宇宙⑥，不乐复何如。

【注释】

①《山海经》十八卷是记述古代神话传说、奇物异境的书，陶渊明《读山海经》十三首，这里选第一和第十首。

②扶疏：分布。

③以上二句，言居处偏僻，车辙不通，常使故人回车而去。

④周王传：指《穆天子传》，书共六卷，记周穆王西游故事，郭璞注解。

⑤山海图：即《山海经》图。郭璞有《山海经图赞》。

⑥终：穷竟。这句是说俯仰之间可以穷宇宙之事。

【解析】

这首诗可算《读山海经》组诗的引子，交代了读书的背景氛围和感受。远离尘嚣，人物和谐，满眼好景，恬然自适。

其　二①

精卫衔微木②，将以填沧海。

刑天舞干戚③，猛志故常在。

同物既无虑④，化去不复悔⑤。

徒设在昔心⑥，良辰讵可待⑦！

【注释】

①陶渊明《读山海经》诗除第一首外每首都是歌咏《山海经》中所载的事物。这篇咏精卫和刑天。

②精卫：古代神话中的鸟名。它本是炎帝的少女，名女娃，溺死于东海。死后化为鸟，名精卫，常衔西山木石以填东海。事见《山海经·北山经》。

③刑天：《山海经·海外西经》云："刑天与帝争神。帝断其首，葬于常羊之野。乃以乳为目，以脐为口，操干戚而舞。"干戚：盾和板斧。

④这句说女娃既已溺死而化为飞鸟，就异于人类而同于其他的物。

⑤这句说刑天已被杀，化为异物，可以不再悔恨既往。

⑥这句言空有昔日的壮志。

⑦良辰：指实现壮志的时候。讵：犹"岂"。

【解析】

这首诗歌颂精卫鸟衔微木填海、刑天掉了脑袋还操干戚而舞。这种坚毅精神和叛逆性格，激起了诗人热烈的同情。诗人对他们的壮志不能实现发出叹息，寄托着自己的牢骚与不平。

鲁迅先生曾指出：陶渊明并非浑身"静穆"，他有"悠然见南山"的一面，也有"猛志固常在"的金刚怒目的一面。这首诗正体现了他"金刚怒目"的思想和诗风。

谢灵运

谢灵运（385～433），祖籍陈郡阳夏（今河南太康县），出生于会稽始宁（今浙江上虞县）。他从小就受到良好的教育，博览群书，工书画。谢灵运是晋宋之交的杰出诗人，是山水诗派的开创者，对后世诗歌发展有广泛的影响。时人誉为"如初发芙蓉，自然可爱"。

登池上楼①

潜虬媚幽姿②，飞鸿响远音③。薄霄愧云浮④，栖川怍渊沈⑤。进德智所拙，退耕力不任⑥。徇禄及穷海⑦，卧痾对空林⑧。衾枕昧节候⑨，褰开暂窥临⑩。倾耳聆波澜，举目眺岖嵚⑪。初景革绪风⑫，新阳改故阴⑬。池塘生春草，园柳变鸣禽⑭。祁祁伤豳歌⑮，萋萋感楚吟⑯。索居易永久，离群难处心⑰。持操岂独古，无闷征在今⑱。

【注释】

①谢灵运于宋武帝永初三年（422）七八月到宋文帝景平元年（423）七八月任永嘉太守，此诗当写于景平元年初春。池上楼：在永嘉郡，即今浙江温州市。这个池后来名为谢公池。

②虬（qiú）：传说中一种有角的小龙。潜虬，潜藏于水中的小龙。媚：自我欣赏。幽姿：美好的身姿。

③飞鸿：高飞的鸿雁。响远音：把自己的声音传向远方。

④薄：迫近。云浮：飘浮在云间，指飞鸿。

⑤怍（zuò）：惭愧。渊沈：藏于深渊中，此指潜虬。

⑥进德：进德修业，指仕进。智所拙：智力低下不能达到。退耕：指隐居躬耕。力不任：体力不能胜任。

⑦徇：从，这里是追求之意。穷海：边远的海滨，指永嘉。

⑧痾（ē）：病。空林：冬天枯秃的树林。

⑨衾枕：此指卧病在床。昧：暗，不明

白，不知道。节候：季节物候的变化。

⑩褰（qiān）：揭开，掀起。窥临：临楼观望。

⑪岖嵚（qīn）：山势高险。

⑫初景：初春的阳光。革：改变。绪风：余风，冬天北风的余威。

⑬新阳：新春。故阴：已过的冬天。这里用阳、阴代春、冬，意即冬去春回。

⑭变鸣禽：变换鸣禽的叫声。园柳中鸟类众多，啼声宛转而多变。

⑮祁祁：众多的样子。

⑯萋萋：草茂盛的样子。

⑰索居：独居。难处心：难以安心独处。

⑱持操：保持自己高尚的节操。无闷：《易·乾卦》："龙德而隐者也，不易乎世，不成乎名，遁世无闷。"即有德的隐者，不随波逐流，不追求成名，故能避世无闷。征：验证，证实。

【解析】

这首诗写诗人久病初起登楼临眺时的所见所感。通过对景物的变化不居，表达了作者志不获展，从而渴望归隐的思想。其中"池塘生春草，园柳变鸣禽"是千古流传的佳句。

登江中孤屿①

江南倦历览，江北旷周旋②。
怀新道转迥③，寻异景不延④。
乱流趋孤屿⑤，孤屿媚中川⑥。
云日相晖映，空水共澄鲜。
表灵物莫赏，蕴真谁为传⑦。
想象昆山姿⑧，缅邈区中缘⑨。
始信安期术⑩，得尽养生年。

【注释】

①这是诗人游永嘉江心孤屿时写的诗。
②旷：久。开端二句说在江的南北两岸游览已久。
③此句说一心贪寻新境，转觉道路遥远。迥，远。
④景：光景。
⑤乱流：横绝水流而直渡。
⑥中川：川中。
⑦表：显明。灵：神异。真：仙人。
⑧昆山：昆仑山，传说中神仙住处。
⑨缅邈：指远。区中缘：人世的尘缘。
⑩安期：即安期生，传说中的仙人名。

【解析】

此诗表达了作者企慕神仙，希望归隐，以养天年的思想。艺术上的主要特色是将眼前所见景物同想象中的仙境进行比较。其中"云日相晖映，空水共澄鲜"历来为人们所称道。

鲍照

鲍照（412？～466），字明远，祖籍东海（治所在今山东郯城县西南），久居建康（今南京）。家世贫贱。临海王刘子顼镇荆州，鲍照为其前军参军，故世称鲍参军。鲍照的七言诗和杂言诗继承了汉魏乐府的优良传统而又有所发展。其诗感情慷慨奔放，音调顿挫激昂，语言新奇丰富，风格豪迈俊逸。他的七言诗奠定了后世七言古诗的基本形式，对七言诗的繁荣和发展作出了重要贡献。其诗以乐府诗为最多、最有特色。

代出自蓟北门行①

羽檄起边亭②，烽火入咸阳③。

征骑屯广武④，分兵救朔方⑤。

严秋筋竿劲⑥，虏阵精且强。

天子按剑怒，使者遥相望⑦。

雁行缘石径⑧，鱼贯度飞梁⑨。

箫鼓流汉思⑩，旌甲被胡霜⑪。

疾风冲塞起，沙砾自飞扬。

马毛缩如猬⑫，角弓不可张。

时危见臣节，世乱识忠良。

投躯报明主，身死为国殇⑬。

【注释】

①《代出自蓟北门行》：拟乐府旧题诗。《出自蓟北门行》：乐府"杂曲歌辞"。代，拟，摹仿。

②边亭：边地哨所。亭，哨亭，亭堠，为守望敌人而设的驻军哨所。

③烽火：烽烟，古时边境告警的烟火。咸阳：秦都城，故址在今陕西咸阳市东的渭城故城。这里泛指京城。

④骑（jì）：骑兵。屯：驻防。广武：县名，故城在今山西代县西。

⑤朔方：郡名，治所在今内蒙古鄂尔多斯一带。

⑥严秋：萧杀的秋天。筋：指弓弦。竿：指箭。劲：强硬有力。

⑦遥相望：形容往返传达诏令，不绝于途。

⑧雁行：雁飞时排成的行列。

⑨飞梁：飞跨两岸的桥梁。

⑩箫鼓：指军乐。流：流露，传达出。汉思（sì）：汉族地区的凉风。

⑪旌甲：旌旗和铠甲。被：覆盖。

⑫缩：蜷缩。这句是说，马因天寒而蜷缩得像刺猬一样。

⑬国殇：为国牺牲的英雄。

【解析】

　　这首诗写壮士从军卫国的意志和北方边地的风物。全诗从紧张局势写到战斗气氛，从行军情状写到将士斗志，自然、奔放，气势磅礴，情调激昂。

拟行路难①

对案不能食②，拔剑击柱长叹息。

丈夫生世会几时③，安能蹀躞垂羽翼④？

弃置罢官去，还家自休息。

朝出与亲辞，暮还在亲侧。

弄儿床前戏，看妇机中织。

自古圣贤尽贫贱，何况我辈孤且直⑤！

【注释】

①拟：摹仿。鲍照《拟行路难》共十八首，根据乐府古题的意思进行创作，多是对封建世族社会中种种不合理现象的愤慨不平之作，也有宦途失意和离别相思。

②案：古时一种放食器的小儿，形如有脚的托盘。

③会：能有。

④蹀躞（dié xiè）：小步行走的样子。

⑤孤：身世寒微，势力孤单。直：性格耿直。

【解析】

这是一首愤世嫉俗之作。表现了诗人怀才不遇和被压抑的激愤心情，以及对当时黑暗社会的不满。诗中杂用五言、七言句式，手法灵活，语言质实。

拟 古①

幽并重骑射，少年好驰逐。

毡带佩双鞬②，象弧插雕服③。

兽肥春草短，飞鞚越平陆④。

朝游雁门上，暮还楼烦宿⑤。

石梁有余劲，惊雀无全目⑥。

汉虏方未和，边城屡翻覆。

留我一白羽，将以分虎竹⑦。

【注释】

①鲍集《拟古》共八首，这是第三首。

②鞬（jiàn）：盛弓之器。

③象弧:用象牙装饰的弓。雕服:雕画的盛箭器。

④飞鞚:跑马。鞚(kòng),马勒。

⑤雁门:指雁门山,在今山西代县西北,魏、晋时代这里是边地要塞。楼

烦:县名,在今山西崞县东。

⑥"石梁"句用宋景公故事。"惊雀"句用后羿故事。

⑦白羽:箭名。虎竹:铜虎符和竹使符,汉朝用于军事征发的两种信物。

【解析】

　　此诗歌咏幽、并少年骑射精妙,意气豪壮,有报国立功之志。诗中突出写北地风光和骑射用具,并融入旧典,写来豪健奔放,有唐人边塞诗意象。

学刘公干体①

　　胡风吹朔雪,千里度龙山②。

　　集君瑶台上,飞舞两楹前。

　　兹晨自为美,当避艳阳天③。

　　艳阳桃李节,皎洁不成妍④。

【注释】

①原诗五首,这是第三首,取喻和结构似学刘桢《赠从弟》("凤凰集南岳")。

②龙山:北方常寒之山,阴不见日。

③晨:一作辰。艳阳天:指春日。

④末二句言当桃李盛开的时节无所容朔雪的皎洁。

【解析】

　　此诗借朔雪为比,言皎洁之士只能在一定的环境中表现其美,如世风恶劣则要避退。

陆　凯

　　陆凯,生卒年不详,字智君,代(今河北蔚县东)人。谨重好学,以忠厚见称。

赠范晔诗①

　　折花逢驿使,寄与陇头人②。

江南无所有，聊赠一枝春。

【注释】

①《荆州记》："陆凯与范晔交善，自江南寄梅花一枝，诣长安与晔，兼赠诗……"唐汝谔《古诗解》则云："晔为江南人，陆凯代北人，当是范寄陆耳。"范晔字蔚宗，顺阳郡（治所在今河南淅川县东南）人。

②陇头人：犹言陇山人。陇山在今陕西省陇县西北。

【解析】

此诗为赠友人诗。艺术上的突出特色是折梅代春以送人，想象丰富奇特。后人因以"一枝春"代梅，并成词牌。

谢 朓

谢朓（464～499），字玄晖，陈郡阳夏（今河南太康县）人。他的青少年时期是在宋、齐易代的动乱中度过的。做过藩王和中央的官，后又出任宣城太守，故世称谢宣城。回朝后，又任吏部郎，后受诬陷，下狱死。

谢朓是南齐的代表作家，也是永明体诗的代表作家之一。其山水诗色彩冲淡，语言精美，清新流丽，情味隽永，形成了清逸秀丽的诗风，对唐诗的发展产生了重要的影响，李白、杜甫都极推重他。

晚登三山还望京邑①

灞涘望长安②，河阳视京县③。
白日丽飞甍④，参差皆可见。
余霞散成绮⑤，澄江静如练⑥。
喧鸟覆春洲⑦，杂英满芳甸⑧。
去矣方滞淫⑨，怀哉罢欢宴⑩。
佳期怅何许⑪，泪下如流霰⑫。
有情知望乡，谁能鬒不变⑬！

【注释】

①这首诗可能是谢脁离开京城出任宣城太守，路经三山时所作。三山：在今南京市西南长江南岸。上有三峰，南北相接。还望：回头眺望。京邑：京城，即今南京市。

②灞：灞水，发源于陕西省蓝田县，流经长安。涘（sì）：岸。

③河阳：故城在今河南孟县西。京县：指西晋的京城洛阳。

④丽：附着，这里是"照在……之上"的意思。甍（méng）：屋檐。飞甍，即高耸飞扬起来的屋檐，像鸟飞一样。

⑤余霞：晚霞。绮：锦缎。

⑥练：白绸子。

⑦覆春洲：覆盖着春洲，极言鸟之多。

⑧杂英：杂花，各种各样的花。甸：郊野。

⑨去矣：指离开京城。方：将。滞淫：久留，淹留。

⑩怀哉：怀念啊。

⑪佳期：此指归期。何许：几许，多少。

⑫霰（xiàn）：小雪粒。

⑬鬒（zhěn）：黑发。变：黑发因愁而变白。

【解析】

　　这首诗通过对晚登三山回望京邑所见春江日暮美景的描绘，抒发了诗人对京邑生活的无限留恋和急切的思归之情。诗以白描手法写来，景色明丽，色彩鲜艳，构成了一幅美妙的图画。其中"余霞散成绮，澄江静如练"二句，为千古名句，李白赞曰："解道澄江静如练，令人常忆谢玄晖。"（《金陵城西楼月下吟》）

玉阶怨①

夕殿下珠帘，流萤飞复息②。
长夜缝罗衣，思君此何极③？

【注释】

①此为乐府旧题，《乐府诗集》收入《相和歌辞·楚调曲》。

②下：放下。复：又。

③何极：怎么能满足呢。

【解析】

　　这是一首宫怨诗。诗中以闺中女子所见之物、所行之事抒情，言短意长。风格秀逸，既有民歌风格，又有唐代文人诗之风致。

王孙游①

绿草蔓如丝，杂树红英发②。
无论君不归，君归芳已歇③。

【注释】

①乐府旧题，《乐府诗集》入《杂曲歌　③无论：不说是。歇：尽。芳已歇：言
辞》。　　　　　　　　　　　　　　春已尽，暗指美人迟暮。

②英：花。

【解析】

　　此诗写美人迟暮之感。承袭《楚辞·招隐士》"王孙游兮不归，春草生兮萋萋"，又开李白《春思》"燕草如碧丝"之先河。

之宣城郡出新林浦向板桥①

江路西南永，归流东北骛②。
天际识归舟，云中辨江树。
旅思倦摇摇，孤游昔已屡。
既欢怀禄情，复协沧州趣③。
嚣尘自兹隔，赏心于此遇④。
虽无玄豹姿，终隐南山雾⑤。

【注释】

①本篇是作者赴宣城郡太守任途中所
　咏。宣城郡：在今安徽宣城。板桥：
　浦名。《文选》李善注引《水经注》：
　"江水经三山，又湘浦出焉。水上南
　北结浮桥度水，故曰板桥浦，江又北
　经新林浦。"

②归流：指江水，江以入海为归。骛：

奔驰。

③沧州：沧江冷僻之地，是隐者居处。

④赏心：指心所喜悦的事。

⑤末二句言幽栖远害。玄豹：代指豹。
　豹在换毛的某一阶段隐匿不出，古有
　"豹隐"之语。

【解析】

　　此诗为纪游写景诗，先写江路远景，次写自喜放官外郡可以远隔尘嚣，全身远害。"天际识归舟，云中辨江树"为名句。

游东田①

戚戚苦无悰②，携手共行乐③。
寻云陟累榭，随山望菌阁④。
远树暧阡阡，生烟纷漠漠⑤。
鱼戏新荷动，鸟散余花落。
不对芳春酒，还望青山郭⑥。

【注释】

①东田：齐惠文太子立楼馆于钟山下，名为"东田"。
②悰（cóng）：欢乐。
③行乐：指游东田。
④累：重叠。榭：台上有屋曰榭。菌

阁：高阁形如芝菌。"累榭"、"菌阁"均见《楚辞》，此指山庄。
⑤阡阡：即"芊芊"。茂盛。漠漠：散布的样子。
⑥青山郭：近青山的城郭。

【解析】

本篇写游览东田时所见初夏景物。诗中有远景，有特写，清新自然，纯朴可喜。"鱼戏新荷动，鸟散余花落"，描写极其生动形象。

沈 约

沈约（441～513），南朝梁文学家，字休文，吴兴武康（今浙江德清武康镇）人。"永明体"诗的代表作家，作诗讲求声律，且有相关的理论，对诗由古体向近体转变有重大影响。

石塘濑听猿①

嗷嗷夜猿鸣②，溶溶晨雾合③。
不知声远近，惟见山重沓。
既欢东岭唱，复伫西岩答④。

【注释】

①此诗仅有六句，可能有残缺。
②嗷嗷（jiào）：猿的哀鸣声。

③溶溶：浓密的样子。　　　　　　　④欢：为……高兴。伫：长久等待。

【解析】

　　此诗为写景诗。诗可能有残缺，但作者写景善于抓住事物特色，撷取最有代表性的景物加以描写，有人有物，有声有色，凄切而不悲凉。

江　淹

　　　　江淹（444～505），南朝梁文学家。字文通，济阳考城（今河南兰考东）人。历仕宋、齐、梁三代。能诗文，诗多拟古之作。

古离别①

远与君别者，乃至雁门关。
黄云蔽千里②，游子何时还？
送君如昨日，檐前露已团。
不惜蕙草晚，所悲道里寒。
君在天一涯，妾身长别离。
愿一见颜色，不异琼树枝。
兔丝及水萍，所寄终不移③。

【注释】

①江淹有《杂体三十首》，拟汉、魏、晋、宋诸家五言诗。本篇原列第一首，是拟古诗，写思妇怀征夫。

②黄云：言尘埃与云相连而黄。

③末二句，言兔丝依树、浮萍寄水，不能移借，比喻人的忠贞。

【解析】

　　此诗是思妇怀人之作，诗中写到了送别情景、征夫所去之地以及怀想、心愿种种。情以景出，情景浑融。

效　古①

岁暮怀感伤，中夕弄清琴。
戾戾曙风急②，团团明月阴③。

孤云出北山，宿鸟惊东林。
谁谓人道广，忧慨自相寻④。
宁知霜雪后，独见松竹心。

【注释】

①《效古》十五首，诗体仿效阮籍，这
　是第一首。
②戻戻：风声。鲍照《从临海王上荆初
　发新渚》诗："戻戻旦风遒。"

③阴：暗。天晓则月暗。
④相寻：言频仍。时君失德，诸王谋乱
　是"忧慨相寻"的原因。

【解析】

　　此诗是感时忧世之作。写作者自己在岁暮之时终夜不寐，忧慨时事，
不能释怀，并以不畏霜雪的松竹自勉。

范　云

　　范云（451～503），字彦龙，南乡舞阴（今河南沁阳县西
北）人。仕齐官至广州刺史。入梁为吏部尚书。钟嵘《诗品》
中称范诗"清便宛转，如流风回雪"。

之零陵郡次新亭①

江干远树浮，天末孤烟起②。
江天自如合，烟树还相似。
沧流未可源，高帆去何已③。

【注释】

①本篇是作者赴零陵（治所在今湖南零
　陵县）内史任，在新亭止宿时所作。
②干：大水之旁。天末：天际。

③沧：苍。水色青苍，所以流水称沧
　流。未可源：言不能穷其源。已：
　止。

【解析】

　　这是一首写景小诗。诗中远树、孤烟、江天、烟树、高帆等意象颇
具典型性，景界开阔，气象不凡。

别 诗①

洛阳城东西，长作经时别②。
昔去雪如花，今来花似雪③。

【注释】

①本篇是与何逊联句之作，何逊集题作
《范广州宅联句》。
②经时：何逊集作"经年"，言经历多

时。《古诗十九首》："但感别经时。"
③末二句言冬去春来。

【解析】

这首小小别诗质朴清新，尤其末二句写离别日久的物候转换，构设
机巧，颇有新意。

吴 均

吴均（469～519），字叔庠，吴兴故鄣（今浙江安吉县西
北）人。其文体清拔，有古气，当时称吴均体。其诗多赠别、
酬答之作。

答柳恽①

清晨发陇西，日暮飞狐谷②。
秋月照层岭，寒风扫高木。
雾露夜侵衣，关山晓催轴③。
君去欲何之？参差间原陆④。
一见终无缘，怀悲空满目⑤。

【注释】

①柳恽有赠吴均诗三首，这是答其中
《夕宿飞狐关》一首。
②陇西：郡名，今甘肃省东南部。飞狐
谷：关隘名，就是柳恽原诗的飞狐

关，在今河北涞源县，北跨蔚县界。
③催轴：催促行进。轴，代车。
④两句问答要去的地方。
⑤满目：言旧时情景历历如在眼前。

【解析】

这首诗是答赠，同时也是送行。诗中颇具开阔、苍凉气象，虽为别诗，但不同于闺阁小儿女所为，有似边塞诗。

山中杂诗①

山际见来烟，竹中窥落日。
鸟向檐上飞，云从窗里出。

【注释】

①本篇是《山中杂诗三首》第一首。

【解析】

此诗写山中景象，从远及近（山际—竹中，檐上—窗里），由远景到特写，山中景象尽收眼底。诗对山景的把握十分准确，视角也颇独到，颇可玩味。

何 逊

何逊（？～518），字仲言，东海郯（今山东郯城县西）人。八岁即能赋诗，为范云赏识，结为万年交。何诗不多，风格清冷，自成一家。

扬州法曹梅花盛开①

兔园标物序②，惊时最是梅。
衔霜当路发，映雪拟寒开。
枝横却月观，花绕凌风台③。
朝洒长门泣，夕驻临邛杯④。
应知早飘落，故逐上春来⑤。

【注释】

①本篇一题《咏早梅》。　　②兔园：汉梁孝王所筑的园名。标物

序：标识时节变迁。

③却月、凌风：扬州台观名。

④长门：汉宫名。武帝陈皇后退居长门宫，愁闷悲思。司马相如曾为她作《长门赋》。临邛：汉县名，在蜀中。此二句写梅花惊时，能引起怨女悲思、文人雅兴。

⑤上春：即孟春，指正月。

【解析】

　　这首咏梅诗并不着意写梅，而是把它同时序、周围景色等一起来写，使其与人情联系，别具一格。

相　送

客心已百念，孤游重千里①。
江暗雨欲来，浪白风初起②。

【注释】

①百念：百感交集。重：犹"更"。重千里：犹言重之以千里。　②暗：指乌云遮蔽。白：指风掀浪花。

【解析】

　　这一首是留赠送别者的诗。前半写行客惆怅的情怀，后半写江上的凄寒景色。后两句的写景颇能抓住特色，形象贴切。

陶宏景

　　陶宏景（457～537），字通明，丹阳秣陵（约为今南京市地）人。南朝思想家、医学家，能诗。

诏问山中何所有赋诗以答①

山中何所有？岭上多白云②。
只可自怡悦，不堪持赠君③。

【注释】

①本篇为答齐高帝萧道成诏而作。

②此二句设为问答。

③君：指齐高帝。

【解析】

　　此诗是对皇帝诏书的回复，以诗歌形式出之。诗是写山中景物的。重点写云，却不重描摹，而是将其主观化，写自己的情绪心境。

王　籍

　　王籍（？～536?），字文海，琅邪临沂（今山东临沂县北）人。好学，有才气。

入若耶溪①

舲艎何泛泛②，空水共悠悠。

阴霞生远岫，阳景逐回流③。

蝉噪林逾静，鸟鸣山更幽。

此地动归念，长年悲倦游。

【注释】

①若耶溪：在今浙江绍兴县南若耶山下。

②舲艎：或作"余皇"，舟名。泛泛：船行无阻之貌。

③岫（xiù）：山峦。阳景：日影。

【解析】

　　此诗纪游，写若耶溪泛舟所见及所感。五、六两句为传诵名句，《颜氏家训·文章篇》说："王籍入若耶溪诗云'蝉噪林逾静，鸟鸣山更幽'，江南以为文外独绝，物无异议。……《诗》云'萧萧马鸣，悠悠旆旌'，《毛传》曰'言不喧哗也'，吾每叹此解有情致，籍诗生于此耳。"

阴铿

阴铿，生卒年不详，字子坚，武威姑臧（今甘肃武威县）人。在梁朝曾为湘东王法曹参军。在陈朝曾为始兴王中录事参军。阴铿与何逊并称，传诗不多，风格流丽，对唐代诗人影响极大。杜甫《解闷》诗说："颇学阴何苦用心"，又《与李十二白范十隐居》诗说："李侯有佳句，往往似阴铿。"

晚出新亭①

大江一浩荡，离悲足几重？
潮落犹如盖②，云昏不作峰③。
远戍唯闻鼓，寒山但见松④。
九十方称半⑤，归途讵有踪？

【注释】

①新亭：在今南京市南。
②枚乘《七发》："江水逆流，海水上潮。……波涌而涛起。……其少进也，浩浩澄澄，如素车白马，帷盖之张。"
③这句是说云雾一片迷蒙，不成峰峦之

状。
④戍：防军驻守处。古时兵营中以鼓角记时，日出日落的时候都击鼓。
⑤《战国策·秦策》："行百里者半于九十。"言长路跋涉到末后更难，一百里路程走过九十里只能算走过一半。

【解析】

此诗写江行，由江行所见写到所感。其中写到景物的几句，气象宏阔；写离愁别绪，有声有色，颇多怅惘。

五洲夜发①

夜江雾里阔，新月迥中明。
溜船惟识火②，惊凫但听声③。
劳者时歌榜④，愁人数问更。

【注释】

①五洲：在今湖北浠水县西兰溪西大　　江中。

②溜船：顺流而下的船。　　　　　　　知有惊凫。惊凫：也可能指船而言。
③声：指凫飞之声。这句是说因闻声而　　④劳者：指榜人，即船夫。

【解析】

　　此为行旅诗。因是夜景，写来朦胧迷茫，又抓住光火、声歌，诗情画意，跃然纸上。诗虽篇短字少，却字字有力量、句句有意境；而末两句更是声情并茂，意蕴深长，余味不绝。

徐　陵

　　徐陵（507～582），字孝穆，东海郯人。博涉经史，有口才。文章为当代所宗，每写一篇，爱好的人就争相传写。诗作传留很少。

关山月①

关山三五月，客子忆秦川②。
思妇高楼上，当窗应未眠。
星旗映疏勒③，云阵上祁连④。
战气今如此，从军复几年？

【注释】

①这是乐府《横吹曲》题。
②秦川：指关中，就是从陇山东到函谷
　关一带地方。
③旗：星名。《史记·天官书》："房心

东北曲十二星曰旗。"疏勒：汉西域诸国之一。王都疏勒城在今新疆疏勒县。
④祁连：山名，即天山。

【解析】

　　本篇写关山客子的室家之思。起首二句是客观来写，接下来的两句则写客子想象中所想念的思妇。风格上近似于唐人边塞诗。

王　褒

　　王褒（约513～576），字子渊，琅邪临沂（今山东临沂县北）人。南朝诗人，和庾信都因文章为朝廷所重。

渡河北[①]

秋风吹木叶，还似洞庭波[②]。
常山临代郡[③]，亭障绕黄河[④]。
心悲异方乐，肠断陇头歌[⑤]。
薄暮临征马，失道北山阿。

【注释】

①河：黄河。

②起二句写河上风来波起，落叶纷纷，风景有似故国。《楚辞·九歌》："洞庭波兮木叶下。"

③常山：汉关名，在今河北唐县西北。

代郡：在今河北蔚县东北。

④亭障：《后汉书·王霸传》："诏霸与杜茂治飞狐道，堆石布土，筑起亭障自代至平城三百余里。"

⑤陇头歌：乐府《横吹曲》歌名。

【解析】

本篇写北渡黄河所见景色和羁旅之感。边塞景象与江南故国之思融为一体，格调悲凉，诗风遒劲，有似唐人边塞诗。

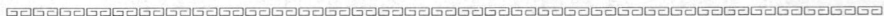

庾 信

庾信（513～581），字子山，南阳新野（今河南新野县）人。天资聪敏，勤奋好学，早有文名，为梁朝重要的宫体诗人。庾信第二次奉命出使西魏，被扣留在长安，此后一直在北朝做官，虽位望显通，但因国破家亡，屈仕异国，常有"乡关之思"。

庾信前期是一个宫廷文人，诗赋多为奉和之作。后期由于生活环境和思想感情的变化，其创作一扫前期绮艳的习气。杜甫说："庾信平生最萧瑟，暮年诗赋动江关。""庾信文章老更成，凌云健笔意纵横。"其诗赋既有南朝的秀丽、细腻，又有北朝的雄浑、高远，融合了南北文化和诗风。

拟咏怀①

榆关断音信②，汉使绝经过③。
胡笳落泪曲，羌笛断肠歌④。
纤腰减束素⑤，别泪损横波⑥。
恨心终不歇⑦，红颜无复多⑧。
枯木期填海⑨，青山望断河⑩。

【注释】

①仿阮籍《咏怀》的组诗，共二十七首，写于羁留北周时期，是庾信后期诗歌的代表作。多写自己久羁异域不得南归的愁恨。
②榆关：或称榆塞，在今陕西榆林县东，秦汉时的北部边塞，这里泛指边塞。
③汉使：汉人朝廷的使者，这里指南朝的使者。绝经过：不见到来。
④胡笳、羌笛：北方少数民族乐器名。
⑤纤腰：细腰。束素：一束白绢。这句是说，腰比束素还细。极言人瘦。
⑥横波：水汪汪的眼睛。损：伤害。
⑦恨心：内心的离恨。歇：停止。
⑧红颜：红润的面容，青春的姿色。无复多：没有多少，即越来越少了。
⑨枯木期填海：用精卫衔枯木填海的神话故事。
⑩青山望断河：《水经注·河水注》说，华山本是横截黄河的一座山，河神巨灵将其分开，使河水畅流。这里反用其事。用希望华山再断黄河之不可能，来说自己南归愿望之不能实现。

【解析】

这首诗抒写了作者羁留异国而不得南归的悲伤和苦闷。诗中讲究遣词造句，辞采华美，对偶工整。

日晚荒城上，苍茫余落晖。
都护楼兰返①，将军疏勒归②。
马有风尘色，人多关塞衣③。
阵云平不动④，秋蓬卷欲飞。
闻道楼船战，今年不解围⑤。

【注释】

①都护：官名。汉宣帝时置西域都护，主管边防之事。这里泛指边将。楼兰：汉时西域诸国之一，后改名鄯善。

②疏勒：汉时西域诸国之一。

③风尘色：指带着征尘。关塞衣：塞外的甲衣装束，即征衣。战马带着征尘，将士多穿征衣。

④阵云：浓云。《史记·天官书》："阵

云如立垣（墙）。"古人以为此主兵象。平不动：即浓云凝聚。

⑤闻道：听说。楼船：高大的战船。当时南朝和北朝凭江战守，所以说"楼船战"。不解围：指战争不停。

【解析】

　　这首诗描绘了荒城秋日傍晚的景色和北军征伐归来的情况，并由此而想到南朝和北朝战事不息，抒发了自己对故国的忧思。诗对北国景色的描写准确生动。此诗具有浓郁的边塞诗气息，对唐代边塞诗的发展有直接影响。

寄王琳①

玉关道路远，金陵信使疏②。
独下千行泪，开君万里书③。

【注释】

①王琳：字子珩，为梁朝功臣。　　③书：信。

②玉关：玉门关，在今甘肃敦煌县西。

【解析】

　　此诗是诗人接朋友王琳之书的回信，所以全篇所写均为书信往还事。语言质朴，情感真挚。

南朝民歌

　　南朝民歌指南朝乐府机关采集而传世的南朝民歌，现在大部分收入宋人郭茂倩编《乐府诗集·清商曲辞》。这些作品又分三个部分。神弦歌：民间祭歌，共十一曲；吴声歌曲：产生于都城建业附近的民歌，计二十多种曲调，共三百二十六首；西曲歌：产生于湖北境内长江中游及汉水流域一些城市的民歌，计三十多种曲调，共一百四十二首。

　　南朝民歌的内容多写男女爱情、离别相思。这些情歌多为五言四句的小诗，多用比兴、象征、隐语、双关等手法，语言清丽，抒情性强，基调明朗健康而婉约缠绵，风格清新细腻。

南朝民歌在文学史上有一定的地位，其艺术特色对后世诗歌，特别是对唐人绝句，影响很大。

子夜四时歌①

春　歌

春林花多媚，春鸟意多哀。

春风复多情，吹我罗裳开。

夏　歌

朝登凉台上，夕宿兰池里。

乘月采芙蓉，夜夜得莲子②。

秋　歌

仰头看桐树，桐花特可怜。

愿天无霜雪，梧子解千年③。

冬　歌

渊冰厚三尺，素雪覆千里。

我心如松柏，君情复何似？

【注释】

①《子夜四时歌》从《子夜歌》变化而来。《乐府诗集》载七十五首，包括晋、宋、齐辞。今选春、夏、秋、冬歌各一首。

②莲子：怜子。

③梧子：隐"吾子"。解：得以，能够。

【解析】

这里所选的四首《子夜四时歌》，每首写一个季节，都是通过各个季节的景物描写，来抒发女子的爱情的。

华山畿①

华山畿②，君既为侬死③，独生为谁施④？欢若见怜时⑤，棺木为侬开。

【注释】

①《华山畿》：《清商曲·吴声歌曲》名，是《懊恼曲》的变曲。《乐府诗集》共收二十五首，多写男女相思之情和爱情不能如愿的痛苦。此选其一。《古今乐录》载："〔宋〕少帝时，南徐一士子从华山畿往云阳，见客舍有女子，年十八九，悦之无因，遂感心疾。母问其故，具以启母。母为至华山寻访，见女具说。闻感之，因脱蔽膝，令母密置其席下，卧之当已。少日果差。忽举席见蔽膝而抱持，遂吞食而死。气欲绝，谓母曰：'葬时车载由华山度。'母从其意。比至女门，牛不肯前，打拍不动。女曰：'且待须臾。'妆点沐浴，既而出，歌曰：'华山畿，君既为侬死，独活为谁施？欢若见怜时，棺木为侬开！'棺应声开，女遂入棺。家人叩打，无如之何，乃合葬，呼曰'神女冢'。"

②华山：在今江苏句容县北。畿（jī）：附近。

③侬：我。吴人自称为侬。

④施：施行，用。

⑤欢：犹"郎"。女子对所爱者的称呼。

【解析】

这首诗是女子对已故的爱人唱的歌，表现了女子对爱人坚贞不渝的爱情。语言质朴，富民歌气息；方言入诗，有地方色彩。

那呵滩①

闻欢下扬州②，相送江津湾③。
愿得篙橹折，交郎到头还④。

【注释】

①《那呵滩》：《清商曲·西曲歌》名。

②扬州：即今南京市。

③江津湾：在今湖北江陵县附近。

④交：同"教"。到：同"倒"。这两句是说，但愿篙橹都折断，教郎走不成，半路上又倒转回来。

【解析】

这是一首赠别之作，表明女子不愿和丈夫分离，希望他篙橹折断，掉头归来。曲折说出不忍别离，情真意切，委婉生动。"交"、"到"谐音，一语双关。

西洲曲①

忆梅下西洲②，折梅寄江北③。单衫杏子红，双鬓鸦雏色④。西洲在何处？两桨桥头渡。日暮伯劳飞⑤，风吹乌臼树⑥。树下即门前，门中露翠钿⑦。开门郎不至，出门采红莲⑧。采莲南塘秋，莲花过人头。低头弄莲子，莲子青如水⑨。置莲怀袖中，莲心彻底红。忆郎郎不至，仰首望飞鸿⑩。鸿飞满西洲，望郎上青楼⑪。楼高望不见，尽日栏杆头。栏杆十二曲，垂手明如玉。卷帘天自高，海水摇空绿⑫。海水梦悠悠⑬，君愁我亦愁。南风知我意，吹梦到西洲⑭。

【注释】

①《西洲曲》：《乐府诗集》收入《杂曲歌辞》中。西洲：不详其址。或以为在武昌附近，或以为在南昌附近。其实理解为"在女子住处附近"即可。

②梅：与情人在西洲相会时所见之物。梅又与"媒"谐音，故有双关之意。下西洲：到西洲去。

③江北：男子所在的地方。

④鸦雏色：像刚孵出不久的小乌鸦一样的颜色，乌黑发亮。

⑤伯劳：亦称博劳，鸟名。夏天才鸣叫，性喜单栖。

⑥乌臼树：一作乌桕树，落叶乔木，夏季开小黄花。种子可榨油。

⑦钿（diàn）：金花。翠钿，用翠玉镶嵌的首饰。

⑧莲：与怜爱之"怜"谐音，以下的所有莲字都有双关意思。

⑨青如水：谐"清如水"，比喻情人品德高洁。

⑩飞鸿：鸿雁。古代有鸿雁传送音信之说。望飞鸿，表示盼望得到情人的音信。

⑪青楼：用青颜色涂饰的楼。此指女子所居之处，后世才用以指妓女居处。

⑫海水：如海之水。摇空绿：空自摇荡绿波而已。一说，指秋高气爽，水天一色，海水摇绿，好像远处碧空也一起摇荡起来。

⑬梦悠悠：思梦悠悠不断。

⑭意：心意，即思念情人之心意。

【解析】

　　这是一首情歌，写一个居住在西洲附近的女子在与情人离别之后的生活和思想感情，表现了女主人公对情人真挚的无限思念之情。诗主要写女子的种种行为，由此透视其思想感情。其中女主人公如痴如醉、如梦如幻的神态，使其对情人的思念跃然纸上。此诗语言运用娴熟，谐音、双关种种手法都运用巧妙，言近旨远。就风格而言，典型地体现了南朝民歌不同于北朝民歌的精细婉约。

北朝民歌

北朝乐府民歌，主要是北魏以后用汉语记录的作品，很可能是传入南朝后由乐府机关采集而存的，共有七十余首。

北朝民歌内容较为广泛，生动地反映了北朝二百多年间的社会生活和时代特色，除恋歌外，还有战歌和牧歌，反映了北方的山川景物和北方各族人民乐观、粗犷的精神面貌。体裁多样，四、五、七言和杂言均有，语言质朴、刚健，风格粗犷豪放，与南朝民歌形成鲜明对照，艺术上独具特色。

木兰诗①

唧唧复唧唧②，木兰当户织。不闻机杼声③，唯闻女叹息。问女何所思？问女何所忆？女亦无所思，女亦无所忆。昨夜见军帖，可汗大点兵④。军书十二卷，卷卷有爷名。阿爷无大儿，木兰无长兄，愿为市鞍马⑤，从此替爷征。

东市买骏马，西市买鞍鞯⑥，南市买辔头⑦，北市买长鞭。朝辞爷娘去，暮宿黄河边。不闻爷娘唤女声，但闻黄河流水鸣溅溅。朝辞黄河去，暮宿黑山头⑧。不闻爷娘唤女声，但闻燕山胡骑鸣啾啾⑨。万里赴戎机⑩，关山度若飞。朔气传金柝⑪，寒光照铁衣⑫。将军百战死，壮士十年归。

归来见天子，天子坐明堂⑬。策勋十二转⑭，赏赐百千强⑮。可汗问所欲，"木兰不用尚书郎⑯，愿借明驼千里足，送儿还故乡⑰。"

爷娘闻女来，出郭相扶将⑱。阿姊闻妹来，当户理红妆⑲。小弟闻姊来，磨刀霍霍向猪羊⑳。开我东阁门，坐我西阁床。脱我战时袍，着我旧时裳。当窗理云鬓㉑，对镜帖花黄㉒。出门看火伴㉓，火伴皆惊惶。"同行十二年，不知木兰是女郎。"

雄兔脚扑朔㉔，雌兔眼迷离㉕。双兔傍地走㉖，安能辨我是雄雌？

【注释】

①《木兰诗》：又名《木兰辞》。《乐府诗集》收入《横吹曲辞·梁鼓角横吹曲》。

②唧唧（jī）：叹息声。

③杼（zhù）：织布机上用的梭子。机杼声，即织布机发出的声音。

④军帖：即下文的"军书"，征兵的文书、名册。可汗（kè hán）：古代西北地区对君主的称呼，此处指北朝的皇帝。

⑤市：购买。

⑥鞍鞯（jiān）：马鞍子下面的垫子。

⑦辔（pèi）头：马笼头。

⑧朝：一作"旦"。黑山：杀虎山，在今内蒙古呼和浩特市东南一百里。一作"黑水"，即大黑河，在黑山附近。

⑨燕山：燕然山，即今蒙古国境内的杭爱山。胡骑：胡人的骑兵。啾啾（jiū）：马鸣声。

⑩戎机：军事行动，指战争。赴戎机，奔赴战场的意思。

⑪朔气：北方的寒气。金柝（tuò）：即刁斗，古代一种军用食器，铜制有柄的三脚锅，白天用来烧饭，晚上用来打更。这句是说，寒风中传来刁斗声。

⑫寒光：清冷的月光。铁衣：铠甲。

⑬明堂：皇帝举行祭祀、朝贺、选士的殿堂。

⑭"策勋"句：随着军功不断建立，官爵连连升级。策勋，记功。转，北朝到唐记功制度是把勋位分为若干级，每升一级为一转。

⑮"赏赐"句：赏赐成百上千的财物。百千，表示很多。强，有余。

⑯尚书郎：官名，是朝中比较高的官职。

⑰明驼：日行千里的骆驼。段成式《酉阳杂俎》说："驼卧，腹不贴地，屈足漏明，故曰明驼。"借，一作驰。

⑱儿：木兰自称。

⑲"出郭"句：爷娘互相搀扶着走出城外迎接。郭，外城，这里指城外。扶将，扶持。

⑳理红妆：梳洗打扮。

㉑霍霍：磨刀疾速的样子。

㉒云鬓：柔美如云的鬓发。鬓，脸旁靠近耳边的发。

㉓帖花黄：当时妇女的一种装饰，把金黄色的纸剪成星、月、花、鸟等形状贴在额上，或在额上涂一点黄颜色。帖，同"贴"。

㉔火伴：即伙伴。古代兵制，十人为一个"火"，所以称同"火"的人为"火伴"。

㉕"雄兔"二句：这两句描写兔子静止时候的状态：雄兔喜欢动，不走的时候两只前脚也常爬骚着；雌兔比较喜欢静，不走的时候两只眼睛也常常眯着。扑朔，爬搔的样子。迷离，朦胧的样子。

㉖"双兔"二句：这两句是说，雄兔和雌兔一起跑起来，就看不出它们的区别了。这是比喻木兰在军中同士兵们一起生活打仗的时候，是分辨不出她是男是女的。傍地走，贴着地跑。

【解析】

　　这首长诗写木兰女扮男装、代父从军的故事，塑造了一个善良、勇敢、坚毅、不图功名富贵、勇于自我牺牲的女英雄形象。在艺术上的突出特色是：叙事条理清晰，中心突出，繁简得当；语言刚健质朴，具有浓厚的民歌风味。

此诗是中国叙事诗成熟的标志之一，是一首千古绝唱。

敕勒歌①

敕勒川②，阴山下③。
天似穹庐④，笼盖四野。
天苍苍，野茫茫，风吹草低见牛羊⑤。

【注释】

①《敕勒歌》：《乐府诗集》收入《杂歌谣辞》。敕勒：种族名，亦称铁勒，北朝时居于今山西北部一带，这首诗是当时敕勒族的民歌。
②敕勒川：未详，当是敕勒族聚居地附近的地名或河流名。
③阴山：山脉名，起于河套西北，绵亘于内蒙古，东与大兴安岭相接。
④穹（qióng）庐：毡帐，即今俗称"蒙古包"，是游牧民族居住的帐篷。
⑤见（xiàn）：同"现"，显露，显现。

【解析】

这首诗歌唱敕勒川地域辽阔、牧草丰茂、牛羊肥壮的富饶草原风光，充满着对草原的赞美和热爱之情。景物描写简洁、开阔，用语质朴、粗犷，风格雄浑奔放。

企喻歌①

男儿欲作健②，结伴不须多。
鹞子经天飞，群雀两向波③。

男儿可怜虫，出门怀死忧④。
尸丧狭谷中，白骨无人收。

【注释】

①《乐府诗集·梁鼓角横吹曲》有《企喻歌》四曲，这里所选是第一曲和第四曲。
②作健：做健儿。
③两向波：言左右飞逃，像波涌。这里也可能以"波"为"播"。播，逃散。

④"男儿"二句，是说男儿如果出门就   怕死，那真是可怜虫了。

【解析】

    此二曲前曲是歌颂勇武的诗，大意说英雄好汉单人匹马也可闯荡。后曲写从军者应视死如归，哪怕野死不葬。二曲意气昂扬，情调悲壮。

琅邪王歌①

新买五尺刀，悬著中梁柱②。
一日三摩娑，剧于十五女③。

【注释】

①《乐府诗集》载《琅邪王歌》八曲，这是第一曲。
②悬著：悬挂。

③摩娑（suō）：用手抚摩。剧于：胜过。十五女：指十五岁左右的少女。

【解析】

    此曲写豪士爱刀尚武，反映了北方的尚武之风，也透露出想建功立业的愿望。对比鲜明而风趣。

隋唐五代编

杨 素

杨素（544～603），字处道，弘农华阴（今陕西华阴县）人，士族出身。先仕北周，封成安县公。隋时，因功封越国公，后封楚国公，官至太师。《隋书》本传称其诗"词气宏拔，风韵秀上"。清沈德潜称其"清思健笔，词气苍然"（《古诗源·例言》）。其边塞诗及《赠薛播州》十四首影响较大。《全隋诗》存诗十九首。

山斋独坐赠薛内史[①]

居山四望阻，风云竟朝夕。
深溪横古树，空岩卧幽石。
日出远岫明[②]，鸟散空林寂。
兰庭动幽气[③]，竹室生虚白[④]。
落花入户飞，细草当阶积。
桂酒徒盈樽[⑤]，故人不在席[⑥]。
日暮山之幽，临风望羽客[⑦]。

【注释】

①薛内史：即薛道衡。　　　　　⑤桂酒：肉桂浸的酒。
②远岫（xiù）：远山。　　　　　⑥故人：指薛道衡。
③动幽气：幽香浮动。　　　　　⑦羽客：飞升的仙人。此处指薛道衡。
④生虚白：显现出空明。

【解析】

这首诗通过对山斋远近幽静空寂景物的细致描写，抒发了作者在幽寂山斋独居中的怀友深情。全诗共十四句，三句用了"幽"字，这三个"幽"字含义不尽相同，细味可得诗之神髓。

薛道衡

薛道衡（540～609），字玄卿，河东汾阴（今山西万荣县）

人。历仕北齐、北周，入隋任内史侍郎，加开府仪同三司，后为隋炀帝所杀。他既是学者，又是诗人，诗风虽受齐梁遗风影响，但亦具北方诗歌的雄浑之气，代表了隋诗的最高水平。其出塞诗，对唐边塞诗有一定影响；七言歌行，亦有新的成就，为初唐四杰之先驱。有辑本《薛司隶集》。

昔昔盐①

垂柳覆金堤②，蘼芜叶复齐③。水溢芙蓉沼④，花飞桃李蹊⑤。采桑秦氏女⑥，织锦窦家妻⑦。关山别荡子⑧，风月守空闺。恒敛千金笑，长垂双玉啼⑨。盘龙随镜隐，彩凤逐帷低⑩。飞魂同夜鹊，倦寝忆晨鸡。暗牖悬蛛网，空梁落燕泥⑪。前年过代北，今岁往辽西⑫。一去无消息，那能惜马蹄⑬。

【注释】

①《昔昔盐》：隋唐乐府题名，郭茂倩《乐府诗集》收入《近代曲辞》。

②覆金堤：覆，覆盖。金堤，华美的堤岸。

③蘼芜：多年生的野草，其茎叶蘼弱而繁芜，夏天开白花。

④芙蓉沼：生长着荷花的池塘。

⑤桃李蹊：桃李树下的小路。

⑥秦氏女：汉乐府《陌上桑》："秦氏有好女，自名为罗敷。罗敷善蚕桑，采桑城南隅。"

⑦窦家妻：《晋书·列女传》："窦滔妻苏氏……名惠，字若兰，善属文。滔，苻坚时为秦州刺史，被徙流沙。

苏氏思之，织锦为回文旋图诗以赠。"

⑧荡子：流荡在外乡的游子。

⑨双玉啼：双玉，即双玉箸，一种玉制的筷子。古人常用双玉箸形容脸上流淌下来的眼泪。

⑩"盘龙"二句：盘龙，铜镜上的装饰。彩凤，帷帐上的图案。

⑪牖（yǒu）：窗户。

⑫代：隋代州，治所在今山西代县，为当时北方边境。辽：辽水，即今辽宁辽河，当时属塞外。

⑬惜马蹄：东汉苏伯玉妻《盘中诗》："何惜马蹄数不归。"

【解析】

此诗写妇女对久在边疆丈夫的思念之情。诗作的突出特点是托情以景。诗的开头四句，描写暮春时节的景物，引出思妇怀夫的心绪，接下来"盘龙随镜隐"六句，则极写室内冷清荒寂之景，以烘托思妇独守空闺的孤独忧伤之情。其次，这首诗在诗句裁对上对仗整饬，给人以整齐、对称之美感。其"暗牖悬蛛网，空梁落燕泥"可为代表，颇为时人所传诵。

王 绩

王绩（585～644），字无功，自号东皋子，绛州龙门（今山西河津县）人。隋末任秘书省正字、六合县丞等职。唐初任太乐丞，自叹"才高位下"，弃官隐居。王绩常自比阮籍、陶潜，嗜酒如命。其诗多以田园山水为题材，中多避世远害思想和抑郁不平之感慨。诗风质朴清新，在五言律诗的发展形成中有所贡献。著有《东皋子集》。

野 望

东皋薄暮望①，徙倚欲何依②！
树树皆秋色，山山唯落晖③。
牧童驱犊返④，猎马带禽归。
相顾无相识，长歌怀采薇⑤。

【注释】

①东皋：在今山西河津县，作者隐居于此。皋，水边高地。
②徙倚：徘徊。依：归依。
③落晖：落日的余晖。
④牧童：一作"牧人"。
⑤采薇：薇，多年生草本，嫩叶可食。殷亡后，伯夷、叔齐隐居于首阳山，采薇而食。

【解析】

此诗写于隋末社会动乱之际，是王绩诗中最为人所传诵的一首。全诗由"望"着笔，写出望中所见之景，再因景以抒情。其景宛如一幅清秋山水画，秀丽动人。其情，有隐居东皋、喜爱山水的闲适之情，也有身处乱世、郁结在胸的苦闷忧伤之情。此诗属对工整，格律和谐，全然是唐律的格调。

王 勃

王勃（650～670），字子安，绛州龙门（今山西河津县）人。王绩的侄孙。十四岁应举及第，授朝散郎，后任沛王府修撰、虢州参军等职，曾因私下杀了官奴曹达，按律当受死刑，遇赦获免。上元三年（676），赴交趾省亲，溺水惊悸而死。王勃擅长诗文，与杨炯、卢照邻、骆宾王齐名，人称"初唐四杰"。他在诗歌题材的开拓与五律的形成过程中，都有所贡献。其诗文今存《王子安集》。

送杜少府之任蜀州①

城阙辅三秦②，风烟望五津③。
与君离别意，同是宦游人④。
海内存知己，天涯若比邻⑤。
无为在歧路，儿女共沾巾⑥。

【注释】

①杜少府：作者的朋友，其名字不详。少府，县尉。之：前往。蜀州：泛指蜀地。州，亦作"川"。

②城阙：城门上面的楼观，这里借指长安。辅：夹辅，护持。三秦：泛指当时长安附近的关中之地，项羽灭秦后，将秦分为雍、塞、翟三国，称为三秦。辅三秦，一作"俯西秦"。

③五津：长江自湔堰至犍为有白华津、万里津、江首津、涉头津、江南津五个渡口，合称五津，这里指杜少府所要前往的蜀地。

④君：指杜少府。宦游人：离家出游以求官职的人。

⑤比邻：近邻，曹植《赠白马王彪》："丈夫志四海，万里犹比邻。"

⑥歧路：岔道。

【解析】

这是一首著名的送别诗，也是王勃的代表作，可能是他二十岁以前，在长安做朝散郎和任沛王府修撰时所作。这首诗一改传统送别诗的低沉情调，心胸开阔，意气振奋、昂扬。艺术上的突出特点是境界壮阔，情深意挚，而这挚情又波澜起伏，十分感人。

卢照邻

卢照邻（637？～680？），字升之，自号幽忧子，幽州范阳（今北京附近）人。初任邓王（李元裕）府典签，后调新都尉，沉郁下僚，一生不得志。身患风疾，又服丹中毒，手足残废，不堪疾病痛苦，自投颍水而死。其诗题材广泛，体裁多样，尤以七言歌行见长，对初唐七言歌行的发展和提高有所贡献。原集已散佚，后人辑有《幽忧子集》。

长安古意①

长安大道连狭斜，青牛白马七香车②。
玉辇纵横过主第，金鞭络绎向侯家③。
龙衔宝盖承朝日，凤吐流苏带晚霞④。
百丈游丝争绕树，一群娇鸟共啼花⑤。
游蜂戏蝶千门侧，碧树银台万种色⑥。
复道交窗作合欢，双阙连甍垂凤翼⑦。
梁家画阁中天起，汉帝金茎云外直⑧。
楼前相望不相知，陌上相逢讵相识⑨？
借问吹箫向紫烟，曾经学舞度芳年⑩。
得成比目何辞死⑪，愿作鸳鸯不羡仙。
比目鸳鸯真可羡，双去双来君不见⑫？
生憎帐额绣孤鸾⑬，好取门帘帖双燕。
双燕双飞绕画梁，罗帷翠被郁金香⑭。
片片行云著蝉鬓，纤纤初月上鸦黄⑮。
鸦黄粉白车中出，含娇含态情非一⑯。
妖童宝马铁连钱，娼妇盘龙金屈膝⑰。
御史府中乌夜啼，廷尉门前雀欲栖⑱。
隐隐朱城临玉道，遥遥翠幰没金堤⑲。
挟弹飞鹰杜陵北，探丸借客渭桥西⑳。
俱邀侠客芙蓉剑，共宿娼家桃李蹊㉑。
娼家日暮紫罗裙，清歌一啭口氛氲㉒。

北堂夜夜人如月，南陌朝朝骑似云㉒。
南陌北堂连北里，五剧三条控三市㉔。
弱柳青槐拂地垂，佳气红尘暗天起㉕。
汉代金吾千骑来，翡翠屠苏鹦鹉杯㉖。
罗襦宝带为君解，燕歌赵舞为君开㉗。
别有豪华称将相，转日回天不相让㉘。
意气由来排灌夫，专权判不容萧相㉙。
专权意气本豪雄，青虬紫燕坐春风㉚。
自言歌舞长千载，自谓骄奢凌五公㉛。
节物风光不相待，桑田碧海须臾改㉜。
昔时金阶白玉堂，即今唯见青松在。
寂寂寥寥扬子居，年年岁岁一床书。
独有南山桂花发，飞来飞去袭人裾㉝。

【注释】

①古意：指拟古。

②"长安"二句：狭斜，狭，狭窄；斜，巷的别名。青牛，古代驾车，牛马并用。七香车，用多种香木制成的华美小车。

③"玉辇"二句：玉辇，皇帝所乘的车，这里泛指权贵的车。主第，公主的第宅。侯家，公侯之家。

④"龙衔"二句：宝盖，即华盖，指玉辇上所竖立的伞状车盖。盖的支柱雕成龙形，龙口好像衔着宝盖。

⑤"百丈"二句：游丝，春天虫类所吐之丝，飘扬于空中，故叫做游丝。娇鸟，美好可爱的鸟。

⑥千门：指宫门。银台：银白色的台阁。

⑦复道：即阁道，楼阁之间的空中之道。因地下、空中都有通道，故称复道。交窗：用木条纵横交错制成的窗。合欢：俗称夜合花，又名马樱花，这里指窗的格子连成合欢的图

案。双阙：汉代未央宫有东阙、西阙。甍（méng）：屋脊。

⑧梁家画阁：东汉顺帝时外戚梁冀在洛阳大造第宅，以豪奢著名。汉帝金茎：汉武帝刘彻好神仙，在建章宫立铜柱，高二十丈，上铸铜仙人以掌托铜盘，承接天露。

⑨讵（jù）：岂。

⑩"借问"二句：传说春秋时秦穆公的女儿弄玉，嫁给善吹箫的箫史，后来夫妻双双乘凤凰飞去，成了神仙。

⑪比目：比目鱼。

⑫君：泛指。

⑬生憎：最厌恶，当时口语。帐额：帐前所挂的横幅，人称帐檐。鸾：传说中凤一类的鸟，五色而多赤者曰凤，五色而多青者曰鸾。鸾鸟善鸣而能舞，据说孤鸾是不鸣不舞的。

⑭罗帷：罗帐。翠被：用翡翠鸟羽毛作装饰的华美的被子。

⑮"片片"二句：蝉鬓，把鬓发梳成蝉

翼般的式样，叫做蝉鬓。行云，形容
鬓发如同流动的云。鸦黄，嫩黄色。
六朝和五代女子在额上涂黄为饰，叫
做额黄，又叫鸦黄。这里是将额黄画
作初月形，故曰初月上鸦黄。

⑯含娇含态：娇媚的情态。

⑰"妖童"二句：妖童，泛指市井间的
轻薄少年。铁连钱，马身上的毛构成
一定的花纹，俗称旋，花纹如铜钱状
一个个相连，即铁连钱。屈膝，亦作
屈戌，即阖叶，这里指金钗，制成盘
龙状，或金钗上以盘龙为装饰。

⑱"御史"二句：御史，专司弹劾的官。
廷尉，执法之官。乌夜啼、雀欲栖都
借用典故来形容冷落荒凉的景象。

⑲"隐隐"二句：朱城，指宫城。幰
（xiǎn）：绘有花纹的车幕。金堤：坚
固的石堤。

⑳"挟弹"二句：杜陵，地名，在长安
东南，秦时为杜县，汉宣帝的陵墓在
此，改称杜陵。探丸，据《汉书·尹
赏传》载：长安少年有专门刺杀官
吏、为人报仇的组织，每次行动之
前，设赤、白、黑三种弹丸混在一
起，让参加者暗中探取，探得赤丸的
杀武官，探得黑丸的杀文吏，探得白
丸的为在行动中死去的同伴办丧事。
借客，替人报仇。渭桥，本名横桥，
横跨渭水，故名。又名中渭桥，在长
安西北，秦始皇时所造。

㉑"俱邀"二句：芙蓉剑，古纯钩剑。
春秋时，越王允常聘请欧冶子铸了五
把宝剑，其中一名纯钩。秦客薛烛善
相剑，越王把纯钩给他看，他赞叹
说："光乎如屈阳之华，沈沈如芙蓉
始生于湘……此纯钩者也！"桃李蹊，
本指桃李下的小路，这里借指娼家的
住处。

㉒口氛氲（fēn yūn）：口中散发出来的
浓郁香气。

㉓北堂：指娼家的内部。南陌：指娼家
门外。

㉔北里：长安娼妓聚居的地方，即平康
里，在长安北门内。剧：交错的道
路。三条，三面相通的路。

㉕佳气红尘：车马杂沓的热闹气氛。

㉖金吾：即执金吾，汉代禁卫将军之
称。唐置左、右金吾卫，有金吾大将
军。

㉗"罗襦"二句：襦（rú），短衣。燕歌
赵舞，战国时燕赵两国歌舞最发达，
并且以"多佳人"著称。

㉘转日回天：极言势力之大，可以回转
天日。

㉙灌夫：汉武帝时人，是一个勇猛任
侠、好使酒骂座的将军，他和魏其侯
窦婴相交结，与丞相武安侯田蚡不
协，终被田蚡所陷害，族诛。判，同
"拼"。萧相，指汉元帝时宰相萧望
之，他在宣帝朝为御史大夫、太子太
傅，元帝时为前将军，曾自谓"备位
将相"，后为中书令宦者石显陷害，
饮鸩自杀。

㉚虬：本是有角的龙，这里指骏马名。
紫燕：骏马名。坐春风：在春风中驰
骋，极言其得意。

㉛五公：指张汤、杜周、萧望之、冯奉
世、史丹五个汉代著名的权贵。

㉜节物：季节物候。桑田碧海：即沧海
变桑田。

㉝"寂寂"四句：扬子，指汉代的扬雄，
他在汉成帝、哀帝、平帝三朝做官都
不得意，后来在天禄阁校书，闭门著
《太玄》、《法言》。左思《咏史》："寂
寥扬子宅，门无卿相舆。"床，古代
称坐榻为床。一床书，指隐居生活。

南山，指长安附近的终南山。袭，触 　　及，落到。裾，衣服前襟。

【解析】

　　这首长诗托古讽今，表面上写的是汉代京城统治集团互相倾轧以及上层社会豪华骄奢的逸乐生活，实际上反映的是唐代的社会现实。这首诗文笔纵横奔放，富丽精工，格局开阔，善于排比铺陈，其铺叙技巧吸取了汉赋大开大合的写法。韵脚转换自如，上下蝉联，平仄相间，是初唐七言歌行的代表作之一。

骆宾王

　　骆宾王（640？～684？），婺州义乌（今浙江义乌）人。七岁能诗，被誉为神童。初在道王（李元庆）府供职，高宗时任过武功、长安县主簿，入朝为侍御史，不久获罪入狱，贬临海县丞，怏怏失志，弃官而去。睿宗光宅元年（684），随徐敬业在扬州起兵反对武则天，作著名的《讨武曌檄》。兵败，不知所终。骆宾王擅长七言歌行，《帝京篇》是其代表作，五言律诗亦不乏佳作，如《在狱咏蝉》。有《骆临海集》十卷。

在狱咏蝉①

西陆蝉声唱，南冠客思侵②。
那堪玄鬓影，来对白头吟③。
露重飞难进，风多响易沉④。
无人信高洁⑤，谁为表予心？

【注释】

①唐高宗仪凤三年（678），作者因上书议论政事，触怒皇后武则天，被诬下狱。他在狱中写了这首诗。诗前有长序，说明用意是抒写忧郁。

②西陆：指秋天。南冠，《左传·成公九年》："晋侯观于军府，见钟仪，问之曰：'南冠而絷者谁也？'有司对曰：'郑人所献楚囚也。'"后世遂以南冠称囚犯。侵，一作"深"，侵扰。

③吟：语意双关，意谓秋蝉正对着自己的白头哀吟。又《白头吟》为古乐府《楚调》曲名，曲调哀怨。

④露重（zhòng）、风多：皆比喻处境的险恶。

⑤高洁：古人认为蝉只饮露而食，把它当作清高的象征；汉代甚至把蝉的形

象作为贵官冠上的装饰，取其"居高　　食洁"。

【解析】

　　这首诗通过咏蝉，抒发了诗人被诬下狱的忧愤和高洁的情怀，表达了昭雪沉冤的愿望。诗人借蝉起兴，又借蝉自况，咏物抒怀，浑然一体。妙用比兴，寄托遥深。

杨　炯

　　杨炯（650～692），华阴（今陕西华阴县）人。幼时聪敏，十一岁时举神童，授校书郎。高宗永隆二年（681）为崇文馆学士，迁詹事司直。武后初，被贬为梓州（在今四川三台县境）司法参军，后选授盈川（在今四川筠连县境）令，卒于官。杨炯也是"初唐四杰"之一。时人习称王、杨、卢、骆，炯自言："吾愧在卢前，耻居王后。"在"四杰"中他的诗创造性较差，内容也较贫乏，但几首边塞诗却很雄健激昂。有《杨盈川集》十卷。

从军行①

烽火照西京②，心中自不平。
牙璋辞凤阙，铁骑绕龙城③。
雪暗凋旗画④，风多杂鼓声。
宁为百夫长⑤，胜作一书生。

【注释】

①《从军行》：乐府《相和歌辞·平调曲》旧题，以叙述军旅生活为主要内容。

②西京：指长安。

③"牙璋"二句：牙璋，古代兵符，由两块合成，分别为朝廷和主帅掌握，相合处为牙状。凤阙，指长安，汉武帝在长安造凤阙。龙城，汉时匈奴大会诸部祭天之所，故址在今蒙古国鄂尔浑河东侧。这里借指敌方要地。

④凋：凋落。旗画：军旗上的彩画。

⑤百夫长：卒长，古代军队里的低级军官。

【解析】

这首诗借乐府旧题写书生投笔从戎、安边定国的豪壮激情。诗一开头就起得突兀，惊心动魄，接下来写作战的勇敢、环境的艰苦以及战斗的激烈，最后以"宁为百夫长"作结，充分表达了士子从戎的雄心激情。前后既连贯一气，又跳跃飞动；画面明丽，又给读者留下想象余地，气势雄健，开盛唐边塞诗之先河。

宋之问

　　宋之问（？～712），字延清，一名少连，虢州弘农（今河南灵宝县）人，一说汾州（今山西汾阳县）人。上元二年（675）进士。宋之问的诗以属对精密、音韵谐调著称。与沈佺期齐名，号称"沈宋体"。《全唐诗》录存其诗三卷。

度大庾岭①

度岭方辞国②，停轺一望家③。
魂随南翥鸟④，泪尽北枝花⑤。
山雨初含霁⑥，江云欲变霞。
但令归有日，不敢恨长沙⑦。

【注释】

①这首诗是作者南流泷州途中所作。大庾岭：五岭之一，在今江西省大庾县南，广东省南雄县之北。岭上多梅，故又称梅岭。

②辞国：辞别京城。

③轺（yáo）：小而轻便的马车。

④翥（zhù）：飞。

⑤"泪尽"句：据《白氏六帖·梅部》载：大庾岭南北因气候冷暖相差很大，岭南梅花已落而岭北梅花犹开。

作者度大庾岭时，正值岭上梅开季节，作者家在北方，见到岭上梅花，触动乡思，而流尽了眼泪。

⑥霁（jì）：雨住天晴。

⑦恨长沙：《史记·屈原贾生列传》："乃以贾生为长沙王太傅，贾生既辞往行，闻长沙卑湿，自以寿不得长，又以谪去，意不自得。及渡湘水，为赋以吊屈原。"语本此。

【解析】

　　这首诗的突出特点是情景交融。诗人流放泷州，不免产生去国怀乡之思，"魂随南翥鸟，泪尽北枝花"，十分悲戚；但见到"山雨初含霁，江云欲变霞"的明丽景色，又感到回归有日，因而对前途充满信心和希望。全诗音韵谐婉，属对精密，词藻华美。

沈佺期

　　　沈佺期（656？～712），字云卿，相州内黄（今河南内黄县）人。唐高宗上元二年（675）进士。武则天时，官至考功员外郎。后因谄事张易之，被流放驩州。中宗时，历官修文馆直学士、中书舍人、太子少詹事。卒于玄宗开元初。其诗与宋之问齐名，并称"沈宋"。《全唐诗》录存其诗三卷。

独不见^①

卢家少妇郁金堂^②，海燕双栖玳瑁梁^③。
九月寒砧催木叶^④，十年征戍忆辽阳^⑤。
白狼河北音书断^⑥，丹凤城南秋夜长^⑦。
谁为含愁独不见，更教明月照流黄^⑧。

【注释】

①独不见：乐府《杂曲歌辞》旧题。诗题一作《古意呈乔补阙知之》。

②卢家少妇：萧衍《河中之水歌》女主人公，泛指思妇。郁金堂：用珍贵的郁金香香料和泥涂壁的堂屋。

③海燕：又名越燕，燕的一种，躯体轻小，胸紫色，产于南方滨海地区（古百越之地），故名。海燕春季北飞，于室内营巢。玳瑁（dài mèi）：一种海龟，龟甲呈黄褐色相间的花纹，可作装饰品。玳瑁梁指用玳瑁作装饰的梁。

④寒砧：寒风里传来捣衣的砧杵声。意谓准备赶制冬服，寄给征人。催木叶：催落树叶。

⑤辽阳：今辽宁省辽河以东地区。

⑥白狼河：古称白狼水，即今辽宁省的大凌河。

⑦丹凤：相传秦穆公的女儿弄玉吹箫，凤集咸阳城，故以"丹凤"为城名。后人因称京城为凤城，此指长安。

⑧照：一作"对"。流黄：黄紫色相间的丝织品，这里指少妇的帷帐。

【解析】

这首诗采用代言体，模拟少妇口吻，抒发她对久戍未归的丈夫的怀念之情。此诗表现手法多样，或用海燕双栖反衬少妇孤寂独居，或用寒砧声声、落叶萧萧烘托渲染少妇忧愁思念。

陈子昂

陈子昂（661～702），字伯玉，梓州射洪（今四川射洪县）人，唐睿宗文明元年（684）进士，他在武后初当政时，上《大周受命颂》得武后重视，授以官职，屡次上书言事，直言进谏，切中时弊。圣历元年（698）辞官回乡。圣历三年被武三思指示射洪县令段简诬陷致死，年仅四十二岁。陈子昂的诗歌理论和创作在唐代都很有影响，他反对只重彩丽的齐梁诗风，标举风雅比兴、汉魏风骨的传统，开一代新风。存诗一百二十多首，著有《陈子昂集》。

感　遇①

兰若生春夏，芊蔚何青青②，
幽独空林色，朱蕤冒紫茎③。
迟迟白日晚，袅袅秋风生④，
岁华尽摇落，芳意竟何成⑤！

【注释】

①陈子昂的《感遇》诗共三十八首，是他的代表作。这些诗类似阮籍的《咏怀》诗，内容比较复杂。
②兰：香草，多年生草本植物，跟现在说的兰花不同。若：杜若的简称，一名杜蘅，水边香草。芊（qiān）蔚：指花的茂密。青青："菁菁"的借字，

繁盛的样子。
③蕤（ruí）：花下垂的样子。
④袅袅：微弱的样子。
⑤岁华：华，古"花"字，草木一年一度荣枯，故曰岁华。摇落：动摇、脱落。芳意：芬芳之意，这里指美好的理想。

【解析】

这是一首托物寓意之作，表面上咏兰若，实际上是通过描写兰若春

夏欣欣向荣、空绝群芳，待到秋风生起便摇落无成，来表现作者美好理想不能实现的心情。全诗采用比兴手法，寓意深刻，含蓄清新。

登幽州台歌①

前不见古人，后不见来者②。
念天地之悠悠，独怆然而涕下③。

【注释】

①万岁通天元年（696），武则天派建安王武攸宜征契丹，陈子昂以右拾遗随军参谋，献奇计未被采纳，反而被贬为军曹，颇不得志，因登蓟北楼，有感于古代燕昭王重用贤才之事，写下了这首千古绝唱。幽州台：即蓟北楼，故址在今北京市北。

②"前不见"二句：是说像燕昭王那样能任用贤才的人，古代曾经有之，但自己不及见；以后也应当会有的，但自己也不能见到。

③怆（chuàng）然：悲伤的样子。

【解析】

　　这首诗主要表现了诗人对统治者不能重用贤人的强烈不满，以及自己生不逢时、怀才不遇的悲愤情绪。无限时空和有限生命之间的矛盾，自古以来就被诗人作为一个重要主题来表现；怀才不遇，生不逢时，这又是不合理的社会中士人们常常述及的另一个重要主题。陈子昂把这两重主题结合起来，使内容更加深沉。而这样重大的主题，作者仅以二十二字的朴素、概括的语言鲜明而突出地表达出来，确实是前无古人、后无来者。

张若虚

　　张若虚（660～720?），扬州（今江苏扬州）人，曾官兖州兵曹，与贺知章、张旭、包融并称为"吴中四士"。生平事迹不可详考，略见于《旧唐书·贺知章传》。《全唐诗》中仅存其诗二首，一首是《代答闺梦还》，风格接近齐梁体，另一首即著名的《春江花月夜》。

春江花月夜①

春江潮水连海平，海上明月共潮生。
滟滟随波千万里，何处春江无月明②。
江流宛转绕芳甸，月照花林皆似霰。
空里流霜不觉飞，汀上白沙看不见③。
江天一色无纤尘④，皎皎空中孤月轮。
江畔何人初见月？江月何年初照人？
人生代代无穷已，江月年年只相似⑤。
不知江月待何人，但见长江送流水。
白云一片去悠悠，青枫浦上不胜愁。
谁家今夜扁舟子？何处相思明月楼⑥？
可怜楼上月徘徊，应照离人妆镜台。
玉户帘中卷不去，捣衣砧上拂还来⑦。
此时相望不相闻，愿逐月华流照君。
鸿雁长飞光不度，鱼龙潜跃水成文⑧。
昨夜闲潭梦落花⑨，可怜春半不还家。
江水流春去欲尽，江潭落月复西斜。
斜月沉沉藏海雾，碣石潇湘无限路。
不知乘月几人归，落月摇情满江树⑩。

【注释】

①《春江花月夜》：乐府《清商曲辞·吴声歌曲》旧题，相传创自陈后主。

②"春江"四句：海，指长江下游宽阔的江面。滟滟（yàn），水面闪光的样子。里，一作"顷"。

③"江流"四句：宛转，曲折。芳甸，长满花草的原野。霰（xiàn），雪珠。汀，水边平地。

④纤尘：微小的灰尘。

⑤只：一作"望"。

⑥"白云"四句：青枫浦，在今湖南浏阳县浏水中。泛指分别的地点。扁（piān）舟子，飘荡江湖的客子。明月楼，思妇的闺楼。

⑦"可怜"四句：月徘徊，曹植《七哀》："明月照高楼，流光正徘徊。上有愁思妇，悲叹有余哀。"玉户，指闺中。

⑧"此时"四句：逐，跟随。月华，月光。光不度，是说鸿雁善于远飞，仍然飞不出无边的月光去。鱼龙，这里是偏义词，指鱼。鸿雁与鱼，取鱼雁

传书之意。

⑨闲潭：幽静的潭水。

⑩"斜月"四句：碣石指北，潇湘指南。摇情，激荡情思。

【解析】

　　相传陈后主和宫中女学士及朝臣唱和为诗，《春江花月夜》是其中最艳丽的曲调。张若虚用此乐府旧题，不仅把艳情升华成纯洁美好的爱情，而且探索宇宙与人生的奥秘，真正是化腐朽为神奇。"这是诗中的诗，顶峰上的顶峰。"（闻一多语）在写法上，作者紧扣春、江、花、月、夜，展开铺写，而又以"月"为中心，以春、江、花、夜为辅，主辅既分明又交融，层层展开，铺叙层次分明而又浑然一体。全诗词采清丽，韵律和谐宛转，清新自然，动宕流贯，一气呵成。四句一换韵，并且平仄韵交替使用，随音韵的转换而感情不断变化，层层深入。

张九龄

　　张九龄（673～740），一名博物，字子寿，韶州曲江（今广东韶关）人。唐中宗景龙初年进士。玄宗时，官至同中书门下平章事、中书令。他是唐玄宗朝有声誉的贤相之一，在朝直言敢谏，曾预料安禄山的反叛。后被李林甫排挤出朝，罢政事，贬荆州长史。其诗和雅清淡，明胡震亨《唐音癸签》卷九说他："首创清淡之派，盛唐继起，孟浩然、王维、储光羲、常建、韦应物本曲江之淡，而益以风神者也。"有《张曲江集》。

望月怀远

海上生明月，天涯共此时。
情人怨遥夜，竟夕起相思①。
灭烛怜光满，披衣觉露滋②。
不堪盈手赠，还寝梦佳期③。

【注释】

①遥夜：长夜。竟夕：整夜。

②怜：爱惜。滋：滋长，指夜深露起，打湿了衣衫。

③末二句写"不以掬满月光送给亲人，还是回到卧室里期望在梦中和亲人相会"。

【解析】

　　本诗是一首怀人诗，写作者对远方亲人的怀念。诗中由望月而引起相思，愈望而相思愈烈，以致长夜难眠，产生到梦中去相会的痴想。

湖口望庐山瀑布

万丈红泉落①，迢迢半紫氛。
奔流下杂树，洒落出重云。
日照虹霓似，天清风雨闻。
灵山多秀色②，空水共氤氲③。

【注释】

①红泉：指瀑布。因为在日光照映下发　　出璀璨的色彩，故称。
②灵山：道家称蓬莱山的别名，犹言仙　　山。这里指庐山。
③氤氲（yīn yūn）：烟云弥漫的样子。

【解析】

　　瀑布是庐山的奇景，唐人诗中歌咏庐山瀑布的诗很多，这首诗是其中有名的一首。此诗抓住庐山瀑布的突出特征，写出了它的雄伟气势和鲜明色泽。词采富赡而不失朴质简劲，写景如画而情致深婉。

孟浩然

　　孟浩然（689～740），湖北襄阳（今湖北襄阳）人。早年在家乡隐居读书，曾住在鹿门山，壮年时曾往吴越漫游，后来又到长安谋求官职，但失意而归。晚年，张九龄镇守荆州时，被辟为从事，后因疽病而卒。其诗作以描写山水为主要题材，也反映他的田园隐逸生活，开盛唐山水田园诗派风气之先，与王维并称"王孟"。有《孟浩然集》。

春　晓①

春眠不觉晓②，处处闻啼鸟。

夜来风雨声，花落知多少。

【注释】

①春晓：春天的早晨。　　②不觉晓：不觉得天亮。

【解析】

　　本诗写春晨的景象，清新自然。情绪上有对春去的无奈，更有对春光的挚爱。全诗语浅意浓，自然而极富韵致。

宿建德江

移舟泊烟渚①，日暮客愁新②。
野旷天低树③，江清月近人④。

【注释】

①烟渚：烟雾笼罩的江洲。渚，江中小洲。

②客愁新：指旅途中又增添了新的愁思。

③"野旷"句：指放眼望去，四野空旷，仿佛天比树还低。

④月近人：月映江中，向人亲近，备感亲切。

【解析】

　　此诗是羁旅诗，当然少不了"愁"字，表现了孤独与寂寞的情绪。后二句为写景名句，且又景中有人，景中有情。

望洞庭湖赠张丞相①

八月湖水平，涵虚混太清②。
气蒸云梦泽，波撼岳阳城③。
欲济无舟楫，端居耻圣明④。
坐观垂钓者，徒有羡鱼情⑤。

【注释】

①张丞相：即张九龄。题目一作《临洞庭》。

②虚：空。太清：指天。

③"气蒸"二句：云梦泽，古代二泽名，在湖北省长江南北，长江之南为梦泽，长江之北为云泽，并称为"云梦泽"。岳阳城，即今湖南岳阳市。

④济：渡。楫（jí）：船橹。端居：隐居。耻圣明：有愧于圣明之世。

⑤羡鱼情：《淮南子·说林训》："临河

而羡鱼，不若归家织网。"徒，一作 "空"。

【解析】

这是首求人荐举自己的所谓干谒诗，但写得并不庸俗，作者态度严肃真诚，不卑不亢。在艺术表现上也不落俗套，颇具特色。作者善于从大处着笔，写得境界开阔，气势磅礴，雄伟壮观。

过故人庄①

故人具鸡黍，邀我至田家②。
绿树村边合，青山郭外斜③。
开轩面场圃④，把酒话桑麻。
待到重阳日，还来就菊花⑤。

【注释】

①过：拜访。故人：老朋友。
②具：备办。鸡黍（shǔ）：泛指农家待客的丰盛饭菜。
③合：环绕。郭：外城，此指村外。斜：此处读 xiá。
④轩：窗。场：打谷场。圃：菜园。
⑤重阳日：即重阳节，农历九月初九日。古代风俗，重阳节这天，人们要赏菊，饮菊花酒。此处菊花即指菊花酒。

【解析】

这首诗描写了优美的田园风光与故人待客的热情，表现了诗人对田家生活的热爱。艺术上的突出特点是结构自然，层次分明，语言准确而洗练，风格朴实淡远。

王之涣

王之涣（688～742），字季凌，原籍晋阳（今山西太原），后迁绛郡（今山西新绛）。开元初，做过冀州衡水县主簿，因遭诬陷而去官，此后过了十五年的漫游生活，踪迹遍布黄河南北。后出任文安郡文安县县尉，颇有政绩，将升往京官时，不幸身染重病而卒。他是盛唐时期的重要诗人之一，诗作多歌咏从军、出塞，靳能在为其撰写的《墓志铭》中说他："歌从军，吟出塞，……传乎乐章，布在人口。"作品多已散佚，《全唐诗》仅录存六首。

登鹳鹊楼①

白日依山尽，黄河入海流。
欲穷千里目，更上一层楼。

【注释】

①鹳（guàn）鹊楼：旧址在今山西永济县，楼为三层，面对中条山，下临黄河，为登临胜地，因常有鹳鹊栖息楼上，故名。后被河水冲没。鹳，鹤一类的水鸟。鹊，一作"雀"。

【解析】

　　这首诗富有哲理而不枯涩，用语浅近而精警。联系六朝玄言、山水，再到后来宋代苏轼的《题西林壁》诗，便不难从中看出其演进的轨迹。

凉州词①

黄河远上白云间②，一片孤城万仞山③。
羌笛何须怨杨柳④？春风不度玉门关⑤。

【注释】

①《凉州词》：乐府旧题，本篇《乐府诗集》编入《横吹曲词》，题目作《出塞》。原作二首，此篇原为第一首。
②黄河远上：一作"黄沙直上"。
③仞：古代一仞相当今八尺。
④羌笛：羌族的一种管乐器。怨杨柳：北朝乐府《鼓角横吹曲》有《折杨柳》。怨杨柳，语意双关，是说曲调哀怨，兼指杨柳尚未发青。
⑤玉门关：汉置之关，在今甘肃敦煌西。

【解析】

　　这首诗写边塞的荒凉风光，借以抒发征人的思乡之情。诗的构思十分精巧，其中"怨杨柳"一语双关，非常含蓄。边塞荒寒，征人生活艰苦，本有怨气却又说"何须怨"，因此更显得哀怨，但又很委婉。因此，这首诗在风格上便显得苍凉而又悲壮，决不给人以压抑低沉之感。

李 颀

　　李颀（690～751），东川（今四川三台）人，少年时居住颍阳（今河南许昌附近）。唐玄宗开元二十三年（735）进士，官新乡尉。长期不得升迁，辞官归故乡东川隐居。他是盛唐时期的著名诗人，殷璠在《河岳英灵集》中评其诗说："发调既清，修辞亦秀；杂歌咸善，玄理最长。"其七言歌行及律诗，尤为后世所推重。《全唐诗》录存其诗三卷。

古从军行①

白日登山望烽火，黄昏饮马傍交河②。
行人刁斗风沙暗，公主琵琶幽怨多③。
野云万里无城郭④，雨雪纷纷连大漠。
胡雁哀鸣夜夜飞，胡儿眼泪双双落⑤。
闻道玉门犹被遮，应将性命逐轻车⑥。
年年战骨埋荒外，空见蒲桃入汉家⑦。

【注释】

①《从军行》：古乐府诗题，《乐府诗集》收入《相和歌辞·平调曲》，此诗为拟古题，故称《古从军行》。

②交河：在今新疆吐鲁番西北。因河水分流绕城下，故名。（见《汉书·西域传》）。

③刁斗：军中夜间巡更用的铜器，形似锅，白天作炊具。公主琵琶：汉武帝以江都王刘建女为公主，遣嫁乌孙（西域国名），称乌孙公主。为解其路途思念之情，做琵琶以供其遣闷。

④野云：一作"野营"。

⑤胡儿：汉人称胡人为胡儿。

⑥"闻道"二句：玉门，玉门关。遮，拦阻。据《史记·大宛传》载：汉武帝命李广利攻大宛（西域国名），期至贰师城取良马，号之为贰师将军。作战经年，死伤过多。广利上书请班师回国，徐图再举。武帝大怒，发使遮玉门关，曰："军有敢入者辄斩之。"轻车，轻车将军的省称，这里泛指将帅。

⑦蒲桃：即葡萄。

【解析】

　　关于此诗的写作意旨，清人沈德潜在《唐诗别裁》中说得很中肯："以人命填塞外之物，失策甚矣，为开边者垂戒，故作此诗。"此诗用大部分篇目写边地环境和战争的激烈残酷，蓄足底势，结尾点出主旨，画龙点睛。在用韵上三次换韵，平仄相间，声调自然流畅，感情深沉。

王 湾

王湾，生卒年不详，洛阳人。先天年间（712～713）进士。开元初为荥阳（今河南荥阳）主簿。曾两次参加政府校理群籍的工作。仕终洛阳尉。其诗写景抒情，语言开阔，刻画乡愁，真挚感人。《全唐诗》存其诗十首。

次北固山下①

客路青山外，行舟绿水前。
潮平两岸阔，风正一帆悬。
海日生残夜，江春入旧年②。
乡书何处达？归雁洛阳边。

【注释】

①次：停宿。北固山：在今江苏省镇江市，北临大江，与金、焦二山并称"京口三山"。
②"海日"二句：残夜，夜阑将晓。"生"当"残夜"是说日出得早。旧年，指一年未尽，"入"于"旧年"，是说春来得早。

【解析】

这是一首感时怀乡诗，写得感情真挚，十分动人。诗人观察事物细致入微，而又善于捕捉最能体现事物规律的自然景象加以描述，意境也格外清新。其"海日生残夜，江春入旧年"一联，千百年来，一直得到人们的传诵和称赏。全诗属对工整，造语精警而不失于雕琢。

崔 颢

崔颢（？～754），汴州（今河南开封）人。开元十一年（723）进士，曾为太仆寺丞。天宝中为司勋员外郎，天宝十三年卒。早期诗作多写闺情，流于浮艳。后赴边塞，诗风转而慷慨豪迈。《全唐诗》存其诗四十二首。

黄鹤楼①

昔人已乘黄鹤去②，此地空余黄鹤楼。

黄鹤一去不复返，白云千载空悠悠。

晴川历历汉阳树，芳草萋萋鹦鹉洲③。

日暮乡关何处是？烟波江上使人愁。

【注释】

①黄鹤楼：武昌西有黄鹤山，山西有黄鹤矶，峭立江中，旧有黄鹤楼（故址在今武汉长江大桥武昌桥头）。旧传仙人子安乘黄鹤过此，故名。

②昔人：指骑黄鹤的仙人。黄鹤一作"白云"。

③"晴川"二句：历历，写"汉阳树"历历在目；萋萋，写芳草的茂盛。鹦鹉洲，唐代在汉阳西南长江中，后渐被江水冲没。东汉末年，作过《鹦鹉赋》的祢衡被黄祖杀于此洲，或说因此得名。

【解析】

这是一首怀乡诗，写得深沉含蓄。七言诗难于把握，像这样字字结实，笔力雄健者，只有杜甫可与之匹敌。在整个盛唐七言律中，这首诗也是上乘之作。难怪大诗人李白登黄鹤楼，见崔颢所题之诗，曾慨叹说："眼前有景道不得，崔颢题诗在上头。"（见《唐才子传》卷一）

王昌龄

王昌龄（698？～757？），字少伯，京兆长安（今陕西西安）人。一说太原（今山西太原）人。开元十五年（727）进士，授汜水尉，后为校书郎，谪岭南。此后又于开元末贬江宁丞，天宝七年，再贬龙标尉，故世称王江宁或王龙标。安史乱起，还归乡里，被刺史闾丘晓所杀。其诗内容丰富，题材广泛，在艺术上以七言绝句成就最为显著，人称"七绝圣手"，只有李白可与之媲美。明王世贞《艺苑卮言》云："七言绝句，王江陵（宁）与太白争胜毫厘，俱是神品。"《全唐诗》录存其诗四卷。

芙蓉楼送辛渐①

寒雨连江夜入吴②，平明送客楚山孤③。
洛阳亲友如相问，一片冰心在玉壶④。

【注释】

①芙蓉楼：唐时名胜，在今镇江。辛
　渐：作者的友人，生平不详。
②吴：芙蓉楼所在地的泛指，与下文的
　楚相对。

③平明：天明的时候。
④此句以冰、玉表达作者情志的高洁、
　纯美。

【解析】

　　这首送别诗从写景开头，接写送客，最后转到临别的叮咛。与前两
句的舒缓而稍嫌黯然相比，后二句提升了一些亮度和力度，且表意也从
单一的离情别绪，发展到了兼作心迹的剖白。

从军行①

烽火城西百尺楼②，黄昏独坐海风秋③。
更吹羌笛关山月④，无那金闺万里愁⑤。

【注释】

①《从军行》：原作共七首，本篇原列第
　一首。
②百尺楼：即设置烽火的戍楼。
③独坐：一作"独上"。海：指青海湖。
④《关山月》：乐府《横吹曲辞·汉横吹

曲》旧题。《乐府解题》曰："《关山
月》，伤离别也。"
⑤无那：无奈。金闺：华美的闺阁，这
　里指征人的妻子。

【解析】

　　这首诗写边塞戍卒对家乡亲人的思念之情。此诗在写法上的突出特
点是借景托情。开篇着意渲染寂寞荒凉的环境气氛，然后巧妙地描写戍
卒由听乐激起思乡怀亲之情，层层深入，把感情推向高潮。

出　塞①

秦时明月汉时关②，万里长征人未还。
但使龙城飞将在③，不教胡马度阴山④。

【注释】

①《出塞》：乐府旧题，属《相和歌辞·鼓吹曲》。原作二首，这里选的是第一首。

②"秦时"句：秦、汉互文，字面上分说，意义上都是合指，即秦汉以来明月就照临着关塞。

③龙城飞将：汉武帝时，李广为右北平（汉郡名，唐为北平郡，又名平州，治卢龙县，在今辽宁省朝阳县）太守，匈奴称为"飞将军"。

④阴山：西起于河套西北，绵亘于内蒙古自治区，东北连接大兴安岭，是古代中国北方的天然屏障。

【解析】

　　这首《出塞》诗，虽仍不离征人思妇的相思，但却把个人的思念哀怨与国家的安定统一联系起来，从而使诗的内容更为深广，也更具时代特点。全诗写得深沉含蓄，意境雄浑，语言精练，情调高昂。

长信秋词①

奉帚平明金殿开②，暂将团扇共徘徊③。
玉颜不及寒鸦色④，犹带昭阳日影来。

【注释】

①《乐府诗集》题作《长信怨》，属《相和歌辞·楚调曲》。长信，汉宫殿名。汉成帝时，班婕妤美秀能文，很受成帝宠爱，后来成帝又宠幸赵飞燕、赵合德姊妹，班婕妤便请求到长信宫去侍奉太后。此诗即渲染其事而寄讽谕。原作五首，此选一首。

②奉帚：捧着扫帚，意指打扫长信宫。

③"暂将"句：用班婕妤《团扇诗》意。乐府《相和歌辞·楚调曲》中有《怨歌行》一首，一名《团扇诗》，相传为班婕妤所作。诗云："新裂齐纨素，鲜洁如霜雪。裁为合欢扇，团团似明月。出入君怀袖，动摇微风发。常恐秋节至，凉飙夺炎热。弃捐箧笥中，恩情中道绝。"诗中以团扇喻身世。将，拿起。暂，一作且。

④"玉颜"二句：沈德潜《唐诗别裁》注："昭阳宫，赵昭仪所居，宫在东方。寒鸦带东方日影而来，见己之不如鸦也。优柔婉丽，含蕴无穷，使人一唱三叹。"玉颜，美丽的容颜。

【解析】

这是一首宫怨诗，借汉代班婕妤故事咏叹失宠宫妃的悲苦命运。后两句以人比物，联想奇妙；昭阳日影，既实写景色，又暗喻君恩，含蓄委婉地传达出其一腔哀怨，构思奇特，抒情隐微。

王 维

　　王维（701～761），字摩诘，原籍太原祁州（今山西祁县），到他父亲时迁居蒲州（今山西永济）。开元九年（721）进士，任大乐丞，因伶人舞黄狮子事，被贬为济州（在今山东茌平县境内）司库参军。张九龄执政，他被任为右拾遗，迁监察御史。张九龄罢相后，开始过着亦官亦隐的生活，在蓝田县的辋川购置别墅。肃宗乾元二年（759）转为尚书右丞，世称王右丞。

　　王维多才多艺，能诗善画，精通音乐，擅长书法。其诗歌创作，不仅"诗中有画"，而且把多种姐妹艺术的长处融于诗歌创作。他擅长各种诗体，每种诗体都有佳作。他是盛唐时期最有代表性的山水田园诗人，在当时及后世都有重大影响。有《王右丞集》。

渭川田家①

斜光照墟落，穷巷牛羊归②。
野老念牧童，倚仗候荆扉③。
雉雊麦苗秀④，蚕眠桑叶稀。
田夫荷锄至，相见语依依。
即此羡闲逸，怅然吟式微⑤。

【注释】

①渭川：渭水。
②墟落：村庄。穷巷：隐僻的小巷。
③荆扉：柴门。
④雉雊（zhì gòu）：野鸡鸣叫。雉鸣叫

雊。
⑤怅然：失意的样子。吟式微：《诗经·邶风·式微》有句："式微，式微，胡不归。"

【解析】

　　此诗是王维后期隐居终南山辋川别墅时所作。诗中着重表现了作者对农村田家生活羡慕向往之情，以及自己决心隐居的思想。诗作善于捕捉最能代表农村田家生活的景物，比如牛羊、雉雏、眠蚕、麦苗、桑叶、野老、牧童、田夫，等等，不仅把农村生活中常见的动植物描写得有声有色，而且把生活在其中的人物写得惟妙惟肖，生动传神。

山居秋暝①

空山新雨后，天气晚来秋。
明月松间照，清泉石上流。
竹喧归浣女，莲动下渔舟②。
随意春芳歇，王孙自可留③。

【注释】

①暝：夜，此指傍晚。
②浣（huàn）女：洗衣女。"莲动"句：水面上莲花摇动，由此知是渔船沿水下行。
③王孙：本指贵族公子，这里指作者自己。这里反用其意。

【解析】

　　这是一首描绘山村秋天傍晚景色的诗，表现了诗人对山居生活的喜悦之情。此诗对仗工整精巧，而又富于变化。"明月松间照，清泉石上流"是"诗中有画"的代表名句，尤为人们所称赏。

终南山①

太乙近天都，连山到海隅②。
白云回望合，青霭入看无③。
分野中峰变，阴晴众壑殊④。
欲投人处宿，隔水问樵夫。

【注释】

①这首诗可能写于开元末至天宝初这一时期。终南山：即秦岭，又名中南山或南山，在陕西长安县南五十里，绵亘八百余里。
②太乙：终南山的主峰，在长安南。天都：天帝所居的地方。一说，天都即

帝都，指长安，亦通。

③"白云"二句：回望合，四面遥望，
白云连成茫茫的一片。入看无，远看
有青青的雾气，接近后又看不见了。

④分野：古天文学的名词，古人把天上

二十八宿星座与地上区域联系起来，
称为分野，凡地上每一区域，都划在
星空某一分野之内。中峰变：终南山
极广大，一峰之隔，便属不同分野。

【解析】

　　这首诗主要描写终南山的雄伟、高大、幽深，表达了作者对它的喜
爱之情。此诗与一般游山记胜诗不同，它不是描写山中的胜迹，而是从
大处着笔来为终南山传神写照。气势磅礴，格调雄浑，在王维诗中别具
一格。

鹿　柴①

空山不见人②，但闻人语响。
返景入深林③，复照青苔上。

【注释】

①柴：音义同"寨"，即篱栅。　　　　③景：同影，返景即反照。
②空山：寂静的山林。

【解析】

　　王维的辋川别墅有十多处景致，他和故人裴迪曾分别题咏。此诗写
鹿柴风光，观察入微，着重从声音、光影来写，清新自然，别有幽趣。

鸟鸣涧①

人闲桂花落②，夜静春山空。
月出惊山鸟，时鸣春涧中③。

【注释】

①这首诗是《皇甫岳云谿杂题》五首中
的第一首。皇甫岳是作者的友人，生
平不详。

②桂花：即月华，指月光。
③涧：有水的山沟。

【解析】

　　这首诗写春山月夜的幽静。全诗写景，动静结合，动中有静，静中

有动，以动衬静，创造了一种极为清幽深远的意境。

九月九日忆山东兄弟①

独在异乡为异客，每逢佳节倍思亲。
遥知兄弟登高处，遍插茱萸少一人②。

【注释】

①九月九日：即重阳节。山东：指华山
　以东。
②"遥知"二句：登高和插茱萸均为旧

时重阳节的节俗。茱萸是一种有香气
的植物，俗传佩之可以避邪。

【解析】

　　此诗抒写佳节思亲之情。前两句写异乡思亲之苦，后两句遥想远方
的兄弟对自己的思念。第二句已成千古名句。

相　思

红豆生南国①，春来发几枝。
劝君多采撷②，此物最相思。

【注释】

①红豆：俗名相思子，人们常用来表示　　②撷（xié）：摘取。
　相思。

【解析】

　　这是一首著名的言情诗，借红豆发问起兴，表达相思之情。是优秀
的托物寄情诗。此诗在当时还被谱成乐曲，广为流传。

送元二使安西①

渭城朝雨浥轻尘，客舍青青柳色新②。
劝君更尽一杯酒③，西出阳关无故人④。

【注释】

①此诗是一首送人赴边地从军的诗，后
　因谱入乐府，取首句二字题为《渭城

曲》，又名《阳关曲》或《阳关三
叠》。元二：作者友人，生平不详。

安西：即安西都护府的治所，在今新疆库车县境。

②青青柳色新：一作"依依杨柳春"。

③尽：一作"进"。

④阳关：汉置关名，在今甘肃省敦煌县西南，自古与玉门关同是出塞的必经之地，因在玉门关南，故称阳关。

【解析】

这首诗的突出特点是写景、抒情紧密结合。"柳色新"虽为写景，但也暗含折柳送别之意。诗作具有巨大的艺术感染力，流传十分广泛。白居易《晚春欲携酒寻沈四著作》诗云："最忆阳关唱，珍珠一串歌。"自注云："沈有讴者，善唱'西出阳关无故人'词。"

李 白

李白（701～762），字太白，号青莲居士，祖籍陇西成纪（今甘肃天水附近）。先世于隋末流徙中亚，李白即出生于安西都护府之碎叶城（今吉尔吉斯斯坦境内），五岁时随父迁居绵州彰明县（今四川江油）的青莲乡。青年时期漫游全国各地，天宝初，应诏入京，供奉翰林，不久即遭谗去职，长期游历。安史乱起，因参加永王璘幕府，被牵累，长流夜郎，途中遇赦。晚年漂泊东南一带，最后病死于当涂。

李白是继屈原之后最杰出的浪漫主义诗人。他以"惊风雨，泣鬼神"的神奇诗笔，创造了瑰丽奇伟的意境和绚烂多彩的艺术形象。其豪放飘逸、率真自然的诗风，对当代及后世都有极大影响。有《李太白集》。

古 风①

西上莲花山②，迢迢见明星③。素手把芙蓉④，虚步蹑太清⑤。霓裳曳广带⑥，飘拂升天行。邀我登云台⑦，高揖卫叔卿⑧。恍恍与之去，驾鸿凌紫冥⑨。俯视洛阳川，茫茫走胡兵⑩。流血涂野草，豺狼尽冠缨⑪。

【注释】

①《古风》，即古体诗，共五十九首，内 容较广泛，主要表现李白生平抱负、

反映玄宗后期的社会政治状况。本篇原列第十九首。

②莲花山：即莲花峰，是西岳华山的最高峰。

③明星：华山仙女名。

④芙蓉：据神话传说，华山上有池，生千叶莲花，服食可以成仙。

⑤虚步：凌空而行。蹑：踏。太清：即天空。

⑥霓裳：云霓做的衣裳，仙人所服。

曳：拖曳。

⑦云台：华山东北部的高峰。

⑧卫叔卿：汉武帝时人，传说服云母石成仙。曾降临宫殿，武帝派人寻访，至华山，见与数仙人在绝岩上下棋。

⑨紫冥：青空。

⑩胡兵：指安禄山叛军。

⑪豺狼：指叛党和受伪职的人。冠缨：官服。缨：系冠的带子。

【解析】

　　这首诗大约作于至德元年（756）正月，安禄山在洛阳称帝之后。作品采用游仙诗的形式，前半以丰富的想象虚构一个虚幻缥缈的仙境，最后四句笔锋陡转，从天上俯视人间，勾画出一幅社会乱离的悲惨情景，表现了诗人对叛军的无比愤恨和对人民的无限同情。仙凡两种境界的对立，也表现了诗人欲超脱现实而不能忘怀祖国和人民灾难的思想矛盾。

蜀道难①

　　噫吁戏②！危乎高哉③！蜀道之难难于上青天。蚕丛及鱼凫，开国何茫然④。尔来四万八千岁，不与秦塞通人烟⑤。西当太白有鸟道，可以横绝峨眉巅⑥。地崩山摧壮士死，然后天梯石栈相钩连⑦。上有六龙回日之高标⑧，下有冲波逆折之回川。黄鹤之飞尚不得过，猿猱欲度愁攀援⑨。青泥何盘盘，百步九折萦岩峦⑩。扪参历井仰胁息⑪，以手抚膺坐长叹，问君西游何时还？畏途巉岩不可攀⑫。但见悲鸟号古木，雄飞雌从绕林间⑬。又闻子规啼夜月⑭，愁空山。蜀道之难难于上青天，使人听此凋朱颜⑮。连峰去天不盈尺⑯，枯松倒挂倚绝壁。飞湍瀑流争喧豗，砯崖转石万壑雷⑰。其险也若此，嗟尔远道之人胡为乎来哉⑱！剑阁峥嵘而崔嵬，一夫当关，万夫莫开⑲。所守或匪亲⑳，化为狼与豺。朝避猛虎，夕避长蛇，磨牙吮血，杀人如麻㉑。锦城虽云乐㉒，不如早还家。蜀道之难难于上青天，侧身西望长咨嗟㉓！

【注释】

①《蜀道难》：乐府旧题，属《相和歌辞·瑟调曲》，此题内容都是写蜀道的险阻。

②噫吁戏（yī xū hū）：三字都是惊叹词，蜀地方言。

③危：高。

④蚕丛、鱼凫：传说中古蜀国开国的两个国王。

⑤"尔来"二句：尔来，自从蚕丛、鱼凫开国以来。四万八千岁，极言年代久远。不与，一作"乃与"。秦塞，即秦地，塞是山川险阻之处，秦中自古称为四塞之国。通人烟，互相往来。

⑥"西当"二句：太白，太白山，在今陕西咸阳西南。鸟道：高入云霄的险窄山道。横绝，横度。峨眉，山名，在今四川峨眉，这里代指蜀地之山。

⑦"地崩"二句：据《华阳国志·蜀志》记载：秦惠王知道蜀王好美色，许嫁五位美女给他。蜀王派五丁力士去迎接，回到梓潼，见一大蛇钻入山穴中。五力士共掣蛇尾，把山拉倒，力士和美女都被压死，山也分为五岭。天梯，高峻的山路。石栈，在山崖上凿石架木而筑成的栈道。

⑧六龙：古代神话传说：羲和驾着六条龙所拉的车，载着太阳在空中运行。回日：回转日车。高标：立木为表记，它的最高部分叫标，这里指山的最高峰。

⑨"黄鹤"二句：黄鹤，即黄鹄，善飞

的大鸟。猱（náo），猿猴类动物，动作敏捷，善于攀登。

⑩"青泥"二句：青泥：青泥岭，在今陕西略阳西北，为入蜀要道。盘盘，盘旋曲折的样子。

⑪扪（mén）：摸。参（shēn）：星宿名，是秦的分野。井：星宿名，是蜀的分野。

⑫峥岩：陡峭的岩壁。

⑬雄飞雌从：一作"雄飞从雌"。

⑭子规：即杜鹃，又名杜宇。相传是蜀古望帝魂魄所化，春末出现，啼声哀愁动人，听去好像在说"不如归去"。

⑮凋朱颜：红润的容颜变得憔悴。

⑯去天：离天。

⑰"飞湍"二句：湍（tuān），急流；喧豗（huī），喧闹声。砯（pīng），水冲击岩石的声音，这里作动词，有冲击的意思。转石，水冲击石头，使之翻滚。万壑雷，千山万壑中发出雷鸣般的响声。

⑱嗟：感叹词。尔：你。

⑲剑阁：在今四川省剑阁县北，即大剑山和小剑山之间的一条栈道，又名剑门关。峥嵘：山势高峻的样子。崔嵬（wéi）：高险崎岖的样子。

⑳匪：同"非"。

㉑"朝避"三句：猛虎、长蛇：比喻据险叛乱的封建割据势力。吮（shǔn）：吸。

㉒锦城：即锦官城，成都的别名。

㉓长咨嗟：长叹息。

【解析】

　　这首诗是李白的代表作品之一，也最能体现其雄奇奔放的风格。诗人将丰富的想象、大胆的夸张与神话传说紧密结合，来描绘蜀道的雄奇壮丽、高峻险恶，给诗增添了神秘奇幻的色彩。同时，作者运用参差不齐的句式和抑扬顿挫的韵律来表达强烈起伏的感情。诗中从三言到十一言，长短不齐的句子错综使用，根据内容的需要来转换韵脚，字的平仄也多变化，因之韵律和谐又跌宕起伏。

行路难①

金樽清酒斗十千，玉盘珍羞直万钱②。停杯投箸不能食，拔剑四顾心茫然③。欲渡黄河冰塞川，将登太行雪满山④。闲来垂钓碧溪上，忽复乘舟梦日边⑤。行路难，行路难！多歧路，今安在？长风破浪会有时⑥，直挂云帆济沧海。

【注释】

①《行路难》：乐府《杂曲歌辞》旧题，其内容叙写人生道路艰难和离别的愁苦。李白的三首《行路难》，大约是天宝三载（744）诗人被谗离开长安时所写。此为第一首。

②"金樽"二句：樽（zūn），古代盛酒器具。斗，有柄的盛酒器。斗十千，一斗酒价值十千钱。珍羞：羞，同"馐"，珍贵的菜肴。直：同"值"。

③箸（zhù）：筷子。

④太行：山名，连绵于现在山西、河南、河北三省交界处。

⑤垂钓碧溪：《史记·齐太公世家》载：姜尚年老垂钓于渭水边，后遇到周文王而得到重用。梦日边：传说伊尹在受成汤征聘之前，梦见自己乘船经过日月之旁。

⑥长风破浪：比喻远大的抱负得以施展。《宋书·宗悫（què）传》载：宗悫的叔父问宗悫的志向是什么？他回答说："愿乘长风破万里浪。"

【解析】

这首诗抒发了诗人在政治上遭受挫折后的愤慨心情，但诗人并未因此意志消沉，对自己的前途仍然充满信心，相信自己的远大理想一定会实现。诗人在广阔的时空中，自由驰骋丰富的想象，从而表达出强烈跌宕起伏的思想感情。诗中用典浅显而贴切。

将进酒①

君不见黄河之水天上来②，奔流到海不复回！君不见高堂明镜悲白发③，朝如青丝暮成雪！人生得意须尽欢④，莫使金樽空对月。天生我材必有用，千金散尽还复来。烹羊宰牛且为乐⑤，会须一饮三百杯⑥。岑夫子，丹邱生，将进酒，杯莫停。与君歌一曲⑦，请君为我侧耳听：钟鼓馔玉不足贵⑧，但愿长醉不愿醒。古来圣贤皆寂寞，惟有饮者留其名。陈王昔时宴平乐⑨，斗酒十千恣欢谑。主人何为言少钱⑩，径须沽取对君酌⑪。五花马⑫，千金裘，呼儿将出换美酒⑬，与尔同销万古愁。

【注释】

①此诗作于天宝十一载（752），当时李白与友人岑勋、元丹邱于嵩山登高宴饮。将进酒：乐府《鼓吹曲辞·汉铙歌》旧题。内容多写饮酒放纵时的感情。

②"君不见黄河之水"二句：既兴且比，比喻下文岁月易逝、人生易老之意。

③"君不见高堂明镜"二句：早晨尚是黑发，到傍晚，于高堂明镜之中，即照见银丝满头，不禁惊叹而悲。极言时光如驶。

④得意：有兴致的时候。

⑤且为乐：姑且作乐，即暂时把苦恼之事丢开不想。

⑥会须：应该。

⑦与君：为你。

⑧钟鼓馔（zhuàn）玉：钟鼓，指权贵人家的音乐；馔玉，形容精美如玉的食物。此以钟鼓馔玉代指富贵利禄。

⑨"陈王"二句：曹植曾封陈王，其诗《名都篇》云："归来宴平乐，美酒斗十千。"平乐：宫观名。恣欢谑：尽情地欢娱戏谑。

⑩主人：指元丹邱。当时宴饮是在元丹邱的颍阳山居。

⑪径须：只管。

⑫五花马：指名贵的马。

⑬将出：拿出。

【解析】

这首诗表现了李白剧烈的内心矛盾：一方面慨叹人生的短暂，流露出千金买醉、及时行乐的消极、激愤情绪；一方面对前途命运充满乐观自信，对功名利禄极端蔑视，通篇贯注着一种狂放不羁、傲岸不屈的精神。全诗笔酣墨畅，忽张忽翕，大开大合，极尽淋漓曲折、起伏跌宕之能事。作者屡用惊人的夸张，特别使用了不少巨额的数量词，生动真切地表现出诗人那种酣醉式的豪放之情。

梦游天姥吟留别①

海客谈瀛洲②，烟涛微茫信难求；越人语天姥，云霓明灭或可睹③。天姥连天向天横，势拔五岳掩赤城④。天台四万八千丈⑤，对此欲倒东南倾。我欲因之梦吴越⑥，一夜飞渡镜湖月⑦。湖月照我影，送我至剡溪⑧。谢公宿处今尚在⑨，渌水荡漾清猿啼。脚著谢公屐⑩，身登青云梯⑪。半壁见海日，空中闻天鸡⑫。千岩万转路不定，迷花倚石忽已暝。熊咆龙吟殷岩泉，慄深林兮惊层巅⑬。云青青兮欲雨，水澹澹兮生烟。列缺霹雳⑭，丘峦崩摧。洞天石扉⑮，訇然中开⑯。青冥浩荡不见底⑰，日月照耀金银台⑱。霓为衣兮风为马，云之君兮纷纷而来下⑲。虎鼓瑟兮鸾回车⑳，仙之人兮列如麻㉑。忽魂悸以魄动㉒，怳惊起而长嗟㉓。惟觉时之枕席，失向来之烟霞。世间行乐亦如此，古来万事东流水。别君去兮何时还？且放白鹿青崖间，须行即骑访名山㉔。安能摧眉折腰事权贵㉕，使我不得开心颜。

【注释】

①此诗作于天宝四载（745），李白被放出京的次年，当时李白将由东鲁南游越中，临行前作此诗留赠朋友。诗题一作《别东鲁诸公》。天姥：山名，在今浙江新昌县东。

②"海客"二句：意谓海外来客所谈的三神山，依稀于浩渺烟波之中，实难寻求。瀛洲：三神山之一。史载：齐威王、宣王和燕昭王，皆曾入海寻找蓬莱、方丈、瀛洲三座神山，终无结果。此举瀛洲以概之。微茫，依稀仿佛的样子。

③"云霓"句：天姥山在绚丽烟霞中时明时灭，有时还可一睹它的万千气象。

④赤城：山名，在今浙江天台县境内。

⑤"天台"二句：意谓四万八千丈的天台山，面对它西北方的天姥山，相形之下也显得低了，仿佛要向东南倾倒。天台山：在今浙江天台县北。

⑥因之：因越人的谈话。吴越：偏义复词，实指越（今浙江）。

⑦镜湖：在今浙江绍兴市。因波平如镜，故名。一名鉴湖。

⑧剡溪：即曹娥江的上游，在今浙江嵊县。

⑨"谢公"句：谢灵运游天姥，曾在剡溪投宿。

⑩谢公屐：谢灵运特制的登山木鞋，鞋底装有可活动的锯齿，上山去前齿，下山则去后齿，以保持足面平衡。

⑪青云梯：高峻入云的山路。

⑫天鸡：《述异记》："东南有桃都山，上有大树名曰桃都，枝相去三千里，上有天鸡。日初出照此木，天鸡则鸣，天下之鸡皆随之鸣。"

⑬"熊咆"二句：意谓岩泉发出巨大的声响，有如熊咆龙吼，使深林层巅中的游人为之战栗惊恐。殷（yīn），声音宏大。

⑭列缺：闪电。

⑮洞天：道家称神仙所居之处曰洞天。石扉：石门。

⑯訇（hōng）然：大声貌。

⑰青冥：天空。自上俯视，青天如海，故曰"浩荡不见底"。

⑱金银：神仙所住的宫阙。

⑲云之君：云神。此处泛指自云中下降的群仙。

⑳回车：拉车。

㉑列如麻：极言众多。

㉒悸（jì）：心惊。

㉓怳：同"恍"，心神不定貌。

㉔"且放"二句：意谓自己将归隐名山，求仙学道。白鹿，传说中仙人的坐骑。

㉕摧眉折腰：低眉弯腰，意谓委屈自己，小心翼翼地伺候别人。

【解析】

　　这首诗以记梦为由，借离别以寄慨，抒发了诗人蔑视权贵、鄙弃尘俗、向往名山、追求光明与自由的理想。此诗是李白融合平生漫游、古代传说和屈骚意境为一体，创造出的一个神奇境界。全诗意境雄伟神奇，变幻多端；艺术形象缤纷多彩，惝恍莫测；句法韵律奔腾跳跃，感情跌宕不平，格调昂扬振奋。

宣州谢朓楼饯别校书叔云①

　　弃我去者，昨日之日不可留；乱我心者，今日之日多烦忧②。长风万里送秋雁，对此可以酣高楼③。蓬莱文章建安骨，中间小谢又清发④。俱怀逸兴壮思飞，欲上青天览明月⑤。抽刀断水水更流，举杯销愁愁更愁。人生在世不称意，明朝散发弄扁舟⑥。

【注释】

①天宝末年李白游宣州时所作。宣州：今安徽省宣城县。谢朓楼：南齐诗人谢朓官宣州太守时所建，又称谢公楼或北楼。李云：李白的族叔，官秘书省校书郎。

②多烦忧：增添了许多烦忧。

③酣高楼：尽情畅饮于谢朓楼。

④蓬莱：海上神山，这里借指唐代的秘书省，李云校书于此，故称"蓬莱文章"。建安骨：建安风骨。小谢：指谢朓，区别于谢灵运而言。清发：清新秀逸的风格。

⑤逸兴：高远的兴致。览：同"揽"。

⑥散发弄扁（piān）舟：指避世隐居，暗用范蠡"乘扁舟浮于江湖"的典故。散发：脱去簪缨，不受拘束的意思。

【解析】

　　这首诗虽为饯别诗，但主要抒发了作者仕途失意、报国无门的愤慨不平之情。写作上构思奇特，把作者跌宕起伏、奔腾跳跃的感情，表达得淋漓尽致，又出人意表，诗的语言雄奇奔放，音节抑扬顿挫，铿锵有力，对表达感情的激烈奔放起了重要作用。

赠汪伦①

李白乘舟将欲行，忽闻岸上踏歌声②。
桃花潭水深千尺③，不及汪伦送我情。

【注释】

①汪伦：作者友人。　　　　　　③桃花潭：在今安徽泾县西南。
②踏歌：指唱歌时以脚踏地打出节拍。

【解析】

　　这首诗前两句叙事，后两句抒情。文字浅显，情感深挚，明快自然，有一定的民歌风味。最后两句以水深与情深相对比，形象、新奇。

黄鹤楼送孟浩然之广陵①

故人西辞黄鹤楼②，烟花三月下扬州③。
孤帆远影碧空尽，惟见长江天际流。

【注释】

①之：到，往。广陵：今扬州。　　　　须由此向东而行，故有"西辞"一语。
②黄鹤楼：在今武汉；由武汉前往广陵　　③烟花：指暮春三月明丽的景物。

【解析】

　　这是一首送别诗，前两句写送别的时间、地点及友人的目的地；后两句写在一派苍茫高远的景色中，送行人久久伫望。全诗寓情于景，含而不露，情深意长。

望庐山瀑布①

日照香炉生紫烟②，遥看瀑布挂前川。
飞流直下三千尺，疑是银河落九天。

【注释】

①瀑布泉是庐山奇景之一。　　　　　　孤峰秀起，峰顶尖圆，烟云聚散，如
②"日照"句：香炉，指庐山香炉峰。　　博山香炉之状。由于日光照射，氤氲

的烟云变成了紫色。

【解析】

这首诗运用大胆的夸张和非凡的想象，描绘庐山瀑布的壮丽景色。气势磅礴，形象鲜明，想落天外，历来为人们所传诵。

望天门山①

天门中断楚江开②，碧水东流至此回。
两岸青山相对出，孤帆一片日边来③。

【注释】

①天门山：一名梁山，在今安徽当涂县及和县境内。

②"天门"句：天门山分东西二山，长江东流至此拐弯，从山中间穿流而过，两山隔江相对，望之如门，故

称。楚江，安徽一带原属楚国，故这一段长江也称楚江。

③"两岸"二句：早晨日出东方，孤舟从水天相接处驶来，如同来自太阳的旁边。

【解析】

本诗写天门山与长江构成的壮丽景色，表现了作者对祖国山河的无限热爱。气象宏阔，声势不凡。

早发白帝城①

朝辞白帝彩云间②，千里江陵一日还③。
两岸猿声啼不住，轻舟已过万重山④。

【注释】

①唐肃宗乾元二年（759），李白长流夜郎，行至白帝城，遇赦，乘舟东返，途中作此诗。

②白帝：白帝城，东汉公孙述所筑，故址在今四川省奉节县白帝山上。

③千里：白帝城至江陵一千二百里，此处是概数。

④啼不住：谓猿声此起彼落，连绵不断。

【解析】

这首诗通过对江中船行之轻快及两岸景色的描写，表达了诗人遇赦后的欢快心情。在写法上，先用船行之速比喻心情之欢快，又用凄异哀

绝的猿声"啼不住"来反衬心情愉悦。

静夜思

床前明月光，疑是地上霜。
举头望明月，低头思故乡。

【解析】

诗中诗人疑想床前明月光为地上霜，感觉上有些恍惚；察知地上霜为月光，进而举头望明月，一下子触发了思乡之情，深坠其间而不能稍纵，苦苦思念。

菩萨蛮

平林漠漠烟如织，寒山一带伤心碧①。暝色入高楼，有人楼上愁②。

玉阶空伫立，宿鸟归飞急③。何处是归程？长亭更短亭④。

【注释】

①平林：平原上的树林。漠漠：形容烟雾散布的样子。寒山：荒寒的山岭。一带：形容远山连绵不断，像带子一样。伤心：语意双关，一是极言寒山之碧；一是在愁人眼中看来，碧色寒山亦伤心。

②暝色：暮色。人：在家思念旅人的女子。

③空：徒然地。伫（zhù）立：长久地站着。宿鸟：回巢的鸟。

④更：有层出不穷的意思。

【解析】

这首词相传是李白所作，表现了一个旅人看到傍晚景色而引起的思乡之情。通篇写旅愁，心理描写细腻，情景交融。

忆秦娥

箫声咽，秦娥梦断秦楼月①。秦楼月，年年柳色，霸陵伤别②。

乐游原上清秋节③，咸阳古道音尘绝④。音尘绝，西风残照，汉家陵阙⑤。

【注释】

①咽（yè）：鸣咽。这里形容箫声的悲凉凄切。秦娥：这里指京城长安的一个女子。古时秦晋之间，称美貌为娥，因用为美女的通称。梦断：梦醒。断是尽的意思。秦楼月：秦娥楼头的月光。

②霸陵：汉文帝刘恒的坟墓。霸陵附近有霸桥，是古人折柳送别的地方。

③乐游原：在长安东南，为唐时登高、游览胜地。清秋节：指九月九日重阳节。古时在这一天有登高的风俗。

④咸阳：在长安西北。音尘：车马行进时的声音和扬起的尘土。

⑤西风：指秋风。残照：落日的余光。阙：此指帝王陵墓前的一种建筑物，形式类似皇宫前面两边的门楼。

【解析】

这首词传为李白所作，表面上是写女子怀念久别的爱人，实是怀古伤时之作。气象宏阔，意蕴深远。王国维《人间词话》评曰："太白纯以气象胜，'西风残照，汉家陵阙'，寥寥八字，关尽千古登临之口。"

高 适

高适（702～765），字达夫，一字仲武，渤海蓨（今河北沧县）人。早年家贫，客游梁、宋间，落拓不得志。四十多岁时，得宋州刺史张九皋推荐，中"有道科"，授封丘县尉，不久弃官归去。天宝十三年春，参与河西节度使哥舒翰幕府，官左骁卫兵曹参军，掌书记。安史乱起，擢升为侍御史，迁谏议大夫，出为淮南节度使、剑南西川节度使，官至散骑常侍，进封渤海县侯。永泰元年（765）正月，病逝于长安。高适是盛唐边塞诗派的重要代表人物之一，擅长七言歌行体，语言质朴精练，风格慷慨激昂，豪放悲壮。有《高常侍集》。

燕歌行①

汉家烟尘在东北②，汉将辞家破残贼。男儿本自重横行③，天子非常赐颜色。摐金伐鼓下榆关，旌旆逶迤碣石间④。校尉羽书飞瀚海，单于猎火照狼山⑤。山川萧条极边土，胡骑凭陵杂风雨⑥。战士军前半死生⑦，美人帐下犹歌舞。大漠穷秋塞草衰，孤城落日斗兵稀⑧。身当恩遇常轻敌⑨，力尽关山未解围。铁衣远戍辛勤久，玉箸应啼别离后⑩。少妇城南欲断肠，征人蓟北空回首⑪。边庭飘摇那可度⑫，绝域苍茫更何有！杀气三时作阵云⑬，寒声一夜传刁斗。相看白刃血纷纷，死节从来岂顾勋⑭。君不见沙场征战苦，至今犹忆李将军⑮。

【注释】

①《燕歌行》：乐府《相和歌辞·平调曲》旧题。

②烟尘：烽烟和尘土，指敌军入侵。

③横行：纵横驰骋，扫荡敌寇。

④"拟金"二句：拟（chuāng），撞击。金，指用铜制军用乐器。榆关：即山海关。旌旆（jīng pèi）：军中各种旗帜。逶迤（wēiyí）：延续不绝的样子。

⑤"校尉"二句：校尉：武官名，位次于将军。羽书：军用紧急文书。瀚海：大沙漠。单于：古代匈奴称其王为单于，此指突厥的首领。猎火：打猎时烧起的火光，古游牧民族作战前，往往举行大规模的校猎，作为军事演习，这里指单于发动的军事挑衅。狼山：即狼居胥山，在今内蒙古克什克腾旗西北。

⑥凭陵：仗恃势力欺压他人。杂风雨：风雨交加，此指敌人来势凶猛，如同暴风骤雨一般。

⑦半死生：生死各半，形容伤亡惨重。

⑧斗兵稀：唐军因伤亡惨重，参加战斗的士兵减少。

⑨常：一作"恒"。恩遇：皇帝的恩宠。

⑩"铁衣"二句：铁衣，铠甲，代指战士。玉箸，玉制的筷子，喻思妇眼泪下流成串。

⑪蓟北：蓟州以北的地方，唐代蓟州治所在今天津市蓟县。

⑫边庭飘摇：指边地局势紧张。

⑬三时：意指历时甚久。

⑭"相看"二句：血，一作"雪"。岂顾勋，哪里是为了获得个人的功勋。

⑮李将军：指李广。《史记·李将军列传》："广居右北平，匈奴闻之，号曰汉之飞将军，避之，数岁不敢入右北平。"又云："广之将兵，乏绝之处，见水，士卒不尽饮，广不近水；士卒不尽食，广不尝食。宽缓不苛，士卒以此爱乐为用。"这里兼取抵御强敌与抚爱士卒二义。

【解析】

　　这首诗通过对行军、作战等场面的描写，赞扬了士卒为国立功、奋不顾身的爱国精神，也表达了他们思念家乡亲人的苦闷心情，同时深刻揭露了军中尖锐的阶级对立，以及边将恃恩轻敌和不恤士卒的事实。诗作采用对比手法，概括描写与细致刻画相结合。全诗四句一换韵，音调婉转、跌宕，风格高亢、悲壮。

岑 参

　　岑参（715～770），荆州江陵（今湖北江陵）人，祖籍南阳（今河南南阳）。天宝三年（744）进士，授右率府兵曹参军。曾二度从军。病死于成都。岑参是盛唐时期边塞诗派的重要代表作家，其对边塞生活及边地奇异风光的描写最为出色。其诗挺拔沉雄，新奇瑰丽。殷璠《河岳英灵集》评价他说："语奇体峻，意亦造奇。"有《岑嘉州集》。

走马川行奉送封大夫出师西征①

　　君不见走马川行雪海边②，平沙莽莽黄入天。轮台九月风夜吼③，一川碎石大如斗，随风满地石乱走。匈奴草黄马正肥，金山西见烟尘飞④，汉家大将西出师⑤。将军金甲夜不脱，半夜军行戈相拨⑥，风头如刀面如割。马毛带雪汗气蒸，五花连钱旋作冰，幕中草檄砚水凝⑦。虏骑闻之应胆慑，料知短兵不敢接，车师西门伫献捷⑧。

【注释】

①天宝十三载（754），封常清受命为北庭都护、西伊节度、瀚海军使，奏调岑参为安西、北庭节度判官。军府驻轮台（今新疆米泉县）。是年冬，封常清西征播仙，岑参作此诗送行。播仙城即左末城。距播仙城五百里有左末河，即走马河。"走马"与"左末"同声，系音译地名。行：古代诗歌的一种体裁。

②雪海：泛指西北苦寒之地。

③轮台：唐时属庭州，隶北庭都护府，设置有静塞军，在今乌鲁木齐市西北。

④金山：即今阿尔泰山，这里泛指塞外山脉。

⑤汉家大将：指封常清。

⑥相拨：相互撞击。

⑦"五花"二句：五花、连钱都指名贵的马。旋，立即。草檄，起草声讨敌人的文书。

⑧"虏骑"三句：虏骑，指播仙部族骑兵。慑（shè），恐惧。车师，安西都护府所在地，在今新疆吐鲁番。伫（zhù），等待。

【解析】

　　这首诗通过对行军时险恶环境和严寒气候的描写，热情歌颂了边塞将士保卫边境安全，不畏艰苦，勇于征战的顽强精神。此诗的突出特点是大胆的夸张和奇特的景象描写相结合，格调高亢昂扬，三句一换韵，节奏紧凑而不迫促，像一支威武雄壮的进行曲。

白雪歌送武判官归京①

北风卷地白草折②，胡天八月即飞雪。忽如一夜春风来，千树万树梨花开。散入珠帘湿罗幕，狐裘不暖锦衾薄③。将军角弓不得控④，都护铁衣冷难著。瀚海阑干百丈冰⑤，愁云惨淡万里凝。中军置酒饮归客⑥，胡琴琵琶与羌笛。纷纷暮雪下辕门，风掣红旗冻不翻⑦。轮台东门送君去，去时雪满天山路。山回路转不见君，雪上空留马行处。

【注释】

①这首诗也写于岑参任安西、北庭节度判官时。武判官：生平不详。

②白草：我国西北地区生长的一种草，似莠而细，秋冬变白，牛马所嗜。

③罗幕：用罗制作的帘幕。锦衾：用锦做的被子。

④角弓：用兽角装饰的硬弓。控：引、拉。

⑤阑干：纵横的样子。

⑥中军：古代分左、中、右三军，中军是主帅亲自统率的军队，这里指主帅的营帐。

⑦"纷纷"二句：辕门，军营门，古代军营前，将两车辕木相向，交叉为门。掣（chè），拉，牵。翻，翻卷，飘扬。

【解析】

这是一首奇瑰的雪景和真挚的别情相融合的送别诗。诗人既善于敏锐捕捉和着意突出边地所特有的自然奇观，亦善于表现置身于新鲜世界中的新奇感受。作品想象奇特，比喻新颖，充分体现了岑参诗歌奇丽豪放的特色。

杜　甫

杜甫（712～770），字子美，祖籍襄阳（今湖北襄樊），他出生于巩县（今河南巩县）。杜甫曾应进士举，不第。天宝年间，客居长安，生活十分困苦。曾在杜陵附近的少陵居住，故世称杜少陵。安史乱生，杜甫经历了沦陷与逃难生活。脱贼后，任过左拾遗，因直言极谏，改华州司功参军。不久，弃官入蜀，在西川节度使严武幕府中任过六个月的检校工部员外郎，故后世称他为杜工部。后携家出蜀，病死在湖南。

杜甫是一位有远大理想与抱负的作家，他的诗广泛而深刻地反映了安史之乱前后的社会生活，赢得了"诗史"的称誉。艺术上则能融合古今众长，形成特有的沉郁顿挫的风格。他的诗，无论在唐代还是后世，都产生过重大的影响。有《杜少陵集》。

望　岳①

岱宗夫如何②？齐鲁青未了③。
造化钟神秀④，阴阳割昏晓⑤。
荡胸生曾云⑥，决眦入归鸟⑦。
会当凌绝顶⑧，一览众山小⑨。

【注释】

①此诗作于杜甫第一次游齐鲁（736～740）时。岳：指东岳泰山。
②岱宗：泰山，因其为五岳之宗，故称。
③齐鲁：周代所封的两个国家，泰山以北为齐国，以南为鲁国。
④造化：大自然。钟：聚集。
⑤阴阳：山南为阳，山北为阴。
⑥曾：同"层"。
⑦决眦（zì）：眼眶裂开。
⑧会当：终将，必将。凌：登上。
⑨"一览"句：语本《孟子·尽心上》："登泰山而小天下。"

【解析】

这首诗描写了泰山高大而磅礴的气象，表现了诗人年轻时的博大胸怀。全诗紧扣一个"望"字，或远或近，或巨或细，突出写泰山的高大雄伟，然后翻"望"为"凌"，生出一层新意。此诗语言古朴，气象阔大，杜诗的风格已现端倪。

春夜喜雨

好雨知时节①，当春乃发生②。
随风潜入夜③，润物细无声。

野径云俱黑，江船火独明。
晓看红湿处，花重锦官城④

【注释】

①"好雨"句：春季乃耕种时节，需要
雨水，故其雨为好雨、及时雨。

②发生：此处指下雨。

③潜：悄悄地进入。

④花重：指花枝饱含雨水。锦官城：成
都的别称。

【解析】

此诗写春雨形神皆备，表现其绵绵密密、不事张扬的品格。前二句
着意诗人之"喜"，后两句拟人化地表现对春雨的钦敬、感激。

绝　句

两个黄鹂鸣翠柳，一行白鹭上青天。
窗含西岭千秋雪①，门泊东吴万里船②。

【注释】

①西岭：指岷山。在成都西。千秋雪：
指岷山终年积雪千古不化。

②东吴：三国时的吴地，借指江南地
区。

【解析】

本诗写景纯用白描手法，即把眼之所见不加雕饰地写出来；语言平
实浅近，但又经过推敲，如"含"字。

赠花卿①

锦城丝管日纷纷②，半入江风半入云③。
此曲只应天上有，人间能得几回闻。

【注释】

①花卿：花敬定，作者的友人。

②锦城：指今成都。成都旧称锦官城。

丝管：指弦乐器、管乐器，借指音乐。

③江：指锦江。

【解析】

此诗写锦城的丝竹之声，从一个侧面反映了其繁盛。前二句写所闻，
如醉如痴；后二句写感受，惊美赞叹。

自京赴奉先县咏怀五百字①

　　杜陵有布衣②，老大意转拙③。许身一何愚④？窃比稷与契⑤。居然成濩落⑥，白首甘契阔⑦。盖棺事则已⑧，此志常觊豁⑨。穷年忧黎元⑩，叹息肠内热。取笑同学翁⑪，浩歌弥激烈⑫。非无江海志⑬，潇洒送日月。生逢尧舜君⑭，不忍便永诀。当今廊庙具⑮，构厦岂云缺⑯？葵藿倾太阳⑰，物性固莫夺⑱。顾惟蝼蚁辈⑲，但自求其穴⑳。胡为慕大鲸，辄拟偃溟渤㉑？以兹悟生理㉒，独耻事干谒㉓。兀兀遂至今㉔，忍为尘埃没㉕。终愧巢与由㉖，未能易其节㉗。沉饮聊自遣㉘，放歌破愁绝。岁暮百草零，疾风高冈裂。天衢阴峥嵘㉚，客子中夜发㉛。霜严衣带断，指直不得结。凌晨过骊山㉜，御榻在嵽嵲㉝。蚩尤塞寒空㉞，蹴踏崖谷滑㉟。瑶池气郁律㊱，羽林相摩戛㊲。君臣留欢娱，乐动殷胶葛㊳。赐浴皆长缨㊳，与宴非短褐㊵。彤庭所分帛㊶，本自寒女出。鞭挞其夫家，聚敛贡城阙。圣人筐篚恩㊷，实欲邦国活㊸。臣如忽至理㊹，君岂弃此物㊺？多士盈朝廷㊻，仁者宜战栗㊼。况闻内金盘㊽，尽在卫霍室㊾。中堂舞神仙㊿，烟雾蒙玉质51。暖客貂鼠裘，悲管逐清瑟52。劝客驼蹄羹，霜橙压香橘53。朱门酒肉臭，路有冻死骨！荣枯咫尺异54，惆怅难再述。北辕就泾渭55，官渡又改辙56。群冰从西下57，极目高崒兀58。疑是崆峒来59，恐触天柱折60。河梁幸未坼61，枝撑声窸窣62。行旅相攀援63，川广不可越。老妻寄异县64，十口隔风雪。谁能久不顾？庶往共饥渴65。入门闻号咷，幼子饿已卒！吾宁舍一哀66，里巷亦呜咽。所愧为人父，无食致夭折。岂知秋禾登67，贫窭有仓卒68。生常免租税69，名不隶征伐70。抚迹犹酸辛71，平人固骚屑72。默思失业徒73，因念远戍卒。忧端齐终南74，澒洞不可掇75。

【注释】

①这首诗是天宝十四载（755）十一月杜　　甫由长安到奉先县（今陕西蒲城县）

探望寄居在那里的家属时所作。

②杜陵：地名，在长安东南。杜甫曾居于此，故自称"杜陵布衣"。

③意转拙：转拙是越发愚拙，这是愤激之词，意思是说由于自己耿直而越发不合时宜。

④许身：自期，自许。

⑤稷（jì）与契（xiè）：稷，相传为周代先祖，舜时曾为农官，教民播种五谷。契，商代先祖，参《诗经·生民》。

⑥居然：竟然。濩（huò）落：同瓠落、廓落，大而无当的意思。

⑦契阔：勤苦。

⑧盖棺：死。

⑨觊（jì）豁：希求达到。

⑩穷年：终年。黎元：百姓。

⑪同学翁：指同辈那些老爷们。

⑫弥：更加。

⑬江海志：隐遁江海的志趣。

⑭尧舜君：圣君，指唐玄宗。

⑮廊庙：朝廷。具：栋梁之材。

⑯构厦：建筑大厦。

⑰葵藿：向日葵和豆，其花和叶都倾向太阳。曹植《求通亲亲表》："若葵藿之倾叶，太阳虽不为之回光，然终向之者，诚也。"

⑱"物性"句：即本性难改之意。

⑲蝼蚁辈：比喻苟且偷生的小人。

⑳求其穴：经营自己的巢穴。

㉑辄拟：时常打算。溟渤：海的别名。偃：侧身其中。

㉒悟生理：懂得了生活的道理。

㉓干谒：向权贵求情。

㉔兀兀：孤独穷困的样子。

㉕尘埃没：指穷困潦倒，困于生事，而老死无闻。

㉖巢与由：巢父和许由，尧时的著名隐士。

㉗易其节：改变自己的志节。

㉘沉饮：沉湎于酒。聊自遣：暂求自得其乐。遣：一作"适"。

㉙破：一作"颇"。

㉚天衢：天空。

㉛中夜发：半夜启程。

㉜骊山：在今陕西省临潼县，距长安六十里，山上有温泉，筑有华清宫。每年冬天，唐玄宗都要携杨氏姊妹到此避寒。

㉝嵽嵲（dié niè）：高峻的山。

㉞蚩尤：传说中能作大雾的人，这里指代雾。

㉟蹴（cù）：践踏。

㊱瑶池：传说中西王母宴会之处。郁律：暖气蒸腾的样子。

㊲羽林：皇帝的近卫军。摩戛（jiá）：兵器相撞声，极言羽林军之多。

㊳殷：盛。胶葛：旷远广大。

㊴长缨：冠带，此处代指权贵。

㊵短褐：粗布短衣，这里代指平民。

㊶彤庭：指朝庭。宫殿楹柱多用朱红涂饰，故称。

㊷筐篚：盛帛用的两种竹器，方的叫筐，圆的叫篚。

㊸活：得到治理。

㊹忽：忽视。至理：最高的道理。

㊺岂弃：岂不虚弃。

㊻多士：群臣。

㊼战栗：警惕。

㊽内金盘：内府的金盘。

㊾卫霍：汉武帝时的外戚卫青、霍去病，这里暗指杨国忠兄妹。

㊿中堂：正厅。舞：一作"有"。

51玉质：玉体。

52悲、清：都是形容音乐声。

53压：堆。

○54荣枯：荣，指富裕豪华；枯，指困苦饥寒。咫尺：八寸为咫，咫尺，极言其近。

○55北辕：车向北行。泾渭：泾水和渭水合流之处。

○56官渡：官府设置的渡口。

○57冰：一作"水"。

○58崒兀（cù wù）：高峻的样子，这里形容波浪高涌如山。

○59崆峒（kōng tóng）：山名，在今甘肃省岷县。

○60天柱折：《列子·汤问》："共工氏与颛顼争为帝，怒而触不周山，折天柱，绝地维。"这里用来形容水势猛烈，使人有天崩地塌之感。

○61坼（chè）：断裂。

○62窸窣（xī sū）：动摇声，像声词，唐人口语。

○63行旅：旅，一作"李"。

○64异县：指奉先县，对故乡而言。

○65庶：希望。

○66宁：岂能。

○67登：禾稻收割叫登。

○68窭（jù）：穷困。仓卒（cù）：犹仓猝。

○69免租税：按唐制："九品以上官不课。"

○70隶：属。名不隶，指不在服兵役范围之内。

○71抚迹：循迹，追寻过去的事。

○72平人：平民，唐人避唐太宗李世民讳，常用"人"字代替"民"字。

○73失业：失去产业。

○74忧端：愁绪。

○75澒（hòng）洞：浩大无边。掇：收拾。

【解析】

这首诗通过记述自身的遭遇和自京赴奉先途中的见闻，高度概括了唐帝国处于历史转折关头的社会现实，表达了作者忧国忧民的思想，是一首具有划时代意义的现实主义的长篇杰作。

全诗熔叙事、描写、议论、抒情于一炉，而以抒情议论为主，结构恢宏而又严谨。作者善于把人们司空见惯的现实生活进行高度概括，其"朱门酒肉臭，路有冻死骨"一联，可以说是对整个中国封建社会尖锐的阶级矛盾与对立的最典型的概括。这首诗章法古朴，句法拗劲，全用仄声韵，更增强了全诗严肃悲郁的气氛，最能体现杜诗沉郁顿挫的风格。

春 望①

国破山河在，城春草木深②。

感时花溅泪，恨别鸟惊心③。

烽火连三月，家书抵万金。

白头搔更短，浑欲不胜簪④。

【注释】

①这首诗作于至德二载（757）三月，当时杜甫在沦陷的长安，与家人隔绝。

②"国破"二句：国破，京城陷落。司马光《续诗话》："山河在，明无余物矣；草木深，明无人矣。"

③"感时"二句：感时，感伤时事。恨别，怅恨离别。这两句诗意谓由于感时恨别，面对花而溅泪，听鸟鸣而惊心。一说：因感时，花亦溅泪；因恨别，鸟亦惊心。

④"白头"二句：短，少。浑欲，简直要。不胜簪（zān），插不住簪。

【解析】

　　这首诗通过对长安兵劫之后满目荒凉景象的描写，表达了作者忧时伤乱的感慨。此诗构思很巧妙，首联以写景为主，情寓景中；颔联物我浑一；颈联将家事与国事紧紧相连；尾联虽是感叹自己年老力衰，实则将个人与国事相连。沉郁、悲哀层层深入，直达高潮。

石壕吏①

　　暮投石壕村②，有吏夜捉人。老翁逾墙走，老妇出看门③。吏呼一何怒④！妇啼一何苦！听妇前致词："三男邺城戍⑤。一男附书至⑥，二男新战死。存者且偷生⑦，死者长已矣。室中更无人，惟有乳下孙⑧。有孙母未去，出入无完裙⑨。老妪力虽衰，请从吏夜归。急应河阳役⑩，犹得备晨炊。"夜久语声绝，如闻泣幽咽。天明登前途⑪，独与老翁别⑫。

【注释】

①石壕：地名，唐河南道陕州峡石县镇名，在今河南陕县东南。

②投：投宿。

③出看门：一作"出门看"。

④一何：多么。

⑤三男：三个儿子。

⑥附书：托人带信。

⑦且：姑且，暂且。

⑧乳下孙：还在吃奶的孙子。

⑨出入：偏义词，偏用出义。裙是古代妇女的正式服装，不穿裙，即不便见客人。

⑩河阳：在黄河北岸，洛阳对面，即孟津，今河南省孟县。

⑪登前途：踏上征途。

⑫"独与"句：老妇已被抓走，儿媳因无完裙不能见客，老翁归来，便只能与老翁一人告别。

【解析】

　　这首诗与《新安吏》、《潼关吏》合称"三吏"，"三吏"与"三别"（《新婚别》、《垂老别》、《无家别》）是杜甫直接、及时而又具体形象地反映安史之乱的光辉篇章，在文学史上具有重要地位。在艺术上的突出特点是：将深沉而强烈的感情寓于叙事之中，使全诗充满了悲剧气氛；叙事完整而紧凑，事件写得有头有尾，而又不枝不蔓；结尾简洁而又含蓄，言虽尽而余味无穷，能够引起人们无限的联想。

新婚别①

　　兔丝附蓬麻，引蔓故不长②；嫁女与征夫，不如弃路旁。结发为君妻，席不暖君床。暮婚晨告别，无乃太匆忙③。君行虽不远④，守边赴河阳。妾身未分明⑤，何以拜姑嫜？父母养我时，日夜令我藏⑥。生女有所归⑦，鸡狗亦得将。君今往死地，沉痛迫中肠。誓欲随君去，形势反苍黄⑧。勿为新婚念，努力事戎行。妇人在军中⑨，兵气恐不扬。自嗟贫家女⑩，久致罗襦裳。罗襦不复施⑪，对君洗红妆⑫。仰视百鸟飞，大小必双翔。人事多错迕⑬，与君永相望。

【注释】

①此诗是杜甫即事名篇的乐府组诗"三吏"、"三别"之一。

②"兔丝"二句：起兴而兼比义。谓出嫁从夫，终身可托，但嫁给军人，丈夫随时有牺牲的可能，正如"兔丝附蓬麻"，依然是靠不住的。兔丝，即菟丝子，是柔弱的蔓生植物，须缠绕在其他坚牢的植物枝干上，才能延伸生长。而蓬、麻之类，都是弱小植物，难以依凭，兔丝附于其上，自然引蔓不长。

③无乃：岂不是。

④"君行"二句：意谓河阳虽离家不远，但在当时却是抗敌的最前线，故随时有战死的可能。

⑤"妾身"二句：古礼，妇人嫁三日，告庙上坟，谓之成婚。婚礼既毕，然后称姑嫜。而现在"暮婚晨告别"，婚礼无法完成，将以什么身份去拜见公婆呢？姑嫜，即公婆，婆称姑，公称嫜。

⑥藏：深居闺阁。

⑦"生女"二句：意谓女子结了婚，无论丈夫怎样，也要终身跟随，即"嫁鸡随鸡，嫁狗随狗"之意。归，指女子出嫁。将，跟随在一起生活。

⑧苍黄：同"仓皇"，比喻内心慌乱。

⑨"妇人"二句：妇女与丈夫一起生活

在军营中，将会使士气不振，影响作战。汉将李陵在一次作战中发现士气不振，追查原因，原来是因为有许多士兵携带妻子到军队的缘故。（见《汉书·李陵传》）。

⑩"自嗟"二句：自叹生于贫穷之家，嫁妆置办不易。罗襦，以轻软的丝织品制成的袄，泛指出嫁时所着衣服。

致，备办。

⑪不复施：不再穿。

⑫红妆：即粉妆。古代妇女以红粉涂面，故曰红妆。此处泛指脂粉。

⑬"人事"句：谓世间的事往往难如人愿。指眼前夫妻不是新婚团聚，而是生离死别。错，错杂，颠倒。迕（wǔ），违反，抵触。

【解析】

这首诗通过新婚夫妇生离死别的悲剧，反映了安史之乱中人民饱受战乱之苦的哀伤，同时也写出了人民深明大义、勇赴国难的高尚情怀。由此可以看出杜甫当时忧国忧民的复杂心情。全诗采用人物独白的形式，模拟新妇的口吻，曲折细腻地刻画出她那复杂矛盾、欲纵还收的内心活动。

茅屋为秋风所破歌

八月秋高风怒号①，卷我屋上三重茅。茅飞渡江洒江郊，高者挂罥长林梢②，下者飘转沉塘坳。南村群童欺我老无力，忍能对面为盗贼③。公然抱茅入竹去，唇焦口燥呼不得，归来倚杖自叹息。俄顷风定云墨色④，秋天漠漠向昏黑⑤。布衾多年冷似铁⑥，娇儿恶卧踏里裂⑦。床头屋漏无干处，雨脚如麻未断绝。自经丧乱少睡眠⑧，长夜沾湿何由彻⑨。安得广厦千万间⑩，大庇天下寒士俱欢颜，风雨不动安如山！呜呼！何时眼前突兀见此屋⑪，吾庐独破受冻死亦足！

【注释】

①秋高：秋深。

②挂罥（juàn）：挂结。长林：高树。

③"忍能"句：竟然忍心这样当面作贼。

④俄顷：一会儿。

⑤漠漠：灰暗的样子。向：将近。

⑥布衾：布做的被子。

⑦"娇儿"句：孩子睡觉不老实，两脚乱蹬，把被里踢破。

⑧"自经"句：自从经历了兵乱，常常失眠。

⑨彻：彻夜，一夜到天亮。

⑩安得：怎能得到。广厦：宽大的房屋。

⑪突兀：形容高耸的房屋。见：同"现"。

【解析】

　　这首诗是杜甫晚年的一篇重要诗作。诗的最后一段，抒发了诗人的理想，表达了他对"天下寒士"的关心和同情。诗人在屋破雨湿的狼狈境遇中，想到的不是个人得失。在这首抒情诗中，塑造出一个饱经忧患的善良老人的形象。前段着重描写、叙述，紧扣主题；后段着重抒情。通篇把描写、叙事、抒情紧密地结合在一起。

闻官军收河南河北①

剑外忽传收蓟北②，初闻涕泪满衣裳。
却看妻子愁何在？漫卷诗书喜欲狂③。
白日放歌须纵酒，青春作伴好还乡④。
即从巴峡穿巫峡⑤，便下襄阳向洛阳⑥。

【注释】

①本篇作于唐代宗广德元年（763）春，当时杜甫在梓州（今四川三台县）。此时，河南、河北的安史叛军的最后几个根据地相继被收复，这年的正月史思明之子史朝义兵败自杀。延续了七年零三个月的安史之乱，至此结束。

②剑外：此指梓州，因在剑门以南，故称剑外。蓟北：泛指蓟州、幽州一带，即今河北北部，这里是以蓟北代河南河北。

③漫卷：胡乱卷起。

④青春：春天。作伴：是说一路春光，可助行色。

⑤"即从"二句：预想的回乡路线：上句说出蜀入楚，由西向东；下句说由楚向洛，自南而北。

⑥襄阳：今湖北省襄阳县。洛阳：作者原注云："余田园在东京。"

【解析】

　　这首诗表达了作者听到收复河南河北的捷报后惊喜欲狂的心情。清人浦起龙在《读杜心解》中评这首诗说：这是老杜"生平第一首快诗也"。王嗣奭评价说："此诗句句有喜跃意，一气流注而曲折尽情，绝无妆点，愈朴愈真，他人决不能道。"（《杜少陵集详注》）

秋　兴①

玉露凋伤枫树林，巫山巫峡气萧森②。

江间波浪兼天涌，塞上风云接地阴③。
丛菊两开他日泪④，孤舟一系故园心⑤。
寒衣处处催刀尺⑥，白帝城高急暮砧⑦。

【注释】

①本篇是《秋兴八首》第一篇。《秋兴
　八首》是杜甫大历元年（766）秋在夔
　州（今四川奉节一带）时所作。兴
　（xìng），"感兴"、"遣兴"之兴。八首
　诗皆因秋遣兴，故云。诗虽八首，实
　则是组诗，各首之间，脉络相承，首
　尾相应。
②萧森：气象萧瑟阴森。

③塞：关隘险要之处。
④丛菊两开：杜甫自765年夏离开成都，
　拟循水路出峡东去，却淹留于云安与
　夔州一带，至此已两度秋光，故云。
⑤故园心：思归故乡之心。
⑥催刀尺：催人裁制衣服。
⑦急暮砧：傍晚的捣衣声显得格外急
　促。

【解析】

　　这首诗写巫山巫峡的秋声秋色，意境萧森，气象宏大，造句新奇拗
折，但又不流于艰涩，这正是典型的老杜风格。

登　高①

风急天高猿啸哀，渚清沙白鸟飞回②。
无边落木萧萧下，不尽长江滚滚来。
万里悲秋常作客，百年多病独登台。
艰难苦恨繁霜鬓③，潦倒新停浊酒杯④。

【注释】

①此诗是杜甫大历二年（767）秋天在夔
　州时重阳节登高所作。
②渚（zhǔ）：水上沙洲。回：鸟飞时受
　风力而打旋的情态。

③苦恨：极恨。繁霜鬓：指鬓发白了许
　多。
④新停：刚刚放下，即刚刚饮罢之意。
　一说，指新近因病戒酒。

【解析】

　　这首诗写重阳登高闻见之景色，抒发了作者沉郁悲慨的心情。写法
上用语准确而高度概括凝练，全诗句句对仗，又有句中自对，读起来通
畅平易，如行云流水，无一点艰涩之感；尾联将无限悲凉之意一语结尽，
十分含蓄、深沉。

刘长卿

刘长卿（709～780?），字文房，河间（今河北河间）人。官终随州刺史。他自诩为"五言长城"，的确不乏佳作，但往往意境雷同，造句重复。七律以工秀见称，但缺乏雄浑苍劲之作。他作过边塞诗，但成就不及高适、岑参；他还写过不少山水田园诗，但不如王维、孟浩然影响大。有《刘随州集》。

逢雪宿芙蓉山主人①

日暮苍山远，天寒白屋贫②。
柴门闻犬吠③，风雪夜归人。

【注释】

①芙蓉山主人：作者友人。　　　　　③柴门：树枝柴草绑扎的门。与上句
②白屋：茅草覆顶之屋，故称"贫"。　　　　"白屋"相应。

【解析】

这首小诗写山乡人家景象，颇具意境。前两句着重写景铺垫；后两句时间由暮推至夜，着重写归，点题。"风雪夜归人"一句历来为人称诵，文章、画作以及电影多有以此为名者。

送灵澈上人①

苍苍竹林寺，杳杳钟声晚②。
荷笠带夕阳③，青山独归远。

【注释】

①灵澈：当时著名的诗僧，本姓汤。上　　深远貌。
　人：对和尚的尊称。　　　　　　　　③荷：背着。带：映带。
②竹林寺：灵澈上人所在寺院。杳杳：

【解析】

这是一首送别诗。诗不仅以风景、人物构成优美的画面，而且于耳闻目送之中，寄寓了依依的别情和淡泊的情怀，意境清新淡远。

元 结

元结（719～772），字次山，号漫叟，河南鲁山（今河南鲁山）人。天宝十二年（753）进士。史思明攻河阳，元结组织义军，保全十五城，立了战功。后历任道州刺史、容州都督充本管经略守提使，因遭权臣嫉妒，辞官归隐。元结崇尚古体，其诗不尚词华，不事雕饰，朴素简淡，自成一格。其弊端是枯燥平直、缺乏文采。有《元次山集》。

贫妇词①

谁知苦贫夫，家有愁怨妻。
请君听其词，能不为酸凄！
所怜抱中儿，不如山下麑②。
空念庭前地，化为人吏蹊。
出门望山泽，回头心复迷。
何时见府主③，引跪向之啼。

【注释】

①元结有《系乐府十二首》，其自序云："天宝中，元子将前世尝可称叹者，为诗十二篇，为引其义以名之，总命曰系乐府。"这是其中的第六首。

②怜：爱惜。麑（ní）：鹿之子。一作"鹿"。

③府主：指太守。

【解析】

这首诗写剥削阶级对贫苦人民残酷剥削压迫的实况。诗中对统治阶级的控诉从贫妇口中叙出，更让人觉得真实可信。语言质朴、通俗。

张志和

张志和（730?～810?），初名龟龄，字子同，自号玄真子。金华（在今浙江省）人。工书画，善歌诗。作品以描写隐逸生活为主，所作不多，艺术水平较高。《全唐诗》录存其诗九首。

渔　父

西塞山前白鹭飞，桃花流水鳜鱼肥①。
青箬笠②，绿蓑衣③，斜风细雨不须归。

【注释】

①西塞山：在今浙江吴兴县西。白鹭：
　白鹭鸶。鳜（guì）鱼：俗称桂鱼，味
　道鲜美。

②箬（ruò）笠：用竹篾、箬叶编制的斗
　笠。

③蓑衣：用草或棕毛编织的雨衣。

【解析】

　　作者的《渔父》词一组共五首，这里选一首。词中的渔父，实际上
是一个隐士的写照。此词语言清丽，写景生动，色调鲜明，是题咏渔父
词的名作。

韦应物

　　韦应物（737～789?），长安（今陕西西安）人。唐玄宗时，
曾在官廷中任三卫郎，后历任滁州、江州、苏州等地刺史。其
诗对民生疾苦有所反映，但以田园山水诗最为著名。风格"高
雅闲淡，自成一家之体"（白居易《与元九书》）。有《韦苏州
集》（一称《韦江州集》）十卷。

滁州西涧①

独怜幽草涧边生，上有黄鹂深树鸣②。
春潮带雨晚来急，野渡无人舟自横。

【注释】

①此诗是作者在滁州刺史任上所写。滁
　州：州治在今安徽省滁县。西涧：在

滁县城西。

②黄鹂：黄莺。

【解析】

　　这是一首极富感情色彩的春景图。春景或清丽幽静，或春潮激荡，

但都妙趣横生。诗人的感情虽然略带怅惘，但并不特别孤寂低沉。诗中无"人"，但"自横"的"舟"却昭示着"人"的存在，为神来之笔。

调 笑

胡马，胡马，远放燕支山下①。跑沙跑雪独嘶②，东望西望路迷。迷路，迷路，边草无穷日暮③。

【注释】

①燕（yān）支山：亦称焉支山、胭脂　　②跑（páo）：指蹄刨地。
山。在今甘肃永昌县西、山丹县东　　③边草：边地的野草。
南。

【解析】

这是一首描写草原风光的词。词作抓住北方草原最突出的形象——马、草以及独特地点之下的黄河与白雪，简单勾勒，意境全出。语言清新、简练，气象开阔。

李 益

李益（748～827），字君虞，姑臧（今甘肃武威）人。大历四年（769）进士，曾任郑县尉，又为幽州节度使刘济从事。唐宪宗闻其诗名，任为秘书少监，官终礼部尚书。李益的边塞诗比较著名，情调虽不免有点感伤，但也不乏壮词。擅长七言绝句、长短歌行，五七言律亦时有佳作。

夜上受降城闻笛①

回乐烽前沙似雪②，受降城下月如霜③。
不知何处吹芦管④，一夜征人尽望乡。

【注释】

①受降城：唐代受降城有东、西、中三　　城，在今内蒙古五原西北。
城，都是武后景云中朔方军总管张仁　　②回乐烽：指回乐县的烽火台。回乐县
愿为抵御突厥所筑建。这里指中受降　　故址在今宁夏灵武县西南。

③下：一作"外"。

④芦管：即胡笳。《晋书·刘琨传》："（琨）在晋阳，尝为胡骑所围，城中窘迫无计，琨乃乘月登楼清啸，贼闻之，皆凄然长叹；中夜奏胡笳，贼又流涕歔欷，有怀土之切；向晓复吹之，贼并弃围而走。"此化用其意。

【解析】

这首诗主要写受降城外的景色，抒发边关将士的思乡之情。诗作抓住"月"与"芦管"这两种最有边关特色的物象加以描述，荒寒古月、凄楚的胡笳吹奏，使思乡之情一层深似一层。

孟 郊

孟郊（751～814），字东野，湖州武康（今浙江德清）人。四十六岁才考中进士，曾任溧阳尉、协律郎等职。一生穷愁潦倒，但性格孤直，不苟同世俗。其诗不用典故，不加藻饰，苦心经营，刻意苦吟，诗风独特。有《孟东野集》。

游子吟①

慈母手中线，游子身上衣。
临行密密缝，意恐迟迟归。
谁言寸草心，报得三春晖②。

【注释】

①此诗写于作者任溧阳尉时。诗题下作者自注曰："迎母溧上作"。

②"谁言"二句：寸草，小草，比喻游子。三春晖，春天的阳光，古人称农历正月为孟春，二月为仲春，三月为季春，合称三春。

【解析】

这首诗抓住日常生活中的典型细节加以描写，最能拨动读者的心弦。语言朴素平易，比喻形象贴切，结尾故作设问，意味更加深长。

韩 愈

　　韩愈（768～824），字退之，河南南阳（今河南孟县）人。
贞元八年（792）进士。官终吏部侍郎，后世称韩吏部。自谓郡
望昌黎，人称韩昌黎，死后谥文，后世又称为韩文公。韩愈一
生举荐后学、排佛、随裴度平淮西，在当时就很有影响。领导
古文改革运动，开创宏伟奇崛诗派，在中国文学史上有着独特
不凡的地位。有《昌黎先生集》。

山　石①

山石荦确行径微②，黄昏到寺蝙蝠飞。
升堂坐阶新雨足，芭蕉叶大栀子肥③。
僧言古壁佛画好，以火来照所见稀。
铺床拂席置羹饭④，疏粝亦足饱我饥⑤。
夜深静卧百虫绝，清月出岭光入扉⑥。
天明独去无道路，出入高下穷烟霏⑦。
山红涧碧纷烂漫⑧，时见松枥皆十围⑨。
当流赤足踏涧石，水声激激风吹衣。
人生如此自可乐，岂必局束为人鞿⑩？
嗟哉吾党二三子⑪，安得至老不更归⑫？

【注释】

①此诗当作于贞元十七年（801）七月，
　时作者在洛阳。

②荦（luò）确：山石险峻不平的样子。
　微：窄狭。

③栀（zhī）子：一种草科常绿灌木，夏
　日开白花，味香。

④羹饭：泛指饭菜。

⑤疏粝（lì）：粝，糙米。疏粝为粗糙的
　饭食。

⑥扉（fēi）：门户。

⑦烟霏（fēi）：流动的烟云。

⑧山红：山花。纷：繁盛。烂漫：光彩
　照人的样子。

⑨枥：同"栎（lì）"，一种落叶乔木。

⑩局束：犹言局促、拘束。鞿（jī）：马
　笼头，这里指被人所控制。

⑪吾党二三子：指志同道合的朋友。

⑫不更归："更不归"的倒文。

【解析】

　　这是一首记游诗，作者以时间为序，记述游踪见闻，移步换形，打破了以往记游诗只取一种视角，写一景一物或一种场面的写法。全诗以叙事写景为重点，篇末议论点题。此诗语言朴素自然而又清新流畅，气势遒劲，风格壮美，很能代表韩愈的个性。

左迁至蓝关示侄孙湘①

一封朝奏九重天，夕贬潮州路八千②。
欲为圣明除弊事③，肯将衰朽惜残年④！
云横秦岭家何在⑤？雪拥蓝关马不前。
知汝远来应有意⑥，好收吾骨瘴江边⑦。

【注释】

①唐宪宗元和十四年（819）正月，韩愈谏阻迎佛骨，由刑部侍郎贬潮州（今广东潮阳）刺史。州，一作"阳"。左迁：下迁。蓝关：即蓝田关，在今陕西省蓝田县南。湘：韩湘，韩愈侄韩老成的长子。

②朝奏：早上给朝廷的奏章。九重天：指宪宗。

③弊事：即指迎佛骨事。

④惜残年：爱惜自己老年的生命。韩愈时年五十二岁。

⑤秦岭：这里指终南山。

⑥应：一作"须"。

⑦瘴江边：指潮州，当时岭南一带的河流多瘴气。

【解析】

　　这首诗叙写了自己遭贬的原因及过程，表达了愤怒的心情，以及排佛除弊、老而弥坚、刚直不阿的决心。笔势纵横，境界开阔，无论叙事还是写景，都高度概括，大开大合，对比鲜明，气势磅礴。

刘禹锡

　　刘禹锡（772～842），字梦得，洛阳（今河南洛阳）人。一说彭城（今江苏徐州）人。自称中山（治所在今河北定县）人。贞元七年（791）进士，又中博学宏词科，官监察御史。曾参与王叔文政治革新，失败后，贬朗州（今湖南常德）司马，后又任连州、夔州、和州等州刺史，官至检校礼部尚书兼太子宾客。刘禹锡是中唐进步的思想家，也是中唐杰出的文学家。其诗不同于韩孟、元白，自成一家。他向民歌学习，写出《竹枝词》等乐府小诗，创造了一种新体裁。有《刘宾客文集》。

竹枝词①

杨柳青青江水平，闻郎江上踏歌声。
东边日出西边雨，道是无晴还有晴②。

【注释】

①竹枝词：是巴、渝的一种民歌，刘禹锡在任夔州刺史时开始拟作，盛行于贞元、元和间。原作二首，此选一首。
②"道是"句：语意双关。晴，谐"情"。

【解析】

这是一首富于民歌情调的乐府小诗。全诗以一个女子的口吻写成，运用民歌中习用的谐音双关的隐语，刻画了初恋少女复杂微妙的心理活动。景物描写关合着人物的感情变化，即景生情，开朗活泼，风趣含蓄。

乌衣巷①

朱雀桥边野草花②，乌衣巷口夕阳斜。
旧时王谢堂前燕③，飞入寻常百姓家。

【注释】

①乌衣巷：故址在今江苏南京秦淮河南岸。三国时，吴军曾在此设军营，士兵多穿黑衣，故称。东晋时宰相王导、谢安等豪门世族多寓居于此。
②朱雀桥：横跨秦淮河之桥，与乌衣巷相近。
③王谢：指王导和谢安两大家族。

【解析】

本诗以著名的历史风物、典故为基础，写世事变化，极具典型意义，因此多为后人引用。今昔对比，表达了诗人对世事无常和人生苦短的喟叹，更暗含讽谕之意。

浪淘沙① （选二）

日照澄洲江雾开②，淘金女伴满江隈③。
美人首饰侯王印，尽是江中浪底来④。

【注释】

①《浪淘沙》：唐教坊曲名，亦作词牌
名。刘禹锡有《浪淘沙》九首，这里
所选的是原第六首和第八首。
②澄洲：清澈的江水中的沙洲。
③江隈（wēi）：江边弯曲的地方。
④末两句说富贵人家男女用的黄金都是
劳动人民冒险从江中取沙，辛苦淘洗
出来的。

【解析】

这首诗的前两句是写所见，写出了"淘金女伴"的辛苦。后两句是
写所感，淘黄金者终年劳苦，剥削阶级坐享其成，诗味深长。

莫道谗言如浪深，莫言迁客似沙沉①。
千淘万漉虽辛苦②，吹尽狂沙始到金。

【注释】

①迁客：被贬官到边远地区的人。
②漉（lù）：水往下渗漏，淘洗。

【解析】

这首诗写迁客，也就是诗人自己。"莫道"、"莫言"表达出诗人洒脱
豁达的心态，用"千淘万漉"来比喻自己历尽艰辛不改初衷，用淘金的
不易来激励自勉。

西塞山怀古①

王濬楼船下益州②，金陵王气黯然收③。
千寻铁锁沉江底，一片降幡出石头④。
人世几回伤往事⑤，山形依旧枕寒流⑥。
今逢四海为家日⑦，故垒萧萧芦荻秋⑧。

【注释】

①西塞山：在今湖北大冶县东，是长江　　中流要塞之一。三国时，西塞山一带

成为吴国境内重要的江防前线。题目一作《金陵怀古》。

②王濬（jùn）：晋益州（治今成都）刺史。楼船：高大的船，王濬所造，相当坚固。下：顺长江东下。

③金陵王气：金陵：当时吴国国都建业，今南京。王气：帝王元气。

④"千寻"二句：吴国为了抵御王濬的楼船铸铁链横锁长江；王濬用木筏载火炬，焚毁铁链沉落江底，吴主孙皓被迫投降。降幡（fān），表示投降的旗帜。石头，城名，在今南京市清凉山。

⑤几回伤往事：建都金陵，雄踞江东而亡国的，不仅东吴一个王朝。

⑥寒：一作"江"。

⑦四海为家：全国统一。

⑧故垒：旧时的营垒。萧萧：萧瑟。

【解析】

这首怀古诗通过对晋灭吴以及六朝兴亡的历史事实的回顾，阐述了山川之险不足恃、兴亡全由人事的思想，并针对当时藩镇割据的严峻现实，向人们发出了以史为戒的警告。写法上的突出特点是说古论今，纵横开阖，叙事、议论、抒情紧密结合。

酬乐天扬州初逢席上见赠①

巴山楚水凄凉地②，二十三年弃置身③。
怀旧空吟闻笛赋④，到乡翻似烂柯人⑤。
沉舟侧畔千帆过，病树前头万木春⑥。
今日听君歌一曲，暂凭杯酒长精神⑦。

【注释】

①唐敬宗宝历二年（826）冬，刘禹锡罢和州刺史，被征还京，和白居易在扬州（今江苏扬州）相逢。白作《醉赠刘二十八使君》一诗相赠，刘禹锡作此诗答白。

②巴山楚水：泛指诗人被贬谪过的地方。

③二十三年：刘禹锡从永贞元年（805）被贬朗州司马至宝历二年（826）奉诏回京，共二十二年，但因贬地离京遥远，要到次年才能返回京城。故称二十三年。弃置身：指自己被贬斥在外的"迁客"身份。

④闻笛赋：晋人向秀经过亡友嵇康、吕安的旧居，听见邻人吹笛，笛声悲伤凄凉，他因而写下了《思旧赋》。这里作者借此以抒发对死去的旧友的怀念。

⑤烂柯人：据《述异记》载：晋人王质入山砍柴，见深山中二童子对弈，他站在旁边观看，看到终局，发觉自己手中的斧柄已经朽烂了。回到家里，才知已过百年，同辈人都死尽了。作者引用这个典故，意谓自己被贬过二十多年，人事沧桑，已有隔世之感。

⑥沉舟、病树：都是作者自喻。

⑦长（zhǎng）：增长，振作。

【解析】

　　这首诗在思想内容上最突出的特点是：作者对自己长期被贬，虽然很愤懑，对旧友的凋零很伤感，却并不因此而颓唐，他十分旷达，而且对前途充满信心，还要振作精神，重新投入生活。在写法上最突出的特点是勇于创新，其"沉舟侧畔千帆过，病树前头万木春"一联，造语新颖，意境清新，可谓前无古人。

忆江南①

　　春去也！多谢洛城人②。弱柳从风疑举袂，丛兰浥露似沾巾③，独坐亦含颦④。

【注释】

①题下原有作者自注："和乐天春词，依《忆江南》曲拍为句。"乐天春词，指白居易《忆江南》词。

②多谢：殷勤致意。洛城：洛阳。

③袂（mèi）：袖。浥（yì）：沾湿。二句是说柳枝顺风好像是挥手与春告别，兰草沾露好像是离别的泪水浸湿了手巾。

④颦（pín）：皱眉。

【解析】

　　这是一首写告别春天的词。比喻贴切，具有拟人化效果；从春景写到女人含颦，词意跃动，情感丰满激越。清人况周颐称此为"清丽之笔"，说它下开子野（张先）、少游（秦观）一派"。

柳宗元

　　柳宗元（773～819），字子厚，河东（今山西永济县）人。贞元九年（793）进士。他和刘禹锡等人参加了王叔文集团的政治革新活动。失败后，贬永州司马，十年后改柳州刺史，卒于柳州。柳宗元与韩愈一样，也是中唐诗文改革运动的领袖人物。其诗风清新俊爽，山水诗影响尤大。有《柳河东集》。

登柳州城楼寄漳汀封连四州刺史①

城上高楼接大荒②，海天愁思正茫茫。
惊风乱飐芙蓉水，密雨斜侵薜荔墙③。
岭树重遮千里目，江流曲似九回肠④。
共来百越文身地，犹自音书滞一乡⑤。

【注释】

①此诗是宪宗元和十年（815）夏柳宗元
初任柳州刺史时所作。漳州刺史韩
泰、汀州刺史韩晔、封州刺史陈谏、
连州刺史刘禹锡，与柳宗元一样，同
是王叔文集团的重要人物，改革失败
后同时被贬，十年后又一起被远放。
②接：连接。一说，目接，看到。大
荒：泛指荒僻的边远地区。一说指海
外。
③"惊风"二句：惊风，突然刮起的狂
风。飐（zhǎn），吹动。薜荔（bì lì），

一种蔓生植物，常缘壁而生。
④江：指柳江，柳州处于柳江与龙江的
汇合处。九回肠：愁思缠结。
⑤百越：即百粤，泛指南方少数民族。
文身：身上刺花纹，古时南方少数民
族的一种习俗。柳州治所在今广西柳
州市，漳州治所在今福建龙溪县，汀
洲治所在今福建省长汀县，封州治所
在今广东封开县，连州治所在今广东
连县，都是古代百越之地。

【解析】

　　这首诗写登楼远望之景，抒发怀念挚友以及心中愤郁不平之情。此
诗抒情色彩浓重，诗中的"大荒"、"惊风"、"密雨"，岭树遮目，江流九
曲，都带有强烈的抒情色彩。语言凝练，风格清峻。

江　雪①

千山鸟飞绝，万径人踪灭。
孤舟蓑笠翁②，独钓寒江雪。

【注释】

①此诗大约写于柳宗元谪居永州期间。　　②蓑（suō）：蓑衣。笠：竹斗笠。

【解析】

　　这首诗写法上的突出特点是反衬手法的运用。风雪酷烈，鸟不飞，
人不见，环境恶劣；但却依然有人孤舟蓑笠，独钓寒江，其抗俗之态昭

昭然于天地之间。

白居易

白居易（772～846），字乐天，原籍太原，他出生于河南新郑（今河南新郑）。贞元十六年（800）进士，元和初，官左拾遗、翰林学士、赞善大夫。因上书言事，为当政者所恶，贬江州司马。长庆时，任杭州、苏州刺史，后召为太子宾客分司东都及太子少傅等，以刑部尚书致仕。晚年闲居洛阳，修香山寺，号香山居士，故世称白香山。他是中唐新乐府运动的倡导者，主张"文章合为时而著，歌诗合为事而作"，并创作大量讽谕诗如《新乐府》、《秦中吟》等。诗风深入浅出，平易通俗，作品流传广泛。有《白氏长庆集》。

卖炭翁①

卖炭翁，伐薪烧炭南山中②。满面尘灰烟火色，两鬓苍苍十指黑。卖炭得钱何所营？身上衣裳口中食。可怜身上衣正单，心忧炭贱愿天寒。夜来城外一尺雪，晓驾炭车辗冰辙。牛困人饥日已高，市南门外泥中歇。翩翩两骑来是谁？黄衣使者白衫儿③。手把文书口称敕，回车叱牛牵向北④。一车炭，千余斤⑤，宫使驱将惜不得⑥，半匹红纱一丈绫，系向牛头充炭直⑦！

【注释】

①元和四年（809），白居易任左拾遗时，作《新乐府》五十首，指斥时政弊端。这是其中第三十二首，诗前小序曰："苦宫市也。"宫市是中唐以后皇帝直接掠夺人民财物的一种最无赖、最残酷的方式，凡宫中所需日用品，都有太监直接向民间采办，实为公开的变相夺取。

②南山：终南山。

③黄衣使者：指太监。白衫儿：指太监手下的爪牙。

④"手把"二句：敕（chì），皇帝的命令。牵向北，长安东西两市在城南，皇宫在城北。

⑤"一车"二句：一本作"一车炭重千余斤"。

⑥宫使：指太监。驱将：驱使。

⑦直：值，价钱。

【解析】

这首诗深刻而真实地揭露了统治阶级公开掠夺人民财物的罪行，表达了作者对统治者的愤怒和对劳动人民的同情。此诗在写法上的突出特点是刻画了生动而鲜明的形象。卖炭翁的外貌、心理、行动都写得惟妙惟肖，就连太监们的狰狞可恶也点染得活灵活现。全诗不着一字议论，全凭叙述描写来表达主题。

长恨歌①

汉皇重色思倾国②，御宇多年求不得③。杨家有女初长成，养在深闺人未识。天生丽质难自弃，一朝选在君王侧④。回眸一笑百媚生，六宫粉黛无颜色⑤。春寒赐浴华清池⑥，温泉水滑洗凝脂⑦。侍儿扶起娇无力⑧，始是新承恩泽时。云鬓花颜金步摇⑨，芙蓉帐暖度春宵。春宵苦短日高起，从此君王不早朝。承欢侍宴无闲暇，春从春游夜专夜。后宫佳丽三千人，三千宠爱在一身。金屋妆成娇侍夜⑩，玉楼宴罢醉和春。姊妹弟兄皆列土⑪，可怜光彩生门户。遂令天下父母心，不重生男重生女。骊宫高处入青云⑫，仙乐风飘处处闻。缓歌慢舞凝丝竹，尽日君王看不足⑬。渔阳鼙鼓动地来⑭，惊破《霓裳羽衣曲》⑮。九重城阙烟尘生⑯，千乘万骑西南行。翠华摇摇行复止⑰，西出都门百余里⑱。六军不发无奈何，宛转蛾眉马前死⑲。花钿委地无人收，翠翘金雀玉搔头⑳。君王掩面救不得，回看血泪相和流。黄埃散漫风萧索，云栈萦纡登剑阁㉑。峨嵋山下少人行㉒，旌旗无光日色薄㉓。蜀江水碧蜀山青，圣主朝朝暮暮情。行宫见月伤心色㉔，夜雨闻铃肠断声㉕。天旋日转回龙驭㉖，到此踟蹰不能去。马嵬坡下泥土中，不见玉颜空死处㉗。君臣相顾尽沾衣，东望都门信马归㉘。归来池苑皆依旧，太液芙蓉未央柳㉙。芙蓉如面柳如眉，对此如何不泪垂？春风桃李花开日㉚，秋雨梧桐叶落时。西宫南苑多秋草㉛，宫叶满阶红不扫。梨园弟子白发新㉜，椒房阿监青娥老㉝。夕殿萤飞思悄然，孤灯挑尽未成眠㉞。迟迟钟鼓初长夜，耿耿星河欲曙天㉟。鸳鸯瓦冷霜华重㊱，翡翠衾寒谁与共㊲？悠悠生死别经年，魂魄不曾来入梦。临邛道士鸿都客㊳，能以精诚致魂魄。为感君王辗转思，遂教方士殷勤觅。排空驭气奔如电，升天入地求之遍。上穷碧落下黄泉㊴，两处茫茫皆不见。忽闻海上有仙山，山在虚无缥缈间。楼阁玲珑五云起㊵，其中绰约多仙子㊶。中有一人字太真㊷，雪肤花貌参差是㊸。金阙西厢叩玉扃㊹，转教小玉报双成㊺。闻道汉家天子使，九华帐里梦魂惊㊻。揽衣推枕起徘徊，珠箔银屏迤逦开㊼。云鬓半偏新睡觉，花冠不整下堂来。风吹仙袂飘飘举，犹似《霓裳羽衣》舞。玉容寂寞泪阑干㊽，梨花一枝春带雨。含情凝睇谢君王㊾，一别音容两渺茫。昭阳殿里恩爱绝㊿，蓬莱宫中日月长㉛。回头下望人寰处，不见长安见尘雾。惟将旧物表深情㉜，钿合金钗寄将去㉝。钗留一股合一扇，钗擘黄金合分钿㉞。但令心似金钿坚，天上人间会相见。临别殷勤重寄词，词中有誓两心知。七月七日长生殿㉟，夜半无人私语时。在天愿作比翼鸟，在地愿为连理枝。天长地久有时尽，此恨绵绵无绝期！

【注释】

①本诗作于元和元年（806），当时作者任盩厔（今陕西周至）县尉。诗成之后，陈鸿为作《长恨歌传》，传文有云："元和元年冬十二月，太原白乐天自校书尉于盩厔，鸿与琅琊王质夫家于是邑，暇日相携游仙游寺，话及此事，相与感叹。质夫举酒于乐天前曰：'夫希代之事，非遇出世之才润色，则与时消没，不闻于世。乐天深于诗，多于情者也，试为歌之，如何？'乐天因为《长恨歌》。意者不但感其事，亦欲惩尤物，窒乱阶，垂于将来者也。"

②汉皇：汉武帝，这里指唐玄宗。思倾国：汉武帝宠幸李夫人，李夫人出身倡家，未入宫前，其兄延年在武帝面前唱的歌词中有"北方有佳人，绝世而独立，一顾倾人城，再顾倾人国"之句，引起武帝注意，李夫人因而入宫。

③御宇：登基治国。

④"杨家"四句：《新唐书·杨贵妃传》载杨氏（玉环）："幼孤，养叔父家。始为寿王妃。开元二十四年（当作二十五年）武惠妃薨，后庭无当帝意者。或言妃资质天挺，宜充掖庭。遂召内（纳）禁中，异之，即为自出妃意者，丐籍女官，号太真。更为寿王聘韦昭训女，而太真得幸。"

⑤六宫粉黛：指宫内所有妃嫔。无颜色：相形之下，失去了光彩。

⑥华清池：在昭应县（今陕西临潼）东

南骊山上。其地有温泉,唐开元年间,建温泉宫,天宝年间,改名华清宫。玄宗常去避寒,建浴池十几处。

⑦凝脂:形容皮肤细白滑润。《诗经·卫风·硕人》:"肤如凝脂。"

⑧侍儿:婢女。

⑨金步摇:一种头饰,钗的一种,行则摇,故称。

⑩金屋:汉武帝刘彻少时曾欲筑金屋以娶表妹阿娇,事见《汉武故事》。

⑪姊妹弟兄:指杨氏一家。杨玉环册封贵妃后,她的大姐封韩国夫人,三姐封虢国夫人,八姐封秦国夫人。伯叔兄弟杨铦官鸿胪御,杨锜官侍御史,杨钊(赐名国忠)天宝十一年(752)为右丞相,故云"皆列土"(分封土地)。列:同裂。

⑫骊宫:即华清宫。

⑬足:厌。

⑭渔阳鞞鼓:指安史之乱发生。渔阳,天宝元年河北道的蓟州改称渔阳,其地约当今之北京市东面的地区,包括今蓟县、平谷等县境在内。鞞:古代军队中用的小鼓、骑鼓。

⑮《霓裳羽衣曲》:著名舞曲名,这个舞曲是唐玄宗根据西京节度使杨敬述所献十二遍之曲润色而成。

⑯九重城阙:指京城,皇宫门有九重,故称。

⑰翠华:指皇帝仪仗队中用翠鸟羽毛装饰的旗子。

⑱"西出"句:指马嵬驿,故址在今陕西省兴平县,距长安约百余里。

⑲"六军"二句:六军,泛指皇帝的羽林军。蛾眉,美貌女子的代称。这里指杨贵妃。《长恨歌传》:"潼关不守,翠华南幸,出咸阳,道次马嵬亭。六军徘徊,持戟不进。从官郎吏伏上马

前,请诛晁错(借指杨国忠),以谢天下。国忠奉氂缨盘水死于道周。左右之意未快。上问之,当时敢言者请以贵妃塞天下怨。上知不免,而不忍见其死,反袂掩面,使牵之而去。仓皇展转,竟死于尺组之下。"

⑳"花钿"二句:花钿、翠翘、金雀、玉搔头,均为头饰及钗类。

㉑剑阁:即剑门关,在今四川剑阁县北。

㉒峨嵋山:由长安到成都,并不经过峨嵋山,这里泛指蜀中的山。

㉓日色薄:日光暗淡。

㉔伤心色:心中感伤,月色也令人伤心。

㉕夜雨闻铃:郑处诲《明皇杂录》补遗:"明皇既幸蜀,西南行,初入斜谷,霖雨涉旬,于栈道雨中闻铃音,与山相应。上既悼念贵妃,采其声为《雨淋铃曲》以寄恨焉。"这里暗写此事。

㉖天旋日转:比喻唐王朝收复长安,玄宗还京,大局转变。

㉗空死处:空见死处。

㉘信马归:无心控马,任其自行。

㉙太液:池名,在汉建章宫北。未央:汉宫名,在长安县西北。这里借指唐朝的池苑和宫廷。

㉚日:原作"夜",据别本改。

㉛西宫:太极宫。南苑:兴庆宫,苑,一作"内",兴庆宫在东内之南,故称南内。

㉜梨园弟子:宋程大昌《雍录》卷九:"开元二年,置教坊于蓬莱宫,上自教法曲,谓之'梨园弟子'。至天宝中,即东宫置宜春北苑,命宫女数百人为梨园弟子。"

㉝椒房:用椒和泥涂墙,取其香暖兼有

多子之意。阿监：宫中女官。阿，发语词。青娥：指年轻美貌的宫女。

㉞"孤灯"句：古时宫廷及豪贵之家多燃烛而非点油灯，此句形容玄宗晚年生活的凄苦。

㉟耿耿：明亮。星河：银河。

㊱鸳鸯瓦：屋瓦一俯一仰扣合在一起叫做"鸳鸯瓦"。

㊲翡翠衾：即翡翠被，上面饰有翡翠的羽毛。

㊳临邛（qióng）：县名，唐属剑南道，今四川邛崃县。鸿都：洛阳北门名。这句是说临邛道士来京都做客。

㊴碧落：道家称天界为碧落。

㊵五云：五色的彩云。

㊶绰约：美好轻盈的样子。

㊷太真：杨贵妃原名玉环，度为女道士时叫太真。

㊸参差：仿佛。

㊹扃（jiōng）：本指门闩或门环，这里借指为门。

㊺小玉：原诗注："小玉，吴王夫差女

名。"双成：即董双成，西王母的侍女。这句是说仙府重重，须经过辗转通报的手续。

㊻九华帐：张华《博物志》卷三："汉武帝好仙道，祭祀名山大泽，以求神仙之道。时西王母遣使乘白鹿告帝当来，乃供帐九华殿以待之。"

㊼珠箔：珠帘。屏：屏风。

㊽阑干：形容流泪的样子。

㊾凝睇（dì）：凝视。

㊿昭阳殿：汉宫名，赵飞燕居住过的地方，这里指唐宫。

51蓬莱宫：传说中海上仙山的宫殿，这里指杨贵妃住的仙境。

52旧物：生前和玄宗定情的信物。

53钿（diàn）合：用珠宝镶嵌的一种首饰，用两片合成。

54擘（bò）：用手分开。

55长生殿：《唐会要》卷三十"华清宫"条："天宝元年十月，造长生殿，名为集灵台，以祀神。"

【解析】

　　白居易创作这首长诗时，杨贵妃已死了半个世纪，当时关于唐玄宗和杨贵妃的故事在民间有很多传说。白居易把历史真实和民间传说结合起来创作了此诗。诗的前半部分主要写荒淫误国，后半部分则主要写玄宗与贵妃坚贞不渝的爱情，因此主题显得很复杂。全诗情节完整曲折，人物形象鲜明生动。同时充分发挥了乐府歌行体的特点，又吸取了当时民间说唱艺术，以及律诗的某些长处，在艺术体裁方面是一种新的创举。

琵琶行　　并序①

　　元和十年，予左迁九江郡司马②。明年秋，送客湓浦口③，闻舟中夜弹琵琶者，听其音，铮铮然有京都声。问其人，本长安倡女，尝学琵琶于穆、曹二善才④，年长色衰，委身为贾人妇。

遂命酒，使快弹数曲，曲罢悯然⑤。自叙少小时欢乐事，今漂沦憔悴，转徙于江湖间。予出官二年，恬然自安⑥，感斯人言，是夕始觉有迁谪意。因为长句，歌以赠之，凡六百一十二言⑦，命曰《琵琶行》。

浔阳江头夜送客⑧，枫叶荻花秋瑟瑟⑨。主人下马客在船，举酒欲饮无管弦。醉不成欢惨将别，别时茫茫江浸月。忽闻水上琵琶声，主人忘归客不发。寻声暗问弹者谁？琵琶声停欲语迟。移船相近邀相见，添酒回灯重开宴⑩。千呼万唤始出来，犹抱琵琶半遮面。转轴拨弦三两声⑪，未成曲调先有情。弦弦掩抑声声思⑫，似诉平生不得志。低眉信手续续弹，说尽心中无限事。轻拢慢捻抹复挑⑬，初为《霓裳》后《六幺》⑭。大弦嘈嘈如急雨，小弦切切如私语。嘈嘈切切错杂弹，大珠小珠落玉盘⑮。间关莺语花底滑，幽咽泉流水下滩⑯。水泉冷涩弦凝绝⑰，凝绝不通声暂歇。别有幽情暗恨生，此时无声胜有声。银瓶乍破水浆迸，铁骑突出刀枪鸣⑱。曲终收拨当心画，四弦一声如裂帛⑲。东船西舫悄无言，唯见江心秋月白。沉吟放拨插弦中，整顿衣裳起敛容⑳。自言本是京城女，家在虾蟆陵下住㉒。十三学得琵琶成，名属教坊第一部㉓。曲罢曾教善才伏㉔，妆成每被秋娘妒㉕。五陵年少争缠头㉖，一曲红绡不知数㉗。钿头银篦击节碎㉘，血色罗裙翻酒污㉙。今年欢笑复明年，秋月春风等闲度㉚。弟走从军阿姨死，暮去朝来颜色故㉛。门前冷落车马稀，老大嫁作商人妇。商人重利轻别离，前月浮梁买茶去㉜。去来江口守空船㉝，绕船月明江水寒。夜深忽梦少年事，梦啼妆泪红阑干㉞。我闻琵琶已叹息，又闻此语重唧唧㉟。同是天涯沦落人，相逢何必曾相识。我从去年辞帝京，谪居卧病浔阳城。浔阳地僻无音乐，终岁不闻丝竹声。住近湓江地低湿，黄芦苦竹绕宅生。其间旦暮闻何物？杜鹃啼血猿哀鸣。春江花朝秋月夜，往往取酒还独倾。岂无山歌与村笛，呕哑嘲哳难为听㊱。今夜闻君琵琶语㊲，如听

仙乐耳暂明。莫辞更坐弹一曲，为君翻作琵琶行⑧。感我此
言良久立，却坐促弦弦转急⑨。凄凄不似向前声⑩，满座重
闻皆掩泣。座中泣下谁最多？江州司马青衫湿⑪。

【注释】

①该诗作于元和十一年（816），即白居
　易贬江州司马之次年。
②左迁：贬官降职。古人论等次以右为
　尊。九江郡：隋郡名，唐天宝元年
　（742）改为浔阳郡，乾元元年（758）
　复改江州，州治在今江西九江。司
　马：官职名，州刺史的副职。古制，
　佐刺史掌管一州军事，在唐代实际上
　已成闲职。
③湓浦口：即湓口，在今九江市湓水入
　江处。
④穆、曹二善才：善才是唐代对弹琵琶
　艺人或曲师的通称。穆、曹是当时著
　名的琵琶师。
⑤悯然：脸色显出忧伤的样子。
⑥恬然：心情平静而安适的样子。
⑦六百一十二言：全诗共 88 句，当为
　616 字，"二"当为传写之误。
⑧浔阳江：流经浔阳境内的一段长江。
⑨瑟瑟：风吹草木声。
⑩回灯：重新张灯。
⑪转轴拨弦：弹奏前的校音动作。三两
　声：试弹几声的意思。
⑫掩抑：掩蔽、遏抑，声调不奔放。掩
　抑即指幽咽的声调。思：读去声 sì。
⑬拢：左手手指按弦向里推，后世称为
　推。捻：揉弦。拢、捻均为左手手
　法。抹：向左拨弦，后世称为弹。
　挑：向右拨弦，后世称为挑。抹和挑
　为右手手法。
⑭《霓裳》：即《霓裳羽衣曲》。《六玄》：
　亦作《绿腰》、《乐世》，大曲名，为
　歌舞曲。

⑮"大弦"四句：大弦，最粗的弦。小
　弦，最细的弦。嘈嘈，声音沉重舒
　长。切切，细促轻幽。
⑯"间关"二句：间关，鸟声。幽咽，
　冷涩。
⑰凝绝：滞涩。
⑱"银瓶"二句：迸，溅射。铁骑，带
　甲的骑兵。
⑲"曲终"二句：拨，拨子，用象牙、
　牛角或其他材料制成。当心画，用拨
　子在弹奏处划过四弦，相当于后世的
　"扫"。四弦一声，和弦。如裂帛，比
　喻声音清脆悦耳。
⑳舫（fǎng）：画船。
㉑敛容：脸色变得庄重起来。
㉒虾蟆陵：在长安城东南曲江附近，是
　当时歌姬舞妓聚居的地方。
㉓教坊：唐代官办管领音乐杂技、教练
　歌舞的机关。
㉔伏：钦服。
㉕秋娘：当时长安城中著名的歌舞妓，
　后来成为歌舞妓常用的名字。
㉖五陵：在长安城外，汉代五个皇帝的
　陵墓，后来皇帝迁贵族于此。所以后
　世就用"五陵少年"指代有钱有势人
　家的子弟。缠头：用锦帛之类的财物
　送给歌舞妓叫"缠头彩"。
㉗绡（xiāo）：一种精细轻薄的丝织品。
㉘钿头银篦：镶嵌有珠宝和金属的发
　篦。击节：打拍子。
㉙血色：红色。
㉚等闲度：随随便便地消磨过去。
㉛颜色故：年老容貌衰老。

㉜浮梁：古县名，唐属饶州，今江西景德镇。

㉝去来：走后。

㉞阑干：形容眼泪纵横的样子。

㉟重（chóng）：更加。唧唧：叹息声。

㊱呕哑嘲哳（ōu yā zhāo zhā）：形容声音噪杂。

㊲琵琶语：琵琶曲。

㊳翻作：依曲调写作歌词。

㊴却：退回。促弦：把弦拧得更紧。

㊵向前声：刚才弹奏过的曲调。

㊶青衫：唐朝八品、九品文官的服色。这时白居易是司马，而官衔则是将仕郎，从九品，所以着青衫。

【解析】

　　这首长诗通过记叙商人妇弹奏琵琶及其不幸遭遇，抒发了作者受谗遭贬的感慨。全诗构思十分巧妙。诗人对琵琶女的描写，也是对自己不幸遭遇的映衬。琵琶女的弹奏与对不幸身世遭遇的感叹，也是作者的述说与感叹。情节曲折动人，结构完整、谨严。尤其是对音乐的描写准确生动，充分调动了读者的听觉和视觉，使人如临其境、如闻其声。

赋得古原草送别①

离离原上草②，一岁一枯荣。
野火烧不尽，春风吹又生。
远芳侵古道③，晴翠接荒城④。
又送王孙去，萋萋满别情⑤。

【注释】

①本诗大约作于贞元二三年间。赋得：凡是指定、限定的诗题，便在题目上加"赋得"二字。这是作者准备应考的拟作，故云。

②离离：繁茂的样子。

③远芳：远处的芳草。

④晴翠：雨后嫩绿的草色。

⑤"又送"二句：王孙，原指贵族子弟，此处借称被送的人。萋萋，草盛的样子。这两句语本《楚辞·招隐士》："王孙游兮不归，春草生兮萋萋。"

【解析】

　　这首诗咏物而兼写送别。它借物寓意，赋予野草一种顽强不屈的意志品格，从而使咏物升华到更高的境界；借物言情，以野草衬托离别，又使咏物具有了优美的意境。

问刘十九

绿蚁新醅酒^①，红泥小火炉。
晚来天欲雪，能饮一杯无^②？

【注释】

①绿蚁：新酿未过滤的米酒，略呈绿色，浮起的渣沫就像蚂蚁，故称。醅

（pēi）：未过滤的酒。
②无："幺"、"否"，疑问语气词。

【解析】

这是一首清新的生活小诗。本是作者邀好友刘十九过来小酌的请柬，但却出语雅洁、情趣盎然、情真意切，实际功用和艺术表现都圆满天成。

钱塘湖春行^①

孤山寺北贾亭西^②，水面初平云脚低^③。
几处早莺争暖树^④，谁家新燕啄春泥。
乱花渐欲迷人眼，浅草才能没马蹄。
最爱湖东行不足，绿杨阴里白沙堤^⑤。

【注释】

①此诗作于唐穆宗长庆三年（823），白居易任杭州刺史时。钱塘湖：即西湖。
②孤山：在西湖中里湖和外湖之间，和其他山不相连接，故名。贾亭：一名贾公亭，唐贞元间（785～804）杭州

刺史贾全所建。
③云脚：雨前或雨后接近地面的云气。
④暖树：向阳的枝木。
⑤白沙堤：又名十锦塘，在杭州西城外，沿堤向西南行直通孤山，简称白堤，曾被人误传为白居易所筑。

【解析】

这首诗以"春行"为构思线索，紧扣早春特点，选取有代表性的景物，移步换形地勾画出一幅生动的西湖早春图。作品景中寓情，写出了大自然给予诗人的无比喜悦心情。语言朴素平易，清浅自然，在白描之中蕴含着浓郁的诗味。

忆江南①

江南好，风景旧曾谙②。日出江花红胜火③，春来江水绿如蓝④。能不忆江南？

【注释】

①题下原有作者自注："此曲亦名《谢秋娘》，每首五句。"

②谙（ān）：熟悉。

③江花：江边的花。胜，一作"似"。

④蓝：植物名，有多种，这里指的是蓼（liǎo）蓝，叶子可作染料。

【解析】

白居易的《忆江南》词共三首，这里选录的是第一首。在写这三首词之前不久，作者曾先后任杭州刺史和苏州刺史。此词回忆了当年生活，描绘了江南春天的美丽风光。

长相思

汴水流，泗水流，流到瓜洲古渡头①，吴山点点愁②。
思悠悠，恨悠悠，恨到归时方始休③，月明人倚楼。

【注释】

①汴（biàn）水：古河名。在河南荥（xíng）阳附近受黄河之水，流经开封，东至江苏徐州，转入泗水。泗水：古河名。源出山东蒙山南麓，南流至江苏淮阴，注入淮河。瓜洲：镇名。在江苏邗（hán）江县南，位于长江北岸，地当大运河入长江处。

②吴山：泛指江南的群山。

③悠悠：无穷无尽。

【解析】

此词上片写景，下片抒情。全篇以一个月下凭楼远眺的女子的角度描写，直到结尾方才巧妙地加以点破。以山水喻愁思，形象有力。

元　稹

元稹（779～831），字微之，河南（今河南洛阳）人。十五岁明经及第，又登才识兼茂明于体用科，名列第一。曾官监察御史，与宦官及守旧官僚斗争，遭到贬谪。后与宦官妥协，官至宰相，颇为时论所非。出为同州、越州、鄂州刺史，卒于武昌节度使任所。元稹早期曾和白居易共同提倡诗歌革新，时称"元白"，诗名颇著，但总的来说，元诗成就不如白居易。有《元氏长庆集》。

行　宫①

寥落古行宫②，宫花寂寞红。
白头宫女在③，闲坐说玄宗。

【注释】

①本诗或作王建诗，题为《古行宫》。
　行宫：皇帝外出所住之处。
②寥落：荒凉。

③这句是说玄宗时的宫女犹在，但已满头白发。

【解析】

　　这首诗的内涵极为丰富：行宫寥落，宫花寂寞，人去物非，沧桑巨变，作者的感慨之情，油然而生。诗的语言高度概括凝练，又极为通俗流畅，纯为素描，但意味无穷，表现了作者高超的诗艺。

贾　岛

　　贾岛（779～843），字阆仙，范阳（今北京附近）人。曾栖身佛门，法号无本。后还俗应进士举，屡试不第。年近花甲，任遂州长江县（今四川蓬溪）主簿，后人称为贾长江。后迁普州（今四川岳安）司仓参军，卒于官舍。贾岛是一位苦吟诗人，诗风清淡朴素，对后世失意文人颇有影响。有《长江集》。

题李凝幽居①

闲居少邻并②，草径入荒园。
鸟宿池边树，僧敲月下门③。
过桥分野色，移石动云根④。

暂去还来此，幽期不负言⑤。

【注释】

①李凝：隐士，生平不详。幽居：幽静荒僻的住处。

②邻并：邻居。

③"僧敲"句：胡仔《苕溪渔隐丛话前集》卷十九引《刘公嘉话》："岛初赴京师，一日，于驴上得句云：'鸟宿池边树，僧敲月下门。'始欲着'推'字，又欲着'敲'字，练之未定，遂于驴上吟哦，时时引手作推敲之势。

时韩愈吏部权京兆，岛不觉冲至第三节，左右拥至尹前，岛具对所得诗句云云。韩立马良久，谓岛曰："作'敲'字佳矣'。"后世遂称斟酌字句、反复考虑为"推敲"。

④云根：古人认为云"触石而出"，故称石为云根。

⑤幽期：幽会。

【解析】

这首诗写友人李凝所居环境之幽静，表现了朋友间友情之融洽。此诗抓住"幽"这一环境特点，加以描述，荒园、宿鸟、僧人、月下、野色、云根，都能体现这"幽"字。另外，此诗对仗工整，造语奇巧。全诗并不甚出色，但时有妙语惊人，这也是贾岛诗的一个特点。

李 贺

李贺（790～816），字长吉，祖籍陇西成纪（今甘肃秦安）人，出生于福昌（今河南宜阳）的昌谷。唐宗室郑王之后，但已没落。李贺因父亲名晋肃，"晋"、"进"同音，不能举进士，仅做过奉礼郎的小官。李贺正处于诗坛上韩、柳、元、白竞起争鸣的时代，他别开生面，自成一家。其诗想象丰富，立意新奇，构思精巧，用辞瑰丽，无论在当时，还是对后世，都颇有影响。有《李长吉歌诗》。

李凭箜篌引①

吴丝蜀桐张高秋②，空山凝云颓不流③。
湘娥啼竹素女愁④，李凭中国弹箜篌⑤。
昆山玉碎凤凰叫⑥，芙蓉泣露香兰笑。
十二门前融冷光⑦，二十三弦动紫皇⑧。

女娲炼石补天处，石破天惊逗秋雨⑨。
梦入神山教神妪⑩，老鱼跳波瘦蛟舞。
吴质不眠倚桂树，露脚斜飞湿寒兔⑪。

【注释】

① 这首诗大约作于唐宪宗元和六年（811），当时李贺在京城长安任奉礼郎。李凭：供奉宫廷的梨园弟子，擅长弹箜篌。《箜篌引》：乐府《相和歌辞》旧题。箜篌，一种弦乐器，有多种形状，李凭所弹的是竖箜篌。

② 吴丝蜀桐：吴郡产的蚕丝，蜀地产的桐木，都是制造乐器的精美材料。张：弦乐器紧起弦来准备弹奏叫做"张"。高秋：天高气爽的秋天。

③ 凝云：云凝聚而不动。颓：颓然，凝滞。

④ 湘娥：湘水女神，即古代传说中的舜帝的妃子娥皇、女英。相传舜死于苍梧（山名，在今湖南省宁远县）之野，二妃追至洞庭湖，闻此消息，南向痛哭，"泪下沾竹，文悉为之斑斑然"。二妃遂投湘水而死，化为湘水女神。素女：传说中的霜神。

⑤ 中国：即国中，此指京城长安。

⑥ 昆山：即昆仑山，相传是产玉之地。玉碎、凤凰叫：形容乐声清亮悦耳。

⑦ 十二门：长安城四面各有三门，共十二门；此指长安城。融冷光：乐声消融了冷气寒光。

⑧ 二十三弦：指竖箜篌，有二十三弦。紫皇：传说中道教的天帝。

⑨ 女娲（wā）：古代神话中的女帝王。炼石补天：相传共工与颛顼争为帝，共工氏怒触不周山，天柱折，地维绝，天倾西北，地不满东南，女娲炼五色石补天。逗：引。

⑩ 神妪（yù）：神女。

⑪ "吴质"二句：吴质，即吴刚，传说的月中神人。露脚，露水落地。寒兔，神话传说中的月中玉兔。湿寒兔，意谓月中玉兔听乐入迷，秋露斜飞，把它的毛都浸湿了。

【解析】

　　这首诗赞美李凭箜篌技艺之高超，曲调之精美，艺术感染力之强烈。写作上出奇制胜，不落窠臼，对李凭弹箜篌的直接描绘只有"昆山玉碎凤凰叫"一句，其余都是从渲染其乐曲所产生的艺术效果方面来着笔；写艺术效果之强烈，又着重于天上神仙、人间动植物的反映。造语奇险，新奇不凡。

雁门太守行①

黑云压城城欲摧，甲光向日金鳞开②。
角声满天秋色里，塞上燕脂凝夜紫③。
半卷红旗临易水④，霜重鼓寒声不起。

报君黄金台上意⑤，提携玉龙为君死⑥。

【注释】

①《雁门太守行》是乐府旧题，是《相和歌辞·瑟调曲》三十八首之一。雁门：秦汉时郡名，治今山西右玉。

②黑云：指进军时的滚滚烟尘。向日金鳞开：太阳透过云隙照在铠甲上，像鱼鳞一样，金光闪闪。

③塞上：长城一带，此泛指北方边地。燕脂：即胭脂，此处指暮色霞光。凝

夜紫：暮色渐深，云山被霞光照射，变成紫色。一说，长城附近泥土多紫色，所以称为"紫塞"。

④易水：在今河北易县。

⑤黄金台：战国时燕昭王所筑，故址在今河北易县东南。燕昭王曾置千金于台上，用来招揽贤才。

⑥玉龙：剑的代称。

【解析】

　　这首诗描写并歌颂了危城将士誓死报国的决心。此诗在写法上的突出特点是用写景来渲染烘托紧张激烈的战斗气氛，以及战斗环境的艰苦、将士们的英勇。全诗画面鲜明，色调凝重，词采瑰丽，声情并茂。

金铜仙人辞汉歌　并序①

　　魏明帝青龙元年八月②，诏宫官牵车西取汉孝武捧露盘仙人③，欲立置前殿。宫官既拆盘，仙人临载，乃潜然泪下④，唐诸王孙李长吉遂作《金铜仙人辞汉歌》⑤。

　　茂陵刘郎秋风客⑥，夜闻马嘶晓无迹⑦。画栏桂树悬秋香⑧，三十六宫土花碧⑨。魏官牵车指千里⑩，东关酸风射眸子⑪。空将汉月出宫门⑫，忆君清泪如铅水⑬。衰兰送客咸阳道⑭，天若有情天亦老⑮！携盘独出月荒凉，渭城已远波声小⑯。

【注释】

①此诗大约是唐宪宗元和八年（813）李贺因病辞去太常寺奉礼郎由长安赴洛阳时所作。金铜仙人辞汉：汉武帝刘彻曾在长安建章宫前造神明台，上铸铜仙人，高二十丈，大十围，手托承露盘以盛露水，取露水和玉屑服之，

以求长生。魏明帝曹睿也想求长生不老之药，于景初元年（237）派宫官从长安拆迁铜人至洛阳，后因铜人太重，留在霸城。相传铜人被拆离长安时曾流下眼泪。

②青龙元年：据《魏略》记载，拆迁铜

人事为景初元年（237），也就是青龙
五年。

③汉孝武：汉武帝。

④潸（shān）然：流泪的样子。

⑤唐诸王孙：李贺是唐宗室郑王（李
亮）之后，故称。

⑥茂陵：汉武帝的陵墓，在今陕西省兴
平县东北。刘郎：汉武帝刘彻。秋风
客：秋风中的过客。刘彻著有《秋风
辞》。

⑦"夜闻"句：写汉武帝的幽灵巡视建
章宫，夜间听到他的马蹄声，清早却
已不见踪迹。

⑧画栏：绘有花纹图案的栏杆。

⑨三十六宫：汉时长安有宫殿三十六
所。土花：苔藓。

⑩指千里：向千里之外的洛阳。

⑪酸风：悲凉刺眼的冷风。

⑫将：与，伴随。

⑬君：指汉武帝。铅水：指铜人所流的
眼泪。

⑭衰兰：衰败枯萎的兰花。客：铜人。
咸阳：秦代都城，这里借代长安。

⑮"天若"句：老天若有感情，看到此
情景也会因感伤而衰老。

⑯渭城：即咸阳。因其位于渭水之旁，
故汉代时改称渭城，这里借指长安。

【解析】

这首诗借金铜仙人迁离长安的历史故事，抒发作者离开京都的悲凉
心情。此诗构思奇特，注重环境气氛的渲染，拟人手法运用巧妙。

杜　牧

　　杜牧（803～852），字牧之，京兆万年（今陕西西安）人。
文宗太和二年（828）进士。历任黄州、池州、睦州、湖州刺
史。官终中书舍人。诗风豪健清丽，独具一格，尤长于七律和
绝句。与李商隐齐名，人称"小李杜"。有《樊川文集》。

泊秦淮①

烟笼寒水月笼沙，夜泊秦淮近酒家。

商女不知亡国恨，隔江犹唱后庭花②。

【注释】

①秦淮：河名，即秦淮河，发源于江苏
省溧水县东北，横穿金陵（今江苏南
京）入长江。相传为秦时所开，凿钟
山以疏淮水，故名秦淮。

②"商女"二句：商女，指以唱歌为生
的乐妓。《后庭花》，《玉树后庭花》
的简称，陈后主所作舞曲，人称"亡
国之音"。

【解析】

　　这首诗通过听商女歌唱前代遗曲，将历史与现实联系起来，对国家前途深感忧虑，对统治者的腐朽生活提出了规讽。诗作景物描写不但与商女所唱歌曲相谐和，而且与时代氛围融为一体，因而使诗的意境谐和统一。

过华清宫①

长安回望绣成堆②，山顶千门次第开。
一骑红尘妃子笑③，无人知是荔枝来。

【注释】

①原作三首，此选一首。

②绣成堆：骊山有东西绣岭，均在华清宫缭垣内，唐玄宗时，于岭上广植林木花卉，望去宛如锦绣。

③"一骑"二句：据载，杨贵妃喜食荔枝，唐玄宗每年都命用快马从岭南递送荔枝到长安。

【解析】

　　这首诗通过描述送荔枝这一典型历史事件，深刻揭露了唐玄宗与杨贵妃骄奢淫逸的生活。不用僻字，不用典故，措辞微婉而寓意精深。

山 行①

远上寒山石径斜，白云生处有人家②。
停车坐爱枫林晚③，霜叶红于二月花。

【注释】

①山行：在山里走。写山行时所见景色。

②斜：读 xiá。白云生处：指山林深处。

③坐：因为。

【解析】

　　这是一首写景诗，也是一幅优美的图画。诗人通过歌颂大自然的秋色美，体现出豪爽向上、积极乐观的精神。诗虽短，却极有层次，斜斜的石径和更为深远处的人家是背景，近景是如火如荼的枫林、红叶。背景淡笔点缀，近景红叶浓墨重彩。语言清新洗练，色彩鲜明。

清 明

清明时节雨纷纷，路上行人欲断魂。
借问酒家何处有①？牧童遥指杏花村②。

【注释】

①借问：请问。
②杏花村：其说不一，一说为今山西汾

阳县的杏花村；一说为今安徽贵池县
的杏花村。

【解析】

　　这是一首抒情小诗。前两句写清明时节的风物、人事、细雨和旅愁
互相映衬；后两句写人事，勾勒出一幅美妙的乡间清明图。诗作清丽可
人，又笼罩着淡淡愁思。

李商隐

　　李商隐（812～858?），字义山，号玉谿生，怀州河内（今
河南沁阳）人。开成二年（837）进士。他早年受知于牛僧孺党
人令狐楚，登进士后娶属于李德裕党的王茂元的女儿，被牛党
认为负恩而极力排斥，因此一生困顿失意，曾在地方幕府中为
幕僚，最后客死荥阳。李商隐的诗内容广泛，对当时的社会现
实生活和政治作过大胆的揭露和批判，而关于日常生活方面的
小诗，以及述写个人生活感受的诗也很有深度。其诗构思缜密，
想象丰富，文字华美，色彩浓艳，意境深沉，甚而至于朦胧，
真正是独具风格，在后世影响颇大。有《玉谿生诗》。

安定城楼①

迢递高城百尺楼②，绿杨枝外尽汀洲③。
贾生年少虚垂涕④，王粲春来更远游⑤。
永忆江湖归白发⑥，欲回天地入扁舟。
不知腐鼠成滋味⑦，猜意鹓雏竟未休。

【注释】

①唐文宗开成三年（838），李商隐入泾原节度使王茂元幕，娶王氏。后试博学宏词科落选，仍在泾州。此诗是登楼感怀之作。安定：汉郡名，唐改泾州，泾原节度使府设于此，故址在今甘肃泾川县北。

②迢（tiáo）递：高峻。

③汀：水岸平处。

④"贾生"句：以贾谊比喻自己忧时不遇。贾生，即贾谊，少有才学，汉文帝欲任以公卿之位，为朝臣所忌，出为长沙太傅。汉文帝六年（前174）曾上书议论时政，开头四句云："臣窃惟今之事势，可为痛哭者一，可为流涕者二，可为长太息者六。"忧愤国事，但不受朝廷重视，故曰"虚垂涕"。

⑤"王粲"句：以王粲比喻自己落第远游，寄迹幕府。

⑥"永忆"二句：意谓自己时常向往做一番回旋天地的大事业，待年老功成之后就归隐江湖。"扁舟"，用范蠡功成辞爵乘扁舟泛五湖事。

⑦"不知"二句：《庄子·秋水篇》："惠子相梁，庄子往见之。或谓惠子曰：'庄子来，欲代子相。'于是惠子恐，搜于国中，三日三夜。庄子往见之，曰：'南方有鸟，其名为鹓雏，子知之乎？夫鹓雏发于南海，而飞于北海，非梧桐不止，非练实不食，非醴泉不饮。于是鸱得腐鼠，鹓雏过之，仰而视之曰："嚇！"今子欲以子之梁国而嚇我邪？'"腐鼠，喻禄位。鹓雏，凤凰一类的鸟。作者以鹓自喻，自谓此次赴博学宏词试，并非恋此区区科第，却遭追逐名利之辈猜忌，最终被排挤落选。

【解析】

　　这首诗是客中登临感怀之作，抒写了作者忧愤国事的情怀和"欲回天地"的政治抱负，以及对那种猜忌、压制后进的腐朽势力的蔑视，反映了晚唐时期朋党倾轧的政局对有志之士的压抑。诗的意境开阔，感情激昂，用典灵活。据《蔡宽夫诗话》载：王安石晚年很欣赏"永忆江湖归白发，欲回天地入扁舟"一联，认为"虽老杜无以过"。

夜雨寄北①

君问归期未有期，巴山夜雨涨秋池②。
何当共剪西窗烛③，却话巴山夜雨时④。

【注释】

①此诗是李商隐滞留巴蜀时寄怀妻子王氏之作。寄北，一作"寄内"。

②巴山：又称大巴山、巴岭，横亘于陕西、四川两省边境。此处泛指巴蜀

之地。

③何当：犹言何时，剪：剪去烧残的烛心，使烛光明亮。

④却话：追叙，回溯。

【解析】

　　这首诗表现客居的寂寞和思念妻子的深情。诗的艺术构思颇具匠心，前两句写现在，后两句想象未来，以时间与空间的交错变化，抒写人物悲欢离合之情，回环往复，缠绵有致。

无　题①

相见时难别亦难，东风无力百花残②。
春蚕到死丝方尽，蜡炬成灰泪始干③。
晓镜但愁云鬓改④，夜吟应觉月光寒。
蓬山此去无多路，青鸟殷勤为探看⑤。

【注释】

①题目"无题"，有无法命题、不便明说之意。李商隐的"无题"诗大多写得比较隐晦，内容或写爱情，或表面写爱情而另有所寄托。至于寄托的具体内容，多数让人难以确指。

②"相见"二句：相见时难，指见面相会难得。别亦难，指难舍难分。百花残，指暮春时节。

③"春蚕"二句：丝，以蚕丝象征情思。泪，以烛泪象征离别之泪。

④云鬓改：年轻女子的鬓发丰盛如云称为云鬓，云鬓改，指青春的容颜逐渐消失。

⑤青鸟：神话中的鸟，使者的代表。

【解析】

　　这首诗写与恋人的相思离别之情。首联写见面不易，颔联写坚贞不渝的爱情，颈联写对方相思之情，尾联写由使者传递消息。写来情意缠绵，造语新奇精警。其颔联写出了古往今来深恋者坚贞不渝之爱情的共同特点，尤为警策，因此千余年来广为流传。

无　题

昨夜星辰昨夜风，画楼西畔桂堂东①。
身无彩凤双飞翼，心有灵犀一点通②。
隔座送钩春酒暖，分曹射覆蜡灯红③。
嗟余听鼓应官去④，走马兰台类转蓬⑤。

【注释】

①桂堂：用香木构筑的厅堂。

②灵犀：传说犀牛角中有一条白纹如线，直通两端，视为灵异，故称。用来比喻心心相印。

③送钩、射覆：都是古代的游戏。分

曹：分队。

④听鼓：听更鼓。应官：指去官署上班。

⑤兰台：指秘书省。当时诗人在此任职。

【解析】

这是诗人在秘书省任职时写的一首诗，诗意与情爱有关。颔联比喻形象、新奇，成为流传千古的名句。最后两句抒发了身如转蓬的怅惘之情。

登乐游原①

向晚意不适②，驱车登古原。

夕阳无限好，只是近黄昏。

【注释】

①乐游原：在长安城南，地势高而敞，可眺望长安全城。

②向晚：近晚。意不适：心情不舒畅。

【解析】

此诗是作者黄昏登乐游原所感而作，流露出美景不常的慨叹，颇有迟暮之感。语言精练浅显，引人共鸣。

皮日休

皮日休（833？～883？），字袭美，一字逸少，襄阳（今湖北襄阳）人。唐懿宗咸通八年（867）进士，做过著作郎、太常博士。后参加黄巢起义军，为翰林学士。黄巢起义失败后，不知所终。能诗善文，其诗继承白居易新乐府的优良传统，多反映现实之作。有《皮子文薮》十卷。

橡媪叹①

秋深橡子熟，散落榛芜冈②。伛伛黄发媪③，拾之践晨霜；移时始盈掬④，尽日方满筐。几曝复几蒸，用作三冬粮⑤。山前有熟稻，紫穗袭人香。细获又精春，粒粒如玉珰⑥。持之纳于官，私室无仓箱⑦。如何一石余，只作五斗量？狡吏不畏刑，贪官不避赃。农时作私债⑧，农毕归官仓。自冬及于春，橡实诳饥肠⑨。吾闻田成子，诈仁犹自王⑩。吁嗟逢橡媪，不觉泪沾裳。

【注释】

①这首诗是作者组诗《正乐府》十首中的第二首。橡媪（ǎo）：采拾橡子的老妇。

②榛芜冈：草木丛生的山冈。

③伛（yǔ）伛：驼背弯腰的样子。

④掬：两手合捧称为一掬。

⑤三冬：冬季的三个月。

⑥玉珰（dāng）：玉制耳环。这里喻米粒晶莹饱满。

⑦仓箱：装米的器具，大者称仓，小者称箱。

⑧作私债：农民的庄稼还在田里，就已经成了债主的抵押品。

⑨诳饥肠：用橡实勉强充饥。

⑩田成子：即田常，又称陈恒，春秋时齐国的宰相。他曾以大斗出贷，以小斗收入，受到齐人的歌颂。后来，其子孙夺取了齐国的王位。诈仁：假仁假义。

【解析】

  这首诗是晚唐新乐府的代表作之一。诗人通过农家贫妇捡橡实充饥这一典型事例，揭露了晚唐社会的现实。在写法上，诗作采用对比手法把橡实与粒米比较，更突出了农民的辛勤劳苦与统治者贪婪伪诈的罪恶；叙事与议论相结合，并直抒胸臆，更加深化了诗的主题。

聂夷中

  聂夷中（837～888?），字坦之，河东（今山西永济）人。咸通十二年（871）进士。曾任华阴县尉。他出身贫寒，对民间疾苦有较深刻的体会，因此写出了一些关心农民疾苦和讽刺贵族公子的诗篇。《全唐诗》录存其诗一卷。

咏田家①

二月卖新丝，五月粜新谷②。

医得眼前疮，剜却心头肉。

我愿君王心，化作光明烛。

不照绮罗筵③，只照逃亡屋。

【注释】

①此诗题目一作《伤田家》。

②"二月"二句：新丝，二月刚养蚕，却不得不预卖丝。新谷，五月新谷未

登场，却不得不预售谷。粜（tiào），卖粮。

③绮罗筵：指富豪人家华美的筵席。

【解析】

这首诗深刻地揭示了唐末广大农村令人触目惊心的现实状况：蚕刚养，就卖丝；谷未登，卖青苗，广大农民无法生活，只好大批逃亡。此诗语言极为质朴，又独具特色。

杜荀鹤

杜荀鹤（846～907），字彦之，池州石埭（今安徽太平）人。唐昭宗大顺二年（891）进士。入梁，曾任翰林学士。杜荀鹤出身寒微，经历过漫长的贫困生活，对民生疾苦有深刻的理解与同情。其诗对唐末的社会现实有较深刻的反映，擅长近体诗。有《唐风集》三卷。

山中寡妇

夫因兵死守蓬茅①，麻苎衣衫鬓发焦。

桑柘废来犹纳税，田园荒后尚征苗②。

时挑野菜和根煮，旋斫生柴带叶烧③。

任是深山更深处，也应无计避征徭④。

【注释】

①蓬茅：指茅屋。

②"桑柘"二句：柘（zhè），落叶乔木，叶厚而尖，可以饲蚕。征苗，征取青

苗钱。

③旋：随即。斫（zhuó）：砍。

④征徭：租税和劳役。

【解析】

诗写屡经战乱及残酷剥夺之后山中寡妇的悲惨生活，对统治者无孔不入的掠夺发出愤怒的谴责。诗的语言通俗，叙事平易，风格朴实，但感情深沉而强烈。

王　翰

王翰，生卒年不详。字子羽，并州晋阳（今山西太原）人。进士出身，曾官汝州长史、仙州别驾。素性恃才不羁，诗多壮丽雄瑰。《全唐诗》存诗一卷。

凉州词①

葡萄美酒夜光杯②，欲饮琵琶马上催。

醉卧沙场君莫笑，古来征战几人回？

【注释】

①凉州：唐代州郡名，在今武威一带。

②葡萄：是古代西域的特产，所酿之酒即葡萄酒，亦为当地特产。夜光杯：本指夜里能发光的玉杯，此处泛指华美的酒杯。

【解析】

本篇为盛唐时代的边塞诗。诗中借出征送行宴会的特定场景抒写了戍边将士豪迈之情。诗作语言明快，情感悲壮。

韩　翃

韩翃，生卒不详，字君平，南阳（今河南泌阳附近）。进士出身，曾数任京官。"大历十才子"之一，诗多应酬赠别和流连光景之作。《全唐诗》收其诗三卷。

寒 食

春城无处不飞花①，寒食东风御柳斜②。
日暮汉宫传蜡烛，轻烟散入五侯家③

【注释】

①春城：指春日的京城。

②御柳：指皇宫内的柳树。

③汉宫：借指唐宫。传蜡烛：旧时寒食
　不动火，傍晚或次日早始动火，称

"请新火"；又有皇室送火种给近幸大
臣的习俗，称"赐火"，"轻烟散入五
侯家"即指此。五侯：泛指皇帝近幸
的臣子。

【解析】

　　本诗写都城寒食节的景象，春光怡人，节俗浓郁；但又以汉宫代唐
宫，暗含讽谕之意。语言形象生动，"春城无处不飞花"尤为脍炙人口。

张 继

　　张继，生卒不详。字懿孙，襄州（今湖北襄樊）人。进士
出身，曾任检校初部员外郎、洪州盐铁判官。其景物词自然清
秀，富有韵味。《全唐诗》录存其诗一卷。

枫桥夜泊①

月落乌啼霜满天，江枫渔火对愁眠。
姑苏城外寒山寺②，夜半钟声到客船。

【注释】

①枫桥：在今江苏苏州西部。

②姑苏：苏州的别称，因城外西南有姑

苏山而得名。寒山寺：苏州佛寺，相
传唐朝诗僧寒山曾住此寺。

【解析】

　　本诗写游子羁旅他乡，泊舟独眠，愁对渔火，思乡情切，夜不能寐。
画面优美，意境深邃，堪称一幅秋夜游子泊舟图。

金昌绪

金昌绪，余杭（今浙江杭州）人。生平事迹不详。

春　怨

打起黄莺儿，莫教枝上啼。
啼时惊妾梦①，不得到辽西②。

【注释】

①妾：古代妇女的自称。　　　　　　此说明心上人此时在辽西。
②辽西：辽河以西，今辽宁西部地区。

【解析】

这是一首闺中思妇思念情人的小诗。又题"伊州歌"。采用倒叙的手法，生动刻画出了闺中思妇的形象。

敦煌曲子词

清光绪二十五年（1899），在甘肃敦煌莫高窟（又称千佛洞）石室里，发现了大量唐、五代人手写的卷子。其中有词，当时称为曲子词。敦煌曲子词绝大部分是民间作品，题材多样，反映的生活面比较广阔，保存了民间文学朴素、清新的风格。

菩萨蛮

枕前发尽千般愿①，要休且待青山烂②。水面上秤锤浮，
直待黄河彻底枯。
白日参辰现③，北斗回南面④。休即未能休，且待三更
见日头。

【注释】

①愿：盟誓。　　　　　　②休：罢休，断绝。

③ 参（shēn）辰：二星名。参星属参　　④ 北斗：星名，共七星，居北方。回：

　　宿，居西方，辰星属心宿，居东方，　　　转移。

　　此出彼没，互不相见。

【解析】

　　词中叠用自然界绝不可能发生的事情，作为盟誓，表示海枯石烂永不变心的真挚爱情。

鹊踏枝

　　叵耐灵鹊多谩语①，送喜何曾有凭据？几度飞来活捉取②，锁上金笼休共语③。

　　比拟好心来送喜④，谁知锁我在金笼里。欲他征夫早归来⑤，腾身却放我向青云里。

【注释】

① 叵（pǒ）耐：不可容忍，可恶。叵，　　③ 休共语：不同它说话，不理睬它。
不可。灵鹊：古人以为喜鹊噪鸣是喜　　④ 比：本来。这是唐代的俗语。拟：打
事临门的征象。谩（mán）：欺骗。　　　算。
② 捉取：捉得。　　　　　　　　　　　⑤ 欲：愿。

【解析】

　　这首词表现了思妇对征夫的怀念。上片写思妇对喜鹊的埋怨，下片写喜鹊的申诉。这种问答体和拟人化的手法，充分反映了民间文学的艺术特点。

浣溪沙①

　　五两竿头风欲平②，长风举棹觉船行③。柔橹不施停却棹④，是船行。

　　满眼风波多闪灼⑤，看山恰似走来迎。子细看山山不动⑥，是船行。

【注释】

① 《浣溪沙》，原误作"浪涛沙"。　　　　五两或八两系在竿顶，观测风力、风
② 五两：古代的一种候风器，是用鸡毛　　　向的变化，常用于舟船上和军营中。

③长风：大风。棹（zhào）：划船的桨。
④柔：形容摇橹划水时橹的轻柔、顺
　手。橹：外形与桨略似，支在船尾或
　船旁。

⑤闪灼（zhuó）：形容水光忽明忽暗，
　摇闪不定。
⑥子细：仔细。

【解析】

　　这是一首"船夫曲"。以轻快的笔调描写了乘风破浪行船时的喜悦心情。写船夫看山的情态，细腻生动。

温庭筠

　　温庭筠（812？～866？），原名岐，字飞卿，太原（在今山西）人。后蜀赵崇祚编《花间集》，首列温词六十六首，把温庭筠看作是"花间词派"的开创者。温庭筠的词工于造语，着色秾艳，对后来词的影响很大。诗与李商隐齐名，并称"温李"。有《温庭筠诗集》、《金荃词》。

商山早行①

晨起动征铎②，客行悲故乡。
鸡声茅店月，人迹板桥霜。
槲叶落山路，枳花明驿墙③。
因思杜陵梦④，凫雁满回塘⑤。

【注释】

①商山：亦名楚山，在今陕西商县东
　南。作者曾于唐大中末年经过这里。
②铎：车马的铃铛。
③槲（hù）叶：槲叶冬天仍留在枝头，
　次年春新枝发芽时才凋落。枳（zhǐ）

花：枳树之花，在槲叶落时开放。
④杜陵：诗人的故乡。
⑤凫（fú）雁：一种水鸟。回塘：圆圆
　的水塘。

【解析】

　　此诗写诗人旅途早行的所见所感，由眼前景物引出故乡景物，由出行的辛劳引出对故乡的思念。诗中三、四两句历来为人所称道。

更漏子

玉炉香，红蜡泪，偏照画堂秋思①。眉翠薄②，鬓云残③，夜长衾枕寒④。

梧桐树，三更雨，不道离情正苦⑤。一叶叶，一声声，空阶滴到明。

【注释】

①红蜡泪：红烛燃烧时垂滴的蜡油。画　　③鬓云：像云雾一样浓密的鬓发。
　堂：华美的堂舍。　　　　　　　　④衾（qīn）：被子。
②眉翠薄：涂画在眉毛上的翠色淡褪。　⑤不道：不管，不顾。

【解析】

这首词写女子愁思，刻画了一个为离情所苦、通宵未眠的女子的形象。情景交融，刻绘纤细。

梦江南

梳洗罢，独倚望江楼。过尽千帆皆不是①，斜晖脉脉水悠悠②，肠断白蘋洲③。

【注释】

①帆：代指船。　　　　　　　　　　③肠断：极为伤心。白蘋洲：开满白色
②斜晖：夕阳的斜光。脉脉：默默相对　　蘋花的洲渚。古诗中常用白蘋洲代表
　的样子。　　　　　　　　　　　　　分别之地，一如灞桥。

【解析】

这首词写思妇，以简洁的语言勾勒出一个倚楼等待离人归来、却一再失望的思妇形象。意境悠远，词风清新。

韦 庄

韦庄（836～910），字端己。京兆杜陵（今陕西西安东南）人。王建称帝，韦庄官至吏部侍郎，兼平章事。韦庄是唐末著

名诗人，词和温庭筠齐名，并称"温韦"，但在风格上不像温庭筠那样秾艳，一般写得比较清丽。有《韦庄集》。

菩萨蛮

人人尽说江南好，游人只合江南老①。春水碧于天，画船听雨眠②。

垆边人似月③，皓腕凝霜雪④。未老莫还乡，还乡须断肠⑤。

【注释】

①合：应当。
②画船：饰有彩画的船。
③垆边人似月：指酒家女很美。垆：卖

酒人家垒土而成的放酒瓮的台子。
④皓：白。
⑤须：应。

【解析】

韦庄《菩萨蛮》共五首，这是第二首。这首词描写了江南水乡的美丽风光和当地女子的美丽容貌，抒发了作者流落他乡的苦闷心情。

菩萨蛮

洛阳城里春光好①，洛阳才子他乡老②。柳暗魏王堤，此时心转迷③。

桃花春水渌④，水上鸳鸯浴。凝恨对残晖⑤，忆君君不知。

【注释】

①春：一作"风"。
②洛阳才子：西汉贾谊，洛阳人，多才多艺，人称"洛阳才子"。这里指女主人公所想念的人。
③魏王堤：古代洛水在洛阳溢成一个

池，成为洛阳名胜。唐太宗李世民将池赐给魏王李泰，并筑堤和洛水隔开，称魏王堤。
④渌：水清的样子。一作"绿"。
⑤凝恨：愁恨凝聚。

【解析】

这是韦庄《菩萨蛮》第五首。词写一个女子，想念着流浪他乡的爱人。词作抒情深挚曲折，"似直而纡，似达而郁"。

谒金门

春雨足，染就一溪新绿①。柳外飞来双羽玉②，弄晴相对浴③。

楼外翠帘高轴，倚遍阑干几曲④？云淡水平烟树簇⑤，寸心千里目。

【注释】

①此二句说一场充沛春雨之后，溪边草色一新。

②双羽玉：指鸥鸟。

③弄晴：在晴光下游戏。

④轴：这里是卷的意思。几曲：几回。

⑤簇：丛聚。

【解析】

这首词上片写春日雨后风光，下片写闺中佳人对景抒怀。景象清丽，情景交融，想象丰富，情绪也较轻松。

毛文锡

毛文锡，字平珪，高阳（在今河北）人。毛文锡的词，在质直中见情致，有时不免流于率意和浅露。《花间集》、《唐五代词》存其词30余首。

甘州遍

秋风紧，平碛雁行低，阵云齐①。萧萧飒飒，边声四起，愁闻戍角与征鼙②。

青冢北，黑山西③，沙飞聚散无定，往往路人迷。铁衣冷④，战马血沾蹄。破蕃奚，凤凰诏下，步步蹑丹梯⑤。

【注释】

①碛（qì）：水中沙堆。阵云：战地上空的云。

②萧萧飒飒：形容随风入耳的鼓角声。戍角：边塞守卫者的号角。征鼙

（pí）：战鼓。

③青冢：即汉代王昭君墓，在今内蒙古呼和浩特市南。黑山：又名杀虎山，在今内蒙古和林格尔以北。

④铁衣：铠甲。

⑤蕃奚：奚是我国古代北方的少数民族，唐时与契丹被称为"两蕃"。凤凰诏：后赵石虎颁发诏书，衔在特制

的木凤口中发下，后世因称皇帝的诏书为凤诏或凤凰诏。蹑（niè）：踏。

丹梯：古代道教徒所幻想的仙梯。

【解析】

这首词描绘边塞风光，写出了战场的氛围、征战的艰苦以及建功立业的雄心壮志。诗作语言精练，雄浑刚健，令人振奋。

牛希济

牛希济，陇西（今甘肃东南部）人，词人牛峤之侄。以词著称，风格清新别致，委婉传情，今存十四首。

生查子

春山烟欲收①，天淡星稀小②。残月脸边明，别泪临清晓。

语已多，情未了。回首犹重道③：记得绿罗裙，处处怜芳草④。

【注释】

①烟欲收：雾气渐渐收敛。

②小：一作"少"。

③重道：再次地说。

④怜：爱怜。

【解析】

这首词写离别时的情景，景中寓情，情中含景，意境开朗，感情纯朴。最后两句，古人评曰："词旨悱恻温厚，而造句近乎自然……"（李冰若《栩庄漫记》）

生查子

新月曲如眉，未有团圞意①。红豆不堪看，满眼相思泪②。

终日劈桃穰，人在心儿里③。两朵隔墙花，早晚成

连理④?

【注释】

①团圞（luán）：圆。

②红豆：又名相思子，草本木质植物，种子大小如豌豆，色鲜红。

③穰（ráng）：指果核。人：谐"仁"字。

④早晚：何日。连理：异本草木的枝或干连生为一体的，叫连理。古人比喻夫妇为"连理枝"。

【解析】

　　此词写相思，颇似南朝民歌，采用了以物态喻情、以谐音寓意的艺术表现手法，比喻新颖，通俗易晓，情感朴实，别有风致。

欧阳炯

　　欧阳炯（896～971），益州华阳（今四川成都）人。曾替赵崇祚所编《花间集》作序。能诗善词，其词成就较高，内容多写艳情，风格秾丽，个别写景咏物词清新明快。今存四十余首。

南乡子

　　画舸停桡①，槿花篱外竹横桥②。水上游人沙上女，回顾，笑指芭蕉林里住。

【注释】

①画舸（gě）：有彩饰的大船。桡（ráo）：桨。

②槿（jǐn）：落叶灌木，高七八尺，花有白、红、紫等色，叶有齿牙，多种作篱笆。

【解析】

　　这首词写船上游人和沙上少女搭话的情景，先交代地点，后记叙人物的活动，画面清新，语言质朴，饶有趣味。

冯延巳

冯延巳（903～960），又名延嗣，字正中，广陵（今江苏扬州）人。在南唐中主李璟时居高官。他爱好写词，"虽贵且老不废"。他虽受花间派的影响，但词风不像花间派那样浓艳雕琢，而是清丽多采，委婉情深。王国维说他"开北宋一代风气"（《人间词话》）。全唐诗录其词七十八首。

鹊踏枝

谁道闲情抛弃久①，每到春来，惆怅还依旧。日日花前常病酒，不辞镜里朱颜瘦②。

河畔青芜堤上柳，为问新愁，何事年年有③？独立小楼风满袖，平林新月人归后④。

【注释】

①闲情：这里实指爱情。

②病酒：因喝酒过量而感到难受。不辞：不怕，不在乎。

③青芜：丛生的青草。何事：为何。

④人：指游人。

【解析】

这首词写爱情的苦恼。词人写特定的时节——春天，面对青葱郁郁的景色，愁肠百结，憔悴不堪，形成强烈对比，以至于迸发出呼喊，久久不能平静。全词纯用白描，行文流转有致，文情并茂。

鹊踏枝

窗外寒鸡天欲曙①，香印成灰②，起坐浑无绪③。檐际高梧凝宿雾④，卷帘双鹊惊飞去。

屏上罗衣闲绣缕⑤，一饷关情，忆遍江南路⑥。夜夜梦魂休谩语⑦，已知前事无寻处。

【注释】

①寒鸡：在寒气中啼叫的鸡。

②香印：指在香炉上刻划的印记。唐宋

时，人们常用香烛来计量时间。

③浑无绪：全然没有好情绪。

④檐际高梧：房屋边高大的梧桐树。宿雾：夜里下的雾。

⑤绣缕：刺绣所用的彩色丝线。

⑥一晌（shǎng）：片刻的工夫。关情：感情有所牵系，这里指凝思。

⑦休：不要。

【解析】

此词写闺中少妇思念的痛苦。词中以特定的景物、习俗来写思念的殷切、痛楚，更能深入人心。结尾的自慰之词更添一番滋味。

谒金门

风乍起，吹皱一池春水。闲引鸳鸯香径里①，手挼红杏蕊②。

斗鸭阑干独倚③，碧玉搔头斜坠④。终日望君君不至，举头闻鹊喜⑤。

【注释】

①引：逗引。香径：花香扑鼻的小路。

②挼（ruó）：揉搓。

③斗鸭阑干：古代贵族之家，临池养鸭，使之相斗为戏。

④碧玉搔头：即玉搔头，妇女所用玉簪的别名。

⑤"举头"句：闻鹊而喜，举头而望。

【解析】

这首词写一个贵族女子思念情人的殷切以及独处的寂寞无聊。词中"风乍起，吹皱一池春水"是当时为人传诵的名句。

李 璟

李璟（916～961），字伯玉，徐州人，南唐烈祖李昇长子，保大元年（943）于金陵嗣位称帝，在位十九年。李璟爱好文学，词在绮艳中有深婉之致。与李煜并称"南唐二主"，代表了五代词的最高成就。后人把两人的词合刻为《南唐二主词》。

浣溪沙

菡萏香销翠叶残，西风愁起绿波间①。还与韶光共憔悴②，不堪看。

细雨梦回鸡塞远，小楼吹彻玉笙寒③。多少泪珠无限恨，倚阑干。

【注释】

①菡萏（hàn dàn）：荷花的别称。　　③梦回：梦醒。吹彻：吹完一套曲子。

②韶光：美好的时光。　　　　　　　玉笙：笙的美称。

【解析】

这首词描绘一个妇女思念远出的丈夫。写景以烘托情绪，乃致"共憔悴"，凄凉哀怨之情溢于言表。

李　煜

李煜（937~978），字重光，号钟隐，初名从嘉，徐州人。南唐中主李璟第六子，史称南唐后主。降宋后，封违命侯，不久被宋太宗派人毒死。李煜有较深的艺术素养，通晓音乐，善诗文、书画，对词尤其擅长。其词突破了晚唐五代词写艳情的旧套路，多写屈辱生活、亡国之痛，将词的境界向前拓宽了一步，故王国雄说"词至李后主而眼界始大，感慨遂深"（《人间词话》）。

虞美人

春花秋月何时了，往事知多少①！小楼昨夜又东风，故国不堪回首月明中②。

雕阑玉砌应犹在③，只是朱颜改④。问君能有几多愁，恰似一江春水向东流。

【注释】

①了：了结。

②回首：回顾，追忆。

③雕阑玉砌：指南唐宫殿的精美建筑。

雕阑，雕花的栏干；玉砌，石阶的美称。

④朱颜改：面容变得憔悴。

【解析】

这首词追怀故国，表现了李煜作为亡国之君的哀愁。词中把即景抒怀和抚今追昔自然地交织在一起，心意缠结，愁肠婉转，感人至深。末二句的比喻，更是千古佳句。

浪淘沙

帘外雨潺潺，春意阑珊①，罗衾不耐五更寒②。梦里不知身是客，一晌贪欢。

独自莫凭栏③，无限江山④；别时容易见时难。流水落花春去也，天上人间⑤！

【注释】

①潺潺（chán）：这里指雨声。阑珊：衰残。

②罗衾（qīn）：用丝绸做的被子。

③凭栏：指倚栏远望。

④无限江山：指原属南唐的大好河山。

⑤流水落花：落花随流水而去。天上人间：这里有迷茫邈远、难以寻觅之意。

【解析】

此词作于李煜被俘送往汴京以后，情调与《虞美人》相似。上片写暮春寒雨中惊醒，备觉"身是客"的凄凉和"一晌贪欢"的懊恼；下片写故国不在、旧梦难圆的悲切与无聊。全词情调低沉颓丧，而构思、词采均很出色，具有很强的艺术感染力。

乌夜啼

无言独上西楼，月如钩，寂寞梧桐深院锁清秋①。

剪不断，理还乱②，是离愁，别是一般滋味在心头。

【注释】

①深院锁清秋：清秋锁于深院之中。

②"剪不断"二句：形容愁绪纷乱，一

时难以排遣。

【解析】

　　这首词写秋夜独处时的愁苦心情。此词构思奇巧，用词精到，出色地描绘出了一幅凄凉之境，同时也细致入微地揭示了难以言状的愁怀。此词人称"最凄婉"，表现了悲哀的"亡国之音"。

清平乐

　　别来春半，触目愁肠断①。砌下落梅如雪乱，拂了一身还满②。

　　雁来音信无凭，路遥归梦难成③。离恨恰如春草，更行更远还生。

【注释】

①愁：一作"柔"。

②砌（qì）：台阶。以上两句，以落梅烘托作者的心情缭乱、愁思摆脱不掉；

同时也表明他站在梅树下凝神已久。

③"雁来"二句：是说鸿雁传书靠不住，路远欲归难成。

【解析】

　　此词写远离故国不得归的离恨愁肠，反映了李煜的故国之思。上下片的末两句构思奇巧，意象颇具代表性。

皇甫松

　　皇甫松（一作嵩），字子奇，自号檀栾子。睦州新安（今浙江淳安）人。工诗善词，以词的成就为高，多绮艳之作。

梦江南

　　兰烬落，屏上暗红蕉①。闲梦江南梅熟日②：夜船吹笛雨萧萧③，人语驿边桥④。

【注释】

①兰烬：蜡烛的余烬，状似兰心，叫作　　　"兰烬"。红蕉：即美人蕉。

②梅熟日：江南梅子黄熟季节，在春末
　夏初，也正是阴雨连绵的时节。
③萧萧：同潇潇，形容雨声。

④驿：驿站。古代供出外官员或传递文
　书的差役中途歇息、换马的处所，也
　是离别伤心地。

【解析】

　　皇甫松的《梦江南》共两首，这是其中之一。词以夜阑闲梦当时分别，来写潜入意识中的相思，构思奇巧。末二句写旧时别离情境，颇具诗情画意，王国维评曰"情味深长"。

宋 辽 编

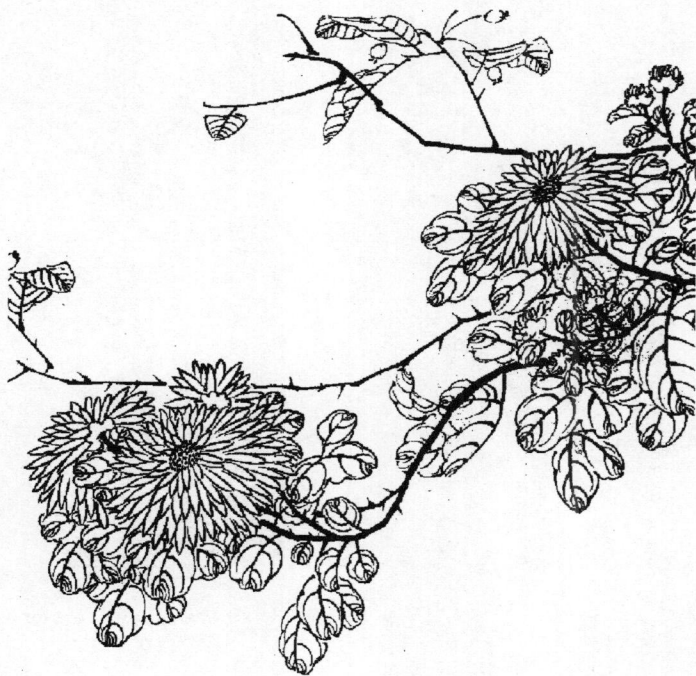

王禹偁

　　王禹偁（954～1001），字元之，济州巨野（今山东巨野）人。宋初承袭唐末五代之旧，文风浮华，王禹偁首倡"革弊复古"，提倡"韩柳文章李杜诗"，写诗师法白居易，对北宋的诗文革新运动起了开拓作用。王禹偁一生著述颇多，诗、文都有较高成就。

村　行①

马穿山径菊初黄，信马悠悠野兴长。
万壑有声含晚籁②，数峰无语立斜阳。
棠梨叶落胭脂色③，荞麦花开白雪香④。
何事吟余忽惆怅，村桥原树似吾乡⑤。

【注释】

①宋太宗淳化二年（991），王禹偁因论妖尼道安获罪，贬为商州（今陕西商县）团练副使。次年（992）秋，作此诗。

②晚籁：指傍晚时山沟里传出的秋声。
③棠梨：即杜梨，落叶乔木。
④荞麦：植物名，开白花。
⑤原树：原野里的树。

【解析】

　　这是一首记游的诗。描绘傍晚村野秋景，抒发了诗人强烈的思乡之情。运用白描手法，以清丽自然之辞写景抒情，语言洗练。

寒　食①

今年寒食在商山②，山里风光亦可怜③：
稚子就花拈蛱蝶，人家依树系秋千；
郊原晓绿初经雨，巷陌春阴乍禁烟。
副使官闲莫惆怅，酒钱犹有撰碑钱④。

【注释】

①即寒食节，时在清明前二日。古代风　　俗，这几天不举火，只吃熟食、冷食，

②商山：在今陕西商县。

③怜：可爱。

④撰碑钱：替人家作了碑记、墓志铭等文章的稿费，当时所谓"润笔"。

【解析】

这是一首风物诗。作者写风光节俗之间，表达了对乡村生活的向往和身在乡村的悠闲达观惬意。

寇　准

寇准（961～1023），字平仲，下邽（今陕西渭南）人。太平兴国五年（980）进士。他的七言绝诗不依傍前人，大多清丽深婉，最有韵味。有《寇忠愍公诗集》行世。

书河上亭壁①

岸阔樯稀波渺茫②，独凭危槛思何长③。

萧萧远树疏林外，一半秋山带夕阳。

【注释】

①此诗共有四首，分咏四季景物，这一首写的是秋景。为作者出镇河阳时所作，前有小序："每凭高极望，思以诗句状其景物，久而方成小绝句，书于河上亭壁。"

②樯：船桅，代指船。

③危槛：高处的栏杆。

【解析】

此诗前两句写眼前的黄河及因登临而勾起的无边愁思，后两句写秋天萧瑟的树林和群山。状物摹景，宏大开阔。情景交融，凄婉迷离。

范仲淹

范仲淹（989～1052），字希文，苏州吴县（今江苏省吴县）人，北宋初期著名的政治家、军事家和文学家。宋真宗大中祥符八年（1015）中进士。他为人忠直，极言敢谏。庆历三年

（1043），任枢密副使、参知政事，参与"庆历新政"。

范仲淹是一位出色的文学家，一生论著很多，诗、词、散文都很出色。与穆修、柳开一起，为北宋的诗文革新运动奠定了基础。有《范文正公集》传世。

渔家傲　秋思①

塞下秋来风景异②，衡阳雁去无留意③。四面边声连角起④，千嶂里，长烟落日孤城闭⑤。

浊酒一杯家万里，燕然未勒归无计⑥。羌管悠悠霜满地⑦，人不寐，将军白发征夫泪！

【注释】

①此词的写作时间约在宋仁宗康定元年（1040）至庆历三年（1043）之间，即词人任陕西经略使、兼知延州之时。
②塞下：边界要塞之地。指西北边疆。
③衡阳：今湖南衡阳市。该地衡山有回雁峰，俗传北雁南飞至此而回。
④角：军中号角。连：和着。
⑤嶂（zhàng）：高峻的山峰。长烟：指飘浮缭绕的烟气、暮霭。
⑥燕然：燕然山，即今蒙古境内杭爱山。《后汉书·窦宪传》载："东汉窦宪大败匈奴，追北单于至燕然山，刻石纪功而还。"勒：即指刻石纪功。
⑦羌管：羌笛。

【解析】

这首词是作者军中感怀之作，表现了他渴望建功立业的愿望以及爱国主义感情。上片写景，下片抒情；写景善抓特点，表情则含蓄跌宕。境界苍凉壮阔。末句显得"苍凉悲壮，慷慨生哀"，为后人所称赏。

苏幕遮①

碧云天，黄叶地，秋色连波，波上寒烟翠。山映斜阳天接水②，芳草无情，更在斜阳外③。

黯乡魂④，追旅思⑤，夜夜除非，好梦留人睡⑥。明月高楼休独倚，酒入愁肠，化作相思泪。

【注释】

①《苏幕遮》：唐玄宗时教坊曲名。
②山映斜阳：斜阳映射在山头。
③"芳草"二句：形容芳草漫无边际。古代文人多以草喻离情，杜牧《池州

送前进士蒯希逸》："芳草复芳草，断肠还断肠。自然堪下泪，何必更斜阳。"这里化用其意。

④黯（àn）乡魂：因思念家乡而心神悲伤沮丧。江淹《别赋》："黯然销魂者，惟别而已矣！"

⑤旅思（sì）：羁旅的愁思。追旅思：摆不脱羁旅的愁思。

⑥"夜夜"句：只有在睡觉时偶然做返回故乡的好梦，除此别无慰藉。

【解析】

这首词写秋日傍晚自然景色，抒发游子思乡之情。张惠言《词选》说："此去国之情。"清彭孙通《金粟词话》称此词"前段多入丽语，后段纯写柔情，遂成绝唱"。

张 先

张先（990～1078），字子野，湖州乌程（今浙江湖州）人。宋仁宗天圣八年（1030）进士。后官至都官郎中。退休后，往来于杭州和吴兴之间，过着优游的生活。他的词与柳永齐名，然才力和成就均不如柳永。

天仙子①

时为嘉禾小倅，以病眠，不赴府会②。

水调数声持酒听③，午醉醒来愁未醒。送春春去几时回？临晚镜，伤流景④，往事后期空记省⑤。
沙上并禽池上暝⑥，云破月来花弄影⑦。重重帘幕密遮灯，风不定，人初静，明日落红应满径⑧。

【注释】

①《天仙子》：唐玄宗教坊曲名，后用为词调。这首词是张先五十岁时在秀州（治所在今浙江嘉兴县）任判官时所作。

②嘉禾：即嘉禾郡（今浙江嘉兴县）。倅（cuì）：副职。

③水调：曲调名，一称《水调子》，是唐朝时流行的曲调。

④流景：如流水般消逝的年华。

⑤省（xǐng）：记忆。记省：清楚地记得。

⑥并禽：双飞双栖的禽鸟，如鸳鸯等。

⑦弄：戏弄。花弄影：花在月光下舞弄自己的身影。

⑧落红：落花。

【解析】

　　这首词写持酒听曲消愁，慨叹光阴流逝，人生短暂，又为离情所苦。语言精练，造语新巧，尤其"云破月来花弄影"句为后人所称道。胡仔《苕溪渔隐丛话前集》卷三十七引《古今诗话》云："有客谓子野曰：'人皆谓公张三中，即心中事、眼中泪、意中人也。'子野曰：'何不目之为三影？'客不晓。公曰：'"云破月来花弄影"、"娇柔懒起，帘压卷花影"、"柳径无人，堕风絮无影"，此余平生所得意也。'"

晏　殊

　　晏殊（991～1055），字同叔，抚州临川（今江西抚州）人。官至同中书门下平章事（宰相）。晏殊词承晚唐、五代遗风，写男女相思、离情别绪为其主要内容。造语工巧自然，意境清新，情致闲雅。

浣溪沙①

一曲新词酒一杯②，去年天气旧亭台，夕阳西下几时回？

无可奈何花落去，似曾相识燕归来，小园香径独徘徊③。

【注释】

①《浣溪沙》：唐玄宗时教坊曲名，后用为词调。

②"一曲"句：化用白居易《长安道》："花枝缺处青楼开，艳歌一曲酒一杯。"

③香径：指落花飘香的园中小路。

【解析】

　　这首词主要写作者填词对酒的悠闲生活和对暮春残景的叹惋惆怅，抒发了春光易逝、人生易老、富贵难久的感情。"无可奈何"下二句，向来为人称道，杨慎《词品》赞云："二语工丽，天然奇偶。"

蝶恋花①

　　槛菊愁烟兰泣露②，罗幕轻寒③，燕子双飞去。明月不谙离恨苦④，斜光到晓穿朱户⑤。

昨夜西风凋碧树⑥，独上高楼，望尽天涯路。欲寄彩笺兼尺素⑦，山长水阔知何处！

【注释】

①《蝶恋花》：原名《鹊踏枝》。《词谱》卷十二谓："宋晏殊词改今名。"

②槛（jiàn）：栏干。槛菊愁烟，花园里的菊花笼罩着烟雾，仿佛含愁。兰泣露：兰草挂满露珠，像在饮泣。

③轻寒：微寒。

④谙（ān）：熟悉，了解。

⑤朱户：朱门，指大户人家。

⑥凋碧树：树木的绿叶枯干凋落。

⑦彩笺：古人题诗用的彩色笺纸。尺素：古人书写用素绢，通常为一尺，故称尺素，这里代指书信。

【解析】

这首词写闺中妇女秋来思念丈夫的怅恨之情。先从眼前景物写起，由景入情，情景交融。意象纷繁，用语妥帖。

无　题①

油壁香车不再逢②，峡云无迹任西东③。

梨花院落溶溶月，柳絮池塘淡淡风。

几日寂寥伤酒后，一番萧瑟禁烟中④。

鱼书欲寄何由达⑤，水远山长处处同。

【注释】

①一作"寓意"。

②油壁香车：油漆涂饰的车子。

③峡云：峡指巫峡。宋玉《高唐赋》写巫山神女与楚王相会，后世即以巫山

云雨代指男女欢爱。

④禁烟：指寒食禁火冷食。

⑤鱼书：指书信。

【解析】

此诗是一首怀人诗。从怀忆入笔，想当年情事，叹今朝阔别，最后直抒胸臆，余韵悠长。借景抒情，情景融洽；用典达意，清新晓畅。

梅尧臣

梅尧臣（1002～1060），字圣俞，宣城（今安徽宣城）人。梅尧臣工诗，与苏舜钦齐名，时号"苏梅"。他是北宋诗文革新

运动的重要人物之一。欧阳修很敬重他，称他为"诗老"，陆游认为从梅尧臣才开始了宋诗的道路，刘克庄更称他是宋诗的"开山祖师"。

陶　者①

陶尽门前土②，屋上无片瓦。
十指不沾泥，鳞鳞居大厦③。

【注释】

①陶者：烧制陶瓦的工人。
②陶：指挖土烧瓦。
③鳞鳞：形容屋上如层层鱼鳞，排列整齐。

【解析】

　　此诗写当时的社会现实，不多铺染，直陈对比，无一字议论而结论自现，古朴质直，风格近于民谣。

东　溪①

行到东溪看水时，坐临孤屿发船迟②。
野凫眠岸有闲意③，老树着花无丑枝。
短短蒲茸齐似剪④，平平沙石净于筛。
情虽不厌住不得，薄暮归来车马疲。

【注释】

①东溪：一名宛溪，在梅尧臣故乡宣城。
②孤屿：水中大石。
③野凫：野鸭。
④蒲茸：初生的菖蒲。

【解析】

　　此诗是诗人回乡居丧时所作，写家乡的美丽风光和自己的闲情逸趣，造语平淡，描绘缜密。尤其颔联两句，意新语工，后人纪昀等称其为"为时名句，众所脍炙"、"名下无虚"。

鲁山山行①

适与野情惬②，千山高复低。
好峰随处改，幽径独行迷。
霜落熊升树，林空鹿饮溪。
人家在何许③？云外一声鸡。

【注释】

①鲁山：一名露山，在河南鲁山县东
北。
②野情：爱好自然情物的情趣。惬

（qiè）：恰合。
③何许：何处。

【解析】

此诗为山行纪游诗。全诗从各个角度摹写山中千变万化的幽寂景色，而尾联"云外一声鸡"，静响和谐，山趣盎然。胡仔《苕溪渔隐丛话》评本诗尾联曰："此等句，须细细味之，方见其用意也。"

欧阳修

欧阳修（1007～1072），字永叔，四十岁自号醉翁，晚年又号"六一居士"，庐陵（今江西吉安）人。宋仁宗天圣八年（1030）进士，他做过礼部侍郎、枢密副使、参知政事，封开国公。死谥文忠，世称欧阳文忠公。欧阳修是北宋诗文革新运动的领袖人物，对北宋一代文风的改变起了极其重要的作用。其诗、词都取得了很高成就。其诗有议论化、散文化倾向；其词风则与冯延巳相近，与晏殊并称。

戏答元珍①

春风疑不到天涯，二月山城未见花②。
残雪压枝犹有橘，冻雷惊笋欲抽芽③。
夜闻归雁生乡思④，病入新年感物华⑤。
曾是洛阳花下客⑥，野芳虽晚不须嗟⑦。

【注释】

①宋仁宗景祐三年（1036），欧阳修因支持范仲淹，写《与高司谏书》抨击高若讷，由馆阁校勘被贬为峡州夷陵（今湖北宜昌市）令。次年春天于夷陵作此诗。元珍：作者友人丁宝臣，字元珍。

②疑：怀疑。天涯：指偏远的夷陵。

③冻雷：天气尚冷时响的雷，又称寒雷。

④归雁：春来北归的大雁。

⑤病入新年：拖着带病的身体进入新的一年，言已久病。感物华：感叹美好的自然风光。

⑥洛阳：即今河南洛阳市，盛产牡丹，故有花城之称。

⑦不须嗟：不必为这里的花未开而嗟叹。

【解析】

　　这是一首写景抒情诗，通过对夷陵二月无花寂寞冷落景象的描写，抒发了自己谪居山城的抑郁情怀和自为宽解之意。景语情语交错，间或议论，布局自然严密，韵律抑扬顿挫。确为"欧公得意作也"。

画眉鸟①

百转千声随意移②，山花红紫树高低。
始知锁向金笼里③，不及林间自在啼。

【注释】

①《画眉鸟》：此诗约作于宋仁宗庆历七年（1047），时欧阳修被贬知滁州（今安徽滁县）。

②转：同"啭"。移：变化。

③向：在。金笼：华贵的鸟笼。借指生活条件优越。

【解析】

　　这是一首咏物小诗，写画眉鸟在林间无拘无束、自由自在，其乐无穷，强似锁在金笼，隐约抒发了自己的感慨和议论。

踏莎行

　　候馆梅残①，溪桥柳细，草薰风暖摇征辔②。离愁渐远渐无穷，迢迢不断如春水③。

　　寸寸柔肠，盈盈粉泪④。楼高莫近危栏倚⑤。平芜尽处是春山⑥，行人更在春山外。

【注释】

①候馆：接待宾客的馆舍。《周礼·地官·遗人》："五十里有市，市有候馆。"

②薰：香气。草薰：草散发出的香气。征：行。辔：马缰绳。摇征辔：即骑马远行。

③迢迢：遥远、绵长的样子。此句以春水喻愁。

④寸寸柔肠：写思妇伤心已极，有如肝肠寸断。盈盈：形容泪水充溢。粉泪：与脸上的脂粉和在一起的泪水。

⑤危栏：高楼上的栏杆。

⑥平芜：平旷的原野。

【解析】

　　这首词上片写行人离愁，离家"渐远渐无穷"；下片设想闺中思妇的思念，进而劝她不要倚栏远望，因为思念也是"渐远渐无穷"。本词细腻缠绵、委婉清丽。李攀龙评此词"春水写愁，春山骋望，极切极婉"。

采桑子①

　　轻舟短棹西湖好，绿水逶迤②，芳草长堤，隐隐笙歌处处随。

　　无风水面琉璃滑③，不觉船移，微动涟漪④，惊起沙禽掠岸飞⑤。

【注释】

①《采桑子》：《词谱》卷五："唐教坊曲有《杨下采桑》，调名本此。"欧阳修十首《采桑子》均咏颖州（今安徽阜阳）西湖。

②逶迤（wēiyí）：曲折宛转，延续不断的样子。

③琉璃滑：形容水面如镜，像琉璃一样光滑。

④涟漪（yī）：水面波纹。

⑤沙禽：岸边沙滩上的禽鸟。掠：拂过。

【解析】

　　这是一首流连风光之作。写词人放舟西湖的乐事和西湖之美景。景物形象鲜明，色调清丽和谐，具有浓郁的诗情画意。

宋　祁

宋祁（998～1061），字子京，安陆（在今湖北）人。宋仁宗天圣二年（1024）进士，曾官工部尚书、翰林学士承旨，是《新唐书》编撰人之一。诗文与其兄宋庠齐名，时称"二宋"。诗、词俱工。

玉楼春①

东城渐觉风光好，縠皱波纹迎客棹②。绿杨烟外晓寒轻，红杏枝头春意闹③。

浮生长恨欢娱少④，肯爱千金轻一笑⑤。为君持酒劝斜阳，且向花间留晚照。

【注释】

①玉楼春：一作"木兰花"。
②縠（hú）皱：有皱褶的纱。此处比喻水波柔细。
③闹：喧闹。
④长：常常，总是。
⑤肯：怎肯。

【解析】

词写春景而感叹人生。上片写春天的绚丽景色，极有韵致。王国维《人间词话》曰："'红杏枝头春意闹'，着一'闹'字，而境界全出。"作者亦因此一句而得"红杏枝头春意闹尚书"。下片感喟人生，流于平俗。

苏舜钦

苏舜钦（1008～1048），字子美，祖籍梓州铜山（今四川中江）。宋仁宗景祐元年（1034）中进士。苏舜钦是北宋中期诗文革新运动的重要人物。其主要成就在诗歌，当时与梅尧臣齐名，时称"苏梅"；又与欧阳修齐名，谓之"欧苏"。其诗感情激昂，气势奔放，语言质朴畅达，风格"超迈横绝"。

夏　意

别院深深夏席清①，石榴开遍透帘明。
树阴满地日当午，梦觉流莺时一声②。

【注释】

①别院：正院旁的小院。夏席：夏天的　　②流莺：宛啭的莺鸣。时：不时地。
凉席。清：凉爽。

【解析】

　　本诗写夏日午间情景。景、物、人和谐自然，有声有色，表现了作者舒适惬意的心情。

淮中晚泊犊头①

春阴垂野草青青②，时有幽花一树明③。
晚泊孤舟古祠下，满川风雨看潮生。

【注释】

①淮：淮河。犊头：淮河边的小镇。　　③明：鲜艳夺目。
②春阴：春天阴云。

【解析】

　　诗写春晚泊船犊头。起首写乘船行来的一路景色，下半写泊船。末一句历来被认为可与韦应物《滁州西涧》"春潮带雨晚来急"句相媲美。

柳　永

　　柳永（980？～1053？），原名三变，字耆卿，崇安（今福建省崇安县）人。因排行第七，又称柳七；官至屯田员外郎，后世又称柳屯田。他一生在仕途上抑郁不得志，独以词著称于世。其词反映都市生活的繁华，妓女们的悲欢、愿望及男女恋情，自己的愤慨与颓放、离情别绪和羁旅行役的感受，此外也有一些反映劳动者悲苦生活、咏物、咏史、游仙等作品，大大开拓了词的题材内容。他大量制作慢词，使慢词发展成熟。在表现手法上，他以白描见长，长于铺叙，善于点染，语言浅易自然，不避俚俗。

望海潮①

东南形胜②，三吴都会③，钱塘自古繁华④。烟柳画桥，风帘翠幕⑤，参差十万人家⑥。云树绕堤沙⑦，怒涛卷霜雪⑧，天堑无涯⑨。市列珠玑⑩，户盈罗绮⑪，竞豪奢。

重湖叠巘清嘉⑫，有三秋桂子⑬，十里荷花。羌管弄晴⑭，菱歌泛夜⑮，嬉嬉钓叟莲娃⑯。千骑拥高牙⑰，乘醉听箫鼓，吟赏烟霞⑱。异日图将好景，归向凤池夸⑲。

【注释】

①《望海潮》：词牌名，首见于《柳永集》中。

②形胜：地理形势优越。

③三吴：《水经注》以吴兴（今浙江省湖州市）、吴郡（今江苏省苏州市）、会稽（今浙江省绍兴市）为三吴。都会：人口集中的城市。

④钱塘：今浙江杭州市，旧属吴郡。

⑤风帘：挡风用的帘子。翠幕：绿色的帏幕。

⑥参差：此处指市内楼阁的高低不齐。

⑦堤：此指钱塘江的防潮大提。云树：树木如云，极言其多。

⑧霜雪：比喻浪花。

⑨堑（qiàn）：壕沟，护城河。天堑：天然的城壕。

⑩玑：珠类，不圆的珠或小珠称"玑"。珠玑：泛指珠宝玉器。

⑪绮（qǐ）罗：绫罗绸缎。

⑫重（chóng）湖：西湖以白堤为界分为内湖和外湖，故"重湖"即指西湖。巘（yǎn）：小山峰。叠巘：重叠的山峦，此指西湖周围的山。清嘉：清秀佳丽。

⑬三秋：指秋季第三个月，即阴历九月。桂子：桂花。

⑭弄晴：在晴空下弹奏。

⑮菱歌：采菱船上的歌声。泛：漂浮。

⑯莲娃：采莲的姑娘。

⑰千骑（jì）：指州郡长官出行时随从众多。牙：牙旗。原为将帅大旗或军中大旗，此处指大官出行时的仪仗旗帜。

⑱箫鼓：泛指音乐。烟霞：此处指山水林泉等自然景色。

⑲异日：他日，此指日后。图：描绘。将：语助词。图将好景：把这美好景色绘成图画。凤池：凤凰池，原指皇帝禁苑中的池沼，此处代指朝廷。

【解析】

　　这首词写杭州的形胜和都市之繁盛，咏西湖之佳丽，游人之鼎沸。词以铺叙的手法写都市生活和自然景物，有总有分，虚实结合，详略得当，极尽铺陈之能事。词采华丽，造语新巧，臻于极致。罗大经《鹤林玉露》称"此词流播，金主亮（完颜亮）闻歌，欣然有慕于'三秋桂子，十里荷花'，遂起投鞭渡江之志"。可见此词影响之大。

鹤冲天①

　　黄金榜上，偶失龙头望②。明代暂遗贤，如何向③？未遂风云便④，争不恣狂荡⑤？何须论得丧⑥！才子词人，自是白衣卿相⑦。

　　烟花巷陌，依约丹青屏障⑧。幸有意中人，堪寻访⑨。且恁偎红倚翠⑩，风流事、平生畅⑪。青春都一晌⑫。忍把浮名，换了浅斟低唱⑬。

【注释】

①《鹤冲天》：词牌名，双调仄韵。

②黄金榜：即金榜，金制的匾额，旧多指科举应试考中者的名单。龙头：科举时代称状元为龙头。偶失龙头望：指落第。

③明代：圣明的时代，此指宋仁宗朝。如何向：向何处去，即出路何在。

④风云：即风云际会，好的际遇。便：有利，便利。

⑤争不：怎不。恣：放纵，恣意。狂荡：颠狂放荡。

⑥何须：不须。得丧：得失。

⑦白衣：古代未仕之人着白衣。

⑧烟花巷陌：指妓女居处。丹青：均为绘画所用颜料，故亦称绘画为丹青。

屏障：屏风。

⑨堪：可，能。

⑩恁（rèn）：如此，这样。偎红倚翠：宋陶谷《清异录·释族》载，南唐后主李煜微行娼家，自题为"浅斟低唱，偎红倚翠大师，鸳鸯寺主"。后称狎妓为偎红倚翠。

⑪风流：风韵，风情，泛指放荡的男女关系。

⑫青春：喻少年，引申指青年人的年龄。晌（shǎng）：片刻，一会儿。

⑬忍：忍心，狠心。浮名：虚名，此指功名。浅斟低唱：慢慢地喝酒，听人曼声歌唱，此指饮酒狎妓生活。

【解析】

　　这是柳永的科场失意之作。据吴曾《能改斋漫录》卷十六载："仁宗留意儒雅，务本理道，深斥浮艳虚美之文。初，进士柳三变，好为淫冶讴歌之曲，传播四方。尝有《鹤冲天》词云：'忍把浮名，换了浅斟低唱。'及临轩放榜，特落之（抹掉名字），曰：'且去浅斟低唱，何要浮名！'至景祐元年方及第，后改名永，方得磨勘转官。"

雨霖铃①

寒蝉凄切②，对长亭晚③，骤雨初歇。都门帐饮无绪④，方留恋处、兰舟催发⑤。执手相看泪眼，竟无语凝噎⑥。念去去、千里烟波⑦，暮霭沉沉楚天阔⑧。

多情自古伤离别⑨，更那堪、冷落清秋节⑩！今宵酒醒何处？杨柳岸、晓风残月⑪。此去经年⑫，应是良辰好景虚设。便纵有千种风情，更与何人说？

【注释】

①《雨霖铃》：词牌名。唐玄宗时，原属教坊大曲，宋代另制新曲，用作词牌。此词为作者离开汴州，宦游南方，与所欢者离别之作。

②寒蝉：又名寒蜩，蝉之一种。

③长亭：古时设在驿路上供行人休息的地方，各亭间距离不一。按古制：十里为一长亭，五里为一短亭。长亭又是人们送别的地方。

④都门：京都。此指汴京（今河南开封市）近郊。帐饮：在郊外设帐宴饮，给人送行。无绪：心绪不好。

⑤方：正当。兰舟：木兰做成的舟，船的美称。

⑥凝：凝结。噎（yè）：同"咽"，哽咽。无语凝噎：气结声阻，即因悲伤而话噎在喉咙里说不出来。

⑦念：想到。去去：越去越远之意。烟波：烟霭波涛迷茫不分的水面。

⑧暮霭：黄昏时的云气。楚天：楚地的天空，这里泛指南方的天空。

⑨多情：多情之人。

⑩清秋节：清秋季节。

⑪"今宵"二句：是揣测次日天亮时的旅途情况。

⑫经年：年复一年。

【解析】

这是一首抒写别情的词。上片描绘离别的场面，下片抒写离别的心情。本词以特定的时间地点衬托别情，结构极具层次性，情感亦波澜叠起，层层深入，缠绵悱恻，淋漓尽致；语言工巧清丽，雅而不涩，曲尽景致情意。此词是柳永的代表作，其中名句历来为人所传诵。

八声甘州①

对潇潇暮雨洒江天②，一番洗清秋。渐霜风凄紧③，关河冷落④，残照当楼。是处红衰翠减⑤，苒苒物华休⑥；惟有长江水，无语东流。

不忍登高临远，望故乡渺邈⑦，归思难收⑧。叹年来踪迹，何事苦淹留⑨？想佳人妆楼颙望⑩，误几回、天际识归舟⑪？争知我、倚阑干处，正恁凝愁⑫！

【注释】

①《八声甘州》：词牌名。《词谱》卷二十五："按此调前后段八韵，故名八声，乃慢词也。"此词牌又名《甘州》、《潇潇雨》等。

②潇潇：一作萧萧，形容雨声急骤的样子。

③凄紧：凄清而急剧，即霜风骤至、寒气逼人之意。凄紧，一作"凄惨"。

④关河：关塞与河流，此指山河。

⑤是处：到处。红衰翠减：花枯叶落。

⑥苒苒（rǎnrǎn）：同"冉冉"，渐渐地。

物华：泛指美好的景物。

⑦渺邈（miǎo）：遥远。

⑧归思（sì）：归故乡的心思。难收：难以收拾，难以制止。一作"悠悠"。

⑨淹留：久留。

⑩颙（yóng）望：抬头凝望。颙：一作"长"。

⑪天际识归舟：谢朓《之宣城出新林浦向板桥》诗中句子。

⑫争：怎。凝愁：愁思凝结不解。

【解析】

这是一首写羁旅漂泊感慨的词。上片写暮雨后凄清萧条的秋景；下片触景生情，抒写思念家乡和妻子的情怀。起句意境开阔清远，"渐霜风凄紧"几句为千古名句，苏轼赞其"此语于诗句不减唐人高处"；因其绘景雄深旷远，刘体仁《七颂堂词释》说："关河冷落，残照当楼，即《敕勒》之歌也"。下片起首平缓，接着自问、问人，自叹、叹人，一波三折，曲尽词意。此词文字上多用去声字，转折跌宕，铿锵有力。

蝶恋花①

伫倚危楼风细细②，望极春愁，黯黯生天际③。草色烟光残照里，无言谁会凭栏意？

拟把疏狂图一醉④，对酒当歌⑤，强乐还无味⑥。衣带渐宽终不悔⑦，为伊消得人憔悴⑧。

【注释】

①《蝶恋花》：词牌名。《疆村丛书·乐
章集》题《凤栖梧》，乃同一词调别
名。

②伫（zhù）：久立。危楼：高楼。

③黯黯（àn）：心情沮丧貌。

④拟：打算。疏狂：生活狂放散漫，不
检点，不拘礼法。

⑤对酒当歌：曹操《短歌行》："对酒当
歌，人生几何？"

⑥强（qiǎng）乐：勉强为乐。

⑦衣带渐宽：指人日渐消瘦，衣带亦随
之而日渐宽松。

⑧伊：她，指所思念者。消得：值得。

【解析】

　　这是一首怀人抒情之作。上片以写景为主，景中有情；下片则写词
人执著的恋情。此词重点染，重意境的创造，其"衣带"二句写尽了千
古爱情的执著，被王国维称作古今成大事业、大学问者的第二境界，并
认为"非大词人不能道"。词作造语新巧，化用前人诗句巧妙。

夜半乐①

　　冻云黯淡天气②，扁舟一叶，乘兴离江渚。渡万壑千
岩，越溪深处③。怒涛渐息，樵风乍起④，更闻商旅相呼⑤，
片帆高举。泛画鹢、翩翩过南浦⑥。

　　望中酒旆闪闪⑦，一簇烟村，数行霜树⑧。残日下、渔
人鸣榔归去⑨。败荷零落，衰杨掩映，岸边两两三三，浣纱
游女⑩；避行客、含羞相笑语。

　　到此因念⑪，绣阁轻抛⑫，浪萍难驻⑬。叹后约丁宁竟
何据⑭！惨离怀、空恨岁晚归期阻⑮。凝泪眼、杳杳神京
路⑯，断鸿声远长天暮⑰。

【注释】

①《夜半乐》：词牌名，本为唐代教坊曲
名。

②冻云：带着寒意的云。一说，云层凝
结不开。冻云暗淡天气：即寒云蔽
空，天气阴暗。

③越溪：若耶溪，在浙江绍兴市南二十

里，相传为越国美女西施浣纱处。

④樵风：山风。

⑤商旅：行商之旅客，这里泛指旅客。

⑥鹢（yì）：水鸟名，善飞翔，不怕风，
古人将它画于船头以图吉利，故称这
样的船为"画鹢"。浦：水边。

⑦酒斾（pèi）：酒旗，又称酒望子。

⑧烟村：冒着炊烟的村庄。霜树：经霜的树。

⑨榔（láng）：一种长木棍。鸣榔：用长木敲船。渔人有时用它敲船，使鱼受惊入网；有时用它敲船以为歌唱的节拍，这里用后者。

⑩浣纱游女：用西施浣纱故事。

⑪因：遂，于是就。念：想到。

⑫绣阁：妇女住的闺房，此指闺房中的人，即自己的妻子，或意中人。轻抛：轻易离别。

⑬浪萍：浪中浮萍，萍随浪转，漂浮不定。驻：停住。

⑭后约：约定的后会之期。丁宁：同"叮咛"。

⑮空恨：徒恨，恨亦无益。阻：阻止，停止。

⑯凝：聚，注目。杳杳：遥远。神京：京都，即汴京（今河南开封市）。

⑰断鸿：孤雁。声远：声音从远方传来。长：远。长天暮：远天出现苍然暮气。

【解析】

　　这是柳永用旧曲名制作的新声乐府之一，记叙自己在"越溪"上的一段行程，描绘了沿途所见的景色，反映了作者奔走仕途"浪萍难驻"的极不得意的生活，抒发了自己去国怀乡的无限惨恻惆怅之情。此词大开大合，清劲疏密相间，舒卷自如，代表了其长调的特色。

王安石

　　王安石（1021～1086），字介甫，号半山，抚州临川（今江西临川）人。宋仁宗庆历二年（1042）中进士，任淮南节度判官。先后出任鄞县令、舒州通判、知常州、江东提点刑狱等职，颇有政绩。神宗熙宁二年（1069），王安石出任参知政事，次年又任宰相，开始了历史上有名的"熙宁变法"。但新法遭到因循苟且的旧官僚们的坚决反对，王安石曾于熙宁七年（1074）被迫罢相。晚年退居金陵，封荆国公，世称王荆公。王安石是一位杰出的文学家，其散文成就颇高；其诗成就最高；其词虽不多，但意境开阔，"一洗五代旧习"。

河北民①

河北民，生长二边长苦辛②。
家家养子学耕织，输与官家事夷狄③。

今年大旱千里赤，州县仍催给河役④。
老小相携来就南⑤，南人丰年自无食⑥。
悲愁白日天地昏，路旁过者无颜色⑦。
汝生不及贞观中，斗粟数钱无兵戎⑧。

【注释】

①河北：泛指黄河以北地区。

②二边：指宋与辽接界的北边和与西夏接界的西北边。由于宋王朝奉行忍辱求和政策，辽和西夏不断内侵，河北一带首当其冲。

③输与：送给。官家：皇帝，宋人习惯用语。此指朝廷。事夷狄：指宋王朝每年拿大量银两、绢、茶献给辽和西夏以求苟安。

④给河役：做河工，此指防治黄河的劳役，这里代指繁重的徭役。

⑤就南：到黄河以南地区逃荒要饭。

⑥自：尚且，还。

⑦无颜色：因饥饿而面无血色。

⑧贞观：唐太宗年号（627～649）。

【解析】

　　这首诗写广大人民丰年无衣无食、荒年不免于流亡的惨状。首句标目，卒章言志。直陈间杂议论，语言质朴，感情强烈。

明妃曲①

明妃初出汉宫时②，泪湿春风鬓脚垂③；
低徊顾影无颜色④，尚得君王不自持⑤。
归来却怪丹青手⑥，入眼平生几曾有⑦？
意态由来画不成⑧，当时枉杀毛延寿⑨。
一去心知更不归⑩，可怜着尽汉宫衣⑪；
寄声欲问塞南事⑫，只有年年鸿雁飞⑬。
家人万里传消息⑭，好在毡城莫相忆⑮；
君不见，
咫尺长门闭阿娇⑯，人生失意无南北⑰。

【注释】

①明妃：即王昭君。王安石《明妃曲》共二首，此其一。

②初出汉宫：即王昭君被嫁与呼韩邪单于、离开汉朝宫廷之时。

③春风：此处指脸。

④低徊：徘徊，犹豫不前。顾影：顾视自己的影像，即顾影自怜之意。无颜色：因伤心而面色惨淡，没有动人的

颜色。

⑤尚：尚且。不自持：指汉元帝被王昭君的美色弄得神魂颠倒，把握不住自己。

⑥丹青手：画师，此处指毛延寿。

⑦入眼：看在眼里。几曾有：一作"未曾有"。

⑧意态：即人的神态风采。由来：从来。

⑨枉杀：错杀。意谓毛延寿因未画好昭君像而被杀是冤枉的。

⑩更不归：再也不能回来。

⑪可怜：可叹。

⑫塞南：边塞以南，即指汉朝地域。

⑬只有句：相传鸿雁传书，但昭君在匈奴年年只见雁来，却不见家书。

⑭"家人"五句：托为家人宽慰昭君之辞。

⑮毡城：指昭君在匈奴所居之地。

⑯咫（zhǐ）尺：极近的距离。长门：汉时长门宫。阿娇：汉武帝的皇后陈阿娇，失宠后退居长门宫。

⑰无南北：不分南国（汉）、北地（匈奴）。

【解析】

这是一首咏史诗，以王昭君的失意为题，实际上是抒发诗人对于现实的感受。此诗一翻昭君旧案，指出昭君北嫁不在毛延寿索贿不成而歪曲昭君形象，而是昭君之美难以描摹；"意态"二句无论立意还是用语都为历来所称道。末尾进一步做翻案文章，指出汉武帝"咫尺长门闭阿娇"，昭君真到了她身边也未必是好事，故李壁赞为"出前人所未道"。

泊船瓜洲①

京口瓜洲一水间②，钟山只隔数重山③。
春风又绿江南岸④，明月何时照我还？

【注释】

①瓜洲：又称瓜埠洲。在今江苏邗江县南，大运河入长江处。熙宁八年（1075）二月，王安石二次拜相，奉诏入京，泊船瓜洲渡，作此诗。

②京口：今江苏镇江市。

③钟山：又名蒋山，即紫金山。

④春风句：洪迈《容斋续笔》卷八载：吴中人士藏有王安石此诗的原稿："初云'又到江南岸'，圈去'到'字，注曰：'不好。'改为'过'，复圈去而改为'入'，旋改为'满'，凡如是十许字，始定为'绿'。"

【解析】

这是一首写景抒情的小诗。诗中形象生动，色彩鲜明；字句千锤百炼，尤其一"绿"字，赚尽千古赞词。《许彦周诗话》赞为"超然迈伦，能追李、杜、陶、谢"。

北陂杏花①

一陂春水绕花身②，花影妖娆各占春③。
纵被春风吹作雪④，绝胜南陌碾成尘⑤。

【注释】

①陂（bēi）：池。北陂：地名，可能在
　江宁（今江苏南京市）。
②"一陂"句：是说一池春水环绕着新
　开的杏花。
③各占春：各自占据春光，平分春色。
④吹作雪：被春风吹落，像雪片一样飘

落水中。
⑤绝胜：绝对胜过。南陌：泛指路边，
　此指大路边的杏树杏花。碾成尘：落
　花受践踏，与尘土混在一起。喻与小
　人同流合污。

【解析】

　　这首七绝借杏花被风吹落池中犹能保持纯洁，喻自己改革虽然失败，
但仍不改初衷；借南陌杏花碾成泥，喻改革派内部那些后来与保守派同
流合污的风派人物。

书湖阴先生壁①

茅檐长扫净无苔，花木成畦手自栽。
一水护田将绿绕，两山排闼送青来②。

【注释】

①湖阴先生：杨德逢号；他是王安石在
　金陵的邻居。

②排闼（tà）：推门闯入。

【解析】

　　此诗写山中人家的初夏景色。前两句近看，写近景；后两句远望，
写远景。远近结合，景色丰富，碧水红花，设色鲜明。后二句用拟人手
法写景，描摹准确，生动形象。王安石很看重这首诗，尤重后二句；黄
庭坚造访，问有何佳作，王即以此诗相答。

桂枝香　金陵怀古①

登临送目②，正故国晚秋③，天气初肃④。千里澄江似练⑤，翠峰如簇⑥。征帆去棹残阳里⑦，背西风，酒旗斜矗⑧。彩舟云淡，星河鹭起⑨，画图难足⑩。

念往昔，繁华竞逐⑪，叹门外楼头，悲恨相续⑫。千古凭高对此，漫嗟荣辱⑬。六朝旧事随流水⑭，但寒烟衰草凝绿⑮。至今商女，时时犹唱，后庭遗曲⑯。

【注释】

①《桂枝香》：词牌名，始见于王安石。这首词写于宋英宗治平四年（1067），这一年，英宗去世，神宗上台，王安石被任命为江宁知府。

②送目：放眼远望。

③故国：旧都城，金陵为吴、东晋、宋、齐、梁、陈六朝的京城所在地，故称金陵为"故国"。

④肃：肃爽，形容秋天天高气爽。

⑤练：白色的绸子。谢朓《晚登三山还望京邑》："余霞散成绮，澄江静如练。"

⑥簇（cù）：攒聚，形容山势峭拔。

⑦棹：船桨。这里用帆、棹代指船。残阳：一作"斜阳"。

⑧矗（chù）：竖立。

⑨彩舟：画船。星河：银河。

⑩画图难足：用图画难以充分表达出来。

⑪往昔：从前，此指六朝。繁华竞逐：指六朝统治者竞相豪华奢靡。

⑫"叹门外"二句：指陈朝亡国之事。公元589年，隋朝大将韩擒虎率领军队迫临南京城的朱雀门，破门入城，陈后主、张丽华做了俘虏，陈朝灭亡。杜牧《台城曲》："门外韩擒虎，楼头张丽华。""门外楼头"即源于此。

⑬漫嗟：空叹。荣辱：指兴亡，重在"亡"。

⑭六朝：指吴、东晋、宋、齐、梁、陈六个建都南京的朝代。随流水：唐朝窦巩《南游感兴》诗："伤心欲问前朝事，惟见江流去不回。"

⑮但：只有。寒烟衰草：指凄清的烟雾笼罩下将要枯干的野草。凝绿：苍暗的绿色。

⑯商女：卖唱的歌女。后庭遗曲：指陈后主所作的艳曲《玉树后庭花》。杜牧《泊秦淮》诗："商女不知亡国恨，隔江犹唱后庭花。"作者化用了杜牧的诗句。

【解析】

这是一首登临怀古的词，极力描绘金陵壮丽的自然美景，抒发感情，怀古伤时。上片描绘金陵山河的壮丽景色，笔墨酣畅，气象宏阔；下片浩叹六朝竞逐繁华，相继亡国，寓意谴责，暗含伤时。杨湜《古今词话》

说："金陵怀古，诸公寄调《桂枝香》，凡三十余首，独介甫最为绝唱。东坡见之，不觉叹息曰：'此老乃野狐狸精也。'"

王　观

　　王观，字通叟，如皋（在今江苏）人。生卒年不详。仁宗赵祯嘉祐二年（1057）进士，曾任大理寺丞、江都知县等。他的词风接近柳永，词集取名《冠柳集》。存词二十四首。

卜算子　　送鲍浩然之浙东①

　　水是眼波横，山是眉峰聚②。欲问行人去那边，眉眼盈盈处③。

　　才始送春归，又送君归去。若到江南赶上春④，千万和春住。

【注释】

①词题一作《别意》。鲍浩然：作者的友人，生平不详。

②开头两句以女子的眉眼来比拟秀丽的山水。

③眉眼盈盈处：这里代指江南山水秀丽之地。盈盈：美好的样子。

④江南：一作"江东"。

【解析】

　　这首词借送别友人写江南春景之佳、春日之长，表达了作者对江南的怀念。词中以眉峰喻山、以眼波喻水，比喻新颖；惜别与惜春交织来写，含蓄蕴藉，意味绵长。

晏几道

　　晏几道（1030？～1106？），字叔原，号小山，晏殊之幼子。他一生仕途失意，只做过颍昌许田镇的监官。他是一位没落的王孙公子，也是一个有至情至性的杰出词人。陈廷焯《白雨斋词话》卷一评其词曰："北宋晏小山工于言情，出元献（晏殊）

文忠（欧阳修）之右，然不免思涉于邪，有失风人之旨。而措词婉妙，则一时独步。"

临江仙①

梦后楼台高锁，酒醒帘幕低垂②。去年春恨却来时③，落花人独立，微雨燕双飞④。

记得小蘋初见⑤，两重心字罗衣⑥。琵琶弦上说相思。当时明月在，曾照彩云归⑦。

【注释】

①《临江仙》：唐玄宗时教坊曲名，后用为词调。张宗橚《词林纪事》卷六说，"此词当是追忆蘋、云而作。"

②梦后、酒醒：此为互文。

③却：再，又一次。

④"落花"二句：五代翁宏《春残》诗："又是春残也，如何出翠帏？落花人独立，微雨燕双飞。"这里用此诗成句，追忆去年春天伤别的情景。

⑤小蘋：即《小山词》自跋中曾提到沈、陈二友家之歌女"蘋"。小蘋：一作"小鬟"。

⑥两重心字罗衣：似指罗衣上有以重叠心字纹组成的图案。欧阳修《女儿令》词："一身绣出、两同心字，浅浅金黄。"一说，指用心字香熏过的罗衣。杨慎《词品》卷二"心字香"条："所谓心字香者，以香末萦篆成心字也。心字罗衣，则谓心字香熏之。或谓女人衣曲领如心字，又与此别。"

⑦彩云：比喻小蘋。李白《宫中行乐词》："只愁歌舞散，化作彩云飞。"

【解析】

这首词上片写梦后酒醒的孤寂，下片写对小蘋的追忆，通过对往日生活的追忆，抒发了怀念小蘋的怅惘之情。此词化用前人诗句，贴切自然，增益表达，是突出特色。陈廷焯《白雨斋词话》评此词"既闲婉，又沉着，当时更无敌手"。

鹧鸪天①

彩袖殷勤捧玉钟②，当年拼却醉颜红③。舞低杨柳楼心月，歌尽桃花扇底风④。

从别后，忆相逢，几回魂梦与君同⑤。今宵剩把银釭照，犹恐相逢是梦中⑥。

【注释】

①《鹧鸪天》：唐、五代词中无此调，首见于北宋文人宋祁的作品。

②彩袖：彩色衣袖，此指歌女。玉钟：珍贵的酒杯。

③拼（pàn）：甘愿，不顾惜。却：语助词。

④楼心：一作"楼头"。月本在中天照彻楼中，故曰"楼心月"，此时日已西斜，故曰"低杨柳"。扇底：扇里。

⑤君：指歌女。同：欢聚在一起。

⑥剩把：更把。釭（gāng）：灯。相逢：指别后重逢。二句化用杜甫《羌村三首》"夜阑更秉烛，相对如梦寐"句。

【解析】

　　这首词《花庵词选》题作"佳会"。上片回忆当年与歌女彻夜狂歌欢舞的情景，下片写久别重逢的悲喜交集之情。"舞低"二句为传世名句，向为人所赞。

苏 轼

　　苏轼（1037～1101），字子瞻，号东坡居士，眉州眉山（今四川省眉山县）人。宋仁宗嘉祐二年（1057）进士。由于反对王安石变法，一度被排挤、贬黜、治罪。旧党执政后被召回京，又因反对司马光等人尽废新法而再度被排挤。哲宗亲政后，新党复起，又先后被贬到惠州（广东省惠阳县）、儋州（海南岛）。建中靖国元年（1101）徽宗即位，内迁，病死于常州。

　　苏轼在诗、文、词、书画上都有杰出成就，他的诗题材广泛，是北宋诗歌创作的高峰。他的词别开豪放与旷达两派，对词的发展作出了划时代的贡献。

和子由渑池怀旧①

人生到处知何似？应似飞鸿踏雪泥：
泥上偶然留指爪，鸿飞那复计东西②！
老僧已死成新塔，坏壁无由见旧题。
往日崎岖还记否？路长人困蹇驴嘶③。

【注释】

①子由：苏轼的兄弟苏辙。渑池在今河南。

②"雪泥鸿爪"是苏轼的有名譬喻之一。

成语"雪泥鸿爪"正出自此诗。

③蹇驴：跛足的驴子。

【解析】

本诗叙人生哲理。指出人生万事如雪泥鸿爪，变化不定，不必执著，去者当去，留者自留。最后两句感喟自己漂泊不定的生活。

六月二十七日望湖楼醉书①

黑云翻墨未遮山②，白雨跳珠乱入船③。
卷地风来忽吹散，望湖楼下水如天。

【注释】

①六月二十七日：指熙宁五年（1072）六月二十七日。望湖楼：一名"看经楼"，在杭州西湖边。

②"黑云"句：黑云犹如倒翻的墨汁，

但尚未遮住山形。

③"白雨"句：雨点像珠子似的纷乱地跃入船中。

【解析】

此诗写夏天西湖上的阵雨。从云起、雨下、风吹、天晴几个段落来写，随笔点染，笔墨酣畅，充满诗情画意。

饮湖上初晴后雨①

水光潋滟晴方好②，山色空濛雨亦奇③。
欲把西湖比西子④，淡妆浓抹总相宜。

【注释】

①这首诗作于熙宁六年（1073），苏轼任杭州通判时。湖，西湖。

②潋滟（liàn yàn）：水盈溢波动的

样子。

③空濛：形容景色迷茫，若有若无。

④西子：西施，春秋时越国美人。

【解析】

这是苏轼歌咏西湖的名篇。诗先从阴晴两种情境来观察、摹写西湖，写尽西湖明朗与朦胧、静风与骤雨的山光水色。查慎行《初白庵诗评》

曰："多少西湖诗被二语扫尽，何处着一毫脂粉颜色！"后二句忽发奇想，把西湖、西子相比，得出末句的结论。成为千古定评。

惠崇春江晓景①

竹外桃花三两枝，春江水暖鸭先知。

蒌蒿满地芦芽短②，正是河豚欲上时③。

【注释】

①惠崇：北宋僧人，能诗能画，尤擅画水禽，此诗即赏其画而作。

②蒌蒿：初春的一种野菜。芦芽：芦苇的嫩芽，即芦笋，是烹调河豚鱼羹的佐料。

③上：与潮水俱上。

【解析】

此为赏画诗。前二句写画中景物：竹、桃花、鸭、春江，展现一派春江晓景。后二句跳出画外，想到春天的时品——蒌蒿、芦芽与河豚，由实入虚，扩展画面，展现了一片活色生香的春景。

题西林壁①

横看成岭侧成峰②，远近高低各不同。

不识庐山真面目，只缘身在此山中③。

【注释】

①元丰七年（1084），苏轼结束了在黄州的贬谪生活，移往汝州，途中经过庐山作此诗。西林：寺名，即乾明寺。

②岭：山的干系。峰：山峰，指山的尖顶。

③缘：因。

【解析】

这首诗是苏轼哲理诗的代表作。此诗直接下笔，信口成章，言语质朴，却充满理趣。后二句已成为千古格言。

江城子　乙卯正月二十日夜记梦①

十年生死两茫茫②。不思量，自难忘。千里孤坟③，无处话凄凉。纵使相逢应不识，尘满面，鬓如霜。

夜来幽梦忽还乡。小轩窗，正梳妆④。相顾无言，惟有泪千行。料得年年肠断处，明月夜，短松冈⑤。

【注释】

①《江城子》：词牌名。乙卯：熙宁八年（1075），苏轼时为密州（今山东诸城县）知州。

②十年：苏轼前妻王弗逝于宋英宗治平二年（1065），至苏轼作此词时，恰十年。生死：指生者与亡人。

③千里孤坟：王弗的坟墓在四川省彭山县，和苏轼所在的密州远隔千里。

④轩：有窗槛的小室。

⑤料得：料想，想来。短松冈：指王弗的墓地。

【解析】

这是苏轼追悼亡妻的词。苏轼夫妻感情笃厚恩爱非常，此词即表达了词人对亡妻的深切情意。词中拟想梦中还乡一节，亲切而凄婉，感人至深。这首词词风清新，感情诚笃，为千古名篇。

江城子　密州出猎①

老夫聊发少年狂②，左牵黄，右擎苍③；锦帽貂裘④，千骑卷平冈⑤。为报倾城随太守⑥，亲射虎，看孙郎⑦。

酒酣胸胆尚开张⑧，鬓微霜，又何妨。持节云中，何日遣冯唐⑨？会挽雕弓如满月⑩，西北望，射天狼⑪。

【注释】

①《江城子》：词牌名。密州：今山东诸城县。熙宁八年（1074）苏轼知密州，次年冬到常山祭祀，归途中同官梅户曹会猎于铁沟，作此词。

②老夫：苏轼自称。这一年苏轼四十岁。聊发：暂且抒发。

③"左牵"二句：左手牵着黄狗，右臂架着苍鹰。

④"锦帽"句：戴着锦蒙帽，穿着貂鼠裘。

⑤千骑（jì）：谓兵马很多，有席卷山林之势，有暗示自己"知州"身份之意，因为州一级长官略等于古时候诸

侯，而"诸侯千乘"，则为古代定制。

⑥为报：为了报答。倾城：万人空巷，倾城而出。此处是形容随观者之多。太守：本是汉代州郡一级的行政长官，这里是苏轼的自称，因宋代的知州与汉代的太守职务相当。

⑦孙郎：指孙权。据《三国志·吴书·孙权传》载：建安二十三年（218）十月，"权将如吴，亲乘马射虎于废亭。马为虎所伤，权投以双戟，虎却废，常从张世击以戈，获之。"

⑧胸胆尚开张：胸怀还很开阔，胆气仍很豪壮。

⑨节：符节，古代使者所持以作凭信。云中：古郡名，治所在今内蒙古托克托东北。典故出自《史记·冯唐传》。汉云中太守魏尚抵御匈奴，有功，却因"坐上功首虏差六级"（多报杀敌六人）获罪削职。冯唐向汉文帝直言劝谏，认为边将有功理当重赏，这种处罚太重。汉文帝接受了冯唐的意见，便派他持节去赦免魏尚，仍任云中太守。此处以魏尚自比。

⑩会：将要。

⑪天狼：星名。古人认为它的出现象征着外来的侵略。

【解析】

此词上片写围猎，说自己雄风犹在，气吞如虎。下片引发到爱国主义的主题上来。诗人以边臣自比，希望得到朝廷信任、重用，自己愿意效命疆场、杀敌立功。在苏轼以前很少有人以词来描写壮观的射猎场面，更没有人借题发挥到爱国的主题上来。苏轼的这首词是对词思想内容的一大突破和开拓。在风格上慷慨激昂，豪迈风发。宋词豪放派的正式创立当以此词为标志。

水调歌头

　　丙辰中秋，欢饮达旦，大醉，作此篇，兼怀子由①。

　　明月几时有？把酒问青天②。不知天上宫阙，今夕是何年③？我欲乘风归去④，惟恐琼楼玉宇⑤，高处不胜寒⑥。起舞弄清影⑦，何似在人间？

　　转朱阁，低绮户，照无眠⑧。不应有恨，何事长向别时圆⑨？人有悲欢离合，月有阴晴圆缺，此事古难全⑩。但愿人长久，千里共婵娟⑪。

【注释】

①此词作于丙辰年即熙宁九年（1076），时苏轼在密州。子由：即苏轼的弟弟苏辙，字子由。

②把：持。李白《把酒问月》："青天有月来几时？我今停杯一问之。"此用其语。

③阙：宫门前两旁的楼观。

④乘风：《列子·黄帝》有"列子乘风而归"的记载。

⑤琼楼玉宇：指神仙居住的天上宫阙。

⑥不胜（shēng）寒：据《明皇杂录》载：八月十五夜，叶静能邀明皇游月宫，临行，叶叫他穿上皮衣。到月宫，他果然冷得难以支持，叶给他服了两粒仙丹，才能支持。

⑦弄清影：和自己的影子一起嬉戏。

⑧"转朱阁"三句：意为月光照遍了华美的楼阁，低低地照进雕花门窗中，照着那难以成眠的人。

⑨"不应"二句：月对人该没有什么怨恨吧，为什么偏在人们别离时独自圆满而加重人们的相思之情呢？

⑩"人有"三句：诗人自解，人有悲欢离合，正像月有阴晴圆缺一样，这是终古无法克服的矛盾。

⑪婵娟：本指形态美好的样子，这里代指明月。

【解析】

这首词以高度的浪漫主义手法抒发了作者痛苦矛盾的心情、设法摆脱这种境遇的旷达胸怀以及对美好人生的祝愿。词中对兄弟情谊的珍视，至末尾发展为对人类美好事物的普遍热爱。由一己之私情升华到人类之常情，使此词充满了人生哲理意蕴。此词笔致奇逸，大开大合，又婉转绵密，细致周到，具有很高的艺术性。胡仔《苕溪渔隐丛话》云："中秋词自东坡《水调歌头》一出，余词尽废。"

浣溪沙①

徐门石潭谢雨道上作五首，潭在城东二十里，常与泗水增减，清浊相应。

簌簌衣巾落枣花②，村南村北响缫车③，牛衣古柳卖黄瓜④。

酒困路长惟欲睡，日高人渴漫思茶⑤，敲门试问野人家⑥。

【注释】

①神宗熙宁十年（1077），苏轼由知密州改知徐州。元丰元年（1078），徐州地区春旱严重。苏轼作为地方长官曾因人建议前往徐州东门外二十里的石潭去求雨。因当地百姓说这石潭"与泗水相通，增损清浊，相应不差"（见苏轼《起伏龙行》）。后果然得雨，于是苏轼再往石潭谢神，路上看到初夏农村欣欣向荣的景象，写下五首《浣溪沙》词。这里所选是其中第四首。

②簌簌（sù）：形容细碎的声音，又形容纷纷下落。

③缫（sāo）车：缫丝的工具。

④牛衣：用粗麻纺织的衣服。

⑤漫：随便、不经意。

⑥野人：乡下人。

【解析】

这首词描绘了农村优美、宁静、纯朴的风光，表现了诗人对农村生活的热爱、向往以及与农民亲密无间的感情。格调清新，语言朴素，恬淡自然，传尽乡野神韵。

卜算子 　黄州定慧院寓居作①

缺月挂疏桐②，漏断人初静③。谁见幽人独往来？缥缈孤鸿影④。

惊起却回头，有恨无人省⑤。拣尽寒枝不肯栖，寂寞沙洲冷⑥。

【注释】

①元丰三年（1080）二月，苏轼被贬至黄州，初寓居定慧（一作"惠"）院，五月，迁至临皋亭。因此此词当作于这一年初。

②疏桐：枝叶稀疏的桐树。

③漏：漏壶，古代计时用具。漏断：漏壶里的水滴光了。形容夜已深了。

④幽人：幽居之人，指作者自己。谁见：一作"惟见"。缥缈：高远隐约的样子。

⑤省（xǐng）：了解。

⑥寒枝：寒冷季节中的树枝。沙洲：江河中泥沙淤积而成的陆地。

【解析】

这首词借物咏志，即借描写孤鸿的形象，表现自己被谪的寂寞、自甘寂寞的志趣，以及孤高自赏、不愿与世俗同流的生活态度。此词咏物神似，却又语带双关，言近旨远。关于章法，胡仔亦评曰："此词本咏夜景，至换头但只说鸿，……盖文章之妙，语意到处即为之，不可限以绳墨也。"

定风波①

三月七日，沙湖道中遇雨，雨具先去，同行皆狼狈，余独不觉。已而遂晴，故作此。

莫听穿林打叶声，何妨吟啸且徐行②。竹杖芒鞋轻胜马③，谁怕？一蓑烟雨任平生④。

料峭春风吹酒醒⑤，微冷，山头斜照却相迎。回首向来萧瑟处⑥，归去⑦，也无风雨也无晴。

【注释】

①三月是指元丰五年（1082）三月。这时苏轼被贬黄州。一次，苏轼到黄州东南三十里的沙湖去，途中遇雨，作此词。

②吟啸：吟诗长啸。

③芒鞋：草鞋。

④"一蓑"句：有一领蓑衣就足以对付一生的风雨侵袭了。

⑤料峭：形容春天的微寒。

⑥萧瑟处：指刚才遇雨的途中。

⑦归去：当指风雨和斜阳。

【解析】

　　这首词写途中遇雨，进而表达了作者旷达超脱、不畏艰险的人生态度。语意双关，富有理趣。通篇笔调风趣幽默。

念奴娇　赤壁怀古①

　　大江东去，浪淘尽，千古风流人物②。故垒西边，人道是、三国周郎赤壁③。乱石崩云，惊涛裂岸，卷起千堆雪④。江山如画，一时多少豪杰。

　　遥想公瑾当年，小乔初嫁了⑤，雄姿英发⑥。羽扇纶巾⑦，谈笑间、强虏灰飞烟灭⑧。故国神游，多情应笑我，早生华发⑨。人间如梦，一尊还酹江月⑩。

【注释】

①元丰二年（1079），苏轼因反对新法，被构罪下狱，年底被贬到黄州（今湖北黄冈县）任团练副使。三年后，他曾两次游览黄州城外的赤壁（也叫赤鼻矶），写下了这首词及前、后《赤壁赋》。其实苏轼所游的赤壁并非三国时周瑜破曹时的赤壁，真赤壁当在今湖北嘉鱼县东北。苏轼只不过是借题发挥而已。

②大江：长江。风流人物：杰出的人物。

③故垒：旧时的营垒。人道是：人们传说是。周郎：周瑜。他在任"建威中郎将"的时候年仅二十四岁，时人皆称之为"周郎"。

④崩云：如云之崩裂。一作"穿空"。裂岸：击裂江岸。一作"拍岸"。雪：浪花。

⑤小乔：乔本作桥。东吴桥玄有二女，皆有国色，时人称为二乔。大乔嫁给孙策，小乔嫁给周瑜。

⑥英发：英气勃发。这是孙权评价周瑜时所用之语。

⑦羽扇纶（guān）巾：手挥长羽毛扇，头戴丝带制的便巾。这是古代儒将的装束。

⑧强虏：强敌。灰飞烟灭：指在火战中全部丧生，因周瑜破曹用的是火攻。

"强虏"一作"樯橹",指曹操的船队。

⑨故国神游:即神游故国,指神魂往游故地(即赤壁)。华发:白发。

⑩人间:一作"人生"。尊:同樽,酒器。酹(lèi):把酒浇在地上的祭奠。

【解析】

　　这是苏轼豪放词的代表作,充分体现了作者豪迈的胸怀及其豪放词风的艺术特色。词中大笔渲染浩荡大江流、雄阔古战场,进而引起超越时空的遐想,塑造了周瑜的英雄形象,由此因缅怀古人而触发自己年纪老大而功业无成的感伤。笔力遒劲,情调激越,"语意高妙,真古今绝唱"(胡仔语)。

水龙吟　次韵章质夫杨花词①

　　似花还似非花,也无人惜从教坠②。抛家傍路,思量却是,无情有思③。萦损柔肠④,困酣娇眼,欲开还闭⑤。梦随风万里,寻郎去处,又还被莺呼起⑥。

　　不恨此花飞尽,恨西园、落红难缀⑦。晓来雨过,遗踪何在?一池萍碎⑧。春色三分,二分尘土,一分流水⑨。细看来、不是杨花,点点是离人泪。

【注释】

①次韵:依照别人原作所用韵。章质夫:苏轼的友人。一般都认为该词作于元祐二年(1087),苏轼与章质夫同官京师时。杨花:即柳絮。

②"似花"二句:柳絮像花又不是花,没有人爱惜,任它凋零飘落。

③"抛家"三句:柳絮离开枝头,落在路旁,仔细想来,它们看似无情,实际却有着它们自己的深情与愁思。

④柔肠:比喻柳枝柔细。萦损柔肠:思妇既然愁思萦绕,故柔肠为之而损。

⑤娇眼:比柳叶。古人往往将柳叶称柳眼。

⑥"梦随"三句:这里暗用唐人金昌绪《春怨》诗的意境:"打起黄莺儿,莫教枝上啼,啼时惊妾梦,不得到辽西。"

⑦西园:泛指花园。

⑧"晓来"三句:暗用唐孟浩然《春晓》诗意:"春眠不觉晓,处处闻啼鸟。夜来风雨声,花落知多少。"这三句是说,经过一场夜雨,落花的遗迹何在呢(即全不复存在了)?至于那些柳絮,也都变成一池的浮萍了。古人认为浮萍是柳絮入水所化。苏轼在这里自注曰:"杨花落水为浮萍,验之信然。"

⑨"春色"三句:如果把整个春色算成三分的话,那么二分委于尘土(承落红而言),一分委于流水(承柳絮而言)。

【解析】

这是苏轼著名的咏物词，也是苏轼婉约风格的代表作。构思奇巧，刻划细致，咏物与拟人浑然一体，神形兼备，清新婉丽。

蝶恋花①

花褪残红青杏小②。燕子飞时，绿水人家绕。枝上柳绵吹又少③，天涯何处无芳草。

墙里秋千墙外道。墙外行人④，墙里佳人笑。笑渐不闻声渐悄，多情却被无情恼⑤。

【注释】

①这首词可能作于被贬惠州（1094～1097）期间。

②花褪残红：残花凋谢。

③柳绵：柳絮。

④墙外行人：指作者自己。

⑤多情：指墙外行人。无情：指墙里女子。恼：弄得烦恼。

【解析】

这首词通过描绘远方的晚春景色，曲折地表达了作者被贬谪时的复杂心情。词中所写又不仅是作者的个人遭遇，而是人们普遍的遭际，故颇有感染力。据《林下词谈》载，苏轼在惠州时，曾命朝云唱此词。朝云还没有开始唱，就已"泪满衣襟"。苏轼问是何故，朝云答说："奴所不能歌，是'枝上柳绵吹又少，天涯何处无芳草'也！"

李之仪

李之仪（？～1117），字端叔，自号姑溪居士，沧州无棣（在今山东）人。神宗赵顼时进士。作过苏轼定州知州任上的幕僚，终于朝请大夫任上。其词近于晏殊、欧阳修一派小令，"长于淡语、景语、情语"（毛晋《姑溪词跋》）。

卜算子

我住长江头，君住长江尾。日日思君不见君，共饮长江水。

　　此水几时休①，此恨何时已。只愿君心似我心，定不负相思意②。

【注释】

①"此水"二句：化用古乐府《上邪》意，参见本书汉诗。

②"只愿"二句：顾琼《诉衷情》词有"换我心，为你心，始知相忆深"句，此翻用其意。

【解析】

　　此词抒写思妇情怀。词以长江为寄情主体，用回环复沓的手法抒写女子的深挚情谊，曲折婉转，精妙雅致。此词具有长歌风韵，故毛晋称之为"古乐府俊语"（《姑溪词跋》）。

黄庭坚

　　黄庭坚（1045～1105），字鲁直，号山谷道人，晚号涪（fú）翁，江西分宁（今江西修水）人。他曾任过地方上的县官、学官、秘书省校书郎、国史编修，后被谪为涪州（今四川县涪陵县）别驾。

　　黄庭坚是一位多才多艺的诗词家和书画家，被后人奉为颇有影响的"江西诗派"的"三宗"之首。他在诗歌理论上主张创新；但其创新手法多侧重"以俗为雅，以故为新"、"点铁成金"、"脱胎换骨"等形式技巧及对前人创作的继承上。不乏瘦硬新奇、气象森严、以才学工力见长的作品，但用险韵、用僻典、艰涩拗折、佶屈聱牙之作亦有。

登快阁①

痴儿了却公家事②，快阁东西倚晚晴③。
落木千山天远大④，澄江一道月分明⑤。
朱弦已为佳人绝⑥，青眼聊因美酒横⑦。
万里归船弄长笛，此心吾与白鸥盟⑧。

【注释】

①快阁：在江西太和县澄江之上，以江山广远、景物清华著名。诗作于元丰五年（1082），黄庭坚任太和令时。

②痴儿：痴人，作者自称。了（liǎo）却公家事：办完公事。《晋书·傅咸传》："天下大器非可稍了，而相观每事欲了。生子痴，了官事，官事未易了也，了事正作痴复为快耳。"黄庭坚反其意而用，以"痴儿"自许，以"了却公家事"为快。

③东西：或东或西。倚：靠。

④落木千山：即千山落木。

⑤澄江：双关语，既是快阁所临的江名，又是形容其清澈之状。

⑥朱弦：琴。朱弦……绝：不再弹琴。用伯牙、钟子期之典。

⑦青眼：黑眼珠在中间，表示好感。横：顾盼。

⑧与白鸥盟：据《列子·黄帝篇》载：有一海上之人喜好鸥鸟，每天早上到海上去，总有数百鸥鸟相从。后来这个人的父亲让他去捉鸥鸟，鸥鸟就再也不随他游了。因此后人用与鸥盟誓表示毫无"机心"。

【解析】

这首诗描写了登快阁时所见的清秋江山的壮美，以及由此而引起的归隐湖山的雅志。此诗艺术上成就突出，代表了黄诗风格。对偶、炼词上颇有功夫，体现了黄诗"置字有力"、工稳新警的特点。

寄黄几复①

我居北海君南海②，寄雁传书谢不能③。

桃李春风一杯酒④，江湖夜雨十年灯⑤。

持家但有四立壁⑥，治病不蕲三折肱⑦。

想得读书头已白⑧，隔溪猿哭瘴烟藤⑨。

【注释】

①黄几复：名介，与黄庭坚是同乡好友，少时便相往还。这首诗作于元丰八年（1085）春。

②"我居"句：既是写实，又是用典。黄庭坚在这首诗的跋语中说："几复在广州四会（今广东四会县），予在德州德平镇（今山东德平县），皆海滨也。"而《左传·僖公四年》曰："君处北海，寡人处南海。"黄诗又将这一典故自然化入句中。

③"寄雁"句：托雁传送书信，雁因不能而辞谢。

④桃李春风：写欢聚时的美好季节与美好环境。酒：以饮酒助乐。一杯：言其欢会短暂。

⑤江湖夜雨：写漂泊的生活与环境的萧索。十年：写分离之久。黄庭坚、黄几复于熙宁九年（1076）同科及第，

在京城短暂欢聚过，至今已一别十年。

⑥四立壁：典出《史记·司马相如传》："家居徒四壁立。"

⑦"治病"句：写黄几复的治世才能。《左传·定公十三年》有"三折肱

（gōng，上臂）知为良医"语，这里喻阅历多。蕲（qí）：求。

⑧"想得"句：既是对老朋友现状的推想，也是赞其老而勤学。

⑨瘴（zhàng）：瘴气，即南方山林中湿热的空气。古人认为是瘴疠的病源。

【解析】

这首诗抒发对朋友的怀念之情，诉说朋友间的离别之苦。艺术上表现了江西诗派的典型风格：善于用典，"无一字无来处"，但又脱胎换骨，自铸新意，自然顺畅，堪称绝构。

清平乐

春归何处？寂寞无行路。若有人知春去处，唤取归来同住①。

春无踪迹谁知？除非问取黄鹂②。百啭无人能解，因风飞过蔷薇③。

【注释】

①唤取：唤来。

②问取：即"问"。

③因：凭借。因风：顺着风势。飞：一作"吹"。

【解析】

这首小令以清新活泼的笔调抒发了作者惜春、恋春的怅惘心情。构思巧妙，从虚处入手，曲尽其意而不牵强；明知故问（问春）、问非所问（问黄鹂）的设问，看似痴气十足，却十分高明地达情致意。

虞美人 宜州见梅作①

天涯也有江南信②，梅破知春近③。夜阑风细得香迟④，不道晓来开遍向南枝⑤。

玉台弄粉花应妒，飘到眉心住⑥。平生个里愿杯深，去国十年老尽少年心⑦。

【注释】

①宜州：今广西宜山县。崇宁二年
　（1103）底黄庭坚被贬往宜州，次年
　夏抵宜州，又次年秋逝世，故此词当
　作于崇宁四年（1105）冬春之际。
②天涯：指宜州。
③梅破：梅花花苞绽开。
④夜阑：夜深。风细：风微。
⑤不道：没料到。
⑥玉台：梳妆台。弄粉：摆弄粉黛，即
　化妆打扮。这是作者用寿阳公主梅花

妆的典故。《太平御览·时序部》引
《杂五行书》曰："宋武帝女寿阳公主
日卧于含章殿檐下。梅花落公主额上，
成五出花，拂之不去。皇后留之，看
得几时。经三日，洗之乃落。宫女奇
其异，竞效之。今梅花妆是也。"
⑦平生：平时。个里：个中，此中。去
　国十年：离开京城十年。从绍圣元年
　（1094）被贬涪州起，作者始终在外漂
　泊，到作此诗时，已历十年。

【解析】

　　这首词通过描写梅花初开的景色，表现了作者被贬宜州时期的思想
感情。此词写景颇多，刻画入微；思想感情的表达也很细腻。

雨中登岳阳楼望君山①

投荒万死鬓毛斑②，生入瞿塘滟滪关③。
未到江南先一笑，岳阳楼上对君山。

满川风雨独凭栏，绾结湘娥十二鬟④。
可惜不当湖水面⑤，银山堆里看青山⑥。

【注释】

①诗共二首，为崇宁元年（1102）由家
　乡赴分宁过岳阳时所作。
②投荒：被流放到荒远边地。
③瞿塘：瞿塘峡，为长江三峡之首。滟
　滪（yàn yù）：滟滪堆，在瞿塘峡口，

突兀江心，形势险峻。
④"绾结"句：指君山如湘娥绾结的十
　二个发髻。
⑤不当：不在。
⑥银山：比喻波浪。

【解析】

　　此二诗第一首写离开贬谪之地回乡的欣喜心情；第二首写登临所见
的湖山秀色。诗中有"投荒……生入"的感喟，更多则是满眼风光的好
心情。自然流丽，清通愉悦。

陈师道

陈师道（1053～1101），字履常，又字无己，号后山居士，徐州彭城（今江苏徐州）人。曾任徐州教授、秘书省正字等职。他是江西诗派的重要作家，并被奉为"三宗"之一。诗宗杜甫，受黄庭坚影响尤深，风格雄健清劲，幽深雅淡。

春怀示邻里①

断墙着雨蜗成字②，老屋无僧燕作家③。
剩欲出门追笑语，却嫌归鬓着尘沙④。
风翻蛛网开三面⑤，雷动蜂窠趁两衙⑥。
屡失南邻春事约，只今容有未开花⑦。

【注释】

①春怀示邻里：向邻人抒发春日的情怀。

②蜗成字：古人常把蜗牛行动时留下的痕迹比作篆书。蜗牛雨后尤多，故云"着雨蜗成字"。

③无僧：这里指无人居住。

④剩：颇、很。剩欲；很想。

⑤"风翻"句：意思是说春风不停地吹着，以致蛛网无法结成。

⑥趁：追逐。衙：排列成行。两衙：据说蜂聚集成行，有早晚两次。

⑦"屡失"二句：是说南邻屡次约我去赏春，我都失约了，现在他的园子里也许还有没开过的花吧。

【解析】

这是陈师道写春的名作。此诗结构不俗，并非先景后情的格局，而是情景交替，因而看上去像由两首绝句组成。诗人写春着眼点亦不俗，并非杨花柳絮，而是写蜗字、蛛网、蜂窠，以小见大，故方回赞曰："淡中藏美丽，虚处着工夫。"纪昀评说："刻意铲削，脱尽甜熟之气。"（《瀛奎律髓》）

示三子①

去远即相忘，归近不可忍②。
儿女已在眼，眉目略不省③。

喜极不得语，泪尽方一哂。
了知不是梦④，忽忽心未稳⑤。

【注释】

①元丰七年（1084）作者送一女二子往四
　川，四年后儿女归家，作者写了此诗。
②忍：按捺不住。

③略：有些。省（xǐng）：认识。
④了：了然，清楚。
⑤忽忽：心神不定的样子。

【解析】

　　此诗写与儿女相见的情景，神情毕见，感人肺腑。特别是末二句，跳出前人写相见"疑在梦中"的旧套，更深一层，写明知非梦，可也心神不宁，更能表情达意。

绝　句

书当快意读易尽①，客有可人期不来②；
世事相违每如此，好怀百岁几回开③！

【注释】

①快意：称心满意。
②可人：合心意的朋友。
③"世事"二句：陈师道《寄黄元》也

说："俗子推不去，可人费招呼；世事每如此，我生亦何娱？"

【解析】

　　这是一首哲理诗，作者自认为是其得意之作。诗中所说道理其实很浅显。但诗人抓住最有感触的两件事，道人之所共识，格外亲切、深入。

曾　几

　　曾几（1084～1166），字吉甫，自号茶山居士，赣州（今属江西）人。因主张抗金，为秦桧排斥。作诗推重黄庭坚，又曾向韩驹和吕本中请教过诗法；陆游曾从其学诗。风格清俊，有《茶山集》传世。

三衢道中①

梅子黄时日日晴②，小溪泛尽却山行③。
绿阴不减来时路，添得黄鹂四五声。

【注释】

①三衢：三衢山，在浙江衢州。　　　③泛：浮行。却：又。
②梅子黄时：指初夏时节。

【解析】

　　此诗写溪泛山行所见景物，通过今昔、来去的对比，使写景起伏有致、新颖通脱。其门生陆游学此风格，蔚成大家。

秦　观

　　秦观（1049～1100），字少游，又字太虚，扬州高邮（今江苏高邮）人。三十六岁中进士，任蔡州教授、太学博士、国史院编修等职。在新旧党争中，因和苏轼关系密切而屡受新党打击，一度被贬。秦观是"苏门四学士"之一，以词闻名，最为苏轼赏识。其词风格婉约纤细、柔媚清丽，情调低沉感伤，愁思哀怨。向来被认为是婉约派的代表作家之一。

望海潮①

　　梅英疏淡②，冰澌溶泄③，东风暗换年华④。金谷俊游⑤，铜驼巷陌⑥，新晴细履平沙⑦。长记误随车⑧，正絮翻蝶舞，芳思交加⑨。柳下桃蹊，乱分春色到人家⑩。

　　西园夜饮鸣笳⑪，有华灯碍月，飞盖妨花⑫。兰苑未空⑬，行人渐老⑭，重来是事堪嗟⑮。烟暝酒旗斜⑯，但倚楼极目，时见栖鸦⑰。无奈归心，暗随流水到天涯。

【注释】

①《望海潮》：词牌名。一本题作《洛阳　　　怀古》。

②梅英：梅花。

③冰澌溶泄：冰块融化流动。澌（sī）：随水流动的冰。

④"东风"句：是说东风不知不觉地又换了岁月。

⑤金谷：晋大富豪石崇的别墅名园，在今河南洛阳市西。俊游：游览胜地。

⑥铜驼巷陌：洛阳铜驼街。汉代洛阳宫门南四会道口，有两只铜铸的骆驼夹道相对，时人称其为铜驼街。

⑦新晴：雨后初晴。细履平沙：漫步于还没有生草的郊野。

⑧长记：常记。误随车：韩愈《嘲少

年》诗："只知闲信马，不觉误随车。"

⑨芳思：由春色而引起的各种情思。

⑩桃蹊：桃树下的小路。《史记·李将军列传》："桃李不言，下自成蹊。"

⑪西园：洛阳、汴京皆有西园。笳：胡笳。

⑫飞盖：来往穿梭的车辆。

⑬兰苑未空：名园尚未荒芜。

⑭行人：这里指作者自己。

⑮是事：事事。一本作"事事"。

⑯烟暝：雾霭迷漫。

⑰栖鸦：栖息在树上的乌鸦。

【解析】

这首词通过写故地重游，回忆了过去的欢乐生活，感慨了今日的沦落。词中极尽铺陈，句法丽密。其中写春景的几句，渲染得十分真切动人。此外，此词用字讲究，其中"乱"、"暗"诸字最为恰切得力。

鹊桥仙①

纤云弄巧②，飞星传恨③，银汉迢迢暗度④。金风玉露一相逢⑤，便胜却、人间无数。

柔情似水，佳期如梦，忍顾鹊桥归路⑥。两情若是久长时，又岂在、朝朝暮暮。

【注释】

①《鹊桥仙》：词牌名。鹊桥：事见牛女故事。

②纤云弄巧：片片微云编排出各种巧妙的花样。

③飞星：流星。飞星传恨：流星在不断地传送着牛、女星平时不得相会的

怨恨。

④银汉：银河，亦即天河。

⑤金风：秋风。玉露：白露。金风玉露：指七夕时节。

⑥忍顾：怎忍回看。

【解析】

这首词是根据牛郎织女的美好传说并加以丰富的想象而写成的。但其不落俗套——写牛女隔阻的凄清悲苦，而是自出机杼——尽管牛女一

年一相会，但情真爱挚，最为可贵；由此引入普遍的人情，揭出了积极健康的爱情观。词作既具神话色彩，又有人间气息，成为抒发爱情的千古绝唱。

踏莎行①

雾失楼台②，月迷津渡③，桃源望断无寻处④。可堪孤馆闭春寒⑤，杜鹃声里斜阳暮。

驿寄梅花⑥，鱼传尺素，砌成此恨无重数⑦。郴江幸自绕郴山，为谁流下潇湘去⑧？

【注释】

①《踏莎行》：词牌名。毛晋汲古阁《宋六十名家词》题作"郴州旅舍"。郴州：故址在今湖南郴县。此词作于绍圣四年（1097）作者被贬郴州时。
②"雾失"句：楼台为雾所遮蔽。
③月迷：为月光所迷蒙。津渡：渡口。
④桃源：陶渊明《桃花源记》中的桃源。
⑤可堪：怎堪、岂堪。闭春寒：馆门在春寒中紧闭。

⑥"驿寄"句：据《荆州记》载，南朝刘宋时的"陆凯与范晔最友善，曾托人自江南寄梅花与范，并赠诗曰：'折梅逢驿使，寄与陇头人。江南无所有，聊赠一枝春'"。后人常以寄梅花表达对朋友的思念。
⑦砌成：堆积成。
⑧郴（chēn）江：发源于郴州黄岑山，北流入湘水。幸自：本自。为谁：为甚。

【解析】

这首词用比兴手法，抒发了作者怅惘、失望和寂寞愁苦的心情。委婉多情，低沉凄绝。全词未着一"我"字，却笔笔都有"我"，王国维称其为"有我之境"。末二句意韵深远，笔法奇绝，为一时名句。苏轼激赏此二句，书于扇上，吟玩不已。

浣溪沙

漠漠轻寒上小楼①，晓阴无赖似穷秋②。淡烟流水画屏幽。

自在飞花轻似梦③，无边丝雨细如愁。宝帘闲挂小银钩④。

【注释】

①漠漠：弥漫渺茫。

②无赖：无聊赖，无情趣。穷秋：晚秋。

③自在：安静闲适。

④钩：挂帘子的钩。

【解析】

这首词表现百无聊赖、闲愁怅惘的心情。词中景物因主人公的心态而变得凄清含愁；下片则更将飞花、丝雨比作梦与愁，起到了更好的抒情效果，被梁启超称为"奇语"。

满庭芳

山抹微云①，天粘衰草②，画角声断谯门③。暂停征棹④，聊共引离尊⑤。多少蓬莱旧事，空回首，烟霭纷纷。斜阳外，寒鸦万点，流水绕孤村⑥。

销魂，当此际，香囊暗解，罗带轻分⑦。漫赢得青楼薄倖名存⑧。此去何时见也，襟袖上空惹啼痕⑨。伤情处，高城望断，灯火已黄昏。

【注释】

①抹：涂抹。

②粘：一作"连"。

③画角：涂有彩色的军中号角。谯门：即谯楼，门上有楼可以瞭望。

④征棹：行舟。

⑤引：持，举。尊：酒器。

⑥万点，一作"数点"。

⑦罗带：丝织的带子。轻分：轻轻解下。古人常用罗带赠别，有的罗带还打上"同心结"，以示永不变心。

⑧漫：徒然。薄倖：薄情。

⑨啼痕：泪痕。

【解析】

此词写儿女私情，却融入了作者的身世之感。词中以凄凉的秋天晚景渲染离情，非常出色。苏轼激赏此词首句新奇精警，戏呼秦观为"山抹微云君"。晁补之说："'斜阳外，寒鸦万点，流水绕孤村。'虽不识字人，亦知是天生好言语。"（吴曾《能改斋漫录》）

春　日

一夕轻雷落万丝^①，霁光浮瓦碧参差^②。
有情芍药含春泪，无力蔷薇卧晓枝^③。

【注释】

①万丝：指雨。　　　　　　　③春泪：指雨珠。
②霁光：雨后初晴的阳光。

【解析】

此诗写春日景物，写来柔婉纤巧，代表了秦诗的风格，有些女性化，故时人教陶孙曰："如时女游春，终伤婉弱。"

秋　日^①

霜落邗沟积水清^②，寒星无数傍船明。
菰蒲深处疑无地^③，忽有人家笑语声。

【注释】

①此诗共二首，此为第一首。　　③菰蒲：菰即茭白，蒲即蒲草，均为浅
②邗沟：江苏扬州南北的漕河。　　　水植物。

【解析】

此诗描写江南山水的特有风光，前三句重点写静，末一句忽有笑语声，动静结合，颇有趣味。

贺　铸

贺铸（1052～1125），字方回，原籍山阴（今浙江绍兴），生长于卫州（今河南汲县），一生只做过一些小官。晚年退居苏州。他的词情思缠绵，组织工丽，时或沉郁挺拔，豪爽峻迈，张来曾以"盛丽"、"妖冶"、"幽洁"、"悲壮"评之；作品内容也较丰富，开南宋张孝祥、辛弃疾等爱国、豪放词之先河。其诗以写景抒怀之作为佳，格调往往近于苏轼，后人评其诗"灏

落轩豁，有风度，有骨气"（《宋百家诗存》）。

青玉案

　　凌波不过横塘路，但目送、芳尘去①。锦瑟华年谁与度②？月桥花院，琐窗朱户③，只有春知处④。

　　碧云冉冉蘅皋暮⑤，彩笔新题断肠句⑥。试问闲情都几许？一川烟草，满城风絮，梅子黄时雨⑦。

【注释】

①凌波：形容美人步态轻盈。语出曹植《洛神赋》："凌波微步，罗袜生尘。"横塘：地名，在苏州附近，贺铸在此有一小别墅。芳尘：仍由《洛神赋》"罗袜生尘"而来，形容美人所经之处，尘土亦被芳染。

②锦瑟华年：语出李商隐《无题》诗："锦瑟无端五十弦，一弦一柱思华年。"

③"月桥"二句：揣拟美人的居所，有月光溶溶的小桥，花木葱茏的深院；有雕花的窗子，朱红的大门。

④"只有"句：是说只有春光与她相知，即只有春光和她同住。

⑤蘅：香草名。蘅皋：生有香草的水边，即词人顾望徘徊之处。

⑥彩笔：据《南史·江淹传》记载：江淹因得到过一支五色彩笔，写诗多美句。后来在梦中遇见郭璞，郭向他讨回这支笔，于是江淹的文思大不如前，时人皆谓"江郎才尽"。

⑦一川：满地。风絮：随风飘舞的柳絮。梅子黄时雨：梅子黄熟时节所下的雨，即梅雨，亦即春夏之交时节。

【解析】

　　这首小词写淑女的不遇与幽居的闲愁，词的内容十分常见，艺术上却有独到之处。一是颇工慕想生发，即由见美人而摹想出一片景致、生发出一番情思；二是修辞绝妙，主要体现在末三句，作者也因此被称为"贺梅子"。

六州歌头①

　　少年侠气，交结五都雄②。肝胆洞，毛发耸，立谈中，死生同，一诺千金重③。推翘勇，矜豪纵，轻盖拥，联飞鞚，斗城东④。轰饮酒垆，春色浮寒瓮，吸海垂虹⑤。闲呼鹰嗾犬，白羽摘雕弓，狡穴俄空⑥。乐匆匆⑦。

　　似黄粱梦，辞丹凤；明月共，漾孤篷⑧。官冗从，怀倥偬，落尘笼，簿书丛⑨。鹖弁如云众，供粗用，忽奇功⑩。箛鼓动，渔阳弄⑪，思悲翁⑫。不请长缨，系取天骄种，剑吼西风⑬。恨登山临水，手寄七弦桐，目送归鸿⑭。

【注释】

①六州歌头：词牌名。该词作于贺铸晚年，很可能作于他的卒年，即1125年。

②五都：泛指诸大城市。雄：雄豪之人，即游侠者流。

③洞：明澈可见。

④推：推举，公认。翘：特出。矜：自负。豪纵：豪放不羁。轻盖：轻车。拥：聚积在一起，形容结伴而行。鞚（kòng）：马勒，这里指马。斗（dǒu）城：汉代长安城的别名。

⑤轰饮：喧哗地聚饮。酒垆：酒店。春色：酒发出的诱人香味。吸海：杜甫《饮中八仙歌》："饮如长鲸吸百川。"垂虹：用刘敬叔《异苑》卷一典故：一次，有虹饮于釜（大锅），一会儿就把它饮干了，薛愿用车载酒灌入釜中，随灌随被虹吸干。

⑥嗾（sǒu）：指使犬的声音。白羽：箭。狡穴：狡兔的窝，这里泛指兽穴。

⑦乐匆匆：有极一时之乐和欢乐短暂两层含义。

⑧黄粱梦：用唐传奇《枕中记》典故。

丹凤：宋朝汴京皇城的正南门曰丹凤门，此处以"丹凤"代指京城。

⑨冗（rǒng）从：闲散的随从官员。悾偬（kǒng zǒng），匆忙困苦。尘笼：尘俗的束缚。簿书：公文、文书。

⑩鹖弁（hé biàn），插有鹖鸟羽毛的武士冠，代指武官。

⑪箛鼓：这里指战鼓。渔阳弄：即渔阳参，鼓曲名。这两句化用白居易《长恨歌》"渔阳鼙鼓动地来，惊破霓裳羽衣曲"诗句。

⑫思悲翁：汉乐府《铙歌》中有《思悲翁》曲。

⑬长缨：长绳索。请长缨：典出《汉书·终军传》，汉武帝时，终军出使南越（今两广一带），临行前向汉武帝要一条长缨，说一定可以把南越王缚回。系（jì）取：系住。天骄种：据《汉书·匈奴传》载，匈奴王自称其胡部为"天之骄子"。剑吼：旧说剑能发出龙吟虎啸之声。

⑭七弦桐：即七弦琴，琴用桐木做成。目送归鸿：用晋嵇康《赠秀才从军诗》"目送飞鸿，手挥五弦"意。

【解析】

这首诗反映了作者在江河日下的北宋末年忧伤国事的爱国情怀。词的上片回忆少年时的游侠生活，下片主要写感于时事而发的议论和愿望。艺术上描绘生动具体，铺张扬厉，尽言尽情；节调繁促，声情激越，颇具气概。

野　步①

津头微径望城斜②，水落孤村格嫩沙③。
黄草庵中疏雨湿，白头翁妪坐看瓜④。

【注释】

①野步：在郊野散步。　　　　　　　　的沙漠。

②津头：渡口。微径：小路。　　　　④看（kān）：看守。

③水落：水边。格：阻隔。嫩沙：湿润

【解析】

　　诗写郊外信步所见，移步换形，以作者为中心串起了四个画面。画面疏朗，语言晓畅，诗风浅近，有着浓醇的乡村气息。

晁补之

　　晁补之（1053～1110），字无咎，济州巨野（在今山东）人。神宗元丰二年（1079），举进士第一。他是"苏门四学士"之一，词风受苏轼影响，较为豪放和沉郁。其诗骨力遒劲，但失于散缓；长于乐府，时人称其"辞格俊逸可喜"（《苕溪渔隐丛话》）。

摸鱼儿　东皋寓居①

　　买陂塘，旋栽杨柳，依稀淮岸江浦②。东皋嘉雨新痕涨③，沙觜鹭来鸥聚④。堪爱处⑤，最好是，一川夜月光流渚。无人独舞。任翠幄张天，柔茵藉地，酒尽未能去⑥。
　　青绫被，莫忆金闺故步⑦。儒冠曾把身误⑧。弓刀千骑成何事？荒了邵平瓜圃⑨。君试觑，满青镜⑩，星星鬓影今如许⑪！功名浪语⑫。便似得班超，封侯万里，归计恐迟暮⑬。

【注释】

①东皋：作者回到故乡闲居，曾在东山　　修建了"归来园"。东皋即指东山。

②陂塘：池塘。江浦，一作"湘浦"。

③嘉雨：好雨。

④沙觜（zuǐ）：向水中突出的一片沙地。

⑤堪爱：可爱。

⑥幄（wò）：帐幕。茵（yīn）：古代车子上的坐席。藉（jiè）：铺垫。

⑦青绫被：汉代的制度规定，尚书郎值夜班，由公家供给新青缣（细绢）白绫被。金闺：即金马门，汉武帝时学士起草文稿的地方。

⑧"儒冠"句：因为是读书人而误了自己。语出杜甫《奉赠韦左丞丈二十二韵》诗："纨袴不饿死，儒冠多误身。"

⑨邵平瓜圃：邵平是秦朝的东陵侯，秦亡后，在长安城东种瓜。传说瓜有五色，味甜美，当时人称为东陵瓜。

⑩青镜：即古人所用的青铜镜。

⑪星星：形容鬓发花白。语出左思《白发赋》："星星白发，生于鬓垂。"

⑫浪语：虚语，空话。

⑬班超：东汉时的名将。少有大志，投笔从戎，后来出使西域，立下了功绩，被封为定远侯。

【解析】

这首词写故乡景物，寄寓愤激之情。上片写景，明快清新，情调亦爽朗轻快；下片抒情，言语上极写归隐的渴念，骨子里却写未能建功立业的愤激。悲凉豪壮，风格颇似苏轼。

周邦彦

周邦彦（1056～1121），字美成，号清真居士，浙江钱塘人。因献《汴京赋》得官，但官职一直不高。宋神宗元丰初年，在大晟（shèng）府（音乐机关）为宋王朝制礼作乐，并以直龙图阁的身份做过几任知州。他精通音律，能自度曲，所作词格律法度极为精审，为后世词人的轨范，开南宋姜夔、张炎一派，影响巨大。当时贵人、学士、士儇、妓女，知美成词为可爱，后世更有"词家之冠"、"词中老杜"之称。

苏幕遮①

燎沉香，消溽暑②。鸟雀呼晴，侵晓窥檐语③。叶上初阳干宿雨，水面清圆，一一风荷举④。

故乡遥，何日去？家住吴门，久作长安旅⑤。五月渔郎相忆否？小楫轻舟，梦入芙蓉浦。

【注释】

①《苏幕遮》：词牌名。遮：一般习惯读 zhā。

②沉香：一种香气很浓的香料。溽（rù）暑：潮湿的夏天天气。

③呼晴：在天放晴前呼叫，仿佛在呼引晴日。侵晓：拂晓。窥檐：在檐边窥探着。窥檐语：形容鸟雀探头探脑地彼此唱和。

④宿雨：昨夜的雨。风荷：风中之荷。

⑤吴门：即今苏州。作者家在浙江钱塘，这里以吴门泛指家乡。

【解析】

　　这首词上片写雨后初阳映照下的风荷神态，下片写小楫轻舟梦归故乡。构思巧妙，描写精工。尤其是"一一风荷举"中的"举"字，深得荷花雨后阳光初照挺拔起来的神韵，被王国维称作"真能得荷花之神理者"。

兰陵王①

　　柳阴直，烟里丝丝弄碧②。隋堤上、曾见几番，拂水飘绵送行色③？登临望故国，谁识京华倦客④？长亭路、年去岁来，应折柔条过千尺⑤。

　　闲寻旧踪迹，又酒趁哀弦，灯照离席。梨花榆火催寒食⑥。愁一箭风快，半篙波暖，回头迢递便数驿，望人在天北⑦。

　　凄恻，恨堆积。渐别浦萦回，津堠岑寂，斜阳冉冉春无极⑧。念月榭携手，露桥闻笛。沈思前事，似梦里，泪暗滴⑨。

【注释】

①《兰陵王》：词牌名。别本题"柳"。

②弄碧：卖弄着它嫩绿的姿色。

③隋堤：汴河一段的堤为隋朝所修，故称"隋堤"。

④故国：家乡。识：理解。

⑤柔条：柳条。

⑥榆火催寒食：寒食禁火，清明节后另取新火。唐宋时，朝廷于清明这一天，取榆、柳之火赐百官。

⑦"愁一箭"四句：周济《宋四家词选》说这个"愁"字是"代行者设想"。波暖，指回暖的春水。

⑧别浦：行人离去的那条小湾。津堠：本指码头上供守望用的处所，此处指码头。岑寂：冷冷清清。春无极：春色无边。

⑨水榭：临水的亭阁。沈：同"沉"。

【解析】

　　这首词写离情别绪、倦游客居。不同于其他送别诗词的是，此中送客者亦是客居在外，更增一层意思。写法上层层铺叙，款款点染，前呼后应，曲折委婉。其中时而写行人、时而送客人，通过前、中、后三片的跳跃呼应，曲尽词意。

六　丑　蔷薇谢后作①

　　正单衣试酒②，怅客里、光阴虚掷。愿春暂留，春归如过翼③，一去无迹。为问花何在④？夜来风雨，葬楚宫倾国。钗钿堕处遗香泽，乱点桃蹊，轻翻柳陌⑤。多情为谁追惜？但蜂媒蝶使，时叩窗槅⑥。

　　东园岑寂，渐蒙笼暗碧⑦。静绕珍丛底⑧，成叹息。长条故惹行客，似牵衣待话，别情无极⑨。残英小、强簪巾帻⑩；终不似一朵、钗头颤袅，向人敧侧⑪。漂流处、莫趁潮汐⑫；恐断红、尚有相思字，何由见得⑬？

【注释】

①《六丑》：词牌名。一题"落花"。蔷薇：落叶灌木，枝茂多刺，花分五瓣，色泽鲜美。

②单衣：换单衣时。试酒：宋代在阴历三月末或四月初有尝新酒的习俗。

③如过翼：像飞鸟一样地过去。

④为问：借问。

⑤钗钿（diàn）：妇女的头饰。遗香泽：还带有芳香之气。

⑥为谁：谁为。蜂媒蝶使：指蜂和蝶，因为它们老在花中飞舞，故有"花之媒"和"花之使"的美称。窗槅（gé）：窗格子。

⑦东园：泛指花园。蒙笼：草木繁茂的样子。暗碧：深绿的颜色。

⑧静绕：默默地徘徊。珍丛底：指凋零的蔷薇花丛下。

⑨"长条"句：指蔷薇刺勾住衣服，好似拉住衣服要和人说话。

⑩残英：残花。强簪巾帻（zé）：勉强地插在头巾上。

⑪颤袅：轻轻地颤动。敧侧：倾斜。向人敧侧，有悦人、媚人之意。

⑫趁：随、逐。潮汐：早潮与晚潮。

⑬断红：残花。相思字：据范摅《云溪友议》载，唐代有宫女将宫怨诗题在红叶上，让其顺着御沟流出。这里将落花比为红叶。

【解析】

这是一首咏物词。它细腻地描写了谢后蔷薇的种种情态，借此抒发了自己客里伤春的愁情，也委婉地泄露出一丝仕途上不如意的苦闷。此词表现手法上一是极尽铺陈、缠绵多致；二是善于神态描写，立意新奇，情致委婉。

满庭芳　夏日溧水无想山作①

风老莺雏②，雨肥梅子③，午阴嘉树清圆④。地卑山近，衣润费炉烟⑤。人静乌鸢自乐，小桥外、新绿溅溅⑥。凭栏久，黄芦苦竹，拟泛九江船⑦。

年年，如社燕⑧，飘流瀚海⑨，来寄修椽⑩。且莫思身外⑪，长近樽前。憔悴江南倦客，不堪听、急管繁弦。歌筵畔，先安簟枕⑫，容我醉时眠。

【注释】

①《满庭芳》：词牌名。溧水：今江苏溧水县。作者于元祐八年（1093）任溧水县令，时年三十七岁。无想山：山名。

②风老莺雏：小莺在暖风中长大了。

③肥：使其肥。

④"午阴"句：正午时候，绿树在阳光下形成一片圆形而有清凉意味的树影。

⑤衣润：衣服潮湿。

⑥乌鸢（yuān）：即乌鸦。新绿：指绿水新涨。溅溅（jiān jiān）：流水声。

⑦黄芦：生于低洼或浅水中的一种芦

苇。苦竹：竹之一种，笋苦。白居易《琵琶行》有"黄芦苦竹绕宅生"句。

⑧社：古代于春秋两次祭祀土地神，称为"社"。社燕：相传燕子于春社从南方飞来，于秋社飞回，故称"社燕"。

⑨瀚海：泛指荒凉边远的地区。

⑩修椽（chuán）：长长的承屋瓦的木条。

⑪身外：指功名事业一类的事。杜甫《绝句漫行》："莫思身外无穷事，且尽生前有限怀。"

⑫簟（diàn）枕：竹席。

【解析】

这首词写江南如画美景，寄托深沉身世之感。上片写景时在地理物候的描写中，点出词人境遇，已寓不满；下片进一步感叹身世，以漂泊不定的社燕自况。全词含蓄蕴藉、富丽精工、温婉敦雅。

西 河 金陵怀古①

佳丽地②，南朝盛事谁记③？山围故国绕清江，髻鬟对起④。怒涛寂寞打孤城⑤，风樯遥度天际⑥。

断崖树⑦，犹倒倚⑧，莫愁艇子曾系⑨。空余旧迹郁苍苍，雾沉半垒⑩。夜深月过女墙来，伤心东望淮水⑪。

酒旗戏鼓甚处市？想依稀，王谢邻里⑫。燕子不知何世，向寻常巷陌人家⑬，相对如说兴亡，斜阳里。

【注释】

①金陵：今江苏南京市。

②佳丽地：美好的地方，指金陵。

③盛事：指繁华。

④故国：故都，指金陵。清江：指长江。髻鬟：古代妇女的发髻。

⑤怒涛：指潮水。孤城：指金陵城。

⑥风樯：指帆船。度：过。

⑦断崖：陡峭的山崖。

⑧倒倚：形容断崖上的树像倒立似的横斜生长。

⑨莫愁艇子：莫愁是南朝一个女子的名字，古乐府《莫愁乐》："莫愁在何

处？莫愁石城（古代金陵西有石城，临江）西。艇子打两桨，催送莫愁来。"今南京市水西门外有莫愁湖。

⑩旧迹：遗迹。郁苍苍：形容树木茂盛，一片青葱。垒：营垒。

⑪淮水：指秦淮河，源出江苏溧水县北，横贯南京城，入长江。

⑫戏鼓：指游艺场所的乐器。依稀：仿佛。王谢：东晋的两个大家族，他们都住金陵乌衣巷一带。

⑬寻常：平常。陌：街道。

【解析】

此词上片写金陵地势险固，中片写金陵的古迹，下片写眼前景物。词中隐括了刘禹锡《金陵五题》中《石头城》、《乌衣巷》两首诗，却"浑然天成"，"如自己出"。意境奇伟，格调高古，是周邦彦作品中较为独特者。

李重元

李重元，生平事迹不详。他有《忆王孙》词四首。

忆王孙　　春词①

　　萋萋芳草忆王孙②，柳外楼高空断魂，杜宇声声不忍闻③。欲黄昏，雨打梨花深闭门。

【注释】

①忆王孙：词牌名。王孙：公子哥儿。

②萋萋：西汉刘安《招隐士》赋："王孙游兮不归，春草生兮萋萋。"此处

化用。

③杜宇：即杜鹃鸟，相传为古代蜀帝杜宇之魂所化。

【解析】

　　这是一首写"伤春伤别"的词。词中以一串具体的意象表情达意，不涉一情字，而情意自现。"末句比兴深远，言有尽而意无穷。"（黄了翁语）

李清照

　　李清照（1084～1151?），号易安居士，济南（今山东济南）人。其父李格非是著名学者。她的丈夫赵明诚是宰相之子，历任莱、淄等州太守，是位金石家。二人伉俪相待，生活十分美满。金兵入侵，二人南渡。丈夫病逝，晚年生活孤寂愁苦，思想上发生了很大变化。李清照是我国最著名的女词人。工于造语，善于创意出奇，擅长用白描手法塑造出鲜明动人的形象，创立了雅而不难、易而不俗、生活气息浓郁的"易安体"，有《漱玉词》传世。

如梦令①

　　昨夜雨疏风骤，浓睡不消残酒②。试问卷帘人，却道海棠依旧③。知否？知否？应是绿肥红瘦④。

【注释】

①这首词当是作者前期的作品。

②雨疏风骤：雨小风急。浓睡：睡得酣畅。不消残酒：残余的醉意没完全

消除。

③卷帘人：指正在卷帘的侍女。却道：还说。

④绿肥红瘦：形容叶子繁盛，花儿　　残败。

【解析】

　　此词通过作者与侍女寥寥数语的对话，表现词人惜春怜花的心情，反映了作者前期悠闲、风雅的生活情趣。其中隐约有相思别离之情，故人称"短幅中藏无限曲折"。"绿肥红瘦"十分形象地绘出雨后春景，以造语清新为人所称道。

一剪梅①

　　红藕香残玉簟秋②。轻解罗裳，独上兰舟。云中谁寄锦书来③？雁字回时④，月满西楼。

　　花自飘零水自流。一种相思，两处闲愁。此情无计可消除⑤，才下眉头，却上心头。

【注释】

①这首词当是李清照与赵明诚结婚不久离别之后所写。

②红藕：红藕花的简称，荷花也称藕花。玉簟（diàn）：光泽如玉的竹席。

③锦书：书信的美称。此指情书。

④雁字：雁群飞行时排列成"一"或"人"字形，所以称作"雁字"。

⑤闲愁：这里指离别相思之愁。无计：没有办法。

【解析】

　　此词上片描写送别时的情景以及词人在家盼望丈夫来信的急切心情；下片极写相思愁苦之情无法消除。此词善于描写人物情态，别离时的情景及别后的相思伫望、愁苦不奈都描摹得十分传神。语言浅近清新，但又工致周密，独具艺术魅力。

醉花阴①

　　薄雾浓云愁永昼，瑞脑消金兽②。佳节又重阳，玉枕纱厨，半夜凉初透③。

　　东篱把酒黄昏后④，有暗香盈袖。莫道不消魂，帘卷西风，人比黄花瘦⑤。

【注释】

①这首词是重阳节所作，是李清照早期所写的名篇。

②永昼：漫长的白天。瑞脑：香料，又称龙脑。金兽：兽形的铜香炉。

③玉枕：白色磁枕。

④东篱：菊圃的代称。借陶渊明诗而用。

⑤消魂：感叹极深，似乎魂魄要离开自己的躯体一样。黄花：指菊花。

【解析】

这是一首重阳佳节怀念丈夫的词。上片写词人白日愁烦、夜间孤寂的景况和情绪；下片写重阳把酒赏菊之后，面对良辰美景，而独缺亲人，更增怅惘情怀。词中以黄花拟人作比，是高妙之处，为点睛之笔。

渔家傲①

天接云涛连晓雾，星河欲转千帆舞②。仿佛梦魂归帝所③。闻天语，殷勤问我归何处④？

我报路长嗟日暮，学诗漫有惊人句⑤。九万里风鹏正举⑥。风休住，蓬舟吹取三山去⑦。

【注释】

①这首词当为李清照南渡遭遇变乱后所写，又题作《记梦》。

②云涛：云彩如波涛涌起。星河：即银河。星河欲转：指夜已深。

③归帝所：到天帝的居处，即天宫。

④闻天语：听见天帝说话。殷勤问：是天帝向诗人热情地询问。

⑤报：回答。嗟：嗟叹。日暮：指前途黯淡。此二句前句隐括屈原《离骚》"路漫漫其修远兮，吾将上下而求索"

和"欲少留此灵琐兮，日忽忽其将暮"，后句隐括杜甫"为人性癖耽佳句，语不惊人死不休"句意。

⑥九万里：《庄子·逍遥游》："鹏之徙于南冥也，水击三千里，抟扶摇而上者九万里。"举：鸟飞翔的意思。

⑦蓬舟：如蓬草似的轻舟。三山：传说中海上有蓬莱、方丈、瀛洲三座仙山。

【解析】

此词为李清照豪放词的代表作，极富浪漫色彩。全词通过梦境的描写，表现诗人要求摆脱现实苦恼、追求自由美好的理想和积极奋发的精神。此词构思奇特，虚构了天空景象及天宫问答，可以自由抒写情怀抱负。用典精当，熔裁工巧，连用屈原、杜甫、庄子的诗文，不着痕迹，与己文己意浑然一体。

永遇乐①

落日熔金，暮云合璧，人在何处②？染柳烟浓，吹梅笛怨，春意知几许③？元宵佳节，融和天气，次第岂无风雨④？来相召、香车宝马，谢他酒朋诗侣⑤。

中州盛日，闺门多暇，记得偏重三五⑥；铺翠冠儿，捻金雪柳，簇带争济楚⑦。如今憔悴，风鬟雾鬓，怕见夜间出去⑧。不如向、帘儿底下，听人笑语。

【注释】

①这首词是李清照晚年的代表作之一。
②熔金：形容落日的光辉像熔化的黄金。璧：圆形而中间有孔的玉。合璧：形容云彩像璧玉一样合在一起。
③吹梅笛怨：笛子吹出古典《梅花落》的哀怨之音，咏叹梅花的飘零。
④次第：转眼。
⑤香车宝马：华美的车马。谢：辞谢。
⑥中州：河南是古代九州的中心，故称中州，这里指北宋京城汴京。偏重：

特别看重。三五：指正月十五元宵节。
⑦铺翠冠儿：装饰着翡翠的帽子。捻（niǎn）金雪柳：宋代元宵节妇女头上的一种装饰。据《宣和遗事》载："少刻京师民有似雪浪，尽头上戴着玉梅、雪柳、闹娥儿，直到鳌山下看灯。"簇带：宋时俗语，插戴的意思。济楚：整齐。
⑧雾：一作"霜"。

【解析】

这首词通过对中州盛日元宵佳节热闹景象和欢乐生活的回忆，对比当前节日悲凉寂寞的心情，表现词人今不如昔的感受及对故国的怀念之情。用语上平淡中见醇厚，明白易晓，又感人至深。刘辰翁云："诵李易安《永遇乐》，为之涕下，每闻此词，辄不自堪。"

武陵春①

风住尘香花已尽②，日晚倦梳头。物是人非事事休③，欲语泪先流。

闻说双溪春尚好，也拟泛轻舟④。只恐双溪舴艋舟⑤，载不动、许多愁。

【注释】

①这首词是作者于绍兴五年（1135）避
　难金华时所写。

②尘香：花落地上，连尘土也沾上了花
　的香气。

③休：停止，完了。

④双溪：水名，在今浙江金华县。也
　拟：也打算。

⑤舴艋（zé měng）舟：小船。

【解析】

　　这首词是词人对国破家亡、漂泊转徙、夫死孀居的凄苦生活的感叹。
此词将抽象的愁苦意绪具体化，如"只恐"二句，形象生动，奇警感人。
词中虚字的运用对情感婉转周致的表达助力颇多，如"闻说"、"也拟"、
"只恐"，一波三折，极为传神。

声声慢①

　　寻寻觅觅，冷冷清清，凄凄惨惨戚戚。乍暖还寒时候，
最难将息②。三杯两盏淡酒，怎敌他、晚来风急？雁过也，
正伤心，却是旧时相识③。

　　满地黄花堆积，憔悴损，如今有谁堪摘④？守着窗儿，
独自怎生得黑⑤？梧桐更兼细雨，到黄昏、点点滴滴。这次
第，怎一个、愁字了得⑥？

【注释】

①这首词是李清照后期词的杰作。

②乍暖还寒：指深秋天气变化无常。将
　息：将养休息。

③"雁过"三句：是说正伤心时，有雁
　儿飞过，这些雁儿正是从前见过的，

　益发触动悲伤之情。

④憔悴损：指枯萎得不成样子。

⑤怎生：怎样。得黑：挨到天黑。

⑥次第：光景、情况。了得：包含得
　了。

【解析】

　　这首词通过残秋景色的描写，表现作者晚年国破家亡、饱经离乱的
愁苦生活和凄惨心情。全词自然而巧妙地概括平凡的日常生活，由此表
达作者深切的情感和复杂的心理状态，亲切感人。在语言方面，此词最
为人称道的是双声、叠字的运用，可谓淋漓尽致，一字一泪；其中的齿
音字，似咬牙切齿说出，极其凄清悲切。

张元幹

张元幹（1091～1170），字仲宗，号芦川居士，又号真隐山人，永福（今福建永泰）人。于北宋宣和元年（1119）出仕，曾为李纲行营属官，积极支持李纲抗金，反对朝廷议和。

张元幹继承了苏轼所开创的豪放派词风，对南宋许多优秀词人有着重大影响。毛晋说张元幹的词"长于悲愤"（《芦川词》跋），《四库总目》评元幹词说："其词慷慨悲凉，数百年后尚想其抑塞磊落之气。"（《芦川词》提要）。

贺新郎　送胡邦衡诗制赴新州①

梦绕神州路②，怅秋风、连营画角，故宫离黍③。底事昆仑倾砥柱，九地黄流乱注④？聚万落千村狐兔⑤。天意从来高难问，况人情老易悲难诉⑥！更南浦，送君去⑦！

凉生岸柳催残暑。耿斜河⑧、疏星淡月，断云微度。万里江山知何处⑨？回首对床夜语。雁不到、书成谁与⑩？目尽青天怀今古⑪，肯儿曹、恩怨相尔汝⑫？举大白，听金缕⑬。

【注释】

①这首词写于绍兴十二年（1142）七月。绍兴八年（1138）十一月，枢密院编修官胡铨上书反对与金议和，请斩王伦、秦桧、孙近三人。秦桧利用权势，将胡铨降职到外地。绍兴十二年又策动谏官弹劾胡铨"饰非横议"，胡铨因之除名编管新州（今广东新兴县），一时无人交接。惟有张元幹激于义愤，不顾生命危险，路过福州时，写了这首词为他送行。胡邦衡：即胡铨。待制：是备皇帝顾问的官。

②神州：这里指中原沦陷地区。

③离黍：语出《诗经·王风·黍离》首句"彼黍离离"。后世以此表现故国之思。

④底事：何事，为什么。昆仑倾砥（dǐ）柱：相传昆仑山有铜柱，其高入天，称为天柱。（见《神异经》）黄流乱注：这里以黄河水流泛滥比喻金兵侵扰所造成的灾祸。

⑤万落千村：即千万村落，指北方所有的农村。狐兔：这里比喻金兵。

⑥天意：化用杜甫《暮春江陵送马大卿公恩命追赴阙下》诗意："天意高难问，人情老易悲。"老易：容易衰落。

⑦南浦：泛指送别的地方。

⑧斜河：银河斜转，表示夜深。

⑨知何处：不知贬所在哪里？

⑩书成谁与：将写好的书信托交给谁呢？

⑪目尽青天：遥望天空。

⑫肯：岂肯。儿曹：小儿女辈。尔汝：彼此以你我相称，表示亲密。

⑬大白：酒杯。金缕：即《金缕曲》，是《贺新郎》词调的别名。

【解析】

　　这首词表达了作者对友人胡铨坚持正义斗争的大力支持和不幸遭遇的深切同情，有力地谴责了金国统治者对中原地区的践踏破坏以及南宋投降派杀害忠良、丧权辱国的可耻行径。全词情调激越，悲壮有力，大气凛然。

岳 飞

　　岳飞（1103～1141），字鹏举，相州汤阴（今河南汤阴）人。南宋初抗金名将。少年从军，屡破金兵，以恢复中原为己任。历官荆湖东路安抚都总，河南、北诸路招讨使，枢密副使等职。绍兴十一年（1141），大败金兀术，进军至朱仙镇，距离汴京只有四十五里，大河南北闻风响应。但宋高宗赵构采用秦桧奸计，以一天十二道金牌将他召回，诬陷杀害。其作品保存下来的不多，但都充满爱国激情，历来为人们所珍视。

满江红①

　　怒发冲冠，凭栏处、潇潇雨歇②。抬望眼、仰天长啸③，壮怀激烈。三十功名尘与土，八千里路云和月④；莫等闲、白了少年头，空悲切⑤。

　　靖康耻⑥，犹未雪，臣子恨，何时灭！驾长车踏破、驾兰山缺⑦。壮志饥餐胡虏肉，笑谈渴饮匈奴血⑧。待从头、收拾旧山河，朝天阙⑨。

【注释】

①这首词大约写于宋高宗绍兴二年（1132）前后。

②怒发冲冠：形容大怒时头发竖起，将帽子往上顶。凭：倚靠。潇潇：急骤

的雨声。

③抬望眼：抬头远望。长啸：撮口激气发出清而长的声音。

④尘与土：形容微不足道，是自谦之词。八千里路：指道路遥远。云和月：意谓披星戴月，转战南北。

⑤等闲：随便，轻易。悲切：悲痛。

⑥靖康耻：指北宋灭亡的耻辱。靖康是宋钦宗的年号。

⑦长车：指战车。贺兰山：在今宁夏和内蒙古交界处。这里泛指宋、金边境的界山。缺：指山口。这两句意谓要驾着战车长驱北上，踏过边界关山，收复失地。

⑧胡虏、匈奴：泛指敌人。

⑨收拾：整顿，整理。天阙：宫殿前的楼观。朝天阙：指朝见皇帝。

【解析】

这是一首脍炙人口、充满战斗豪情的壮词，是一首忠义慷慨、气贯日月的千古绝唱。词的上片叙写词人珍惜年华、渴望建功立业的抱负；下片抒发痛恨敌人、报仇雪耻的爱国激情，表达收复失地、统一国家的信念。作品气概豪壮，语言粗犷，音调高亮，颇具英雄气象，最能给人以鼓舞激励。"'莫等闲'二语，当为千古箴铭。"（《白雨斋词话》）

张孝祥

张孝祥（1132～1169），字安国，号于湖居士，历阳乌江（今安徽和县）人。宋高宗绍兴二十四年（1154）中进士第一。任中书舍人，直学士院兼都督府参赞军事，建康留守。他积极赞助张浚的北伐主张，反对屈辱的"隆兴和议"。后来受朝廷投降派弹劾被免职。最后任荆南知州、湖北路安抚使，在荆州筑堤防洪，政绩颇卓。他的词直抒胸臆，不事雕琢，具有潇洒出尘之姿，自然如神之笔，迈往凌云之气，风格极似苏轼。

六州歌头①

长淮望断，关塞莽然平②。征尘暗，霜风劲，悄边声③。黯销凝④，追想当年事，殆天数，非人力⑤；洙泗上⑥，弦歌地，亦膻腥。隔水毡乡，落日牛羊下，区脱纵横⑦。看名王宵猎，骑火一川明⑧，笳鼓悲鸣，遣人惊⑨。

念腰间箭，匣中剑，空埃蠹⑩，竟何成！时易失，心徒壮，岁将零⑪，渺神京⑫。干羽方怀远⑬，静烽燧，且休兵；冠盖使，纷驰骛，若为情⑭。闻道中原遗老⑮，常南望，翠葆霓旌⑯。使行人到此，忠愤气填膺⑰，有泪如倾。

【注释】

①隆兴元年（1163），主战派张浚兴师北伐，在符离（今安徽宿县）被金兵打败。朝廷主和派得势，他们急于向金国屈辱求和，张孝祥对此悲愤难抑，在一次宴客席上赋就了这首著名的《六州歌头》。据载，张浚读后，"罢席而入"（连酒也喝不下去就离开了）。

②长淮：即淮河。绍兴十一年（1141），南宋向金屈辱求和，并约定以淮河为界，于是淮河成为南宋前线。关塞：关山要塞。莽然：草木茂密的样子。

③悄：寂静。边声：边塞上特有的声音。

④销凝：销魂凝神，形容忧思。

⑤当年事：指靖康二年（1127）金兵侵占中原，宋徽宗、钦宗被掳北去。殆（dài）：几乎，差不多。

⑥洙（zhū）泗（sì）：即洙水、泗水，流经孔子讲学的山东曲阜。

⑦隔水毡乡：是说淮河北岸竟成了金人的聚住地。区（ōu）脱：本是匈奴用以侦察警戒的土室，这里借指金兵的哨所。

⑧名王：原指匈奴诸王中特别显贵者，这里指金国的将帅。骑（jì）火：骑兵手执火把。一川明：火光将河水照亮。

⑨笳鼓：指金营中的笳声、鼓声。

⑩埃蠹（dù）：尘封虫蛀，指武器久放不用。

⑪岁将零：一年将尽。

⑫渺：渺远。神京：指北宋京城汴京。

⑬干羽：盾牌和雉尾，是古代舞者手拿的舞具。怀远：用礼乐使边远的少数民族归顺，实际是讽刺南宋统治者借口以礼服人，向金屈辱求和。

⑭冠盖使：指派遣向金求和的使臣。纷驰骛（wù）：许多人奔驰忙碌。若为情：何以为情。

⑮中原遗老：指沦陷区人民。

⑯翠葆：以翠鸟羽毛为装饰的车盖。霓旌：彩旗。翠葆霓旌：指皇帝的车驾。

⑰行人：指到淮河南岸的行人。填膺：充满胸腔。

【解析】

这首词上片描写词人北望沦陷区所见到的荒凉景象及敌人的骄纵横行；下片抒发词人壮志难酬的悲愤以及对主和派屈辱求和的怨恨，也表达了沦陷区父老渴望南宋军队北伐中原、收复失地的心情。词人抓住此调音繁节促的特点，时而激越昂扬，时而苍劲低沉，完美地表达了激荡的情感和愤激的思想内容。清陈廷焯称此词"淋漓痛快，笔饱墨酣，读之令人起舞"。

杨万里

杨万里（1124～1206），字廷秀，号诚斋，吉州吉水（今江西吉安）人。宋高宗绍兴二十四年（1154）中进士。历仕高宗、孝宗、光宗三朝，官至太常丞、广东提点刑狱、尚书左司郎中兼太子侍读、秘书监、宝谟阁学士。他为人秉性刚直，志节坚定，遇事敢言。平生主张抗金。晚年因权奸当国，誓不出仕，在家闲居十五年，最后忧愤成疾而逝。其诗初学江西诗派，后学王安石及晚唐诗人的绝句，师法自然，自成一家，时号"诚斋体"。以写景咏物见长，想象丰富，意境新颖，语言清新活泼，浅近明白，具有幽默、诙谐的特色。

闲居初夏午睡起①

梅子留酸软齿牙②，芭蕉分绿与窗纱③。
日长睡起无情思，闲看儿童捉柳花。

松阴一架半弓苔④，偶欲看书又懒开。
戏掬清泉洒蕉叶，儿童误认雨声来。

【注释】

①此诗作于乾道二年（1166），时作者家居。诗共二绝。
②软齿牙：牙齿因梅酸而难受。
③"芭蕉"句：指芭蕉染映窗纱。
④架：豆棚瓜架。半弓苔：如弓半弯的小径长满了苔藓。

【解析】

这两首诗紧扣季候节物，写夏日的情致。更可贵的是，景物与人物结合，如诗人之睡起、闲看、懒读、戏洒，儿童之捉柳花、误雨声，都极有韵致，又与季候节物相谐。诗人选材精到，摹写中的。

插秧歌①

田夫抛秧田妇接，小儿拔秧大儿插。
笠是兜鍪蓑是甲，雨从头上湿到胛②。
唤渠朝餐歇半霎③，低头折腰只不答。

秧根未牢莳未匝，照管鹅儿与雏鸭④。

【注释】

①此诗是作者于孝宗淳熙六年（1179）离开常州，西归故乡吉水，路经衢州时所写。

②兜鍪（móu）：头盔，古时士兵所戴。胛（jiǎ）：肩胛。

③渠：他。朝餐：指吃早饭。半霎（shà）：一小会儿。

④莳（shì）：栽插。匝（zā）：周遍，完毕。

【解析】

这首诗描写一家农民在春耕时，全家大小冒雨插秧的紧张劳动情景。诗人刻意把劳动作战斗来写，表现了劳动的艰辛和神圣。劳动场面捕捉得十分准确，具有生活气息。语言通俗，明白如话。

闷歌行①

阻风泊湖心康郎山旁小洲三宿②，作《闷歌行》。

风力掀天浪打头③，只须一笑不须愁；
近看两日远三日④，气力穷时会自休⑤。

【注释】

①绍熙三年（1192），杨万里以江东转运副使巡行州县，途经鄱阳湖时写了组诗，此为其中之一。

②康郎山：在鄱阳湖湖心。

③掀天：极力形容风力之大。

④近看：往近时看。远：往远时看。

⑤穷时：尽时。自休：自行停止。

【解析】

这首诗写诗人对于湖中风浪的感触，揭示了自然风浪"会自休"的客观规律，表现了作者遭遇险境而处之泰然的达观态度。幽默诙谐，却又富于哲理。

陆　游

陆游（1125～1210），字务观，号放翁，越州山阴（今浙江绍兴）人。宋孝宗即位之初，他被召见，赐进士出身。光宗时，除朝议大夫、礼部郎中。后被劾去职，归老山阴故乡。

陆游是南宋伟大的爱国诗人。一生所写的诗将近万首，还有词一百三十首和大量的散文。其中，诗的成就最为显著。前期多为爱国诗，诗风宏丽，豪迈奔放；后期多为田园诗，风格清丽，平淡自然，有"小太白"之称。他的词，多数是飘逸婉丽的作品，但也有不少慷慨激昂之作，充满悲壮的爱国激情。

游山西村①

莫笑农家腊酒浑，丰年留客足鸡豚②。
山重水复疑无路，柳暗花明又一村③。
箫鼓追随春社近，衣冠简朴古风存④。
从今若许闲乘月，拄杖无时夜叩门⑤。

【注释】

①这首诗作于乾道三年（1167）初春。山西村：作者当时所居，在浙江绍兴鉴湖附近。

②腊酒：头年腊月所酿的酒。浑（hún）：浑浊。豚（tún）：小猪，泛指猪。

③柳暗花明：柳色深绿，因而显得暗淡；花色鲜艳，因而显得明亮。

④春社：古代以立春后第五个戊日为春社日，农村在这天要祭祀土地神，以祈求丰年。

⑤闲乘月：趁着月明之夜出外闲游。

【解析】

这首诗是作者闲居家乡时写的。全诗层次分明，章法细密。每两句表现一层意思，层层递进：受到热情接待，农村优美景致，农民生活习俗，再访的心愿。诗中充满对村人的一片真情。颔联对仗工整，富于理趣，为千古名句。

金错刀行①

黄金错刀白玉装，夜穿窗扉出光芒②。丈夫五十功未立，提刀独立顾八荒③。京华结交尽奇士，意气相期共生死④；千年史策耻无名，一片丹心报天子⑤。尔来从军天汉滨，南山晓雪玉嶙峋⑥。呜呼！楚虽三户能亡秦⑦，岂有堂堂中国空无人。

【注释】

①这首诗是作者于乾道九年（1173）十月在嘉州写的。

②金错刀：用金涂饰刀身。白玉装：用白玉装饰刀柄。

③八荒：八方荒远之地。此泛指一切荒远的地方。

④京华：即京师，指南宋都城临安。

⑤史策：即史册。

⑥尔来：近来。天汉滨：汉水旁。玉嶙峋（lín xún）：参差矗立，洁如白玉。

⑦三户能亡秦：战国时秦国用外交手段孤立楚国，后又将楚怀王骗入武关，要求割地，怀王不答应，于是被扣留，终于死在秦国。当时楚国人民非常愤慨，民间有谣谚说："楚虽三户，亡秦必楚。"

【解析】

　　这首诗表达了作者"一片丹心报天子"、为国立功的远大志向和歼灭敌人、兴复宋室的坚定信心。此词情感饱满，气势磅礴，节奏紧促，音调铿锵，为爱国名篇。

书　愤①

早岁那知世事艰，中原北望气如山②；
楼船夜雪瓜洲渡，铁马秋风大散关③。
塞上长城空自许，镜中衰鬓已先斑④。
出师一表真名世，千载谁堪伯仲间⑤。

【注释】

①这首诗是作者于宋孝宗淳熙十三年（1186）春，退居山阴时所写。

②早岁：早年。世事艰：指坚决抗金、收复失地的主张，受到投降派的阻挠、破坏，困难重重。气如山：收复失地的战斗意志像大山一样坚定。

③楼船：高大的战船。瓜洲：即瓜洲镇，在今江苏邗江县南长江滨，与镇江斜相对峙，是江防要地。铁马：披着铁甲的战马。大散关：在今陕西宝鸡市西南，是当时南宋与金在西北的交界处。上句是隐指宋高宗绍兴三十一年（1161）十一月，金主完颜亮南侵，宋将刘锜、虞允文等在瓜洲、采石一带拒守。结果，完颜亮为部下所杀，金兵溃退。下句是指乾道八年（1172）陆游在南郑军中与王炎积极筹划进兵长安，曾强渡渭水，与金兵在大散关发生遭遇战。

④塞上长城：作者自比为可以捍卫国家、防御敌人的边塞上的长城。许：期待。

⑤出师一表：指诸葛亮的《出师表》。堪：可以。伯仲间：不相上下。

【解析】

　　此诗抒发退敌立功理想破灭的愤激之情。全诗刻画了一位有志于恢复中原而又报国无门、老当益壮、时刻不忘为国立功的爱国诗人形象。诗中虽有喟叹，但主调慷慨激昂、豪情万丈、正气干云。李慈铭评说："全首浑成，风格高健，置之老杜集中，直无愧色。"

秋夜将晓出篱门迎凉有感①

三万里河东入海②，五千仞岳上摩天③，
遗民泪尽胡尘里④，南望王师又一年⑤。

【注释】

①这首诗是陆游于宋光宗绍熙三年（1192）秋，居山阴时所写。
②河：指黄河。三万里是极言其长。
③仞：八尺。岳：高大的山，这里指东岳泰山和西岳华山。
④胡尘里：这里指金朝占领区。
⑤王师：指南宋的军队。

【解析】

　　这首诗抒发作者对沦陷区壮丽山河的深切挚爱之情，概括了中原父老希望复国的悲痛心情。诗虽然只写对面（沦陷区）人事，但却寄寓着自己希望恢复中原的热望，以及对统治者偏安一隅、无所作为的谴责。

十一月四日风雨大作①

僵卧孤村不自哀，尚思为国戍轮台②；
夜阑卧听风吹雨，铁马冰河入梦来③。

【注释】

①这首诗是陆游于光宗绍熙三年（1192）居山阴时所写。
②不自哀：不为自己生活困苦、年岁老大而哀伤。轮台：在今新疆轮台县。这里泛指边疆。
③夜阑：夜深。冰河：北方冰封的河流。

【解析】

　　这首诗以高昂的情调、雄奇壮丽的梦境，表现一位爱国诗人老当益壮的英雄气概。境界开阔，气势雄壮，激励人心。

沈　园①

城上斜阳画角哀②，沈园非复旧池台③。
伤心桥下春波绿，曾是惊鸿照影来④。

梦断香消四十年⑤，沈园柳老不吹绵⑥。
此身行作稽山土⑦，犹吊遗踪一泫然⑧。

【注释】

①沈园：故址在今绍兴市禹迹寺南。陆
　游与唐琬事，见下《钗头凤》注。
②哀：是指号角之声沉痛感人。
③非复：不再是。
④惊鸿：比喻妇女体态轻盈像惊起的鸿
　雁。曹植《洛神赋》："翩若惊鸿。"
　这里借指唐琬。
⑤梦断香消：指唐琬死去。四十年：陆

游与唐琬在沈园相遇时为宋高宗绍兴
二十五年（1155），到庆元五年
（1199）他写此诗时，已过去四十四
年，这里说"四十年"，是举其整数。
⑥不吹绵：不飞柳絮。绵：即柳絮。
⑦稽山：即会稽山，在今浙江绍兴县东
南。
⑧泫（xuàn）然：伤心流泪的样子。

【解析】

　　沈园二首都是怀人之作。第一首写四十年来，沈园景物已经改观，
不同于昔日。但桥下的春水，曾是唐琬临池照影之处，使他流连难舍、
哀伤不已。第二首是写唐琬死后四十年来，人事和园林都发生了巨大变
化。诗人虽然年岁老大，也行将入土，但对景怀人，不禁悲从中来，泫
然落泪。这两首诗是陆游诗中较少见的，写来委婉感人。陈衍《宋诗精
华录》评曰："无此等伤心之事，亦无此等伤心之诗。就百年论，谁愿有
此事；就千秋论，不可无此诗。"

示　儿①

死去元知万事空②，但悲不见九州同③。
王师北定中原日，家祭无忘告乃翁④。

【注释】

①这是陆游的绝笔诗。写于宁宗嘉定三
　年（1210）春。示儿：写给儿子看。

②元知：本来就知道。
③但：只。九州同：指全国统一。

④乃翁：你们的父亲，陆游自称。

【解析】

这首绝笔诗，凝聚着陆游毕生的心事，总结了诗人一生的政治抱负，表现了作者高度的爱国主义精神。全诗感情真挚，语言朴实，是一首浸满血泪和悲壮的千古绝唱。

钗头凤①

红酥手，黄縢酒②，满城春色宫墙柳③。东风恶，欢情薄④，一怀愁绪，几年离索⑤。错，错，错！

春如旧，人空瘦。泪痕红浥鲛绡透⑥。桃花落，闲池阁⑦。山盟虽在，锦书难托⑧。莫，莫，莫⑨！

【注释】

①这首词写于绍兴二十五年（1155）。据载：陆游初娶其舅父唐闳之女、表妹唐婉为妻，夫妻相爱，但陆游的母亲不喜欢唐婉，于是逼着这对夫妻离婚。离婚后，陆游续了王氏，而唐婉改嫁了赵士程。绍兴二十五年，在一次春游禹迹寺南之沈园时，陆游与唐婉相遇。"唐以语赵，遣致酒肴，陆怅然久之，为赋《钗头凤》一词题壁间云。"《钗头凤》：词牌名，原名《撷芳词》。
②红酥手：红润白嫩的手。黄縢（téng）酒：即黄封酒，当时官酿的酒以黄纸封口。
③宫墙：房屋的围墙，这里指沈园的围墙。

④东风：暗喻陆游的母亲。欢情薄：是说自己情薄，不能与妻子永远相爱，终于被迫离婚。
⑤一怀：满怀。离索：分离后的孤独生活。
⑥浥（yì）：湿。鲛绡（jiāo xiāo）：古代神话中鲛人所织的丝绢。后代指丝织的手帕。
⑦闲：这里有冷清、荒凉的意思。池阁：池上的楼阁。
⑧山盟：指坚贞不移的爱情盟约。古人盟约，多指山河为誓。锦书：写在锦上的书信，这里指情书。难托：难以寄出。
⑨莫：罢了。

【解析】

这首词表现陆游因美满爱情生活遭到破坏而产生的痛苦、愤恨以及无可奈何的心情，反映在封建礼教残酷压迫下一对恩爱夫妻被活活拆散的婚姻悲剧。作者将直接抒情与借景抒情结合起来，充分表达了自己的感情。上下片末尾的两组叠字，如泣如诉，如呼如号，极为传神地表现了词人悔恨、无奈的心情。

卜算子　咏梅①

驿外断桥边，寂寞开无主②。已是黄昏独自愁，更著风和雨③。

无意苦争春，一任群芳妒④。零落成泥碾作尘⑤，只有香如故。

【注释】

①这首词可能写于乾道九年（1173）。

②无主：无人过问，没人欣赏。

③更著：又遭受、又加上。

④一任：完全听任。群芳：指百花，这里指朝中的投降派。

⑤零落：指梅花凋谢。

【解析】

这首词通过歌咏梅花高洁的品质，来表现作者不与投降派同流合污、坚强不屈的高尚情操。

诉衷情

当年万里觅封侯①，匹马戍梁州②。关河梦断何处③，尘暗旧貂裘④。

胡未灭，鬓先秋⑤，泪空流。此生谁料，心在天山⑥，身老沧洲⑦！

【注释】

①觅封侯：寻求建立功业以博取封侯的机会。

②梁州：治所在今陕西汉中一带。乾道八年（1172），陆游曾在此公干。

③关河：关塞与河防。梦断：即梦醒。

④尘暗貂（diāo）裘：貂鼠皮制作的皮袄落满灰尘而陈旧变色，比喻长期闲散，没有立功的机会。

⑤鬓先秋：鬓发已染秋霜，指鬓发已白。

⑥天山：在今新疆境内。此处借指西北前线。

⑦沧洲：水边，古代隐者所居。陆游晚年住在绍兴镜湖边上的三山。

【解析】

这首词表现诗人空怀为国戍边、杀敌立功的壮志，却被统治集团弃置不用，深感光阴虚度、国耻未雪、壮志未酬，因而内心无限悲愤。此词用典极为成功，具有以少博多的艺术效果。

范成大

范成大（1126～1193），字致能，号石湖居士，吴县（今江苏苏州）人。宋高宗绍兴二十四年（1154）中进士。历任中书舍人、四川制置使、参知政事等职。写诗初从江西派入手，后广泛向唐宋名家学习，终于自成一家。最能体现他诗歌特色的，是晚年所写的《四时田园杂兴》六十首。他的田园诗写得平易通俗，自然生动，清新轻巧，富有民歌风味。

州 桥①

州桥南北是天街②，父老年年等驾回；
忍泪失声询使者："几时真有六军来③？"

【注释】

①宋孝宗乾道六年（1170），范成大出使金国，经过汴京时，写了《州桥》、《福胜阁》、《宣德楼》等诗。州桥，天汉桥的俗称，在汴京宫城南，建于汴河上。诗题下作者自注："南望朱雀门，北望宣德楼，皆旧御路也。"

②天街：京城的街道。

③六军：周制，天子有六军。这里指南宋朝廷的军队。

【解析】

这首诗以北宋汴京的州桥——这是南宋皇帝车驾北归必经之地——为背景，选取父老盼望皇帝北归而询问使者的情节，表达了中原父老盼望王师北定中原而一再失望的悲绝情感。诗中情真意切，用语精到。

四时田园杂兴①

昼出耘田夜绩麻②，村庄儿女各当家③；
童孙未解供耕织④，也傍桑阴学种瓜⑤。

【注释】

①《四时田园杂兴》是范成大六十一岁在石湖养病时写的一组田园诗。原诗分"春日"、"晚春"、"夏日"、"秋日"、"冬日"五组，每组各十二首，共六十首。今选其一。诗前的小序说："淳熙丙午，沉疴少纾，复至石湖旧隐，野外即事，辄书一绝；终岁得六十篇，号《四时田园杂兴》。"淳

熙丙午，即淳熙十三年（1186）。沉疴（kē）少纾：重病稍轻。

②耘（yún）田：为田除草。绩：捻麻线（麻绳）。

③当家：主持家务。各当家，各自负责主持一个方面。

④未解：不懂得，不理解。

⑤阴：同"荫"。

【解析】

　　这首诗描写农村男女老少夜以继日的劳动生产繁忙景象，揭示了人民群众热爱劳动、热爱生活的情操。诗先写乡村儿女的勤劳当行，再写童孙的稚态，意趣盎然。

辛弃疾

　　辛弃疾（1140～1207），字幼安，号稼轩，山东历城（今山东历城）人。孝宗隆兴初年曾献《美芹十论》等，陈述抗金方略。权相韩侂胄准备北伐，曾起用他知镇江府，但很快又被罢免，不久即抱疾辞世。

　　他以词为主要创作形式，表达了自己一生的抱负和愤懑之情。其词继承苏轼的豪放词风以及南宋前期爱国词人的战斗传统，内容更为丰富，境界更为阔大，手法更为多样，形成了奇肆而博辩的词风。他是豪放词派的集大成者，与苏轼并称"苏辛"。

水龙吟　登建康赏心亭①

　　楚天千里清秋②，水随天去秋无际。遥岑远目③，献愁供恨，玉簪螺髻④。落日楼头，断鸿声里，江南游子⑤。把吴钩看了⑥，栏干拍遍，无人会，登临意。

　　休说鲈鱼堪脍，尽西风、季鹰归未⑦？求田问舍，怕应羞见，刘郎才气⑧。可惜流年，忧愁风雨，树犹如此⑨。倩

何人唤取，红巾翠袖，揾英雄泪⑩？

【注释】

①建康：今南京市。赏心亭：据《景定建康志》在建康下水门城上。此词作于孝宗淳熙元年（1174），作者时任江东安抚司参议官。

②楚天：泛指今长江中下游一带。

③遥岑（cén）：远山。远目：远望。

④螺髻：形似螺状的盘绕起来的妇女发式。此处均用来形容山色秀丽。

⑤断鸿：失群孤雁。江南游子：作者自指。

⑥吴钩：宝剑名。《吴越春秋》记阖闾命于国中做金钩，有人杀其二子，以血衅金，成二钩，献于阖闾。杜甫《后出塞》："少年别有赠，含笑看吴钩。"此处化用其意。

⑦"休说"二句：《世说新语·识鉴篇》记晋张翰，字季鹰，在洛阳做齐王东曹掾，见秋风起，因思吴中菰菜、莼（chūn）羹、鲈鱼脍，遂命驾而归。

⑧求田问舍：指置买田地房产。刘郎：指刘备。《三国志·陈登传》记刘备批评许汜："君有国士之名，今天下大乱，帝王失所，望君忧国忘家，有救世之意，而君求田问舍，无言可采。"

⑨树犹如此：《世说新语·言语篇》记桓温北伐，经金城，见昔日所植柳已皆十围，感叹地说："木犹如此，人何以堪！"

⑩倩：请。红巾翠袖：指歌女。揾（wèn）：擦拭。英雄：作者自指。

【解析】

这是一首登览言志之作。上片写景，同时点出自己不被理解、英雄无用武之地的苦恼；下片连用数个典故，迂回曲折地表现自己不愿消沉又时光虚度、关心国事又功业未成的复杂心情。章法流丽，用典精妙，不愧名作。

菩萨蛮 书江西造口壁①

郁孤台下清江水②，中间多少行人泪③？西北望长安，可怜无数山④！

青山遮不住，毕竟东流去⑤。江晚正愁余，山深闻鹧鸪⑥。

【注释】

①造口：在今江西万安县西南。此词作于淳熙二、三年（1175、1176）间，作者时任江西提点刑狱。

②郁孤台：在今江西赣州市西南，赣江流经台下。一名望阙，唐宋时是郡中形胜之地。清江：赣江与袁江合流处

名清江。

③行人：指逃难之人。

④长安：汉唐都城均是长安，后代即用长安代指都城。此句所言"长安"，应是指北宋都城汴京（今河南开封市）。

⑤"青山"二句：是说青山虽能阻挡人的视线，但却不能阻挡滔滔江水。

⑥闻鹧鸪：鹧鸪叫声如"行不得也哥哥"。《鹤林玉露》认为："闻鹧鸪之句，谓恢复之事不得也。"此解似乎过实。

【解析】

此词是抒写家国兴亡之悲的作品。诗中先回顾过去、次抒写现实、再进行展望，满眼悲痛凄切，中间虽有超脱之语，结尾又掉入迷惘。全词意象简单，却情感复杂，一唱三叹，"忠愤之气，拂拂指间"。

摸鱼儿

淳熙己亥，自湖北漕移湖南，同官王正之置酒小山亭，为赋①。

更能消、几番风雨，匆匆春又归去②。惜春长怕花开早，何况落红无数③。春且住，见说道、天涯芳草无归路④。怨春不语，算只有殷勤，画檐蛛网，尽日惹飞絮⑤。

长门事，准拟佳期又误。蛾眉曾有人妒。千金纵买相如赋，脉脉此情谁诉？⑥君莫舞。君不见、玉环飞燕皆尘土⑦？闲愁最苦。休去依危栏，斜阳正在，烟柳断肠处⑧。

【注释】

①淳熙己亥：淳熙六年（1179）。漕：转运使的简称。此年辛弃疾由湖北转运副使改任湖南转运副使。王正之，名正己，曾任湖北转运判官。小山亭：在当时湖北转运使官署内。

②消：禁得住。

③落红：落花。

④春且住：劝说春天暂且停留一下。见说：据说，听说。天涯芳草无归路：意为芳草长满天涯，春色已尽，春天已无法回来。

⑤"怨春"四句：怨春天不给诗人回答，只有屋檐下的蛛网整天沾惹飞絮，似是在挽留春天。

⑥"长门"五句：用汉武帝与陈皇后的典故。《文选·长门赋序》："孝武皇帝陈皇后，时得幸，颇妒，别在长门宫，愁闷悲思，闻蜀郡成都司马相如天下工为文，奉黄金百斤，为相如、文君取酒，因于解悲愁之辞。而相如为文以悟主上，皇后复得幸。"蛾眉：形容美貌，这里代指典故中的陈皇后。《楚辞·离骚》中有"众女嫉余之蛾眉"句。

⑦玉环：杨贵妃小名玉环，是唐玄宗的宠妃。飞燕：指赵飞燕，汉成帝的宠妃。杨贵妃在安史之乱爆发后，被玄宗赐死于马嵬坡。赵飞燕后被废为庶人，自杀。

⑧危栏：高楼上的栏杆。

【解析】

　　这是一首比兴寄托之作。借香草美人比喻君臣关系，表现了诗人得不到统治者信任的哀怨之情，斥责了那些毁谤和排挤他的诮佞之辈。词作字字都似从其口中道出，句句凄婉动人。此词与其他的豪放辛词不同，"敛雄心，抗高调，变温婉，成悲凉"（周济《宋四家词选》）。

青玉案　元夕①

　　东风夜放花千树，更吹落、星如雨②。宝马雕车香满路③。凤箫声动，玉壶光转，一夜鱼龙舞④。

　　蛾儿雪柳黄金缕⑤，笑语盈盈暗香去⑥。众里寻他千百度，蓦然回首，那人却在，灯火阑珊处⑦。

【注释】

①元夕：即农历正月十五日之夜，有观灯之俗。

②花千树、星如雨：均形容灯火之盛。

③宝马雕车：形容其车马的华贵。

④玉壶：灯的一种。周密《武林旧事·元夕》记福州所进灯"纯用白玉，晃耀夺目，如清冰玉壶"。鱼龙舞：古代百戏的一种，这里指灯节中舞龙灯一类的表演。

⑤蛾儿、雪柳：均为元夕妇女所戴头饰。

⑥笑语句：写出游妇女的情态。暗香：形容妇女身上的幽香。

⑦蓦（mò）然：急然。阑珊：零落，形容灯火之稀。

【解析】

　　此词写元夕景色，以灯火、游人之盛反衬诗人所寻求的意中人，是一首深有寄托的作品。梁启超评此词："自怜幽独，伤心人别有怀抱。"

清平乐　村居①

　　茅檐低小，溪上青青草。醉里吴音相媚好②，白发谁家翁媪③？

　　大儿锄豆溪东，中儿正织鸡笼。最喜小儿无赖，溪头

卧剥莲蓬④。

【注释】

①此词为作者闲居上饶时所作。　　③翁媪（ǎo）：老翁和老妇。

②吴音：吴地的方言。　　　　　　④无赖：此处是顽皮之意。

【解析】

　　此词描写了一幅江南农村的生活图画，图中的人物淳朴可爱、悠然自得，表现了作者对农村风土人情的喜爱。全词形象生动可爱，语言质直自然，格调清新纯朴。

西江月　夜行黄沙道中①

　　明月别枝惊鹊②，清风半夜鸣蝉。稻花香里说丰年，听取蛙声一片。

　　七八个星天外，两三点雨山前。旧时茅店社林边③，路转溪桥忽见。

【注释】

①黄沙：指黄沙岭，在今江西上饶。此　　②别枝：旁生的枝。

　词也是作者闲居上饶时所作。　　　　③社林：社庙（土地庙）附近的树林。

【解析】

　　此词描写农村充满着活跃气氛的夏夜景色。画面清新雅洁，景色生动逼真，笔调轻快灵动，情绪悠闲恬淡。此词是宋词中描写农村题材的佳作。

丑奴儿　书博山道中壁①

　　少年不识愁滋味，爱上层楼②；爱上层楼，为赋新词强说愁③。

　　而今识尽愁滋味，欲说还休④；欲说还休，却道天凉好个秋。

【注释】

①博山：在今江西永丰县西，因形似庐　　山玉炉峰而得名。作者闲居上饶时，

经常往来于博山。

②层楼：高楼。

③强（jiàng）：倔强。

④休：罢休，作罢。

【解析】

　　此词写"愁"字，以少年的强说愁与今日的怕说愁相对比，蕴含了深沉的人生之感。

破阵子　　为陈同甫赋壮词以寄之①

　　醉里挑灯看剑，梦回吹角连营②。八百里分麾下炙③，五十弦翻塞外声④，沙场秋点兵。

　　马作的卢飞快⑤，弓如霹雳弦惊⑥。了却君王天下事，赢得生前身后名⑦。可怜白发生！

【注释】

①陈同甫：即陈亮，作者的好友。此词大约是作者闲居信州时所作。

②"醉里"二句：写诗人深夜醉中把玩武器，回忆起过去的战斗经历。

③八百里：指牛。《世说新语·汰侈篇》记晋王恺有牛名八百里駮。王济与恺比射，以八百里駮为赌物。济获胜，遂杀牛作炙。麾（huī）下：部下。炙（zhì）：烤肉。

④五十弦：指瑟。《史记·封禅书》记太帝使素女鼓五十弦瑟，其音悲切。这里代指军中乐器。翻：演奏。塞外声：指悲壮的军乐。

⑤的卢：马名。《相马经》说，马白额入口至齿者名的卢。《三国志·先主传》注引《世语》记刘备骑的卢"一跃三丈"，过檀溪而脱险。作：如。

⑥霹雳：雷声，这里用来形容弓弦声之有力。《南史·曹景宗传》记曹回忆少年生活，有"拓弓弦作霹雳声"之语。

⑦天下事：国家大事，这里指恢复国家统一之事。

【解析】

　　这首词回忆当年的战斗生活，表现了作者渴望抗金杀敌、建功立业的决心。词的起首从挑灯看剑入笔，很自然地引入回忆当年金戈铁马的生活以及建功扬名的壮志，慷慨豪壮，气势磅礴，而结尾陡然一转，回到现实，由豪壮到悲凉，取得了独特的艺术效果。

西江月　　遣兴①

　　醉里且贪欢笑，要愁那得工夫②。近来始觉古人书，信著全无是处③。

昨夜松边醉倒，问松"我醉何如？"只疑松动要来扶，以手推松曰"去！"

【注释】

①遣兴：抒发兴致，排遣愁怀。
②那得：哪里能有，哪能找到。

③"近来"二句：《孟子·尽心篇》："尽信书，则不如无书。"

【解析】

这首词描写诗人以醉遣愁的生活，在旷达放逸的表现后面隐含着很深的痛苦。下片与松问讯对答描写，新巧奇幻，曲尽词意。

永遇乐 京口北固亭怀古①

千古江山，英雄无觅、孙仲谋处②。舞榭歌台，风流总被，雨打风吹去③。斜阳草树，寻常巷陌，人道寄奴曾住④。想当年，金戈铁马，气吞万里如虎⑤。

元嘉草草，封狼居胥，赢得仓皇北顾⑥。四十三年，望中犹记、烽火扬州路⑦。可堪回首，佛狸祠下，一片神鸦社鼓⑧。凭谁问，廉颇老矣，尚能饭否⑨？

【注释】

①京口：即镇江，今江苏镇江市。北固亭：在镇江城北北固山上，下临长江。作于宁宗开禧元年（1205）。当作于开禧元年作者罢官之前。
②孙仲谋：即孙权。三国时吴国君主。
③风流：指前人的流风遗俗，既可用作褒义，也可用作贬意。
④寄奴：南朝宋武帝刘裕，小字寄奴，先世由彭城移居京口。刘裕早年在京口起兵讨桓玄，又曾镇守京口。
⑤"想当年"三句：回忆刘裕北伐的功业。刘裕曾统率军队先后灭掉南燕、后秦，收复洛阳、长安等地。
⑥元嘉：宋武帝之子宋文帝刘义隆的年

号。宋文帝好大喜功，元嘉二十七年（450），派王玄谟北伐，大败而归。封狼居胥：《史记·卫青霍去病传》载，霍去病追击匈奴，至狼居胥，封山而还。狼居胥，山名，在今内蒙古。封，一种仪式，积土为坛，表示疆界所及。《宋书·王玄谟传》记玄谟每陈北侵之策，宋文帝说："闻玄谟陈说，使人有封狼居胥意。"仓皇北顾：宋北伐失败后，后魏太武帝乘胜追至长江边，声言要渡江。宋文帝深悔北伐。
⑦四十三年：一般认为是指诗人自绍兴三十二年（1162）率众南归至开禧元

年（1205）。烽火扬州路：一般认为是指金主完颜亮绍兴三十一年率兵南侵攻破扬州事。

⑧佛狸祠：后魏太武帝拓跋焘，小字佛狸。他打败宋文帝后，一直追至长江北岸的瓜步山，并在山上建行宫，后成为庙宇。神鸦社鼓：指在祠庙下的祭祀活动。神鸦：啄食残余祭品的乌鸦。社鼓：祭神的鼓声。作者在北固山登亭隔长江北望，扬州在远处，瓜步山在近处，因此生出这几句感慨。

⑨"凭谁问"三句：《史记·廉颇蔺相如列传》记赵国名将廉颇晚年被人谗害，出奔魏国。赵王遣使询探，"廉颇为之一饭斗米，肉十斤，被甲上马，以示尚可用"。使臣受贿，在赵王面前诋毁说："廉将军虽老，尚善饭。然与臣坐，顷之，三遗矢矣。"赵王遂不召用。

【解析】

　　这是作者晚年出守京口所作，此词表达了对世无英雄、统治者无所作为的愤慨，表现了作者对局势的高度洞察力和预见性，也抒发了对自己老而见弃的抑郁愤懑之情。词中通篇怀古，却句句见今日情怀。一连串历史人物和典故被巧妙地组织在笔底，完满地表达了自己复杂的感情。词风苍郁，豪中带悲，读后令人回肠荡气，被称为"辛词第一"。

陈　亮

　　陈亮（1143～1194），字同甫，婺州永康（今浙江永康）人。一生力主北伐，反对议和，以布衣身份纵论天下事，死前一年考取进士第一，授签书建康府通判，而未及赴官。词风近于辛弃疾，豪迈气概甚或过之，而文采稍逊。有《龙川词》。

水调歌头　送章德茂大卿使虏①

　　不见南师久，漫说北群空②。当场只手，毕竟还我万夫雄③。自笑堂堂汉使，得似洋洋河水，依旧只流东④。且复穹庐拜，会向藁街逢⑤。

　　尧之都，舜之壤，禹之封⑥。于中应有，一个半个耻臣戎。万里腥膻如许，千古英灵安在，磅礴几时通⑦？胡运何须问，赫日自当中⑧。

【注释】

①章德茂即章森，曾试户部尚书。大卿：唐宋对各寺卿的称呼。章曾于淳熙十一年（1184）八月和淳熙十二年十一月两次使金。

②北群空：韩愈《送温处士赴河阳军序》："伯乐一过冀北之野，而马群遂空。"比喻没有人才。

③只手：独自一人。

④自笑：自我嘲笑。汉使：借指宋使。得似：岂得似，岂能像。

⑤藁（gǎo）街：长安城内外邦使臣所居街名。《汉书·陈汤传》载陈汤发兵袭杀北匈奴郅支单于，奏请"悬头藁街蛮夷邸间"。这里指南宋都城。

⑥"尧之都"三句：指中原地区，尧、舜、禹的故都，意思这里是中华民族祖先居住的地方。封，疆域。

⑦磅礴：指浩大的正气。

⑧胡运：指金国的命运。赫日：烈日，喻南宋国势。

【解析】

　　此词为送朋友使金而作。作者在词中勉励朋友发扬民族正气，不可向敌国低头，并且坚信恢复之志定能实现。此词充满民族自豪感和自信心，情绪昂扬，音调高亢，气概不凡。

刘　过

　　刘过（1154~1206），字改之，号龙洲道人，吉州太和（今江西省泰和）人。光宗时曾上书宰相，陈述恢复方略。辛弃疾晚年帅浙东时，曾延至幕下。一生流转江湖。诗学江西诗派，词风近于辛弃疾，而失于粗犷。有《龙洲词》。

西江月　贺词①

堂上谋臣尊俎，边头将士干戈②。天时地利与人和③，问燕可伐欤？曰可④。

今日楼台鼎鼐，明年带砺山河⑤。大家齐唱《大风歌》⑥，不日四方来贺。

【注释】

①此词是为韩侂胄贺寿而作，约作于韩　　　定议伐金的嘉泰四年（1204）之后，

因此词中多有祝贺胜利之语。此词一说为辛弃疾所作。

②尊俎：同樽俎，盛酒和盛肉的器具。刘向《新序》："不出于尊俎之间，而知千里之外。"指谋臣可以在朝内出谋划策，决定战争的胜负。

③"天时"句：《孟子·公孙丑章句下》："天时不如地利，地利不如人和。"这句说，南宋已具有天时、地利、人和的条件。

④"问燕可"二句：《孟子·公孙丑章句下》："沈同以其私问曰：'燕可伐欤？'孟子曰：'可。'"这里以燕代指金，运用成语，自问自答，表示伐金之议可行。

⑤鼎鼐（nài）：鼐是大鼎，古时把宰相治理国家比做在鼎鼐中调和五味，因以鼎鼐喻宰相之权位。带砺山河：即指得到封爵。

⑥《大风歌》：汉高祖刘邦诗。

【解析】

这首词在贺寿中融进了自己的爱国热情，北伐的豪迈壮志、必胜信念流于笔端。典故运用自然贴切，而别有情调。

姜　夔

姜夔（1155？～1221？），字尧章，号白石道人，饶州鄱阳（今江西鄱阳）人。应试不第，一生转徙江湖。他兼工诗、词，诗从江西诗派入，走向晚唐，在南宋独树一帜。他的词走周邦彦开创的路子，重音律，尚工巧，但力图以瘦硬清刚的笔调来矫正婉约词的软媚无力。词风清空峭拔，格调甚高，而意境较浅，"故觉无言外之味，弦外之响"。在姜夔的影响下，南宋的格律词派逐渐形成并占据了词坛的主要地位。

扬州慢

淳熙丙申至日①，予过维扬②。夜雪初霁，荠麦弥望③。入其城则四顾萧条，寒水自碧。暮色渐起，戍角悲吟④。予怀怆然，感慨今昔，因自度此曲⑤，千岩老人以为有《黍离》之悲也⑥。

淮左名都，竹西佳处⑦，解鞍少驻初程⑧。过春风十里，尽荠麦青青⑨。自胡马窥江去后，废池乔木，犹厌言兵⑩。渐黄昏，清角吹寒，都在空城⑪。

杜郎俊赏，算而今、重到须惊⑫。纵豆蔻词工，青楼梦好，难赋深情⑬。二十四桥仍在，波心荡冷月无声⑭。念桥边红药，年年知为谁生⑮。

【注释】

①淳熙丙申：即淳熙三年（1176）。至日：冬至日。

②维扬：即扬州。

③弥望：满眼。

④戍角：戍军的号角。

⑤自度：自己创作乐曲。

⑥千岩老人：萧德藻的别号，南宋著名诗人。姜夔是他的侄婿。

⑦竹西：即竹西亭，在扬州城东禅智寺侧。杜牧《题扬州禅智寺》："谁知竹西路，歌吹是扬州。"诗人因以代指扬州。

⑧初程：初次的行程。作者是第一次到扬州。

⑨"过春风"二句：是说往日的繁华街道已变为麦田。即《黍离》"彼黍离离"之意。

⑩胡马窥江：建炎三年（1129）、绍兴三十一年（1161），金兵两次攻破扬州。

⑪"渐黄昏"三句：扬州本是繁华都市，现在却成为边防屯兵之地。

⑫杜郎：指杜牧，曾在扬州游赏，写了不少有关扬州的诗。俊赏：指杜牧对扬州景物的赏鉴俊美卓绝。

⑬豆蔻词工：杜牧《赠别》："娉娉袅袅十三余，豆蔻梢头二月初。"写歌女之幼。青楼梦好：杜牧《遣怀》："十年一觉扬州梦，赢得青楼薄倖名。"写自己的声色享乐生活。

⑭二十四桥：杜牧《寄扬州韩绰判官》："二十四桥明月夜，玉人何处教吹箫。"二十四桥为扬州名胜，在扬州西郊，相传古代有二十四个美人吹箫于此。另一说，唐时扬州确有二十四座桥，但至宋时已不全。

⑮红药：芍药。相传扬州芍药为天下奇花，开明桥边春天有芍药花市。

【解析】

这是作者来往江淮、初过扬州时的凭吊之作。词中描绘了扬州遭劫后的荒凉景象，蕴含着沉重的家国兴亡之悲，并反映了南宋人民思念故国、思念安定生活的普遍感情。词作表达了词人的愤激、哀伤之感。

踏莎行

自沔东来，丁未元日至金陵，江上感梦而作①。

燕燕轻盈，莺莺娇软，分明又向华胥见②。夜长争得薄情知③？春初早被相思染④。

别后书辞，别时针线，离魂暗逐郎行远⑤。淮南皓月冷千山，冥冥归去无人管⑥。

【注释】

①沔（miǎn）：即沔州（今湖北汉阳）。丁未：淳熙十四年（1187）。前一年冬，姜自沔东行，此年元旦到金陵。此词即因梦见合肥情人而作。
②"燕燕"三句：写在梦中重见情人。苏轼《张子野年八十五尚闻买妾》："诗人老去莺莺在，公子归来燕燕忙。"燕燕、莺莺，以形容美人的姿态和声音。华胥，指梦。《列子·黄帝》载黄帝曾梦游华胥国。
③争得：怎得。
④"春初"句：是说现在刚刚是春初，自己就已被相思情所染。
⑤"别后"三句：设想对方的情景。
⑥淮南：指情人所在的合肥。冥冥：暗中，指夜里。无人管：指魂魄不受时空限制。

【解析】

此词是作者怀念一位在合肥相遇的情人而作的，词中表达了对情人的深切思念。词中梦境、幻境萦绕，姿态、音声亦真亦幻，把无尽思念与爱怜体现无遗。

暗　香①

辛亥之冬，予载雪诣石湖②。止既月，授简索句，且征新声③。作此两曲。石湖把玩不已，使工妓隶习之④，音节谐婉，乃名之曰《暗香》、《疏影》。

旧时月色，算几番照我，梅边吹笛？唤起玉人，不管清寒与攀摘⑤。何逊而今渐老，都忘却春风词笔⑥。但怪得、竹外疏花，香冷入瑶席⑦。

江国，正寂寂。叹寄与路遥，夜雪初积⑧。翠尊易泣，红萼无言耿相忆⑨。长记曾携手处，千树压、西湖寒碧⑩。又片片吹尽也，几时见得？

【注释】

①《暗香》与《疏影》均为姜夔所创制的词调，调名取自林逋的咏梅名句。
②辛亥：光宗绍熙二年（1191）。石湖：指范成大。范晚年居于苏州西南的石湖，号石湖居士。
③简：指纸。征新声：征求新的词调。

指范要求姜作新词。

④工妓：歌妓、乐工。隶习：练习。

⑤玉人：美人。

⑥何逊：南朝诗人，有《早梅》诗。杜甫《和裴迪登蜀州东亭》："东阁官梅动诗兴，还如何逊在扬州。"后人因将何逊作为咏梅者的代表。

⑦"但怪"二句：写竹外梅香又袭入座席，引起诗人的诧意和幽思。瑶席，

言座席之精美。

⑧寄与路遥：参前"驿寄梅花"注。

⑨翠尊：指酒尊盛入翠绿色的酒。红萼：红花，指红梅。耿相忆：耿耿不忘。

⑩"千树"句：写红梅与碧水相映。宋时杭州西湖上孤山梅花成林，因此有"千树压西湖"之句。

【解析】

　　此词借咏梅来写身世之感，可能在怀念一位旧时的情人。词中以昔时之盛与今时之衰作对比，表达了对情人的深沉思念和对衰老的感叹。郑文焯《校白石道人歌曲》称之为"千古词中咏梅绝调"。

朱淑真

　　朱淑真，号幽栖居士，钱塘（今浙江杭州）人，一说海宁（在今浙江）人。生卒年不详。相传因婚姻不美满，抑郁而死。是宋代著名的女诗人、词人。她的诗词主要写闺阁之感。笔触轻柔，语言婉丽，形象自然。有诗集《断肠诗集》、词集《断肠词》传世。

谒金门　春半

春已半，触目此情无限①。十二阑干闲倚遍，愁来天不管②。

好是风和日暖，输与莺莺燕燕③。满院落花帘不卷④，断肠芳草远⑤。

【注释】

①此情：指春愁。

②十二阑干：指十二曲的阑干。李商隐《碧城三首》之一："碧城十二曲阑干。"

③输与：不如，比不上。

④这句说，不愿看外面的景物。

⑤这句说，因芳草绵绵而思念那离家远出的人。

【解析】

这是首写仲春闺思的小词。虽不事铺陈描摹，具体意象较少，但空灵中见情思，言近意远。

眼儿媚

迟迟春日弄轻柔①，花径暗香流。清明过了，不堪回首，云锁朱楼②。

午窗睡起莺声巧，何处唤春愁？绿杨影里，海棠亭畔，红杏梢头。

【注释】

①迟迟：运行舒缓的样子，指天长。弄轻柔：指和煦的春风与温暖的阳光在抚弄花柳。

②锁：形容云雾笼罩。朱楼：华美的楼阁，指词中女主人公所居住的地方。

【解析】

这首词写一闺中女子在明媚的春光中回首往事而愁绪万端。词人极写花红、叶茂、莺啼，一派鸟语花香，更反衬出内心无尽的愁怅。

翁 卷

翁卷（生卒年不详），字续古，一字灵舒，永嘉（今浙江永嘉）人。他与徐玑（号灵渊）、徐照（字灵晖）、赵师秀（号灵秀）是同乡好友，并称"永嘉四灵"。他们学晚唐贾岛、姚合等诗人，以清瘦刻露之笔描写乡村的闲逸生活，反对江西诗派以学问为诗的风气，对南宋后期的江湖派诗人产生了重大影响；但诗的境界浅薄而琐屑，缺少变化和个人风格。有《苇碧轩集》。

乡村四月

绿遍山原白满川①，子规声里雨如烟②。

乡村四月闲人少，才了蚕桑又插田③。

【注释】

①绿、白：指树木、庄稼花叶之色。　　　　　　如烟。
②子规：即杜鹃鸟。雨如烟：细雨迷蒙　　　③了：完结。插田：插秧。

【解析】

　　此诗描写江南农村农忙时节的景象，画面优美，色彩清新，表现了乡村生活的和平安定。文字朴实，意境恬适。

赵师秀

　　赵师秀（？～1219），字紫芝，号灵秀，永嘉（今属浙江）人。宋皇室后裔。诗风清丽自然。有《清苑斋集》。

约　客

黄梅时节家家雨①，青草池塘处处蛙。
有约不来过夜半，闲敲棋子落灯花②。

【注释】

①黄梅时节：梅子成熟的季节；多雨。　　　②落：指敲而震落。

【解析】

　　这首诗写作者的闲适生活，以约客不来而摆弄棋子的细节表现出无所挂牵的心情。情景交融，清新可爱。

许　棐

　　许棐（生卒年不详），字忱夫，自号梅屋，海盐（在今浙江）人。他是江湖派诗人，但能在姚合、贾岛以外也师法些其他晚唐作家。

乐　府

　　妾心如镜面，一规秋水清①；郎心如镜背，磨杀不分明。

　　郎心如纸鸢②，断线随风去；愿得上林枝③，为妾萦留住。

【注释】

①规：圆，可作池、泓解。
②鸢：风筝。

③上林：原是秦汉时皇帝花园的名字，借指树木。

【解析】

　　这是两首乐府情歌。第一首以镜为喻，把自己和情郎相比，说自己毫无保留地爱郎，郎却暧昧不明；第二首说郎犹如风筝，难以牵系，希望有树枝把它拴住。二诗情感真纯，明白易晓。

史达祖

　　史达祖（1160？～1210？），字邦卿，汴（今河南开封）人。他是韩侂胄的亲信堂吏，韩败后，他也被贬，死于贫困之中。他的词以咏物见长，善于白描，细腻工巧，语言清丽。词风奇秀清逸。有《梅溪词》。

双双燕　咏燕①

　　过春社了，度帘幕中间，去年尘冷②。差池欲住，试入旧巢相并③。还相雕梁藻井，又软语商量不定④。飘然快拂花梢，翠尾分开红影⑤。

　　芳径，芹泥雨润。爱贴地争飞，竞夸轻俊⑥。红楼归晚，看足柳昏花暝⑦。应自栖香正稳，但忘了天涯芳信⑧。愁损翠黛双蛾，日日画栏独凭⑨。

【注释】

①此词调名与词的内容一致，但南宋时词人已习惯在调名下加题目，所以作者也标明"咏燕"。

②春社：春天祭土地神的节日。相传此时是燕子飞来之时。

③差（cī）池：《诗经·燕燕》："燕燕于飞，差池其羽。"形容燕飞时尾翼舒张的样子。

④相（xiàng）：察看，端详。藻井：绘有水草的屋内顶板，以木框组成井栏形状，取灭火之意。

⑤红影：指花。

⑥芹泥：带芹香的泥土。

⑦柳昏花暝：形容花柳被暮色笼罩，看不分明。

⑧"应自"二句：写燕子在巢中栖稳，便忘了给思妇传达远方的来信。江淹《杂体诗拟李陵》有"袖中有短书，愿寄双飞燕"之语。应自，设想之辞。栖香，栖于香巢。

⑨翠黛：用来描眉的青绿颜料。双蛾：指妇女的双眉。

【解析】

　　这是一首著名的咏物词，作者极为细腻生动地描绘了春燕双飞双宿的情态，并联及表现了红楼中人的愁思。词中选取了一些燕子的典型动作、情态，加以细腻地描绘，既摹形，又传神。此词无甚深意，却清新可喜，美好如画。古人称其为咏燕绝唱。

刘克庄

　　刘克庄（1187～1269），字潜夫，号后村居士，福建莆田（今福建莆田）人。出身世家，在仕途上遭受很多挫折。曾因作《落梅》诗，被目为讪谤，免官多年。最后官至中书舍人、兵部侍郎。刘克庄是江湖诗派中最大的诗人，深受"四灵"影响；词风深受辛弃疾影响，散文化、议论化的倾向更为突出。有《后村长短句》、《后村诗话》。

贺新郎　送陈真州子华①

　　北望神州路，试平章、这场公事②，怎生分付③？记得太行山百万，曾入宗爷贺驭④。今把作、握蛇骑虎⑤。君去京东豪杰喜，想投戈、下拜真吾父⑥。谈笑里，定齐鲁。

　　两河萧瑟惟狐兔⑦，问当年、祖生去后，有人来否⑧？

多少新亭挥泪客，谁梦中原块土⑨！算事业、须由人做。应笑书生心胆怯，向车中、闭置如新妇⑩。空目送，塞鸿去。

【注释】

①子华：陈鞾字子华。真州：即今江苏仪征县，是长江北岸的重镇。陈鞾曾知真州兼淮南东路提点刑狱，这里是以他的官职称呼他。

②平章：议论，筹划。这场公事：指对金作战的国家大事。

③分付：安排，处理。

④"记得"二句：指靖康之变后在河北、山西等地结集抗金的义军，其中有不少归附任东京留守的宗泽。宗泽是抗金名将，归附者呼为"宗爷爷"。

⑤把作：当作。握蛇骑虎：比喻危险。

⑥京东：指京东路，辖地包括今河南开封以东、山东境内黄河以南、江苏铜山以北地区。真吾父：用郭子仪事。唐时吐蕃、回纥入侵，代宗召子仪屯兵泾阳，子仪率数十骑，免胄入回纥大营，见回纥首领，回纥下马而拜，说："真吾父也。"见《唐书·郭子仪传》。

⑦两河：指河北东路、西路，今河北省以及河南省黄河以北地区，当时是金的统治区。狐兔：指敌人。

⑧祖生：指祖逖。晋元帝时祖逖统兵北伐，收复黄河以南地区。这里指南宋初年的抗金名将宗泽、岳飞等。

⑨新亭：用新亭对泣事。块土：犹言土地、国土。

⑩"向车中"句：《梁书·曹景宗传》记曹景宗性急躁，曾对人说："今来扬州作贵人，……闭置车中，如三日新妇。"

【解析】

这首词是为一位肩负重任的朋友送行而作。词人融汇本朝史实典故，综论国家大事，观点鲜明，憎爱分明，胸怀坦荡，纵横捭阖，豪情充溢。全词气势磅礴，立意高远。

吴文英

　　吴文英（1200？～1260？），字君特，号梦窗，四明（今浙江宁波）人。一生未做官，以清客的身份来往于权贵贾似道等人门下，漫游苏、杭等地。他的词音律和谐，字句研练，但喜用典故，往往雕绘满眼，词意晦涩难明，人称词家中的李商隐。

唐多令

何处合成愁？离人心上秋①。纵芭蕉、不雨也飕飕②。

都道晚凉天气好，有明月，怕登楼。

年事梦中休，花空烟水流③。燕辞归，客尚淹留④。垂柳不萦裙带住，漫长是，系行舟⑤。

【注释】

①"何处"二句：这里运用了拆字法。

②"纵芭蕉"句：纵使不下雨，芭蕉也飕飕作响，引人愁思。古人以雨打芭蕉为凄苦之声。

③"年事"二句：年华在梦中消失，如花落水去一般。

④"燕辞"句：曹丕《燕歌行》："群燕辞归鹄南翔，念君客游思断肠。慊慊思归恋故乡，何为淹留寄他方。"此用其意。

⑤裙带：代指行人。

【解析】

这是一首客中送别之作，抒发了秋思和离情。词人选取了一些典型的意象，运用贴切的修辞手法，颇能表情达意。

风入松

听风听雨过清明，愁草瘗花铭①。楼前绿暗分携路，一丝柳、一寸柔情②。料峭春寒中酒③，交加晓梦啼莺。

西园日日扫林亭，依旧赏新晴。黄蜂频扑秋千索，有当时、纤手香凝④。惆怅双鸳不到，幽阶一夜苔生⑤。

【注释】

①瘗（yì）花：葬花。南朝庾信有《瘗花铭》。

②分携：离别，分手。

③中（zhòng）酒：病酒。

④"黄蜂"二句：因黄蜂时时扑着秋千索，而怀疑是被美人当时纤手的香气所吸引。

⑤双鸳：指美人的鞋，亦即踪迹。

【解析】

这首词描写了暮春之时思念情人的惆怅之情。此词写得细腻委婉、精细动人。"黄蜂"二句"纯是痴望神理"（陈洵《海绡说词》），却入情入理，活色生香，乃妙手神笔。

刘辰翁

刘辰翁（1232～1297），字会孟，号须溪，庐陵（今江西吉安）人。理宗时进士，做过濂溪书院山长。宋亡，隐居而终。所作词多是感慨时事、悼念故国之作，辞情悲苦，风格道劲，有时略似辛弃疾、苏轼。有《须溪词》。

永遇乐

余自乙亥上元，诵李易安《永遇乐》，为之涕下，今三年矣①。每闻此词，辄不自堪②。遂依其声，又托之易安自喻③；虽辞情不及，而悲苦过之。

璧月初晴，黛云远澹，春事谁主④？禁苑娇寒，湖堤倦暖，前度遽如许⑤。香尘暗陌，华灯明昼，长是懒携手去⑥。谁知道、断烟禁夜，满城似愁风雨⑦。

宣和旧日，临安南渡，芳景犹自如故⑧。缃帙流离，风鬟三五，能赋词最苦⑨。江南无路，鄜州今夜，此苦又谁知否⑩？空相对、残釭无寐，满村社鼓⑪。

【注释】

①乙亥：宋恭帝德祐元年（1275）。李易安：即李清照。《永遇乐》：指词人的"落日熔金"一阕。

②不自堪：不自胜，难以自持。

③依其声：依照李词原来的声韵。托之易安：假托李清照的事迹。

④璧月：形容月圆如玉璧。黛云：青黑色的云。春事谁主：因春事而伤及国事，于是感叹春天为何而来，反问春事由谁主持。

⑤禁苑：皇帝的花园。娇寒：轻寒。湖堤：指西湖之堤。倦暖：形容春暖使人困倦。遽：仓促，表示变化之快。

⑥香尘暗陌：写贵族妇女车马出游，尘土中都带有香气。

⑦"谁知"二句：写今日临安的凄凉景象。断烟：烟火断绝，指不许挂灯。禁夜：禁止夜行。

⑧宣和：宋徽宗年号。

⑨缃帙（zhì）：浅黄色的书套，泛指书籍。风鬟：李词有"如今憔悴，风鬟雾鬓"句，形容头发零乱。三五：即元宵。李词有"偏重三五"句。

⑩鄜（fū）州今夜：杜甫《月夜》："今夜鄜州月，闺中只独看。"是独陷长安怀念家人所作。

⑪残釭：残灯。社鼓：祭社神的鼓声。社鼓声起说明天已黎明。

【解析】

李清照在南渡初感慨于"中州盛日"的消失，曾写下了咏元宵的著名词作《永遇乐》"落日熔金"一阕。刘辰翁在南宋国都沦陷、即将灭亡之时，重读李词，悲苦过之，写下了这首和词。其间相隔百年，情境依旧，而痛上加痛、痛定思痛，悲苦之情更甚。

文天祥

文天祥（1236~1282），字履善，又字宋瑞，自号文山，江西吉水（今江西吉水）人。南宋末著名的民族英雄、政治家、诗人。二十岁时（理宗宝祐四年）中状元。恭帝德祐二年（1276），元军围临安，他以右丞相兼枢密使的身份，奉命至元营议和，因坚决抗争而被拘留。在押解北方的途中，逃至温州，拥立端宗，以图恢复，并转战于赣、闽、岭南一带。最后兵败被俘，拘囚燕京，以不屈被害。文天祥诗文记录了他生活和战斗的经历，抒发了高度的爱国热情，以及至死不屈、大义凛然的浩然正气。风格以慷慨激昂、悲壮苍凉为主。

过零丁洋①

辛苦遭逢起一经②，干戈寥落四周星③。
山河破碎风飘絮，身世浮沉雨打萍。
惶恐滩头说惶恐④，零丁洋里叹零丁⑤。
人生自古谁无死，留取丹心照汗青⑥。

【注释】

①零丁洋：海域名，在今广东中山县南。祥兴元年（1278）十月，文天祥兵败被俘，元军逼迫文天祥作书招降张世杰。被文天祥坚拒，向元军统领张弘范出示此诗。张看后只说"好人，好诗"，无法胁迫，只好罢休。

②遭逢：遇到朝廷的选拔。起一经：依靠精通一种经籍而腾达。文天祥在宝

祐四年（1256）参加"明经"科考试，中状元（进士第一名）。这句是叙述自己以科名起家的出身。

③干戈：本指武器，这里代指战争。寥落：荒凉冷落。星：岁星。四周星：四周年。文天祥从1275年起兵抗敌，到现在恰四年。

④惶恐滩：在今江西万安县，急流险

青年必读古诗手册

恶，为赣江十八滩之一。说惶恐：巧
借谐音，形容从惶恐滩败退时力不从
心，壮志难酬的心情。
⑤叹零丁：巧借谐音，形容自己在零丁

洋里孤零无援，孤掌难鸣。
⑥汗青：史册。古代无纸，记事用竹
简。制竹简时，须用火烤去竹汗（水
分），因称"汗青"。

【解析】

　　这首诗深刻、热情地抒发了作者宁死不屈大义凛然的爱国精神。全
诗手法多样，用典工巧，立意卓绝。末一联为气壮山河的千古绝调。

蒋 捷

　　蒋捷（1145？～1310？），字胜欲，阳羡（今江苏宜兴）人。
度宗咸淳十年（1274）进士。宋亡后不仕，隐居太湖中。他的
词文字精练，音调谐畅，接近辛派。有《竹山词》。

一剪梅 舟过吴江①

　　一片春愁待酒浇，江上舟摇，楼上帘招②。秋娘容与泰
娘娇③。风又飘飘，雨又萧萧。

　　何日归家洗客袍④？银字笙调⑤，心字香烧⑥。流光容
易把人抛，红了樱桃，绿了芭蕉。

【注解】

①吴江：江苏吴江县，西滨太湖。
②帘招：酒旗招展。
③"秋娘"句：作者《行香子·舟宿间
　湾》词："过窈娘堤，秋娘渡，泰娘
　桥。"作者借两处地名都取女人的名
　字，便用"容与"和"娇"二词，来

形容这两处景物之美。容与，快乐。
《庄子·人间世》："以求容与其心。"
④客袍：外出穿的衣服。
⑤银字笙：镶饰有银字的笙。调：调
　弄，吹奏。
⑥心字香：篆文"心"字形的香。

【解析】

　　这首词上片写客居游宴的羁旅生活，下片写倦游思归、渴望重过闲
适的家居生活。"红了樱桃，绿了芭蕉"抓住春末夏初的物候特征，写春
光流转，生动如画。

虞美人 听雨

少年听雨歌楼上，红烛昏罗帐。壮年听雨客舟中，江阔云低，断雁叫西风^①。

而今听雨僧庐下，鬓已星星也^②。悲欢离合总无情，一任阶前，点滴到天明^③。

【注释】

①"江阔"二句：一作"野旷天低，黄叶下西风"。断雁，孤雁。
②星星：形容头发斑白。
③"悲欢"三句：遇到悲欢离合之事都

无动于衷。温庭筠《更漏子》词："梧桐树，三更雨，不道离情正苦。一叶叶，一声声，空阶滴到明。"这里反用其意。

【解析】

此词抒写人生感受，从少年、壮年到今日，年龄变化，情怀不同，用特定景物表现出来，生动形象，又颇有理趣。

无名氏

九张机^①

一张机，采桑陌上试春衣。风晴日暖慵无力^②，桃花枝上，啼莺言语，不肯放人归。

两张机，行人立马意迟迟。深心未忍轻分付，回头一笑，花间归去，只恐被花知。

三张机，吴蚕已老燕雏飞。东风宴罢长洲苑，轻绡催趁，馆娃宫女^③，要换舞时衣。

四张机，咿哑声里暗颦眉。回梭织朵垂莲子，盘花易绾^④，愁心难整，脉脉乱如丝。

五张机，横纹织就沈郎诗^⑤。中心一句无人会，不言愁恨，不言憔悴，只恁寄相思。

六张机，行行都是耍花儿^⑥。花间更有双蝴蝶，停梭一响，闲窗影里，独自看多时。

七张机，鸳鸯织就又迟疑。只恐被人裁剪，分飞两处，一场离恨，何计再相随？

八张机，回文知是阿谁诗⑦？织成一片凄凉意，行行读遍，厌厌无语，不忍更寻思。

九张机，双花双叶又双枝。薄情自古多离别，从头到底，将心萦系，穿过一条丝。

【注释】

①这是一组类似于乐府的小词，曾慥《乐府雅词》把它列入"转踏"类。"九张机"可视作词牌。

②慵（yōng）：疏懒。

③轻绡：柔软的丝织品。催趱：催促。馆娃宫：吴王夫差给西施建造的住处。

④垂莲子：谐音双关，垂怜于子。盘花：指编织花结或织品。

⑤沈郎：指南朝著名诗人沈约。

⑥耍花儿：意为可爱、有趣的花儿。

⑦"回文"句：回文指回文诗，苏惠寄给丈夫的情诗。

【解析】

这是一组具有浓郁民歌色彩的抒情小词。词中塑造了一个忠于爱情的民间织锦少女的形象，诗从采桑到织锦，从惜别到怀远，表达了少女的缠绵恋爱，离情别绪。

眼儿媚

萧萧江上荻花秋①，作弄许多愁②。半竿落日，两行新雁，一叶扁舟。

惜分长怕君先去③，直待醉时休。今宵眼底，明朝心上，后日眉头。

【注释】

①荻（dí）花：即芦花。

②这句似说人本无愁，因而埋怨萧瑟的芦花作弄出愁来。

③惜分：痛惜离别。

【解析】

这是一首别情词，上片以江边送别所见景物烘托离情别绪，下片写别前、别时及别后的心理活动。全词白描，言短情长；数量词、时间词的运用颇有特色。

青玉案

年年社日停针线①。怎忍见、双飞燕。今日江城春已半②。一身犹在，乱山深山，寂寞溪桥畔。

春衫著破谁针线③。点点行行泪痕满。落日解鞍芳草岸。花无人戴，酒无人劝，醉也无人管。

【注释】

①社日：古代春季祭祀土地神的节日，
届期妇女不做针线活儿，称"忌作"。

②江城：泛指，即美好的地方。
③著破：穿破。暗寓离别之久。

【解析】

此词为游子春日感怀。即景抒情，情到浓处，别无所寄。词人以民间节俗为切入点，所表达的情感更容易为人所理解和共鸣。

金明池

琼苑金池①，青门紫陌，似雪杨花满路。云日淡、天低昼永，过三点两点细雨。好花枝、半出墙头，似怅望、芳草王孙何处。更水绕人家，桥当门巷，燕燕莺莺飞舞。

怎得东君长为主②，把绿鬓朱颜，一时留住？佳人唱、《金衣》莫惜③，才子倒、玉山休诉④。况春来、倍觉伤心，念故国情多，新年愁苦。纵宝马嘶风，红尘拂面，也则寻芳归去。

【注释】

①琼苑金池：金池，即金明池，为宋代都城汴京著名的苑囿；琼苑，即琼林苑，也与金明池相对，古松怪柏，风景佳丽。
②东君：代指春天。
③"佳人"句：指唐人杜秋娘与其所作《金缕衣》，诗云："劝君莫惜金缕衣，

劝君惜取少年时；花开堪折直须折，莫待无花空折枝。"
④"才子"句：语出《世说新语·容止》：嵇康酒醉，"若玉山之将崩"，及李白《襄阳歌》："清风明月不用一钱买，玉山自倒非人推。"

【解析】

　　本词采用赋体笔法，充分利用长调容量大的优势，尽量铺叙，尽情抒写，结合风景寓身世之慨。上片好像一幅展开的汴京图卷；下片以问句转入抒情，末尾"如截奔马"，留有余味。

萧观音

　　　萧观音（1040～1075），辽女诗人。辽道宗清宁初立为懿德皇后。名不详，观音为其小字。做皇后时深得辽道宗喜爱，后因谏猎被疏。作"回心院"组诗抒怀，并让伶官配乐演唱。旋被诬与伶官私通，道宗命其自尽，含冤而死。

回心院

　　扫深殿，闭久金铺暗①。游丝络网尘作堆，积岁青苔厚阶面。扫深殿，待君宴。

　　拂象床，凭梦借高唐②。敲坏半边知妾卧，恰当天处少辉光。拂象床，待君王。

　　换香枕，一半无云锦。为是秋来展转多③，更有双双泪痕渗。换香枕，等君寝。

　　铺翠被，羞杀鸳鸯对。犹忆当时叫合欢，而今独覆相思块④。铺翠被，待君睡。

　　装绣帐，金钩未敢上。解却四角夜光珠，不教照见愁模样⑤。装绣帐，待君贶⑥。

　　叠锦茵⑦，重重空自陈。只愿身当白玉体，不愿伊当薄命人。叠锦茵，待君临。

　　展瑶席，花笑三韩碧⑧。笑妾新铺玉一床，从来妇欢不终夕。展瑶席，待君息。

　　剔银灯，须知一样明。偏是君来生彩晕，对妾故作青荧荧。剔银灯，待君行。

　　爇熏炉，能将孤闷苏。若道妾身多秽贱，自沾御香香彻肤。爇熏炉，待君娱。

　　张鸣筝，恰恰语娇莺。一从弹作房中曲，常和窗前风雨声。张鸣筝，待君听。

【注释】

①金铺：金砖所铺之地。

②象床：象牙装饰的床。高唐：指男女欢爱之梦。

③展转：一作"转展"。

④合欢：指合欢被，男女两个共盖的大被。块：这里指被子。

⑤解却：解去。

⑥贶（kuàng）：赏赐。

⑦茵：垫褥。

⑧三韩碧：韩鲜的碧玉。汉代时，朝鲜南部分为马韩（西）、辰韩（东）、弁辰（南）三国，至晋时亦称弁辰为弁韩，合称三韩。碧，碧玉，此处形容瑶席的光泽耀眼。

【解析】

　　这十首词均以日常生活细节着手，以事物生情愫，描绘细腻，抒情婉转。结构上联章铺叙，反复咏叹，表达了作者渴望重新获得宠幸的迫切心情，同时也表现了宫帏失宠的寂寞和苦闷。词藻华丽，风格凄婉，为有辽一代少见的佳作。

金元编

吴　激

　　吴激（1090～1142），金文学家、书画家。字彦高，号东山，建州（今福建建瓯人）。以宋使赴金而被扣留。诗与蔡松年齐名，时称"吴蔡体"。有《东山集》。

题宗之家初序潇湘图①

江南春水碧如画，客子往来船是家②。
忽见画图疑是梦，而今鞍马老风沙③！

【注释】

①宗之：作者友人，《潇湘图》为宗之　　③此句鞍马、风沙点出作者身在北地，
　家壁上所挂之画。　　　　　　　　　　　与前两句的春水、舟船相对。

②客子：指商旅之人。

【解析】

　　这是一首题画诗。画中为江南水乡春色，而诗人身在鞍马风沙的北地，两相对照，故国之思、身世之慨全然而出。

蔡松年

　　蔡松年（1107～1159），金文学家。字伯坚，晚号萧闲老人。真定（今河北正定）人。宋末曾守燕山，败后降金。诗词多写内心矛盾，风格隽爽清丽。

念奴娇

　　还都后，诸公见追和赤壁词，用韵者凡六人，亦复重赋。

　　离骚痛饮，笑人生佳处，能消何物。夷甫当年成底事，空想岩岩玉璧①。五亩苍烟，一丘寒碧，岁晚忧风雪。西州扶病②，至今悲感前杰。

我梦卜筑萧闲③，觉来岩桂，十里幽香发。嵬隗胸中冰与炭④，一酌春风都灭。胜日神交，悠然得意，遗恨无毫发。古今同致，永和徒记年月。

【注释】

①夷甫：东晋名士王衍字夷甫，清雅有才气，人们称他神态"岩岩清峙，壁立千仞"，后为石勒所杀。

②西州扶病：指东晋谢安淝水大捷后挥师北上，欲有所作为，后扶病入扬州西州门，不久病逝。

③萧闲：指作者镇阳别墅的萧闲堂。

④嵬隗（wéi wěi）：高峻不平的样子。

【解析】

此词上片写对现实的不满和对官场的厌倦，下片写隐居避世的生活情趣。写来卓尔不凡，痛快淋漓；文词清健，清雄顿挫。此词一出，即为时人所传诵。况周颐《惠风词话》评其"全词清劲能树骨"，直追苏词。

完颜亮

完颜亮（1122～1161），即金废帝（1149～1161在位）。字元功，本名迪古乃，金太宗孙。金熙宗时任丞相，后杀熙宗自立。南下攻宋时在采石为宋军所败，在瓜洲被部将杀死。《全金诗》存其诗五首，另有词四首收入《全金元词》。

题画屏

万里车书一混同①，江南岂有别疆封②？
提兵百万西湖上，立马吴山第一峰③。

【注释】

①指秦始皇统一天下，车同轨，书同文。

②"江南"句：意指江南亦在混同范围内，不能别作封疆。

③吴山：西湖边上的山。

【解析】

作为马上君主的这首诗，艺术上并无多少佳妙处，但立意、气概却确实不同于常人。短短几句，作者的志向、形象跃然纸上。

党怀英

党怀英（1134～1211），金代诗人。字世杰，号竹溪，诗写闲情逸致，写景诗生动有趣，有陶、谢之风。

渔村诗话图

江村清景皆画本①，画里更传诗语工②。
渔父自醒还自醉，不知身在画图中。

【注释】

①画本：绘画取材之源。　　　　景传达出的诗意。工：工致，出色。
②诗语：图画所本的诗句，也指江村清

【解析】

这是一首题画诗，而画则为诗意画。诗中把景、画、诗熔于一炉，精美清雅而意趣盎然。

周　昂

周昂（？～1211），金代诗人。字德卿，真定（今河北正定人）。诗宗苏轼，多咏怀吊古、伤别、写景之类，尤以边塞诗著名。

翠屏口①

地拥河山壮，营关剑甲重②。
马牛来细路，灯火出寒松。
刁斗方严夜③，羔裘欲御冬。
可怜天设险④，不入汉提封⑤。

【注释】

①金大安三年（1211）二月，周昂随军
　戍边，与成吉思汗军对垒。《翠屏口》

组诗写于此役之后，共七首，此选第
二首。

②关：关隘。剑甲重：守备森严。
③刁斗：古代军中用品，白天用以烧
　饭，夜晚用以巡更。

④可怜：可惜。
⑤提封：指管辖的封疆。汉提封，指金
　代的疆域。

【解析】

　　这是一首边塞诗。先写雄关险峻、戍军严阵，接着写边地生活的艰辛，以及凭天险而失利的慨叹。写来气象浑阔、意气风发，颇得唐边塞诗人韵致。

耶律楚材

　　耶律楚材（1190～1244），字晋卿，号湛然居士。契丹族。原仕金，任左右司员外郎。蒙古军队攻占中都（今北京）后，成吉思汗录用他为近臣，曾随军西征。窝阔台时继续受重用，任中书令。对建立蒙古王朝的政治制度和保存汉文化典籍有较多贡献。

过阴山和人韵①

阴山千里横东西，秋声浩浩鸣秋溪②。
猿猱鸿鹄不能过，天兵百万驰霜蹄。
万顷松风落松子，郁郁苍苍映流水。
天丁何事夸神威，天台罗浮移到此③。
云霞掩翳山重重，峰峦突兀何雄雄。
古来天险阻西域，人烟不与中原通。
细路萦纡斜复直，山角摩天不盈尺。
溪风萧萧溪水寒，花落空山人影寂。
四十八桥横雁行④，胜游奇观真非常。
临高俯视千万仞，令人凛凛生恐惶。
百里镜湖山顶上，旦暮云烟浮气象。
山南山北多幽绝，几派飞泉练千丈。
大河西注波无穷，千溪万壑皆会同。
君成绮语壮奇诞，造物缩手神无功。

山高四更才吐月，八月山峰半埋雪。
遥思山外屯边兵，西风冷彻征衣铁。

【注释】

①阴山、昆仑山北支，是河套以北，大
漠以南山脉的总称，横贯东西数千
里。此处当指其西段的金山。

②"秋声"：指秋天的风声，即西风肃杀

之意。

③天台、罗浮：都是山名，天台在浙
江，罗浮在广东。

④横：断。形容山高，雁不能飞到。

【解析】

　　耶律楚材曾随成吉思汗出征西域，时为 1219 年。九月过阴山，此诗
为追作，写作时间在 1221～1222 年之间。此诗为七言古诗，颇得古人七
言古诗之韵味气势。在艺术手法上以白描见长，风格雄健豪壮。

庚辰西域清明

清明时节过边城，远客临风几许情。
野鸟间关难解语①，山花烂熳不知名。
蒲萄酒熟愁肠乱，玛瑙杯寒醉眼明②。
遥想故园今好在②，梨花深院鹧鸪声。

【注释】

①间关：鸟鸣声。"鸟语"本已难解，
此处含有异域野鸟的"鸟语"更难解
之意。

②两句中蒲萄酒、玛瑙杯，均为西域
名产。

③好：安然无恙。

【解析】

　　这首诗写美丽的西域春色，抒发思乡之情。写异域风光奇特，但用
语都极平淡："野鸟间关难解语，山花烂熳不知名。"思乡情切，而不直
言之，委婉含蓄地暗寓在"遥想故国今好在，梨花深院鹧鸪声"之中。

元好问

　　元好问（1190～1257），字裕之，号遗山，太原秀容（今山
西忻县）人。金兴定三年（1219）进士，官至行尚书省左司员

外郎，金末入翰林知制诰。金亡不仕，回乡从事著述，致力于金代史料的整理工作。工诗词，善散文，尤其以诗的成就为高，是金元之际最优秀的诗人。

雁门道中书所见①

金城留旬浃②，兀兀醉歌舞③。
出门觉民风，惨惨愁肺腑。
去年夏秋旱，七月黍穄吐④。
一昔营幕来，天明但平土⑤。
调度急星火⑥，逋负迫捶楚⑦。
网罗方高悬，乐国果何所⑧。
食禾有百螣⑨，择肉非一虎⑩。
呼天天不闻，感讽复何补⑪。
单衣者谁子，贩籴就南府⑫。
倾身营一饱⑬，岂乐远服贾⑭。
盘盘雁门道⑮，雪涧深以阻。
半岭逢驱车，人牛一何苦。

【注释】

①雁门：关名，又名西陉关，在今山西代县北十五里。此诗作于元太宗十三年，即宋理宗淳祐元年（1241）。

②金城：应州，今山西应县。旬浃：满十天。浃，周遍。

③兀兀：原指安心不动。这里用来形容酒后昏迷的样子。

④黍穄：谷穗。穄，同"穗"。

⑤一昔：一夜间。营幕：军队的帐篷，此处指军队。

⑥调度：支应差役、徭役。这里指征兵。急星火：即急如星火。

⑦逋负：拖欠。迫捶楚：用打板子来追逼欠款。

⑧乐国：《诗经·魏风·硕鼠》："逝将去汝，适彼乐国。"

⑨百螣：极言敲剥者之多。螣（téng），食苗叶的害虫。

⑩择肉：《文选》张衡《东京赋》："择肉西邑。"李善注引《周书》："毋为虎傅翼，将飞入邑，择人而食也。"

⑪感讽：因物有感，寓以讽刺。

⑫贩籴：买卖粮食。买进曰籴（dí）。南府：宋时称开封府为南府。

⑬倾身：尽一身之力，即拼命。

⑭远服贾：到远处去做买卖。贾（gǔ），做买卖。

⑮盘盘：山路弯曲崎岖的样子。

【解析】

  这首诗深刻表达了北方人民在蒙古统治者的铁蹄下所遭受到的痛苦：天旱，收成不保，大兵一过，田里寸禾不剩，而这时官府催逼赋税、摊派徭役又急如星火，网罗高张。于是诗人发出了"呼天天不闻，感讽复何补"的慨叹，流露出他同情农民苦难却爱莫能助的痛苦心情。

论 诗①

池塘春草谢家春②，万古千秋五字新。
传语闭门陈正字③，可怜无补费精神④。

【注释】

①元好问的论诗绝句共三十首，本诗是其中第二十九首。原诗自注：丁丑岁三乡作。

②"池塘"句：谢灵运《登池上楼》："池塘生春草。"

③陈正字：即陈师道。

④"可怜"句：王安石《韩子》："纷纷易尽百年身，举世何人识道真。力去陈言夸末俗，可怜无补费精神。"

【解析】

  作者在这首诗中赞扬谢灵运"眼处心生"的实证实悟，肯定"池塘生春草"的"万古千秋五字新"，抨击了江西诗派代表人物陈师道脱离现实、闭门苦吟的创作倾向，尖锐指出这是"可怜无补费精神"。

双调·小圣乐 骤雨打新荷

  绿叶阴浓，遍池亭水阁，偏趁凉多①。海榴初绽，朵朵蹙红罗②。老燕携雏弄语③，有高柳鸣蝉相和。骤雨过。似琼珠乱撒，打遍新荷。

  人生百年有几？念良辰美景，休放虚过。穷通前定，何用苦张罗。命友邀宾玩赏，对芳樽浅酌低歌。且酩酊④，任他两轮日月，来往如梭。

【注释】

①趁：追逐。

②海榴：即石榴。蹙（cù）：缩或皱折

的意思。

③一作"乳燕雏莺弄语"。

④酩酊（mǐng dǐng）：大醉的样子。

【解析】

　　此曲写景抒情，表现出浓厚的及时行乐思想，这是作者在故国沦亡后苦闷心情的表现。

杨　果

　　杨果（1195～1269），字正卿，号西庵，祁州蒲阴（今河北安国）人。金正大甲申（1224）进士，金亡后仕元，官至参知政事。性聪敏，善谐谑，工文章，尤长乐府。著有《西庵集》。

越调·小桃红①

采莲人和采莲歌②，柳外兰舟过③。不管鸳鸯梦惊破。夜如何？有人独上江楼卧。伤心莫唱，南朝旧曲④，司马泪痕多⑤。

【注释】

①小桃红：【越调】曲调，又名【绛桃春】、【武陵春】、【采莲曲】。
②采莲歌：南朝有乐府《采莲曲》。
③兰舟：即木兰舟。
④南朝旧曲：南朝陈后主的《玉树后庭花》曲，这里也是指采莲人所唱的歌。
⑤司马泪痕多：见白居易《琵琶行》诗句"座中泣下谁最多，江州司马青衫湿"，写自己听琵琶女身世后泣下湿青衫。

【解析】

　　这首曲写作者独宿江楼，被采莲人的歌声唤起，歌声触动了他伤心故国的情怀，感而下泪。末几句用典，更增此作凄楚。

杜仁杰

　　杜仁杰（1201？～1283？），字仲梁，号止轩。济南人。散曲好用通俗口语，写市井生活。

般涉调·耍孩儿 庄家不识勾栏①

【耍孩儿】风调雨顺民安乐，都不似俺庄家快活。桑蚕五谷十分收，官司无甚差科②。当村许下还心愿，来到城中买些纸火③。正打当街过，见吊个花碌碌纸榜，不似那答儿闹穰穰人多④。

【六煞】见一个人手撑着椽做的门⑤，高声的叫请请，道迟来的满了无处停坐。说道前截儿院本《调风月》⑥，背后幺末敷演《刘耍和》⑦。高声叫："赶散易得，难得的装哈⑧。"

【五】要了二百钱放过咱，入得门上个木坡⑨，见层层叠叠团圞坐。抬头觑是个钟楼模样，往下觑却是人旋窝⑩。见几个妇女向台儿上坐⑪，又不是迎神赛社⑫，不住擂鼓筛锣。

【四】一个女孩子儿转了几遭，不多时引出一伙。中间里一个央人货，裹着枚皂头巾，顶门上插一管笔，满脸石灰更着些黑道儿抹⑬。知他待是如何过？浑身上下，则穿领花布直裰⑭。

【三】念了会诗共词，说了会赋与歌，无差错。唇天口地无高下，巧语花言记许多。临绝末⑮，道了低头撮脚⑯，爨罢将幺拨⑰。

【二】一个妆做张太公，他改做小二哥⑱。行行行说向城中过⑲。见个年少的妇女向帘儿下立，那老子用意铺谋待取做老婆⑳。教小二哥相说合，但要的豆谷米麦，问甚布绢纱罗㉑！

【一】教太公往前那不敢往后那，抬左脚不敢抬右脚，翻来复去由他一个㉒。太公心下实焦躁，把一个皮棒槌则一下打做两半个㉓。我则道脑袋天灵破，则道兴词告状，划地大笑呵呵㉔。

【尾】则被一胞尿，爆的我没奈何㉕。刚捱刚忍更待看些儿个，枉被这驴颓笑杀我㉖！

【注释】

①般涉调·耍孩儿："般涉"是宫调名，【耍孩儿】是曲调名。庄家：犹言庄

稼汉，即农民。勾栏：宋元时演出戏剧和各种技艺的场所，因用栅栏围绕，故称。

②官司：官府。差科：承当差役和缴纳租税。

③当村：在村中。纸火：拜神用的纸钱、香烛等物。

④花碌碌纸榜：指戏剧演出的海报。那答儿：那里。闹穰穰：热闹的样子。

⑤椽（chuán）：本是屋梁上承瓦的木条，这里指勾栏门上横檩。

⑥院本：金元时以滑稽、歌舞为主的戏剧形式。《调风月》：当时经常演出的一个院本。

⑦幺末：即杂剧。刘耍和：金教坊色长（领班之类），他的故事后来被编为杂剧。

⑧装哈：即装呵。赶散与装哈当系指两种演出情况，赶散指赶场的散乐，装合指勾栏里的演出。

⑨木坡：指观众坐的木阶梯看台。

⑩钟楼模样：指戏台。人旋窝：指拥挤的观众。

⑪见几个妇女向台儿上坐：当时的戏剧演出，伴奏的女艺人坐在前台中间后的座位（即乐床）上。

⑫迎神：古代习俗，每逢神诞，用仪仗、鼓乐迎神像出庙，周游街巷，叫迎神。赛社：古代于农事完毕后，以酒食祭祀田神，饮酒作乐，叫赛社。

⑬"中间里"四句：写副净的化妆装扮。

央人货：即殃人货，犹言害人精。这里指副净。顶门上插一管笔：指头上插着翎毛之类的饰物。石灰：白粉底。黑道儿：黑色的条纹。

⑭直裰（duō）：长袍。

⑮临绝末：到了最后，末了。

⑯道了低头撮脚：说唱完了低头收脚。撮，收。

⑰爨罢将幺拨：爨演完了，紧接着就演杂剧。爨（cuàn），宋杂剧、金院本中开头时的一段小演唱，也叫艳段。幺，即幺末，指杂剧。拨，拨弄，搬演。

⑱小二哥：元曲中常见的对店伙计一类人的称呼。

⑲行行行说：边走边说。

⑳铺谋：设计。

㉑"但要的"二句：意说不拘财礼多少，他都可以拿出来。

㉒"教太公"三句：写小二哥捉弄张公，肆意地摆布他。那，同"挪"，移动。

㉓皮棒槌：也叫搕瓜，当日舞台砌末（道具），槌头用软皮包棉絮做成。

㉔则道：只说。天灵：头盖骨。划地：平白地。

㉕爆：这里是涨的意思。

㉖刚：勉强。枉被这驴颓笑杀我：意为因中途退场，看不到后面精彩的演出，被旁人所笑。一说指剧中人物张太公样子可笑，亦通。驴颓：驴的雄性生殖器，骂人的话。

【解析】

　　这套散曲用庄稼汉自述的口吻，写他进城看戏的所见所闻。艺术上最突出的特点是将庄稼人对城市生活的一无所知与城市生活中习以为常、司空见惯的事物之间形成的巨大反差非常形象地表现出来。这位庄稼人憨厚、爽直、活泼，处处从自己的生活阅历、艺术趣味来评价城市生活，因而造成了特殊的喜剧效果，妙趣横生，使人读来感到轻松、滑稽、幽默。另一特色是心理刻画惟妙惟肖、生动逼真。

刘秉忠

刘秉忠（1216～1274），初名侃，字仲晦，号藏春散人，顺德邢台（今属河北）人。十七岁时为府吏，后入佛门，法名子聪。至元二年（1265），正式还俗，改名秉忠。蒙古王朝建国号为"大元"等重大决策，都出自他的建议。刘秉忠诗风萧散闲淡，但也有粗粝之病。

驼车行

驼顶丁当响巨铃，万车轧轧一齐鸣。
当年不离沙陀地①，辗断金原鼓笛声②。

【注释】

①沙驼：古代少数民族名，又名沙陀突厥。居住在今新疆巴里坤以东一带沙碛地，唐代称沙陀地。此处为"沙 碛"地的统称。
②金原：即金源，金国之别称。

【解析】

此为咏史诗。诗作似七言绝句，但并不严守平仄要求，颇有民歌风味。此诗气度不凡，充分显示了作者的开阔胸襟。

清明后一日过怀来①

居庸春色限燕台②，山杏凝寒花未开。
驿马萧萧云日晚，一川风雨过怀来。

【注释】

①怀来：今属河北，与北京市延庆县接界。
②燕台：指大都（今北京）。限：阻隔，止。

【解析】

这是一首记游写景诗，但不同于一般写景诗。春已到来，而山杏凝寒未开。驿马萧萧，一川风雨，景象凄凉，情调惆怅，但并不特别低沉。

关汉卿

关汉卿，元代最伟大的杂剧作家，大都人，号已斋。生卒年不详，生平记载较多。常出入于歌楼酒肆、勾栏瓦舍，与杂剧作家和女艺人过从甚密，曾亲自登场演出。晚年下杭州、扬州。《析津志》称其"生而倜傥，博学能文，滑稽多智，蕴藉风流，为一时之冠"。著有杂剧六十多种。散曲现存小令五十七首，套数十四套。

关汉卿的杂剧《窦娥冤》等有极高的艺术成就，故他亦被后人列为"元曲四大家"之首，成为中国古典戏剧的奠基人。散曲多以女子口吻抒写相思情爱、离愁别绪，或自叙性格，风格质朴自然，明快活泼。

南吕·四块玉　　别情

自送别，心难舍，一点相思几时绝。凭阑袖拂杨花雪。溪又斜，山又遮，人去也。

【解析】

这首小令写女子送别情人后的情怀。用笔细腻，如"凭阑袖拂杨花雪"。而"人去也"三字，则含蓄深沉，颇有韵味。

南吕·一枝花　　不伏老①

【南吕·一枝花】攀出墙朵朵花，折临路枝枝柳。花攀红蕊嫩，柳折翠条柔。浪子风流，凭着我折柳攀花手，直煞得花残柳败休。半生来折柳攀花，一世里眠花卧柳。

【梁州第七】我是个普天下郎君领袖，盖世界浪子班头。愿朱颜不改常依旧，花中消遣，酒内忘忧。分茶颠竹②，打马藏阄③，通五音六律滑熟④，甚闲愁到我心头。伴的是银筝女银台前理银筝笑倚银屏，伴的是玉天仙携玉手并玉肩同登玉楼，伴的是金钗客歌金缕捧金樽满泛金瓯⑤。你道我老暂休，占排场风月功名首，更玲珑又剔透。我是个锦阵花营都帅头，曾玩府游州。

【隔尾】子弟每是个茅草岗沙土窝初生的兔羔儿乍向围场上走，我是个经笼罩受索网苍翎毛老野鸡踏踏的阵马儿熟。经了些窝弓冷箭蜡枪头，不曾落人后。恰不道"人到中年万事休"，我怎肯虚度了春秋。

【尾】我是个蒸不烂煮不熟捶不扁炒不爆响珰珰一粒铜豌豆，恁子弟每谁教你钻入他锄不断斫不下解不开顿不脱慢腾腾千层锦套头。我玩的是梁园月⑥，饮的是东京酒，赏的是洛阳花⑦，攀的是章台柳⑧。我也会吟诗，会篆籀；会弹丝，会品竹；我也会唱鹧鸪⑨，舞垂手⑩；会打围，会蹴鞠；会围棋，会双陆。你便是落了我牙，歪了我口，瘸了我腿，折了我手，天赐与我这几般儿歹症候，尚兀自不肯休。则除是阎王亲自唤，神鬼自来勾，三魂归地府，七魄丧冥幽，天哪，那其间才不向烟花路儿上走！

【注释】

①不伏老：即不服老。这是关汉卿中年以后的玩世之作。

②分茶：茶汤的一种制作方法，煎茶用姜盐，分茶则不用姜盐。

③打马：即打双陆。古代博戏，今已失传。藏阄（jiū）：一种游戏。饮宴时设阄，探得者得饮。

④五音六律：指音乐。

⑤金缕：即《金缕曲》，元代盛行的曲调。瓯（ōu）：盅子。

⑥梁园：即梁苑。汉梁孝王的园囿，在今河南开封市东南，也称兔园。这里指汴京。下句"东京"也指汴京。

⑦洛阳花：指牡丹。

⑧章台柳：唐代诗人韩翃寄其爱姬柳氏诗名。诗中章台柳，以柳树喻柳氏。章台，汉长安街名。

⑨鹧鸪：即《鹧鸪天》等曲调。

⑩垂手：舞蹈名，有大垂手、小垂手等。蹴鞠（cù jū）：古时的一种球戏。

【解析】

这是一套带有自叙性质的曲子，反映了关汉卿生活的重要方面和个性特点，从而使我们对这样一位伟大作家有一个更全面的了解。作品在写作手法上运用夸张、排比等手法；语言泼辣流畅，生动形象；风格幽默风趣。

方 回

方回（1227～1307），元代文学家。字万里，号虚谷，徽州歙县（今属安徽）人。由宋入元，未出仕。诗崇尚江西派，反映民生疾苦，慨叹人生艰难。

春半久雨走笔①

万事心空口亦箝，如何感事气犹炎。
落花满砚慵磨墨，乳燕归梁急卷帘。
诗句妄希敲月贾②，郡符深愧钓滩严③。
千愁万恨都消处，笑指邻楼一酒帘。

【注释】

①原作二首，今选一首。
②敲月贾：用贾岛"推敲"典故。
③郡符：犹郡守，秦汉官名。以后知

州、知府也称郡守。钓滩严：指汉代不仕的隐士严子陵。

【解析】

这是方回晚年的作品，写仲春所见所感，表达了作者傲睨自高的情怀。诗的末尾二句，最能显示这种性格特征。

过湖口望庐山

江行初见雪中梅，梅雨霏微棹始回。
莫道无人肯相送，庐山犹自过湖来。

【解析】

这是首写景诗，写景如画。最后二句写寂寞的行途中，想象庐山为之送行，别开生面，又寓意深刻。

卢 挚

卢挚（1242～1315），字处道，一字莘老，号疏斋，又号嵩翁，河南登封（今属河南）人。元代进士，官至翰林承旨。诗崇汉魏，散曲多写闲适生活，亦多登临凭吊之作，情感真挚，风格明丽。亦能词，与刘因齐名。

双调·殿前欢①

酒杯浓，一葫芦春色醉山翁②，一葫芦酒压花梢重。随我奚童③，葫芦干，兴不穷。谁人共？一带青山送。乘风列子，列子乘风④。

【注释】

①殿前欢：又名【凤将雏】、【燕引雏】、【小妇孩儿】，【双调】曲调。
②山翁：晋代山简镇守襄阳，性好酒。春色：指酒。
③奚童：奚是古代奴仆的一种，奚童即供役使的小童。
④列子：列御寇，《庄子·逍遥游》说他能"御风（驾着风）而行"。

【解析】

此曲写作者姿情醇酒、不愿受名利拘束的情怀。除以酒为伴外，以青山、清风为友，性格尽显。

游茅山

洞边瑶草洞中花①，细水流春带碧沙。昨夜山中酒初熟②，道人不暇读南华③。

竹杪飞亭枕石泉④，松坛香雾散茶烟⑤。鸟声记得夜来雨，鹿梦惊回别有天⑥。

【注释】

①洞：指华阳洞穴，传说是汉代茅盈、茅固和茅衷兄弟三人（世称"三茅真君"）得道处，茅山即以此得名。花：指洞中流水落花，所以下句说"细水流春"。
②此句意谓道观主人款待作者。
③南华：《南华经》。唐天宝年间，诏令《庄子》为《南华真经》。
④这句写亭在高处，竹林在低处，所以显得亭子似在竹林之上。竹杪（miǎo）：竹的顶端。枕石泉：意谓泉水在亭后交横而过。
⑤此句"香雾"即"茶烟"，意谓在松下煮茶。
⑥"鸟声"、"鹿梦"两句写得很细，意谓夜雨后晨鸟叫声更加欢快，同时想

象躺卧的鹿做着美丽的梦。

【解析】

　　此诗记游，写道教圣地茅山。诗中景物描摹入微，尤其是人事刻画传神，故颇有仙境之美。

双调·沉醉东风　秋景

　　挂绝壁松枯倒倚①，落残霞孤鹜齐飞②。四围不尽山，一望无穷水，散西风满天秋意。夜静云帆月影低，载我在潇湘画里③。

【注释】

①"挂绝壁"句：化用唐李白《蜀道难》诗："枯松倒挂倚绝壁。"

②"落残霞"句：化用唐王勃《滕王阁序》："落霞与孤鹜齐飞，秋水共长天一色。"鹜（wù），生长在水边的野鸭子。

③潇湘：潇水和湘水，在湖南零陵县北合流，沿岸景色秀丽，诗人、画家每多取材。宋代名画家宋迪画有"潇湘八景"，马致远也曾以《寿阳曲》写过"潇湘八景"。

【解析】

　　此曲写如画秋景，套用古人文词，不显斧凿痕迹；抓住独特景物特写，形象突出。结尾人与景融，颇具意境。

双调·沉醉东风　闲居①

　　恰离了绿水青山那搭②，早来到竹篱茅舍人家。野花路畔开，村酒槽头榨③，直吃的欠欠答答④。醉了山童不劝咱，白发上黄花乱插⑤。

【注释】

①此题共三首，这是第二首。

②恰：刚刚。那搭：那边。

③槽：酿酒器具，使酒缓缓流出。

④欠欠答答：迷迷糊糊，糊里糊涂。亦

作"虔虔答答"。

⑤"白发"句：唐杜牧《九日齐山登高》诗："尘世难逢开口笑，菊花须插满头归。"黄花：菊花。

【解析】

　　此曲写山乡生活，既写景，又写人，写人与人之间的交往，也暗示了人情的纯朴。语言俚俗，风格质朴，情调率真，别具趣味。

仇 远

　　仇元（1247～1326），字仁近，一字仁父，自号近村，又号山村，杭州钱塘人。元初南方文坛上的著名诗人。诗多写人事，质朴自然；词多咏景物，构思精妙。

卜居白龟池上

一琴一鹤小生涯，陌巷深居几岁华。
为爱西湖来卜隐①，却怜东野又移家②。
荒城雨滑难骑马，小市天明已卖花。
阿母抱孙闲指点，疏林尽处是栖霞③。

【注释】

①卜：选择。隐：隐居之所。
②此句承上句，原为卜隐西湖，现在却

又要迁居西湖之东。
③栖霞：西湖边有栖霞岭。

【解析】

　　这首诗写于作者晚年辞官闲居之时，表现了作者闲适的生活情致。用语极其朴实，且将口语引入诗中，如"阿母"。化用古人诗句，而不显造作呆滞，如"小市天明已卖花"句。

白 珽

　　白珽（1248～1328），字廷玉，号湛渊，杭州钱塘（今属浙江）人。宋亡后以授馆为业，后出任江浙儒学副提举等职，晚年归老钱塘。

余杭四月①

四月余杭道，一晴生意繁②。

朱樱青豆酒，绿草白鹅村。

水满船头滑，风轻袖影翻。

几家蚕事动，寂寂昼门关③。

【注释】

①余杭：今属浙江省。元时与钱塘同属　　③昼门关：旧时蚕家风俗，四月为蚕
　杭州路。　　　　　　　　　　　　　　　月，家家闭户。

②生意：犹生机。

【解析】

　　诗写江南风物，从自然景物、时令节物写到水乡生活、蚕桑习俗，观察入微，把握准确，意趣盎然。

王和卿

　　王和卿（生卒年不详），大名（在今河北）人，与关汉卿同时而先卒。为人滑稽佻达，玩世不恭。散曲俳谐俚俗，语带讥讽。

仙吕·醉中天　　咏大蝴蝶

　　弹破庄周梦①，两翅驾东风，三百座名园一采一个空。谁道风流种②？吓杀寻芳的蜜蜂。轻轻飞动，把卖花人扇过桥东。

【注释】

①弹破庄周梦：弹，指两翅扇动。庄周　　②风流种：指对女性多情的人。
　梦，指庄周梦为蝴蝶一事。

【解析】

　　此曲讽刺当时的权豪势要子弟，为传世名作。在艺术特色上，最突

出的特点是善于运用夸张的手法，蝴蝶之大，超出人的想象。构思奇巧，亦梦亦幻。意境清新，风格别致，手法灵活多样，语言生动活泼。

双调·拨不断① 大鱼

胜神鳌，夯风涛②，脊梁上轻负着蓬莱岛③。万里夕阳锦背高④，翻身犹恨东洋小，太公怎钓⑤。

【注释】

①拨不断：又名【续断弦】，【双调】曲调。

②胜：胜过，超过。神鳌（áo）：传说中的海上大鳖。夯（hāng）：扛。

③蓬莱岛：传说中的海上仙山。

④万里夕阳锦背高：指夕阳斜照大鱼背上。锦背，鱼背。鱼鳞在夕阳照耀下似锦一般。

⑤太公：即吕尚，本姓姜，字子牙。

【解析】

此曲写有极大才能的人不会被名利所引诱上当。亦用夸张，但又与上曲不同，此曲之夸张来自民间传说。曲作想象丰富，又与现实紧相连结。风格诙谐、幽默，但又有深沉的一面作底蕴。

白 朴

白朴（1226～1306），字仁甫。后字太素，号兰谷。本陕州（今山西河曲）人，后流寓真定（今河北正定）。写过不少诗词，尤工于曲，与关汉卿、马致远、郑光祖并称"元曲四大家"。词多写怀古及山水风景，风格近于苏辛一派。散曲内容主要为描写自然风景与歌咏男女恋情，风格清丽，但也时有豪放之作。

中吕·喜春来① 题情

从来好事天生俭②，自古瓜儿苦后甜。奶娘催逼紧拘钳③，甚是严。越间阻越情忺④。

【注释】

①喜春来：一名【阳春曲】，【中吕】宫　　常用曲调。

②从来好事天生俭：即好事难逢之意。
俭，少。

③拘钳：拘束。

④情忺（xiān）：情投意合。忺，适意。

【解析】

此曲写女子争取恋爱婚姻自由，感情表白直率，风格泼辣，颇有民歌风味。

越调·天净沙① 春

春山暖日和风，阑干楼阁帘栊②，杨柳秋千院中。啼莺舞燕，小桥流水飞红③。

【注释】

①天净沙：【越调】曲调。

②阑干：即栏干。帘栊（lóng）：窗帘。

③飞红：飞花。

【解析】

此曲写春景之可爱，抓住特定景物，一路点缀而下，意境全出，与马致远的同名写秋之曲有异曲同工之妙。

双调·沉醉东风① 渔夫

黄芦岸白蘋渡口，绿杨堤红蓼滩头。虽无刎颈交②，却有忘机友③。点秋江白鹭沙鸥。傲杀人间万户侯④，不识字烟波钓叟。

【注释】

①沉醉东风：【双调】曲调。

②刎颈交：同生共死的朋友。

③忘机：涤除机心、淡泊宁静、与世

无争。

④万户侯：汉制，封侯大者"食邑万户"，称万户侯。

【解析】

此曲借渔夫而写自己，从作者的居处、交游写来，体现自己的人品、志向，最后点出淡泊名利的思想和不为世人理会的孤高性情。

马致远

马致远（？～1324），元代戏剧家、散曲家。号东篱，大都（今北京）人。早年热衷功名，未得志，晚年退隐山林，寄情诗酒。著有名剧《汉宫秋》，为元曲四大家之一。散曲多写幽栖生活、恬淡情趣和自然景物，有较高的艺术造诣。

寿阳曲① 远浦帆归

夕阳下，酒旆闲，两三航未曾着岸②。落花水香茅舍晚，断桥头卖鱼人散。

【注释】

①寿阳曲：又名【落梅引】、【落梅风】、【双调】曲调。　②旆（pèi）：旗帜。航：航船。

【解析】

这支小令写江边渔村景物、风习，使人置身于自然野趣与乡村情调之中，另是一番境界。

天净沙 秋思

枯藤老树昏鸦，小桥流水人家，古道西风瘦马。夕阳西下，断肠人在天涯。

【解析】

作品描写秋天傍晚的景物，烘托出悲凉的气氛，抒写了人生过客漂泊天涯的愁思。结构简单，色彩鲜明，章节和谐。

夜行船套 秋思①

【双调·夜行船】百岁光阴一梦蝶，重回首往事堪嗟。今日春来，明朝花谢，急罚盏，夜阑灯灭②。

【乔木查】想秦宫汉阙，都做了衰草牛羊野。不恁么渔樵没话说。纵荒坟横断碑，不辨龙蛇。

【庆宣和】投至狐踪与兔穴，多少豪杰！鼎足虽坚半腰里折，魏耶？晋耶？

【落梅风】天教你富，莫太奢，没多时好天良夜。富家儿更做道你心似铁。争辜负了锦堂风月③。

【风入松】眼前红日又西斜，疾似下坡车。晓来镜里添白雪，上床与鞋履相别。休笑巢鸠计拙④，葫芦提一向装呆。

【拨不断】利名竭，是非绝。红尘不向门前惹，绿树偏宜屋角遮，青山正补墙头缺，更那堪竹篱茅舍。

【离亭宴煞】蛩吟罢一觉才宁贴，鸡鸣时万事无休歇，何年是彻！看密匝匝蚁排兵，乱纷纷蜂酿蜜，急攘攘蝇争血。裴公绿野堂⑤，陶令白莲社⑥。爱秋来时那些：和露摘黄花，带霜分紫蟹，煮酒烧红叶。想人生有限杯，浑几个重阳节。人问我顽童记者⑦，便北海探吾来⑧，道东篱醉了也！

【注释】

①秋思：一作"秋兴"。
②夜阑：夜将尽。
③锦堂：即昼锦堂，北宋时韩琦在故乡安阳的建筑。
④巢鸠计拙：班鸠不会营巢，很笨拙，但却能占有喜鹊的巢。
⑤绿野堂：唐代裴度在洛阳筑别墅"绿野草堂"。
⑥白莲社：晋代和尚慧远等在庐山东林寺结成的组织，也叫莲社。陶渊明没有参加，但与白莲社人交往很多。
⑦者：即"着"。
⑧北海：即东汉末的北海太守孔融。他曾说："座上客常满，樽中酒不空，平生愿足。"

【解析】

马致远的这套曲子是散曲中的名作。这套曲词，从表面看来是不问历史上的功过是非，认为帝业无常，旧时的英雄豪杰都不过是渔樵的话柄，表现了浓重的虚无思想；但实质上，这些话的里却包含着对历史不平的激愤。不问是非正是他不忘是非的表现。

耍孩儿套　借马

【般涉调·耍孩儿】近来时买得匹蒲梢骑①，气命儿般看承爱惜。逐宵上草料数十番，喂饲得膘息胖肥。但有些秽污却早忙刷洗，微有些辛勤便下骑。有那等无知辈，出言要借，对面难推。

【七煞】懒设设牵下槽，意迟迟背后随，气忿忿懒把鞍来鞴②。我沉吟了半晌语不语，不晓事颓人知不知③？他又不是不精细，道不得"他人弓莫挽，他人马休骑"。

【六煞】"不骑呵西棚下凉处拴，骑时节拣地皮平处骑，将青青嫩草频频的喂。歇时节肚带松松放，怕坐的困尻包儿款款移④。勤觑着鞍和辔，牢踏着宝镫，前口儿休提。"

【五煞】"饥时节喂些草，渴时节饮些水。着皮肤休使粗毡屈，三山骨休使鞭来打⑤，砖瓦上休教稳着蹄。有口话你明明的记：饱时休走，饮了休驰。"

【四煞】"抛粪时教干处抛，绰尿时教净处尿，拴时节拣个牢固桩橛上系。路途上休要踏砖块，过水处不教践起泥。这马知人义，似云长赤兔，如翼德乌骓。"

【三煞】"有汗时休去檐下拴，渲时休教侵着颓，软煮料草铡底细⑥。上坡时款把身来耸，下坡时休教走得疾。休道人忒寒碎，休教鞭颩着马眼，休教鞭擦损毛衣⑦。"

【二煞】不借时恶了弟兄，不借时反了面皮。马儿行嘱咐叮咛记："鞍心马户将伊打，刷子去刀莫作疑。"则叹的一声长吁气，哀哀怨怨，切切悲悲⑧。

【一煞】"早晨间借与他，日平西盼望你，倚门专等来家内。柔肠寸寸因他断，侧耳频频听你嘶。"道一声"好去"，早两泪双垂。

【尾】没道理没道理，忒下的忒下的！"恰才说来的话君专记。一口气不违借与了你。"

【注释】

①蒲梢：骏马名。汉代从大宛所得千里马名蒲梢。

②懒设设：无精打采的样子。鞴（bèi）：给马备设鞍鞯。

③颓人：骂人的话。

④尻（kāo）包儿：屁股。

⑤屈：折叠。三山骨：髀骨。

⑥渲：指刷洗马。颓：这里指公马的生殖器。

⑦忒（tuī）：太，过于。寒碎：寒酸，琐碎。颩（diū）：甩。

⑧"鞍心"、"马户"二句：这两句是勾

栏里的行话。马户合起来是"驴"
字,"刷"字去刀是"屌"字。两句

话合起来是骂打马的人是驴屌。

【解析】

　　《借马》通过借马过程中人物心理活动的刻画和一系列对话、动作情态的描述,塑造了一个爱马如命的马主人的形象。写来夸张、诙谐,颇具韵致。

刘　因

　　刘因(1249～1293),字梦吉,号静修,河北容城人。他的诗在艺术上受元好问影响较大,朴实劲健,于精严之中时出新意。

白　沟①

宝符藏山自可攻②,儿孙谁是出群雄③?
幽燕不照中天月④,丰沛空歌海内风⑤。
赵普元无四方志⑥,澶渊堪笑百年功⑦。
白沟移向江淮去⑧,止罪宣和恐未公⑨。

【注释】

①白沟:指白沟河,在今河北省。宋辽时以白沟为边界,故又称界河。

②"宝符"句:这句是借赵简子藏宝符于常山之典,喻幽燕对于宋的重要性,如同常山之于赵,并用来比喻宋太祖曾积藏金帛谋取燕赵。

③出群:出类拔萃。

④幽燕:地名。燕:指战国燕地,在今河北北部及辽宁一带。幽:指幽蓟十六州。五代石敬瑭在契丹扶植下建立晋朝时,割让给契丹的十六州。中天月:宋太祖赵匡胤《月》诗:"才到中天万国明。"

⑤丰沛:地名。汉高祖刘邦为沛(今江苏沛县)之丰邑人。

⑥赵普:北宋初年大臣,乾德二年(964)始任宰相,历仕太祖、太宗二朝,主张对契丹采取单纯防御的政策,曾经谏阻太祖恢复燕云十六州。元:同"原",本来。

⑦澶渊:古湖泊名,又名繁渊。故址在今河南濮阳县西南。宋真宗景德元年(1004),辽萧太后与圣宗率军南下,深入宋境。宋宰相寇准力劝真宗亲征,宋军小胜后与辽议和。宋每年向辽输银十万两,绢二十万匹,史称

"澶渊之盟"。百年功：从签定澶渊之盟的公元 1004 年到北宋灭亡的 1127 年，其间经过一百二十余年。

⑧"白沟"句：北宋与辽原以白沟为界河，北宋灭亡后，南宋小朝廷划长江、淮河为界与金对峙。

⑨宣和：宋徽宗年号，此处指宋徽宗。

【解析】

　　这首诗以古喻今。诗人以北宋与辽的界河"白沟"为题，借景咏史，探讨了北宋灭亡的根本原因。诗以议论为主，明白晓畅。

夏日饮山亭

借住郊园旧有缘，绿阴清昼静中便①。
空钩意钓鱼亦乐②，高枕卧游山自前③。
露引松香来酒盏，雨催花气润吟笺。
人来每问农桑事，考证床头种树篇④。

【注释】

①便（pián）：舒适。

②意钓：钓鱼时不投饵，不拟得鱼，只求垂钓之趣。

③山自前：山的形貌自然呈现在眼前。

意谓枕上观山，虽不登山却自有登山乐趣。

④种树篇：即种树书，古人诗中常以此代表农书，或喻务农隐居。

【解析】

　　此诗写夏日郊园生活：空钓、静卧、饮酒、研农书，极得闲适自然之趣，表现了作者的闲适心情。

寒食道中①

簪花楚楚归宁女②，荷锸纷纷上冢人③。
万古人心生意在，又随桃李一番新。

【注释】

①寒食：寒食节，即禁烟节。在清明前一两天。

②归宁：已嫁女子回娘家。

③旧时清明有上坟扫墓习俗，届时要为坟墓培新土，故有荷锸（chā）一说。冢，即坟墓。

【解析】

此诗以寒食节路上所见，写寒食扫墓习俗；进而由所见推广写所感：万古人心如一，又不断变化。

姚 燧

姚燧（1238～1313），元代散曲家，字端甫，号牧庵，河南（今河南洛阳）人。官翰林学士承旨、集贤大学士。擅词曲，多写儿女风情。

越调·凭阑人 寄征衣①

欲寄君衣君不还，不寄君衣君又寒。寄与不寄间，妾身千万难②。

【注释】

①征衣：出门远行人的衣服。征，远　②妾身：古时妇女自称。
行。

【解析】

此曲写闺妇相思，以寄征衣一事，刻画主人公欲寄不寄的心理，细致入微，生动感人。

中吕·喜春来①

笔头风月时时过②，眼底儿曹渐渐多③。
有人问我事如何，人海阔，无日不风波！

【注释】

①喜春来：又名【阳春曲】。　　　③眼底儿曹：指文坛上的新进。儿曹，
②笔头风月：指写作生活。　　　　　儿女、后辈，此处指新一代。

【解析】

此曲写文坛状况和个人感喟。寥寥几句，写出了文坛的不平静，表达了自己对文坛惹是生非、追名逐利之辈的厌恶。

王实甫

王实甫，元代戏剧家。名德信，大都人，年代比关汉卿稍晚。以杂剧《西厢记》为人所推重。亦工散曲，词采旖旎，但传世甚少。

中吕·十二月过尧民歌　别情

【十二月】自别后遥山隐隐，更那堪远水粼粼。见杨柳飞绵滚滚，对桃花醉脸醺醺。透内阁香风阵阵①，掩重门暮雨纷纷。【尧民歌】怕黄昏忽地又黄昏，不销魂怎地不销魂。新啼痕压旧啼痕，断肠人忆断肠人。今春，香肌瘦几分，缕带宽三寸②。

【注释】

①内阁：指闺阁。　　　　　　②缕带：束腰的带子。

【解析】

写怀人之苦痛。前半部着重铺排渲染，后半部主要描写心理。虽有化用前人词句，但却熔于一炉，颇能表情达意。

赵孟頫

赵孟頫（1254～1322），字子昂，号松雪道人，湖州（今浙江吴兴县）人。宋秦王赵德芳的后代，宋亡后元世祖忽必烈搜访"遗逸"，官刑部主事，后累官至翰林学士承旨，封魏国公，谥文敏。能诗善文，尤工书画。《四库全书总目提要》说："论其才气，则风流文采，冠绝当时。不但翰墨为元代第一，即其文章亦揖让于虞扬范揭之间，不甚出其后也。"

岳鄂王墓①

鄂王墓上草离离②，秋日荒凉石兽危③。

南渡君臣轻社稷④，中原父老望旌旗⑤。
英雄已死嗟何及⑥，天下中分遂不支⑦。
莫向西湖歌此曲，水光山色不胜悲⑧。

【注释】

①本诗选自《松雪斋集》。

②鄂王：指南宋抗金名将岳飞。离离：分披繁茂的样子。

③石兽：指岳墓前安置的石马、石牛等陈列物。危：高耸的样子。

④轻：轻视，不当回事。社稷：原指土、谷之神。灭人之国，必变置所灭国的社稷，故往往把社稷作为国家的标志。

⑤旌旗：这里指代宋朝的军队。

⑥英雄：指岳飞。嗟何及：叹息后悔已经晚了。嗟：叹息的声音。

⑦天下中分：指宋金以江淮为界的对峙割据状态。遂不支：于是不能支撑了。

⑧水光山色：指西湖的山水景物。苏轼《饮湖上初晴后雨》其一："水光潋滟晴方好，山色空濛雨亦奇。"

【解析】

　　这是一首游历怀古之诗，由眼前景象回想旧时光景，评论岳飞之死与南宋灭亡之关系，感叹南宋国土的沦丧。

见章得一诗因次其韵①

水色清涟日色黄，梨花淡白柳花香。
即看时节催人事，更觉春愁恼客肠。
无酒难供陶令饮②，从人皆笑郦生狂③。
城南风暖游人少，自在晴丝百尺长④。

【注释】

①原作二首，选录一首。当作于宋亡之后，作者出仕元朝之前，作诗地点或在杭州。章得一：作者友人，身世未详。

②陶令：陶渊明。此处借指章得一。

③郦生：郦食其，秦汉之际人，曾为里监门吏。家贫，好饮酒，人称"狂生"。此处当是作者自喻。

④晴丝：即游丝，虫类所吐之丝在空中飘摇，此种现象在明媚春日中最易见到。

【解析】

　　此诗写春愁，由山光日色、梨柳花香写到时节催人，生出韶光短暂的感叹，以及自己性格高傲的孤寂之感。

张养浩

张养浩（1270～1329），字希孟，号云庄，济南（今属山东）人。元至大间曾任监察御史，因上书言时政十害，被权贵劾罢。仁宗时复官至礼部尚书，参议中书省事。辞职归隐，屡诏不赴。天历二年（1329）关中大旱，被征为陕西行台中丞，赈灾中积劳病卒。工散曲，又能诗。其散曲多写弃官后的田园隐逸生活，有的对当时社会的黑暗有所揭露。

哀流民操①

哀哉流民，为鬼非鬼，为人非人。
哀哉流民，男子无缊袍②，妇女无完裙。
哀哉流民，剥树食其皮，掘草食其根。
哀哉流民，昼行绝烟火，夜宿依星辰。
哀哉流民，父不子厥子，子不亲厥亲③。
哀哉流民，言辞不忍听，号哭不忍闻。
哀哉流民，朝不敢保夕，暮不敢保晨。
哀哉流民，死者已满路，生者与鬼邻。
哀哉流民，一女易斗粟，一儿钱数文。
哀哉流民，甚至不得将，割爱委路尘④。
哀哉流民，何时天雨粟，使女俱生存⑤。
哀哉流民。

【注释】

①操：原是琴曲名，后为韵文的一体。
②缊（yùn）袍：新旧棉混纺的布袍。
③厥：通"其"。
④将（jiàng）：扶养。
⑤女：通"汝"，指流民。

【解析】

元文宗天历二年（1329），关中大旱，这首《哀流民操》即描写这场大旱灾中人民生活的惨状。选材典型，全篇白描，每句以"哀哉流民"复沓，有一唱三叹之悲怆。

双调·水仙子　咏江南

　　一江烟水照晴岚①，两岸人家接画檐。芰荷丛一段秋光淡②，看沙鸥舞再三。卷香风十里珠帘。画船儿天边至，酒旗儿风外飐③：爱杀江南！

【注释】

①晴岚：岚是山林中的雾气，晴天空中　②芰（jì）荷：荷花。
仿佛有烟雾笼罩，故称晴岚。　③飐（zhǎn）：飘动。

【解析】

　　此曲写江南水乡秋光。基本上都是中远景的描写，一忽儿水里，一忽儿岸上，摇曳多姿，风景、风物尽收眼底。末尾按捺不住道出胸臆，虽直白但点睛。

中吕·红绣鞋　警世

　　才上马齐声儿喝道①，只这的便是那送了人的根苗②。直引到深坑里恰心焦③。祸来也何处躲？天怒也怎生饶？把旧来时威风不见了。

【注释】

①喝道：古时官吏出门，差役在前吆　②送：葬送。根苗：原因。
喝，叫人回避，叫喝道。　③恰心焦：才心急。

【解析】

　　此曲写官场祸福，指出做官是人生的祸根。暗含人生富贵无常、祸福相倚的道理以警醒世人。

山坡羊　潼关怀古①

　　峰峦如聚②，波涛如怒，山河表里潼关路③。望西都④，意踟蹰⑤，伤心秦汉经行处⑥，宫阙万间都做了土。兴，百姓苦！亡，百姓苦！

【注释】

①这是作者晚年到陕西赈灾时写的一首散曲小令。潼关：关名，在陕西省潼关县境，当陕西、山西、河南三省之冲，素称险要。

②峰峦：山头。峦，小而尖的山头。

③表里：犹言内外。

④西都：指长安，西汉建都于此。东汉都洛阳，故称西汉旧都长安为西都。

⑤踟蹰：犹豫不定。

⑥经行：经营。

【解析】

　　此篇为元散曲名篇。既是怀古，又是对现实的慨叹。用典而不生涩难懂，结尾的感愤更是直白显豁。言简意深，发人深省。

虞　集

　　虞集（1272～1348），字伯生，祖籍蜀郡仁寿（今四川仁寿县）人，后徙居江西临川崇仁。大德初荐授大都路儒学教授，官至翰林直学士兼国子祭酒、奎章阁侍读学士。元统初年谢病归临川。卒于家，谥文靖。虞集为诗讲法度、求工稳，以典雅精切著称。亦能词。

挽文山丞相①

徒把金戈挽落晖②，南冠无奈北风吹③。
子房本为韩仇出④，诸葛宁知汉祚移⑤。
云暗鼎湖龙去远⑥，月明华表鹤归迟⑦。
何须更上新亭望，大不如前洒泪时。

【注释】

①文丞相，即文天祥。他于至元十九年（1282）就义于燕京，是时虞集年十一岁。因此此诗当为追挽之作。挽：原指助葬牵引丧车，因而泛用以表示哀悼。

②落晖：这里比喻南宋末年不可挽回的颓势。

③南冠：囚徒。北风：比喻元朝蒙古势

力。宋元人诗文往往用之。

④子房：汉代张良的字。

⑤诸葛：诸葛亮。汉祚移：蜀汉的福祚已经转移不存在了。祚（zuò），福。

⑥云暗：比喻蒙古族势力的猖獗和宋室的倾覆。鼎湖：古代传说，黄帝铸鼎于荆山下。鼎成，有龙垂胡须迎黄帝上天。后世因名其处曰鼎湖。龙去

远：比喻宋室倾覆而难以复兴，亦隐喻宋帝赵昺之死。

⑦"月明"句：《搜神后记》："辽东城门有华表柱，忽有一白鹤集柱头。时有少年举弓欲射之。鹤乃飞，徘徊空中而言曰：'有鸟有鸟丁令威，去家千年今始归。城郭如故人民非，何不学仙冢垒垒。'遂高上冲天。"这里以鹤归隐喻文天祥之死，言文天祥若魂归江南，定当有城郭如故而人民非的感叹。

【解析】

本诗歌颂了文天祥所具有的忠贞的民族气节和"金戈挽落晖"的悲剧性格。诗中以古人事迹来解说文天祥的作为，含义颇深。

至正改元辛巳寒食日示弟及诸子侄①

江山信美非吾土，飘泊栖迟近百年②。
山舍墓田同水曲③，不堪梦觉听啼鹃④。

【注释】

①至正：元顺帝妥欢帖睦尔第三次改元的年号，是年为辛巳（1341）。此诗是作者六十九岁时在江西临川崇仁寓所所作。

②信美：的确很美。土：指故乡，在这里也指代国土。栖迟：原指游息，引申为漂泊失意。

③墓田：指虞集祖墓所在地。水曲：水畔，江岸。岸随水势曲折，故称水畔为水曲。

④啼鹃：杜鹃的啼叫。

【解析】

此诗以寒食清明时节扫墓祭祖的风习，引出对家乡的爱誉和人是物非的感慨，故所表达的不是简单的思乡思亲之感，而是寄托着沉痛的亡国之情。

杨 载

杨载（1271～1323），字仲弘，建宁浦城（今属福建）人。曾任国史院编修官和宁国路总管府推官等职。杨载讲究诗法，著有《诗法家教》。他的各体诗歌中都有佳作。与虞集、范梈、揭傒斯合称"元诗四大家"。

雪　轩

　　北风海上来，大雪何壮哉。上下九万里，洗净无纤埃。
君家十二楼①，轩窗洞然开。吹笙击鸣鼓，呼宾与衔杯。名
言落四座，大笑声如雷。举头望长空，高兴惊冥鸿。仙人
五六辈，飞下白云中。粲粲明珠袍，相从万玉童。问君何
所事，未就丹鼎动②。翩然却携手，共入蓬莱宫③。

【注释】

①十二楼：《汉书·郊祀志》记黄帝时　　②丹鼎：仙道炼丹的器具。此句意谓还
　建五城十二楼，以候神人。此句呼应　　　未修道成仙。
　下文的迎来仙人。君：指雪轩主人。　　③蓬莱宫：比喻仙界。

【解析】

　　这首五古写作者和朋友们在雪轩击鼓衔杯，笑声如雷之后，于醉意
朦胧中似乎迎来了神仙，使人读来有空灵之感。

宗阳宫望月

　　老君台上凉如水，坐看冰轮转二更。
　　大地山河微有影①，九天风露寂无声。
　　蛟龙并起承金榜②，鸾凤双飞载玉笙③。
　　不信弱流三万里④，此身今夕到蓬瀛。

【注释】

①《酉阳杂俎·天咫》："或言月中蟾桂，　　想象席间的乐声引出鸾凤飞翔。
　地影也，空处，水影也。"　　　　　　④弱流：弱水，《十洲记》记凤麟洲四
②金榜：即匾额，也可指公布中举者的　　　面有弱水围绕，鸿毛不浮，无法渡
　榜文。　　　　　　　　　　　　　　　越。此句写不信弱水难渡，引出下句
③此句当写席间有人吹笙、箫一类乐器。　　　"此身今夕到蓬瀛"，犹言今夕之会就
　传说王子乔好月下吹笙，作凤鸣。作者　　　如同在仙境一般。

【解析】

　　此诗为宴饮诗，诗题"望月"，故诗中有宴饮之情，又有月轮描摹，
想象丰富，清空圆润，是传诵名作，乃至有人称它是杨诗中的"绝唱"。

宿浚仪公湖亭

两两三三白鸟飞①，背人斜去落渔矶。
雨余不遣浓云散，犹向山前拥翠微②。

【注释】

①白鸟：这里当指白鹭。　　　　　②翠微：青葱的山色。

【解析】

　　原作三首，选录一首。诗写雨后风光，由湖到山，颇有情致。

范 梈

　　范梈（1272～1330），字德机，人称文白先生，临江（今属江西）人。作诗好歌行，其诗颇有民歌风味。

辘轳怨

门前水扬声似雨，幽人当窗碧弦语①。
东里征夫去不归，一双蛾眉镜中舞②。
年年井上攀辘轳，劳心只恐秋葵枯③。
他家种得长生草，梅花落尽青青好④。

【注释】

①开头两句是写作者（自谓"幽人"），听到门前井上汲水声，使他要奏一曲"辘轳怨"。"碧弦语"，即指本诗，以弹琴喻写诗。
②舞：这里当是以笔画眉之意，句意是

丈夫远出，无人为之画眉，只好对着镜子自己来描。
③秋葵：即黄蜀葵，生在道旁。
④长生草：经冬不凋，颜色似柏的草。

【解析】

　　此为思妇诗，诗中描摹了"幽人"这一形象，写她的言行动作和心理活动，语言清新质朴，意象鲜明显豁，颇有民歌风韵。

社　日

丘邻雨止散青烟，白叟相违已隔年①。
忽遣大儿三角结，打门来觅社神钱②。

【注释】

①丘邻：犹邻村；丘，丘里、乡里。　　社神钱：祭祀社神（土地神）的费用。
②结：同髻。三角结为一种儿童发式。

【解析】

　　本诗写平时不常到邻村的白头老人在社日相聚，却有小儿来打门收取祭神费用，洋溢着生活情趣。

揭傒斯

　　揭傒斯（1274～1344），字曼硕，龙兴富州（今属江西）人，延祐初年由卢挚推荐，任国史院编修官，前后三入翰林，官至侍讲学士。诗作以五言短古（四句）见长，也喜写乐府、歌谣体。有《揭文安公全集》。

寒夜作

疏星冻霜空，流月湿林薄①。
虚馆人不眠②，时闻一叶落。

【注释】

①薄：草木交错。　　　　　　②虚：空。此处比喻冷落、寂静。

【解析】

　　此诗写景而自出新意。写疏星点缀寒夜曰"冻"，写月光在水曰"湿"，且用动词来写，别有新意；写冷寂、幽邃而用"时闻一叶落"，极尽神韵。寥寥二十字，却有声有色，情景交融，堪称佳作。

女儿浦歌^①

女儿浦前湖水流，女儿浦前过湖舟。
湖中日日多风浪，湖边人人还白头^②。

大孤山前女儿湾^③，大孤山下浪如山。
山前日日风和雨，山下舟船自往还。

【注释】

①女儿浦：在今江西九江东南，也称女　　②还白头：犹"白头还"。
　儿港。　　　　　　　　　　　　　　　　③大孤山：在九江东南鄱阳湖中。

【解析】

　　此为竹枝词。以民歌重叠复沓的手法写人生变幻、世事流转，先铺垫，后点睛，言尽而意未尽。

马祖常

　　马祖常（1279～1338），字伯庸，先世为西域贵族，生于光州定城（今属河南）。延祐二年（1315）中进士，历任国史院编修官、翰林待制、御史中丞和枢密副使等职。是元代少数民族中卓有成就的诗人。

御沟春日偶成

御沟流水晓潺潺，直似长虹曲似环。
流入宫墙才一尺，便分天上与人间。

【解析】

　　原作二首，选录一首。文意明晓，且像是信口而吟，最后两句带有哲理味：一沟流水，宫墙相隔，便分为两个世界。

过故相宅①

瓦坠当檐燕不来，白头老妾卖花栽②。
旧时小吏今身贵，羞近门西上马台③。

【注释】

①故相：不明所指。按大都南城多金朝　　②花栽：花苗。
　故家，从"白头老妾"云云，或指该　　③上马台：上马的台阶。
　地的原金代某一宰相宅。

【解析】

　　本诗写经过已故宰相宅邸的所见所感，写尽人事变幻和世态炎凉，颇得唐人怀古讽谕诗神韵。

张可久

　　　　张可久（1280？～1330？），字小山，庆元（今浙江鄞县）人。仕途上不很得志，暮年久居杭州，纵情山水声色之间。他专力散曲创作，极负盛名，深得后世散曲家青睐。

金字经　春晚

惜花人何处，落红春又残，倚遍危楼十二阑，弹，泪痕罗袖斑。江南岸，夕阳山外山。

【解析】

　　这是一首描写相思之情的小曲。时节、地点、行为均有涉及，近景、远景一个不少。语词通俗、绮丽。

红绣鞋　天台瀑布寺①

绝顶峰攒雪剑②，悬崖水挂冰帘。倚树哀猿弄云尖③。血华啼杜宇④，阴洞吼飞廉⑤。比人心，山未险。

【注释】

①天台：山名，在今浙江天台县北。
②攒（cuán）：聚拢。雪剑：形容积雪的山峰像雪亮的宝剑。
③弄云尖：是说猿猴在耸入云端的树枝

上戏耍。
④血华：同"血花"。杜宇：即杜鹃鸟。
⑤飞廉：即"蜚廉"，古代传说中的野兽。一说为风神。

【解析】

　　这是首写景抒怀的小曲。前几句主要是写山之险、瀑之高、洞之阴，以及各种动物的哀鸣、狂吼，故写景主要写其阴险。而末一句陡然一转，由景及人抒发感慨，振聋发聩。

黄钟·人月圆　　山中书事①

　　兴亡千古繁华梦，诗眼倦天涯。孔林乔木，吴宫蔓草，楚庙寒鸦②。

　　数间茅舍，藏书万卷，投老村家③。山中何事？松花酿酒，春水煎茶。

【注释】

①书事：记事。
②"孔林乔木"三句：指昔日繁华，如今都尽，空剩下草木寒鸦。孔林，在山东曲阜孔子墓地，林广十余里。吴

宫，指三国时吴在建业（今南京）建的宫殿。楚庙，指战国时楚国的宗庙。
③投老：到老。

【解析】

　　此曲写人世沧桑，人生如寄。前一章主要写世事变化，后一章则主要写退隐乡村，寄情茶酒。

双调·落梅风　　江上寄越中诸友

　　江村路，水墨图，不知名野花无数。离愁满怀难寄书，付残潮落红流去。

【解析】

　　此曲是赠友之作，从己处的景物写起，然后写到离情别愁。轻描淡写，而深情满怀。前三句似不经意写来，却勾勒了一幅如画如诗的江村

美景图。

中吕·卖花声① 怀古

美人自刎乌江岸②，战火曾烧赤壁山③，将军空老玉门关④。伤心秦汉，生民涂炭⑤，读书人一声长叹。

【注释】

①卖花声：又名【升平乐】、【秋云冷】，【中吕】宫曲调。

②美人自刎乌江岸：用霸王项羽与爱姬虞姬的典故。

③战火曾烧赤壁山：指三国时的赤壁之战。

④将军空老玉门关：汉代班超尝通西域

（今新疆一带），封定远侯，在西域三十一年，年老上书请还，有"但愿生入玉门关"之语。玉门关，在甘肃敦煌县西，古代通西域要道。

⑤生民：指百姓。涂炭：指陷入困境，如坠泥涂炭火中。

【解析】

这首怀古小曲不像一般的那样评论人物和世事，而着重写战争给人民带来的灾难和痛苦。末尾的感叹，颇为著名。

越调·凭阑人 江夜

江水澄澄江月明①，江上何人挏玉筝②？隔江和泪听，满江长叹声③。

【注释】

①澄澄：清澈貌。

②挏（chōu）：以手弹奏。

③"隔江"二句：写筝声的感人。

【解析】

此曲先写江景月色，续写筝声；后两句则重点写筝声所感。颇似一曲缩微的《琵琶行》。

正宫·醉太平 刺世

人皆嫌命窘①，谁不见钱亲？水晶环入面糊盆，才沾粘便滚②。文章糊了盛钱囤③，门庭改作迷魂阵④，清廉贬入睡馄饨⑤。胡芦提倒稳⑥。

【注释】

①命窘：命运不好，穷困。

②"水晶环"二句：比喻清白的人一旦和面糊一样的金钱打交道，就被会沾粘上，变污浊了。

③文章糊了盛钱囤：指读书人把文章作为升官发财的手段。

④门庭改作迷魂阵：指贪财的人一旦做了官，门庭便变成了坑害人的迷魂阵。

⑤清廉贬入睡馄饨：清廉的人被贬斥为糊涂懵懂。馄饨，同"混沌"，懵懂愚昧。

⑥葫芦提：湖涂。

【解析】

此曲为刺世情之作。主要写金钱对世人的左右、腐蚀。虽是白描直叙，但所举极富典型性，故评论少而入骨深。

乔 吉

乔吉（1280？～1345），一称乔吉甫，字梦符，号笙鹤翁，又号惺惺道人。太原人。元戏曲家，散曲家。沦落"江湖间四十年"，后病死在家。其散曲以啸傲湖山和嘲弄风月为主，也有一些作品怀古伤今、托物寓意，流露出对现实的不满。语言典雅工丽，具有词化的特色。

水仙子 寻梅①

冬前冬后几村庄，溪北溪南两履霜，树头树底孤山上②，冷风来何处香？忽相逢缟袂绡裳③。酒醒寒惊梦，笛凄春断肠，淡月昏黄④。

【注释】

①本篇是作者寓居杭州时所作。

②孤山：在杭州西湖中，山上梅花极多。宋诗人林逋曾隐居于此。

③缟袂绡裳：形容梅花的皎洁。缟袂（gǎo mèi），白绢做的衣袖。绡（xiāo）裳，薄绸做的下衣。

④淡月昏黄：林逋《山园小梅》诗有"疏影横斜水清浅，暗香浮动月黄昏"句，此处化用其意。

【解析】

此曲记述了寻梅的经过和心境。以仙女喻梅花之冰清玉洁、幽香隐约，别具新意。最后写作者心境，落入俗套。

双调·折桂令　　毗陵晚眺①

江南倦客登临②，多少豪雄③，几许消沉。今日何堪，买田阳羡④，挂剑长林⑤。霞缕烂、谁家昼锦⑥？月勾横、故国丹心⑦！窗影灯深⑧，磷火青青⑨，山鬼暗暗⑩！

【注释】

①此曲是作者登临曾遭元军屠城的常州而作的。毗陵：即今江苏常州市。

②江南倦客：作者自指。

③豪雄：指不屈抵抗元军的常州军民和知州姚訔等。

④买田阳羡：苏轼曾"买田阳羡"，作诗有"卖剑买牛吾欲老"句。阳羡即常州。

⑤挂剑长林：春秋时，吴公子季札出使晋国，路经徐国，徐君爱其剑。季札准备回来时相赠，及回，徐君已死，乃将剑挂在徐君墓前的树上。这里是凭吊故人之意。

⑥昼锦：北宋韩琦富贵归乡，修了一座"昼锦堂"。

⑦故国：此指宋朝。

⑧窗影灯深：这句是夜色深沉、灯火暗淡之意。

⑨磷火：即俗语说的鬼火。

⑩山鬼：指死人的灵魂，语见《楚辞·九歌》。暗暗：沉默无声。

【解析】

此曲触景生情，抒写出作者怀念抗元英雄军民以及对元朝统治不满的强烈情绪。巧于用典，情调悲壮。

正宫·六幺遍①　　自述

不占龙头选②，不入名贤传。时时酒圣，处处诗禅③。烟霞状元，江湖醉仙④，笑谈便是编修院⑤。留连，批风抹月四十年⑥。

【注释】

①六幺遍：一名【绿幺遍】、【柳梢青】，【正宫】曲调。

②龙头选：指中状元。

③酒圣：酒中之圣。诗禅：诗中之佛。

是深于诗酒、精于诗酒之意。

④"烟霞状元"二句：说自己是山水间的状元，江湖中的醉仙。

⑤笑谈便是编修院：笑谈古今，就像编修院的官员一样。

⑥批风抹月四十年：指四十年来过的都是吟风弄月的生活。批，切削。抹，涂擦。

【解析】

此曲为作者自述情怀襟抱之作。对比来写，把利禄之途与诗酒、山水生活相对照，一扬一贬，立意尽显。语出诙谐，具有刺世自傲之意。

越调·凭阑人　金陵道中

瘦马驮诗天一涯，倦鸟呼愁村数家。扑头飞柳花，与人添鬓华。

【解析】

此曲写暮春时节在前往金陵路上的天涯倦旅之感。前两句写道中所见，天涯、倦鸟无不含情。第三句陡然（"扑头"）一转，因春风柳絮而感慨顿生。

双调·折桂令　荆溪即事①

问荆溪溪上人家："为甚人家，不种梅花?"老树支门，荒蒲绕岸，苦竹圈笆。庙不灵狐狸漾瓦②，官无事乌鼠当衙③。白水黄沙，倚遍阑干，数尽啼鸦。

【注释】

①荆溪：水名，在江苏宜兴县南，流入太湖。

②漾瓦：摔瓦。

③乌鼠：此指吏役之类。

【解析】

此曲讽刺地方吏治之腐败。作者将自然风光与社会状况对比来写，写出其地的穷陋、破败、黑暗，情含激愤，又多无奈。

钟嗣成

钟嗣成（1279? ～1360?），字继先，号丑斋，原籍古汴（今河南开封），长期移居杭州。所著《录鬼簿》一书，记述了元曲家的事迹和作品，是研究元曲的重要资料。散曲风格通俗豪放，往往寓愤懑于嘲讽。

正宫·醉太平

风流贫最好①，村沙富难交②。拾灰泥补砌了旧砖窑③，开一个教乞儿市学④。裹一顶半新不旧乌纱帽，穿一领半长不短黄麻罩⑤，系一条半联不断皂环绦⑥：做一个穷风月训导⑦。

【注释】

①风流：这里指无拘无束的洒脱生活。
②村沙：粗俗，愚蠢。
③砖窑：砖砌的窑洞，穷人住处。
④教乞儿市学：教穷孩子们读书的村学。学，读 xiào。
⑤黄麻罩：麻制的黄色外衣。
⑥皂环绦（tāo）：黑色的丝腰带。
⑦穷风月训导：贫穷而潇洒的教书先生。风月：清风明月，指潇洒脱俗。

【解析】

此曲写落魄文人的生活，又具讽世、言志之意。以白描手法写文人的落魄，但又显出其不甘流俗、潇洒自适的节操和性情。

刘致

刘致（1280? ～1320?），字时中，号逋斋。南昌人。生平不详。所作散曲敢于评议现实政治，较有名。套曲《端正好·上高监司》是他的代表作。

正宫·端正好　上高监司①

【正宫·端正好】众生灵遭磨障。正值着时岁饥荒，谢恩光拯济皆无恙。编做本词儿唱。

【滚绣球】去年时正插秧，天反常。那里取及时雨降，旱魃生、四野灾伤②。谷不登，麦不长。因此万民失望。一日日物价高涨；十分料钞加三倒③，一斗粗粮折四量④。煞是凄凉！

【倘秀才】殷实户欺心不良⑤，停塌户瞒天不当⑥。吞象心肠歹伎俩⑦，谷中添秕屑，米内插粗糠。怎指望它儿孙久长。

【滚绣球】甑生尘老弱饥⑧，米如珠少壮荒⑨。有金银那里每典当⑩！尽枵腹高卧斜阳⑪。剥榆树餐，挑野菜尝，吃黄不老胜如熊掌⑫，蕨根粉以代糇粮⑬。鹅肠、苦菜连根煮⑭，荻笋、芦蒿带叶啌⑮，则剩下杞、柳、株、樟。

【倘秀才】或是捶麻柘稠调豆浆，或是煮麦麸稀和细糠，他每早合常擎拳谢上苍。一个个黄如经纸⑯，一个个瘦似豺狼，填街卧巷。

【滚绣球】偷宰了些阔角牛⑰，盗斫了些大叶桑，遭时疫无棺活葬⑱，贱卖了些田庄。嫡亲儿共女，等闲参与商⑲；痛分离是何情况！乳哺儿没人要撇入长江。那里取厨中剩饭杯中酒，看了些河里孩儿岸上娘，不由我哽咽悲伤！

【倘秀才】私牙子船湾外港，行过河中宵月朗⑳。则发迹了些无徒，米麦行牙钱加倍解㉑，卖面处两般装，昏钞早先除了四两㉒。

【滚绣球】江乡相有义仓㉓，积年系税户掌㉔。借贷数补搭得十分停当，都侵用过将官府行唐㉕。那近日劝粜到江乡㉖，按户口给月粮。富户都用钱买放㉗，无实惠尽是虚桩㉘，充饥画饼诚堪笑，印信、凭由皆是谎㉙，快活了些社长、知房㉚。

【伴读书】磨灭尽诸豪壮㉛，断送了些闲浮浪。抱子携男扶筇杖㉜，尪羸伛偻如虾样㉝，一丝游气沿途创㉞，阁泪汪汪。

【货郎】见饿莩成行街上，乞丐拦门斗抢，便财主每也怀金鹄立待其亡㉟。感谢这监司主张，似汲黯开仓㊱。披星戴月热中肠，济与茕亲临发放。见孤孀疾病无饭向㊲，差医煮粥分厢巷㊳；更把赃输钱、分例米㊴，多般儿区处的最优长。众饥民共仰，似枯木逢春，萌芽再长。

【叨叨令】有钱的贩米谷、置田庄、添生放㊵，无钱的少过活、分骨肉、无承望㊶；有钱的纳宠妾、买人口、偏兴旺，无钱的受饿馁、填沟壑、遭灾障。小民好苦也么哥㊷，小民好苦也么哥！便秋收，鬻妻卖子家私丧。

【三煞】这相公爱民忧国无偏党，发政施仁有激昂。恤老怜贫，视民如子，起死回生，扶弱摧强。万万人感恩知德，刻骨铭心，恨不得展草垂缰㊸。覆盆之下，同受太阳光㊹。

【三煞】天生社稷真卿相，才称朝廷作栋梁。这相公主见宏深，秉心仁恕，治政公平，莅事慈祥㊺，可与萧曹比并㊻，伊傅齐肩㊼，周召班行㊽，紫泥宣诏㊾，花衬马蹄忙㊿。

【一煞】愿得早居玉笋朝班上[51]，伫看金瓯姓字香[52]。入阙朝京，攀龙附凤，和鼎调羹[53]，论道兴邦。受用取貂蝉济楚[54]，衮绣峥嵘[55]，珂珮丁当[56]。普天下万民乐业，都知是前任绣衣郎。

【尾声】相门出相前人奖，官上加官后代昌。活彼生灵恩不忘，粒我烝民德怎偿[57]。父老儿童细较量，樵叟渔夫曾论讲。共说东湖柳岸旁，那里清幽更舒畅。靠着云卿苏圃场[58]，与徐孺子流芳挹清况[59]。盖一座祠堂人供养，立一统碑碣字数行[60]，将德政因由都载上，使万万代官民见时节想。

【注释】

① 刘时中作有两套【正宫·端正好】《上高监司》，这里选的是前套。高监司：可能指侍御史高奎。监司是监察州郡的官。

② 旱魃（bá）：古代传说中能造成旱灾的怪物。

③ "十分"句：指买粮要多付三成的钱。料钞，元代纸币。

④ 折四量：打四折量出，即一斗只给六升。

⑤ 殷实户：指有钱的地主。殷，富足。

⑥ 停塌户：屯积粮食的人家。

⑦吞象心肠：指贪得无厌之心。

⑧甑（zèng）：古代做饭的一种器皿。

⑨荒：虚。

⑩那里每：何处。每，语气词。

⑪枵腹：空着肚子。枵（xiāo），虚空。

⑫黄不老：野菜名。

⑬蕨（jué）：野生草本植物，根可作粉。糇（hóu）粮：干粮。

⑭鹅肠：野菜名。

⑮哐（zhuāng）：吞咽。

⑯经纸：一种印佛经的纸，颜色黄暗，此用以形容饥民的面色。

⑰阔角牛：水牛。头上有阔大的角，故名。

⑱活：疑为"渴"字之误。渴，急之意。死后即葬称渴葬，古人认为是不合礼制的，是权宜之计。

⑲参与商：比喻分别。参、商，天上星宿名，两星东西相对，彼出此没，互不相见。

⑳私牙子：私贩。

㉑解（jiè）：送、给。

㉒昏钞：不值钱的纸币。除：扣除。

㉓义仓：官府的备荒粮仓。

㉔积年：多年。税户：大地主。

㉕行唐：搪塞，怠慢。

㉖劝粜：劝存粮的人卖粮。粜（tiào），卖粮。

㉗"富户"句：不应当领粮的富户用贿赂手段领去救济粮。

㉘虚桩：假情况，谓空有其名。

㉙"印信"句：这句是说盖着官府大印的文书、单据全是虚假的，不能兑现。

㉚知房：同社长一起掌管社内义仓的人。

㉛磨灭：折磨、损伤。

㉜筇杖：竹杖。筇（qióng），竹名。

㉝尪羸（wāng léi）：瘦弱。

㉞刽：疑是"跄"字之误，走路歪斜的样子。

㉟"便财主每"句：说财主们藏着钱像鹄一样安闲地看着饥民死去。

㊱汲黯开仓：汉武帝臣汲黯奉命视察河内（今河南省黄河以北地）灾情，见灾情严重，便自作主张开仓赈济。

㊲皈（guī）向：皈依。

㊳厢巷：城乡。厢，靠近城区的地方。

㊴赃输钱：没收行贿和贪污的钱。分例米：分内应得的米粮。

㊵生放：放债。

㊶过活：指必需的生活资料。

㊷也么哥：按【叨叨令】曲牌规定，此处须用此三字，而且是叠句。

㊸展草垂缰：犬马报恩的传说。相传三国时李信纯一次酒醉睡在草地上，草地着火，他养的狗跳到水沟里，沾上水把草地洒湿，李信纯因此得救。又相传十六国时，前秦苻坚为慕容冲追袭，途中落水，他所骑的马跪在水边，垂下缰绳，苻坚得以抓住爬上，逃离险境。

㊹"覆盆"二句：元时有"覆盆不照太阳晖"成语，意谓在翻盖着的盆子下面照不进阳光，比喻在黑暗处境中受苦受难。这里翻用其意。

㊺莅（lì）：临、到。

㊻萧曹：西汉开国功臣萧何、曹参。

㊼伊傅：殷代名相伊尹、傅说。

㊽周召：周初名臣周公旦、召公奭。

㊾紫泥宣诏：皇帝的诏书用紫泥封印，故称紫泥宣诏。

㊿花衬马蹄忙：语合前人"春风得意马蹄疾"和"踏花归去马蹄香"句意，祝高监司春风得意，仕途如锦。

(51)玉笋朝班：朝廷大臣上朝时排列的队

伍叫朝班，王笋形容其华贵。

○52金瓯姓字香：意谓好名声传遍全国。金瓯，指国家。

○53和鼎调羹：喻指宰相等重臣能辅佐君王治理好国家。

○54貂蝉济楚：戴着漂亮的貂蝉帽，指做高官。貂蝉，汉代侍中、中常侍戴的帽子上饰有貂尾、蝉文。济楚，整齐、漂亮。

○55衮绣：指绣有龙纹的衮衣，皇帝和显贵大臣的礼服。

○56珂珮：古代官员礼服上佩带的玉饰。

○57粒我烝民：使百姓得到饭吃。粒，这里是使动用法。

○58云卿苏圃场：苏云卿，南宋隐士，在豫章（今江西南昌市）东湖结庐居住，自己在菜园种菜过活。

○59徐孺子：东汉徐穉，字孺子，不肯应征做官，筑室隐居，自事耕稼。

○60一统：一块。

【解析】

此曲完整地再现了当时江西一地天灾人祸的社会现实，是一幅悲惨的人间图画。套曲从受灾、灾后人事、赈济、官场黑暗一路写来，极尽铺排扬厉，时出痛切之语。语言诙谐，反讽、明喻运用得心应手。

睢景臣

睢景臣（生卒不详），字景贤，扬州（今属江苏）人。大德间在杭州与钟嗣成相识。心性聪明，酷嗜音律。散曲仅存套数三套及《一枝花》小令四句残句。后人辑有《睢景臣词》。《高祖还乡》是其散曲的代表作。

般涉调·哨遍　高祖还乡①

【般涉调·哨遍】社长排门告示②，但有的差使无推故③，这差使不寻俗，一壁厢纳草除根④，一边又要差夫，索应付。又言是车驾，都说是銮舆⑤，今日还乡故⑥。王乡老执定瓦台盘，赵忙郎抱着酒葫芦。新刷来的头巾，恰糨来的绸衫⑦，畅好是妆幺大户⑧。

【耍孩儿】瞎王留引定伙乔男女⑨，胡踢蹬吹笛擂鼓⑩。见一彪人马到庄门，匹头里几面旗舒⑪。一面旗白胡阑套住个迎霜兔⑫，一面旗红曲连打着个毕月乌⑬，一面旗鸡学舞⑭，一面旗狗生双翅⑮，一面旗蛇缠葫芦⑯。

【五煞】红漆了叉^⑰，银铮了斧。甜瓜苦瓜黄金镀^⑱。明晃晃马镫枪尖上挑^⑲，白雪雪鹅毛扇上铺^⑳。这几个乔人物，拿着些不曾见的器仗，穿着些大作怪的衣服。

【四煞】辕条上都是马，套顶上不见驴^㉑。黄罗伞柄天生曲^㉒。车前八个天曹判^㉓，车后若干递送夫^㉔。更几个多娇女，一般穿着，一样妆梳。

【三煞】那大汉下的车，众人施礼数。那大汉觑得人如无物^㉕。众乡老展脚舒腰拜，那大汉挪身着手扶。猛可里抬头觑，觑多时认得，险气破我胸脯。

【二煞】你须身姓刘^㉖，你妻须姓吕。把你两家儿根脚从头数。你本身做亭长耽几盏酒^㉗，你丈人教村学读几卷书。曾在俺庄东住，也曾与我喂牛切草，拽坝扶锄。

【一煞】春采了桑，冬借了俺粟，零支了米麦无重数。换田契强秤了麻三秤^㉘，还酒债偷量了豆几斛。有甚胡突处，明标着册历^㉙，见放着文书^㉚。

【尾声】少我的钱，差发内旋拨还^㉛；欠我的粟，税粮中私准除^㉜。只道刘三^㉝，谁肯把你揪捽住^㉞，白甚么改了姓，更了名，唤做汉高祖？

【注释】

①哨遍：曲牌名，属般涉调。

②社长：元代乡村组织，五十家为一社，选年老有地位者为社长。

③无推故：不得借故推托。

④纳草除根：将交纳的草料除去草根。

⑤銮舆：皇帝的车，这里代指皇帝。

⑥还乡故：即还故乡。

⑦糨（jiàng）：浆洗。

⑧畅好是：简直是。装幺：装模作样的。

⑨瞎王留：乡民的浑名。乔：恶、怪。

⑩胡踢蹬：胡乱地。

⑪匹头里：当头。

⑫"白胡阑"句：写月旗。胡阑："环"的合音。白环指月亮的形状。传说月

中有玉兔捣药，所以用白环套着个兔子代表月亮。

⑬"红曲连"句：写日旗。曲连："圈"的合音。毕月乌：即指乌。传说日中有三足乌，所以用红圈套着乌鸦代表日。

⑭一面旗鸡学舞：写飞凤旗。

⑮一面旗狗生双翅：写飞虎旗。

⑯一面旗蛇缠葫芦：写蟠龙旗。一说写龙戏珠旗。

⑰叉：与下文的"斧"都是仪仗。

⑱"甜瓜"句：写皇帝的仪仗"金瓜锤"。

⑲"明晃晃"句：写皇帝的仪仗"朝天镫"。

⑳"白雪雪"句：写鹅毛宫扇。

㉑"辕条上"二句：乡村中常以骡驾辕，以驴拉套，所以这里对全用马拉车感到奇怪。

㉒"黄罗"句：写一种叫"曲盖"的仪仗。

㉓天曹判：天上的判官。这里指皇帝的侍从人员。

㉔递送夫：负责递送东西的侍从。

㉕觑（qù）：看。

㉖须：该是。

㉗"你本身"句：秦时十里为一亭，设亭长一人。耽，嗜好。据《史记·高祖本纪》记载，刘邦年轻时曾为泗水亭长，喜好喝酒。

㉘"换田契"句：写刘邦当年借别人换田契之机从中勒索。

㉙标：写。册历：账本。

㉚见：同"现"。文书：指借据之类。

㉛差发：官差。旋：立刻。

㉜私准除：准予私下里扣除。

㉝刘三：刘邦排行第三。据司马贞《史记索隐》，高祖小字季，即位后易名邦。季，即老三。

㉞捽（zuó）住：揪住，抓住。捽，揪。

【解析】

此套曲是历来传诵的元曲名篇。全曲以一个乡民的口吻，嘲讽了汉高祖刘邦"威加海内兮归故乡"时夸耀乡里的行径，并以蔑视的态度否定了封建最高统治者的尊严。语言通俗明快，诙谐辛辣。

王元鼎

王元鼎，生平不详。《青楼集》记有他与名伶顺时秀交好的事迹。

正宫·醉太平　　寒食

声声啼乳鸦，生叫破韶华①。夜深微雨润堤沙，香风万家。画楼洗净鸳鸯瓦②，彩绳半湿秋千架。觉来红日上窗纱，听街头卖杏花。

【注释】

①生：生生的，硬是。韶华，春光。

②鸳鸯瓦：互相成对的瓦。

【解析】

此曲写寒食风物。与前写寒食的曲不同，不写上坟拜扫，而写闺阁游戏。古时寒食、清明又是春禊、春游时节，打秋千、插柳都是其间习俗。

周德清

周德清（生卒不详），号挺斋，江西高安人，周邦彦的后代，工乐府，善音律。所作散曲语多工丽。

中吕·喜春来　秋思

千山落叶岩岩瘦①，百结柔肠寸寸愁。有人独倚晚妆楼。楼外柳，眉叶不禁秋②。

【注释】

①岩岩瘦：即瘦岩岩，瘦削的样子。　　②眉叶：指像眉毛一样细长的柳叶。

【解析】

此曲写思妇之愁思。写来直截了当，径直说为相思而愁肠百结、岩岩消瘦，又由登楼引出楼外柳，以柳叶双关：秋柳之叶易落，相思蛾眉易损。

双调·折桂令

倚蓬窗无语嗟呀①，七件儿全无②，做甚么人家。柴似灵芝，油如甘露，米若丹砂③。酱瓮儿恰才梦撒④，盐瓶儿又告消乏。茶也无多，醋也无多，七件事尚且艰难，怎生教我折柳攀花⑤。

【注释】

①蓬窗：茅舍之窗。嗟呀：叹息。
②七件儿：俗以柴、米、油、盐、酱、醋、茶，为"开门七件事"。
③"柴似灵芝"三句：指柴、油、米价都很贵。灵芝、甘露、丹砂，都是人

们所说的仙物，名贵异常。
④梦撒：又作孟撒，与下句的"消乏"同义，即缺乏之意。
⑤折柳攀花：本指狎妓，这里指过优游闲雅的生活。

【解析】

此曲写元代下层文人生活之穷困。以"开门七件事"写日常生活，自然十分恰切。结末与"折柳攀花"对比，所写就非一己之牢骚。出语

诙谐，隐含愤激。

贯云石

　　贯云石（1286～1324），原名小云石海涯，号酸斋，又号芦花道人，维吾尔族人。诗、文、书法皆有可观。他是元后期著名散曲作家，笔调骏快，风格豪放，艺术上成就较高。

正宫·塞鸿秋　　代人作

　　战西风几点宾鸿至①，感起我南朝千古伤心事②。展花笺欲写几句知心事，空教我停霜毫半晌无才思③。往常得兴时④，一扫无瑕疵⑤。今日个病厌厌刚写下两个相思字⑥。

【注释】

①战西风：迎着西风。宾鸿：鸿雁是候鸟，《礼记·月令》有"鸿雁来宾"的话，说它像来宾一样秋去春来。

②南朝：指南北朝时期南方的宋、齐、梁、陈。这些王朝偏安一隅，兴亡更迭，后人多所感慨。

③才思（sì）：才情，兴致。

④得兴时：有兴致时。

⑤一扫无瑕疵：一挥笔就写好了。

⑥刚：只。

【解析】

　　此曲写作者忧国忧君之情怀。对于文人骚客多所感慨的南朝旧事无从下笔，更是"不着一字，尽得风流"，显出感慨良多，写不胜写。

中吕·红绣鞋

　　挨着靠着云窗同坐，偎着抱着月枕双歌。听着数着愁着怕着早四更过①。四更过情未足，情未足夜如梭②。天哪，更闰一更儿妨甚么③！

【注释】

①四更：拂晓，天将亮之时。

②夜如梭：指光阴过得像穿梭一样快。

③闰：添，增加。历法有闰年、闰月、无闰更。

【解析】

此曲写男女欢会，颇同民歌。起首几句用排比复沓手法写缠绵欢会；后则写时光如梭、眨眼四更、春宵苦短；末一句出奇语，怨天为何不多闰一更，情浓意切。

双调·清江引

弃微名去来心快哉①，一笑白云外。知音三五人②，痛饮何妨碍？醉袍袖舞嫌天地窄。

【注释】

①去来：就是"去"，指辞官归去。　②知音：相互了解很深的朋友。
"来"是语助词，无义。

【解析】

原作共三首，这里选第一首，写弃官归隐之乐。开首即点出主旨，以下延伸，直捷快爽，情调高昂、豪放。

双调·清江引　惜别

若还与他相见时，道个真传示①。不是不修书，不是无才思，绕清江买不得天样纸②。

【注释】

①真传示：真实情况的传达，真消息。　　　　的纸。
②修书：写信。天样纸：像天一样大

【解析】

此曲写相思之情。但不写书信频传，不写音信阻隔，而是写相思太多，普通纸写不下，又无从买到天样纸。构思新颖。

双调·落梅风

新秋至，人乍别，顺长江水流残月。悠悠画船东去也，这思量起头儿一夜。

【解析】

此曲亦写相思，这相思不过是"乍别"的"起头儿一夜"；而此相思既已浓烈，何况久别？

思　亲

天涯芳草亦婆娑，三釜凄凉奈我何①。
细较十年衣上泪②，不如慈母线痕多。

【注释】

①三釜（fǔ）：古时低级官吏的俸禄，一釜为六斗四升，后比喻做官。黄庭坚《初望淮山》："三釜古人干禄意，一年慈母望归心。"
②《元诗选》作"元下泪"，"元"当为"衣"之误。

【解析】

此诗写思念慈母，亲子之情恻然感人。曲中有用典，有代用前人诗语，但情溢于表，浑然一体，明白真切。

徐再思

徐再思（生卒年不详），字德可，嘉兴（今浙江嘉兴）人。好吃糖食，故号甜斋。散曲与贯云石（酸斋）齐名，后人因辑两家作品为《酸甜乐府》，擅长即景抒怀及闺怨闺情之作，豪放不及酸斋，而清丽过之。

南吕·阅金经　春

紫燕寻旧垒①，翠鸳栖暖沙，一处处绿杨堪系马②。他，问前村沽酒家。秋千下，粉墙边红杏花③。

【注释】

①旧垒：旧巢。
②堪系（jì）马：意指适合游赏。
③粉墙边红杏花：叶绍翁《游园不值》诗："春色满园关不住，一枝红杏出墙来。"

【解析】

此曲写春景如画。先由候鸟带出春景，由春景引出人物，由人物牵出社会生活。写来似电影镜头，有一定的进行感。套用前人诗意而浑然有成。

双调·折桂令　　春情

平生不会相思，才会相思，便害相思。身似浮云，心如飞絮，气若游丝①。空一缕余香在此，盼千金游子何之②。症候来时③，正是何时？灯半昏时，月半明时。

【注释】

①游丝：空中飘浮的蛛丝。这里比喻气　　②何之：到哪里去。之，往。
息微弱。　　　　　　　　　　　　　　　　③症候：疾病，这里指相思的痛苦。

【解析】

元曲相思有别出机杼者，如前选酸斋贯云石诸作。甜斋此曲亦奇。写相思却从"不会相思"写来，竟而到"气如游丝"，可谓情切。

双调·清江引　　相思

相思有如少债的①，每日相催逼。常挑着一担愁，准不了三分利②。这本钱见他时才算得。

【注释】

①少债：欠债。　　　　　　　　　　　　　分。言利息之高。
②准不了：抵不得。三分利：月息三

【解析】

此曲写相思，构思新巧。以债务之事作比，应了俗语"相思债"一说。社会生活与情感生活的浑融，使此曲深获共鸣。

中吕·朝天子　　西湖

里湖，外湖①，无处是无春处。真山真水真画图，一片玲珑玉②。宜酒宜诗，宜晴宜雨③，销金锅锦绣窟④。老苏⑤，老逋⑥，杨柳堤梅花墓⑦。

【注释】

①"里湖"二句：杭州西湖以堤为界，有里湖（白堤以西）、外湖（白堤以东、苏堤以北）、后湖（苏堤以南）之分。

②一片玲珑玉：形容山水清秀空明。玲珑，空明貌。

③宜晴宜雨：苏轼《饮湖上初晴后雨》诗："水光潋滟晴方好，山色空濛雨亦奇。"

④销金锅：比喻挥霍金钱的处所。宋周密《武林旧事·西湖游幸》："西湖天下景，朝昏晴雨，四序总宜。杭人亦无时而不游，而春游特盛焉。……日糜金钱，靡有既极。故杭谚有'销金锅儿'之号，此语不为过也。"锦绣窟：富贵风流的所在。

⑤老苏：指宋代苏轼。曾两度出任杭州地方官，疏浚西湖，利用淤泥筑了一道堤，人称"苏堤"。

⑥老逋：指宋代林逋，隐居西湖孤山，植梅养鹤，人称"梅妻鹤子"。

⑦杨柳堤：指苏堤。梅花墓：指孤山林逋墓，与"老逋"相应。

【解析】

此写西湖十分全面，湖堤区划、自然风光、名人古迹、人文特色均有。又写得甚是直白，美景如何、宜忌如何，皆直截了当地说出，明白易晓，清新可喜。

张翥

张翥（1287～1368），字仲举，号蜕庵，晋宁襄陵（今属山西）人。曾任国子助教、国子祭酒和翰林学士承旨等职。元末著名诗人和词人。

寄浙省参政周玉坡

天子临轩授钺频①，东南无地不红巾②。
铁衣远道三军老，白骨中原万鬼新。

义士精灵虹贯日③，仙家谈笑海扬尘④。
只将两眼凄凉泪，哭尽平生几故人⑤。

【注释】

①钺（yuè）：兵器。授钺，犹授以兵权。

②红巾：指起义的红巾军。

③义士：指抗击义军时死亡的元朝兵将。

④此句"仙家"云云不解，或是指避乱遁隐之人。"海扬尘"：比喻世事变更。

⑤故人：指在抗击义军中死亡的友人。

【解析】

　　此为感叹世事之作。诗中写元末乱世，提到了农民起义，突出写了兵燹乱离，并由此引出逝去的故人。诗题为"寄友人"一类，故末句点题。

登六和塔

　　江上浮图快一登①，望中烟岸是西兴②。

　　日生沧海横流外，人立青冥最上层③。

　　潮落远沙群下雁，树欹高壁独巢鹰④。

　　百年等是豪华尽，怕听兴亡懒问僧。

【注释】

①浮图：即佛塔，同浮屠。

②西兴：今浙江萧山县西兴镇，元代时为西兴场。

③青冥：指云天。

④欹（qī）：倾斜。

【解析】

　　此为登临记游之诗。诗中描绘了江岸景色，但又寄兴亡之感。末句巧妙，使兴亡感慨更进一层。

杨维祯

　　杨维祯（1296～1370），元代文学家、书法家。字廉夫，号铁崖，东维子，别号铁笛道人。浙江诸暨人，泰定四年（1327）登进士第，历官天台县尹、江西等处儒学提举，为官颇有政绩。杨维祯是元末诗坛上的领袖人物，其诗被称为"铁崖体"。竹枝词及五七言小诗语意清新，托意深远，很有民歌风味。但亦有诗风奇诡的一面，明初人有"文妖"之讥。

题苏武牧羊图

未入麒麟阁①，时时望帝乡②。

寄书元有雁③，食雪不离羊④。

旄尽风霜节⑤，心悬日月光。

李陵何以别，涕泪满河梁⑥。

【注释】

①麒麟阁：汉阁名，在未央宫内。汉武帝时所建，一说萧何造。汉宣帝甘露三年（前51）画功臣像于麒麟阁，苏武是第十一人。

②帝乡：京城。这里指西汉首都长安。

③"寄书"句：《汉书·苏武传》："昭帝即位，数年，匈奴与汉和亲，汉求武等，匈奴诡言武死。后，汉使复至匈奴，常惠请其守者与俱，得夜见汉使，具自陈道。教使者谓单于，言天子射上林中，得雁，足有系帛书，言武等在某泽中，使者大喜，如惠语以让单于。单于视左右而惊，谢汉使曰：'武等实在。'"元：同"原"。

④"食雪"句：《汉书·苏武传》："（卫）律知武终不可胁，白单于，单于愈益欲降之。乃幽武，置大窖中，绝不饮食。天雨雪，武卧啮雪与旃毛并咽之，数日不死。匈奴以为神。乃徙武北海上无人处，使牧羝，羝乳乃得归。"

⑤"旄尽"句：《汉书·苏武传》："武既至海上，禀食不至，掘野鼠去草实而食之。杖汉节牧羊，卧起操持，节旄尽落。"

⑥李陵：汉朝将军。苏武使匈奴被扣留的第二年（汉武帝天汉三年），李陵将兵五千人出居延北千余里，遭遇匈奴军八万围击，矢尽无援，降。汉昭帝时，匈奴与汉和亲，苏武回归汉朝。临行，李陵置酒送别。

【解析】

　　这是一首题画诗，作者从麒麟阁绘像入手，选取最能体现苏武品格的语言来概述，歌颂了苏武坚贞不渝的民族气节。

虞美人行①

拔山将军气如虎②，神骓如龙蹋天下③。

将军战败歌楚歌，美人一死能自许。

苍皇伏剑答危主，不为野雉随仇虏④。

江边碧血吹青雨，化作春芳悲汉土。

【注释】

①虞美人：项羽之姬姓虞，一说名虞。

②拔山将军：指项羽，由项羽自歌"力拔山兮气盖世"而来。

③下：下字为韵脚，读作户。蹰：

犹踏。

④此二句意谓虞美人不愿为刘邦虏而自刎。而刘邦妻子吕雉则被敌人俘虏而苟生。

【解析】

　　此诗写流传的虞姬故事，借以抒发自己的情怀。作者从项羽写起，引出虞姬，写其刚烈、敬主，并以吕后作比较。笔法老到：寥寥数句，笔括许多；忙里偷闲，借镜比照。

长洲曲①

长洲水引东江潮②，潮生暮暮还朝朝。
只见潮头起郎柂，不见潮尾回郎桡③。
昨夜西溪买双鲤④，恐有郎缄寄连理。
金刀剖腹不忍食，尺素无凭脸还委⑤。
西溪之水到长洲，明日啼红临上头⑥。

【注释】

①长洲：县名，唐代设置，元时属平江路，与吴县并为倚郭，后并入吴县。

②东江：太湖支流，流经松江东南入海，今湮废。

③柂：同舵。桡：船桨。均代指船。

④西溪：在杭州灵隐山西北。双鲤：此与以下数句用鲤腹藏书之典。

⑤委：弃。此句意谓得不到书信。

⑥啼：哭。红：指红泪，悲伤的眼泪或血泪，一般指妇女之泪。

【解析】

　　此诗写女子思夫。主要抓住归舟与鲤书来写，归舟不见，鲤书无凭，自然而然地发展为"啼红"。有南朝民歌风致。

西湖竹枝歌

劝郎莫上南高峰，劝侬莫上北高峰①。南高峰云北高雨，云雨相催愁杀侬。

湖口楼船湖日阴，湖中断桥湖水深②。楼船无柁是郎意③，断桥无柱是侬心。

石新妇下水连空④，飞来峰前山万重⑤。不辞妾作望夫石⑥，望郎或似飞来峰。

【注释】

①南高峰、北高峰：山峰名，都在杭州。依：我。

②断桥：桥名，在杭州西湖边，原名宝俶桥。

③楼船：这里指游船。"无柁是郎意"，意谓"郎"在外四处漂流。下句"无柱"或意谓"侬"无依靠。

④石新妇：即新妇石，杭州灵隐寺西有

玉女岩，一名新妇石，因突出在水边，又名新妇矶。

⑤飞来峰：又名灵鹫峰，在杭州灵隐寺前，传说此峰从印度飞来，故称"飞来峰"。

⑥不辞：犹"宁愿"。望夫石：关于望夫石传说有多种，且不止一处有"望夫石"。

【解析】

这几首竹枝词写相思，以民间小女子口气出之，语淡情浓，颇具民歌风味，的确可与刘禹锡之作媲美。

倪 瓒

倪瓒（1306～1374?），字元镇，号云林子，常州无锡（今属江苏）人。倪瓒以画著名，长于水墨山水画，并工书法，也有诗名。

寄李隐者

南汀新月色，照见水中蘋。
便欲乘清影①，缘源访隐沦。
君住钿山湖②，绿酒松花春③。
梦披寒雪去，疑是剡溪滨④。

【注释】

①清影：这里指月色。

②钿山湖：即淀山湖，在今上海市青浦

县境内。

③松花春：酒名，即松花酒。

④"梦披"、"疑是"两句用晋王子猷事，《世说新语》载：王在雪夜坐船由山阴到剡县访问戴逵，到后却不进戴门，又折回山阴，人问其故，他说："吾本乘兴而行，兴尽而返，何必见戴?"

【解析】

　　这是一首赠友诗。诗中说自己打算去拜访隐居的朋友，而朋友处湖山美好、绿酒香盈，更难得的是仿佛晋代高人戴逵所居，从而也赞颂了友人的品节和高趣。诗学陶渊明、韦应物，而颇有所得。

三月一日自松陵过华亭

竹西莺语太丁宁①，斜日山光澹翠屏②。
春与繁花俱欲谢，愁如中酒不能醒③。
鸥明野水孤帆影，鹘没长天远树青④。
舟楫何堪久留滞，更穷幽赏过华亭。

【注释】

①竹西：扬州有竹西亭，此处似指吴江的某个场所。丁宁：犹叮咛，这里有叮咛归期之意。

②翠屏：形容青山如同屏风。
③中酒：犹醉酒，此处形容愁意。
④鹘（hú）：鹰隼。

【解析】

　　此诗写晚春之景，有惜春之意。诗中山光水色、远树长天、舟楫帆影、莺语繁花，应有尽有。景象颇浑阔，诗而如画。

王　冕

　　王冕（1300？～1359），元代画家、诗人，字元章，号煮石山农，浙江诸暨人。出身于农民家庭，曾为人牧牛。应进士举不中，即焚其文，下东吴，入淮楚，北游大都。后携妻孥隐于会稽（今浙江绍兴）九里山，结庐三间，自题为"梅花书屋"。其诗语言质朴自然，但有时显得有些生硬粗糙。

白 梅①

冰雪林中著此身，不同桃李混芳尘②。
忽然一夜清香发，散作乾坤万里春。

【注释】

①王冕《白梅》诗共有五十八首，此选其一。

②著：此处是安排、生长的意思。不同：指不同时开花。

【解析】

　　这首诗通过对白梅的赞颂，表现了诗人高洁其身又渴望用世的积极的人生态度。

劲 草 行①

中原地古多劲草②，节如剑竹花如稻③。
白露洒叶珠离离④，十月霜风吹不倒。
萋萋不到王孙门⑤，青青不盖谗佞坟⑥。
游根直下土百尺⑦，枯荣暗抱忠臣魂。
我问忠臣为何死，元是汉家不降士⑧。
白骨沉埋战血深，翠光潋滟腥风起⑨。
山南雨晴蝴蝶飞，山北雨冷麒麟悲⑩。
寸心摇摇为谁道⑪，道旁可许愁人知？
昨夜东风鸣羯鼓⑫，髑髅起作摇头舞⑬。
寸田尺宅且勿论⑭，金马铜驼泪如雨⑮。

【注释】

①劲草：坚韧的草。行：歌行。

②中原：黄河流域。

③剑竹：竹的一种，又称刚竹。

④白露：秋天的露水。离离：鲜明的样子。

⑤萋萋：草茂盛的样子。这里指代劲草。

⑥青青：指代劲草。谗：说别人坏话。佞：奸巧谄谀，花言巧语。谗佞，比喻心术不正的人。

⑦游根：须根。

⑧元：同"原"。本是，原是。士：对男子的美称，即男子汉、大丈夫。

⑨翠光：青绿色的光泽。这里指尸体腐

败后所分解的液体。潋滟：盈盈的样子。

⑩麒麟：传说中仁兽名，此处指墓前的石麒麟。又，麒麟亦用来比喻汉家不降士。蝴蝶用来比喻平庸而无气节的人。

⑪摇摇：形容心事重重的样子。

⑫羯鼓：古代羯族的乐器，音色急促高烈。

⑬髑髅：死人的头骨。

⑭尺宅：面部，指眉、目、鼻、口所在之处，故名宅。

⑮"金马铜驼"句：全句是说髑髅作摇头舞，并非痛惜自家生死，而是难忘国家的沦丧。金马，汉武帝得大宛马，乃命东门京以铜铸像，立马于鲁班门外，因称金马门，后遂沿用为官署的代称。铜驼，铜铸的骆驼。《晋书·索靖传》："靖有先识远量，知天下将乱，指洛阳宫门铜驼，叹曰：'会见汝在荆棘中耳。'"陆机《洛阳记》："金马门外聚群贤，铜驼陌上集少年。"后人因以金马铜驼比喻国家的盛衰。

【解析】

　　此诗借咏劲草，歌颂"汉家不降士"的气节，赞扬了在抗元斗争中牺牲的烈士，表达了作者对他们的崇敬。有唐人歌行的韵致。

萨都剌

　　萨都剌（1308～?），元代诗人，字天锡，号直斋，蒙古族人。祖父因功留镇云、代，遂以雁门（今山西代县）为籍贯。泰定四年（1327）进士，历官闽海廉访知事、河北廉访经历等职，晚年寓居武林。精通汉语，擅长诗词，在当时尤以宫词、艳情乐府著称于世。诗风以清丽俊逸为主，亦有豪迈奔放之作。

上京即事①

牛羊散漫落日下②，野草生香乳酪甜。
卷地朔风沙似雪，家家行帐下毡帘③。

紫塞风高弓力强④，王孙走马猎沙场⑤。
呼鹰腰箭归来晚⑥，马上倒悬双白狼⑦。

【注释】

①上京：即元代的上都。故址在今内蒙　　古正蓝旗东约二十公里的闪电河北岸

兆乃曼默苏。当时与大都（即今北京）并称两都。即事：眼前的事物。《上京即事》是萨都剌旅游上都时所写的即兴小诗，共五首，描写塞外的美丽风光和生活习俗。此处选其二首。

②散漫：自由自在，没有拘束。

③行帐：可以搬动的帐幕。

④紫塞：北方边塞。晋崔豹《古今注·都邑》："秦筑长城，土色皆紫，汉塞亦然，故称紫塞焉。"

⑤王孙：古代对贵族子弟的称呼。走马：驰马，骑马疾驰。沙场：平沙旷野。

⑥腰箭：腰上挂着弓箭。

⑦白狼：白色的狼。古代以为祥瑞。

【解析】

这两首即兴小诗，第一首写从日暮到月亮升起时上京的风景。第二首是北方草原的民俗图卷，作者通过对北方边塞青年射猎活动的描写，表现了他们力大善射、剽悍勇武的英雄气概。

竹枝词

湖上美人弹玉筝，小莺飞度绿窗棂①。

沈郎虽病多情在，倦倚屏山不厌听②。

【注释】

①玉筝：泛指华美的筝。

②沈郎虽病：这里或用沈约多病而腰围减损典故。此处当指情人。屏山：画有山峦的屏风。

【解析】

此诗写情人间的情事，含蓄有韵致。这情事不一定是特指，而是才子佳人的普遍情思。文人流连歌馆，反映了当时的社会生活。

早发黄河即事①

晨发大河上②，曙色满船头。依依树木出③，惨惨烟雾收④。村墟杂鸡犬⑤，门巷出羊牛。炊烟绕茅屋⑥，秋稻上陇丘⑦。尝新未及试⑧，官租急征求⑨。两河水平堤⑩，夜有盗贼忧。长安里中儿⑪，生长不识愁。朝驰五花马⑫，暮脱千金裘⑬。斗鸡五坊市⑭，酣歌最高楼⑮。绣被夜中酒，玉人坐更筹⑯。岂知农家子，力穑望有秋⑰。短褐常不完⑱，粝食常不周⑲。丑妇有子女，鸣机事耕畴⑳。上以充国税，下以祀松楸㉑。去年筑河防㉒，驱夫如驱囚㉓。人家废耕织㉔，嗷嗷齐东州㉕。饥饿半欲死，驱之长河流。河源天上来㉖，趋下性所由㉗。古人有善备，鄙夫无良谋㉘。我歌两河曲，庶达公与侯㉙。凄风振枯槁，短发凉飕飕㉚。

【注释】

①元顺帝至正十年（1350），朝廷集群臣议论治理黄河办法，是年秋天，萨都剌路过黄河，写下了这首诗。

②大河：黄河。

③依依：形容朝阳驱散晨雾，树木缓慢显露出来的样子。

④惨惨：昏暗的样子。

⑤村墟：村落。墟，乡村集市。

⑥茆屋：茅屋。茆，同"茅"。

⑦陇丘：田埂。陇，同"垄"。

⑧尝新：尝食新收获的粮食。

⑨征求：征索，催取。征，求。

⑩两河：两岸。水平堤：水位与堤面相等。意指就要泛滥成灾。

⑪长安里中儿：泛指都市中富家子弟。里，宅院，民户居处。

⑫五花马：把马鬃剪成五个花瓣的马。唐开元、天宝时，凡名马都把马鬃剪成花瓣形状，故世以五花马为珍贵名马的代称。

⑬千金裘：价值千金的珍贵皮衣。裘，皮衣。

⑭五坊市：泛指都市。五坊，《新唐书·百官志》："闲厩使押五坊，以供时狩：一曰雕坊，二曰鹘坊，三曰鹞坊，四曰鹰坊，五曰狗坊。"

⑮酣歌：畅快地唱。

⑯玉人：美人。更筹：古代夜间报更的牌，亦泛指夜间的时间。

⑰稼：耕耘收种。有秋：有收获，亦指丰收。

⑱"短褐"句：粗陋的衣服还经常破敝。短褐，粗陋的衣服。完，完全。

⑲粝食：粗米饭。周：周备。

⑳鸣机：指开动织布机织布。

㉑祀：祭祀。松楸：古代墓地上多种松楸，引申为墓地的代称。此处指祖先。

㉒"去年"句：《元史·顺帝纪》："（至正九年）三月丁酉，瀍河浅涩，以军士、民夫各一万浚之。"又"五月……诏修黄河金堤"。

㉓驱：驱役。

㉔人家：家家户户。

㉕嗷嗷：痛苦地叫唤。齐东州：山东泰山以北的黄河流域。

㉖"河源"句：黄河的发源地是青海省巴颜喀拉山脉各姿各雅山麓，古人不知，故有"黄河之水天上来"的慨叹和猜测。

㉗"趋下"句：从高处往下流是水的性质所决定的。

㉘"鄙夫"句：《左传·庄公十年》："肉食者鄙，未能远谋。"

㉙庶达：希望上达。

㉚枯槁：指诗人瘦弱的身体。飕飕：清寒的样子。

【解析】

　　这首诗揭示了元顺帝至正十年黄河两岸老百姓在天灾人祸面前的悲惨处境，谴责了富家子弟的骄奢淫佚，对人民的苦难表示了深切的同情。与唐代歌行内容、手法相合，卓有成就。

满江红　金陵怀古①

　　六代豪华②，春去也③，更无消息。空怅望④，山川形胜⑤，已非畴昔⑥。王谢堂前双燕子，乌衣巷口曾相识⑦。听夜深寂寞打孤城，春潮急⑧。

　　思往事，愁如织⑨。怀故国，空陈迹⑩。但荒烟衰草，乱鸦斜日。玉树歌残秋露冷⑪，胭脂井坏寒螀泣⑫。到如今，只有蒋山青⑬，秦淮碧⑭。

【注释】

①金陵：即今南京市。

②六代：指东吴、东晋、宋、齐、梁、陈等六朝。

③春：指盛时的好时光。

④空怅望：徒然地惆怅四望。

⑤山川形胜：指地势优越便利。

⑥畴昔：从前，往昔。畴，助词，无义。

⑦王谢：指东晋时王导、谢安两大显赫家族。其住宅在乌衣巷，地近秦淮河，在今南京市东南。

⑧春潮：指春天的秦淮河水。

⑨织：形容思绪纷乱，如织物上经纬之纵横交错。

⑩故国：指金陵。国，国都。

⑪玉树：指《玉树后庭花》曲，陈后主作。

⑫"胭脂井"句：《陈书·后主纪》："隋兵破金陵，后主从宫人十余，出景阳殿，自投于井。及夜，为隋军所执。"《南畿志》："井在台城南，陈后主与张丽华、孔贵嫔投其中以避隋兵。旧传阑有五爪，以帛拭之，作胭脂痕，名胭脂井，又名辱井。"寒螀（jiāng）：蝉的一种。

⑬蒋山：即钟山，又名紫金山，在南京市东北。

⑭秦淮：河名，源出江苏溧水县，西北流，贯通金陵城，入大江。

【解析】

　　此篇为登临怀古之作。立意新颖，大气磅礴，慷慨苍凉。上阕写世事变化，下阕抒发感慨。是怀古咏史词之佳作，有宋人豪放词风格。

念奴娇　登石头城

石头城上，望天低吴楚，眼空无物①。指点江山形胜地，惟有青山如壁。蔽日旌旗，连云樯橹②，白骨纷如雪。一江南北③，消磨多少豪杰④。

寂寞避暑离宫⑤，东风辇路⑥，芳草年年发。落日无人松径里⑦，鬼火高低明灭⑧。歌舞尊前，繁华镜里，暗换青青发⑨。伤心千古，秦淮一片明月。

【注释】

①"石头城"三句：站在南京城头上眺望南方的天空，只觉低沉沉的一片茫茫，什么都看不见。石头城，古城名，旧址在今南京市西，三国时孙吴所筑，这里即指南京。吴楚，泛指长江中下游地区。

②樯橹（lǔ）：指船，这里指战船。

③江：长江，流经南京市北。

④消磨：消耗掉精力和生命。

⑤离宫：行宫，皇帝出巡时的住处。这里指南宋在南京设置的行宫。

⑥辇（niǎn）路：皇帝车驾经行的道路。

⑦松径：松树林里的小路。

⑧"鬼火"句：磷火忽上忽下，忽明忽暗。

⑨"歌舞"三句：在歌舞宴会的享乐生活和虚假的繁华景象里不知不觉头发变白了。尊，同樽，酒杯。

【解析】

这首词采用苏轼《念奴娇·赤壁怀古》词的原韵。前段写形势，显得壮阔有力；同时指出了统治阶级争夺政权的战争的残酷性。后段怀古，渲染了冷落荒凉的景象，用来衬托繁华易逝的哀感，音调低沉，情绪不免颓废。

真　氏

真氏，名字与生卒年均不详，建宁（今福建建瓯）人，歌妓。

仙吕·解三酲

奴本是明珠擎掌①，怎生的流落平康②！对人前乔做作娇模样，背地里泪千行。三春南国怜飘荡，一事东风没主张。添悲怆，那里有珍珠十斛，来赎云娘③！

【注释】

①明珠擎掌：即掌上明珠之意。

②平康：唐代长安平康里，即北里，为歌妓聚居之处，后世因用作妓院的代称。

③云娘：唐人传奇《裴航》载：秀才裴航在蓝桥驿遇仙女云英求婚，云英母说："欲娶云英，须以玉杵臼为聘，为捣药百日乃可。"后裴航求得玉杵臼捣药百日，娶云英而仙去。

【解析】

此曲以第一人称手法写歌妓的痛苦生活与不堪苦痛，欲出苦海的心情、愿望。语言浅近，直抒胸臆；用典贴切，洞明志愿。

查德卿

查德卿，生平不详。现存小令二十首，内容多歌颂高隐，谴责宦途，风格比较泼辣。

仙吕·寄生草　感世

姜太公贱卖了磻溪岸①，韩元帅命博得拜将坛②，羡傅说守定岩前版③，叹灵辄吃了桑间饭④，劝豫让吐出喉中炭⑤。如今凌烟阁一层一个鬼门关⑥，长安道一步一个连云栈⑦！

【注释】

①姜太公贱卖了磻溪岸：意说姜太公离开磻溪去做官很不值得。磻（bō）溪，在今陕西宝鸡市东南。

②韩元帅命博得拜将坛：指韩信被汉王刘邦筑坛拜将，后又被杀死。

③羡傅说（yuè）守定岩前版：意说傅说要是不出仕才是值得羡慕的。版，筑墙用的板。

④叹灵辄吃了桑间饭：意说灵辄不该受赵宣子之恩而为他卖命。

⑤劝豫让吐出喉中炭：意说豫让不值得为智伯卖命。豫让，战国时晋人，事智伯，甚被尊宠，智伯为赵襄子所灭，豫让全身涂漆为癞，吞炭为哑，使人认不出来，准备行刺赵襄子，为

智伯报仇，后事败为襄子所获。

⑥凌烟阁：唐代殿阁，唐太宗曾将二十四位功臣的画像悬挂其中。

⑦长安道一步一个连云栈：形容仕途险恶。连云栈，在陕西西南部褒斜谷，是古人入蜀的通道。在半山腰悬空架设栈桥，十分险要。

【解析】

此曲为咏史之作。曲中举几个著名历史人物为例，以他们的身世概括出世事无定、功名害人的感叹。前几句铺排，步步递进，末尾自然作结。

张鸣善

张鸣善（生卒不详），名择，号顽老子，山西平阳（今山西临汾）人，家于湖南，流寓扬州，曾官宣慰令史。

双调·水仙子　讥时

铺眉苫眼早三公①，裸袖揎拳享万钟②，胡言乱语成时用③。大纲来都是哄④！说英雄谁是英雄？五眼鸡岐山鸣凤⑤，两头蛇南阳卧龙⑥，三脚猫渭水非熊⑦。

【注释】

①铺眉苫（shàn 扇）眼：挤眉弄眼，装模作样。铺和苫都是覆盖的意思。三公：大司马、大司徒、大司空。这里泛指高官。

②裸袖揎（xuān 宣）拳：捋起袖子，露出拳头，准备打架的样子。钟：古代量器，合六斛四斗。

③成时用：适合当时之用，吃得开。

④大纲来：大概，总之。哄：胡闹。

⑤五眼鸡岐山鸣凤：意为把五眼鸡当作

岐山鸣凤。五眼鸡，或作仵眼鸡、乌眼鸡，一种好斗的鸡。

⑥两头蛇：头部歧生的蛇，相传有剧毒。南阳卧龙：指诸葛亮。

⑦三脚猫：俗指专会败事的人。渭水非熊：指吕尚。传说周文王出猎前占卜，有"非熊非罴，非龙非螭，霸王之辅"的话，接着就在渭水边遇到吕尚。

【解析】

　　此曲写官场现象，全曲均是直白的描摹，一一排比而来，痛快淋漓。曲中随手拈出口语、俗语，传神而俏皮，增强了鞭挞讽谕之力。

汪元亨

　　汪元亨（生卒不详），号云林，别号临川佚老。元末饶州（今江西波阳）人。散曲存《云林小令》百篇。几乎全是警世、归隐之作，风格疏放。

正宫·醉太平　　警世

　　憎苍蝇竞血，恶黑蚁争穴。急流中勇退是豪杰，不因循苟且①。叹乌衣一旦非王谢②，怕青山两岸分吴越③，厌红尘万丈混龙蛇④。老先生去也。

【注释】

①因循苟且：照旧时样子得过且过。
②叹乌衣一旦非王谢：嗟叹富贵转眼成空。乌衣，指乌衣巷，在南京，晋代王导、谢安等贵族均聚居于此，后来都衰落了。
③怕青山两岸分吴越：意说害怕争雄竞霸的争斗。春秋时吴越两国山水相接，经常发生战争，后来吴为越所灭。
④厌红尘万丈混龙蛇：厌恶尘世的纷扰。混龙蛇，贤愚相混。

【解析】

　　此曲表现了作者憎恶争名夺利，要远离世俗的思想。先从社会的竞争、黑暗写起，得出"急流中勇退是豪杰"之论；又从历史兴衰的角度，指出红尘无可留恋。末一句直白率真，饶有趣味。

无名氏

南吕·干荷叶

　　南高峰，北高峰，惨淡烟霞洞①。宋高宗一场空②。吴山依旧酒旗风，两度江南梦③。

【注释】

①"南高峰"三句：杭州西湖有南、北高峰，遥遥相对，烟霞洞在南高峰下。

②宋高宗：名赵构，徽宗第九子。靖康二年（1127），金人陷汴京，掳徽、钦二帝北去，赵构南逃至南京（商丘），即位称帝，后又于杭州建都，史称南宋。

③"吴山依旧酒旗风"二句：意说江山如旧，而历史上两个建都杭州的王朝，都像梦一样破灭了。吴山在杭州市南。两度江南梦，指五代吴越与南宋两个建都杭州的偏安王朝。

【解析】

　　此曲因西湖景物而凭吊南宋亡国，情调感伤。内容上有咏史之意，风格上有民歌韵味。

正宫·醉太平　　堂堂大元①

　　堂堂大元，奸佞专权。开河变钞祸根源②，惹红巾万千③。官法滥、刑法重、黎民怨。人吃人、钞买钞、何曾见④。贼作官、官做贼、混愚贤。哀哉可怜！

【注释】

①这支曲子见于元末明初人陶宗仪的《辍耕录》卷二十二。原注云："《醉太平》小令一阕，不知谁所造，自京师至江南，人人能道之。"据此知为元末人作。

②开河：此指至正十年（1350）权臣托托和贾鲁驱民修黄河事。变钞：据元史《世祖本纪》及《食货志》记载，元朝建国后用楮币（即纸币），后信用降落。至正十年（1350）另铸至正通钱，与宝钞并用，引起物价飞涨，致使民怨鼎沸。

③红巾：指元末白莲教首领刘福通等人率领的农民起义军，因起义者皆头裹红巾为号，故称"红巾军"。

④钞买钞：指至正间钱钞贬值，人人争着拿旧钞倒换新钞。

【解析】

　　这首散曲揭露了元末社会政治的腐败和经济的危机。直陈腐弊，痛说甘苦，酣畅淋漓。

正宫·醉太平 讥贪小利者

夺泥燕口，削铁针头，刮金佛面细搜求，无中觅有。鹌鹑嗉里寻豌豆①，鹭鸶腿上劈精肉，蚊子腹内刳脂油；亏老先生下手！

【注释】

①嗉（sù）：鸟类的食管中贮藏食物的   部分。

【解析】

此曲讥讽贪图小利者，以六种极不可能之事凸显其贪婪，选材典型，针砭痛下，直入骨髓。末一句感叹，寓谴责之意。全曲一气直下，末尾陡然申斥，曲折有致。

南吕·骂玉郎过感皇恩采茶歌 鏖兵

【骂玉郎】牛羊犹恐他惊散，我子索手不住紧遮拦①。恰才见枪刀军马无边岸，吓的我无人处走，走到浅草里听，听罢也向高阜处偷睛看。

【感皇恩】吸力力振动地户天关②，吓的我扑扑的胆战心寒。那枪忽地早刺中彪躯，那刀亨地掘倒战马，那汉扑地抢下征鞍。俺牛羊散失，您可甚人马平安。把一座介休县③，生扭做枉死城，却翻做鬼门关④。

【采茶歌】败残军受魔障，得胜将马奔顽⑤，子见他歪剌剌赶过饮牛湾⑥，荡的那卒律律红尘遮望眼⑦，振的这滴溜溜红叶落空山。

【注释】

①子索：只得。
②吸力力振动地户天关：是说两军战斗声震天地。吸力力，形容战斗的声响。关，门。
③介休县：今山西介休。
④枉死城、鬼门关：均旧时迷信所指地

狱阴司之处。枉死，死非其宜。
⑤"败残军"二句：指败军溃退，胜军狂追。魔障，灾难。
⑥歪剌剌：即哗剌剌，形容军马声。
⑦卒律律：形容尘土迷漫。

【解析】

此曲写两军战斗情景，以及它给人民带来的灾难。作者站在普通老百姓的立场，以时俗俚语写出，虽然显得浅近直白，却很具有表情达意的力量。

中吕·朝天子　志感

不读书有权，不识字有钱，不晓事倒有人夸荐。老天只恁忒心偏，贤和愚无分辨！折挫英雄，消磨良善，越聪明越运蹇①。志高如鲁连②，德过如闵骞③，依本分只落的人轻贱。

【注释】

①运蹇（jiǎn）：指运气不好。蹇，跛足。

②鲁连：即鲁仲连，战国齐人，善于划策，但不肯出仕。

③过：超越。闵骞：即闵子骞，春秋鲁人，孔子弟子，以德行著称。

【解析】

此曲写世事不平、贤愚颠倒。先列举现象，再加以概括，最后落到相对具体的人，有点有面，曲尽世情。纯用白描，直率明晓，针砭入骨。

仙吕·寄生草　相思

有几句知心话，本待要诉与他。对神前剪下青丝发，背爷娘暗约在湖山下，冷清清湿透凌波袜①。恰相逢和我意儿差，不剌②，你不来时还我香罗帕！

【注释】

①凌波袜：指袜子。曹植《洛神赋》："凌波微步，罗袜生尘。"

②不剌：感叹词，略同"啊"。

【解析】

此曲写一个热恋中的女子埋怨男子的久不赴约、背盟负心。小女子的性情、做派跃然纸上。

双调·水仙子

打着面皂雕旗招飐忽地转过山坡①，见一伙番官唱凯歌②，呀来呀来呀来呀来齐声和。虎皮包马上驮，当先里亚子哥哥③。番鼓儿劈飅扑桶擂④，火不思必留不剌扑⑤，簇拥着个带酒沙陀⑥。

【注释】

①招飐（zhǎn）：招展。

②番官：少数民族的官吏。

③亚子：五代晋王李克用之子，名存勖，亚子为其小字，骁勇善战。后称帝，为后唐庄宗。

④劈飅（diū）扑桶：形容擂鼓声。

⑤火不思：乐器名，形似琵琶。必留不剌：形容火不思的声响。扑：弹奏。

⑥沙陀：唐五代时突厥的一个部族，李亚子即沙陀人。

【解析】

这首曲写少数民族的野外生活。选取典型的事物、景象，展示主人公们饮酒作乐、歌鼓行进的情形，具有趣味，可视为少数民族风俗图。

明 清 编

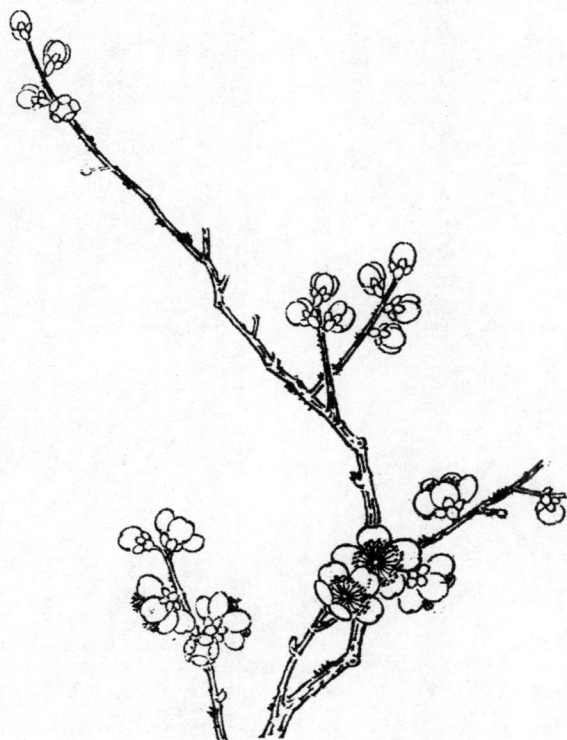

刘 基

刘基（1311～1375），字伯温，处州青田（今浙江青田县）人。元至正年间进士，曾任高安县丞、浙东行省元帅府都事等职，后辅佐朱元璋平定天下，创建帝业，深受重用。其诗文都很有名。诗风沉郁顿挫，自成一家。

畦桑词

编竹为篱更栽刺，高门大写畦桑字。县官要备六事忙①，村村巷巷催畦桑。畦桑有增不可减，准备上司来计点。新官下马旧官行，牌上却改新官名。君不见古人树桑在墙下，五十衣帛无冻者②。今日路傍桑满畦，茅屋苦寒中夜啼。

【注释】

①六事：县官应做的事情。《尚书·大禹谟》："水火金木土谷惟修。"孔颖达疏："政之所为，在于养民，使水火金木土谷此六事，惟当修治之。"

②"五十"句：《孟子·梁惠王上》："五亩之宅，树之以桑，五十者可以衣帛矣。"

【解析】

此诗写农家桑田之事，但并不是写农人桑家的满足、自得，而写其对官府的应付，含有对统治者的控诉，对农人桑家的同情，故可说是唐白居易新乐府之流变。

古 戍

古戍连山火①，新城殷地笳②。
九州犹虎豹③，四海未桑麻④。
天迥云垂草⑤，江空雪覆沙。
野梅烧不尽，时见两三花。

【注释】

①古戍：古代军队驻防的营垒。火：即　④桑麻：泛指农事。

　烽火。　　　　　　　　　　　　　⑤迥（jiǒng）：远。云垂草：远远望去，

②殷：震响。笳：即胡笳。　　　　　　　天边云朵低垂，与草相连。

③虎豹：指元末频繁的战乱。

【解析】

　　此诗写边地古营垒遗迹，属咏史之类。但并非一意感慨兴亡，而是新陈嬗代。在艺术上最突出的特点在于最后两句，内中充满着无限的生机与希望。

袁　凯

　　　　袁凯（生卒未详），字景文，号海叟，华亭（今上海市松江县）人。元末为府吏。以在杨维祯座上赋《白燕诗》得名，人呼为"袁白燕"。

白　燕

故国飘零事已非，旧时王谢见应稀①。

月明汉水初无影，雪满梁园尚未归②。

柳絮池塘香入梦，梨花庭院冷侵衣③。

赵家姊妹多相忌，莫向昭阳殿里飞④。

【注释】

①旧时王谢：歇后省，指燕子。　　　　③此二句代用古人诗意。

②梁园：即兔园，又名梁苑，西汉梁孝　④赵家姊妹：用汉代赵飞燕姐妹事。昭

　王刘武所建，故址在今河南商丘县　　阳殿：汉殿阁名，赵飞燕所居。

　东，为游赏延宾的著名苑囿。

【解析】

　　此诗咏燕，融入史事，具有咏史意味。为作者的代表作，流播天下，人们因此称其为"袁白燕"。

杨 基

杨基（1326～1378），字孟载，号眉庵，其先嘉州（今四川乐山县）人，生于吴县（今江苏苏州市）。诗不脱元末秾纤之习，但写景咏物之诗清俊流逸，不乏佳作。

长江万里图

我家岷山更西住①，正见岷江发源处。
三巴春霁雪初消②，百折千回向东去。
江水东流万里长，人今漂泊尚他乡③。
烟波草色时牵恨④，风雨猿声欲断肠。

【注释】

①岷山：在今四川北部。
②三巴：古地域名，在今四川嘉陵江、綦江流域以东。霁（jì）：雨雪停止，天气转晴。
③尚他乡：还在他乡。
④牵：牵扯，粘惹。

【解析】

这是一首题画诗，但开头就把自己放在了诗中，所以在歌颂万里长江的浩荡奔腾中，抒发了诗人的思乡之情。

高 启

高启（1336～1374），明代诗人。字季迪，号青邱子，长洲（今江苏苏州市）人。少有才名，与杨基、张羽、徐贲齐名，时人号为"明初四杰"，而高启为之冠。洪武初，诏修《元史》，授翰林院国史编修，擢户部右侍郎，不就，退隐青邱。朱元璋认为他不肯合作，借苏州刺史魏观案件把他腰斩于南京。诗文皆工，尤长于诗。诗歌众体兼长，七言歌行和七言律诗最能表现他的个性特点和艺术才华。

牧牛词

尔牛角弯环，我牛尾秃速①。共抵短笛与长鞭，南陇东冈去相逐②。日斜草远牛行迟，牛劳牛饥惟我知。牛上唱歌牛下坐，夜归还向牛边卧。长年牧牛百不忧，但恐输租卖我牛③。

【注释】

①"尔牛"二句："尔"、"我"，牧童间彼此相称。弯环：弯曲如环。秃速：即秃薮，毛短而稀的样子。

②陇：丘陇，田埂，同"垄"。冈：山脊，山岭。逐：追赶戏耍。

③输租：交租。

【解析】

这是一首牧童之歌，写放牛娃的生活和情思。这首诗在艺术上的突出特点是模仿儿童口吻而写，显得特别生动活泼、亲切明快，颇具乡野韵致。

登金陵雨花台望大江①

大江来从万山中，山势尽与江流东。
钟山如龙独西上，欲破巨浪乘长风②。
江山相雄不相让，形胜争夸天下壮③。
秦皇空此瘗黄金④，佳气葱葱至今王⑤。
我怀郁塞何由开⑥，酒酣走上城南台⑦。
坐觉苍茫万古意，远自荒烟落日之中来⑧。
石头城下涛声怒，武骑千群谁敢渡⑨。
黄旗入洛竟何祥⑩，铁锁横江未为固⑪。
前三国，后六朝，草生宫阙何萧萧⑫。
英雄乘时务割据，几度战血流寒潮。
我今幸逢圣人起南国⑬，祸乱初平事休息⑭。
从今四海永为家，不用长江限南北。

【注释】

①金陵：今南京市。雨花台：在南京市　中华门外，地据岗阜最高处，可以俯

瞰全城。相传梁武帝时，有云光寺禅师讲经于此，天花坠落如雨，故名。

②钟山：一名紫金山，在南京市中山门外。破巨浪乘长风：刘宋时，宗悫少有大志，其叔父问所愿，悫曰："愿乘长风破万里浪。"

③相雄：互相争雄竞赛。形胜：地理形势优越便利。

④"秦皇"句：《太平御览》卷一百七十引《金陵图》："昔楚威王见此有王气，因埋金以镇之，故曰金陵。秦并天下，望气者言江东有天子气，凿地断连岗，因改金陵为秣陵。"据此，埋金以镇压王气者，乃楚王，非秦皇。又《丹阳记》："秦始皇埋金玉杂宝以厌天子气，故曰金陵。"与《金陵图》所说不同。

⑤佳气葱葱：《后汉书·光武帝纪论》："后望气者苏伯阿为王莽使至南阳，遥望见春陵郭，喟曰：'气佳哉！郁郁葱葱然！'"王，同"旺"，旺盛。

⑥郁塞：郁闷，不舒畅。

⑦城南台：指雨花台，因在城南，故名。

⑧坐：因，遂。

⑨石头城：故址在今南京市清凉山。本楚金陵城，孙权重筑改名。六朝时，江流迫近山麓，城负山面江，南临秦淮河口，形势颇为险要。

⑩黄旗入洛：指吴末帝孙皓听信术家之言率众西行打算进入洛阳，结果为晋所灭。黄旗紫盖都是御用之物，比喻皇帝。竟何祥：究竟是什么好征兆呢。

⑪铁锁沉江：指王濬破吴人横江铁锁链事。

⑫宫阙：帝王的宫殿。阙，宫门两旁的楼观。萧萧：凄凉冷落的样子。

⑬圣人：指明太祖朱元璋。起南国：从南方起家。朱元璋是安徽凤阳县人。

⑭事休息：从事休养生息。

【解析】

此为登临咏史抒怀之作。诗中历数金陵历朝历代之事，纵论兴亡成败、民生疾苦。末尾点出渴望平安休息的意愿。笔力雄健，气势奔放，堪与前人咏金陵的诗词媲美。

于 谦

于谦（1398～1457），字廷益，号节淹，杭州钱塘（今浙江杭州）人。永乐十九年（1421）进士，历任山西、河南、江西等地巡抚，为官清正，颇得民心。"土木之变"时沉着应变，率京师军队及民众击退敌人，保卫了国家。英宗复辟，他以"大逆不道，迎立外藩"的罪名被杀。诗风质朴刚劲，奕奕俊爽，不为当时"台阁体"所囿。

咏煤炭

凿开混沌得乌金①，藏蓄阳和意最深②。

爇火燃回春浩浩，洪沪照破夜沉沉③。

鼎彝元赖生成力，铁石犹存死后心④。

但愿苍生俱饱暖，不辞辛苦出山林⑤。

【注释】

①混沌：原指天地形成以前的原始状态。此指未开发的煤矿。乌金：喻煤炭。

②藏蓄阳和：是说煤炭蕴藏着阳光般的温暖。阳和，暖和的阳光。

③爇（jué）火：炬火。洪炉：大火炉。

④鼎彝：先秦时代的国家重器，往往刻有铭文，传之子孙。有时鼎彝成为国家朝廷的象征。

⑤苍生：百姓。

【解析】

这是一首咏物诗，借物言志，抒发了作者献身国家百姓的博大胸怀。全诗用象征手法，以物拟人，用煤自比，把物和人的性格凝为一体。

石灰吟

千锤万击出深山，烈火焚烧若等闲。

粉身碎骨全不怕，要留清白在人间。

【解析】

此是一首咏物抒怀诗。作者吟颂石灰的品格，而恰又是作者自己的写照。联想巧妙，比喻妥帖。

王 磐

王磐（1440？～1530？），字鸿渐，号西楼，江苏高邮人。约生活于成化至嘉靖初。一生厌弃举业，雅好词曲，精通音律，著有《王西楼乐府》。散曲以白描见长，具有"里巷之歌"的特色。

古调蟾宫　元宵

听元宵，往岁喧哗，歌也千家，舞也千家。听元宵，今岁嗟呀①，愁也千家，怨也千家。哪里有闹红尘香车宝马②？只不过送黄昏古木寒鸦。诗也消乏，酒也消乏，冷落了春风，憔悴了梅花。

【注释】

①嗟呀：叹息。

②香车宝马：辛弃疾《青玉案·元夕》词有"宝马雕车香满路"句，写元宵夜景之盛。此曲"哪里有闹红尘香车宝马"所写景况，与之正反。

【解析】

这首曲通过今昔对比，写今日元宵节冷落的景象，反映了当时的社会现实。颇具宋词韵味。

朝天子　咏喇叭

喇叭，锁哪①，曲儿小，腔儿大②。官船来往乱如麻，全仗你抬声价。军听了军愁，民听了民怕，哪里去辨什么真共假？眼见的吹翻了这家，吹伤了那家，只吹的水尽鹅飞罢。

【注释】

①锁哪：即唢呐，一种类似喇叭的乐器，旧时官府仪仗中的开道部分或用此物。

②腔儿大：声音很大，这里含有倚势作腔的意思。

【解析】

此曲寥寥数语，点画贴切，活画出一幅喇叭图，进而辛辣讽刺了倚势欺民的官宦。

祝允明

祝允明（1460～1526），字希哲，号枝山，长州（今江苏苏州市）人。尤工书法。为诗取材颇富，造语颇妍。

三月初峡山道中

春阴春雨复春风，重叠山光湿翠濛。
一段江南好图画，不堪人在旅途中。

【解析】

诗写江南春景，抓住"阴"、"雨"、"风"等特点，写出了江南春景的特点。最后两句出人意表，由好图画、好风景而生思乡之情，自然而又意在言外。

唐 寅

唐寅（1470～1523），字伯虎，一字子畏，号六如居士、桃花庵主，吴县（今江苏苏州市）人。唐寅善书，尤工绘画。诗与祝允明、文征明、徐桢卿称"吴中四才子"。

把酒对月歌

李白前时原有月，惟有李白诗能说。
李白如今已仙去，月在青天几圆缺？
今人犹歌李白诗，明月还如李白时。
我学李白对明月，白与明月安能知？
李白能诗复能酒，我今百杯复千首。
我愧虽无李白才，料应月不嫌我丑。
我也不登天子船，我也不上长安眠。
姑苏城外一茅屋，万树梅花月满天。

【解析】

此诗表达了作者不受封建礼教束缚，追求人生自由的情怀。承袭李白诗意而又能翻出新意，语言通晓如话。

题栈道图①

栈道连云势欲倾，征人其奈旅魂惊②。
莫言此地崎岖甚，世上风波更不平。

【注释】

①栈道：悬崖陡壁上修的小道，极险而　　②其奈：怎奈。
高，故曰"连云"、"势欲倾"。

【解析】

这是一首题画诗，抒发了作者对社会黑暗现实的不满之情。最后用山路崎岖反衬世上风波不平，寓意极为深刻。

陈　铎

陈铎（1488？～1521？），字大声，号秋碧，下邳（今江苏邳县）人。家居南京，世袭指挥使。他能诗会画，精通音律，擅长制曲，时称"乐王"。《列朝诗集小传》云："大声以乐府名于世，所为散套，稳协流丽，审官节羽，不差毫末。"

水仙子　瓦匠

在东壁上恰涂交①，西舍厅堂初瓦了②，南邻重修造。弄泥浆直到老，数十年用尽勤劳。金张第游麋鹿③，王谢宅长野蒿④，都不如手镘坚牢⑤。

【注释】

①涂交：即涂椒。旧时富家常以花椒和　　③金张第：指权贵之家。金、张：即汉
泥涂抹墙壁，取其暖而香。　　　　　　宣帝时的显宦金日磾、张安世。
②瓦（wà）：用瓦盖屋。　　　　　　　④王谢宅：指南朝时的两大贵族王导、

谢安家族。　　　　　　　　　　⑤手镘（màn）：泥工用的手抹子。

【解析】

　　此曲描述了城市手工业者瓦匠的辛勤劳动，同时，借物论理，抒发了因富贵人家的兴衰无常而引起的人生感叹。

醉太平　挑担

　　麻绳是知己，扁担是相识。一年三百六十回，不曾闲一日。担头上讨了些儿利，酒房中买了一场醉，肩头上去了几层皮，常少柴没米。

【解析】

　　此曲叙写城市中的挑夫辛劳而艰辛的生活。从侧面反映了城市生活和社会现实。写来直白如话，却又十分传神。

归有光

　　　　归有光（1506～1571），字熙甫，号震川，昆山（今属江苏）人。中进士后任长兴知县。隆庆四年（1570），升为南京太仆寺丞，留掌内阁制敕房，修纂《世宗实录》，卒于官。其作品以文为主，间有诗曲。

北双调·雁儿落带过得胜令　机匠

【雁儿落】双臀坐不安，两脚登不办①。半身入地牢，间口味荤饭②。

【得胜令】逢节暂松闲，折耗要赔还③。络纬常通夜④，抛梭直到晚。挦一样花扳⑤，出一阵馊酸汗⑥。熬一盏油干，闭一回磕睡眼。

【注释】

①登：同"蹬"，踩踏。登不办，疑即蹬不闲。　②间口味荤饭：意说不能常吃到好饭菜。间（jiàn），隔开、间断之意。味

（zhuāng），同"妆"，吃。荤，指鱼肉类食品。

③折耗：指原料亏损。

④络纬：把纬线绕在线架上。

⑤捋（luō）：用手把物脱下，这里意为扳动。花扳：指织不同花纹用的不同扳机。

⑥馊（sōu）：食物经久发出的酸臭味。

【解析】

这支曲描写了机匠们的困苦生活。从做工写到生活，从备受盘剥写到收入微薄，满含辛酸和愤激。

李开先

李开先（1502～1568），字伯华，号中麓，山东章丘人。嘉靖八年（1529）进士，除户部主事，改吏部，历员外郎中，擢太常寺少卿，提督四夷馆。年四十罢归，家居近三十年。除擅长诗文之外，更精于词曲。

南仙吕·傍妆台①

雨丝丝，冲风跃马欲何之？闲游正喜风吹袂，况有雨催诗。休图云里栽红杏，好向山中觅紫芝②。磨而不磷，涅而不缁③。得随时处且随时。

曲弯弯，一轮残月照边关。恨来口吸尽黄河水，拳打碎贺兰山④。铁衣披雪浑身湿，宝剑飞霜扑面寒。驱兵去，破虏还，得偷闲处且偷闲。

【注释】

①傍妆台：又名【临镜序】，【南仙吕】宫曲调。

②"休图"二句：是说不要希望做官，最好还是归隐。

③"磨而不磷"二句：《论语·阳货》："不曰坚乎？磨而不磷；不曰白乎？涅而不缁。"磷，是说因磨而致薄损。涅，本指黑色染料，这里是说用黑色染料染物。缁，黑色。

④贺兰山：在今宁夏西北边境和内蒙古接界处。

【解析】

作者的【傍妆台】曲共一百首，即《中麓小令》，是他归田后写的。

这里选了两首。第一首写弃官归隐的乐趣，第二首写边关将士的豪迈气概和辛勤。

金銮

金銮（生卒不详），字在衡，号白屿，甘肃陇西人。嘉靖间著名散曲家之一。作品内容比较丰富，风格比较多样，有萧爽俊逸的，有清丽绵密的，还有俳谐俚俗的嘲讽小曲。

北双调·沉醉东风　忧旱

我则见赤焰焰长空喷火，怎能够白茫茫平地生波。望一番云雨来，空几个雷霆过。只落得焦煿煿煮海煎河①。料着这露水珠儿有几多，也难与俺相如救渴②。

【注释】

①焦煿煿（bó）：火烧得焦干的样子。

②也难与俺相如救渴：是说救不了灾，也解不了忧。相如，指汉代辞赋家司马相如，他有消渴病（即糖尿病），常需要大量喝水。

【解析】

此曲写久旱不雨、赤地千里；人们渴盼雨至，而久盼不来。末一句拉来一位古人申说，突出奇语，诙谐中带辛酸。

前调　风情嘲戏

人面前瞒神吓鬼，我根前口是心非。只将那冷语儿铲①，常把个血心来昧②。闪的人寸步难移③。便要撑开船头待怎的④？谁和你一篙子到底！

【注释】

①冷语儿铲：用冷言冷语来刺人。铲，凿、刺之意。

②昧：隐瞒。

③闪：抛闪。

④撑开船头：指和对方分开。

【解析】

　　这支曲子嘲讽那些对爱情不忠的人。写他口是心非、冷言冷语、良心全无。结尾决绝地表白不与此种人交往、一刀两断。

北双调·新水令　晓发北河道中①

【新水令】晓钟残月乱鸡声，我这里望长河，水天相映。馀薰香未冷，残睡酒初醒。薄利浮名，锁不住故园兴。

【雁儿落】我则见烟空草际平，雨洗山光净。几声霜杵高②，一点风帆正。

【得胜令】千里盼归程，万种切离情。松菊三秋老③，风尘两鬓星。伶仃，酒病兼愁病；飘零，长亭更短亭。

【落梅风】干了些朱门贵，谒了些黄阁卿，将他那五陵车马跟随定④。把两片破鞋磨的来无踪影，落一个脚跟干净。

【庆东原】那里也鸣孤凤？何曾是钓巨鲸？卧龙的终久逢三聘⑤。空匮的心离了管宁，情疏了晏平，义绝了张衡⑥。还自待担书策，走齐滕；奋羽翼，游梁邓⑦。

【川拨棹】我而今盼不的到秣陵⑧。水云深，霜露冷；鹭约鸥盟，鹤唳猿声，月榭风亭，酒伴诗评，到处里幽溪峻岭，有谁来闲论争？

【梅花酒】只恁般假志诚，携手儿同行，笑脸儿相迎，满口儿应承。他恰才眼角儿不睁，我可甚耳朵儿偏灵？这搭儿须记省⑨，谁拙也谁能？谁浊也谁清？枉了我营营⑩，误了我惺惺，辞别了贤兄，归去也先生。

【收江南】我只待闲来江上坐吹笙，几回花底听调筝，等闲风浪不须惊。休得要再逞，青袍今已误儒生⑪。

【注释】

①北河：旧称河北永定诸河为北河，这里疑指北运河。

②几声霜杵高：这句写霜天中传来一阵阵捣衣声。杵，捣衣用的槌棒。

③松菊三秋老：想象故园的松菊已在秋风中衰老。

④"干了些"三句：指干谒贵官侯门。黄阁卿，本指宰相一类的官，这里泛指高官。五陵车马，指豪门贵族。

⑤钓巨鲸：用神话龙伯国大人钓鳌的故

事。卧龙的终久逢三聘：指诸葛亮隐居隆中，刘备三顾草庐的故事。

⑥心离了管宁：指管宁割席分座事。晏平：即晏平仲。张衡：东汉人。

⑦还自待：还要。齐滕：指山东一带。梁邓：指河南一带。

⑧秣陵：即今江苏南京。

⑨这搭儿：这里。

⑩营营：奔波劳碌。

⑪青袍今已误儒生：青袍，亦作"青衿"，古代儒生（读书人）的服装。

【解析】

　　此曲叙写了当时一般知识分子的生活与心态。曲从对比写起，评说薄名浮利与故园雅兴的高下，接着重点写干谒名利的种种情状，其间透着无聊和无谓，最后写到归去田园，发出今是昨非的感慨。

高应玘

　　高应玘（生卒不详），字仲子，号笔峰，山东章丘人。他是李开先的弟子，生活于嘉靖年间。其散曲对世态人情多所讽刺。

北双调·庆宣和　　爽约

竹叶风筛金珮摇，泪眼偷瞧，疑是听琴那人到：错了，错了。

【解析】

　　此曲写情人约会时的情状：由听到金珮声而偷瞧，写出久等急切之状，后来好似问答，"错了，错了"，写出绝望之情。颇为传神，很有代表性。

北正宫·醉太平　　阅世

花花草草，攘攘劳劳。近来时世恁蹊跷，百般家做作①。蛆心狡肚仗机窍，损人利己为公道，翻黄造黑驾空桥②。老先生笑倒③！

【注释】

①恁（nèn）：那么。百般家：千方百　　计地。

②翻黄造黑驾空桥：比喻无中生有，捏
造事实，播弄是非。

③老先生：作者自谓。元曲中多有此种
用法。

【解析】

　　此曲讥刺世态虚伪狡诈、是非颠倒、黑白不分等，十分辛辣。虽题
"阅世"，末一句借老先生之笑，使此曲平添"警世"之意。

冯惟敏

　　　　冯惟敏（1511～1580），字汝行，号海浮山人，山东临朐
　　人。嘉靖十六年（1537）举人。历任涞水知县、润州教授、保
　　定通判。为官清正。隆庆五年（1571）辞官归乡。其散曲成就
　　突出，远远超过同时代作家。《列朝诗集小传》说他"善度近体
　　乐府，盛传于东郡"。

玉芙蓉　喜雨

　　村城井水干，远近河流断，近新来好雨连绵。田家接
口蜀秫饭①，书馆充肠苜蓿盘②。年成变，欢颜、笑颜，到
秋来纳稼满场园③。

　　初添野水涯④，细滴茅檐下，喜芃芃遍地桑麻⑤。消灾
不数千金价⑥，救苦重生八口家。都开罢，荞花、豆花，眼
见的葫芦棚结了个赤金瓜⑦。

【注释】

①秫（shú）：一种带有黏性的谷物。

②苜蓿（mùxū）：多年生草本植物，嫩
　苗可食，俗称"金花菜"。

③纳稼：指收获庄稼。

④初添野水涯：地上开始存有积水。野

水，指地上的积水。

⑤芃芃（péng）：草木茂盛的样子。

⑥不数：无法计算。

⑦赤金瓜：指红黄相间的南瓜。

【解析】

　　这两首散曲描写农家久旱之后欣逢甘雨的喜悦心情，也描绘了乡村
的生产生活和田园景色。笔调轻捷。第二首末尾一句，充满丰富的想象。

北中吕·朝天子　卜

　　睁着眼莽㤘①，闭着眼瞎㤘，那一个知休咎？流年月令费钻求②，就里多虚谬。四课三传③，张八李九④，一桩桩不应口。百中经枕头⑤，卦盒儿在手，花打算胡将就⑥。

【注释】

①㤘（zhōu）：信口编造。

②流年：旧时占卦算命的人称人一年的运气为"流年"。月令：指一个月的吉凶休咎。

③四课三传：泛指各种占卜手段。

④张八李九：泛指问卜的人。

⑤百中经：星命相士用的书。

⑥花打算胡将就：随便应付别人之意。

【解析】

　　此曲写占卦算命先生的所作所为，对其信口雌黄、谎诞不经给予了深刻揭露，从而也否定了占卜休咎一类封建迷信的虚伪无稽。

北双调·河西六娘子　笑园六咏①

　　问道先生笑甚么？笑的我一仰一合，时人不识余心乐。呀，两脚跳梭梭②，拍手笑呵呵，风月无边好快活。

　　名利机关没正经，笑的我肚儿里生疼。浮沉胜败何时定？呀，个个哄人精，处处赚人坑，只落得山翁笑了一生③。

【注释】

①河西六娘子：【北双调】曲调，极少用。作者的这组曲共六首。

②跳梭梭：俚语，蹦蹦跳跳、快活无忧

的样子。

③山翁：即"山人"之意，作者自指。

【解析】

　　此二曲前一曲写作者勘破名利，看透世俗，超然大笑；后一曲写世人机关算尽，害人害己，烦恼终身。出语诙谐，声情并茂，颇具趣味。

谢 榛

谢榛（1395～1575），字茂秦，号四溟山人，又号脱屣山人，临清（今属山东）人。未仕进，折节读书，刻意为诗。他的诗句烹字炼，气逸调高，尤擅长近体与小乐府。有《四溟山人集》十卷传世。

塞上曲①

旌旗荡野塞云开，金鼓连天朔雁回。
落日半山追黠虏②，弯弓直过李陵台③。

飞将龙沙逐虏还④，夜驰驼马入燕关。
城头残月谁横笛，吹落梅花雪满山。

【注释】

①塞上曲：乐府《横吹曲》名。作者此组诗共四首，此选其二。
②黠（xiá）虏：狡猾的敌人。
③"弯弓"句：言将军忠勇善战，决不降敌。李陵台：《唐书·地理志》：

"云中都护府燕然山有李陵台。"
④龙沙：《后汉书·班超传赞》："定远慷慨，专功西遐，坦步葱雪，咫尺龙沙。"后世遂泛指塞外沙漠之地为龙沙。

【解析】

这两首诗用乐府旧题，内容上是咏史之类。诗中用典、用语、意境多借鉴前代的边塞诗。意象颇为浑阔，格调比较昂扬。

塞 下①

路出古云州②，风沙吹不休。
乌鸢下空碛③，驼马渡寒流。
地旷边声动，天高朔气浮④。
霜连穷海夕⑤，月照大荒秋⑥。
击鼓番王醉，吹笳汉女愁。
龙城若复取⑦，侠士几封侯。

【注释】

①塞下：乐府《横吹曲》。作者此题二首，此选一。

②古云州：北魏置云州在今山西祁县西；唐置云州在今山西大同市。

③乌鸢（yuān）：乌鸦与鸱鹰。空碛（qì）：空旷的沙漠。

④朔气：寒气。

⑤穷海：荒僻的滨海之区。这里的"海"泛指内地的湖泊。

⑥大荒：极远之处。《山海经·大荒西经》："大荒之中，有山名大荒之山，日月所入。"

⑦龙城：地名。故址在今内蒙古锡林郭勒盟境。

【解析】

　　此诗同《塞上》，用乐府旧题，内容上为咏史之类，杂取汉唐史事，寄寓兴亡感慨。风格较悲壮。颇得唐代乐府韵致。

李攀龙

　　李攀龙（1514～1570），字于鳞，历城（今山东济南市）人。嘉靖甲辰（1544）进士，授刑部广东司主事，官至河南按察使。他和王世贞同为明代"后七子"的领袖人物。他的文学观点和创作风格大体上与"前七子"相同。

懊侬歌①

布帆百余幅，阿娜自生风②。
江水满如月，那得不愁侬③？

【注释】

①懊侬歌：亦作懊恼歌，乐府《清商曲·吴声歌曲》名。

②阿娜：形容布帆高而动荡。

③"江水"二句：风帆起，江水满，正该起行，却又不愿分别，怎能不发愁呢。

【解析】

　　此诗用乐府旧题，写女子的离情别绪，风格亦同民歌。前三句全写航船起行，极尽去势；末一句则陡转，点出送别，去留对比强烈。

初春元美席上赠茂秦①

凤城杨柳又堪攀②，谢朓西园未拟还③。
客久高吟生白发④，春来归梦满青山⑤。
明时抱病风尘下⑥，短褐论交天地间⑦。
闻道鹿门妻子在⑧，只今词赋且燕关⑨。

【注释】

①元美：王世贞，字元美。茂秦：谢
榛，字茂秦。

②凤城：相传秦穆公女儿弄玉吹箫，凤
降其城，因号丹凤城，后遂以凤城称
京城。

③"谢朓"句：以谢朓比喻谢茂秦在京
名噪文坛，不拟还家。西园：园名，
汉末曹操建于邺都，这里借指荆州。

④客久：客居京城，时间很久。

⑤"春来"句：春天梦见回到故乡，山
色明媚。

⑥明时：政治清明的时代。抱病：指谢
茂秦怀才不遇。

⑦短褐：粗麻布做的短衣。

⑧这里将庞德公偕妻子隐居的鹿门山借
指为谢茂秦的故乡。

⑨且（jū）：多。《诗·大雅·韩奕》：
"笾豆有且。"

【解析】

　　这是一首赠友诗。诗写友情，情真意切。用了许多史事、曲故，但
与己意较能浑融。

刘效祖

　　刘效祖，字仲修，号念庵，滨州（今山东惠民）人，寓居
北京。嘉靖二十九年（1550）进士，任过户部主事、陕西按察
副使。擅长散曲，多叹世之作，风格旷放通脱，清新别致。

南仙吕·醉罗歌

惜花惜花愁难罢，春去春去病偏加。闲将心事付琵琶，
诉不尽离情话。王魁薄幸也不似他，桂英薄命也不似咱①。
恨来提着名儿骂。情嚼蜡，意搦沙②，空劳魂梦绕天涯。

【注释】

①"王魁薄幸"二句：指王魁负桂英事。薄幸：薄情寡义。

②"情嚼蜡"二句：嚼蜡：形容毫无趣味。搦沙，形容毫无成效。

【解析】

这是一首埋怨丈夫不归的闺怨曲。曲中写自己相思的心情、作为，还将自己及丈夫与别人比较，满含怨恨，情深意密。

南商调·黄莺儿

堪笑世情薄，百般的都弄巧，李四戴着张三帽。歪行货当高①，假东西说好，哄杀人那里辨青和皂！许多遭，科范总好②，到底被人瞧。

【注释】

①歪行货：不好的大路货。

②科范总好：科范，亦作"科泛"，本元杂剧术语，指剧本中关于动作、表情等方面的舞台提示。这里意为手段。总好：即纵好。

【解析】

此曲感慨世情之多诈。曲中有具体现象，有总体概括，有危害性，有后果，写尽了世情诡诈的方方面面。出语率直，讥贬明确，又含讽劝之意。

梁辰鱼

梁辰鱼（1521～1594?），字伯龙，号少白，昆山（今江苏昆山县）人。他的代表作为传奇《浣纱记》。诗作不多，名《远游稿》。

屈原庙①

寒云掩映庙堂门，旅客秋来荐水蘩②。
山鬼暗吹青殿火③，灵儿昼舞白霓幡④。

龙舆已逐峰头梦⑤，鱼腹空埋水底魂⑥。

班竹丛丛杂芳杜，鹧鸪飞处欲黄昏。

【注释】

①屈原庙：又名屈子祠。在今湖南汨罗
　县玉笥山上，始建于汉代。

②荐：向神鬼供献。水蘩（fán）：植物
　名，可食，古代用为祭品。

③山鬼：山神。青殿火：殿中油灯，其

光青荧。

④灵儿：仙灵。白霓幡：像白霓似的幡
　旗。

⑤龙舆：君王的车驾。

⑥"鱼腹"句：指屈原投汨罗江自尽。

【解析】

　　这是一首纪游诗。诗从入门写起，从庙门写到殿堂，再写主人的遭
际和身后事，从回忆回到现实。写来也有几分缥缈恍忽、神奇瑰异。既
悲悼了屈原的不幸遭际，也抒发了自己的感伤之情。

徐　渭

　　徐渭（1521～1593），字文清，后更字文长，号青藤，又号
天池。浙江山阴（今浙江绍兴市）人。佐胡宗宪破倭寇颇有建
树。胡宗宪得罪被杀，他惧罪发狂，潦倒终身。性格狂放不羁，
蔑视封建礼教，与李卓吾同为晚明进步思想的前驱。其诗奇瑰
纵恣，笔意奔放，于苍劲中有姿媚。

龛山凯歌　　为吴县史鼎庵①

短剑随枪暮合围②，寒风吹血着人飞③。

朝来道上看归骑，一片红冰冷铁衣④。

【注释】

①龛山：山名，在浙江萧山县东北，其
　形如龛，下临浙江，与海宁县赭山对
　峙。

②合围：缩小包围圈以围歼敌人。

③着：附着，向着。

④红冰：凝血成冰。

【解析】

　　这首诗写吴县人民在龛山下抗击倭寇之事，歌颂了击败倭寇的将士

们的英勇无畏、视死如归，颇具豪壮之气。

薛论道

薛论道（1522～1573），字谈道，别号莲溪居士，河北定兴县人。少能文，喜谈兵，后辍学从军三十年，守卫北部边疆，多建战功，官至神枢参将加副将。他的许多散曲或以激昂慷慨之气，抒发怀抱，描写边塞风光；或以愤世嫉俗之情，鞭挞社会人情世态。也有一些歌吟闺情的作品，但内容较贫乏，缺少新意。

黄莺儿　塞上重阳①

荏苒又重阳，拥旌旄倚太行②，登临疑是青霄上。天长地长，云茫水茫，胡尘静扫山河壮③。望遐荒，王庭何处④？万里尽秋霜。

【注释】

①本篇写于镇守北部边疆时期。
②旄（máo）：古代用牦牛尾做装饰的旗子。
③胡尘：指北方来犯的部族。
④遐荒：辽远的荒野。王庭：指北方部族首领的机关。

【解析】

此曲为登临抒怀之作。曲写重阳节登临塞上，既写事，又写情，更抒怀，情景交融，气象浑阔，情绪悲昂。

桂枝香　悭吝

锱铢毫末，一针不挫①。虽有些夹细名声②，却无那奢华罪过。说一声客来，魂惊胆破。一身无主，两脚如梭。慌忙躲入积钱囤，说与浑家盖饭锅③。

【注释】

①锱铢（zī zhū）：古代重量单位，常用　以比喻极微小的数量，一锱是四分之

一两，一铢是六分之一锱。 ②夹细：犹言小气，一说细小。

③积钱囤：这里指曲中主人公的家。浑家：对妻子的俗称。

【解析】

此曲以辛辣的笔调勾画了一幅漫画，描摹出守财奴悭客的举止和卑污的心理。极写其悭客，夸张、反语等手法的运用颇为成功。

王世贞

王世贞（1526～1590），字元美，号凤州，又号弇州山人，江苏太仓人。嘉靖丁未（1547）进士，官至南京刑部尚书。早年与李攀龙同为"后七子"领袖，鼓吹诗必大历以上，文必西汉。李攀龙早卒，他独主诗坛二十年，号令一世。晚年，见解有所改变，不甚菲薄唐宋。他的诗歌，才力雄，学殖富，成就远高于李攀龙。著有《弇州山人四部稿》、《弇州山人续稿》。

登太白楼①

昔闻李供奉②，长啸独登楼③。
此地一垂顾④，高名百代留⑤。
白云海色曙，明月天门秋⑥。
欲觅重来者，潺湲济水流⑦。

【注释】

①李白青年时曾漫游南北，足迹几乎遍及全国。今山东济宁市、湖北汉阳县及安徽当涂县等地都有太白楼遗址。这里指的是济宁市的太白楼。
②李供奉：指李白。
③啸：撮口发出悠长清越的声音。
④垂顾：亲临看望。

⑤高名：指李白的美名。
⑥天门：指泰山的东、西、南三天门。李白《游泰山》："天门一长啸，万里清风来。"
⑦潺湲（yuán）：流水的声音。济水：水名，在今山东济宁一带，古代与江、淮、河并称四渎。

【解析】

这是登临纪游诗。诗写太白楼所见，表达了对李白的无限景仰。前半主要写李白与太白楼的关系，后半转入自己的登临和志趣。

戚继光

　　戚继光（1528～1587），字元敬，号南塘，登州（今山东蓬莱县）人。世袭登州卫千户。嘉靖中，历浙西参将、福建总督，抗击东南沿海倭寇，战功卓著。在蓟门十六年，修边备战，节制严明，寇不敢犯。戚继光不以诗名，但其诗慷慨高昂。

登舍身台①

向来曾作舍身歌，今日登临意若何？
指点封疆余独感②，萧疏鬓发为谁皤③。
剑分胡饼从人后，手掬流泉己自多④。
回首朱门歌舞地，尊前列鼎问调和⑤。

【注释】

①这首诗作于戚继光晚年镇守蓟州时。
②封疆：疆界。
③萧疏：稀疏。皤（pō）：白。
④"剑分"二句：这两句是化用《史记·李将军列传》："广之将兵，乏绝之处，见水，士卒不尽饮，广不近水。士卒不尽食，广不尝食。"胡饼：烧饼。
⑤尊：酒器。列鼎：即陈列盛馔。调和：指菜肴五味的调和。

【解析】

　　这首诗是作者军旅生涯的写照，是其志趣、抱负的反映，也表达了他对不事抗敌、升平歌舞世风的感慨。

朱载堉

　　朱载堉（1536～?），字伯勤，号句曲山人，明王朝的宗室。专心研究乐律和历学，写成《乐律全书》，完成了七音的学说。其散曲多讽世劝世之作，风格通俗质朴。

山坡羊 十不足

逐日奔忙只为饥，才得有食又思衣。置下绫罗身上穿，抬头又嫌房屋低。盖下高楼并大厦，床前缺少美貌妻。娇妻美妾都娶下，又虑出门没马骑。将钱买下高头马①，马前马后少跟随。家人招下十数个，有钱没势被人欺。一铨铨到知县位②，又说官小势位卑。一攀攀到阁老位③，每日思想要登基。一日南面坐天下④，又想神仙下象棋。洞宾与他把棋下⑤，又问那是上天梯。上天梯子未做下，阎王发牌鬼来催。若非此人大限到⑥，上到天上还嫌低！

【注释】

①将：拿，用。

②铨（quán）：封建时代量才授官曰铨，明时吏部有铨选司。

③阁老：明代以来有大学士，以其入阁办事，尊称阁老，职权相当于古代的丞相。

④南面坐天下：与前句"登基"都指做皇帝。

⑤洞宾：即吕洞宾，为传说中的八仙之一。

⑥大限：寿数，也用来指死期。

【解析】

此曲以白描手法，逐层叙写世人对功名利禄的无尽追求，字里行间充满着作者的厌弃之情。以皇亲之口出之，颇具设谕意味。

南商调·黄莺儿 骂钱

孔圣人怒气冲①，骂钱财狗畜生！朝廷王法被你弄②，纲常伦理被你坏，杀人仗你不偿命。有理事儿你反复③，无理词讼赢上风④。俱是你钱财当车⑤，令吾门弟子受你压伏⑥，忠良贤才没你不用。财帛神当道⑦，任你们胡行⑧，公道事儿你灭净。思想起，把钱财刀剁、斧砍、油煎、笼蒸！

【注释】

①孔圣人：指孔子。

②弄：播弄，即颠倒是非、混淆黑白。

③反复：颠倒。　　　　　　　　⑥吾门弟子：孔门弟子，泛指读书人。

④词讼：诉讼，官司。　　　　　⑦财帛神：即财神。

⑤当车：相当于当道。　　　　　⑧胡行：胡作非为。

【解析】

　　此曲借孔圣人之口咒骂钱财，表现了对金钱万能社会的极度愤慨。语言通俗，手法直接，内容和形式都很好地体现了"骂"字。

诵子令　　驴儿样

　　君子失时不失象①，小人得志把肚涨②。街前骡子学马走，到底还是驴儿样。

【注释】

①失时不失象：指君子失意时也不失常　　②肚涨：这里指志满意得，趾高气扬。
态，不像小人那样，得志便张狂。

【解析】

　　此曲讽刺小人得志时的装腔作势。手法上一则以君子小人对，一则以驴、骡比喻，贴切精当，具有极强的针砭讽谕之力。

陈与郊

　　陈与郊（1544～1611），字广野，号禺阳、玉阳仙史，或署高漫卿、任诞轩，浙江海宁人。曾任太常寺少卿。散曲多写愁怨及闲适自乐，善于白描，词语清俊而不软媚。

北双调·折桂令　　硖山晚别①

　　两船儿分载离愁，云懒西飞，水恨东流。昨夜兰房，今宵桂楫，甚日琼楼②？撒不下虹霓舞袖，带将回烟雨眉头③。柳岸沙洲，有限留连，无限绸缪④。

【注释】

①硖（xiá）山：山名，在浙江海宁东。　　西有硖石镇，为海宁县治。

②兰房、琼楼：均为华美的居室。这里
　指情人相会处。
③撇不下：放不下，丢不开。带将回：

即带回。
④绸缪（chóu móu）：缠绵。

【解析】

　　此曲写离愁别恨。首句构思新颖，写去留二人都有离愁，"懒"、
"恨"的拟人化写法也很别致。二句昨、今、甚日递进，盼望团圆的心情
自见。接着还是昨今对比，最后更显惆怅。

汤显祖

　　汤显祖（1550～1616），明代戏剧家。字义仍，号海若、若
士、清远道人，江西临川人。所居名"玉茗堂"。《牡丹亭》是
其代表作。诗作多抗衡权贵和同情民生之作。

黄金台①

昭王灵气久疏芜，今日登台吊望诸②。
一自蒯生流涕后，几人曾读报燕书③！

【注释】

①黄金台：又称昭王台、燕台、金台，
　燕昭王所筑的招贤台。
②望诸：即乐毅。燕昭王任其为上将，
　总领五国兵伐齐，攻下齐都临淄等七
　十余城。昭王卒，惠王即位，齐行反
　间计，毅惧，出奔赵。赵封毅于观
　津，号望诸君。
③蒯（kuǎi）生：即蒯彻。汉初著名辩

士，《史记》、《汉书》因避汉武讳而
作蒯通。韩信用其计定齐地。高祖因
其曾劝韩信叛汉，欲烹之，以辩得
免。报燕书：乐毅逃亡到赵国后，齐
将田单大破燕军。燕惠王深悔毅之出
亡，使人责备乐毅，并赔罪，请其返
燕。乐毅报燕惠王书，以礼相对，委
婉陈词，不愿返回，终卒于赵。

【解析】

　　这是一首咏史诗，借燕昭王筑黄金台故事，抒写现实中人才不得其
用的感叹。特点是融古今为一体，文笔洗练。

七夕醉答君东①

玉茗堂开春翠屏，新词传唱《牡丹亭》。
伤心拍遍无人会②，自掐檀痕教小伶③。

【注释】

①作者于万历二十六年（1598）落职归
家，居玉茗堂、清远楼，是年其呕心
沥血创作的《牡丹亭》亦完稿，于七
夕赋此诗。君东：刘浙，字君东，泰

和人，理学家，作者好友。
②拍遍：指一曲一曲吟唱完。
③此句是说自己演奏乐曲，教年幼的伶
人。檀：檀板，演唱用的拍板。

【解析】

此诗为作者归隐故乡后，与好友刘君东对饮时所作。一句"伤心拍
遍无人会"，充分显示了作者对现实的愤激之情；而最后一句则是对现实
的抗争。

袁宏道

袁宏道（1568～1610），字中郎，公安（今湖北公安县）
人。公安派"领袖"，作诗主张"独抒性灵，不拘格套"。

听朱生说《水浒传》

少年工谐谑，颇溺《滑稽传》①。
后来读《水浒》，文字亦奇变。
"六经"非至文，马迁失组练②。
一雨快西风，听君酣舌战。

【注释】

①工谐谑：善于说笑话。《滑稽传》：指
《史记·滑稽列传》。
②六经：儒家的六部经典。至文：最好

的文章。马迁：司马迁的省称。组练：
此处指文采。

【解析】

此诗写说书艺人的身世历练、高超技艺和艺术修养。其中写艺人的爱好，寓含褒贬。末句写艺术造诣，极尽称赏。

陈子龙

陈子龙（1608～1647），字卧子，一字懋中，又字人中，号轶符，松江府华亭县（今上海市松江县）人，晚年自号大樽，易姓李。南明沦亡，积极参与抗清复明活动，事泄被执，抗志不屈，在械送途中赴水殉国。诗歌早期多模拟古人之作，后期形成悲壮慷慨、高迈雄浑的风格。

小车行①

小车班班黄尘晚②，夫为推，妇为挽③。出门茫然何所之④，青青者榆疗我饥⑤，愿得乐土共哺糜⑥。风吹黄蒿⑦，望见垣堵⑧，中有主人当饲汝。叩门无人室无釜⑨，踯躅空巷泪如雨⑩。

【注释】

①崇祯十年，陈子龙中进士，殿试在三甲，就选惠州司牧。是年六月，两畿大旱，山东蝗虫为灾，流亡遍野。这首诗是作者赴任途中目击流民灾情所作。行：乐府和古诗的一种题材。

②班班：车行的声音。

③挽：拉车。

④何所之：往哪里去。

⑤榆：榆树，此指榆树叶和榆树皮。

⑥乐土：理想中快乐的地方。共哺糜：一起喝粥。

⑦蒿：草本植物，叶如丝，有特殊气味，花黄绿色，可入药。

⑧垣堵：矮的土墙。

⑨釜：烹饪器，即无脚之锅。

⑩踯躅：踏步不前。

【解析】

陈子龙的《小车行》是一幅晚明活生生的流民图。写流民的现状，也从小处着眼写流民的期盼（主人当饲汝），结果仍是一场空，悲切怨愤遂于言表。

易水歌^①

赵北燕南之古道^②，水流汤汤沙皓皓^③。
送君迢遥西入秦^④，天风萧条吹白草^⑤。
车骑衣冠满路旁，骊驹一唱心茫茫^⑥。
手持玉觞不能饮^⑦，羽声飒沓飞清霜^⑧。
白虹照天光未灭^⑨，七尺屏风袖将绝^⑩。
督亢图中不杀人^⑪，咸阳殿上空流血^⑫。
可怜六合归一家^⑬，美人钟鼓如云霞^⑭。
庆卿成尘渐离死^⑮，异日还逢博浪沙^⑯。

【注释】

① 《陈忠裕公全集》在此诗后注云："案此诗似专咏古，或云为左萝石奉使求成而作。"这一说法是可信的。左萝石（1601～1645），名懋弟，字萝石。《易水歌》借咏荆轲入秦事，哀悼左懋弟出使无成，并以"异日还逢博浪沙"，寄托其复仇抗清的决心。

② 赵北燕南：易水在今河北西部，源出易县，流入拒马河。在战国时期流域为赵国之北，燕国之南，故诗称"赵北燕南"。

③ 汤汤（shāng）：大水急流的样子。皓皓：光亮洁白的样子。

④ 迢遥：遥远。

⑤ 萧条：凋零。

⑥ 骊驹：送别之歌。《汉书·王式传》："歌骊驹。"注："服虔曰：'逸诗篇名也，见《大戴礼》。客欲去，歌之。'文颖曰：'其辞云：骊驹在门，仆夫具存。骊驹在路，仆夫整驾也。'"

⑦ 玉觞：玉制酒杯。

⑧ 羽声：中国古代音乐中五音之一。飒沓：盛大的样子。

⑨ 白虹：《汉书·邹阳传》："昔荆轲慕燕丹之义，白虹贯日，太子畏之。"注："应劭曰：'燕太子丹质于秦，始皇遇之无礼，丹亡去。厚养荆轲，令西刺秦王，精诚感天，白虹为之贯日也。'"

⑩ 七尺：《燕丹子》载荆轲在秦庭胁持秦始皇，"图穷而匕首出，轲左手把秦王袖，右手揕其胸。……秦王曰：'今日之事，从子计耳。乞听琴而死。'召姬人鼓琴，琴声曰：'罗縠单衣，可裂而绝。八尺屏风，可超而越。鹿卢之剑，可负而拔。'王于是奋袖超屏走之。"诗作"七尺屏风"恐为误记。

⑪ 督亢：地名，在今河北涿县东，是燕国的富饶之地。《史记·刺客列传》载，燕太子丹派荆轲入秦时，以献督亢之地及秦逃将樊於期之头为名，藏匕首于地图中，以谋杀秦始皇。

⑫ 咸阳殿：即咸阳宫，秦宫名，在长安。

⑬ 六合：天地四方。这里指代中国。

⑭美人钟鼓：《史记·秦始皇本纪》：
"秦每破诸侯，写仿其宫室，作之咸
阳北阪上，南临渭，自雍门以东至泾
渭，殿屋，复道，周阁相属，所得诸
侯美人钟鼓以充入之。"云霞：极言
其丰富多彩。

⑮庆卿：即荆轲。

⑯博浪沙：《史记·留侯世家》："留侯
张良者，其先韩人也。秦灭韩，良悉
以家财求客刺秦王，为韩报仇。得力
士，为铁椎重百二十斤，击秦皇帝博
浪沙中，误中副车。"异日：他日，
将来，即总有一天。

【解析】

《易水歌》不仅是一首怀古之作，而且有着现实的内容，即借咏荆轲
歌颂奉使北上的左懋弟，借怀古抒发自己慷慨悲壮的爱国之情。

张煌言

张煌言（1620～1664），字玄著，号苍水，浙江鄞县（今浙
江宁波市）人，崇祯十五年（1642）举人。明末清兵攻占南京
后，张煌言与郑成功联合作战，在东南沿海坚持斗争十七年之
久。其诗不事雕琢，直抒胸臆，显示了正气磅礴的民族气节。

被执过故里①

苏卿仗汉节，十九岁华迁②。
管宁客辽东，亦阅十九年③。
还朝千古事，归国一身全④。
予独生不辰⑤，家国两荒烟⑥。
飘零近廿载⑦，仰止愧前贤⑧。
岂意避秦人⑨，翻作楚囚怜⑩。
蒙头来故里⑪，城郭尚依然。
仿佛丁令威，魂归华表巅⑫。
有觍此面目⑬，难为父老言。
知者哀其辱，愚者笑其颠⑭。
或有贤达士，谓此胜锦还⑮。
人生七尺躯，百岁宁复延⑯。

所贵一寸丹^⑰，可逾金石坚^⑱。
求仁而得仁，抑又何怨焉^⑲。

【注释】

①张苍水被清军俘获后，于康熙三年（1664）七月押赴杭州，中途经过他的家乡宁波。此诗即作于是时。

②"苏卿"二句：指西汉苏武出使匈奴事。

③管宁：三国魏北海朱虚人，字幼安。汉末避乱辽东，聚徒讲学，乱后始归。阅：经过。

④"还朝"二句：用苏武和管宁故事。

⑤生不辰：即生不逢时，命运不好。

⑥荒烟：败落。

⑦飘零：漂泊，流落。

⑧仰止：敬仰的意思。《诗经·小雅·车舝》："高山仰止，景行行止。"疏："古人高显之德如山者，则慕而仰之。"止：语末助词。前贤：指苏武和管宁。

⑨避秦人：陶潜《桃花源记》："自云先世避秦时乱，率妻子邑人来此绝境，

不复出焉。"

⑩楚囚：此处指自己被清军俘获。

⑪蒙头：遮住头，表示羞愧无脸见人。故里：故乡。

⑫华表：古代设在宫殿、城垣、坟墓前的石柱。

⑬觍（tiǎn）：面有愧色。

⑭知：同"智"。颠：痴癫，不识时务。

⑮贤达：贤能通达的人。锦还：即衣锦还乡的简缩。

⑯"百岁"句：这句是说人生百年之后都有一死。延，延长。

⑰一寸丹：丹心。

⑱逾：超过。

⑲"求仁"二句：这两句是说自己本来要杀身成仁，以死报国，现在死得其所，又有什么可怨恨的呢。《论语·述而》："求仁而得仁，又何怨！"

【解析】

　　这首诗写作者被俘在押赴杭州途中经过故乡宁波的感慨。诗中以苏武杖节归汉、管宁避乱回里的事迹作比，叹惜自己生不逢时，国破家亡，有愧前贤。城郭依旧，人事已非，不胜沧桑之感。结尾则表露"成仁"的决心。直抒胸臆，慷慨激昂。

夏完淳

　　夏完淳（1631～1647），原名复，字存古，华亭（今上海市松江县）人。清兵南下后，夏完淳同父亲、师友一起参加抗清斗争，后被清兵捕获，不屈殉国，年仅十七岁。其诗歌在国家倾覆后，受到实际斗争生活的锻炼，慷慨悲歌，形成了独特的

沉郁风格。

即 事①

复楚情何极，亡秦气未平②。
雄风清角劲③，落日大旗明。
缟素酬家国④，戈船决死生⑤。
胡笳千古恨，一片月临城。

战苦难酬国⑥，仇深敢忆家⑦。
一身存汉腊⑧，满目尽胡沙⑨。
落日翻旗影，清霜冷剑花。
六军浑散尽⑩，半夜起悲笳⑪。

【注释】

①这组诗是夏完淳在 1646 年加入抗清军以后所作。此选其二。

②"复楚"二句：借用战国末期秦楚的典故影射明末清初的时事。

③清角劲：军号嘹亮。角，古乐器名，出于西北地区游牧民族，多用作军号。

④缟（gǎo）素：白色生绢。此指丧服。

⑤戈船：古代战船的一种。

⑥"战苦"句：这句意思是说强敌在前，形势严峻，报仇雪恨充满了艰难困苦。

⑦敢：此处是岂敢、不敢的意思。

⑧汉腊：汉代的祭祀名。腊，即"猎"，谓田猎取兽以祭祀先祖。夏曰嘉平，殷曰清祀，周曰大蜡，汉改曰腊，故名汉腊。这里用存汉腊表示奉明朝的正朔，保持民族气节。

⑨胡沙：李白《永王东巡歌》："三山北房乱如麻，四海南奔似永嘉。但用东山谢安石，为君谈笑静胡沙。"此处指代清军。

⑩六军：原指天子的军旅。后作为军队的统称。浑：全。

⑪胡笳：这里指笳音。

【解析】

夏完淳作《即事》时南京已陷落，自己也已身在义军。二诗写置身雄旗号角中，表达了作者的气节和信念，以及英雄气概。沉郁顿挫，慷慨激越。

别云间①

三年羁旅客②，今日又南冠③。

无限河山泪，谁言天地宽④！

已知泉路近⑤，欲别故乡难。

毅魄归来日⑥，灵旗空际看⑦。

【注释】

①云间：作者家乡华亭的古称。

②羁旅客：在外奔走的人。

③南冠：本指囚徒，这里指俘虏。

④"谁言"句：孟郊《赠崔纯亮》："出门即有碍，谁谓天地宽。"

⑤泉路：黄泉路，指死亡。

⑥毅魄：坚强不屈的魂魄。《楚辞·九歌·国殇》："身既死兮神以灵，魂魄毅兮为鬼雄。"

⑦灵旗：《汉书·孔乐志》："招摇灵旗。"注："画招摇（星名）于旗，以征伐，故称灵旗。"这里指战旗。

【解析】

这首诗是作者被清廷俘获后，在解往南京前临别家乡时所作。诗中表现了诗人告别家乡、慷慨赴义的高尚民族气节。

无名氏

罗江怨①

临行时扯着衣衫，问冤家几时回还②？要回只待等桃花、桃花绽。一杯酒递与心肝，双膝儿跪在眼前，临行嘱付、嘱付千遍③：逢桥时须下雕鞍，过渡时切莫争先；在外休把闲花、闲花恋。得意时急早回还，免得奴受尽熬煎，那时方称奴心、奴心愿。

【注释】

①罗江怨：民间小曲，明中叶开始在湖广一带流行。一般十二句，四叠。

②冤家：指情人。略同下文"心肝"。

③嘱付：即嘱咐。

【解析】

　　此曲叙写别情。以女子的口吻写来，侧重临别时的叮咛嘱咐，情真意切，对女子的心理描摹也非常细腻。

挂枝儿① 喷嚏

　　对妆台忽然间打个喷嚏，想是有情哥思量我寄个信儿②。难道他思量我刚刚一次？自从别了你，日日珠泪垂。似我这等把你思量也，想你的喷嚏儿常似雨。

【注释】

①挂枝儿：民间小曲，明天启以后极流行，且辑有专集。　②民间习俗：打喷嚏兆有人想念、谈说，这里指想念（思量）。

【解析】

　　小曲写相思，以民间习俗为背景，抓住喷嚏与思量的风俗联系，一语不离且由我及彼，曲尽其妙，饶有风趣。

前调 送别

　　送情人直送到丹阳路①，你也哭，我也哭，赶脚的也来哭②。赶脚的你哭的因何故？道是："去的不肯去，哭的只管哭；你两下里调情也，我的驴儿受了苦！"

【注释】

①丹阳路：今江苏丹阳县。　②赶脚的：出赁牲口给人骑乘坐、驮物　并替人拉牲口的人。

【解析】

　　此曲写情人别时景象独出机杼：由离别之人哭而到赶脚人哭，进而撇过前者、单写后者，从一个侧面表现出离别的不舍、缠绵，十分风趣。

山歌① 月上

　　约郎约到月上时，那亨月上子山头弗见渠②？咦，弗知奴处山低月上得早；咦，弗知郎处山高月上得迟！

【注释】

①山歌：民间小曲，单调四句，二十八字，可大量增加衬字，音调比较自然。明中叶以后颇流行。冯梦龙编有

专集，多用吴语写男女私情。

②那亨：即怎么，为什么，是吴语中常见的。弗：不。渠：你。

【解析】

　　此曲写女子等候情郎不见到来时的焦灼心情，以山高山低月上早迟的一问，突出了这种心情。颇似南朝民歌。

劈破玉　　耐心

　　熨斗儿熨不开眉间皱，快剪刀剪不断我的心内愁，绣花针绣不出鸳鸯扣。两下都有意，人前难下手。该是我的姻缘奇耐着心儿守。

【解析】

　　此曲写女子之恋情。前三句用妇女日常生活中的三件事来写愁思，比喻奇特。末一句表达自己对这份情爱的信心和决心，情感诚笃。

挂枝儿　　分离

　　要分离除非是天做了地，要分离除非是东做了西，要分离除非是官做了吏。你要分时分不得我，我要离时离不得你，就死在黄泉也做不得分离鬼！

【解析】

　　此曲写女子对爱情的执著。以万不可能之事衬托自己爱情的坚贞不渝，颇得南朝民歌《上邪》的韵致。

锁南枝①　　风情

　　傻俊角我的哥②，和块黄泥儿捏咱两个：捏一个儿你，捏一个儿我。捏的来一似活托③，捏的来同床上歇卧。将泥人儿捽碎，着水儿重和过④。再捏一个你，再捏一个我。哥

哥身上也有妹妹，妹妹身上也有哥哥！

【注释】

①锁南枝：民间小曲，明中叶开始流
　行，河南省传唱尤盛。

②此句用俗语，略同于"我可爱的傻哥
　哥"。

③活托：指十分相像，如同一个模子里
　托出来的。

④着水儿：用水儿。

【解析】

　　此曲写女子的恋情，就地取譬，想象出奇，生动活泼，辞情真挚，
非书斋文人所能想见。

时尚急催玉

　　青山在，绿水在，怨家不在①。风常来，雨常来，情书
不来。灾不害，病不害，相思常害。春去愁不去，花开闷
未开。倚定着门儿②，手托着腮儿，我想我的人儿泪珠儿汪
汪滴，满了东洋海，满了东洋海。

　　钦天监造历的人儿好不知趣，偏闰年，偏闰月，不闰
个更儿。鸳鸯枕上情难尽，刚才合着眼，不觉鸡又鸣。恨
的是更儿，恼的是鸡儿。可怜我的人儿热烘烘丢开，心下
何曾忍，心下何曾忍！

【注释】

①怨家：即冤家，指心上人。

②倚定着：怔怔地倚着。

【解析】

　　两曲写女子的痴情。前一阕先用几个排比，着意写相思。结尾处以
夸张手法渲染相思泪。后一阕由相思而怨，而怨的又是钦天监定历法的
人和打鸣的鸡儿，怨它们不让自己好梦长在、与心上人梦中相会。

钱谦益

　　钱谦益（1582～1664），字受之，号牧斋，江苏常熟人。明
万历三十八年进士，官至侍郎，福王时为礼部尚书，降清后授

礼部侍郎。降清是失节行为，颇为汉族士大夫所不齿；满人又不能真正使用他，因此他内心非常痛苦。诗文在当时颇负盛名。

狱中杂诗①

良友冥冥恨夜台②，寡妻稚子尺书来。
平生何限弹冠意③，死后空余挂剑哀④。
千载汗青终有日⑤，十年血碧未成灰⑥。
白头老泪西窗下，寂寞封题一雁回。

【注释】

①此为作者在清人狱中所作组诗，此选其一。
②夜台：墓穴。
③弹冠：整洁其冠，将出而仕。
④挂剑：《史记》：季札过徐，徐君好季札剑，不敢言，札心知之，为使上国，未献；还至徐，徐君已死，于是解剑系徐君冢树而去。
⑤汗青：写在史策上。
⑥血碧：《庄子》：苌弘死于蜀，其血三年化为碧。

【解析】

此诗写狱中之悲苦伤感。钱谦益诗技巧圆熟、老练。此诗字字血、声声泪，却将极度的悲苦之情，凝缩于典故之中，这就更显得深沉。

后秋兴

海角崖山一线斜①，从今也不属中华。
更无鱼腹捐躯地②，况有龙涎泛海槎③。
望断关河非汉帜④，吹残日月是胡笳⑤。
嫦娥老大无归处⑥，独倚银轮哭桂花⑦。

【注释】

①崖山：也叫崖门山，在广东新会县南，形势险要。1279 年元军攻破崖山，陆秀夫背着宋朝小皇帝赵昺，一同于此投海而死。
②"更无"句：指陆秀夫投海葬身鱼腹。
③龙涎：即龙涎屿，海岛名。在今印度尼西亚苏门答腊岛西北海上，传说产龙涎香，故名。槎：用竹木编成的筏子。
④汉帜：汉军的旗子，暗指明王朝的统治。
⑤胡笳：暗指清军的号角。

⑥嫦娥：传说中的月中仙子。

⑦银轮：指月亮。桂花：传说月中有

桂树。

【解析】

　　此诗写君死国亡的黍离之悲，抒写诚挚的忠君爱国之情，将深沉的感情，寓于经史、神话传说等典故之中，使诗显得沉郁悲凉、含蓄不尽，深得杜甫《秋兴八首》之旨。

吴伟业

　　吴伟业（1609～1671），字骏公，号梅村，江苏太仓人。早年从张溥游，参加复社。崇祯四年进士，官至左庶子。明亡后，隐居不出，奉母家居十年。清康熙九年，经两江总督马国柱荐，被迫入京，官秘书院侍讲，升国子监祭酒。一年后病逝。其诗取法于盛唐及元白诸家，少作才华艳发，藻思绮合。明末身经丧乱，阅历兴亡，风格一变为激楚苍凉，论者比之为庾信。

圆圆曲①

　　鼎湖当日弃人间②，破敌收京下玉关③，恸哭六军俱缟素④，冲冠一怒为红颜⑤。红颜流落非吾恋⑥，逆贼天亡自荒燕⑦，电扫黄巾定黑山⑧，哭罢君亲再相见⑨。

　　相见初经田窦家⑩，侯门歌舞出如花⑪。许将戚里箜篌伎⑫，等取将军油壁车⑬。家本姑苏浣花里⑭，圆圆小字娇罗绮⑮。梦向夫差苑里游⑯，宫娥拥入君王起。前身合是采莲人⑰，门前一片横塘水⑱。横塘双桨去如飞，何处豪家强载归⑲。此际岂知非薄命，此时只有泪沾衣⑳。熏天意气连宫掖，明眸皓齿无人惜㉑。夺归永巷闭良家㉒，教就新声倾坐客㉓。坐客飞觞红日暮，一曲哀弦向谁诉㉔。白皙通侯最少年㉕，拣取花枝屡回顾。早携娇鸟出樊笼，待得银河几时渡㉗。恨杀军书底死催，苦留后约将人误㉘。相约恩深相见难，一朝蚁贼满长安㉙。可怜思妇楼头柳，认作天边粉絮看㉚。遍索绿珠围内第㉛，强呼绛树出雕栏㉜。若非壮士全师胜，争得蛾眉匹马还㉝。

蛾眉马上传呼进，云鬟不整惊魂定。蜡炬迎来在战场㉞，啼妆满面残红印㉟。专征箫鼓向秦川㊱，金牛道上车千乘㊲；斜谷云深起画楼㊳，散关月落开妆镜㊴。

传来消息满江乡㊵，乌桕红经十度霜㊶。教曲伎师怜尚在，浣纱女伴忆同行。旧巢共是衔泥燕，飞上枝头变凤凰。长向尊前悲老大，有人夫婿擅侯王㊷。

当时只受声名累，贵戚名豪争延致㊸。一斛明珠万斛愁，关山漂泊腰肢细㊹。错怨狂风飏落花，无边春色来天地㊺。

尝闻倾国与倾城，翻使周郎受重名㊻。妻子岂应关大计㊼，英雄无奈是多情㊽。全家白骨成灰土㊾，一代红妆照汗青㊿。

君不见，馆娃初起鸳鸯宿㉑，越女如花看不足㉒，香径尘生鸟自啼㉓，屧廊人去苔空绿㉔。换羽移宫万里愁㉕，珠歌翠舞古梁州㉖。为君别唱吴宫曲，汉水东南日夜流㉗。

【注释】

①《圆圆曲》是吴伟业七言歌行的代表作。诗约作于顺治八年（1651）八九月间，是时吴伟业正蛰居家乡太仓梅花庵，听到吴三桂从汉中入觐，备极宠荣的消息后，愤而作此诗。陈圆圆：本姓邢，名沅，字畹芬，小字圆圆，苏州名妓。

②鼎湖：古代传说黄帝乘龙升天之处。《史记·封禅书》："黄帝采首山铜，铸鼎于荆山下，鼎既成，有龙垂胡髯下迎黄帝，黄帝上骑。……后世因名其处曰鼎湖。"后代诗文常以此典指称帝王之死。

③玉关：玉门关，在甘肃敦煌西，这里借指山海关。

④恸哭：大哭。六军：泛指朝廷的军队。缟素：白色的丧服。

⑤冲冠：即怒发上冲冠，语出《史记·蔺相如列传》。形容人生气时头发竖立，把帽子顶起来。红颜：指陈圆圆。

⑥吾：吴三桂自称。

⑦逆贼：指李自成，这是对农民起义军的蔑称。荒宴：沉湎于酒色。宴，同"宴"。

⑧电扫：比喻进击神速。黄巾：东汉末年张角领导的黄巾起义军，因头裹黄巾，故称黄巾军。黑山：东汉末年张燕领导的农民活动于河南黑山一带，当时被污称为"黑山贼"。

⑨君亲：指崇祯帝和吴三桂父亲吴襄。是时吴襄降于李自成，自成让他写信招降吴三桂，三桂引清兵入关，自成遂杀吴襄一家。

⑩田窦家：西汉武安侯田蚡和魏其侯窦婴，二家均为外戚。诗中借以指崇祯帝田妃的父亲田弘遇。一说，此处外戚指崇祯帝周后的父亲周奎。

⑪侯门：公侯贵族之家。此处指田弘遇家。

⑫许将：应允。戚里：汉代长安城中帝王外戚居住之处，此处指代田弘遇家。筚篥伎：弹筚篥的歌伎。筚篥，古乐器名。

⑬将军：指吴三桂。油壁车：古代女子所乘的车，因车壁以油涂饰而得名。

⑭姑苏：今江苏苏州市。浣花里：在今成都市西南，唐代蜀中名妓薛涛曾在此居住。

⑮小字：小名，乳名。罗绮：华丽的丝织品。

⑯夫差苑：夫差是春秋末吴国国君，打败越国后，越王勾践献西施求和，夫差筑姑苏台以居西施。夫差苑即指姑苏台。

⑰前身：前生。合是：应该是。采莲人：有两解，一说指西施，言圆圆美丽得像是西施转胎再生。一说指苏州城内东南隅的采莲泾，即实指陈圆圆是苏州城内采莲泾人。

⑱横塘：在苏州市胥门外，为向来狎客冶游之地。

⑲"横塘双桨"二句：写圆圆被豪家抢掠。

⑳薄命：天命短促，命运不好。后多用以形容妇女。

㉑熏天：形容势焰威赫。宫掖：宫中。掖，即掖庭，宫中旁舍，嫔妃所居之地。明眸皓齿：明亮的眼睛，雪白的牙齿。言圆圆非常美丽。

㉒永巷：汉朝宫中的长巷，用以幽禁有罪的嫔妃及宫女。良家：指田弘遇家。

㉓新声：犹言新戏，时行歌曲。这里指昆腔。倾：使人倾倒。

㉔飞觞：形容饮酒作乐。觞，酒杯。

㉕白皙：指皮肤颜色白净。通侯：汉代列侯中最高一等的爵位，后来往往作为武臣的美称。

㉖"拣取"句：意思是说吴三桂看中了陈圆圆，屡次以目示意。

㉗娇鸟：喻陈圆圆。银河几时渡：用牛郎、织女在银河两岸相隔，每年七月七日才能相逢的典故。

㉘抵死催：拼命催促。

㉙蚁贼：贼多如蚁。这里指李自成起义军。长安：借以指明朝都城北京。

㉚思妇楼头柳：典用王昌龄《闺怨》诗："闺中少妇不知愁，春日凝妆上翠楼。忽见陌头杨柳色，悔教夫婿觅封侯。"喻圆圆已为吴三桂之妾。粉絮：杨花。旧时往往用来比喻未从良的妓女。这里指圆圆被起义军当作无主的轻贱妓女来看待。

㉛绿珠：西晋石崇的宠妓。《晋书·石崇传》载孙秀为夺绿珠，谮害石崇。石崇被捕时，对绿珠说："我今为尔得罪。"绿珠即跳楼自尽以明心迹。内第：妇女所住的内宅。

㉜绛树：魏文帝曹丕的宠姬。曹丕《与繁钦书》："今之妙舞，莫过于绛树。"雕栏：雕花的栏杆。

㉝壮士：指吴三桂。全师胜：指吴三桂引清兵入关，大败李自成。争得：怎得。蛾眉：喻美女。此处指陈圆圆。

㉞"蜡炬"句：写吴三桂在战场上接回陈圆圆的情况。"蜡炬迎来"本指魏文帝曹丕迎美人薛灵芸事。据《拾遗记》，灵芸被送到京师时，曹丕于城外数十里，高烧红烛，烛光相继不

绝，远望如列星坠地。此处指吴三桂隆重迎陈圆圆事。

㉟残红印：形容眼泪沾湿了脂粉。

㊱专征：古代帝王授予将帅不待天子之命，自行征伐的特权。顺治八年，清廷册封吴三桂为平西王，"特授金册金印"。秦川：指秦岭以北关中平原地区。

㊲金牛道：一名石牛道，即褒斜道，褒城道。在陕西沔县，是由汉中入川的古栈道。

㊳斜谷：在今陕西眉县西南，即褒斜道的斜谷一段。

㊴散关：大散关，在今陕西宝鸡市西南大散岭上。

㊵江乡：江南家乡，指苏州。

㊶乌柏：即乌桕树。我国南方的一种落叶乔木，秋天经霜后叶红如火。十度霜：十年。指圆圆离开江南已经十载。圆圆于崇祯十五年二月被田弘遇掠去，到顺治八年秋吴三桂从汉中入觐，吴伟业写作此诗，恰好十年。

㊷教曲伎师：教唱曲的师傅。怜尚在：为圆圆在乱离中依然活着而高兴。浣纱：用西施未入吴宫前在若耶溪浣纱的典故。王维《西施咏》："当时浣纱伴，莫得同车归。"同行：同伴。衔泥燕：比喻地位低微。凤凰：比喻地位显贵，指圆圆跟着吴三桂享受荣华富贵。尊前：即樽前，酒樽前。老大：年纪老。指圆圆旧时女伴自悲年华逝去。擅侯王：专据王侯的尊贵爵位。

㊸"当时"二句：写圆圆为妓女时的生涯。

㊹"一斛"二句：这两句是说贵门豪家虽能以一斛明珠结欢圆圆，但并不能使她感到快乐；而不断地漂泊，更使她痛苦非常，以致腰肢瘦损。一斛明珠：言身价之高。万斛愁：言圆圆愁深恨长难以限量。

㊺"错怨"二句：意思说圆圆曾抱怨自己的命运像随风飘荡的落花一样，无法自主，现在看来是抱怨错了，那结局还是很美满的。以上几句拟圆圆的口吻，写几经波折，荣华实出意外。

㊻"尝闻"二句：说本来听说美貌的女子会给人带来害处，可是吴三桂却因陈圆圆而声名大著。

㊼大计：国家大事的决策。

㊽英雄：指吴三桂。

㊾"全家"句：指吴三桂一家被李自成军杀戮事。

㊿红妆：女子。照汗青：名垂青史。

51馆娃：即馆娃宫。遗址在吴县灵岩山，是吴王夫差为西施所造。

52越女：越地女子，指西施。

53香径：即采香径，今名箭径。在今苏州市西南香山上。相传吴王在此种花，常遣宫中美人来此采香。

54屧廊：又名响屧廊，吴宫廊名。以樟板铺地，因西施着屧行走其上发出声响而得名。屧（xiè），同"屟"，古时的一种木底鞋，底是空心的。

55羽、宫：原为中国古代五音中两个音阶名。

56梁州：三国时蜀汉始置梁州，治所在沔阳（明代改称沔县，即今陕西勉县）。

57吴宫曲：指吴王夫差时的宫曲。汉水，一称汉江，源出陕西宁强县北蟠冢山，东南经沔县，流向陕西南部，经湖北注入长江。吴三桂开府汉中南郑，面临汉水。李白《江上吟》："功名富贵若长在，汉水亦应西北流。"

【解析】

　　此诗借咏陈圆圆讽刺抨击吴三桂引狼入室、失节降清的罪行，借鞭挞吴三桂而发泄亡国之痛、民族之恨。构思巧妙，用典多，但含而不露。叙事议论错综交织，纵横捭阖，变化莫测，气度恢宏。采用歌行体，气势浩荡，如风回三峡，似黄河入海，激荡汹涌，不可遏制。

哭亡女

丧乱才生汝，全家窜道边①。
畏啼思便弃，得免意加怜。
儿女关余劫，干戈逼小年②。
兴亡天下事，追感倍凄然！
一恸怜渠幼，他乡失母时③。
止因身未殒④，每恨见无期。
白骨投怀抱，黄泉诉别离⑤。
相依三尺土，肠断孝娥碑⑥。
扶病常闻乱，漂零实可忧。
危时难共济，短算亦良谋⑦。
诀绝频携手⑧，伤心但举头。
昨宵还劝我："不必泪长流！"

【注释】

①窜：流落，逃亡。道边：指流亡的路途。
②小年：腊月二十三四。
③恸：悲痛。怜：心疼。渠：你。
④殒（yǔn）：死亡。
⑤"白骨"二句：是说亡女与其亡母在黄泉相见。
⑥孝娥：指汉代孝女曹娥，会稽上虞人。
⑦短算：不长寿也，指幼年夭折。
⑧诀绝：生死离别。

【解析】

　　此诗通过对亡女的追忆悼念，不仅表达了思女苦痛之情，而且将个人感情与世运相连，使感情得到升华。造语素朴自然，如诉如泣。最后抓住女亡前携父手之细节，父女之深情，栩栩如生，跃然纸上。

自 叹

误尽平生是一官，弃家容易变姓难①。
松筠敢厌风霜苦②，鱼鸟犹思天地宽。
鼓枻有心逃甫里③，推车何事出长干④？
旁人休笑陶弘景⑤，神武当年早挂冠。

【注释】

①变姓：指一身事两朝。此处的姓指明　　　海松江。
　清两个王朝。　　　　　　　　　　　④长干：地名，在今江苏南京市郊。
②筠（yún）：指竹。　　　　　　　　⑤陶弘景：南北朝时秣陵（南京）人，
③鼓枻（yì）：就是荡桨。甫里：在今上　　有名的隐士。

【解析】

　　吴伟业晚年入清为官，但非出于本意，而是迫不得已。这在士人心目中为失节行为，因此他心中无限痛苦。无可发泄，便借诗来表述。有难于言表者，故用典故来陈说。开头两句，是最为流传的佳句。

黄宗羲

　　黄宗羲（1610～1695），字太冲，号南雷，学者称黎洲先生，浙江余姚人。明末为复社领袖人物，积极抗清。清朝康熙十七年举博学鸿词，十九年荐修明史，均力辞不就。诗文直抒胸臆，朴实无华。

花朝宿石井

廿年曾宿溪山路，枕上仍前彻夜风。
清风不容尘外虑，好诗多在月明中。
花前闻鸟声偏乱，兵后持杯泪易浓。
珍重西窗书甲子，续游何日剪灯红？

【解析】

　　此诗抒写了作者在国亡之后的悲愤之情，用语平淡素朴，反倒更增

强了激愤之情。

过塔子岭

西风飒飒卷平沙①，惊起斜阳万点鸦。
遥望竹篱烟断处，前年曾此看桃花。

【注释】

①飒飒：风声。

【解析】

此诗抒写了亡国后的悲愤，但含而不露。用斜阳、万鸦写悲凉；用前年在此看桃花来表述今非昔比，江山易主。形象生动，而意在言外。

顾炎武

顾炎武（1613～1682），字宁人，号亭林。初名绛，晚年化名蒋山佣，昆山（今江苏昆山县）人。早年入"复社"，参加过对宦官权贵的斗争。清兵南下，参加昆山、嘉定一带人民的抗清斗争。义军失败后，遍游华北各省，考察边塞山川形势，访求各地风俗民情，致力于边防和地理的研究而一生不忘恢复。晚年卜居陕西华阴县，卒于山西曲沃。诗歌多写国家民族兴亡大事，托物寄兴，吊古伤今，始终环绕着抗清复明的主题。

精 卫①

万事有不平，尔何空自苦？
长将一寸身，衔木到终古②。
我愿平东海，身沉心不改。
大海无平期，我心无绝时。
呜呼！君不见西山衔木众鸟多，
鹊来燕去自成窠③。

【注释】

①精卫：古代神话中的鸟名。相传为炎帝的小女儿，在东海溺水而死后化为鸟，衔西山木石填海，想把海填平。

②尔：指精卫。终古：久远。

③窠：鸟窝。《玉篇》："在穴曰窠，在树曰巢。"

【解析】

　　此诗托物寄兴，以精卫自比，表达坚定的抗清复明之志。诗用一问一答的对话形式，便于揭示其内心世界，又显得无比轻灵活泼。又将精卫与众鸟相对比，更显得精卫之伟志宏愿与不凡。

又酬傅处士次韵①

清切频吹越石笳②，穷愁犹驾阮生车③。
时当汉腊遗臣祭④，义激韩仇旧相家⑤。
陵阙生哀回夕照⑥，河山垂泪发春花⑦。
相将便是天涯侣⑧，不用虚乘犯斗槎⑨。

【注释】

①这是顾炎武在康熙二年（1663）游山西太原时酬答友人傅山所赠《晤言宁人先生还村途中叹息有诗》的和韵之作。

②清切：形容声音清越激切。越石笳：晋人刘琨，字越石，任并州刺史。晋室南渡，长期坚守并州，与石勒、刘曜对抗。笳：古管乐器名，汉时流行于西域一带少数民族间，故称胡笳。

③穷愁：比喻环境窘迫险恶。阮生车：晋人阮籍常独自驾车出行，不由路径，车迹所穷，恸哭而返。

④腊：岁终祭神。汉朝腊祭行于农历十二月。此处借以指明朝的正朔、汉民族的节令。遗臣：指汉人陈咸在王莽篡汉后父子回乡，犹用汉腊。

⑤韩仇：指张良为韩国复仇一事。以上两句以陈咸不忘汉腊与张良义报韩优，比傅山不忘明室。

⑥"陵阙"句：用李白《忆秦娥》"西风残照，汉家陵阙"词意。

⑦"河山"句：用杜甫《春望》"国破山河在，城春草木深。感时花溅泪，恨别鸟惊心"诗意。

⑧相将：相随，共同。天涯侣：指可以同生死、共患难，天涯海角均可相随的朋友。傅山《复惠佳什再如赐韵》："天涯之子对，真气不吾缄。"

⑨斗：星斗。槎：用竹木做的筏子。以上两句是说彼此即是志同道合的同志，不必再乘槎浮海远求。

【解析】

　　此诗赞扬傅山明亡后隐居不仕二朝的民族气节，表达了自己的气节与志向。在艺术上，用典精到贴切；语言凝练、风格古雅。熔铸前人诗句而不露痕迹。

　　　　愁听关塞遍吹笳，不见中原有战车①。
　　　　三户已亡熊绎国②，一成犹启少康家③。
　　　　苍龙日暮还行雨，老树春深更著花④。
　　　　待得汉庭明诏近⑤，五湖同觅钓鱼槎⑥。

【注释】

①笳：胡笳。指敌人的声音。

②三户：指楚国贵族屈、景、昭三大姓。当时有"楚虽三户，亡秦必楚"之语。熊绎国：指楚国。熊绎为周代楚国的始祖。

③一成：古代计算土地面积的单位，方十里。启：开拓，创建。少康：姓姒，夏朝君王相的儿子，为夏代中兴之主。

④"苍龙"二句：这两句以苍龙、老树作比喻，表示虽然已近暮年，但壮心未已，复明的斗争勇气依然存在。

⑤汉庭：这里以汉朝指代推翻清王朝后建立的汉民族政权。明诏：英明的诏令。

⑥五湖：指太湖及其附近相通的四湖。这里暗用范蠡复兴越国后功成身退、泛舟五湖的典故。

【解析】

　　前一首诗抒写朋友友情，后一首是咏志之作。其"苍龙日暮还行雨，老树春深更著花"含蓄深沉，虽用典而自铸佳句，最能代表此诗之风格，故流播人口，成千古绝唱。

吴嘉纪

　　　　吴嘉纪（1618～1684），字宾野，号野人，江苏泰州东淘（今江苏东台县）人。家境贫寒，绝意仕进，隐居东淘，布衣终身。他的诗有真情实感，不事藻饰，风格劲健，语言朴素。

临场歌①

虽曰穷灶户②，往岁折价③，何曾少逋④？胥役谓
其逋也⑤，趣官长沿场征比⑥，春秋两巡⑦，迩来竟成
额例⑧。兵荒之余，呜呼！谁怜此穷灶户！

掾豸隶狼⑨，新例临场。十日东淘⑩，五日南梁⑪。
趋役少迟⑫，场吏大怒。骑马入草⑬，鞭出灶户。
东家贳醪⑭，西家割彘⑮。殚力供给⑯，负却公税⑰。
后乐前钲⑱，鬼咤人惊⑲。少年大贾，币帛将迎⑳。
帛高者止，与笑月下。来日相过，归比折价㉑。
答挞未歇㉒，优人喧阗㉓。危笠次第㉔，宾客登筵。
堂上高会，门前卖子。盐丁多言㉕，棰折牙齿㉖。

【注释】

①这是一首反映清初淮南盐场阶级压迫
和剥削的诗篇。临：降临。场：盐
场。

②灶户：自宋以来经官府准许设灶煮
盐，户籍属盐场的人家。《宋史·食
货志》："其鬻盐之地曰亭场，民曰亭
户，或谓之灶户。"

③往岁：往年，过去。折价：即折征。
把征收实物赋税折合成银两上缴。

④逋（bū）：拖欠。

⑤胥役：衙门里的公差。

⑥趣：催迫。官长：指盐场的吏役。征
比：征发考核。

⑦巡：周遭，遍。

⑧迩来：近来。额例：惯例，常例。

⑨掾（yuàn）：掾属，佐治的下级官吏。
隶：差役。

⑩东淘：一名安丰，在今江苏东台县南
二十五里。

⑪南梁：一名梁垛场，在今东台县南十

八里。

⑫趋役：奉迎，侍候。

⑬草：指草田。

⑭贳（shì）：赊欠，相借。醪（láo）：
醇酒。

⑮彘（zhì）：猪。这里指猪肉。

⑯殚（dān）力：竭尽全力。

⑰负却：拖欠。公税：国家赋税。

⑱乐：乐器。钲（zhēng）：锣。

⑲"鬼咤"句：形容鼓乐喧阗，震天动
地。咤，发怒声。

⑳"币帛"句：指以厚礼相贿赂。币帛，
泛指财物。

㉑"来日"两句：指官吏明日相过盐场，
即将向灶户比较旧欠，折银索偿。

㉒答挞：鞭打。

㉓优人：演员。喧阗（tián）：喧闹，嘈
杂。

㉔危笠：高耸的帽子。此处指代官员。
次弟：按官阶论资排辈。

㉕盐丁：即灶户。 ㉖箠：杖刑。

【解析】

　　这是一首反映清初淮南盐场阶级压迫和剥削的诗篇。诗中沉痛地揭示了灶户们在封建制度压榨下的悲惨生活，同时对官吏差役和富商大贾给予了强烈的谴责和讽刺。艺术上不藻饰，不用典，素朴自然，用对比手法，显示了贫富之间的悬殊差别，增强了艺术效果。

陈维崧

　　陈维崧（1625～1682），字其年，号迦陵，江苏宜兴人。康熙十八年（1678），举博学鸿词科，由诸生授翰林院检讨，纂修《明史》。陈维崧善骈文而尤工于词。其词仿苏轼和辛弃疾，高歌豪放，雄浑苍凉。

南乡子① 江南杂咏

　　天水沦涟②，穿篱一只撅头船③。万灶炊烟都不起④，芒履⑤，落日捞虾水田里。

【注释】

①《江南杂咏》共六首，都是写清兵入关后江南农村苦难生活的。本篇原列第一，写涝灾。

②天水沦涟：意思是说无边的田野都淹在水里，一眼望去，水天相接。沦涟，风吹水面漾起的波纹。

③撅头船：一种尖头向上翘起的小船，通常用以捕鱼。船穿篱而过，说明田野村落尽为水泽。

④灶：炉灶。

⑤芒履：草鞋。

【解析】

　　以词来写灾情，尤其以小令来描写，陈维崧之前极为罕见，可以称得上是一种创造。艺术上以白描见长，写景如画。又能抓住眼前景加以描画，而寓意深刻。

满江红　樊楼①

　　北宋樊楼，缥缈见彤窗绣柱②，有多少州桥夜市③，汴河游女④。一统京华绕节物⑤，两班文武排箫鼓⑥。又堕钗斗起落花风⑦，飘红雨⑧。

　　西务里，猩唇煮⑨。南瓦内⑩，鸾笙语⑪。数新妆炫服⑫，师师举举⑬。风月不须愁变换，江山到处堪歌舞⑭，恰西湖甲第又连天⑮，申王府⑯。

【注释】

①这首词为《汴京怀古》十首之一，是作者于明亡后游汴梁时所作。樊楼：宋代京师开封著名的酒楼，址在金明池畔。

②缥缈：高远隐约的样子。彤窗：朱漆的窗。绣柱：彩画的柱子。

③州桥：正名天汉桥，正对大内御街，其上有夜市。

④汴河：汴梁河道之一，凡东南方物，自此入城。游女：游玩的妇女。

⑤京华：首都。饶：富于，丰饶。节物：岁时风物。

⑥排箫鼓：指奏乐陛见。

⑦堕钗：头上脱落的饰物。落花风：亦称落红风，指暮春之风。

⑧红雨：即落花。刘禹锡《百舌吟》："花枝满空迷处所，摇动繁英坠红雨。"

⑨西务：务本是宋代管理税收的机关，当时也称官酒库为酒务，因官酒库普遍设有酒楼卖酒，于是"务"又成了一般酒店的代称。猩唇：《吕氏春秋·本味》，"肉之美者，猩猩之唇。"此处泛指山珍海味。

⑩南瓦：瓦是宋朝时各种娱乐杂耍聚集的地方。

⑪鸾笙：指笙音调和谐优美如鸾鸣，此处泛指各种乐器。

⑫新妆炫服：指时髦的服饰打扮。

⑬师师：北宋名妓。举举：唐代名妓。此处泛指妖冶的卖笑女子。

⑭"风月"二句：这两句即林升《题临安驿》"山外青山楼外楼，西湖歌舞几时休；暖风熏得游人醉，却把杭州作汴州"意。

⑮甲第：显贵们居住的豪华宅邸。

⑯申王：秦桧死后封赠申王。

【解析】

　　这首词追忆了北宋都城汴梁昔日的繁华富庶，指出统治阶级的荒淫是造成宋朝灭亡的根本原因，痛斥了封建贵族不顾国家兴亡，一味追求享乐的无耻行径。艺术上的特点是写亡国而不见荒凉，在醉生梦死中国破家亡。故陈廷焯云："后四语悲愤之词，偏出以热闹之笔，反言以讽之

也。"(《白雨斋词话》)

贺新郎　纤夫词

　　战舰排江口。正天边真王拜印①，蛟螭蟠钮②。征发棹船郎十万③，列郡风驰雨骤④。叹闾左骚然鸡狗⑤。里正前团催后保⑥，尽累累锁系空仓后。捽头去⑦，敢摇手。

　　稻花恰趁霜天秀⑧，有丁男临歧诀绝⑨，草间病妇。此去三江牵百丈⑩，雪浪排樯夜吼⑪。背耐得土牛鞭否⑫？好倚后园枫树下，向丛祠亟倩巫浇酒⑬，神佑我，归田亩。

【注释】

①真王：实授的王号，与权摄的假王相对。一说，真王指亲王而言。拜印：指举行封爵仪式。

②"蛟螭"句：形容王印的装饰，印钮雕为蛟螭形状以见印之高贵，职权之威重。蛟、螭，传说中的龙属动物。蟠，蟠绕。钮，印鼻。

③棹船郎：船夫。棹，船桨。

④"列郡"句：各州县为征集"棹船郎"所震动搔扰。风驰雨骤，急如星火，雷厉风行。

⑤闾左：闾里的左侧，为贫民居住的地方。骚然鸡狗：鸡犬不得安宁。

⑥里正：古代乡里的小吏。团、保：均

为古代户籍里居单位。

⑦捽（zuó）：揪住头发。

⑧秀：谷类抽穗开花。

⑨丁男：成年男子。这里指被抓的棹船郎。临歧诀绝：在路口生离死别。歧，歧路，岔口。诀绝，永别。

⑩三江：概指服役之处。百丈：纤绳。

⑪樯：船上的桅杆。

⑫土牛：即春牛。旧时立春有鞭打春牛之俗。

⑬丛祠：荒野丛林中的神祠。亟（jí）：赶快，急速。倩：请。巫浇酒：以女巫浇酒迎神。

【解析】

　　这首词反映了清初战乱给百姓带来的灾难。艺术上，全词用对比手法，将真王之骄奢与农夫之孤苦对比。用朴实口语，不显雕饰。又用丁男与病妇对话，语气流动而不呆板，人物情态毕现。

醉落魄　咏鹰

　　寒山几堵①，风低削碎中原路②，秋空一碧无今古。醉袒貂裘③，略记寻呼处。男儿身手和谁赌，老来猛气还轩举④。人间多少闲狐兔⑤，月黑沙昏，此际偏思汝⑥。

【注释】

①几堵：几座。堵，本指土墙，这里用来指山。

②"风低削碎"句：这句是形容鹰在中原大地迅疾低飞。中原，平原，原野。

③袒：袒露。貂裘：貂皮袍子。鹰出猎，常栖息于主人手臂皮制臂衣上，

故醉袒貂裘是双重含义：一为酒酣身体发热，另兼有露臂寻鹰之意。

④轩举：高扬、飞举。

⑤狐兔：崔颢《古游侠呈军中诸将》："地回鹰犬疾，草浑狐兔肥。"这里隐喻社会上的坏人。

⑥汝：指鹰。

【解析】

这是一首咏物之词。词作通过咏鹰表现了作者晚年意气风发、渴望扫尽人间不平事的抱负。用语生动准确，风格简练刚劲。写物拟人，而人、物交织。

王夫之

王夫之（1619～1692），字而农，号姜斋，湖南衡阳人。学者称船山先生，明清之际的思想家。曾参加抗清武装，入清隐居不出。文学方面，善诗文，也工词曲。有《王船山诗文集》行世。

病

炉火微红壁影摇，窗明残雪无山椒①，
人间今夜寒宵永，故国残山老病消。
玉历有年成朽蠹②，青编无字纪渔樵③。
闲愁四海难栖泊，药铫松声滴暗潮④。

【注释】

①椒：指山顶。

②玉历：历书。朽蠹（dù）：朽坏、蠹蚀。

③青编：史册。纪：记录。

④铫（diào）：烧器，有把有嘴的砂锅。

【解析】

诗题作"病"，实写愁苦也。写病、愁而与"故国残山"相联系，明言此为心病，此愁为国愁。写病愁而雄心壮志又寓于其中，则志士之形象便凸显出来。

宋 琬

宋琬（1614～1674），字玉叔，号荔裳，山东莱阳人。顺治四年进士，历官户部主事、浙江按察使。其诗多写个人失意与愁苦，情调感伤。与施闰章齐名，有南施北宋之称。

送何蔡如归里

年年作客雁先还，才说归期鬓已斑。
落日片帆天际远，那能相送鹤儿山。

【解析】

这是一首送别诗，却主要是写自己的感受。造语平淡无奇，但情深意切，"才说归期鬓已斑"最为典型。最后用一感慨问句，更显示了送客者思归之心情。

舟中见猎犬有感而作①

秋水芦花一片明，难同鹰隼共功名②。
樯边饱饭垂头睡③，也似英雄髀肉生④。

【注释】

①这是作者组诗中的一首。

②隼：鸟名，鹰类中之最小者。这句是说猎犬的作用本与鹰隼相同，而这里的却不能因猎而有所贡献。

③樯：船的桅杆。

④髀（bì）肉生：《三国志》，刘备曰："吾常身不离鞍，髀肉皆消；今不复骑，髀里肉生。"

【解析】

此诗借写船上所养的被驯服后的猎犬的可怜可悲，写出了清廷对知识分子的羁縻迫害，以及知识分子的苦闷和志不获展的心情。艺术上的突出特点是以物喻人。

施闰章

施闰章（1618～1683），清初诗人，字尚白，号愚山，安徽宣城人。顺治六年进士。康熙十八年举博学鸿词科，官翰林院侍读。诗与宋琬齐名，号称"南施北宋"。少数作品对清初社会政治状况有所反映，风格古朴深厚。

牧童谣

上田下田傍山谷，三年播种一年熟。
老牛乱后生黄犊①，版筑将营结茅屋②。
催科令急畏租吏③，室中卖尽牛亦弃。
今年逋租尚有牛④，明年岁荒愁不愁。
前山吹笳后击鼓，杀牛饷士如礫鼠⑤。
牛兮牛兮适何土？

【注释】

①犊：小牛。
②版筑：筑墙用两板相夹，置土其中，以杵捣之。
③催科：催缴赋税。
④逋租：欠租。逋：拖欠。
⑤礫（zhé）：砍裂，此处指分裂肢体。

【解析】

此诗从牧童的角度写耕牛的遭遇，反映了统治者对农民的残酷剥削和农民的痛苦生活。艺术上继承了《诗经》、《汉乐府》、唐白居易新乐府等多种传统，而能浑成一体，自成一格。

屈大均

屈大均（1630～1696），初名绍隆，字介子，又字翁山，广东番禺（今广州市）人。明诸生，清兵入粤，积极参加抗清斗争。存诗六千多首，其诗有充实的社会内容，充满了民族斗争的精神，诗风明健。

壬戌清明作①

朝作轻寒暮作阴②，愁中不觉已春深。
落花有泪因风雨，啼鸟无情自古今③。
故国山河徒梦寐④，中华人物又销沉。
龙蛇四海归无所，寒食年年怆客心⑤。

【注释】

①壬戌为清康熙二十一年（1682）。
②作：这里指天气变化。
③"落花"二句：这里反用杜甫《春望》中"感时花溅泪，恨别鸟惊心"诗意，以落花、啼鸟之无情，反衬自己对国破家亡的深沉悲痛。
④"故国"句：李煜《子夜歌》："故国

梦重归，觉来双泪垂。"
⑤"龙蛇"二句：慨叹自己在明亡后连一个安身栖迟之处也没有，因而感到凄怆。龙蛇，比喻隐伏草野、待时而起的志士。《易经·系辞》："龙蛇之蛰，以存身也。"《汉书·扬雄传》："君子得时则大行，不得时则龙蛇。"

【解析】

此诗写出了当时抗清斗争的低潮形势，抒发了诗人壮志难酬的苦闷。诗中化用杜甫"感时花溅泪，恨别鸟惊心"之句，但反其意而用之，使感情更为浓烈惨痛。风格慷慨悲凉，大有过古人之处。

朱彝尊

朱彝尊（1629～1709），字锡鬯，号竹垞，又号金风亭长、小长芦钓鱼师，秀水（今浙江嘉兴市）人。康熙十八年（1679），以布衣举博学鸿词，授检讨，修《明史》。寻入值南书房，出典江南省试。康熙三十一年，假归，专心著述。朱彝尊博学工诗，尤以词著称，是"浙派"词家的代表。他的词标榜南宋，尊崇姜夔、张炎。

桂殿秋

思往事，渡江干①。青娥低映越山看②。共眠一舸听秋雨③，小簟轻衾各自寒④。

【注释】

①江干：江边。

②青娥：本指古代女子用青黛画的眉，借指女子的面容。越山：泛指浙江一

带的山。古代越国地在今浙江一带。

③舸（gě）：船。

④簟（diàn）：席。衾：大被。

【解析】

这首词追忆了与所恋女子同乘一船夜间渡江的情景。心理上的回味惟妙惟肖，情深意切。风格清秀婉丽，深得婉约之旨。

解珮令　　自题词集

十年磨剑①，五陵结客②，把平生，涕泪都飘尽。老去填词，一半是，空中传恨③，几曾围，燕钗蝉鬓④？

不师秦七⑤，不师黄九⑥，倚新声⑦，玉田差近⑧。落拓江湖，且分付，歌筵红粉⑨。料封侯，白头无分。

【注释】

①十年磨剑：比喻做学问长期下苦功。

②五陵结客：交了很多尊贵的朋友。

③空中传恨：比喻虚泛的言情之作。

④燕钗蝉鬓：指女人。燕钗，燕形钗。蝉鬓，古代女人的发式。魏文帝宫人莫琼树始制为蝉鬓，望之缥缈如蝉翼，故名。

⑤秦七：北宋词人秦观排行第七。

⑥黄九：北宋词人黄庭坚排行第九。

⑦倚新声：指填词。倚，同"依"，凡填词多依前人词调，而词调是依歌声的节奏而作的，故称倚声。

⑧玉田：南宋词人张炎的号。差近：略微近似。

⑨分付歌筵红粉：指吩咐歌妓唱歌侑酒。分付：即吩咐。红粉，本指妇女化妆用的胭脂和白粉，引伸指代美女。

【解析】

这首词是作者自抒怀抱和创作宗旨之作。在艺术上的特色是"句琢字炼，归于醇雅"，音律和谐，词藻精美。所写内容是枯燥的艺术问题，但并不给人烦闷之感，而显得生动活泼。

北正宫·醉太平

瞎儿放马，纸虎张牙，寒号虫时到口吱喳，尽由他自夸。假词章赚得长门价①，老面皮写入瀛洲画②，秃头发簪了上林花③，被旁人笑杀。

【注释】

①长门价：指司马相如替陈皇后作《长门赋》，得到黄金百斤的报酬。

②写入瀛洲画：指跻身于名流之中。唐太宗为网罗人才，建文学馆，以杜如晦、房玄龄等十八人为学士，号十八学士。当时谓之"登瀛洲"。事见《新唐书·褚亮传》。

③上林：西汉长安的上林苑，这里泛指御花园。

【解析】

这首曲讥笑了那些专靠信口雌黄、吹牛撒谎起家的形形色色的骗子。在艺术上有元曲之俗朴，但又不俚，俗中带雅，充分显示了作者驾驭文字的高超本领。

北仙吕·一半儿　金山

城头残角戍楼开，天际征鸿丁字排，携手试登山上台。暮潮来，一半儿江声一半儿海。

【解析】

此曲写秋天傍晚登金山所见。前几句写山与登临，及登临所仰见的征鸿；后两句写远眺的江潮，都颇有气势。艺术上较为典雅，但又充满生气。

蒲松龄

蒲松龄（1640～1715），清代小说家。字留仙，一字剑臣，号柳泉，人称聊斋先生，山东淄川（今淄博）人。小说有《聊斋志异》。散曲现存套数一篇。

北正宫·九转货郎儿

【九转货郎儿】雀顶儿分明癣块①，泮池上公然摇摆②，真似古丢丢在望乡台③。若听起谈天口阔论来，人人是头名好秀才。

【二转】远躲开仇雠书架，厌气死酸辛砚瓦④，论棋酒聪明俺自佳。那文宗呵俺则道圣明裁了他⑤，又只道提学不下山东马⑥。况山东偌大，或令遭漏了咱。

【三转】岑可差吊牌忽到⑦，这一场惊慌不小。一盆冰水向顶门浇，似阎罗王勾牒到，把狂魂儿惊吊了⑧。半响间心慌跳，相看时犹如木雕。忽然自笑，怕也难逃，恹头搭脑，只得向法场挨一刀⑨。

【四转】祟新谷行囊趋办，先找出少年时熟文半卷，又搜得难题目百千篇装成担。似江西书贩，携来寓店，头不抬，身不起，嘛嘛的从新念。旧的当看，新的宜掀，好功夫急切何能遍，救命的菩萨又唤不转。天，饶俺几天，将一部久别的《四书》再一展。

【五转】闻昨夕考牌已送，狠命的咕哝，恨不能一口咽胸中。更既定，头始蒙，覆去翻来意怔忡。不觉的一炮扑咚，二炮崩烘，一煞时三炮似雷轰，这比那午时三刻还堪痛⑩。只得提篮攒动，道门外火烛笼葱⑪，万头攒聚不通风，汗蒸人气，腥臊万种，便合那听热审的囚徒一样同⑫。

【六转】吁吁喘喘塞登门内，战战咯咯开怀脱履。俺则见歪歪鳖鳖，三三五五的鬼烂奚⑬，吆吆喝喝搜仔细。一个家低秃笃速，拍拍打打，得得塞塞。那黯黯惨惨、影影绰绰，灯光深处，坐着个巍巍峨峨阎魔大帝⑭。俺蹲在挨挨挤挤、稠稠密密里，只听得悠悠扬扬、弯弯曲曲门子声低。见一群纷纷藉藉、叱叱闹闹归房皂隶⑮，嘻嘻哈哈号声一片吹。

【七转】似阎君在歇魂台畔，他频频将生死簿翻。一会写了两三言，黑溜溜传与合场看，见了的打罕，乍寻思并没个缝儿钻⑯。心惊战，回头漫把良朋唤，就是那最关切的父兄，也只在密密匝匝人缝里看一眼。

【八转】思久全无承破⑰，只得趁闲墨儿频磨。想不起甚题文那句相合，怎奈何也呵，有一首较可较可，转思量全不在心窝；漫把头颅摸，甚腾那也呵⑱，经半日脱稿才哦。那捷笔邻兄已收拾朱络，瞒肩头说我过我过⑲。那短命太阳疾似流梭，暂向西方错。瞭高的恁偻罗也呵⑳，恰便似活挑着肝肠在滚油锅。

【九转】忙促促写成两块，丢将去凭他怎布摆。出得场门鸟喜画筵开，丢笔砚才赴阳台㉑，那块癣早上心来。这一篇似差讹未曾改，那一篇真真可坏，湿淋浸冷汗常揩，悔从前做的是何来。忽传昨宵已把卷箱抬，相顾也失色。陡听的老宗师丢将个川字来㉒，又渐把雄心丢放在九霄外，脱离了鼎镬适刚才，那歪鳖的头巾依旧捽㉓。

【注释】

①雀顶：清代公服帽顶上的装饰品。癣块：下文作"块癣"，义同"疙瘩"，比喻郁结在心里的苦闷或想不通的问题。

②泮池：学宫前的半月形水池。

③古丢丢：呆头呆脑的样子。望乡台：迷信者认为阴间有望乡台，新死的亡灵登台可以看见家中的亲人。

④仇雠：仇人。厌气：讨厌。砚瓦：砚台。

⑤文宗：明清时称学政为"文宗"。这里指试官。圣明：指封建皇帝。

⑥提学：清初沿用明制，各省多设督学道，管理所属州县学校的教育行政。长官称提督某省学政，简称"学政"。

⑦岑可差：即碜可叉，表示速度快的拟声词。吊牌：招考的凭信。

⑧阎罗：传说是主管地狱的神，亦称"阎罗王"、"阎王"。勾牒：指提取鬼魂的凭证。惊吊：吓坏。

⑨恢头搭脑：垂头丧气，无精打采。法

场：这里指考场。

⑩午时三刻：古时处决犯人的时辰。

⑪笼葱：隐约可见的样子。

⑫热审：清代制度每年小满后十日起，至立秋前一日止为"热审"；这期间内杖罪以下的人犯，可得到减等或宽免。

⑬鬼烂奚：骂人的话，方言，指差役。

⑭低秃笃速：方言，形容搜检摸身的行动。阎魔大帝：即阎王爷，这里指考官。

⑮皂隶：旧衙门里的差役。

⑯打罕：惊讶，茫然无措。

⑰承破：指"八股文"中的"破题"和"承题"两个部分。

⑱腾那：同"腾挪"，本指拳术中的窜跳躲闪的动作，这里意为煞费苦心。

⑲朱络：指盛物的网袋。瞒：这里同"扪"，抚摸。

⑳"瞭高"句：瞭高：指在高处瞭望，防止考生作弊。偻罗，伶俐、能干

意。

㉑赴阳台：这里指去睡觉。

㉒宗师：清代对"学政"的尊称。川字：指劣等符号，旧时批改试卷，好

的打圈，差的打竖，最差的打三个竖。

㉓鼎镬：均为煮饭用具，这里指这煎熬。歪鳖：骂人的话。

【解析】

这篇套曲通过一个胸无点墨的秀才临考的描写，深刻而又具体形象生动地揭露明清以来科举考试的弊端及危害，与《聊斋志异》中揭露科举考试的篇章有异曲同工之妙。风格诙谐恣肆，颇有聊斋俚曲之特点。

聊 斋

聊斋野叟近城居①，归日东篱自把锄。
枯蠹只应书卷老②，空囊不合斗升余③。

青鞋白帢双蓬须④，春树秋花一草庐。
衰朽登临仍不废，山南山北更骑驴。

【注释】

①聊斋：蒲松龄斋名。

②蠹（dù）：蛀书虫。

③囊：口袋。不合：不该，不会。

④帢（qià）：帢帽，古代士人戴的一种帽子。

【解析】

两诗写蒲松龄的日常生活，贫苦而充满情趣。艺术上学习陶潜，又能自出机杼；语言通俗，比白居易的诗更易为老妪听懂。

贫 女

东家有二女，少小嫁同乡。长者适贫儒，少者适富商①。贫女来归宁，荆布无华裳②。富女来归宁，门庭耀红妆。荆布入门坐，苦苣间青粱③。红妆才入户，烹炮罗酒浆。殷勤择甘旨，奉与小女尝。贫女向翁媪，致词色声怆④："我岂爱冻饿？遣嫁由爷娘；遣我与贫偶⑤，乃憎贫无光。因贫复得贱，不齿儿女行！"拂衣出门去，里舍为怜伤。

【注释】

①适：出嫁。

②归宁：出嫁女回娘家看望父母。荆布：谓素寒的衣服。

③苦苣：野苦菜。青粱：半熟的谷场。

④翁媪（ǎo）：指父母。怆：悲哀。

⑤偶：配偶。

【解析】

此诗犹如诗体的微型的聊斋小说。艺术上用对比手法，行文用对话，贫女的形象活活托出。"拂衣出门去"，其性格之刚强显露无遗。

王士祯

王士祯（1634～1711），字子真，一字贻上，号阮亭，又号渔洋山人，原籍山东诸城，后祖上迁居新城（今山东桓台县），遂为新城人。顺治十二年进士，由扬州司理累官至刑部尚书。其诗多为描写山水景色和抒发个人情怀的七言绝句，境界淡远，意味含蓄，具有较高的艺术成就。

秦淮杂诗①

新歌细字写冰纨②，小部君王带笑看③。

千载秦淮呜咽水，不应仍恨孔都官④。

【注释】

①杂诗共十四首，此选其八。秦淮：指秦淮河，在南京城南。

②新歌：指明末阮大铖所著传奇《燕子笺》、《春灯谜》等。冰纨：一种洁白透明的丝织品。渔洋自注："福王时，阮司马以吴绫作朱丝阑书《燕子笺》诸剧进宫中。"

③小部：唐玄宗时，梨园法部所设置的乐队共三十人，年龄都在十五岁以下，在长生殿演奏新曲。

④孔都官：指南朝的孔范。《南史·恩幸传》："孔范，字法言。后主即位，为都官尚书，与江总并为狎客。"陈后主与他恣意荒淫，终致亡国。

【解析】

此诗写秦淮旧事，以抒写盛衰兴亡之感慨。但风格上已大不同于吴伟业、顾炎武等人的凄楚悲愤，而是典雅、平淡。

真州绝句①

江干多是钓人居②，柳陌菱塘一带疏③。
好是日斜风定后④，半江红树卖鲈鱼⑤。

【注释】

①原诗共五首，这里选录其四。真州：　　　　塘。疏：指房舍稀疏。
　即今江苏仪征县，位于长江北岸。　　　④好是：最美的是。
②江干：江边。钓人居：渔人居住的地　　　⑤红树：指枫树之类。秋天时树叶经霜
　方。　　　　　　　　　　　　　　　　　变成红色。鲈鱼：淡水鱼的一种，肉
③柳陌：柳荫路。菱塘：长着菱荷的池　　　味鲜美。

【解析】

　　此诗写真州景物之美，和谐、安宁，充满诗情画意。诗人善于捕捉眼前带有特点的景物加以描绘，确实给人一种"不着一字，尽得风流"的境界，从而使全诗充满神韵。

南将军庙行①

范阳战鼓如轰雷②，东都已破潼关开③；
山东大半为贼守④，常山平原安在哉⑤！
睢阳独遏江淮势⑥，义激诸军动天地。
时危战苦阵云深⑦，裂眦不见官军至⑧。
谁欤健者南将军⑨，包胥一哭通风云⑩。
抽矢誓仇气慷慨，拔剑堕指何嶙峋⑪！
贺兰未灭将军死⑫，呜呼南八真男子⑬。
中丞侍郎同日亡⑭，碧血斓斑照青史⑮。
淮山峨峨淮水深⑯，庙门遥对青枫林。
行人下马拜秋色，一曲《淋铃》万古心⑰。

【注释】

①这首诗作于康熙三年（1664），是作者　　　②范阳：唐方镇名，辖区在今河北永定
　行经安徽泗县时所作。南将军：唐将　　　河以北，长城以南。
　南霁云，顿丘（今河南清丰县）人。　　　③东都：指洛阳。

④山东：古称太行山以东之地为山东。唐建都长安，当时河北诸道均属山东。
⑤常山：郡名，治所在今河北正定县南。
⑥睢阳：郡名。故城在今河南商丘县南。
⑦阵云：战地烟云。这句是说时势危险，战斗艰难而激烈。张巡《睢阳闻笛诗》："战苦阵云深。"
⑧"裂眦"句：这句是说望眼欲穿而不见援兵到来。裂眦，奋力瞪大眼睛。眦，眼眶。
⑨谁欤健者：为"健者谁欤"的倒装。欤（yú）：叹词。健者，犹言壮士。
⑩包胥：申包胥，春秋时楚国大夫。
⑪嶙峋：山岩突兀的样子。此处形容南

霁云的意气慷慨。
⑫贺兰：复姓，指贺兰进明，时为河南节度使，驻军临淮（今安徽盱眙县西北）。
⑬南八：南霁云行八。唐人惯用排行称呼。真男子：意谓刚直有骨气的人。
⑭中丞：指张巡。侍郎：指姚公誾。陕州硖石（今河南陕县东南）人。与张巡素交好，共守睢阳。
⑮碧血：《庄子·外物》："苌弘死于蜀，周人藏其血，三年化而为碧。"
⑯峨峨：雄伟高耸的样子。
⑰"行人"二句：写作者瞻仰庙宇时的感慨。淋铃，指《雨淋铃》曲。相传唐玄宗入蜀，至斜谷淋雨弥旬，栈道中，铃声隔山相应，因采其声为《雨淋铃》曲以悼念杨玉环。

【解析】

这首诗写睢阳保卫战在安史之乱中的战略地位和处境，写南霁云的英勇事迹，抒发了作者对南霁云的景仰之情。歌行体与这种雄壮风格虽非王士禛所长，但由此诗亦不难看出作家风格的多样性与技巧的娴熟。

查慎行

查慎行（1650～1720），初名嗣琏，字夏重，后更今名，字悔余，号初白，浙江海宁人。康熙四十二年进士，官翰林院编修。曾受学于黄宗羲，宗宋诗，对苏轼尤有研究，为诗多记行旅，诗风朴实，擅长白描。

村家四月词①

野老篱边独一家②，卧闻隔竹响缫车③。
开窗自起看风雨，日在墙东苦楝花④。

【注释】

①《村家四月词》组诗共十首,内容是写作者夏历四月在农村的见闻和感想。此选其五。
②野老:田野老人,即老农。
③缫(sāo)车:又名"缲车",缫丝用具。因有轮旋转以收丝,故谓之车。
④苦楝(liàn):即楝树。楝科落叶乔木,高可达二十米,春季开花,花淡紫色,圆锥花序,花丝合成细管。

【解析】

这首诗写的是一位独居老人早起的生活。造语平淡无奇,风格朴实,但充满生活气息,勾画出一幅绚丽多彩的田园风景画。

纳兰性德

纳兰性德(1655~1685),原名成德,后避讳改今名。字容若,楞伽山人。满洲正黄旗人。康熙十四年进士,授三等侍卫,再迁至一等。自幼敏悟,好读书,留意经学,善书法,能骑射,工诗,尤长于词。纳兰性德论词,推崇李煜。其词以小令见长,风格清婉,尤其善于运用白描手法写景抒情,流动自然而无雕琢之病。

金缕曲 亡妇忌日有感①

此恨何时已②?滴空阶,寒更雨歇③,葬花天气④。三载悠悠魂梦杳⑤,是梦久应醒矣。料也觉,人间无味。不及夜台尘土隔⑥,冷清清,一片埋愁地。钗细约,竟抛弃⑦!

重泉若有双鱼寄⑧,好知他,年来苦乐⑨,与谁相倚。我自终宵成转侧⑩,忍听湘弦重理⑪?待结个,他生知己。还怕两人俱薄命,再缘悭,剩月零风里⑫。清泪尽,纸灰起⑬。

【注释】

①这首词作于康熙十九年(1680)五月三十日,是纳兰性德悼念前妻卢氏的作品。卢氏,两广总督、兵部尚书、都察院右副都御史卢兴祖之女,卒年二十一,仅与纳兰性德共同生活了三年。忌日:死亡之日。

②恨：遗憾。已：结束、完了。

③寒更：寒夜打更声。

④葬花天气：语意双关。古代有春暮葬花的习俗，这里兼指卢氏忌日。

⑤三载：三年。指卢氏去世的时间。悠悠：久远的样子。杳（yǎo）：渺茫。

⑥夜台：坟墓。陆士衡《挽歌诗》："按辔遵长簿，送子上夜台。"

⑦钗钿约：陈鸿《长恨传》："定情之夕，授金钗钿盒以固之。"

⑧重泉：地下，犹言黄泉、九泉。双

鱼：书信。

⑨年来：几年里。

⑩终宵成转侧：通宵不寐。

⑪湘弦重理：再弹琴瑟。湘弦，琴瑟的代称；古代以琴瑟喻夫妇。

⑫缘悭：缺乏缘乏。洪昇《长生殿·传概》："笑人间儿女怅缘悭，无情耳。"剩月零风：比喻夫妻不能偕老而伤感悲苦。

⑬纸灰：指烧纸钱的灰。

【解析】

　　此词为作者悼念妻子卢氏之作。作者善于把眼前景象与想象交织起来写，语言清丽，风格凄婉、郁结，如诉如泣，恰如面对亡妻而对语，增强了艺术魅力。

蝶恋花

　　辛苦最怜天上月，一昔如环，昔昔都成玦①。若似月轮终皎洁，不辞冰雪为卿热②。

　　无那尘缘容易绝③，燕子依然，软踏帘钩说④。唱罢秋坟愁未歇⑤，春丛认取双飞蝶⑥。

【注释】

①一昔：一夜。环：圆形玉璧。玦（jué）：玉佩如环而有缺口。

②不辞冰雪为卿热：刘义庆《世说新语·惑溺》："荀奉倩与妇至笃，冬月，妇病热，乃出中庭自取冷还，以身熨之。妇亡，奉倩后少时亦卒，以是获讥于世。"

③无那：即无奈。奈何，急读为那。尘缘：尘世的缘分。

④"燕子"二句：这两句是说人亡室在，双燕归来，依然呢喃于帘钩之上。李贺《贾公闾贵婿曲》："燕语踏帘钩。"

⑤唱罢秋坟：李贺《秋来》："秋坟鬼唱鲍家诗，恨血千年土中碧。"

⑥春丛：即花丛。梁简文帝诗："花树含春丛。"双栖蝶：用梁山伯、祝英台故事。

【解析】

　　这也是一首悼亡词，但与上一首不同。词用燕子在帘幕间的呢喃私语，反衬人去楼空后未亡人的孤寂。作者非常善于把抽象的思想情感转化为生动的艺术形象，生动传神。

长相思①

山一程，水一程，身向榆关那畔行②，夜深千帐灯③。
风一更，雪一更④，聒碎乡心梦不成⑤，故园无此声。

【注释】

①这首词作于康熙二十一年（1682），是年三月作者随康熙东巡祭告永陵、福陵、昭陵，祀长白山。
②榆关：即山海关，在今河北秦皇岛市东北。那畔：那边，指山海关外。
③千帐：极言行在卫军营地帐幕之多。
④更：旧时一夜分为五更，每更约两小时。
⑤聒（guō）：喧扰，吵闹。乡心：思乡之心。

【解析】

这首词描写塞外旷野夜景。有动有静，有声有色，反复运用对比手法。用语清新，景象鲜明。

如梦令①

万帐穹庐人醉②，星影摇摇欲坠，归梦隔狼河，又被河声搅碎③。还睡、还睡，解道醒来无味④。

【注释】

①这首词亦是作者于康熙二十一年（1682），扈从东巡时所作。
②穹庐：圆形的毡帐。
③狼河：白狼河，即今大凌河，在辽宁省西部。
④解道：知道。

【解析】

这首词表现了深沉的思乡之情，此外还饱含着词人对官场生活的无比厌烦和痛苦。此词气象阔大，被近人王国维视为词作中境界壮观阔大的典型，以为其可以和"明月照积雪"、"大江流日夜"等诗句媲美。

沈德潜

沈德潜（1673～1769），字确士，号归愚，长州（今江苏吴县）人。乾隆元年（1736）荐举博学鸿词科，四年（1739）成进士，官至内阁学士兼礼部侍郎。论诗主"格调"，当时与王士祯的神韵说、袁枚的性灵说、翁方纲的肌理说分庭抗礼，在诗坛上各占一势力。其诗古体宗汉魏，近体宗盛唐，诗风"一归于中正和平"。

刈麦行①

前年麦田三尺水，去年麦田半枯死。
今年二麦俱有秋②，高下黄云遍千里③。
磨镰霍霍割上场④，妇子打晒田家忙。
纷纷落碨白如雪⑤，瓦甑时闻饼饵香⑥。
老农食罢吞声哭⑦，三年乍见今年熟⑧。

【注释】

①刈（yì）：割取。行：歌行。
②二麦：大麦、小麦。有秋：有收获，指丰收。
③黄云：指成熟的麦田。麦熟色黄，麦浪翻滚，故以黄云为喻。
④霍霍：形声词，磨刀的声音。
⑤碨（wèi）：石磨。
⑥甑（zèng）：瓦制煮器。
⑦吞声：原指心有怨恨而不敢做声，这里指由于激动而无声地流泪。
⑧乍：刚，初次。

【解析】

这首诗生动地描写出农民在水旱灾害过后乍获丰收的喜悦激动，展现了小农经济生产状态下农民的真实生活。在艺术上虽然承袭白居易新乐府风格，但更为形象生动。

徐大椿

徐大椿（1693～1772），字灵胎，晚号洄溪老人，江苏吴江人。通晓音律，擅长度曲。其道情别具风格，多劝世之作。

道情　时文叹

　　读书人，最不济；烂时文①，烂如泥。国家本为求才计，谁知道变作了欺人计。三句承题，两句破题，摆尾摇头，便是圣门高弟②。可知道三通四史是何等文章③，汉祖唐宗是那朝皇帝？案头放高头讲章④，店里买新科利器⑤。读得来肩背高低，口角嘘唏。甘蔗渣儿嚼了又嚼有何滋味？辜负光阴，白白昏迷一世。就教他骗得高官，也是百姓朝廷的晦气。

【注释】

①时文：明清时代对八股文的称呼。
②圣门高弟：指孔门的高徒。
③三通：《通典》、《通志》、《文献通考》三书的总称。四史：《史记》、《汉书》、《后汉书》、《三国志》的总称。
④高头讲章：清代供士子学习的"四书"、"五经"，在书页上端录有讲解的文字，故称。
⑤新科利器：指新及第士子的文章。

【解析】

　　这首道情对清代科举制度下的"读书人"进行了尖锐的嘲讽。风格上很像顺口溜，语言质朴，但又有点元散曲的风格，讽刺意味很浓，又有点幽默滑稽。

曹雪芹

　　曹雪芹（？～1763或1764），名霑，字梦阮，号雪芹、芹圃、芹溪，满洲正白旗"包衣"。所著小说《红楼梦》，是中国古典小说中伟大的现实主义作品。又工诗画，作品惜多散佚。

聪明累

　　机关算尽太聪明①，反算了卿卿性命②！生前心已碎，死后性空灵。家富人宁，终有个家亡人散各奔腾。枉费了意悬悬半世心③，好一似荡悠悠三更梦。忽喇喇似大厦倾，昏惨惨似灯将尽。呀，一场欢喜忽悲辛。叹人世，终难定！

【注释】

①机关：心机，权谋。

②卿卿：语本《世说新语·惑溺》，后作为夫妇、朋友间一种亲昵的称呼。

这里指王熙凤。

③意悬悬：时刻劳神、牵挂的样子。

【解析】

此曲录自《红楼梦》，写王熙凤。不仅把王熙凤的命运与贾府的命运连在一起，而且与整个人世联系起来。在艺术上很有特色，特别是"意悬悬"、"荡悠悠"、"忽喇喇"、"昏惨惨"之叠字使用更具特色。"忽喇喇"使人仿似听到大厦倾倒之声，"昏惨惨"似乎让人看到灯油尽时光线之暗淡。

小　曲

滴不尽相思血泪抛红豆①，开不完春柳春花满画楼。睡不稳纱窗风雨黄昏后，忘不了新愁与旧愁。咽不下玉粒金波噎满喉②，照不尽菱花镜里形容瘦。展不开的眉头，捱不明的更漏。呀，恰便似遮不住的青山隐隐，流不断的绿水悠悠。

【注释】

①红豆：一名相思子，形扁圆，色半红半黑，大小略同赤豆。自王维写入诗

中后，后世诗词中多以红豆谓相思。

②玉粒金波：指精美的饮食。

【解析】

《红楼梦》第二十八回，写贾宝玉应邀到冯紫英家中，与蒋玉菡、薛蟠、云儿等一起喝酒，席上行酒令，规定每人要唱一支关合"女儿"的悲、愁、喜、乐的"新鲜时样曲子"，贾宝玉就唱了上面这一支。这是抒发"女儿"的"悲"、"愁"感情的。

郑 燮

郑燮（1693～1765），字克柔，号板桥，江苏兴化人。幼年家境贫寒。乾隆丙辰（1736）举于乡，连登进士第。授范县知县，改调潍县，以岁饥为民请赈，忤大吏，遂引疾辞归扬州，以卖画为生。诗多题画之作，与书、画共称"三绝"。

潍县署中画竹呈年伯包大中丞括①

衙斋卧听萧萧竹②，疑是民间疾苦声。
些小吾曹州县吏③，一枝一叶总关情。

【注释】

①潍县：今山东潍坊市的一个区。郑燮自1746年至1753年在潍县任知县，前后八年。年伯：古代同榜考取的人为同年，对同年的父辈或父亲的同年称年伯。包大中丞括：包括，字银

河，钱塘（今浙江杭州）人。
②衙斋：县衙中的书斋。萧萧：风吹的声音。
③些小：形容低微轻贱。吾曹：我们。

【解析】

这首题画诗不仅表达了作者"读书志在圣贤，为官心存君国"的虔诚愿望，也表达了他劝勉"州县吏"和他一起这样做的愿望。

竹 石

咬定青山不放松，立根原在破岩中①。
千磨万击还坚劲②，任尔东西南北风③。

【注释】

①立根：扎根。破岩：有裂缝的岩石。
②坚劲：坚韧刚劲。
③任尔：随便你。

【解析】

这是一首题画诗，题在作者自己所画的竹石图上。画中之竹生长在青山破岩中，却在劲风中坚韧挺立。这竹子，也正是作者迎难而上、不

屈不挠品格的象征。

厉 鹗

厉鹗（1692～1752），清代诗人，字太鸿，号樊榭，浙江钱塘人。康熙五十九年举人。能诗词，内容多表现闲情逸致，风格幽逸清奇。

湖楼题壁

水落山寒处，盈盈记踏春。
朱栏今已朽，何况倚栏人？

【解析】

此诗为悼念亡妾朱满娘而作。艺术上运用对比手法，在山寒时忆踏春，朱栏已朽，倚栏人更何以堪？反衬出活着的人的凄凉孤独。短短二十字，可谓情深意长。

灵隐寺月夜①

夜寒香界白，涧曲寺门通②。
月在众峰顶，泉流乱叶中。
一灯群动息，孤磬四天空。
归路畏逢虎，况闻岩下风③！

【注释】

①灵隐寺：在杭州西郊灵隐山上。
②香界：指佛寺。涧：夹在两山间的水沟。
③古人以为"云从龙，风从虎"，二句似借用其意。

【解析】

此诗写杭州灵隐寺月夜景色，在写法上突出了一个"寒"字，一个"静"字。寒而有灯，静而有磬，愈发映衬得寒更寒、静更静。风格寒意料峭，幽深孤静。

袁 枚

袁枚（1716～1797），字子才，号简斋，浙江钱塘（今杭州）人。乾隆元年（1736）荐举博学鸿词，四年（1739）进士，授翰林院庶吉士，出知江宁、溧水等县。三十三岁后即辞官侨居江宁（今南京市），筑园林于小仓山，号随园，度过了近半个世纪论文赋诗、优游自在的享乐生活。

袁枚是清中叶颇负盛名的诗人，论诗主"性灵"说，认为诗歌应该表现真性情。其诗新巧、空灵，所写多是士大夫的闲情逸致，缺少关系民瘼的内容，有些作品流于浮滑。

同舍十一沛恩游栖霞寺望桂林诸山①

奇山不入中原界，走入穷边才逞怪②。桂林天小青山大，山山都立青天外。我来六月游栖霞，天风拂面吹霜花③。一轮白日忽不见，高空都被芙蓉遮④。山腰有洞五里许⑤，秉火直入冲乌鸦⑥。怪石成形千百种，见人欲动争谽谺⑦。万古不知风雨色，一群仙鼠依为家⑧。出穴登高望众山，茫茫云海坠眼前。疑是盘古死后不肯化，头目手足骨节相钩连⑨。又疑女娲氏，一日七十有二变，青红隐现随云烟⑩。蚩尤喷妖雾⑪，尸罗袒右肩⑫，猛士植竿发⑬，鬼母戏青莲⑭。我知混沌以前乾坤毁⑮，水沙激荡风轮颠⑯。山川人物熔在一炉内⑰，精灵腾踔有万千⑱，彼此游戏相爱怜。忽然刚风一吹化为石，清气既散浊气坚⑲。至今欲活不得，欲去不能，只得奇形诡状蹲人间。不然造化纵有千手眼，亦难一一施雕镌⑳。而况唐突真宰岂无罪㉑，何以耿耿群飞欲刺天㉒。金台公子酌我酒㉓，听我狂言呼否否。更指奇峰印证之，出入白云乱招手㉔。几阵南风吹落日，骑马同归醉兀兀㉕。我本天涯万里人，愁心忽挂西斜月。

【注释】

①这首诗是作者乾隆元年（1736）游广西时所作。金沛恩：未详。"十一"

是排行。栖霞寺：在桂林市东七星山上，寺后有洞，即七星岩，旧称"栖霞洞"，"碧霞岩"。自隋、唐时代即为游览胜地。桂林诸山：指独秀峰、象鼻山、迭彩山、月牙山、伏波山、南溪山、芦笛岩等，均为景色秀美的游览胜地。

②穷边：偏远的边境。逞怪：显示出奇特。

③吹霜花：形容高寒。

④芙蓉：形容秀丽的山峰。

⑤山腰有洞：指栖霞洞，原为古地下河道，全长约二里，岩洞雄奇深邃，钟乳凝结，瑰丽多彩。

⑥秉火：手持火把。冲乌鸦：指洞里栖居乌鸦，见火光向外冲飞。

⑦谽谺（hān xiā）：山谷空洞的样子。争谽谺，形容火把下怪石狰狞如张巨口。

③仙鼠：即蝙蝠。

⑨盘古：古代神话中开天辟地的人类始祖。

⑩女娲（wā）氏，古代神话中的女神，据说她曾炼就五色石补天。

⑪蚩尤：古代神话中的氏族首领。

⑫尸罗：国名，这里借以指西域番僧。袒右肩：解上衣露右肩，这是佛教僧侣的礼仪。

⑬植竿发：指头竖直如竿。

⑭鬼母：神话传说中的怪物。青莲：僧肇《维摩诘经注》："天竺有青莲花，其叶修广，青白分明。"

⑮混沌：徐整《三五历纪》："天地混沌如鸡子，盘古生其中。万八千岁，天地开辟，阳清如天，阴浊为地，盘古在其中。"

⑯风轮：佛教名词。《楼炭经》："地深九亿万里，第四是地轮，第五水轮，第六风轮。"

⑰溶在一炉内：化用《庄子·大宗师》"今一以天地为大炉，以造化为大冶（冶炼师），恶乎往而不可哉"意。

⑱腾踔（chuō）：跳跃，凌空。

⑲刚风：亦作罡风。道家语，指高空刚劲之风。

⑳造化：指大自然的创造化育者。千手眼：比喻有极高的本领。

㉑唐突：冒犯。真宰：即造物。此处指天。

㉒耿耿：烦躁不平的样子。群飞欲刺天：韩愈《祭柳宗元文》："一斥不复，群飞刺天。"这句是说山势踊跃起伏，像要冲天而起。

㉓金台公子：指金沛恩。台：长官的尊称。当时广西巡抚名金铁，疑金沛恩是其子，所以此处称金台公子。

㉔"更指"二句：是说自己坚持上述说法，并指点奇峰来进一步印证自己的观点，而奇峰也出没在白云之间，似乎是在招手致意。

㉕醉兀兀：大醉昏沉的样子。

【解析】

　　此诗写桂林山水之胜景。不仅写了桂林诸山的奇特，也写了七星岩溶洞之阴森冷寂。在艺术上的突出特色是由眼前之山峦岩石，而想象其从前为有生命之"精灵"，后来才化为石，"精灵"终被扼杀。人称袁为性灵派诗人，其性灵可谓无处不在。

仿元遗山论诗①

不相菲薄不相师②，公道持论我最知③。
一代正宗才力薄，望溪文集阮亭诗④。

【注释】

①这一组论诗绝句共三十八首，是模仿
元遗山论诗绝句之作，此为其一。元
遗山：即元好问。袁枚自注："遗山
论诗，古多今少。余古少今多，兼怀
人故也。其所未见与虽见而胸中无所
轩轾者，俱付阙如。"

②菲薄：鄙薄，轻视。师：这里是动
词，指模仿，盲目崇拜。
③持论：立论，阐述观点。
④望溪：指方苞，号望溪。为桐城派的
初祖。阮亭：即王士禛。新城：王士
禛的郡望。

【解析】

这首诗是组诗的第一首，因此开首两句实际上提出了这一组论诗绝
句的普遍原则。后两句则举了与前述原则相悖的评论原则之下所出现的
怪现象，反映出诗人不同凡俗的观点，也坐实开头的"不相师"、"公道
持论"。

蒋士铨

蒋士铨（1725～1785），字辛畲，心余，苕生，号藏园，又
号清容居士，晚号定甫，江西铅山人。十九年（1754）成进士，
改庶吉士。二十五年（1760）散馆授编选，充武英殿纂修。不
久，以母老乞假南归，先后主讲于绍兴蕺山书院、杭州崇文书
院、扬州安定书院。

蒋士铨的诗当时与袁枚、赵翼齐名，并称"江右三大家"。
其诗比较平直，功力不及袁、赵，影响也不如袁、赵。

岁暮到家

爱子心无尽，归家喜及辰①。
寒衣针线密，家书墨痕新②。

见面怜清瘦，呼儿问苦辛③。
低回愧人子，不敢叹风尘④。

【注释】

①及辰：及时。

②"寒衣"句：孟郊《游子吟》："慈母手中线，游子身上衣。临行密密缝，意恐迟迟归。"

③问苦辛：询问在外的辛苦状况。

④低回：纡回曲折的意思。愧人子：惭愧没有尽到儿子的责任。风尘：借指旅途上的艰辛。

【解析】

　　这首诗表达了作者岁暮游学归家后同母亲之间真挚情感的交流。艺术上的突出特色是用字准确而寓于深情：开头用"爱"、"喜"字，此实诗之基础；继用"寒"、"新"，再用"怜"、"问"，最后用"愧"、"叹"，感情层层递进。

赵　翼

　　赵翼（1727～1814），字云崧，一字耘松，号瓯北，江苏阳湖（今武进县）人。乾隆二十六年（1761）进士，授编修。后出知镇安府，有政声。寻调守广州，擢贵西兵备道。不久乞归，不复出。主讲于扬州安定书院。

　　赵翼与袁枚、蒋士铨齐名，号称"江右三大家"。其诗在精神和风格上，深受宋诗影响，喜发议论，时带诙谐，不雕饰字句，给人一种清新明畅的感觉，但有时流于浅露。

论　诗①

李杜诗篇万口传②，至今已觉不新鲜。
江山代有才人出③，各领风骚数百年④。

【注释】

①这组诗共五首，约作于乾隆四十九年（1784）。此为其一。

②李杜：唐代诗人李白和杜甫。

③江山：犹言天地间。这句是说每个时

代都有优秀的诗人出现。

④领：领袖，代表。风骚：指文学。"风"是《国风》。"骚"指《离骚》。

【解析】

此诗表达了作者论诗的主张，以及进步的文艺发展观。诗通篇用赋体，不用比兴，大发议论，直抒胸臆，不用任何典故，但却流传千古，脍炙人口。

抄 诗

老去耽吟兴尚豪①，一联枕上自推敲②。
诗成急起誊清本③，不待儿抄手自抄。

【注释】

①耽：爱好。
②联：指诗句。推敲：用唐诗人贾岛的

典故。
③誊（téng）：转录，抄写。

【解析】

此诗写作者日常生活中吟诗、抄诗的俗事，全用白描手法，但一个老者在枕上独自推敲的情态，特别是诗成后急起誊清的急迫心情，都跃然纸上，十分传神。

书 怀（二首）

少贱苦穷饿，求官借饘粥①。及夫仕宦成，又想林下福②。此意殊不良，未可对幽独。其如才分劣，自审久已熟③。同乎俗吏为，吾意既不欲；异乎俗吏为，吾力又不足④。是以讪然止，中岁返初服⑤。敢援老氏诫，谓知足不辱⑥。庶附风人义，坎坎歌伐辐⑦。

既要做好官，又要作好诗。势必难两遂，去官攻文词。僮仆怨其癖，亲友笑其痴。且勿怨与笑，吾自有主持。一支生花笔，满怀镂雪思⑧。以此溷尘事，宁不枉有之⑨。何如拥万卷，日与古人期⑩。好官自有人，岂必某在斯。

【注释】

①借：求取，获得。饘（zhān）：稠粥。
②及夫：等到。夫，语气词。林下：指

隐居。
③才分（fèn）：才能、天赋。审：思虑。

④为（wéi）：做。

⑤诎（qū）：戛然而止貌。中岁：中年。返初服：穿原来的衣服，辞官还乡。

⑥老氏诫：指老子的《道德经》，其中有"知足不辱"之句。

⑦庶：庶几，大概。风人：采诗讽喻者。《诗经》中的"国风"即风人采集。"坎坎"句：《诗经·伐檀》有

"坎坎伐辐兮"之句，辐是车轮中的直木。伐辐，是说伐取制辐的木材。

⑧生花笔：传说李白梦笔生花，从此才思日进。镂雪思：指高妙的才思。

⑨溷（hùn）：污浊，混乱。宁不：岂不。

⑩期：约会，相晤。

【解析】

　　这两首诗，名曰《书怀》，的确写出了封建社会正直知识分子的理想、愿望、志向与情怀。语言明白如话，风格则亦庄亦谐。

黄景仁

　　黄景仁（1748～1783），字仲则，一字汉镛，江苏武进（今常州市）人。乾隆四十一年（1776）高宗东巡，召试，中二等，授武英殿书签，纳资为县丞，未补官而卒。其诗学李白，所作多抒发穷愁不遇、寂寞凄冷之情，亦有愤世嫉俗之作。

圈虎行①

都门岁首陈百技，鱼龙怪兽罕不备②。
何物市上游手儿，役使山君作儿戏③。
初舁虎圈来广场，倾城观者如堵墙④。
四围立栅牵虎出，毛拳耳戢气不扬⑤。
先撩虎须虎犹帖，以棒卓地虎人立⑥。
人呼虎吼声如雷，牙爪丛中奋身入⑦。
虎口呀开大如斗，人转从容探以手，
更脱头颅抵虎口，以头饲虎虎不受，
虎舌舐人如舐觳⑧。
忽按虎脊叱使行，虎便逡巡绕阑走⑨。
翻身踞地蹴冻尘，浑身抖开花锦茵⑩。
盘回舞势学胡旋，似张虎威实媚人⑪。

少焉仰卧若佯死，投之以肉霍然起⑫。

观者一笑争醵钱，人既得钱虎摆尾⑬。

仍驱入圈负以趋，此间乐亦忘山居⑭。

依人虎任人颐使，伴虎人皆虎唾余⑮。

我观此状气消沮，嗟尔斑奴亦何苦⑯。

不能决蹯尔不智，不能破槛尔不武⑰。

此曹一生衣食汝，彼岂有力如中黄⑱，

复似梁鸯能喜怒⑲。

汝得残餐究奚补？伥鬼羞颜亦更主⑳。

旧山同伴倘相逢，笑尔行藏不如鼠㉑。

【注释】

①这首诗大约是乾隆四十三年至四十五年（1778～1780）之间作者游京师时所作。圈（juàn）：畜栏。

②陈百技：表演各种技艺杂耍。鱼龙怪兽：指各种杂技幻术。罕不备：很少有不齐备的。

③何物：表示惊叹诧异。山君：老虎的别称。《说文》："虎，山兽之君。"

④舁（yú）：抬。堵墙：形容围观人之多之密。《礼记·射义》："孔子射于矍相之圃，盖观者如堵墙。"

⑤拳：卷曲。戢（jí）：收敛。

⑥撩：撩拨，逗弄。帖：帖服。卓地：直立于地。人立：像人一样站立。

⑦牙爪：指虎。奋身人：指耍虎人奋不顾身地与虎相戏。

⑧脱：这里是伸的意思。饲：喂。榖（gòu）：乳，这里指虎仔。

⑨逡巡：欲进不进、迟疑不决的样子。

⑩蹴：踢。冻尘：因天寒而冻结的尘土。花锦茵：比喻虎皮色彩斑烂如同美丽的锦毯。

⑪胡旋：指胡旋舞。唐代由西域传入，因主要动作是急促的旋转而得名。

媚：讨好。

⑫佯死：假死。霍然：这里形容精神焕发。

⑬醵（jù）：聚敛。

⑭此间乐：三国时候，蜀亡，后主刘禅降魏。司马昭问他："颇思蜀否？"他说："此间乐，不思蜀。"（见《三国志·后主传》）

⑮颐使：口不言以颐示意。颐，面颊。唾余：唾液之余。

⑯消沮：消没，沮丧。斑奴：指老虎。

⑰决蹯：决裂足掌。蹯（fán）：野兽的脚掌。槛：栏栅，即圈。不武：不勇敢。

⑱此曹：此辈，指耍虎戏的人。衣食汝：衣食都靠你。中黄：古代勇士。

⑲梁鸯：周宣王时之牧官，善驯养禽兽。能喜怒：指能控制驯养野兽。

⑳奚补：何补，有什么用处。伥（chāng）鬼：亦称虎伥。古人认为人被虎咬死后，鬼魂即为虎服役；或为虎前导，更伤他人。

㉑行藏：行止，泛指行为品德。《论语·述而》："用之则行，舍之则藏。"

【解析】

　　这首《圈虎行》细腻生动地描写了老虎的杂技表演，为后人留下了精彩的旧日社会写真。但作者本意并不在此，而是由猛虎之奴颜媚骨，揭露了训虎人的卑劣，从而抒发议论感慨。气势雄健，纵横捭阖，造语清新、激愤。

洪亮吉

　　洪亮吉（1746～1809），清代经学家、文学家，字稚存，号北江，江苏阳湖（今常州）人。乾隆五十五（1790）年进士，授编修。嘉庆时以批评政事，戍伊犁，不久赦还，改号更生居士。与黄景仁友善。工文，尤擅骈文。

寄钱三维乔鄞县①

昨闻急使到河干，珍重临期语百端②。
念及情心成疢疾，著书踪迹尚平安③。
闲中阅世谁先觉？梦里闻君欲去官。
绕宅太湖三万顷，几时同我把渔竿④？

【注释】

①钱维乔：字树参，号竹初，行三，乾隆举人，知鄞县。鄞县：今浙江县名，清代为宁波府治。

②河干：河边。百端：百般。
③疢（chèn）疾：犹灾患也。
④太湖：跨江苏、浙江两省的大湖。

【解析】

　　此诗写与朋友之间的情谊，抒写自己的情怀。诗中表述的归隐思想，是当时官场黑暗的产物。风格恬淡，用语朴实无华。

张惠言

　　张惠言（1761～1802），江苏武进人。嘉庆四年（1799）进士，官庶吉士，充实录馆纂修；六年，散馆，改部属，授翰林院编修。张惠言是常州词派的创始者，在词的理论上反对浙西词派，主张词要以比兴为主，要反映现实。

木兰花慢　杨花

　　侭飘零尽了，何人解、当花看①？正风避重簾，雨回深幕，云护轻幡②。寻他一春伴侣，只断红，相识夕阳间③。未忍无声委地，将低重又飞还④。

　　疏狂情性，算凄凉耐得到春阑⑤。便月地和梅，花天伴雪，合称清寒。收将十分春恨，做一天愁影绕云山。看取青青池畔，泪痕点点凝斑⑥。

【注释】

①侭（jǐn）：任凭。解：懂得，知道。
②轻幡（fān）：指护花幡。用以惊吓鸟雀以保护花的彩旗标帜。
③断红：指落花。
④委地：落地。
⑤疏狂：狂放不羁。春阑：暮春，春尽。
⑥凝斑：凝结的斑点。

【解析】

　　此词名为咏物，实为咏怀，借杨花寄托身世之感。艺术上的突出特点是咏物而将自己的情感注入所咏之物中，所咏之物成了作者自己的象征，但又无一句不切本题。自古写杨花的词很多，如北宋章质夫、苏轼等都有佳作。张惠言这首词在继承前人的基础上又机杼别出，有其创新。

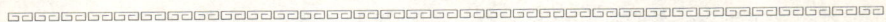

龚自珍

　　龚自珍（1792～1841），又名巩祚，字瑟人，号定庵，浙江仁和（今杭州）人。三十八岁中进士，先后任内阁中书、礼部主事。道光十九年（1839）四月，辞官南归。道光二十一年，暴卒于江苏丹阳书院。

　　龚自珍精通经学、文字学和史地学，又是著名的思想家、杰出的诗人和散文家。其诗歌反映了鸦片战争前夕黑暗的社会现实，具有热烈追求理想的精神。文辞清奇瑰丽，别开生面。

咏 史

金粉东南十五州，万重恩怨属名流①。
牢盆狎客操全算，团扇才人踞上游②。
避席畏闻文字狱，著书都为稻粱谋③。
田横五百人安在，难道归来尽列侯④？

【注释】

①金粉：旧时妇女化妆用品，古曲诗歌
中常用以形容繁华绮丽的生活。东南
十五州：泛指江南地区。

②牢盆：煮盐的器具。这里指掌管盐务
的官员。操全算：掌握全权。团扇才
人：指流连声色的文人。

③避席：古人席地而坐，离开座位，称
为"避席"。"著书"句：这句是说一

般士大夫埋头著书，只是为了谋取衣
食俸禄。

④田横：秦末狄县人。本为齐国贵族。
秦末，从兄田儋起兵，重建齐国。楚
汉纷争时自立为齐王，不久为汉将所
败，投奔彭越。汉朝建立，率五百余
人逃亡海岛。

【解析】

这首诗题为《咏史》，实际上并非真咏史，而是针对整个社会风气，
特别是文风的浮靡险恶，揭发了时代的弊病。此诗挥洒恣肆，造语警拔
有力，感情顿挫沉郁。

己亥杂诗①

浩荡离愁白日斜，吟鞭东指即天涯②。
落红不是无情物，化作春泥更护花③。

【注释】

①"己亥杂诗"是龚自珍于道光十九年
（1839）辞官南归和再次北上迎接家
属的往返途中写成的一组短诗，共计

三百一十五首。此选其三。

②吟鞭：这里指作者的行程。

③落红：落花。诗人以落花自比。

【解析】

此诗表达了作者的胸怀和抱负。前两句暗用楚辞中庄忌《哀时命》
伤怀之意，含而不露。后两句化用陆游《咏梅》诗句又能翻出新意，花
而有情，死而不已，尚能化泥而护花。

九州生气恃风雷①，万马齐喑究可哀②。
我劝天公重抖擞③，不拘一格降人材④。

【注释】

①九州：相传中国古代分为九州，后来用以泛指中国。生气：生命力、活力。恃：依恃。

②万马齐喑：苏轼《三马图赞》："时（宋元祐初）西域贡马，首高八尺，龙颅而凤膺，虎脊而豹章，出东华门，入天驷监，振鬣长鸣，万马齐喑。"喑（yīn），哑。究：毕竟。

③抖擞（sǒu）：振作、奋发。

④不拘一格：不拘泥于一定规格。降：降生。

【解析】

本诗末作者自注说："过镇江，见赛玉皇及风神、雷神者，祷祠万数，道士乞撰青词。"诗作表现了龚自珍要求重视人才、变革现实的思想愿望。

陶潜酷似卧龙豪①，万古浔阳松菊高②。
莫信诗人竟平淡，二分梁甫一分骚③。

【注释】

①陶潜：即陶渊明。卧龙：指诸葛亮。该句末尾作者小注云："语意本辛弃疾。"辛弃疾词《贺新郎》"把酒长亭说"云："看渊明、风流酷似，卧龙诸葛。"

②浔阳：即今江西九江市。陶潜是浔阳柴桑人。这里代指陶潜。松菊：陶潜性喜松菊，有很多咏叹松菊的诗。这里比喻陶潜的孤高性格。

③梁甫：即《梁甫吟》，古乐府曲名。骚：指屈原的《离骚》。

【解析】

此诗赞颂了陶渊明的孤高品格、豪情壮志和悲愤不平，同时也抒发了他自己辞官归里时的心境。语言素朴平易而感情充沛，很有感染力。

林则徐

林则徐（1785～1850），字元抚，一字少穆。福建侯官（今福州）人。二十岁中举，二十七岁中进士，入翰林院。除做过湖广总督、两广总督外，还先后担任过河工、漕江、盐政、屯垦等要职。他是鸦片战争时期抗战派首领，是中国近代史上杰出的爱国主义者，曾任钦差大臣主持广东禁烟；他也是最早主张学习、研究西方的，被称为中国"开眼看世界第一人"。其诗多紧贴现实，发表议论，抒发感慨。

程玉樵方伯德润饯予于兰州藩廨之若己有园，次韵奉谢①

我无长策靖蛮氛，愧说楼船练水军②。
闻道狼贪今渐戢③，须防蚕食念纷纷。
白头合对天山雪，赤手谁摩岭海云④？
多谢新诗赠珠玉，难禁伤别杜司勋⑤。

【注释】

①诗共二首，此选一。作于1842年9月8日被贬赴伊犁途中。程德润：字玉樵，湖北天门人。林则徐抵兰州时，他是甘肃的布政使，设宴接待。方伯：古时州诸侯之长的称呼。明清时的布政使是一省行政上的最高长官，故应酬之际，一般附会古制，美称为方伯。藩廨：布政使衙门。若己有园：程德润的衙署后园的园名。

②"我无"二句：这两句是作者对过去在广东进行抗英斗争的谦逊的回忆。作者在广东时，一面查禁销毁鸦片，一面积极筹备战守，整顿海防，训练水师，并组织渔民备战。这里借用汉武帝刘彻造楼船练习水战，准备征南粤的故事来比喻。

③狼贪：狼性贪，用来比喻英侵略者。戢（jí）：止。当时清政府已签订卖国的《南京条约》，英帝国主义的大规模武装侵略活动暂时停止。

④"白头"二句：上句说自己，下句说广东。投降派琦善继林则徐之后任两广总督，一上任就撤去防御措施，完全不事抵抗，故称"赤手"。摩：指收拾，应对。岭海云：指帝国主义在两广一带的侵略事变。

⑤"多谢"二句：多谢你以珠玉般的新诗赠慰，但仍难禁我西去的伤别之情。杜司勋：即晚唐著名诗人杜牧，唐宣宗时曾任司勋员外郎。李商隐《杜司勋》："刻意伤春复伤别，人间惟有杜司勋。"此用其意。

【解析】

此诗写于作者被贬远戍途中。诗中忧国忧民之情溢于言表，但对卖国求荣的批评则比较含蓄。

魏 源

魏源（1794~1857），字默深，湖南邵阳人。道光二十四年（1844）进士，历官内阁中书、江苏东台、兴化县知县、两淮盐运司海州分司运判、高邮州知州等职。他讲求"经世致用"，主张改革内政、变法图强，提出"师夷长技以制夷"的口号，以求抵制和战胜外国侵略。

魏源还是近代诗坛上一位颇有造诣的诗人。他的一部分古诗，真实反映了当时复杂动乱的历史，表现了深厚的爱国热情及对黑暗现实的不满。其善以文入诗，以史入诗，雄浑遒劲，剽悍奔放。

阿芙蓉①

阿芙蓉，阿芙蓉，产海西，来海东。
不知何国香风过，醉我士女如醇酽②。
夜不见月与星兮，昼不见白日，自成长夜逍遥国③。
长夜国，莫愁湖④，销金锅里乾坤无⑤。
涸六合，迷九有⑥，上朱邸，下黔首⑦，
彼昏自癎何足言，藩决膏殚付谁守⑧？
语君勿咎阿芙蓉，有形无形朒则同⑨：
边臣之朒曰养痈，枢臣之朒曰中庸⑩，
儒臣鹦鹉巧学舌，库臣阳虎能窃弓⑪。
中朝但断大官朒，阿芙蓉烟可立尽。

【注释】

①本诗为《江南吟十章》中的一首，题目是后人所拟。阿（ā）芙蓉：即鸦片。鸦片初产于埃及，希腊人作药用，后传至印度南洋，再传入中国。故诗中说"产海西，来海东"。

②醇酽（chún nóng）：浓酒。

③长夜：《史记·殷本纪》说纣王荒淫享乐，"为长夜之饮"。这里隐用其意，指不分昼夜地吸食鸦片。

④莫愁湖：在今南京水西门外，相传六朝时有女子莫愁，善歌，居于此，故名。这里只用"愁"的字面义，指吸食鸦片烟的人神志昏迷，无所忧愁。

⑤"销金"句：吸食鸦片的人，他的天地就在熬煮鸦片烟膏的锅子里，完全忘了客观现实的天地。销金锅，这里

指吸食鸦片烟的烟具。

⑥溷（hùn）六合：指吸鸦片的人神智昏乱，连天地四方都分辨不清。迷九有：对中国的九州都迷惑不清。九有，九域，九州。

⑦"上朱邸"二句：上自官僚贵族之家，下至老百姓。

⑧痼（gù）：积久难治的病。"藩决"句：边防空虚，财富耗尽，国家叫谁人守卫？藩，引申为国家边防。膏，油脂，这里指财富。

⑨咎：归罪。朋：作者自注云："俗语

烟瘾之瘾，字书无之。"

⑩养痈：养痈遗患，这里指养敌为患。痈（yōng），毒疮。中庸：儒家的处世哲学，这里实际是指调和折中，平庸守旧。

⑪"库臣"句：掌管库藏的官僚贪污盗窃成风。阳虎：字货，春秋鲁国人。原是鲁国贵族季氏的家臣，后来在鲁国专权。公元前 520 年，他在与鲁国季氏等作战时，到鲁定公的宫中，盗窃鲁国宝宝玉大弓（见《左传·定公八年》）。

【解析】

　　此诗作于鸦片战争前，当时作者即敏锐地体察到了鸦片的危害，起而揭露英帝国的罪行，指摘了鸦片对国家和人民的危害，进而指出问题的症结和疗救办法。

寰海十章①

楼船号令水犀横②，保障遥寒岛屿鲸。
仇错荆吴终畏错③，间晟赞普讵攻晟④。
乐羊夜满中山箧⑤，骑劫晨更即墨兵⑥。
刚散六千君子卒⑦，五羊风鹤已频惊⑧。

【注释】

①寰海组诗，共有七言律诗十首。作者自注作于"道光二十年（1840）"。寰海：即环海。组诗真实地记录了环绕我国沿海地区进行的鸦片战争的历史情况。

②楼船：有楼的大船，古代多用于作战。

③错：晁错。这句是说仇视晁错的吴楚等国是因为畏惧他。

④晟：即李晟，唐临潭人。唐德宗时，累官至司徒。赞普：吐蕃君长的称

号。这句说离间李晟的吐蕃赞普并非要攻击他个人。

⑤乐羊：战国时魏将。魏文侯令乐羊率兵攻中山，其子为中山人所获，乐羊不顾，攻益急。中山人因烹其子而将汤及头送之。乐羊哭泣饮汤三杯。卒拔中山。归而论功，文侯出示谤书一箧，乐羊乃曰："此非臣之功，主君之力也。"

⑥骑劫：战国时燕人。燕攻齐，下七十余城。仅莒、即墨二城未下。即墨守

将战死，城中人推田单为将军。田单
用反间计，使燕撤换其名将乐毅，以
骑劫代之。后用火牛阵大破燕军，收
复齐七十余城。即墨，齐邑，在今山

东。
⑦君子卒：指受君恩为君所私养的军
队。
⑧五羊：广州的别称。

【解析】

这是组诗的第五首。诗作运用历史典故，揭露了投降派攻击陷害林
则徐的阴谋，对林则徐等人的积极抵抗、严密防御给予高度评价，并指
出由于林则徐被革职，海防被破坏，给国家带来严重的危害。

> 城上旌旗城下盟①，怒潮已作落潮声。
> 阴疑阳战玄黄血②，电挟雷攻水火并。
> 鼓角岂真天上降③？琛珠合向海王倾④。
> 全凭宝气销兵气，此夕蛟宫万丈明⑤。

【注释】

①城下盟：在敌人兵临城下时，订立的
屈辱盟约。这里指《广州和约》。
②"阴疑"句：说英军欺压中国，逼得
中国非战不可。阴疑阳战，阴阳相疑
而战。意思是说，阴与阳势均力敌，
则必发生战斗。玄黄血，黑色和黄色
的血。
③"鼓角"句：说英军真是从天而降吗？
不是的，不过由于清军腐败无能而
已。反问，否定。

④琛珠：珍宝。海王：《管子·海王》：
"海王之国，谨正盐筴。"这里指英
国。
⑤蛟宫万丈明：杜光庭《录异记》卷
五："海龙王宅在苏州东，入海五六
日程，小岛之前，阔百余里……夜中
远望，见此水上红光如日，方百余
里，上与天连，船人相传龙王宫在其
下矣。"这里指清廷交给英军们大量
财物所发出的珠光宝气。

【解析】

这是组诗的第九首。作品表达了作者对投降派屈辱求和的不满和痛
心。诗中的"城下盟"，就是指奕山在广州与英军订立的停战条款，其主
要内容是奕山和中国军队六天内退出广州，七天内交付六百万元赔款。
诗中讽刺的笔墨很成功，但由于有些用典过于生僻，所以比较艰深难懂。

朱 琦

朱琦（1803～1861），字濂甫，号伯韩，广西临桂（今桂林

市）人。道光十五年（1835）进士，选庶吉士，授编修，后迁御史。晚年因为言不见用，告退回乡。后在抵抗太平军时战死。朱琦以梅曾亮为师友，诗歌、散文都有一定成就。诗风宏放奇宕，明白易懂。

吴淞老将歌①

吴淞江口环列屯②，吴淞老将勇绝伦。
连日鏖战几大捷，沙背忽走水上军③。
援军隔江仅尺咫④，眼见陈侯新战死。
大府拥兵救不得⑤，金缯日夜输鬼国⑥。

【注释】

①吴淞老将：指陈化成，诗中亦称"陈
　侯"。
②吴淞：在上海市北部，黄浦江与长江
　合流入海处，处江海咽喉要地。
③"沙背"句：英军被陈化成击败后，
　乘小舟绕道袭击小沙背，总兵王志元
　望风而逃，英军遂从小沙背登岸。

④援军：指两江总督牛舰的军队。牛舰
　闻陈化成获胜，率队增援，被敌军
　击溃。
⑤大府：高级官府。明清时称总督、巡
　抚为"大府"。这里指牛舰。
⑥金缯（zēng）：黄金和丝绢。这里指
　赔款。

【解析】

　　这首诗记录了吴淞口海战的实况。诗歌以描写吴淞老将陈化成英勇抗敌为主，赞扬了他在战争中所取得的胜利和爱国精神。笔力雄健，风格浑厚，颇得唐人之旨。

蒋春霖

　　蒋春霖（1818～1868），字鹿潭，江苏江阴人。一生落拓。少时工诗，中年以后专致力于词，遂负盛名。蒋词介于浙派和常州派之间。谭献推纳兰性德与项鸿祚、蒋春霖为清代三大词人。作品醇雅哀怨，抑郁悲凉。

卜算子

燕子不曾来，小院阴阴雨。一角阑干聚落花，此是春归处。

弹泪别东风，把酒浇飞絮①：化了浮萍也是愁②，莫向天涯去。

【注释】

①东风：即春风。
②化了浮萍：古人传说柳絮入水化为浮萍。浮萍，《本草》："浮萍季春始生，或云杨花所生。"

【解析】

这首词写春愁，作者借景抒情，感叹春光易逝，身世不遇。陈廷焯《白雨斋词话》评曰："鹿潭穷潦倒，悲愤慷慨，一发于词。如《卜算子》：'……化了浮萍也是愁，莫向天涯去！'何其凄怨若此！"

黄遵宪

黄遵宪（1848～1905），字公度，广东嘉应州（今梅州市）人。历任清廷驻日本使馆参赞、英国使馆参赞、美国旧金山总领事、新加坡总领事等外交官，在国外生活长达十六七年之久。由新加坡解任回国后积极参加变法维新运动，参加强学会，宣传维新思想。

黄遵宪是当时资产阶级改良派中最有成就的诗人。其诗题材丰富，形式多样，壮丽雄浑。是"诗界革命"中的一面旗帜。

杂　感①

大块凿混沌，浑浑旋大圜②，
隶首不能算③，知有几万年。
羲轩造书契④，今始岁五千。
以我视后人，若居三代先。
俗儒好尊古，日日故纸研：

六经字所无，不敢入诗篇；
古人弃糟粕，见之口流涎；
沿习甘剽盗，妄造丛罪愆⑤。
黄土同抟人⑥，今古何愚贤？
即今忽已古，断自何代前？
明窗敞流离，高炉爇香烟⑦；
左陈端溪砚，右列薛涛笺⑧：
我手写我口，古岂能拘牵？
即今流俗语，我若登简编，
五千年后人，惊为古斓斑⑨。

【注释】

①《杂感》共有五首，此选第二首。
②大块：指地。《庄子·大宗师》："夫大块载我以形，劳我以生。"混沌：指天地未分时的状态。浑浑：大。大圜：天。
③隶首：传说是黄帝的史官。
④羲轩：伏羲、轩辕。书契：文字。契，原指在龟甲、兽骨上灼刻文字和灼刻文字用的刀具。
⑤剽盗：抄袭。剽，抢劫。丛：聚。

愆：过失。
⑥黄土同抟人：都是黄土做的人。《太平御览》引《风俗通》："俗说天地开辟也，未有人氏。女娲抟土作人。"
⑦流离：即玻璃。爇（ruò）：烧。
⑧端溪砚：广东肇庆端溪所产的名砚。薛涛笺：唐时薛涛喜欢用松花笺，嫌其篇幅大，让匠人裁小，称薛涛笺。
⑨斓斑：色彩错杂，形容古物的年代久远。

【解析】

《杂感》是诗人青年时期的作品。在这首诗里，他批判了复古派作家。提出"我手写我口，古岂能拘牵"的创作主张。语言晓畅流荡，韵律和谐。

今别离①

朝寄平安语，暮寄相思字。
驰书迅已极，云是君所寄。
既非君手书，又无君默记②。
虽署花字名，知谁箝缩尾③。
寻常并坐语，未遽悉心事④。

況经三四译，岂能达人意。

只有斑斑黑，颇似临行泪。

门前两行树⑤，离离到天际。

中央亦有丝⑥，有丝两头系。

如何寄君书，断续不时至。

每日百须臾，书到时有几。

一息不相闻，使我容颜悴。

安得如电光，一闪至君旁。

【注释】

①这首诗写于清光绪十六年（1890），时任驻英公使馆二等参赞。这组诗共四首，分别歌咏轮船、火车、电报、照相等。此选第二首。

②默记：隐秘的记号。

③花字：古代签字时多用草体加以变化，所以称签字为花字或花押。箝（qián）：缄。缣：纸。

④遽（jù）：快，急速。

⑤树：指电线杆。

⑥丝：指电线。

【解析】

此诗紧紧扣住时代的变化、新事物的产生，描绘人们在远别中的相思之情，显示了古今时代的不同。用传统的诗歌语言摹写新事物，生动形象，又使人眼界大开，获得新颖奇特的感受。

哀旅顺①

海水一泓烟九点②，壮哉此地实天险。

炮台屹立如虎阚③，红衣大将威望俨④。

下有洼池列巨舰⑤，晴天雷轰夜电闪。

最高峰头纵远览，龙旗百丈迎风颭⑥。

长城万里此为堑⑦，鲸鹏相摩图一啖⑧。

昂头侧睨何眈眈，伸手欲攫终不敢。

谓海可填山易撼，万鬼聚谋无此胆。

一朝瓦解成劫灰⑨，闻道敌军蹈背来。

【注释】

①这首诗写于光绪二十年（1894）十月。日本侵略军攻陷旅顺时，作者时任新加坡总领事。

②海水句：这句是说，从天上遥望大海和九州国土。李贺《梦天》："遥望齐州九点烟，一泓海水杯中泄。"泓，形容水深而广大。烟九点，是齐烟九点的省略语，即九州，指中国国土。

③虎阚（hǎn）：虎怒的样子。

④红衣大将：大炮名。清代有红衣炮，也称红夷炮。

⑤洼池：指船坞。光绪六年（1880）李鸿章开始经营旅顺军港。十一年（1885）造大船坞。

⑥龙旗：清朝国旗，旗上绣有龙的图形。飐：招展。

⑦堑（qiàn）：作防御用的壕沟，这里形容地势险要。

⑧鲸鹏：指随时都想侵略中国的帝国主义列强。啖（dàn）：吞吃。

⑨劫灰：劫火之余灰，佛家语。

【解析】

《哀旅顺》赞颂了祖国领土旅顺的自然天险，对旅顺口失陷表示了极大的悲愤，揭露了帝国主义列强的侵略面貌；同时也无情地鞭挞了清统治者不战自败的投降行为。造语豪放，感情奔涌，确有感天地、泣鬼神的效果。

况周颐

况周颐（1859~1926），原名周仪，字夔生，别号蕙风，广西临桂（今桂林市）人。光绪五年（1879）举人，官内阁中书。所写之词，音律和谐，情调沉郁。辛亥革命后，多寄寓其眷恋清室之思。

江南好　咏梅

娉婷甚①，不受点尘侵。随意影斜都入画②，自来香好不须寻。人在绮窗深③。

【注释】

①娉婷：姿态美好。

②随意句：梅花的任何姿态都可写入画册。宋林逋《梅花诗》："疏影横斜水清浅，暗香浮动月黄昏。"

③绮窗：雕画华美的窗户。

【解析】

这首词通过对梅花神态、香味的描绘，赞美了梅花高洁的品质，寄托了诗人自己的情怀。化用古人诗意而似不经意，结语五字又能自出新意。

丘逢甲

丘逢甲（1864～1912），字仙根，号仓海，苗栗（今台湾苗栗县）人。光绪十五年（1888）进士，曾任兵部主事等职。最初同情戊戌变法，后来又倾向民主革命。辛亥革命后，赴南京参加组织政府，任参议员等职。

岁暮杂感①

一曲升平泪万行②，风尘戎马厄潜郎③。
民愁竞造黄天说④，岁熟如逢赤地荒。
七贵五侯金穴富⑤，白山黑水铁车忙⑥。
老生苦记文忠语⑦，多恐中原见鹭章⑧。

【注释】

①《岁暮杂感》写于光绪二十三年（1897），共十首。
②升平：清代宫内有专管演戏的官署称"升平署"。
③"风尘"句：作者以颜泗三世不遇自比，慨叹自己老于风尘戎马，理想不能实现。潜郎，指都尉颜泗事。颜泗，西汉人，武将，貌丑，文帝刘恒喜欢文臣，刘恒子景帝刘启好美，因此颜泗都不受重视。到了刘启子刘彻时，颜泗已经龙眉皓发，而刘彻又喜欢年轻人，所以三世皆不遇，一直做下级军官。（见《汉武故事》）
④黄天说：东汉末年，黄巾起义军领袖

张角提出"苍天已死，黄天当立。岁在甲子，天下大吉"的口号。
⑤七贵：指西汉时七个皇帝后妃的家族，即吕、霍、上官、丁、赵、傅、王等后族。五侯：东汉时顺帝梁皇后之兄梁冀子梁胤及其叔让、淑、忠、戟五人，皆封侯。金穴：汉光武帝郭皇后弟郭况迁大鸿胪，光武多次到他家会见诸侯亲家饮宴，赐金钱缣帛，其豪富无与伦比，京师称况家为"金穴"。
⑥白山：长白山。黑水：黑龙江。铁车：火车。
⑦文忠：林则徐的谥号。

⑧鹫章：帝俄的国徽，上有雕鸟图案。　　这里代指沙俄。

【解析】

　　此诗充满忧时忧国的感情，深刻而又形象地概括了当时社会的种种矛盾，特别是帝国主义侵略的主要矛盾。在艺术上，熔古今事物于一炉，而不使人感到突兀不谐。慷慨悲歌，凌轹千古。

谭嗣同

　　谭嗣同（1865～1895），字复生，号壮飞，自署东海褰冥氏，湖南浏阳人。1898年与唐才常等倡设南学会，谭任学长，办《湘报》宣传变法。同年八月被征入京，任四品卿衔军机章京，与林旭、杨锐、刘光第、杨深秀、康广仁等参与变法，戊戌政变失败，与林旭等六人同时被害。其诗现存近二百首，梁启超评其诗云："其诗亦独辟新界而渊含古声。"

狱中题壁①

望门投止思张俭②，忍死须臾待杜根③。
我自横刀向天笑，去留肝胆两昆仑④。

【注释】

①该诗是作者于光绪二十四年（1898）戊戌政变失败被捕后在狱中所写。

②投止：投宿。张俭：东汉末高平人，字元节。曾为东部督邮。因上疏弹劾残害百姓的侯览，被诬为结党营私，被迫逃亡。人们尊敬张俭的品行名声，都冒险接纳他（见《后汉书·党锢列传·张俭》）。这里是比喻康有为。

③杜根：东汉安帝时人，曾做郎中。当时邓太后临朝专政，杜根上书劝邓太后归政给安帝。太后大怒，让人把杜根装在口袋里，在殿上摔死。执法人敬仰杜根，施刑没有过分用力，故得以脱生。邓被诛后，杜根复官为御史（见《后汉书·杜根传》）。

④"去留"句：说去者与留者都是顶天立地、光明磊落的。两昆仑，似指变法派领袖康有为与作者自己，康有为在变法失败后，出国避难；作者拒绝出走，准备牺牲，此所谓一"去"一"留"。

【解析】

　　这首诗是在戊戌政变失败后，作者被害前于狱中所写的绝命诗。诗风慷慨激昂，动人心弦，充分显示了作者坚贞不屈、视死如归的气概和情操。

梁启超

　　梁启超（1873～1929），字卓如，号任公，别署饮冰室主人，广东新会人。是我国 19 世纪资产阶级改良主义运动的中心人物，与康有为并称"康梁"。他的诗，热情奔放，直抒胸臆，明白流畅。后期诗歌表现的是一种日益感到孤立的改良派没落情绪。

太平洋遇雨①

一雨纵横亘二洲②，浪淘天地入东流；
劫余人物淘难尽③，又挟风雷作远游。

【注释】

①本篇写于光绪二十五年（1899）游美途中。

②亘：绵亘，横贯。二洲：指亚洲、美洲。

③"劫余"句：戊戌政变历难未尽的人物。淘难尽：苏轼《赤壁怀古》："大江东去，浪淘尽千古风流人物。"这里是反其意而用之。

【解析】

　　此诗写雨中之景，抒风雷之志。气势雄浑，意境开阔。充分显示了作者虽屡经磨难，但不甘消沉、立志救世的决心。

秋　瑾

　　秋瑾（1879～1907），字璿卿，号竞雄，别署鉴湖女侠。浙江山阴（今绍兴）人。光绪三十年（1904）回绍兴主持大通学堂。联合金华、兰溪等地会党，组织光复军，与徐锡麟分头准

备皖、浙两省起义。同年七月起义失败被捕，在绍兴轩亭口就
义。秋瑾工于诗词，诗多激昂慷慨之作，情感炽烈，格调雄健。

黄海舟中日人索句并见日俄战争地图①

万里乘风去复来②，只身东海挟春雷。
忍看图画移颜色③，肯使江山付劫灰④！
浊酒不销忧国泪，救时应仗出群才。
拚将十万头颅血，须把乾坤力挽回。

【注释】

①本篇作于光绪三十一年。
②去复来：秋瑾于光绪三十年（1904）夏去日本留学，同年冬回国省亲。1905年春再赴日本。这句诗是写作者只身往返日本和祖国之间。
③图画：即地图。移颜色：指我国领土被帝国主义侵占。
④劫灰：劫火之灰。

【解析】

诗人面对祖国山河任人宰割的形势，极为忧虑和愤慨，写诗抒发了她报国的豪情壮志。"忍着图画移颜色，肯使江山付劫灰"、"拼将十万头颅血，须把乾坤力挽回"，情调高亢昂扬，在中国女子诗词中独冠千古。

满江红①

小住京华②，早又是、中秋佳节。为篱下、黄花开遍，秋容如拭③。四面歌残终破楚④，八年风味徒思浙⑤。苦将侬、强派作蛾眉，殊未屑⑥。

身不得，男儿列。心却比，男儿烈。算平生肝胆，因人常热。俗子胸襟谁识我？英雄末路当磨折。莽红尘、何处觅知音？青衫湿⑦！

【注释】

①本篇写于1900年。
②京华：指北京。
③秋容如拭：秋季的天空，明净得就像用布刚擦过一样。
④"四面"句：用楚霸王项羽在垓下大败的事，比喻庚子年（1900）八国联军攻破北京时的清王朝。
⑤八年风味：秋瑾于光绪十九年（1893）随丈夫王廷钧旅居北京，到庚子事变已整八年。思浙：思念故乡

浙江。

⑥苦：恨，遗憾。蛾眉：妇女的代称。

未屑：不屑，不愿意。

⑦莽红尘：指尘世。莽，草木深邃的地方。红尘，人世间。

【解析】

　　这首词是秋瑾的言志之作。情感炽烈，气势豪健奔放。虽模拟稼轩（辛弃疾），而能独造新意新境。